La colère de l'Agneau

Guy Hocquenghem

La colère
de l'Agneau

ROMAN

Albin Michel

© Éditions Albin Michel S.A., 1985
22, rue Huyghens, 75014 Paris.

ISBN 2-226-02458-1

Alors il se fit un violent tremblement de terre, et le soleil devint aussi noir qu'une étoffe de crin, et la lune devint tout entière comme du sang, et les astres du ciel s'abattirent sur la terre comme les figues avortées que projette un figuier tordu par la bourrasque, et le ciel disparut comme un livre qu'on roule, et les monts et les îles s'arrachèrent de leur place ; et les rois de la terre, et les hauts personnages, et les grands capitaines, et les gens enrichis, et les gens influents, et tous enfin, esclaves ou libres, ils allèrent se terrer dans les cavernes et parmi les rochers des montagnes, disant aux montagnes et aux rochers : « Croulez sur nous et cachez-nous loin de Celui qui siège sur le trône et de la colère de l'Agneau. »

L'APOCALYPSE, VI, 12

« Saint Jean voit les sept flambeaux »
Dürer, *Apocalypsis cum figuris*

Prélude

Car Dieu n'a pas pour demeure une pierre dressée dans un temple, muette et sourde...

Oracles sibyllins, IV,
à propos de la chute du temple de Jérusalem.

Après la production du christianisme, le judaïsme n'avait plus de raison d'être. Dès ce moment l'esprit est sorti de Jérusalem. Israël a tout donné au fils de sa douleur et s'est épuisé dans cet enfantement... La ruine de Jérusalem et du Temple fut pour le christianisme une fortune sans égale.

E. RENAN, Histoire des origines du christianisme.

La Sibylle et Hystaspe ont dit que la nature corruptible serait consumée par le feu. Les philosophes qu'on appelle stoïciens enseignent que Dieu même se résoudra en feu et qu'après ces changements le monde renaîtra...

SAINT JUSTIN martyr, 1re apologie.

Par le portail ouvert sur la cour des Israélites, ce portail toujours béant qui symbolise l'immensité du ciel de Yahvé ouvert à tous, la lune d'août entre et trace sur les dalles l'ombre bleu-noir des colonnes monolithes ; et les feuilles d'acanthe argentées des chapiteaux corinthiens se découpent, accrochant un rayon à leurs pointes, sur le champ des étoiles.

Le crissement embaumé des cigales épand sur le Sanctuaire l'illusion de paix qui précède l'assaut. En cette soixante-dixième année de notre ère, c'est la dernière nuit du temple de Jérusalem. Une nuit où s'est scellé le destin des fiers fils d'Abraham, qui a brisé l'Alliance millénaire, celle signée entre le Très-Haut et son peuple.

Le Temple. Les Gentils, les païens, les autres, ont des temples. Israël n'en avait qu'un où il adorait l'Éternel, qui le mettait à part des nations comme la circoncision mettait l'Hébreu en marge de l'humanité.

Quand Jean s'est levé, avant l'aube, après avoir sommeillé sur la pierre tiède, il a un instant douté du sacrilège. Son diacre, d'autres formes, enroulées dans leurs manteaux, sont assoupis à même le sol sacré, ronflant ou gémissant dans leur sommeil. Ils ont couché, en transgressant l'interdit rituel, dans le Saint, avec les derniers défenseurs. Y a-t-il encore un rite quand le Sacrifice perpétuel est aboli et les prêtres en armes ?

Un buccin sonne la relève, dans les ruines des portiques qui entourent les cours extérieures, où campent les Romains. Jean glisse sur les dalles boiteuses, luisantes, usées, vers le fond du *naos,* de la nef étroite et longue ; sur les deux parois courent des sarments qui portent des grappes brillantes, aux grains gros comme le poing. C'est la Vigne d'Or. Il s'empêtre un instant dans le premier rideau du Voile, écarlate et pourpre, brodé de jacinthes, qui se gonfle et se distend comme sous la respiration d'un dormeur géant étendu au Saint des Saints. La jacinthe, c'est l'air; le pourpre, qui vient de la mer et en retient les vineuses profondeurs, ce sont les eaux amères; et l'écarlate, enfin, c'est le Feu purificateur et destructeur.

Le long du mur, sur la table sacrée, les douze pains de proposition, que nulle main n'a renouvelés, sont blancs de poussière. Près de l'autel, à présent éteint, où l'encens ne rougeoie plus, le coffret aux treize parfums, tirés des océans et des continents, et qui brûlaient en permanence pour dire aux enfants de Juda que tout est de Dieu et à Dieu, renversé, étale ses compartiments vides; les vases d'argent massif, aux encolures étroites, aux becs ornés de griffons, les coupes millénaires taillées dans le cristal, les couteaux du sacrifice, les bassins de cuivre martelé en forme de lotus, sculptés de grenades, tout gît en désordre, tout le matériel millénaire du culte d'Israël.

Le Voile. Son bras hésite, au-delà, c'est le Saint des Saints, où nul ne pénètre, depuis sa construction, sauf le grand prêtre, une fois par an, le jour du Grand Pardon, pour murmurer Son Nom. Mais il n'y aura plus de Grand Pardon au Temple, il n'y a plus de grand prêtre.

Au-delà du Voile, derrière la porte d'Or, le gouffre, l'abîme où Dieu seul habite. Pompée, autrefois, avait tenté d'y pénétrer, et avait subi le sort réservé aux impies. Titus, qui assiège le Temple, osera-t-il en violer le redoutable mystère?

Un roulement ébranle le sol, arrachant Jean à ses pensées. Il se retourne; ce bruit, il le connaît, il l'a entendu tous les matins, pendant des décennies, comme tous les habitants de la Cité sainte. C'est celui de la lourde porte de Nicanor, poussée par vingt hommes, qui tourne lentement sur ses gonds d'argent. Dehors, dans le mur qui fait face au portail, une fente s'allonge en carré, sur le ciel blanchissant de l'orient. Cette foisci, ce n'est pas pour le service du Tout-Puissant qu'on manœuvre les vantaux de bronze. Les cohortes impériales, meute guettant l'hallali, sont sur le parvis; et, faute de victimes, le culte perpétuel a cessé hier, avec le dernier agneau sacrifié.

Ce sont d'autres sacrifices qui se préparent, et plaisent à Sabaoth, au dieu des Armées. Un poignard à la main, silencieux comme des chats sauvages, un petit groupe de combattants juifs, reste de l'armée des zélotes, s'est faufilé dehors, prêt à mourir. Ce matin du 9 du mois d'Ab, les assiégés du temple de Jérusalem tentent leur ultime sortie.

Des appels, des chocs d'armes, des trompettes, ont retenti, faisant envoler les oiseaux vers les frontons. Les légionnaires de garde, assaillis, s'étaient aussitôt mis en formation de combat, lances en avant, comme le hérisson qu'on agresse déplie ses piquants.

Jean a entendu les hurlements des zélotes ; ils se jettent, torse nu, le sabre tournoyant, sur cette muraille d'acier, et tentent en vain d'y introduire le coin de leur fureur, s'empalent sur les piques et les javelots. Titus a fait monter des chevaux par des rampes, jusqu'aux escaliers du Temple. Une charge de cavalerie a repoussé les sicaires hors du parvis, et la porte de Nicanor s'est refermée sur cette tentative sans espoir, faisant résonner son gong funèbre. La tente du général romain, avec ses belles franges tyrrhéniennes, Jean l'a reconnue, posée sur les ruines de la tour Antonia, la forteresse bâtie par Hérode, qui défendait le Sanctuaire. Depuis le dais qui la précède, Titus observe l'engagement, son grand front dégarni plissé par l'attention, une moue de perplexité sur ses lèvres fines. Comment sauver ce temple contre les fous de Dieu qui l'occupent, irréductibles ? Étendue à ses genoux, en simarre de soie noire, la dernière reine juive, Bérénice, caresse la main du fils de l'empereur Vespasien. Jean, à la seule évocation de ce nom ondulant comme une croupe, crache de mépris.

Sur le parvis, les centurions font sonner la retraite. Les hommes obéissent de mauvaise grâce, impatients d'en finir avec cet essaim de juifs illuminés, qui leur a infligé tant de souffrances ; ils crient les noms des camarades brûlés à l'huile bouillante, écorchés vifs, ou égorgés par traîtrise, lors des offres de paix qui ne cachaient que des guet-apens. Le désir de vengeance gueule le plus fort, fait voir rouge.

Le primipile lui-même éteint d'un coup de pied un feu de planches, allumé près du pinacle. Les ordres sont formels ; il faut, envers et contre tout, conserver le monument. Mais la rage des soldats les entraîne ; avec des burins et des marteaux, ils commencent à faire sauter les panneaux sculptés de la porte de Nicanor. Sans cette dernière sortie juive qui les a exaspérés, le Temple était sauvé.

17

À l'intérieur du Saint, Jean s'est agenouillé, en écoutant les coups, la tête tournée vers le Saint des Saints. Son front heurte le marbre, tandis que déjà les brodequins des légionnaires galopent sous le péristyle.

« Christ, aie pitié, pardonne à ceux qui t'ont crucifié. Marie, mère de Christ, intercède pour Israël, pour ce lieu où ton fils parla, guérit et prêcha... »

Il prie le Christ au Temple dont il annonça la destruction, dont les prêtres le condamnèrent à mort. De ces prêtres d'Israël, quelques-uns, les plus vieux, entourés de leurs lévites, revêtus de cuirasses archaïques, datant d'Alexandre Jannée, qu'ils ont tirées du Trésor sacré, font à présent face aux Romains, ferraillant maladroitement sur le stylobate. Jean se tourne vers l'entrée, bras levés :

« Sept Javelines de guerre, Éclair de la Lance, Javelots du Tout-Puissant, dans la lutte contre les fils de Bélial ! Arrière, fils de l'Obscurité ! »

Ce sont les imprécations de la Règle, qu'il apprit autrefois avec Jésus au couvent des esséniens.

Les légionnaires, abasourdis, ont un moment de flottement ; ils craignent les forces magiques tapies dans les recoins du grand temple juif, et ce vieillard tout blanc qui crie des malédictions incompréhensibles, rocailleuses. L'odeur du sang relance le carnage ; un prêtre a roulé en bas des marches, dans un tintamarre de ferraille, crachant ses intestins, un glaive planté dans le ventre. Les Romains tuent maintenant sans pitié, méthodiquement, presque silencieux, comme des bouchers à l'abattoir. Jean, pour la première et seule fois de sa vie, s'est armé ; arme dérisoire et grandiose : les lourdes pincettes de bronze doré qui servent à déposer les parfums sur l'autel. À côté de lui, une famille de civils de Samarie, surprise dans le Temple, comme d'autres pèlerins, après l'avoir été dans la ville par le siège et n'avoir su se sauver à temps, s'est prosternée au sol. Le père rampe jusqu'à l'un des prêtres abattus, et lui arrache son épée, dont le pommeau porte en rubis l'étoile de David. Ce n'est point pour lutter : il n'aurait aucune chance. Il la plonge, à deux mains, dans la gorge de l'enfant, de l'épouse. Puis il la dirige contre lui-même, cherchant malhabilement la faille entre deux côtes ; le sang noir que vomit sa bouche vient gicler aux pieds de Jean. Plus loin, des prêtres, plus accoutumés au sacrifice des agneaux, s'entr'égorgent avec les couteaux cérémoniels. Deux soldats romains, le visage tordu par la haine, balafrés, en sueur, s'approchent du chrétien, la lame en avant. Lui continue de faire tournoyer ses pincettes d'airain, que l'un des Romains projette au loin sur les dalles d'un revers de son glaive.

Le combat, jusque-là, s'était déroulé sans bruit, hors les râles et les prières chuchotées. Les légionnaires, sachant qu'ils marchaient contre les ordres, respectaient malgré eux le lieu sacré.

C'est alors qu'un tumulte de buccins, soufflant à tout rompre, d'ordres hurlés, qui monte depuis la porte de Nicanor, interrompt le geste du second Romain, sauvant la vie du vieil homme.

Titus apparaît dans le vaste portail, nimbé par le soleil levant. Son manteau d'imperator drape de pourpre ses épaules ; il tient à la main le sceptre d'ivoire, dont il vient de frapper le casque des récalcitrants. Auprès de lui, cercle de métal protégeant le maître, quelques officiers, rameutés à la hâte pour faire cesser l'assaut, exhortent la troupe indocile. L'un d'entre eux, que Jean connaissait, porte une cuirasse niellée d'argent. Le chef d'état-major, l'homme qui dirigeait le siège pour les Romains contre sa propre foi, le juif Tiberius Alexander, préfet d'Égypte, n'a voulu laisser à personne le soin d'accompagner le fils de l'empereur.

Les centurions, sur les marches et dans la cour, repoussent les soldats à coups de ceps de vigne, l'insigne de leur autorité.

« Tous ceux qui refusent de reculer, cent coups de fouet ! Dispersez-vous et regroupez-vous par manipule, ordre du général ! »

Les menaces restent vaines. Des cadavres sont enfilés sur les quatre cornes, aux coins du Grand Autel, rejetés en arrière, désarticulés. Le sang inonde à nouveau le canal asséché du Sacrifice, mais c'est du sang d'homme.

Les bottes claquent sur le dallage. L'imperator et son cortège pénètrent dans le Saint, tandis que les agresseurs de Jean s'éclipsent. Le futur César n'a qu'un regard rapide et distrait pour ces prêtres survivants à barbe blanche et au turban crasseux. Une seule chose l'intéresse : l'or, les objets d'art, ce butin fabuleux, fruit d'une puissance millénaire. Titus pousse un soupir de soulagement : quoique tout fût en fatras, les plus célèbres trésors du Temple étaient toujours là.

« Brûle ! Tue ! Attrape, étripe, venge ! »

Dehors, les légionnaires se donnent à eux-mêmes les ordres, ajoutant à la confusion. Ils ricanent devant leurs officiers, offrent leurs poitrines zébrées de cicatrices gagnées au service de Rome aux armes de leurs camarades, quand ceux-ci les tendent pour les arrêter.

« Alexander, Liberalius, faites évacuer tout de suite la nef et la cour. Je ne veux plus un homme ici... »

Tiberius Julius Alexander, pâle comme la mort, encore sous le coup du sacrilège qu'il vient de commettre en franchissant le seuil interdit que vénéraient ses pères, mais impassible autant qu'un officier romain de vieille souche, refoule, aidé par le primipile Liberalius, les derniers soldats. Eux, comme des molosses qu'on frustre de leur proie, baissent la tête en grondant, et battent en retraite en se bousculant, prêts à se rejeter les uns sur les autres la responsabilité de tant d'indiscipline. Pendant que l'état-major s'active, Titus lève les yeux, et admire. Bérénice avait raison. C'est superbe, hellénistique tardif, dans le goût hérodien, un peu surchargé, mais de très belle facture. Et plus d'or que ne peut en rêver le fisc impérial.

Son regard tombe sur ces quelques prêtres, là-bas, rencognés tout au fond, contre leur antre à mystères, leur salle secrète où nul ne pénètre. Il va donner à leur propos le même ordre d'évacuation, quand un grésillement le fait se détourner, un grésillement qui en un instant se fait sinistre embrasement. L'or étalé sur les murs, la fin de l'ennemi de toujours, cet Israël qui, seul de l'univers, tenait encore tête aux aigles romaines, l'odeur du sang, tout cela a tourné la tête au légionnaire vétéran Sextus Phrygius. Malgré ses campagnes et ses citations, se vouant à la cour martiale, il vient de lancer, au moment de sortir, une torche embrasée au milieu du Voile.

La flamme monte d'un coup jusqu'aux poutres, dévorant le tissu arachnéen, en détachant des fragments, fleurs de feu qui volent çà et là. À l'extérieur, on entend des cris ; on appelle du secours, on demande de l'eau, mais personne ne bouge. Certains clament qu'il faut laisser brûler le nid de sortilèges juif, et carboniser ainsi les démons qui s'y nichent. D'autres font remarquer qu'il n'y a qu'à laisser l'or fondre, pour le ramasser ensuite.

Titus a un geste désespéré. Le feu attaque à présent, avec un ronflement vigoureux, les lattes dorées et les caissons de cèdre incrustés de lapis-lazulis du plafond. Le général fait volte-face ; déjà, pour regagner l'entrée, il leur faut franchir un barrage de flammes. Comme il s'élance, donnant le signal de la retraite, Tiberius Alexander, les mains tremblantes, arrache le chandelier aux sept lys, dont il peut à peine soutenir le poids, le pesant chandelier d'or que tant de siècles avaient vu immobile à cette place, septuple symbole du peuple de Juda.

Après un instant d'hésitation, Liberalius, Titus, revenu sur ses pas, imitent le courage du renégat. Ils se chargent rapidement de vases, d'étoffes sacrées, pillant ce qui allait être la proie des flammes. Puis ils disparaissent derrière le voile embrasé, pour resurgir, en toussant, sur le seuil du Temple.

Les prêtres survivants, les deux chrétiens, et les blessés incapables de se porter jusqu'au-dehors, sont à présent seuls avec Dieu dans son sanctuaire en feu.

La fumée s'épaissit autour d'eux. Les prêtres chantent d'une voix aiguë la prophétie d'Isaïe enfin réalisée :

« La lumière d'Israël deviendra un feu, et son Saint une flamme. » Jean à son tour célèbre à pleins poumons la punition divine :

« Métal impur du peuple d'Israël, je vais vous rassembler à Jérusalem, et je vous rassemblerai dans ma colère et ma fureur, je vous fondrai au creuset ! Malheur à la ville sanguinaire ! Et l'on saura que je suis El Shadaï, puisque j'ai fait d'Israël un désert... »

Jean a crié le vieux nom du dieu vengeur. El Shadaï : nul prêtre depuis longtemps n'ose plus le prononcer. Les flammes les atteignent presque, et chutent autour d'eux, avec des gerbes d'étincelles, des tisons de la charpente. Ils détournent les yeux avec un cri d'horreur ; le portail du Saint des Saints, atteint par l'incendie, s'entrebâille, s'effondre. Jean, lui, est resté fasciné par ce que découvre et détruit tout ensemble la Nuée ardente.

« Il dit à Moïse : Adjure mon peuple de ne pas venir contempler ma face, car ils y perdraient la vie... »

Ce feu n'est plus un incendie allumé de main d'homme. Les Cherubim, ces monstres moitié griffons moitié sphynges qui gardaient, de part et d'autre, l'entrée du Saint des Saints depuis Salomon, restes d'un Orient païen devenu étranger, gardiens de l'Invisibilité divine, abaissent leurs ailes géantes dont les plumes de métal reflètent l'incendie sur le lieu de Sa Présence, le tabernacle de bois. Aux flancs de l'Arche, les anneaux, inutiles depuis mille ans, sont encore prêts à recevoir les montants des porteurs comme du temps où elle errait, nomade. Enluminée de vieux cinabre et ornée de pierreries céruléennes ternies par l'âge, elle fume déjà ; quand une bouffée l'embrase, disloquant les panneaux de bois, Jean croit voir flamber à nouveau les lignes et les caractères des Tables dictées par Dieu sur l'Horeb, au moment où elles s'effritent, retirant de ce monde Ses commandements comme ils y avaient été apportés pour la première fois.

« La gloire du Très-Haut sortit sur le seuil du Temple et s'arrêta sur les Cherubim. Je n'aurai pas un regard de pitié pour Israël, je ne l'épargnerai pas... »

Au milieu du Saint des Saints, la tornade brûlait seule, sans combustible, immense flambée de gaz, tournoyant entre les quatre murs nus dont les blocs avaient été scellés au plomb, au temps du Premier Temple.

Et, quand elle franchit le seuil, chassant Jean et les prêtres devant elle, Yahvé abandonna Israël.

Comme l'indique l'historien Flavius Josèphe, ami de Tibère Alexandre et de l'Empire, et juif lui aussi, en rendant compte du siège du côté romain, il s'était écoulé mille cent trente ans, sept mois et quinze jours depuis la fondation du Premier Temple par le roi Salomon. Le peuple hébreu était définitivement dispersé, et le culte national d'Israël à jamais aboli laissait la place à l'Église du Christ.

Le dernier témoin (96 ap. J.-C.)

Nous sommes à Antioche, ville fondée par un successeur d'Alexandre le Grand, et devenue par la suite capitale, avec près d'un million d'habitants de toutes races, de la province romaine de Syrie. Dans une demeure adossée au rempart, près de la porte des Chérubins, un moribond bat le rappel de ses souvenirs. Assis à son chevet, un homme écrit. Entre ces deux mémoires, se tisse l'histoire d'une vie, mêlée à cent ans de révolutions, d'ouragans, et d'éruptions qui ont changé la face du monde. La vie d'un prophète du Dernier Jour : à son appel, la foudre divine tombait sur les cités.

Le vieux juif qui repose là, sur ce lit de parade, agonise ainsi depuis vingt-cinq ans. Depuis la chute et la destruction de sa patrie, rasée par les légions. Depuis la fin de Jérusalem. Ce vieil exilé, ce prophète ignoré, ce survivant saint et maudit, appartient à une secte qui s'est implantée dans la métropole bigarrée de la Syrie ; une secte venue de Judée, célébrant le Messie, une secte qui renie à présent le judaïsme comme elle est reniée par lui.

Au nom du Sénat et du Peuple de Rome, un légat gouverne le pays, presque indifférent à cette superstition obscure, confondue dans une même réprobation avec l'hébraïsme ou ce qui en reste. Il représente l'empereur, celui qu'on surnomme le Néron chauve, parce qu'il a renouvelé les persécutions du défunt tyran : Domitien, fils de Vespasien, successeur de son frère Titus, le vainqueur de Jérusalem. Domitien n'a pas plus épargné la synagogue que la jeune Église. Par son ordre, la circoncision vient d'être à son tour interdite. Les juges romains l'assimilent à la castration. La loi de Moïse est hors-la-loi, son lieu saint occupé et possédé par la soldatesque. En même temps, les adeptes de Chrestos *sont livrés aux bêtes. Le dernier des douze Césars, ultime héritier d'un siècle de sang, de génocides, de martyres et de crimes, est dans la dernière année de son règne.*

Dans cette maison perdue d'Antioche, le vieillard inconnu, lui aussi, s'approche du terme, entouré de la vénération des fidèles du Christ et de la haine des autres juifs, cadavre que l'étincelle de l'âme ne veut pas quitter, qui a connu la Passion du Sauveur comme l'incendie du Temple où périt le culte hébreu. Le meurtre déicide et la punition du peuple de Juda.

Jean, fils de Zébédée, après avoir inlassablement erré sur les routes et les mers, combattu dans les guerres intestines qui déchirèrent les premiers apôtres, vu la prise de la cité élue, n'est plus veillé que par ce scribe, à ses côtés, son diacre fidèle. Il semble entré en dormition, à l'instar de la Vierge Marie, mère de Dieu, devenue la sienne par la volonté du Seigneur sur la Croix. Sa légende affirme qu'il ne peut mourir avant l'Apocalypse et le Jugement dernier, qu'il va se relever de cette couche où il attend interminablement la mort, pour monter en gloire, aux yeux de tous, à la droite du Maître dont il fut le seul amour sur cette terre, pendant que s'entrouvriront les abîmes engloutissant tous les vivants.

À l'article du décès, à l'instant d'une apostrophe muette, Jean, le prédicateur à la Voix de Tonnerre, l'ascète intransigeant, usé par ces années de schismes, de tortures, de constance écartelée entre Israël et Jésus, pressent la trahison tramée autour de lui.

Le Seigneur l'a-t-il donc réservé pour cette longue agonie, qui le fait survivre au Christ, aux apôtres, survivre au martyre, à sa patrie, cette agonie qui dure depuis plus d'une génération, torture suprême d'une mort indéfiniment retardée, à la seule fin de le faire douter ?

« Au commencement était le Verbe, et le Verbe était avec Dieu, et le Verbe était Dieu... » Ce soir de Pâque, le fils de Dieu aurait juste cent ans. Le scribe inscrit ses phrases, taille son calame, et déjà déploie les rouleaux qui réécrivent tranquillement l'édifiante biographie, la douce histoire du Disciple qu'Il aimait. Mais, à cette heure où la mort et la nuit hantent l'esprit de celui qui va s'éteindre, emportant peut-être l'univers avec son dernier souffle, ce sont la foudre de l'imprécation contre les tièdes, l'éclair de la malédiction, qui soulèvent une fois encore sa poitrine ; car en ce cœur était descendu le feu de Dieu.

« Au commencement était le Mensonge, et le Mensonge était
avec Lui, et le Mensonge était en Lui... Au commencement
étaient l'hypocrisie, la querelle et la guerre, la calomnie et la
ténèbre... » Les sept lampes, au travers de ses paupières closes,
dansent un ballet veiné de rouge, rythmant le bouillonnement
de l'indignation silencieuse. Jean ne dort pas, il ne peut plus
dormir, quand le moment va venir de s'éveiller pour toujours.
Il rêve sans sommeil, parle sans parler, jusqu'au bout prêtre juif
et apôtre chrétien tout ensemble.

Des fragments de passé lui reviennent, courent les lignes
sinueuses, les juxtapositions hasardeuses de la mémoire, cet
opus incertum si semblable aux dessins du sol, dans sa chambre de malade. Jean a vu de son vivant se fissurer la Loi,
l'ancienne religion mosaïque, autour de lui, en lui. Il a vu
s'émietter les traditions de Jérusalem, et les rites qui étaient les
fibres de son être, concassés par le temps, devenir anachroni-
ques dans la mosaïque de la nouvelle foi, dans l'apparente
réconciliation de la vérité officielle.

« Au début étaient l'obscurité et la haine... »

À son chevet, une lourde coupe de sardoine, taillée dans la
masse transparente, laisse voir en son ambre veiné de bleu,
entre les pattes de deux griffons d'argent, une liqueur trouble.
Jean a soif, mais il ne boit pas. Cette liqueur amère, consacrée,
pour lui donner confiance, devant lui, sous le cérémonial de
l'eucharistie, dissimule le venin qui achèvera son attente.

Les lèvres desséchées, couleur de désert, s'entrouvrent ; le
profil d'aigle, que la lumière du chandelier découpe fantasti-
quement, hoquette, mais aucun mot ne sort. L'atmosphère de
la chambre est étouffante, avec cette odeur d'huile brûlée. Sous
ses longs cheveux blancs, ceints du diadème de soie blanche et

violette qui ajuste au front la lame d'or gravée du Saint Tétra-gramme, l'agonisant roule des yeux agités de prêches inaudibles ; la grande barbe argentée se soulève, mais la Voix de Tonnerre n'est plus qu'un imperceptible râle. La peau desséchée, les pommettes, rocs arides crevant les joues flétries, le nez décharné, le cou ridé sont couverts d'un fard épais, couleur de rre. Le masque révèle d'étranges cicatrices, brûlures anciennes longuement infectées, tavelures laissées par des supplices embrasés.

Derrière la tenture torsadée de laine ocre et noire, venant d'une cour à gauche, tout contre le lit, un chant assourdi de miséricorde, un chœur de voix de femmes psalmodie en grec. La poitrine du vieillard s'agite, faisant cliqueter le lourd pectoral aux douze pierres, sur l'éphod solennel damassé de pourpre, comme si ce chant de deuil réveillait en lui la colère.

Meurtrissant le sommet osseux des épaules, de gros insectes aux reflets de calcédoine brûlée, montés sur des fibules d'or, retiennent le vêtement sacré. Les douze pierres, intaillées de caractères hébreux, les noms des douze tribus, que les lampes incrustent de flamboiements, dessinent sur fond d'or rouge le Tau de la croix, une croix scintillante de tous les bleus : sur la ligne verticale, le saphir voisine avec l'agate laiteuse et l'améthyste violette ; sur la ligne du sommet, le béryl aigue-marine et l'émeraude répondent au feu bleu du diamant. Sous les deux ailes, les notes brunes et pourpres du rubis, de la cornaline, les jaunes de la chrysolite et de la topaze translucide, la hyacinthe orangée et le jaspe vermeil pèsent sur la respiration haletante.

Un grand prêtre, assurément, repose là, tourmenté d'homélies vengeresses, au moment de sa délivrance. Ces intailles antiques, ces lourdes broderies, les pieuses mains qui l'ont vêtu pour la dernière fête, n'en savent déjà plus le sens. Ce mourant, caparaçonné d'or et serti de pierreries, sur son lit de parade aux pieds de lion, prisonnier de sa châsse, sous son masque d'argile craquelé, son corps maigre drapé de la tunique talaire, ainsi paré des atours sacrés des fils d'Aaron, s'apprête à partir en emportant avec lui tout l'ancien judaïsme.

Ce sont les filles de l'apôtre Philippe qui ont vidé les vieux coffres et tiré de leurs antres les vêtements du culte des pères, trésor secret, échappé par miracle aux massacres, à l'incendie, à la destruction du Temple. Ce chandelier, sept calices, boutons et fleurs d'amandier, sept lampes, dont les mèches tournées trois par trois vers la branche centrale s'assemblent pour en adorer le sommet, il n'en est qu'un autre pareil au monde : celui que Titus vola pour Vespasien dans le Sanctuaire en ruine, et qui éclaire encore les débauches du Palatin.

Ce sont elles, les vieilles filles vierges, qui hululent à présent sous le péristyle, la tête transportée par le chagrin. La chambre d'agonie, au centre exact de la maison, s'ouvre des deux côtés. Un courant d'air fait bouger les rideaux qui en ferment les ouvertures. Depuis l'atrium, passant ces deux voiles, les voix venues du gynécée n'en font plus qu'une, assourdie ; et les flammes des lampes, à travers l'étoffe aux traînées pourpres et outremer, ne sont plus qu'un double sillon de lumière, réuni à la pointe, étrave lumineuse fendant vers le haut les vagues que la teinture de Tyr a capricieusement dessinées sur la trame. Le tissu se soulève et retombe, courbant les flammes à son mouvement indécis, ponctué des rares accords plaqués par un plectre qui accompagne le chant lointain ; souffle irrégulier, où passe la mort, vent tiède venu des étoiles, par le quadrangle de ciel nocturne que cernent les colonnes et les toits de l'atrium.

Au loin, le lourd grondement des charrois nocturnes ébranle les immeubles. Les tombereaux de grain, les charrettes de légumes, les troupeaux pour les sacrifices, tout ce qui, le jour, ne peut circuler dans Antioche, rumine et roule lourdement sous la lune pleine, dans les rues aux pavés de marbre. Les cris des bouviers, ahans des forgerons et des portefaix, appels d'éboueurs, jurons de charretiers, peuplent les boulevards éclairés, croisent les joueuses de hautbois lancinantes et lascives, qui raccompagnent quelque fêtard attardé. Antioche, comme toutes les nuits, indifférente et sereine sous la lune d'argent, se partage, active paresseuse, entre Aphrodite et Héphaïstos. Dans l'atrium, insensible aux bruits qui tombent des étoiles, comme au faible soufflement des poumons de Jean, un insecte gratte et crisse obstinément...

« Seigneur, notre Seigneur, que Ton Nom est admirable par toute la Terre ! »

Répondant à la voix cassée des filles de Philippe, les voix

fraîches des jeunes vierges, fantômes en peplos blancs tendant leurs paumes vers l'astre blême, réveillent les échos de la cour :

« Car ta magnificence est élevée au-dessus des cieux.

— Pitié pour moi, Seigneur, en ta bonté... »

Cette douceur de la langue grecque, du Kyrie Eleison, révulse les traits de Jean. Dans le cœur usé, qui ne bat plus que par secousses irrégulières, le grec jamais n'a remplacé la langue sainte, le cri d'Israël, que l'apôtre hurle intérieurement, l'appel du Dieu jaloux :

« Car l'Adon, ton Dieu, est un feu dévorant... »

Au bord de la tenture de laine, un rai de lumière est venu depuis le péristyle des femmes, traçant une oblique sur le sol. Une main a soulevé doucement la tête de Jean, interrompant le flux des souvenirs. Elle lui présente la coupe de sardoine. Il détourne la bouche. Les gouttes glissent sur la peau parcheminée, sur la barbe, jusqu'au pectoral, où elles se confondent avec l'éclat des pierres. De la tenture provient encore le chant grec aux douces inflexions, au subtil phrasé, que les femmes psalmodient en tournoyant.

« Des profondeurs j'ai crié vers Toi, Seigneur,
     Seigneur, écoute ma voix,
Que tes oreilles soient attentives à la voix de ma supplication. »

Un chantre reprend :

« Confessez le Dieu des dieux »

tandis qu'elles répètent à chaque fois :

« Car éternelle est Sa miséricorde. »

Les répons grecs se succèdent comme les vagues, au bord desquelles les premières prières furent apprises, où les premiers Pères donnèrent à la mémoire des récitants, balancées par le rythme de la mer, les paroles à redire pour les générations des générations.

« Sabaoth, Toi le Saint et l'Unique, qui armes les cohortes du Ciel pour ta vengeance, pourquoi laisses-tu ton serviteur désarmé ? Au début étaient le mensonge, la traîtrise et la guerre, et les cris dans le désert... »

Les doigts maigres du mourant ont agrippé le rebord du vêtement sacré, convulsivement, comme des serres. La miséricorde ?

« Adonaï, punis d'abord l'infidèle. Que ta colère soit... »

À chaque invocation en grec, le vieillard oppose silencieusement le Nom hébreu. Et voici qu'une voix de jeune fille dit ces mots à son oreille :

« Adonaï, Adonaï, El miséricordieux et clément, lent à la colère, riche en grâces et en vérité, gardant son amour pour les multitudes, rends-nous notre lumière, ne nous prends pas l'Aimé ! »

Une main aux ongles peints a reposé la patène qu'il a refusée. Il a entrouvert les yeux en entendant près de lui le vieil araméen de sa jeunesse, le syriaque aux chuintements gorgés de soleil. Elle s'est glissée là pendant son sommeil, en soulevant la tenture ; elle doit être chaldéenne ; c'est une esclave de la maison, elle n'a pas quinze ans. Son bras mince, sous le cou du prophète, tremble de crainte. Elle continue de prier, et son araméen, un peu adultéré, a le charme lointain de Babylone, comparé à celui qu'il parlait en Judée.

Il a tourné la tête vers elle ; elle se prosterne, ses longs cheveux dénoués balayant la pierre.

« Alléluia ! Alléluia ! »

Elle n'ose relever le regard. Il lui tend péniblement la main.

« Comment t'appelles-tu ? »

Il a parlé hébreu, mais les mots sont presque les mêmes en araméen.

« Myriam, père vénéré. Le Très-Haut a exaucé ma prière, il t'a éveillé ; maintenant, mange et bois... »

Il repousse encore la lourde coupe de sardoine, et les fruits.

Myriam, comme la Magdaléenne, morte il y a trente ans, par-delà les mers, en Gaule transalpine.

« C'est ton nom de baptême ? »

La fille baisse ses paupières bleuies. Elle s'appelle de son nom d'esclave Talitha, la Chèvre.

« J'ai été baptisée par toi il y a dix ans... »

Il ne se souvient pas. Plus il la regarde, plus il retrouve l'autre Myriam, venue l'accompagner pour le dernier voyage, comme elle l'accompagnait sur Ses genoux. Talitha. Comme cette femme de Joppé que Simon prétendait avoir ressuscitée. Peut-être le croyait-il sincèrement. Simon !

« Comment aurais-tu, Adonaï, confié à un tel homme un tel Signe à accomplir ? Simon, Simon-Kephas, qu'ils nomment

31

Pierre, le faible, l'hésitant perpétuel, qui n'a jamais su combattre Saül quand il en était temps encore, Simon, tout de suite impressionné par l'habileté du rhéteur de Tarse, pauvre pêcheur au filet de grosses mailles, auquel Tu as donné les clefs de la maison de Tes prières, pour qu'il Te renie par trois fois... »

Le vieil homme amer a parlé à haute voix. La fille a un regard de terreur, comme si elle avait pénétré un secret interdit. À ses lèvres, monte en araméen la prière la plus sainte et la plus antique, qu'elle récitait au pays d'entre les fleuves, toute petite, chez les juifs de l'Exil :

« Écoute, Israël ! L'Adon, notre El est le seul El. Tu L'aimeras de tout ton cœur, de toute ton âme et de toute ta force. Que ces paroles que je te dicte aujourd'hui restent gravées dans ton cœur, tu les rediras à tes fils, tu les leur diras aussi bien assis dans ta maison que marchant sur la route, couché aussi bien que debout... »

Cette prière, plus personne dans la maison ne la récite. Jean joint les lèvres, retrouvant la version de la Langue sainte, à peine distincte de celle qu'elle récite en litanie. Les docteurs de l'Ancienne Loi, les rabbis de Jamnia, ont ajouté un verset profanateur, par lequel ils nient le Messie qu'ils ont crucifié. Depuis, les juifs et les chrétiens n'ont plus jamais prié ensemble.

« Où est la place de Ton fils, Elohim ? Saül a vendu ta synagogue à la Bête de la Ville, il a agenouillé le Messie devant César, il a abrogé les œuvres de la Loi. Il a fait de chaque homme son propre juge, qui ne craint plus la destruction des nations ni le Jour du Jugement. Croient-ils encore seulement qu'il viendra, ce Jour ? Ton Fils avait dit : Une génération ne passera pas que le Royaume advienne. Où est le Royaume ? As-tu détruit Israël, et le peuple de ton Alliance, ô Sabaoth, pour laisser survivre le monde des Goyim ? »

La fille s'est glissée hors de la chambre comme elle était venue. Elle a embrassé sa main en murmurant :

« Maranatha ! Maranatha ! » Oui, Il va venir, Il va venir. Jean s'enfièvre. Tout lui revient à la fois, les rites d'enfance, le prépuce coupé qui faisait rire les petits païens, les révoltes du jeune homme de Capharnaüm qui ne voulait pas se marier, la trahison de Jérusalem envers Jésus, la guerre dans l'Église du Christ, pour maintenir la Loi juive, et la crise finale, annoncée par le Seigneur, où le peuple de Juda fut dispersé comme fétus de paille, où l'ancien prophétisme fut aboli, où le grec et le romain l'ont emporté sur l'hébreu, même dans la maison du Fils.

Les flamants roses, sur les bords de l'Oronte, repliant leur long cou, saluent le matin de leurs cris rauques. Un chant d'ivrogne, en l'honneur d'Astarté, s'apaise dans le lointain. C'est l'heure où Antioche se calme. Les femmes, dans la cour de mosaïque blanche et grise, déroulent toujours l'infinie louange, orantes aux mains tournées vers l'orient. Par-delà la chambre où rêve, veillé par ces voix, l'agonisant, dans l'atrium, le grattement redouble. Assis sur un pliant de canne et de cuir, devant un trépied au plateau de cyprès, vêtu de la longue dalmatique immaculée aux bandes de pourpre qui tombe jusqu'à terre, un homme écrit.

Ce crissement inlassable et menu, entre les répons des chœurs assourdis et la goutte d'eau de la clepsydre à tête de dragon, rythme la lente expiration venue de la chambre ardente. L'homme qui écrit est chauve, le crâne soigneusement rasé ; et il a le teint brun, de longs cils noirs, et toute la vigueur de l'âge mûr ; ses yeux en amande, ses traits égyptiens qu'étoile de rides l'attention de l'écrivain, se relèvent un instant au-dessus du roseau qui court seul, de gauche à droite, pour achever la ligne. Le craquement du calame s'arrête ; avec un petit bruit de clapet, la clepsydre a laissé tomber, depuis la gueule du dragon, une boule rouge de plus au long de la tige de bronze ; c'est la dernière heure de la nuit.

Le scribe sèche méticuleusement la feuille de papyrus pâle et lisse, polie à la dent d'ours, et enroule la nouvelle colonne de texte autour du bâton d'ivoire posé à sa droite. Il verse quelques gouttes d'eau d'une aiguière de cuivre dans l'encrier que porte, à sa gauche, le dos d'un dauphin bondissant, et remue la boue noire, en laissant errer son regard sur la grande fresque qui lui fait face, peinte autour de l'entrée de la chambre sanctifiée ; parmi les ors naïfs et les nuages trop bleus, sous un soleil de gloire à côté de l'aigle, Jean le grand prêtre de l'Orient.

À la clef de voûte, Marie de Nazareth, telle que Luc, qui ne la connut jamais, l'a peinte avec amour, couvre de son intercession protectrice celui que Jésus lui confia, et à travers lui l'Église et l'humanité. Plus bas, sur les parois autour de la porte, des tableautins, des scènes enluminées, encadrées de bois précieux, montrent les hauts faits de l'existence du mourant. Le Disciple que le Christ préféra y offre aux regards des croyants la face, maintes fois répétée, d'un jeune homme aux boucles noires et aux joues fraîches. Ce visage d'adoration, les pénitentes en prières ne se lassent pas de l'embrasser, patinant la dorure de leurs baisers ; et ce même visage grimace affreusement, dans la chambre, sur l'oreiller du lit de parade, dissimulé juste derrière ses propres icônes, défiguré et pourtant, par-delà le siècle et ses cicatrices, se souvenant d'avoir été si beau.

Le scribe s'est remis au travail. À ses pieds, plusieurs autres rouleaux s'entassent, sommeillant enroulés sur eux-mêmes comme des serpents qui digèrent leur proie, cachant dans leurs replis les feuilles achevées, collées bout à bout. Tous sont scellés de cire brune, fermés par la bandelette de laine. Ce sceau, l'homme le porte au doigt ; une croix ansée, sous laquelle un poisson entoure les lettres grecques, les initiales de Jésus-Christ, Fils de Dieu, Sauveur.

Moi, Prokhore, guetteur et veilleur de l'archi-apôtre Jean depuis soixante années, à Clément, chef et père de l'Église universelle. Je vous écris cette lettre le jour des calendes du mois d'avril, que nous appelons ici Anthesterion, en la nuit de pleine lune du printemps de l'an 849 depuis la fondation de la Ville. Il s'est écoulé quatre-vingt-seize ans à peu près depuis la naissance de Notre-Seigneur, et soixante-trois depuis sa mort et sa résurrection, que nous fêterons dimanche prochain ; et trois mille huit cent cinquante-sept années depuis la Création. Cette lettre de paix devrait vous apporter la terrible nouvelle qui ne saurait tarder : avant la fin de cette semaine, si nous en croyons frère Basile, le médecin que nous envoya frère Luc, tout sera consommé, et une date révérée à jamais par la mémoire des fidèles va clore l'ère du Témoignage.

La lumière de l'Asie, le phare de l'Orient, l'archi-apôtre mon maître, épiscope d'Antioche, est sur le point de quitter cette vallée de larmes pour entrer en la vie éternelle. Avec lui disparaît ce qui déjà n'était plus qu'une survivance : la véritable famille juive de Christ. Notre Église, nos églises, ne sont plus celles de Jérusalem. Le peuple élu, c'est notre troupeau, de quelque nation qu'il soit. Le Temple, détruit par César Titus il y a plus d'un quart de siècle, plus long que vingt siècles qui ont précédé, c'est désormais le corps de notre communauté ; il n'est plus de marbre et d'airain, mais en nos cœurs, fait de foi et de prière. Tous peuvent y pénétrer, car le Verbe qui s'est fait chair, le Logos incarné descendu parmi les hommes, ne se disperse pas d'être largement semé ; contrairement à la parole humaine, la Parole ne cesse pas d'exister dès qu'elle a franchi Ses dents, elle se multiplie en émanant de Lui dans la gloire de sa constante création, elle ne quitte jamais les lèvres de Dieu.

Pendant ces années de discorde qui s'éloignent de nous, nombreux sont ceux qui ont prêché Christ par jalousie ou par vengeance. Paul, chargé sept fois de chaînes, banni, lapidé, a quitté ce monde pour rejoindre la droite du Seigneur, il y a trente ans. L'Aimé va l'y retrouver dans la paix de Dieu. Lui, le martyr poursuivi par l'envie et la dent acerbe, parfois le poignard, des mauvais disciples de Paul, il pardonnera tout en son cœur.

Sans doute les persécutions menées au nom de Christ sont-elles cent fois plus douloureuses que celles de César. Paul n'a-t-il pas tenté de priver l'Aimé de son droit de prédication ? Poursuivi de longues années par cette conspiration fratricide, notre épiscope s'en était montré très affecté, revendiquant pour lui seul de L'avoir connu lors de son passage sur cette terre. Ses lumières en avaient souffert. Un petit nombre de personnages insolents et audacieux, se couvrant du nom de Paul, ont amené contre lui une détestable révolte.

Lui-même, notre épiscope, a donné son viatique, pendant ces malheureuses années, à des imprudents et des rebelles. Au lieu d'estimer que les fautes qu'il reprochait à l'autre étaient aussi les siennes, comme il nous a été commandé, chaque parti écartelait Sa parole. « Le Bien-Aimé a bu et mangé, il a été dans l'abon-

dance, il s'est engraissé et il a regimbé. » Loin de moi de vouloir appliquer ce passage des Écritures à notre révéré épiscope ! Il y eut faute des deux parts. Le désordre et les disputes, qui entraînent guerre et captivité de l'âme, l'insurrection contre la sainte ordonnance que Paul, malgré les obstacles que tant d'entre nous, dont j'étais, ont mis à ses impérieuses directives, a su installer entre les Églises de Dieu, connaissent aujourd'hui le terme que Sa Volonté met à toute entreprise humaine.

Désormais, Pierre et Paul sont les colonnes de la Nouvelle Alliance. La patience de Paul, enseignant Christ jusqu'aux bords de l'Occident, a eu raison de nos aigreurs et de nos affronts. Désormais, tout membre de notre Église obéit et exécute en toute soumission et ponctualité les ordres que donne, avec sa douceur simple et vraie, la tête de la communauté. Les temps de flamme sont révolus ; heureux les élus et les apôtres qui ont achevé leur carrière avant la nôtre, ont donné leur vie au martyre et n'ont pas connu les destitutions d'épiscopes, les affrontements dans les conseils, qui ont été réservés à notre génération comme sa plus dure épreuve ! Je me dis parfois que si notre cher et saint archiapôtre avait quitté plus tôt ce monde, le schisme, l'égarement, l'affliction, lui eussent ainsi été évités. « Si je suis cause de sédition ou de querelles, je me retire, je vais où vous voudrez. » Ainsi parlait-il dans cette dernière période. Il se retire aujourd'hui des choses d'ici-bas ; à nous de panser les plaies de son double martyre, de faire oublier la guerre civile dont il fut l'innocente cause au sein de nos Églises.

Car j'ai à proposer à vos éminences, chers pères et chers frères, une énigme haute et ardue, qui manifestera votre esprit de pardon. Puisque le Dernier Témoin va disparaître à son tour, laissant son peuple dans l'affliction, n'est-il pas temps d'ajouter au nouveau Temple affermi une colonne, et de l'adjoindre aux trois autres qui s'édifient autour de vous, chers pères, grâce au recueil de l'apôtre Matthieu, aux Récits que frère Marc et frère Luc ont publiés ? Ne devons-nous pas donner au premier et au dernier apôtre une sépulture, la plus belle, celle d'un Père de nos Églises, où doivent être effacés tous les moments d'égarement, recouvertes toutes les injures ?

Le Seigneur a dit : « Voici que je viens comme un voleur. Heureux celui qui veille et garde ses vêtements, de peur d'aller nu et de laisser voir sa honte ! » Il ne convient pas que soit exposée, au moment de paraître devant le Juge, la nudité de cette âme exigeante, assoiffée de martyre. Faisons-lui pour l'éternel repos qui va le surprendre un vêtement de notre respect, un tombeau de ses Récits. Que sa Nouvelle, son Évangile, devienne, avec la pudeur d'une simple parure, le bréviaire qui enseignera nos enfants, rendue à tout l'honneur qu'elle eût de recevoir dès l'origine en nos Églises. Qu'il rejoigne Pierre et Paul dans nos mémoires, confondus dans l'oubli des insultes et notre filial amour. De plus, de quelle valeur ne sera pas, quand vous l'aurez publiée et reconnue, la parole du Dernier Témoin, contre les hérésies des Apparents ! Lui, il L'a entendu accuser le Père de L'avoir abandonné, il a partagé Son extrême faiblesse, Son terrible désarroi sur la Croix. Mais il L'a aussi vu en gloire, disant : « Bienheureux celui qui a existé avant d'être produit ! » Par ses Récits, les troupeaux dispersés des Églises apprendront que le Salut est promis, que le Prince de ce Monde est déjà défait, que le sommet du mal est derrière nous, sur le Golgotha ; que Sa parousie, Son retour, Son royaume, se fait en chacun de nous, à l'heure qu'il Lui plaît de choisir. Sur la foi de celui qui eut la Vision de Patmos, ils comprendront que les temps de Dieu et ceux des hommes ne se mesurent pas à la même aune, que le monde n'est pas qu'apparence, que l'espérance du Royaume n'est pas la descente ici-bas d'une cohorte d'anges renversant les trônes. Ebionim exaltés, enfiévrés des anciens prophètes, Docètes enivrés de mystères et de fausses sciences, discoureurs sophistes de la Grèce, tous devront se plier devant cette Parole, et leur âpre guerre entre eux et contre l'unité de l'Église en sera d'autant affaiblie.

Enfin, si dans la gloire du Seigneur, ces âmes élues, celles de l'Église de l'ancienne Jérusalem et celles de l'Église de Rome, celles de Pierre, de Paul, et de Jean, se rencontrent un jour sans fin, ne se diront-elles pas l'une à l'autre, en échangeant le baiser de paix :

« Certes, César Titus a détruit le Temple et rasé Jérusalem. Mais pour que naisse la Jérusalem céleste, ne fallait-il pas que la Jérusalem de boue fût effacée de la surface de la terre ? Pour que la foi triomphe, ne fallait-il pas le martyre et les exterminations intestines ? Pour qu'advienne le peuple de Dieu, Israël ne devait-il pas être pour toujours dispersé ? »

Depuis la mort de Philippe, très saint épiscope d'Hiérapolis, l'Aimé, qui fut le dernier auprès de Lui lors de la Passion, après avoir été le premier disciple, était l'ultime apôtre vivant. Comme Eleazar, il meurt fidèle à l'Ancienne Loi, comme il le fut à la Nouvelle, s'infligeant double fardeau. Sa disparition nous libère, devons-nous l'avouer, de l'angoisse du grand mystère. À l'instant où le cœur de l'Aimé aura cessé de battre, nous saurons enfin, nous qui demeurons avec notre affliction, le sens de ces mots que lui adressa le Seigneur sur le lac, le dernier Signe laissé à l'humanité :

« Il restera jusqu'à ce que je revienne. » Cette redoutable menace, il ne se privait pas de la brandir jusqu'à ses derniers jours.

Ces lettres sont confiées à la fidélité éprouvée des frères Papias et Polycarpe, que le Seigneur soit avec eux et que toutes les demeures chrétiennes les accueillent comme des Envoyés, au long de leur difficile navigation ; ils sont munis de tessères qui les feront reconnaître. Entourés comme nous le sommes d'espions et de profiteurs, on ne saurait imposer aux communautés la charge de nourrir et loger les envoyés sans prendre toutes précautions. Ils s'embarqueront à Séleucie dès que Basile aura constaté la vérité du funeste message.

Chers frères qui êtes dans la Babylone de l'Occident, cette lettre de paix, l'Église d'Antioche vous la tend comme un baiser de réconciliation, au-delà des blessures et des révoltes, à cette heure suprême où vos lumières nous sont indispensables. Oubliant les affreuses querelles qui nous ont opposés avec la violence du démon, nous ne résistons plus, nous nous reposons en votre autorité. De faux inspirés, se réclamant de la parole de l'Aimé, ne sont-ils pas allés affirmant que nous, presbytres du conseil d'Antioche, nous le séquestrions contre sa volonté ? Me conformant à vos saintes instructions, j'ai gardé et garderai le temps que je pourrai le secret le plus absolu sur son état, et j'ai évité à notre cher épiscope tout contact avec le monde. Il ne convient pas que le tumulte et les cris de douleur troublent le dernier sommeil de l'archi-apôtre, phare de l'Asie.

Que ces preuves de notre volonté de bien faire nous attirent votre indulgence, éteignent les séditions, ferment les blessures que nous nous infligeâmes les uns les autres. Avec la fin du Dernier Témoin, les sept Églises d'Orient mettent leur orgueil à vos pieds ; lui disparu, nous n'avons pas d'autres directives que les vôtres. Les Églises de Dieu deviennent Une sous votre chef. Peu à peu, vous le savez, l'Aimé s'était retiré de la vie de la communauté ; jusqu'au bout, il se sera muré dans son secret. Il est l'Amour, il est le Tonnerre et la Guerre. Sa force sainte embrase et saccage, son invincible tendresse est celle du jeune mari pour l'épousée. Moi, Prokhore, qui l'ai suivi pendant un demi-siècle, je vous redis ce mystère de la douceur du feu, de la violence de l'amour. L'Aimé se retournait comme sur un gril, entre cet ancien Israël auquel il tenait par toutes les fibres de son âme, et la divine colère contre le peuple déicide. Avec l'âge, les tortures de son esprit, son corps affligé des jeûnes les plus rigoristes, les épreuves du martyre et de la guerre imposaient une retraite extrême.

On eût dit que, s'approchant du terme, cette vie retournait à ses origines : à mesure que la vieillesse gagnait en lui, notre épiscope revenait à la langue sainte, que personne sauf moi ne parle ici, et aux plus anciens usages de la Loi, renonçant aux habitudes grecques qu'il avait prises. Cette prison qu'il s'était à lui-même imposée l'avait exclu des affaires de notre Église. Aussi son entrée dans le dernier sommeil peut-elle rester ignorée du monde...

Quand vous recevrez ces lettres, l'Église de Dieu sera orpheline. Oui, frères, je garderai le secret le temps qu'il conviendra. Les brebis du troupeau, déjà mordues par l'inquiétude du fait des persécutions nouvelles qu'entreprend le Néron chauve, seraient inutilement inquiétées par l'annonce de cette fin imminente. Nos diacres ont verrouillé les portes de bronze, depuis le jour où notre saint épiscope s'est alité définitivement, au début de la dernière saison humide. Cet hiver, qui vous aura plongés dans les souffrances dues au nouveau Nabuchodonosor, nous aura enlevé le dernier Élu à avoir contemplé la face de Notre-Seigneur. Dans le trouble et l'angoisse où les événements de la Ville ont jeté les fidèles, je préfère attendre votre réponse avant de laisser ébruiter le décès. Il y a urgence, ce pour quoi je vous prie de faire hâte en vos instructions. Polycarpe et Papias ont mission de nous les ramener aussitôt, et nous comptons sur leur retour pour la fin de l'été. Trop de racontars et de légendes entourent à présent la per-

sonne vénérée de notre saint épiscope, *Lumière de l'Asie*, pour que l'annonce douloureuse puisse être faite sans préparation. Comment les fidèles pourraient-ils calmement accueillir ce malheur, quand se rallument déjà les brasiers du martyre ; quand nous apprenons qu'une pièce de théâtre, blasphématoire de Sa Passion, que les Romains ont intitulée Le Lauréolé, obtient sur les bords du Tibre un succès chaque jour renouvelé par l'atroce, depuis que c'est un esclave condamné, que déchirent réellement les clous sacrilèges ?

Dans ces moments décisifs où se forge l'avenir de l'Église de Dieu, il est tant d'âmes simples pour lesquelles de tels signes de fureur païenne sont de redoutables présages ; il est tant d'esprits exaltés, qui prennent à la lettre la Promesse que fit à l'Aimé le Seigneur ! L'ébruitement de sa disparition réveillerait la croyance que la fin de ce monde est proche, que l'heure du Retour est arrivée. En vérité, cela vous est connu, chers frères de la Ville. Nos ennemis aussi trouveraient à se réjouir de cette sainte fin. Ne chercheraient-ils pas à introduire le doute dans l'esprit du troupeau, en blasphémant les dernières paroles de Notre-Seigneur, en moquant la Promesse inachevée ? Grande est l'impatience, que la mort de Jean pourrait transformer en nouvel incendie. Telle est la sainte puissance qui émane du corps repu de souffrances qu'il s'apprête à quitter !

Ce jour de pleine lune, quatorzième du mois de Nisan à Jérusalem, est celui où est mort Notre-Seigneur. On dirait que notre épiscope, dans sa maladie, revit la Passion de Christ et ses suées de sang. Les saintes femmes de la maison, veuves et orphelines de nos martyrs, dirigées par les nobles filles de l'apôtre Philippe, prient jour et nuit ; ces âmes pures croient entendre des grondements sous terre, elles sont convaincues que le sol et les cieux s'entrouvriront à l'heure où l'Aimé quittera cette vallée de larmes. Je n'ai pas tenté de les dissuader ; leur foi est un rocher, elle est aveugle et sourde. Elles s'apprêtent, le cœur en fête, aux épousailles ultimes, elles croient incessamment retrouver leur père autour du trône du Dieu.

Mais, ce qui est sans danger pour ces piliers anciens de notre Église, consolation des vieux jours de l'Aimé, ne le serait pas pour de simples catéchumènes.

On nous guette de toutes parts, dans cette cité d'Antioche où fidèles de la Loi de Moïse et païens semblent liguer leurs efforts contre nous, comptant sur nos dissensions. Tout trouble dans la communauté nous serait imputé à crime auprès du légat, et nos nombreux fidèles ne sauraient suivre la voie escarpée du martyre que connut la génération des apôtres. Nous avons dû faire arrêter de faux prophètes, qui se réclamaient de notre Église pour annoncer la mort de l'Aimé et le Jugement dernier. Le Seigneur en soit loué, en prévision de ces calomnies, j'ai noué depuis des années avec l'Asiarque du culte des Césars une amitié sans faille. Cet homme, quoique idolâtre, est bon et avisé. Gouverner notre fragile esquif dans ces périls a exigé de votre frère, parfois même pour réparer une imprudence de l'Aimé, des trésors de subtilité qui sont aujourd'hui épuisés, quand s'éteint le Lustre de l'Asie. Répondez-moi vite, apportez-moi la lumière qui me manque, car mon cœur est dans l'angoisse.

Ses imprudences : les membres épuisés de l'Aimé n'ont pu résister plus longtemps à l'ardeur de cette âme aspirant au repos éternel. Il ne s'est jamais ménagé. Lors d'une rémission de son mal, il y a à peine deux ans, nous avons dû l'empêcher de rejoindre une troupe de bandits, qui ravagent le désert, vers Béroé. Il s'était mis en tête d'en convertir le chef, un jeune brigand dont il avait autrefois obtenu, touché par sa grande beauté, la libération. Si cette fugue avait réussi, notre saint épiscope, malade et âgé de quatre-vingt-dix ans, aurait couru les routes en évangélisant les détrousseurs de voyageurs et les assassins de carrefour.

Le volcan qui s'éteint aujourd'hui, après avoir été le réceptacle du plus divin amour, a secoué son temps de ses éruptions. Parfois, je l'avoue, je crains même qu'il se réveille. Notre fragile équilibre en cette ville ne résisterait pas à ses intransigeances. Pardonnez ma franchise, ô père Clément, celle de l'homme d'Église déjà blanchi sous le harnais des responsabilités. Je souhaite parfois être sûr que l'archi-apôtre ne se relèvera plus...

« Le Seigneur soutient tous ceux qui tombent
Et Il relève tous ceux qui sont brisés. »
Elles sont inépuisables, ces voix de vieilles, sur lesquelles les nuits et la fatigue ne marquent pas. Çà et là, sous les portiques

qui entourent la cour, les jeunes filles se sont endormies, la tête voilée d'un pan de leur peplos, un bras ou une jambe nu dépassant du vêtement, sur la mosaïque, dans le soleil levant. Le luth plaintif s'est tu. Les vieilles vierges, les filles de Philippe, au dos cassé, aux pas tremblants, insatiables de lectures saintes, de psaumes et de cantiques, se sont toutes trois assemblées, dans le cubicule ombreux au bout de la cour, près du jardin. Elles se préparent, gourmandes mystiques, au saint et simple repas eucharistique, où leur langue sèche, leur palais assoiffé consomment pour l'éternité le Seigneur sous les deux espèces. À l'autre bout de la maison, dans l'atrium, un esclave syrien est entré, ceint d'un pagne, et a tiré les lourds rideaux qui pendent entre les colonnes. La chaleur monte si vite, à Antioche, et la poussière, et les insectes qu'attirent, autour de la ville, les carcasses de boucherie et les dépôts d'ordures.

L'homme qui écrivait s'est levé, a étiré les bras, en regardant la grande fresque empourprée par la lumière filtrant des rideaux. Ses cils sont longs et veloutés, son sourcil noir est fin comme un trait de pinceau. Il entrouvre le voile, se penche sur l'Aimé, lui tend une nouvelle fois à boire ; mais le mourant, immobile, les narines déjà presque pincées, refuse toujours la coupe. Prokhore ajoute de l'huile aux sept lampes avec une fiole d'or où s'enroulent deux serpents, baise l'anneau, la main tavelée, récite une prière.

À l'entrée, de l'autre côté du bassin, le marteau à gueule de lion a frappé sur le bronze. L'esclave introduit trois hommes, en tunique claire. Deux d'entre eux sont à peine sortis de l'adolescence. Ils ont la voix nette, le geste décidé et respectueux, les bras nus, à la grecque, épilés de près, le cheveu court, coupé rond, comme les esclaves et les soldats ; ils ne portent aucun bijou apparent, sauf un anneau mince dont le chaton, tourné à l'intérieur de la main, porte un poisson. Le lin de leur tunique est fin, leur chevelure est ointe d'une huile discrète. Le troisième, plus âgé, en dalmatique blanche, porte une petite croix pectorale.

Ils s'inclinent devant le scribe, baisent le sceau. L'esclave apporte du pain et des fruits, que le scribe bénit, et qu'ils partagent ; tous, en mangeant, contemplent silencieusement, par le coin du voile relevé, le lit, la tête, la barbe blanche, le corset d'insecte étincelant de pierreries, qui se soulève doucement.

Papias, Polycarpe d'Éphèse, diacres, et Ignace, presbytre de notre Église qui a le malheur d'être à Antioche sur l'Oronte, serviteurs du Seigneur, dans cette cité qu'il Lui a plu de nous imposer pour notre séjour en ce monde, se joignent à moi pour saluer leur père Clément, et supplier leurs frères de la Ville d'arracher jusqu'au souvenir des cabales du passé. Le jeune Polycarpe, qui n'a pas connu ces dissensions, est fils du diacre défunt que nous eûmes à Éphèse, il y a près d'un demi-siècle. Nous étions alors des errants, et quand nous vînmes à Antioche annoncer la Nouvelle, cette demeure du culte où nous logeons n'offrait pas au troupeau, aux presbytres en leur conseil, à notre saint épiscope, la paix que nous y connaissons à présent. Le père de Polycarpe, Philémon, qui nous acheta cet asile, était d'une famille sacerdotale païenne fortunée ; en sa parentèle, se disposait le siège de l'Asiarque, qui se trouve être le cousin de notre jeune diacre, ainsi que l'archontat des fêtes au Didymeion. Cette famille vouée aux idoles depuis des générations a porté sa fidélité héréditaire en Christ, et est devenue pépinière de beaux fruits du Seigneur. Polycarpe et Papias sont amis depuis l'adolescence, Oreste et Pylade craignant Dieu. C'est merveille de voir ces deux jeunes âmes brunies déjà par le soleil des épreuves pour la foi s'appuyer l'une sur l'autre avec tendresse. Faites-leur doux accueil.

Quand je les vois ainsi, se soutenant l'un l'autre et en Christ comme le guerrier sur sa lance, ces jeunes combattants de l'Église, Achille et Patrocle, Nisus et Euryale de la foi (que l'Aimé me pardonne de citer des poètes païens, dont il voulait prévenir la lecture chez les enfants des fidèles, au risque de ruiner les grammairiens), je pense à ces nouveaux catéchumènes qui prennent aujourd'hui le chemin de l'Évangile. Il y a plus de deux fois dix ans que nous sommes établis en Antioche ; et pendant que l'Aimé guerroyait, de son lit, par la parole, contre les gnoses hérétiques, et continuait de mener la lutte contre ce qu'il appelait les idées de Paul, les jeunes générations de nos convertis comprenaient de moins en moins sa prédication enflammée, que nous avons dû leur interdire. Il tranchait dans la chair des affections et des habitudes, sans nul souci des nouvelles circonstances où sont engagés en grand nombre les fidèles d'aujourd'hui. Une femme chrétienne, mariée à un païen, se présentait-elle devant lui, il lui ordonnait d'éteindre la lampe du seuil de sa maison, de décrocher lauriers et bandelettes des portes, de cracher sur l'autel des lares de son foyer, au moment où son mari, un pan de la toge sur la tête, verse la libation idolâtre à ses dieux et ancêtres. Notre conseil presbytéral en juge aujourd'hui autrement : la voie étroite du sacrifice n'est pas pour le gros du troupeau. L'épouse doit-elle scandaliser ainsi ses enfants, ses serviteurs, innocemment rassemblés pour ce sacrifice dont l'impiété ne retombe pas sur eux ? Et sur les places de notre ville, où temples et statues abondent, le nouveau chrétien devra-t-il partout refuser de se découvrir ? S'il est marchand, comme le père de Papias, doit-on lui interdire de jurer ses emprunts ou ses prêts par les dieux païens, comme c'est la loi de la cité ? N'est-ce pas le pousser à la faillite, et par là même priver la communauté de ressources ? L'Aimé était insensible à tout cela. Il voulait prohiber aux fidèles l'achat de la viande provenant des sacrifices païens, qui est le principal commerce de boucherie en ce monde ; il voulait chasser nos artisans des congrès de leurs corporations, où s'entonnent entre collègues couronnés de fleurs des chants sacrilèges en l'honneur d'Hermès ou d'Héphaïstos. On aurait dit que l'archi-apôtre, dans la pureté de sa colère, reculait en sévérité à mesure que la communauté s'étendait et gagnait en nombre et en vigueur, qu'il eût voulu en restreindre l'expansion. Ces femmes qui sont l'armée de notre Église, païennes par devoir conjugal au milieu des païens, fidèles au milieu des fidèles, il leur défendait de célébrer la naissance de leur progéniture, leurs morts ou leurs alliances, suivant les usages de leur mère, de leurs sœurs, de leurs frères et de leur mari. Mais comment appliquer à tous la parole où Notre-Seigneur ordonne de tout quitter pour Lui ? Pouvons-nous vivre en ennemis parmi nos concitoyens ? Que vos saintes lumières viennent nous conforter, frères de la Ville, vous qui savez mieux que nous comment répondre aux questions du troupeau !

En vérité, à force de fixer des yeux le Royaume, notre épiscope, Éclair de l'Orient, avait perdu de vue les misérables afflictions terrestres où nos fidèles sont engagés ; il avait même, lui qui dirigeait les sept Églises de ses rudes semonces, perdu tout intérêt pour l'organisation de la communauté ; à ce sujet, il me laissa *toute liberté. Quoiqu'il en porte toujours le titre, je dois bien reconnaître que les fonctions épiscopales furent plus miennes que siennes. Des préoccupations autrement élevées habitaient l'esprit de l'archi-apôtre ; il ne prit jamais attention aux nouveaux organes de notre Église que le conseil mit sur pied. La prédication du premier venu, la glossolalie sans frein de prophétesses échevelées, le cercle patriarcal d'une communauté qui élit ses responsables parmi les plus anciens fidèles, sont autant d'avantages pour un petit troupeau. Aujourd'hui, où les anciens de notre Église doivent gérer des fonds, donner des garanties et des signatures, où la hiérarchie des diacres, de nos veuves et de nos diaconesses, de nos presbytres de quartier, demande la main du secrétaire et les connaissances du banquier, le prophétisme serait vain et orgueilleux. L'Aimé n'a jamais accepté les contraintes qu'entraîne la construction de l'Église. Sa querelle contre Paul a déchiré de longues années la tunique de Christ.*

De nos jours, bien rares sont les circoncis et les observateurs de la Loi, parmi nos convertis. Lui, le fondateur de nos Églises, notre introducteur auprès de Christ, nous étions contraints, les dernières années, de dissimuler les habitudes juives qu'il avait gardées ; car nos fidèles ne voient plus en Israël, auquel ils se heurtent quotidiennement dans les rues, et qui les insulte et les calomnie, que le peuple meurtrier du Fils de Dieu.

Suprême douleur ! Cette vie juive, il semblait tout exprès la reprendre, comme on retourne à un premier amour, au moment où notre communauté s'en éloignait. Il y a cinq ans, nous avons tous dû nous soumettre au recensement de l'impôt sur les juifs. Notre saint épiscope lui-même, en dépit de son grand âge, fut traîné devant le prétoire romain, dévêtu, et, après examen, condamné au fiscus judaïcus, bien qu'il protestât hautement de sa foi chrétienne. Ce fut sa dernière apparition publique ; nombreux, dois-je le dire, parmi nos croyants, ceux que cette scène fit profondément souffrir ; pour l'humiliation imposée par le persécuteur, le Néron chauve, mais aussi pour avoir vu leur guide assimilé au peuple de Moïse. Depuis, il n'a presque plus quitté cette maison ; lui, l'Initiateur, il est devenu l'hérétique ; et celui qui a reçu le droit de remettre les péchés doit à son tour, avec quelle peine j'écris ceci, se faire pardonner par nos plus jeunes diacres et presbytres d'être né juif.

À votre instigation, frères de Rome, nous avons progressive-
ment renoncé au sabbat, dont la célébration nous opposa à vous.
Le dimanche, ici comme dans le reste de l'Église, deviendra le
seul jour du Seigneur. En vérité, il n'y a plus rien de juif en nous.

Le fondateur à son tour est rejeté dans l'ombre, mais sa parole
doit demeurer, plus grande et plus forte. Quelques jours après
cette scène, devant la communauté assemblée, l'Aimé m'a trans-
mis ses pouvoirs par l'imposition des mains. Depuis ce moment,
moi, Jean Prokhore, qui ne suis qu'un serviteur de Dieu parmi
les autres, les membres de notre Église ont pris coutume de
m'appeler par mon titre, comme s'il m'était propre, pour me dis-
tinguer de l'épiscope ; et aussi parce qu'on croit ici que l'organisa-
tion de notre Église me doit beaucoup ; aussi me nomme-t-on
d'ordinaire Jean le Presbytre, ou même, dans la communauté, le
Presbytre, le Prêtre par excellence.

En tout malheur l'Église trouve une épreuve féconde. Avec la
disparition de celui qui fut l'alpha et l'omega, le fratricide com-
bat entre celui qui a vu et celui qui n'a pas vu le Seigneur de ses
yeux cessera, faute de combattants.

Cette missive, chers frères, n'est que de clôture ; sept autres la
précèdent, que j'écrivis ces dernières années, et que j'ai rassem-
blées depuis que la maladie de l'Aimé a pris un cours fatal. Je
vous les fais porter classées dans l'ordre où je les ai écrites ; j'ai
attendu la reprise de la navigation, le mois dernier, sans laquelle
elles n'auraient pu vous parvenir, et le diagnostic définitif des
médecins, pour vous les adresser. Les deux premières concernent
ce temps de Galilée où l'Aimé reposait sur les genoux du Sau-
veur. Corrigées par vos suggestions, elles formeront la quatrième
face de l'Évangile quadruple, par lequel l'Esprit Un de l'Église
universelle se manifeste.

L'Aimé avait longtemps refusé d'écrire ses prêches comme ses
Récits. Il opinait que les écritures sont achevées, et même que, à
qui sait les lire, la vie de Notre-Seigneur y est entièrement conte-
nue sous les belles prophéties, comme celle de l'Emmanuel. Quant
à la parole du Christ, ces Dits du Sauveur que la tradition nous
a transmis, on ne pouvait y adjoindre. Matthieu, Marc et Luc
avaient tort. Mais sa disparition va rompre ce vœu de ne rien
ajouter aux Livres saints, que même les visions qu'il eut à Patmos

ne lui firent point enfreindre : cette Apocalypse, il m'interdisait de la publier, et ce rouleau ne m'a jamais quitté depuis trente ans. Il n'avait pas grande patience dans le maniement des styles et des calames ; aussi m'a-t-il dicté, de sa Voix de Tonnerre, tout ce que j'ai écrit contant sa vie avec Jésus. Je serai bref sur cette part, la mieux connue ; j'adjoindrai ensuite, les retraçant longuement, le récit de son existence à lui, l'archi-apôtre, de ses Actes, qui deviendront pour le troupeau grande et belle pâture d'exemples et de vertus. La parole de l'Aimé se doit compléter par les circonstances où Dieu lui parla. Quant aux arrangements, aux extraits, aux lectures publiques, aux copies à exécuter, vous en jugerez, lampes de l'Église ; car il ne convient pas de scandaliser les fidèles. Les flèches de l'Amour divin font délicieusement souffrir et fortifient l'âme d'élite, elles abattent à terre les chancelantes et les faibles. Que ceux qui m'accuseront de trahir l'Aimé, soit en publiant ses secrets, soit au contraire en vous proposant leur dissimulation, considèrent seulement ceci : moi-même, qui ai vécu presque toute mon existence consciente auprès de lui, ai été affranchi, adopté, baptisé par lui, qui porte son nom, il est en les paroles et la vie de l'Aimé des révélations que je ne puis lire sans trembler, des mystères, lors de son séjour à Rome, que je ne puis évoquer sans frémir. Contempler d'un coup la Vérité de l'Aimé pourrait être fatal à des âmes ordinaires. Trop de clarté portée sur le saint arcane où l'Aimé fut admis deviendrait curiosité sacrilège. L'homme de l'Apocalypse brûle ce qu'il touche ; l'Église et sa censure sont la protection des fidèles.

Mais à qui d'autre que moi aurait pu échoir ce redoutable testament, ce double testament par lequel l'Aimé me lègue, outre le devoir de célébrer ses propres miracles, celui de transmettre à mon tour ce que Jésus lui légua ? L'Aimé, vous le savez, ne se maria jamais. Ce ne fut point le cas, vous le savez aussi, du fondateur de votre Église, Pierre, ni celui de l'apôtre Philippe, ni enfin celui de nombreux épiscopes, qui ont femme et enfants ; diverses sont les voies de Dieu, mais tous sont dans sa main.

Les deux rudes adversaires, Paul et lui, semblables en cela n'avaient épousé que Christ. Je fus, parmi les hommes, le seul à partager cette vie consumée du regret de Sa Personne. L'Aimé ne voulut pas chez lui, quand il quitta la maison de Jeanne la Galiléenne à Jérusalem, d'esclaves femelles, qui selon lui introduisent la luxure et la dépense. Aussi pris-je soin de lui, de son ménage, de son corps, tour à tour coiffeur, masseur, ou cuisinier. Aux deux exceptions près de Marie, mère de Christ, et, dans sa jeunesse, de la Magdaléenne, je ne lui connus aucune femme qui l'eût fût-ce touché du doigt. Je lui fus donc ce que, dix ans avant de m'adopter, il avait lui-même été à Jésus. Je lui tins lieu d'esclave, de femme, de confident, de secrétaire, pendant près de soixante années. Moi qui avais été recueilli, à l'âge du poupon qui vagit, par de saintes personnes, exposé sur le fumier d'Alexandrie, ma patrie, dans un pot ébréché, menacé par les chiens dévorants, et voué à une mort certaine, il devint toute ma famille. Par suite d'événements que de moins croyants que moi auraient crus tissés par la main de Dieu, l'Aimé fut mon père et mon instituteur en Christ. J'avais à peine seize ans. Le sang du Seigneur séchait encore sur le Golgotha...

Mais je viendrai à notre rencontre quand l'ordre du récit me le permettra. Il me faut d'abord satisfaire votre impatience, et vous répéter ce que je n'ai moi-même connu que par ce que l'Aimé m'en a confié : ce qu'en ce temps-là, en Terre sainte, Jésus dit à l'apôtre, et ce qu'il accomplit devant lui. J'aurais préféré écrire en langue latine ; vous auriez excusé les hellénismes d'un scribe ignorant. Mais c'est en grec que je fus élevé et éduqué, en grec qu'avec l'Aimé je m'entretins longtemps. Du moins jusqu'au moment où l'archi-apôtre s'est mis à ne plus vouloir prononcer un mot autrement qu'en Langue sainte, qu'il m'avait apprise autrefois, et que je suis seul dans cette maison à pouvoir parler, ce qui fait que je suis désormais son seul interprète...

Mémoire, envoyée de Dieu, venue à mon aide dans la tâche que j'ai entreprise ! Mémoire, qui nous fais pressentir les abîmes de l'âme, par toi je distingue des parfums et des goûts sans rien sentir ni manger, hors la glu de toute chair. Ample palais de la mémoire, sanctuaire immense, indéfini ! L'Esprit est donc, tu nous le démontres, trop étroit pour se contenir lui-même ? Elle est bien digne d'inspirer un effroi sacré, cette profondeur multiple où je plonge, qui ne s'arrête pas à moi mais déborde ma personne ! Car il y a dans ma mémoire des antres, des cavernes peuplés des souvenirs d'un autre. Au travers de ce domaine, je peux m'enfoncer aussi loin que je veux ; ma propre existence n'en constitue point la limite.

Grâce à toi, Mémoire, ces scènes de l'Évangile, que je n'ai pas vécues, je les ferai revivre ; ces trois ans sans moi qui pèsent plus, injuste balance, dans la vie de l'apôtre et celle du monde, que le demi-siècle qui a suivi, je ne me consolerai jamais de ne pas y avoir été présent. En les recréant, je ne les mêlerai d'aucun commentaire, puisque le décret divin m'a refusé d'y avoir moi-même assisté...

Le Disciple qu'il aimait (8-33 ap. J.-C.)

Première épître de Prokhore, diacre de l'archi-apôtre Jean, à celle que Dieu le Père, en sa munificence, a comblée de bénédictions. Elle était prédestinée, avant les siècles, à une gloire éternelle, à une unité et à une élection indéfectibles, grâce à la Passion véritable. Je la salue, cette Église de la Ville capitale, au nom de Jésus-Christ Sauveur, dont cette missive contera l'existence en Galilée, l'enchâssant, comme en un écrin digne d'elle, au sein de celle de Jean, fils de Zébédée, son unique amant. À travers lui, c'est Christ qui se montre à nous, et, à travers moi, c'est Jean qui parle, puisque, de ces récits, je ne fus que l'oreille et non le témoin, n'étant moi-même, au temps où il Le rencontra, qu'un enfançon jouant aux billes dans les rues d'Alexandrie. Mais de tels événements n'appartiennent point à l'ordre temporel, ne sont jamais révolus, abolis, ni périmés, mis au passé faute de contemporain. Car la vie terrestre de Notre-Seigneur n'est point avant ou après, elle est éternellement avec vous, avec nous, avec tous...

Les parfums des caroubiers, des micocouliers et des amandiers en fleurs, sentinelles de l'été, montent du lac. Le brasero baigne de sa lueur, dans la nuit qui tombe, les enfants lovés l'un sur l'autre ; ils se sont endormis aux pieds de l'orateur assis sous les grappes en cascade du grand acacia, dont les hautes branches dominent la terrasse. C'est lui qui a insisté pour qu'ils puissent rester jusqu'à s'affaler de sommeil, les plus petits suçant leur pouce.

Jean est étendu, la tête sur ses genoux, les yeux dans les siens, où scintillent déjà des étoiles. Sa main garde, serrée, celle de Marie la Magdaléenne, qui s'est aussi presque assoupie, la coiffe défaite et la chevelure abandonnée, à la gauche du Maître. Ils viennent de chanter la prière :

« Si notre bouche était pleine de poèmes comme la mer,
Notre langue de chants comme la multitude des vagues,
Nos lèvres de louanges comme les immensités du firmament,
Nous ne suffirions pas à te rendre grâces... »

Son chalouk, sa tunique à longues manches, lâchement ceinturé par une bande de laine bleue, est à lui seul un sujet d'étonnement. Jean sent contre sa joue la douceur un peu rêche du tissu, la chaleur des membres. Le travail, la trame de ce vêtement, sa coupe, sont d'une telle perfection qu'aucun tisserand ni couturier de Galilée n'est capable de le reproduire. Souvent Marie de Magdala caresse l'étoffe, s'interrogeant sur son origine. Comment peut-on fabriquer une vêture sans couture, sans que jamais les ciseaux ne jouent ? Ne dirait-on pas qu'il a été tissé sur lui, modelé sur son corps, seconde peau flottante émanée de sa peau ?

Les pharisiens, pour nier le Maître, prétendent que le Messie devrait, selon les Écritures, être laid. Ses traits réguliers, sa haute taille, auraient dû le disqualifier. Et sa voix, sa voix qui coule sans effort, belle sans aucune rhétorique, qui coule vers eux, reprenant les bénédictions, tranquille, emplit le crépuscule, glisse sur le lac assombri vers le sud, où le ciel reflète les lumières de Tibériade.

La tunique découvre, au cou et aux chevilles, la peau brune, les poignets qui savent manier le rabot et la scie. Jean l'a vu se balancer sur des échafaudages avec la sûreté du félin ; quand il était petit, il aimait à monter sur les charpentes, à courir le long des poutres, sur les chantiers de son père.

La voix, les mains. Les mains font la moitié du travail, dans sa parole ; les mains charment et retiennent. Elles se recourbent pour figurer un globe, montrent l'une le chameau et l'autre le chas de l'aiguille, dessinent mille arabesques volages.

Autour, les disciples sont accroupis, brûlés de soleil, de marche, pris d'une lassitude divine qui assoupit leurs gestes, qui suspend le temps à ses lèvres. En dessous, dans la maison adossée au roc, on entend les femmes qui rangent les dernières galettes qu'elles ont farinées, placent figues et dattes dans des corbeilles pour le sabbat. Une des servantes, superstitieuse, sort répandre les cendres du four devant le seuil ; demain, elle regardera si quelque démon n'y a pas laissé une énorme empreinte de patte de coq.

Les trois notes doubles de la trompette que le hazzan, tout à l'heure, a été prendre dans l'armoire de la synagogue, viennent de résonner. À la première, les hommes rentrent des champs ; à la seconde, les femmes s'interrompent ; à la troisième, tout travail s'arrête.

Marie de Magdala se lève, s'étire, allume la lampe d'argile façonnée en forme de pigeon ; au même moment, cent autres petites flammes naissent sur les autres terrasses, lumignons familiers annonçant le début du sabbat. Jean entre dans sa vingt-troisième année, il y a déjà trois printemps qu'il suit le rabbi Jésus de Nazareth.

Un tout petit gamin, aux cheveux longs, en tunique hébraïque à rayures qui lui tombe jusqu'aux sandales, s'appuie à un tronc, se raidissant courageusement, secoué de nausées. Son père veut lui mettre une main devant les yeux, ses yeux noirs agrandis pour mieux voir, agrandis par l'horreur. Mais Jean écarte le bras de Zébédée, et crache une bile amère, debout face au charnier. Ils sont tous deux au bord de la grand-route qui mène de Capharnaüm à Damas. Le long de la voie, en quinconce, à droite comme à gauche, des mâts couronnés d'une poutre horizontale portent des centaines de cadavres suppliciés. Certains sont à moitié dévorés, flasques lambeaux picorés par les oiseaux, pendant lamentablement aux clous ; d'autres, plus récents, aux torses squelettiques, semblent encore tirer sur les pointes qui les fixent au bois. Si loin qu'on puisse distinguer la traînée rectiligne, montant d'une colline à l'autre, formée par les pavés gris, sur des dizaines de milles, les ombres des croix la jalonnent, et des nuées d'insectes tournoient, s'abattant sur les plaies purulant au soleil. Ces dépouilles couvertes de mouches, vêtues du seul pagne, entre lesquelles errent des chiens jaunes, la gueule béante de convoitise, et que gardent des légionnaires interdisant tout ensevelissement, ce sont les rebelles de Judas de Gamala, qui prétend refuser à César et réserver à Dieu seul le nom de Maître. Les troupes du procurateur Coponius en ont crucifié plus de mille. Tous ces corps forment un seul arbre de chair tuméfiée, une seule croix sanguinolente, celle d'Israël torturé, dans le souvenir de l'enfant.

Pendant des années, il ne pourra voir un mât, avec sa vergue perpendiculaire, une charrue, avec son timon, une enseigne qui étend ses deux bras, plantée devant un poste de garde, sans revoir cette croix, son premier choc conscient, sa première expérience, à l'âge de quatre ans à peine, de l'extrême souffrance, de la révolte et de la mort annoncée. Et l'agneau pascal lui-même, qu'on mange en famille chaque année, pour la fête, chez Zébédée, l'agneau dépouillé et rôti qu'empalent deux broches, les deux pattes avant écartées comme des membres suppliciés, il en saluera l'arrivée sur la table par des pleurs et des cris. Car cet agneau aussi semble avoir été crucifié au bois de douleur.

Il a vingt ans. Sa mère Salomé est fière de sa taille élancée, de son corps droit et ferme, de ses cuisses solides, de ses épaules larges, du teint clair, presque virginal, de sa peau, qui inspire aux filles mille songeries amoureuses. D'autant plus fière que son demi-frère aîné, Jacques, fils d'une première épouse de Zébédée son père, décédée depuis, est petit et malingre.

Les femmes de la campagne, qui vont sans voile au marché, l'admirent à haute voix, comparent sa chevelure noire et brillante à l'aile du corbeau ; ses lèvres ont un pli méprisant quand il passe devant elles, drapé dans son manteau à franges bleues d'étudiant, absorbé en lui-même. On le croirait en exil à Capharnaüm, ce trou de Galilée, lui qui a l'habitude de la grande ville.

Quand il revient, une fois l'an, avec la famille, à Jérusalem, ses cousines, toutes de pieuses dévotes, se disputent sa présence. Mais lui, comme du temps où il vivait et étudiait près du Saint Rocher, se tient à l'écart, bras croisés, au Temple, près de la porte du parvis. Pourtant, il a belle parentèle, aux fins habits, aux ceintures de soie, oncles, tantes, alliés innombrables appartenant aux familles sacerdotales.

Il est par sa mère, Salomé, née dans la capitale, de famille plus qu'honorable. Elle est maigre, brune et sèche, active, intrigante, elle rêve pour son Jean, « voulu par Dieu », de quelque grand mariage. S'il tient plutôt du père par la stature, il tient d'elle par la fierté et le sang, d'elle et de son arrière-grand-oncle qui fut prêtre de la seconde classe au Temple. Son dégoût des usages, cette chasteté obstinée, elle les met sur le compte de l'orgueil de sa race. Les Galiléennes, ces demi-païennes, ne sont pas dignes de lui. Il relèvera sa famille en épousant une citadine.

Salomé ne s'est jamais consolée de son mariage à elle. Par chance, aujourd'hui, dans la belle maison, la plus belle de Capharnaüm, elle est seule maîtresse, et seule femme de Zébédée. Lui est un brave homme du pays qui a fait fortune dans le poisson séché. Il a renoncé même aux concubines, pour lui complaire. Ses affaires sont considérables, ses conserves et saumures connues par leur marque jusqu'à Tyr et Gaza. Mais il lui est toujours resté, malgré les soins qu'il apporte à sa toilette, une odeur de son métier. Salomé a oublié qu'elle fut bien heureuse, en son temps, de prendre en ses rets ce patron pêcheur qui jette encore parfois le filet lui-même avec ses ouvriers. Il faut dire que la famille de Salomé avait perdu biens et sacerdoces lors des troubles dus à l'avènement du roi Archélaos, fils du Grand Hérode, dont ils étaient partisans, et qui fut déposé par les Romains pour avoir massacré trois mille pharisiens sur les marches du Sanctuaire. Elle avait alors solidement ferré le jeune veuf galiléen ; il était d'origine méprisable, mais le père de Jacques apportait en dot sept barques et plus de trente esclaves. Après la naissance de Jean, Salomé a reporté toutes ses ambitions sur son fils.

« L'odeur de mon fils est comme un champ fertile... »

Comme Jacob avait surpassé Esaü, il surpasserait son aîné Jacques, pensait-elle en récitant la bénédiction d'Isaac à son cadet.

« Tu épouseras une des Boethusim, une sang-bleu, et tu seras au moins lévite, peut-être prêtre... ».

Jean l'écoute à peine. Quand il descend avec son père à Tibériade pour négocier des créances ou livrer des marchandises, il baisse le regard loin des poupées vêtues à la grecque, moulées dans le lin transparent comme dans un drap mouillé, qui clignent de l'œil et aguichent le passant. Zébédée, qui a l'esprit large, lui laisse toujours une drachme :

« Va t'amuser, c'est de ton âge... »

Le patron pêcheur aimerait mieux le voir dans les bras d'une de ces filles que vivant presque isolé, rigoriste, se maintenant à l'écart de la jeunesse dorée de Capharnaüm. Il n'est jamais allé au théâtre, il mène la vie juive plus durement qu'il n'est coutume en Galilée, où les mœurs sont libres et les populations fort mélangées de croyances et de sang.

« Enfin, il sera docteur de la Loi, et je verrai mes petits-enfants jouant avec les rouleaux de la Torah », murmure Zébédée.

Jean la possède sur le bout des doigts, la Loi, il a été engraissé des cinq Livres comme un bœuf à l'étable. Il parle, quand il le veut, l'hébreu parfaitement, comme seuls les rabbis savent le faire. En vérité, les Écritures passées dans ses veines lui sortent par la bouche tout naturellement.

Zébédée ne parle que l'araméen de Galilée. Il a rougi sous ses rides hâlées et bégayé de joie, le jour du treizième anniversaire de l'enfant, le *bar mitsva* par lequel on devient un homme, quand Jean a récité presque sans le lire le verset que lui a tendu le hazzan. Ce n'est pas en vain qu'il a fréquenté, plus tard, les écoles de Jérusalem, logeant chez la famille de sa mère. Il y a appris les subtilités du misdrach, du commentaire, l'art d'interpréter le texte sacré. Il sait tout sur le Tétragramme, les Quatre Voyelles de Son Nom, Lui qu'on ne peut appeler qu'El, Elohim, Sabaoth, Adon. Et il est aussi fort en casuistique que rabbi Eliézer et rabbi Jérémie réunis.

« Si un homme ivre a péché la nuit par la chair, soit avec sa sœur, soit avec sa femme en règles ; mais si, ne sachant avec laquelle il a commis l'impureté, il ne sait s'il a commis le péché qu'il a cru commettre, il sera absous. » Jean enivrait le cercle de famille, lors de ses vacances, avec de telles spéculations. Il lui apprit que la belette est maudite parce qu'elle enfante par la bouche, que chaque Lettre de la Langue sainte est une émanation de Dieu, et autres beautés qui coupaient le souffle aux villageois. À dix-huit ans, quittant Jérusalem, il était encore féru de citations de Hillel et de Schammaï, devenu, comme tous les étudiants, pur et dur pharisien.

Les pharisiens, ce sont les nationalistes, les jeunes bourgeois, intégristes religieux par haine des Romains et de leurs amis. Car Jean, bien sûr, déteste les Romains. Personne ne les aime, mais Zébédée prend le ciel à témoin quand il voit son fils cracher à terre devant les statues de César, à Tibériade. Quand il est revenu de la capitale, il a déjà eu une sale histoire avec la police ; et il a fallu tout le crédit du patron pêcheur auprès du tétrarque de Galilée pour tirer l'adolescent des mains de la justice. Sous prétexte que le roi, Hérode Antipas, faisait bouleverser un cimetière pour agrandir Tibériade, il avait jeté des pierres aux ouvriers, en compagnie d'agitateurs venus de l'autre côté du lac, des adultes. Même Salomé, fière de son rejeton au sang rebelle, a pourtant trouvé qu'il en faisait trop.

« Tu veux donc finir en croix, comme un malfaiteur ? »

Les riches cousins du Temple n'aiment pas ces excès de zèle où va-nu-pieds et exaltés se côtoient. Qu'il soit pharisien, en rupture avec la tradition familiale, laquelle est saducéenne, passe encore ; c'est de son âge. Les pharisiens sont les radicaux, les puritains, les intellectuels. Jean les préfère à ces prêtres du Temple, ces lévites, lignée supposée issue de Sadoq, « saducéens », à qui Rome a confirmé leurs prébendes, amis des mal-circoncis, des Iduméens abhorrés, des rois descendants d'Hérode, hommes de paille de l'Empire.

Ces rois, ces tétrarques à qui Rome a laissé un semblant de pouvoir provincial, se drapent dans la pourpre usurpée des souverains d'Israël, des grands Maccabées, parce qu'Hérode avait épousé la dernière princesse hasmonéenne, Mariamme. Leurs partisans sont les partisans de l'ordre. Mais personne n'a rien à gagner, même pas le parti pharisien, aux incessants sou-lèvements, aux émeutes qui reviennent périodiquement. Certes, la surenchère joue, à qui est le plus fidèle à la Loi, à Israël. Que Jean haïsse les Romains, qu'il prêche les obser-vances, mais qu'il se marie, qu'il se range ! Lui résiste, on ne sait pourquoi, rusé, obstiné dans sa mauvaise foi. Salomé a pourtant rudement travaillé. Elle se voyait tout à fait, revenue à Jérusalem, régenter une villa du Bézétha ou du Gareb, ou même un des hôtels particuliers de la ville haute, apporté en dot par une bru obéissante et titrée. Zébédée serait resté à Capharnaüm surveiller l'entreprise. Il y avait le choix : Rachel, la douce brebis, mais Jean l'a trouvée trop molle, avec la lèvre qui pend et l'œil rond. Deborah, l'abeille, menue et vive, mais Jean prétend qu'elle s'agite trop... Yona, la colombe, est appa-rentée à la famille de Caïphe, le grand prêtre, par une branche cadette un peu tombée en décadence. Elle a le plumage châ-tain, le teint clair, la taille fine, elle est grande, elle vient pres-que à l'épaule de Jean, et elle n'a pas fini de grandir.

« Quel beau couple ce serait », soupirent Salomé et Josué le lévite, son père, qui a sept filles à placer ; Salomé et Zébédée lui ont promis cent cinquante sicles d'argent. On a consulté force savants docteurs de la Loi, on a offert des sacrifices au Temple, on s'est revus à chaque fête, Pâque, celle des Tentes, à chacune des occasions qui ramènent Jean à Jérusalem.

Yona a douze ans ce printemps ; c'est le bon âge. D'ailleurs Jean pourra toujours prendre par la suite une autre épouse plus vieille pour la surveiller et l'aider à la maison.

Yona se montre très disciplinée. Elle connaît Jean depuis toujours ; quand il monte à la Ville sainte, elle tresse et frise sa chevelure, se noircit les yeux au pouch, les lèvres à la sikra, se teint ongles et paumes avec la cendre du bois d'Al-Kena.

Quand il frappe à la porte de la maison du lévite, elle se tient derrière le fin treillage du balcon fermé surplombant la rue, elle l'admire d'en haut sans être vue. Quand son père l'appelle, elle entre d'un air posé, le châle noué sur l'épaule, et à chacun de ses pas, ses petites sandales, où le cordonnier a cousu de minuscules sacs de peau qui contiennent de l'eau de cinnamome, l'environnent d'une vapeur camphrée. Elle a les dents blanches comme les agneaux à l'abreuvoir, les lèvres rouges comme le lys des champs, les jambes de la couleur de la chair de grenade. Très vite, amoureuse de lui, elle ne tient plus en place, le dévorant des yeux ; lui, le regard lointain, les mains bien à plat sur les cuisses, correct, si correct, cérémonieux même, échange avec le vieux Josué d'interminables salutations et proverbes. Les leçons du beth-a-misdrach, à l'époque où il ingurgitait des enfilades de citations et d'exemples tirés des Écritures, lui servent encore. Jamais il n'a un regard appuyé pour elle ; il la traite en petite fille. Cette famille de prêtres collaborateurs, qui accepte les usages romains, dans son cœur il la méprise ; ce mariage, il n'en veut pas.

Devant ses dérobades habiles, la famille du lévite s'est lassée. Certes, il convient de prendre son temps, on ne saurait décider de fiançailles en une année. Mais Jean décourage la meilleure bonne volonté. Salomé crie et poursuit son fils de récriminations aigres.

« Tous tes amis de ton âge ont depuis longtemps une, deux, trois épouses ! Ils sont déjà pères, ils ont des maisons et des servantes, ils sont des hommes considérés, leurs affaires prospèrent. Et, toi, tu vis seul, tu as donc résolu la mort de notre famille ! » Jacques, son demi-frère, veuf d'une épouse morte avant d'avoir enfanté, est resté depuis fidèle à sa mémoire, et ne s'est jamais remarié.

Salomé a raison. Tous ses anciens camarades des jeux d'enfance sont établis, maintenant, dans de profitables négoces. Quand ils vont à Jérusalem, outre sa propre famille saducéenne, Jean croise ses anciens condisciples de l'école des rabbis, Samuel, Josias, et tant d'autres avec lesquels il étudiait la Tanak, l'ensemble formé par la Torah, les Nabiim et les Ketubim, les prophètes et les scribes. Il se souvient de leurs ergotages enthousiastes d'adolescents, farouches sectateurs de la

Loi, de leurs serments de haine à l'idolâtrie. Ils ont aujourd'hui barbe fournie, abondante maisonnée, ils le grondent gentiment. On peut être pharisien et faire des affaires, pieux et homme pratique. Ils sont fermiers généraux des impôts et des douanes, pour le compte des Romains ; et le quart de l'huile, du blé, du vin et de l'orge de Samarie entre dans leurs greniers de Sichem ; ils touchent leur bonne part avant de rendre leurs comptes à l'occupant. Ce qui ne les empêche nullement, le talith sur la tête et l'œil dévot, de célébrer ponctuellement sacrifices et prières.

« Tu n'es plus un enfant, Jean ! » disent-ils quand il leur rappelle leurs exaltations. Lui a été pharisien par révolte, il est resté en effet un adolescent qui se refuse à la vie.

Autrefois, il découchait pour courir les rues, faire des niches aux bourgeois ou aux soldats d'Antipas. Aujourd'hui ses seuls amis sont deux frères, qu'il a connus quand il était gamin, jetant des pierres aux Romains, et qui n'ont qu'une vieille barque à eux deux, les seuls amis qui ne lui ont pas tourné le dos ; Salomé ne les aime guère, ce Simon et cet André ; ce n'est pas une compagnie pour son fils.

Décidément, il a fait un vœu secret.

« Tu n'es pas un nazir ou un eunuque ! Sois pieux tant que tu voudras, sois prêtre, mais marie-toi. C'est une honte, vraiment, qu'un homme inutile ! Quoi, je ne te verrai pas, le jour des vendanges, portant les bandelettes, diriger le cortège pour aller prendre ta fiancée à la maison de son père ! Je ne verrai jamais ma bru, sous son palanquin, entrer dans notre cour entourée de ses filles d'honneur ! Je ne briserai pas devant votre chambre le vase de parfum ; tu ne chanteras à personne le cantique : " Lève-toi, ma bien-aimée, ma toute belle, ma colombe qui te caches dans le creux du rocher " ; et je n'entendrai pas la voix de ta future épousée répondre par l'hyménée : " Baise-moi de baisers de ta bouche, car ton amour est meilleur que le vin, emmène-moi vite à ta suite ! " »

Jean, pour ne pas avoir à supporter les jérémiades de Salomé, marche le long du lac, jusqu'à tomber de fatigue. Enfin, Yona est mariée au fils d'un bijoutier de Gadara, de complexion faible, qui meurt dans l'année. La pauvrette peut pleurer tout son saoul, car on met au compte de la perte d'un mari le chagrin qu'elle éprouve, en son âme enfantine, devant son beau rêve détruit. Comme elle n'a pas eu d'enfant, la voilà à présent au pouvoir de son beau-frère, gros et laid serviteur du Temple, de vingt ans plus vieux qu'elle, avare qui n'aime que ses trébuchets et ses pièces. L'impitoyable loi du lévirat fait obligation au frère du mort sans progéniture de prendre pour épouse sa belle-sœur, veuve du défunt. À quinze ans, elle est remariée avec un homme qui ne l'aime pas, la séquestre et la prive de tout. Son malheur, elle le doit tout entier à l'impassible Jean. Et c'est lui qu'elle appelle encore en mouillant l'oreiller de ses larmes, qu'elle voit en songe, qu'elle embrasse en dormant. Quand il est de passage à Jérusalem, elle prend le risque de se dissimuler dans la foule, accompagnée d'une esclave, sur le parvis des femmes, pour repaître son œil de la haute stature du fils de Zébédée. Elle encourt, la malheureuse, la peine prévue pour la fille de prêtre adultère, fût-ce par le regard : à demi enterrée dans un tas de fumier, le haut du corps entouré d'étoupes, on lui enfonce dans la gorge des fers rouges qui consument les intestins. Les docteurs de la Loi ont, disent-ils, humanisé le supplice. Autrefois, la condamnée était brûlée vive...

À vingt ans, Jean est donc encore célibataire. Comme le printemps revient, Zébédée, homme très patient, finit tout de même par s'irriter. Il lui parle solennellement.

« As-tu donc oublié le commandement, et est-ce ainsi que tu m'honores, moi ton père ? Assez de dérobades. Je t'ordonne de te marier. Tu as d'ici jusqu'à la fête des Pourim. Ne réplique pas, ou crains ma sandale. »

Jean baise la main de son père sans un mot. Mais il a pris sa décision. Depuis l'hiver dernier, les mendiants de Capharnaüm colportent d'intéressantes rumeurs.

« Un prophète est apparu, au Sud, criant dans le désert. Il maudit les Romains, les prêtres trop riches, les bourgeois hypocrites. Il est toute la Loi, certains l'appellent Elie. Mais son vrai nom est Jean, comme toi ; il se nourrit de sauterelles et de miel sauvage, et il purifie par l'eau. »

Cette nouvelle a mûri en lui. Et ce printemps-là, avant le chant du coq qui fait lever, en jupons, secouant les servantes, l'industrieuse Salomé, il ramasse son baluchon préparé la veille, et descend, pieds nus et ses sandales à la main, dans la cour au vieux figuier blanchi de chaux. Il entrouvre doucement l'un des battants de la porte cochère ; l'esclave portier, dans sa niche, au grincement des gonds, se retourne sans s'éveiller. Jean avait proposé à Jacques, son frère, de l'accompagner, mais il n'a fait qu'élever des objections. Aller au désert, pèlerins d'un prophète de Judée ! Peut-il laisser seul leur père, quand ils doivent livrer dans la semaine trente sicles de poissons ? Il vient tout juste de décrocher le marché des fournitures pour les auxiliaires romains, auprès des officiers du nouveau gouverneur, Pontius Pilatus, qui a remplacé Valerius Gratus. Que Jean attende l'été, il y aura moins de travail... Jean n'a pas insisté.

Dehors, il n'y a que des chiens errants, et des boutiquiers qui descendent leurs volets, le saluant à son passage. En bas, près de la grève, la petite maison de Simon et d'André dort encore. Jean pénètre sans façons dans le logis ; Simon s'éveille en sursaut, sa jeune épouse pousse un cri de frayeur. Simon fait plus vieux que son âge, tassé et ridé par les lourds chaluts ; il a de bons yeux bruns, de grosses mains couvertes de cals ; il est très amoureux de sa jeune femme ; s'en trouver une n'a pas été simple.

André, qui est à peine plus vieux que son frère, les rejoint dans la chambre.

« C'est décidé, je pars pour le désert de Judée. Là-bas, les foules marchent vers le Nabi qui baptise avec l'eau. J'ai entendu l'appel du Saint Unique. Voulez-vous venir avec moi ? » André, qui a déjà été nazir et qui jeûne sans cesse, acquiesce aussitôt. Des cheveux gris parsèment sa longue chevelure, et son visage est couvert de petites rides. Mais Simon se gratte le crâne, qu'il a un peu dégarni, devant ce cadet bouillant, aux mâchoires serrées, qui déjà heurte le plancher de son bâton de voyage. Que deviendra sa chère épouse ? L'embarras se lit dans ses yeux implorants. Jean hausse le ton.

« Tu temporises, Simon, quand le Très-Haut te réclame ! Tu préfères continuer à nourrir les ennemis d'Israël du fruit de tes pêches ! Laisse là ta femme. J'ai fait hier vœu de naziréat pour les trois mois qui viennent, je m'abstiendrai de vin et de viande, et j'irai au désert. Me suivras-tu, ou bien laisseras-tu à ton frère le soin de te précéder dans la voie du Tout-Puissant ? » Simon ne peut plus faiblir devant ce regard impérieux, ces mains qui le prennent par l'épaule. Ces jeunes bourgeois sont les plus prêts à tout abandonner ; mais lui qui n'a presque rien... Il se lave les mains, jette un regard navré sur la vieille barque léguée par leur père, bien à sec sur la grève, embrasse sa femme qui s'arrache les cheveux et injurie Jean.

Avant que le soleil s'élève au-dessus du mont Asamon, ils cheminent vers Tibériade par la route le long du lac. Ils passent le Thabor, sortent du tétrarchat de Galilée près d'Engannin, où ils parviennent à la nuit pour subir les contrôles de l'octroi des cités grecques de la Décapole, dont la milice occupe la région. Le lendemain, à la frontière que les Romains ont créée en bordure de la Samarie, un piquet d'auxiliaires, des Germains au poil roux, rougis de soleil, filtrait charrettes et voyageurs. Dans le bureau de douane, les gabelous, encore plus détestés parce que juifs ou samaritains, la plaque de laiton officielle sur la poitrine, font ouvrir tous les paquets, réclamant leurs taxes. Comme c'est l'entrée du territoire romain, on cherche aussi si les voyageurs n'ont pas d'armes sur eux ; il y a tout un trafic, entre la Gaulonitide de l'autre tétrarque, Philippe, la Décapole et la Judée, qui ravitaille les brigands, les bandes rebelles juives et arabes. Depuis vingt ans, les pèlerins qui montent à Jérusalem se soumettent à ces multiples contrôles ; depuis que le troisième tétrarque, Archelaüs, a été déposé par Varus, légat de Syrie, et la Judée-Samarie transformée en procurature. Au fond, les scribes et les pharisiens y ont paradoxalement moins trouvé à redire que les prêtres royalistes : ils préfèrent encore l'occupation romaine aux Iduméens adultères.

Jean, André et Simon marchent vite, par la route de Scythopolis qui domine la vallée du Jourdain. Le quatrième jour, ils sont en vue des palmiers et des remparts ocre de Jéricho.

Le soir même, ils sont au bord des gorges du fleuve. Les falaises de craie, fissurées, craquelées de sécheresse, s'y prolongent en promontoires abrupts, comme celui où ils se reposent un instant, avant de descendre. L'eau, d'ici, paraît brune, chargée de limon. À leurs pieds, sur les deux rives, celle qui dépend d'Antipas, comme celle, romaine, où est installé le carré des bâtiments du caravansérail, les pèlerins grouillent comme en une fourmilière. Jusqu'au milieu du fleuve, les jambes dans l'eau, on les voit, serrés les uns contre les autres, cherchant à atteindre celui qu'eux aussi sont venus rejoindre, et que leur nombre dissimule. Partout, au long des deux gorges, des grottes trouent la roche de taches sombres, et une multitude de fumées, des milliers d'ermites, semblables à des insectes sortis de leurs trous, peuplent le paysage désolé.

À leur droite, dans l'air immobile et pesant, la vue s'enfonce vers un miroir de métal chauffé à blanc, entre les blocs déchiquetés : c'est le début de la mer Morte. Aucun oiseau, aucun arbre, aucune maison. Seul ce coin de désert est surpeuplé.

En descendant parmi les chants et les prières, ils distinguent au milieu du gué, debout sur une pierre autour de laquelle les eaux se divisent, l'homme qu'ils vont écouter. Torse nu, les reins serrés dans un pagne de peau de chameau au poil dur, que retient une ceinture de cuir clouté, les cheveux hérissés pris dans un turban grossier, la barbe en bataille, maigre à faire peur, les ongles comme des griffes et la chevelure comme les plumes de l'aigle, il se baisse et se relève cent fois, faisant couler l'eau entre ses doigts sur la tête des pénitents hurlant leurs péchés. Sa peau est craquelée de soleil, ses bras maigres couturés des griffures d'épineux, et sa grande bouche aux dents gâtées invective et maudit.

« Faites pénitence ! Que celui qui a deux tuniques partage avec celui qui n'en a pas. Que la honte et la repentance soient sur les riches et les nobles ! Je préférerai baptiser les pierres du chemin, car le Très-Haut en fera plus aisément des fils d'Isaac ! » Les misérables, les sang-mêlés, les non-juifs, les Samaritains et les Galiléens approuvent de la tête, en cadence, la voix qui crie dans le désert. Quand les trois hommes arrivent devant le Baptiste, Jean l'interroge. « Es-tu celui qu'annoncent les prophètes ? Es-tu le Messie qui chassera les Romains d'Israël ? » Le Baptiste fait couler l'eau entre ses doigts.

« Je te baptise par l'eau en vue du repentir. Non, je ne suis pas le Messie. Lui vous baptisera par le feu. Il tiendra la pelle à vanner, il jettera le peuple d'Israël vers le ciel, et la paille qui s'envole sera brûlée. Moi, j'aplanis le chemin de Celui qui Viendra. »

Les semaines qui suivent, ils restent autour du Baptiste, parcourant le camp, dévorés de moustiques et de taons. Ils dorment dans leurs manteaux et se nourrissent de galettes dures comme de la pierre, et des criquets qu'ils recueillent : une fois séchés, ils les broient entre deux pierres pour faire une farine saumâtre ; ou bien ils les cuisent dans l'eau miellée jusqu'à les confire. Mais ils font bien attention à ne manger que ceux qui ont à la fois quatre pattes et deux ailes, comme le dit la Loi. Jean sait maintenant qui est le Baptiste. C'est le géant des prophètes, le faiseur de rois du Mont Carmel, Élie réapparu d'entre les morts. Autour de lui, les sectes pullulent sur les bords du Jourdain, ébionites, nazirs, ou ces « nombreux » aux mœurs d'anachorètes, que les Grecs appellent esséniens. Le gué est un creuset de foules renouvelées : des pêcheurs de Galilée comme eux, en tunique de laine brune, des pauvres gens de Jérusalem et de Césarée, en keffieh rayé tombant sur les épaules ; les artisans des villes de la Décapole qui portent la barbe courte à la païenne, des juifs de Sidon et de Tyr en surtout et culottes bouffantes rayées et multicolores, et même des tondeurs de bétail, des teinturiers aux bras rougis, des marins en cotte de toile épaisse, des conducteurs de chameaux venus du désert... Plus loin, un groupe de juifs de la ville de la captivité, des Babyloniens dont les longues robes noires traînent dans l'eau bourbeuse ; des auxiliaires samaritains des troupes d'Antipas, qui ont posé la cuirasse. Et, tout au bout, les paysans ignares, les am-ha-arez qui ignorent presque la Loi, hébétés, courbés par les labours, à moitié hommes à moitié bêtes. Non loin des Babyloniens, un ermite, en caleçon de byssus, s'est assis en lotus, sur le bord de l'eau, et médite, mains jointes et paupières fermées, sous son turban immaculé. C'est un disciple de Boudasp, sage de l'Inde d'autrefois, qu'adorent quelques Chaldéens des régions orientales. En face de lui, un groupe de nombreux, d'esséniens, venus de leur couvent secret, qu'on dit proche, nasillent un hymne au Roi de Gloire.

Le lendemain, les nombreux ont disparu, ne laissant que des cendres froides ; ils ont à leur accoutumée pris la route au milieu de la nuit. André remarque un cercle de Galiléens, comme eux, qui écoutent l'un d'entre eux, debout au centre.

L'orateur vient d'achever et se fond dans la foule. Comme Simon a reconnu, parmi les assistants, un garçon de Sépphoris, qui est située à deux jours de Capharnaüm, il l'interroge. Quel est ce prédicateur ? L'autre ne le connaît guère. Il est arrivé avec les nombreux, mais, quand ils sont repartis, lui est resté. On dirait qu'il est tombé du ciel. Il parle le galiléen de Nazareth, et cela leur plaît, au milieu de tant de dialectes différents. À peine prêche-t-il depuis hier qu'il est déjà l'objet d'une rumeur. Une colombe, perdue dans cette vallée inhospitalière, a effleuré de son vol hésitant la surface de l'eau, quand il s'est approché du fleuve.

Quand ils viennent pour le questionner sur le Nazaréen, le Baptiste torture sa barbe hirsute, sans répondre. Passe l'homme en robe blanche, le prêcheur ; le Baptiste lève des yeux d'oiseau de proie, et murmure quelque chose. Jean l'a entendu :

« Voici l'Agneau du Très-Haut. »

Ils pataugent, André et lui, dans l'eau jaunâtre, pour le rejoindre. En entendant le gravier rouler sur la berge derrière lui, le Nazaréen se retourne. Ses mains ont un geste de défense.

« Que voulez-vous ? »

Jean, le premier, voit sa face. A-t-il eu peur ? Le premier, il répond à la voix vibrante :

« Rabbi, où demeures-tu ? » Ce n'est pas là ce qu'il voulait demander. L'homme sourit, et le soleil s'élevant au-dessus des falaises allume les reliefs de la vallée.

« Venez, dit-il, et voyez. » C'est dans une grotte à mi-hauteur. André retourne chercher son frère ; quand il arrive à son tour, Jean a commencé d'écouter seul la Parole dont il se nourrira trois ans. L'homme regarde Simon, puis les parois de la grotte, et lui dit :

« Désormais, tu te nommeras Céphas. » Ce qui, en galiléen, veut dire pierre.

Chaque matin, quand les troupeaux de chameaux, d'ânes et de mules viennent boire en piétinant la berge, les quatre hommes parcourent les foyers éteints qu'entourent les corps roulés en boule. Ils passent comme des voleurs entre les endormis. Il s'appelle Jésus, fils de Marie, Jean ne sait pourquoi il ne porte pas le nom de son père. Quand il a voulu lui demander si les racontars du Sépphorite sur sa naissance étaient vrais, il a répondu :

« Ne me considérez pas comme un enfant, car je ne l'ai jamais été. »

Il prie de préférence à cette heure, à voix basse, loin de tous les regards, avant même le moment que fixe la Loi, celui où l'œil peut distinguer le bleu du blanc. Jean s'étonne, et n'a pas fini de s'étonner.

« Rabbi, pourquoi pries-tu loin, à part, et non avec les autres, pour que le Témoignage de la fidélité d'Israël tonne haut et fort ? » Il répond que seuls les hypocrites prient en public.

« Pour prier, il faudrait se retirer dans sa chambre et fermer sur soi la porte, prier le Père en secret. Qui à haute voix dès l'aurore bénit son prochain, cela lui est compté pour une malédiction. » Il a cité le proverbe de Salomon avec le sourire. Jean résiste.

« Rabbi, tu emploies pour le Tout-Puissant les mots qui s'adressent à un parent proche et aimé, Lui dont le peuple disait à Moïse : " Parle-nous, mais que Dieu ne nous parle pas, car alors, pour nous, c'est la mort. "

— Ce n'est pas la mort, c'est la Résurrection et l'Amour. »

La Résurrection, Jean en a discuté, autrefois, dans l'école de Jérusalem. Les pharisiens en parlent aussi. Il se souvient des arguties rabbiniques. Seuls certains justes renaîtront, mais lesquels ?

Dès que le soleil arrive au fond de la vallée, c'est une fournaise. Dans la chaleur torride, les baptêmes s'organisent : le grand, celui du Baptiste, qui barre le courant ; les petits, dispersés à droite et à gauche, en amont. Les pèlerins les font à la suite, changeant de Maître en descendant le fleuve, puis en remontant de l'autre côté du gué. Jésus le Nazaréen a créé le sien, en face de l'homme de Boudasp, qui se plonge intégralement tous les matins. Le Nazaréen au début baptise peu, parce qu'il parle peu, et les pèlerins aiment les voix fortes. Et puis il baptise au nom du Père et en remettant les péchés, et on préfère les admonestations de repentance. André et Pierre lui amènent d'autres Galiléens curieux de connaître le jeune rabbi qui parle l'araméen de leur pays. Pierre a amené Philippe, un jeune homme de Bethsaïde dont la mère était grecque ; en chemin, ils rencontrent Nathanaël, fils de Ptolémée, propriétaire à Cana.

« Viens avec nous », dit Philippe.

« Des prophètes, il y en a tant et tant ! D'où est-il ? » demande Nathanaël. Simon, gêné, le renseigne.

« Nazareth ! Un pays impossible ! De Nazareth, il ne vient aucun prophète, vous connaissez le dicton... »

À peine devant lui, il est conquis. Jean, par émulation devant le succès des deux frères auprès des jeunes Galiléens du camp, se met en chasse à son tour. Il aborde tous les compatriotes qu'il reconnaît. Mais la plupart, comme Nathanaël, ne croient pas à un prophète de Galilée et Jean est si jeune ! Le soir, il tombe sur Thomas, son aîné de trois ans, qu'il a connu à l'école de Capharnaüm. Thomas, sceptique, le suit en secouant la tête :

« Les prophètes ne naissent pas chez nous. Nous sommes trop loin de Jérusalem... » Mais, réunis autour du feu, ils écoutent avec délices l'accent de leur enfance, ce doux parler de Galilée que le jeune Maître prononce avec l'intonation de Nazareth. Les autres pèlerins, les nabis et les « inspirés », s'expriment dans le dur et pointu parler de Jérusalem, ou, parfois, en archaïque babylonien ou en guttural nabatéen.

Deux rebelles, descendus de la montagne comme des bêtes fauves, attirés par le rassemblement, parcourent le camp, un court poignard à peine caché sous leur ceinture ; ils rêvent d'engager cette foule au combat contre l'occupant romain, mais ils n'osent pas haranguer les pèlerins, parmi lesquels peuvent se cacher les espions impériaux. Ils multiplient les conciliabules, s'isolant pour conspirer, se dissimulent dès qu'apparaît sur la crête, en face, l'aigle d'une patrouille romaine. Le plus vieux, Simon, explique à Jean son projet : reformer les bandes du Gaulonite, pour harceler l'occupant.

« Vois, le désert commence juste derrière nous. En nous appuyant sur le fleuve, nous pouvons monter un coup sur la route de Jéricho, et nous retirer aussitôt de l'autre côté de la frontière, sur les terres d'Antipas, en passant le gué... »

Jean porte le message au Nazaréen.

« Rabbi, le temps de la révolte est-il venu ? »

Le jeune prophète se moque de l'impatience de Jean. Ce dernier, qui avait toujours cru qu'un prophète est, comme le Baptiste, une Voix qui maudit et appelle au massacre, découvre que l'empire exercé par le Nazaréen sur lui est d'un autre ordre, plus intime. Le Nazaréen semble n'attacher aucune importance aux grandes manœuvres politiques qui entourent le camp. Antipas, duquel dépend l'ordre public sur la rive gauche du Jourdain, a jusqu'ici laissé faire, en dépit des protestations romaines. Le renard envoie des émissaires observer le Baptiste, qui mugit contre les tièdes et vomit Hérodiade, incestueuse épouse du souverain.

Jean les lui ayant amenés, le Nazaréen étend les mains sur les deux rebelles. Simon le Taillladé, qu'on appelle ainsi parce qu'il porte à l'arcade sourcilière la cicatrice d'un coup de cimeterre romain, jette aux pieds du Maître la lame qui n'a plus quitté sa hanche, depuis son vœu, il y a trois ans, quand il a quitté la Galilée pour les monts au-delà du lac. L'autre est un peu plus jeune, il se cabre d'abord ; il a une barbe rousse, des yeux enfoncés et brûlants ; il n'est pas galiléen, lui. C'est un pur Judéen. Aussi l'appelle-t-on du nom de sa ville, près d'Hébron : c'est Judas de Kérioth.

Depuis qu'ils recrutent pour le Galiléen, les trois jeunes gens de Capharnaüm ont déserté le grand baptême. Le Baptiste, quand il les croise, les raille brutalement :

« Revoilà les chevreaux égarés ! Avez-vous perdu la piste, ou bien essayez-vous tous les maîtres l'un après l'autre ? »

André se justifie en se frappant le cœur : eux, infidèles au Baptiste ?

« Souviens-toi, rabbi, tu nous l'as toi-même montré... »

Le Baptiste plisse le front.

« Ce Nazaréen... Il y a des signes sur lui, mais ce sont des signes de deuil. "Le Serviteur du Tout-Puissant s'est élevé devant Lui comme une faible plante... Il sera méprisé et abandonné des hommes, et maltraité et opprimé il n'ouvrira point la bouche, semblable à une brebis muette devant ceux qui la tondent." S'il est l'Agneau, nous aurions plus besoin d'un lion... »

Les disciples du Baptiste les considèrent hostilement, ils sont des traîtres. Ils pensent ce que le Baptiste ne dit pas :

« Ce Nazaréen, il est trop doux pour ces temps amers. »

Des jalousies agitent ces hommes jeunes, qui ont tout abandonné pour piétiner les cailloux du Jourdain. Faute d'une mission, d'un exode vers quelque but, ils s'aigrissent sur place. Quand Jean lève son bâton, ne supportant pas le moindre doute sur son maître, la main du Nazaréen caresse le bras, qui sort nu de l'exomide nouée à l'épaule, et les muscles, la colère du fils de Zébédée se détendent malgré lui.

Le soleil, la mauvaise nourriture lui creusent les traits, le minent. Il s'irrite contre cette autorité faite de faiblesse dont il ne peut plus se passer. Et il tombe en extase, des nuits entières, dans la caverne où sourd le rougeoiement des braises, devant cette face qui se perd dans la pénombre ; tandis que la posture s'alanguit, la parole rare, interrompue de silences denses, prolonge par des paraboles la rêverie jusqu'au petit matin glacé du désert. Il est admis que le jour, c'est à Pierre que le Nazaréen s'adresse en premier. Et que Judas est chargé de l'intendance et de la trésorerie. Jean, lui, a les entretiens nocturnes, privilège du cœur, puisqu'il est le plus jeune.

« Un Royaume plus grand qu'aucun royaume d'ici-bas... Les Moabites fils de Ruth, les gens du pays d'Edom, les fils d'Esaü, même les païens des Nations doivent pouvoir y entrer. »

Le Nazaréen, qui n'a sans doute jamais quitté la Terre sainte, écarte par la parole les parois de la caverne, de la vallée.

« Même les Samaritains ? »

L'objection de Jean lui est venue spontanément. C'est son éducation jérusalémite. Les Samaritains sont les hérétiques par excellence. Le prophète est resté loin de la capitale ; il n'en partage aucun préjugé.

« Mon Père entend les prières du Garisim comme celles du Moriah. »

Il lui masse le front avec l'huile parfumée dont il enduit ses cheveux. Son père : Jean a peu à peu admis qu'il en parle comme s'il était tout particulièrement le sien. Il leur a appris une nouvelle prière : « Notre Père qui êtes aux cieux... »

Jean s'endort, se faisant un oreiller du Fils de l'Homme, enfin calmé.

« Voyez les lys des champs. Jamais Salomon, dans toute sa gloire, ne fut vêtu comme l'un d'entre eux. Voyez les oiseaux des arbres : de quoi vous inquiétez-vous ? Comme eux, abandonnez-vous à la providence de votre Père. »

Le récitement phrasé qu'accompagnent le balancement de la tête et le jeu des mains, incessant ballet sinueux des doigts et des paumes, produit sur eux un effet hypnotique. Nulle fleur, cependant, nulle tache rouge d'anémone sauvage, autour d'eux ; que le caillou aride, et le remue-ménage des corps nus et pouilleux, en contrebas, dans la boue du fleuve ; clapotis sur lequel résonnent parfois les accents inspirés du Baptiste, portés par le vent jusqu'à l'étain fondu de la mer Morte, entre les falaises du sud. Un galop, le long de la rive, a troublé cette paix. « Antipas ! Antipas ! » Quelques dizaines de cavaliers sur de petits chevaux africains, portant des tuniques de panthère et des bonnets de peau de chien, le bouclier d'osier au bras droit, repoussent les pèlerins à coups de fouet. D'autres bandent leur arc, visant le Baptiste, immobile sur ses rochers, bras écartés. Une escouade, dont les cuirasses brillent d'or, aux fanions écarlates, portant des flambeaux de plumes, s'arrête net au bord de l'eau, éclaboussant le peuple contenu. Au milieu, une femme, tête nue, ceinte de la bandelette royale, sanglée dans une cotte de mailles sertie de pièces d'or, désigne de sa cravache l'orateur.

« Maudite sois-tu, Hérodiade, qui as successivement partagé la couche de ton oncle, blasphémant sa dignité de grand prêtre, et celle de ton beau-frère, doublement incestueuse ! » C'est l'Iduméenne au regard dur, au corps mûri de vices. Les cavaliers, d'une corde lancée au vol de leur monture, ont emprisonné le corps du Baptiste ; il fléchit, tombe dans le fleuve. Ils l'attrapent au vol, avec des cris sauvages, sans quitter leur monture, ni s'attarder à examiner les hauteurs, d'où les Galiléens les observent, et reprennent aussitôt la route du désert.

Cette nuit-là, tous ceux qui se souvenaient de leur famille, de leur maison, se sauvèrent dans l'obscurité, pataugeant par le gué pour passer sur la rive romaine.

Quand se lève sur les gorges un nouveau matin, les Galiléens sont seuls ou presque. Loin devant, sur le plateau, des groupes s'éparpillent, poussant des ânes, fuyant vers l'oued desséché du

Yabbok, où Jacob lutta toute une nuit contre le Vigilant, l'ange envoyé du Tout-Puissant. Ils vont vers Gérasa, ou Philadelphie ; d'autres, sur la rive romaine, remontent le fleuve jusqu'au gué de la Décapole. Le Nazaréen étend la main au sud, vers le Nebo violet, d'où Moïse fut autorisé à contempler la Terre où il ne devait jamais entrer, vers le pays des rocs effondrés, des terres desséchées que regagnent les cavaliers. Vers la forteresse du tétrarque, la formidable Machéronte, dressée comme une dent, promontoire aride, dans les ressacs du désert.

Machéronte porte jusqu'au ciel ses créneaux ravinés, au sommet de son pic flambé de soleil. Les Galiléens sont abrités sous un bosquet de grêles tamaris, dans la plaine. À la base de la citadelle, une petite agglomération de baraques a poussé pour abriter marchands et mendiants, attirés par cette cour perchée au bout du monde. Une musique de sambuques et de harpes égyptiennes, des bruits d'eau éclaboussée, des rires d'une fête débordent du roc escarpé, le long duquel grimpent péniblement chariots et porteurs de couffins. Entre deux cyprès posés au bord du vide, au-dessus des norias qu'actionnent des esclaves noirs enchaînés, un bras blanc a passé, une petite main insouciante qui porte un bracelet d'or, du vernis à ongles bleu, et qui verse d'une patère un peu de vin du festin vers le bas des murailles. Salomé, fille d'Hérodiade, concurrente de sa mère auprès d'Antipas, offre cette libation à son bon peuple.

Elle jouait, leur confièrent des marchands italiotes, égayés par tous ces incestes en série, la vie du Baptiste contre sa mère, car les insultes du prophète contre Hérodiade la remplissaient d'aise. L'ondoyant renard, le tétrarque, ne pouvant se décider entre ces deux femmes, faisait monter son prisonnier pour d'interminables controverses religieuses. Étendu sur des coussins et se caressant la barbe, il soulevait des points d'orthodoxie en sirotant des infusions glacées de menthe, dont il raffolait, étant sujet aux maux de ventre.

Quand le soleil rasant le désert fait surgir l'ombre allongée de la forteresse, les baraques incendiées fument, en ruine. Cette nuit, des méharis du roi Hareth ont opéré une razzia près du château. Ils sont encore là, tournoyant avec leurs voiles bleus, sur leurs grandes bêtes, autour du roc d'où on leur décoche mollement quelques flèches ; la guérilla est permanente entre Hérode et Hareth, depuis que le roi juif a répudié la fille du prince arabe. Pour éviter les méharis nabatéens, les Galiléens remontent au nord, puis obliquent vers la dépression de la mer Morte. Deux jours de suite, ils descendent des coteaux abrupts aux arêtes coupantes, aux roches surchauffées ; au fond de la grande blessure qui laboure le cuir boursouflé de la terre, le plomb liquide les éblouit. Quand ils parviennent sur ses bords, le ciel est gris de simoun ; jambes et bras coupés par le vent brûlant, ils fixent, mornes et découragés, la surface épaisse, turquoise opaque, huileuse au doigt, au goût d'enfer et de soufre, qui ne peut qu'exciter encore la soif. Une odeur de pourri, de volcans et de mauvaises fièvres les entoure. Le Nazaréen leur montre un point sur l'eau ; le soleil, qui déverse sa poix enflammée, brouille la vue. À travers les turbulences de l'air échauffé, Jean voit sur l'étendue morte s'avancer cinq formes dressées, vêtues de blanc ; elles marchent sur l'eau ; il entend le marmottement de leurs prières, à mesure que les cinq Vigilants deviennent plus nets dans l'air brumeux et lourd. Ils poussent de longues cannes ; au bord du rivage, ils attirent à eux le Nazaréen ; il est à présent debout, flottant au milieu d'eux ; il se retourne vers Jean, lui tend la main. Il le suit en fermant les yeux. Mais le frêle radeau de joncs entremêlés, à peine submergé dans l'eau dense, épaisse, qui ride à son passage, les porte tous sans fléchir vers la rive occidentale, vers la Judée.

En s'éveillant, il est ébloui par l'eau. Non plus l'eau morte chargée de sels et maléfique, qui luit, en bas des coteaux ; mais l'eau vivante, cristalline, bruyante, chantante, renouvelée et bue, qui s'écoule, froide et sonore, limpide et bleutée, le long de cinq bassins, juste devant le seuil. Elle descend vers les jardins en terrasses par de sinueux canaux, irriguant la terre rouge aux senteurs d'épices, baignant le pied des figuiers à l'ombre ocellée, des cédratiers aux feuilles vernissées, des baumiers qui pleurent dans les cassolettes de cuivre attachées à leur tronc des larmes de suc odorant. Il est seul ; hors de la cahute où il s'est éveillé, une première cour est entourée, sur trois côtés, de vastes salles aux portes ouvertes, aux toits de palmes, aux murs épais d'argile ocre. De grandes tables de pierre semblent attendre des hôtes ; des magasins, et des cours voisines, proviennent le bruissement des ateliers, les cris d'enfants.

Au centre de la cour, un grand réservoir octogonal, auquel conduisent des degrés de mosaïque, borde le réfectoire ; les hommes qui travaillaient au jardin, les artisans des ateliers, au strident appel d'une trompette, sont entrés silencieusement, ont enlevé leurs tuniques souillées, et sont descendus dans l'eau glacée au milieu des prières. Des vieillards à barbe blanche en tunique à longues manches apportent des pagnes de lin pliés, dont chacun se revêt après le bain. Jean veut s'approcher du Nazaréen, mais celui-ci reste à distance, parmi les vieillards. Il cherche des yeux les autres disciples, il n'en voit aucun. Personne ne dit un mot ; Jean retient sa langue. Ils n'ouvrent la bouche que pour prier, dans le réfectoire, en Langue sainte, et les vieillards étendant les mains sur les têtes de chacun, bénissent « tous les hommes du lot de Dieu ». Jean joint son Amen au leur avant de s'asseoir. Chaque pain, chaque légume (ils ne mangent pas de viande) est partagé au nom du Très-Haut.

« Mange, tu es faible, il faut te refaire des forces. Tu as dormi sept jours... » Après la bénédiction, les conversations sont à nouveau autorisées. Son voisin, un novice, lui tend une écuelle de fèves. À la table d'honneur, le Nazaréen préside. Il semble familier des us. À sa droite, un jeune homme aux traits asiatiques porte la tiare, assis dans une chaire de cèdre.

« C'est notre Maître de Justice. Ces sages, à gauche, sont les hommes auxquels tu dois ton rétablissement, nos frères du lac Maréotis, en Égypte. Comme nous, ils vivent sans femme, recueillent les enfants abandonnés, voyagent sans armes. Leur couvent est caché dans les roseaux, ils exercent la guérison des corps et des âmes, et comme nous également ne sacrifient pas de victimes... » Les deux « thérapeutes », tête rasée, emmitouflés malgré la chaleur dans leur manteau blanc, qui ne dégage qu'une main pour manger, sont assis à l'égyptienne, jambes croisées l'une sur l'autre.

Jean a compris dans quel endroit il a été secrètement transporté ; ce lieu où l'on attend le Roi de Gloire, le Messie, tous les jours, cet endroit caché de la vallée morte, ce ne peut être que la cité mystérieuse des nombreux, des esséniens.

Au sortir du repas, chacun reprend son pagne de travail et repart en silence. Les deux thérapeutes s'approchent de Jean ; l'un prend son poignet et compte, l'autre s'adresse à lui en grec. Comme Jean fronce le sourcil, car il ne le comprend guère, l'autre passe à l'araméen :

« Tu pourras quitter l'infirmerie demain. Ce soir, avant de te coucher, prends cette poudre dissoute dans de l'eau. C'est un fragment broyé de pierre sacrée... »

Celui qui a parlé s'appelle Chérémon. Il lui tend un sachet en peau.

« Tu es médecin ?

— Nous soignons surtout l'esprit et l'âme, par la Sagesse. Nous guérissons ceux qui n'entendent pas, bien qu'ils aient des oreilles. " Enlève le voile de mes yeux, et je comprendrai les merveilles de ta Loi ", est-il écrit. »

Chérémon a cité en grec le texte du Psalmiste, et Jean y retrouve l'écho lointain du verset familier, le miroir troublé de l'Écriture. Il apprend l'après-midi qu'on est aux premiers jours de Tishri. Le Nazaréen lui annonce que Roch Hachanah, le nouvel an, est passé. L'automne, en Galilée, a jauni la paille des champs. Jean apprend aussi qu'en ce lieu le temps n'a pas la même valeur qu'autour ; le couvent ne compte pas les mois d'après les retours chaque année décalés de la nouvelle lune ; leur Maître de Justice a pour l'éternité découpé à leur usage un autre calendrier, immuable celui-là, où les mois divisent également l'année solaire.

« Mais où sont passés Pierre, André, et les autres ? »

Ils voulaient revoir leur famille pour la fête des Tentes, Philippe ses deux petites filles, et Judas n'aurait pour rien au monde manqué le Grand Pardon, le Yom Kippour au Temple. Les disciples n'ont pas, comme Jean, été autorisés à pénétrer au cœur de la communauté, participé au bain rituel. Le plus jeune des Douze, Jean est déjà le plus proche des secrets du Maître. Le sachet des Égyptiens lui revient à l'esprit. Il sort de sa ceinture la bourse de cuir, fait couler un peu de poudre verte au creux de sa main.

« Nos hôtes vivent hors du temps des hommes, ils ne sacrifient pas d'animaux au Temple... Et les serments, ils les interdisent comme des parjures. Rabbi, le Très-Haut peut-il se révéler dans une langue impie, étrangère ? Ils disent, ces thérapeutes d'Alexandrie, que septante sages ont traduit les Écritures en grec...

— Nous fûmes des étrangers au pays d'Égypte... » Le Nazaréen cite en souriant la première prière qu'on adresse au Temple.

Après l'office du soir, où ils ont récité en chœur : « Je ne rendrai à personne la rétribution du mal, c'est par le bien que je poursuivrai mes semblables... », Jean interroge encore le Nazaréen. Qui est-il, ce Maître au-delà du prieur, dont les nombreux ne connaissent pas le visage, mais qui demeure pourtant, inconnu, caché parmi eux ? Peut-être est-il déjà là, ce Messie, cet Envoyé ? Est-ce parce qu'on ne sait son apparence qu'il faut aimer tous ses semblables ? Faut-il aimer Antipas, Hérodiade, les Romains ? Jean crache à terre sur ces noms haïs. Aussitôt, un vieillard dresse les bras, jetant une admonestation, tandis qu'un lévite verse une pincée de sable sur la souillure.

« Nous ne crachons jamais en public, Galiléen, et nos besoins, nous les accomplissons au loin, accroupis sous nos manteaux... »

C'est le novice, son voisin de table, qui le morigène. Le Nazaréen, les vieillards, les hôtes de marque, se sont retirés au bord du bassin octogonal. Le cavalier à l'épée de feu, Prince de la Lumière, descendant des nuées pour l'extermination, l'Oint d'Aaron, le Sauveur d'Israël, est-il l'un de ces vieux sages ? Ils forment cercle, couronne chenue, autour de celui qui ne se donne à lui-même qu'un seul titre : le Fils de l'Homme.

Une Nouvelle Alliance avec Dieu : longtemps, longtemps dans la nuit étoilée, assis sur les marches qui descendent dans la grande piscine, devant les masses sombres des jardins habités de criquets stridents, il reste à écouter l'entretien, mené à mi-voix et coupé de méditations. Parfois, un des assistants se penche vers son voisin pour traduire les réponses du Nazaréen en grec, aux deux thérapeutes. L'un des hôtes du couvent, drapé dans une longue tunique noire à manches flottantes, s'exprime en araméen de Babylone, la vieille langue des scribes et de la captivité, que Jean connaît par les Écritures. Il parle du pays des adorateurs du Feu, qui ne vénèrent eux aussi qu'un seul Dieu de justice, où naquit le prophète Zoroastre, le pays des Deux Principes.

« L'un, ils le nomment Mithra, ou Ormuzd, premier-né de l'Ancien des Jours, Roi de la Lumière, du temps sans bornes, de ce qui est inaccessible à l'esprit des hommes ; ses légions d'anges s'appellent Amhaspands, et combattent les démons du mal. Le second né, le prince de l'obscurité, leur Satan, c'est Ahriman... »

Une voix étouffée, zézayante, qui parle le babylonien, sort d'une ombre enveloppée d'un manteau couleur safran.

« Ils sont pieux et droits, sans doute, mais ils aiment les armes, la guerre et la gloire. Je te le dis, Nazaréen, ta Sagesse est plus grande. Comme l'Éveillé contre les brahmanes, tu t'es soulevé contre les rites sans âme. J'ai vu bien des peuples, depuis que j'ai quitté Barygaza sur un navire chargé de poivre, qui venait de ma grande île, Salikè ; j'ai traversé la mer qui est au Levant de l'empire des Parthes, j'ai vu bien des prêtres, entendu bien des prières. Depuis la mort de Çakyamouni, l'Éveillé, il y a autant de siècles que de doigts dans une main, jamais on n'a entendu tes paroles dans la bouche d'un homme. Tu as renoncé aux illusions, tu as trouvé la Voie de la Délivrance, tu as vaincu les trois racines du mal, la douleur, la convoitise et l'erreur. »

De l'eau noire, monte une brume, évaporation nocturne, qui aspire Jean endormi jusqu'à elle. Il monte avec elle, tandis que coule sans arrêt le flot de formes fluides, souffles phosphorescents, semences de Dieu, esprits émanés de la terre humide, anxieux de rejoindre la Plénitude céleste ; en s'approchant du Char des Chérubins, que le Très-Haut fit apparaître à Ezéchiel et qui enleva Abraham à cette terre, elles deviennent vapeurs ignées ; et Jean se perd, devenu flamme parmi les flammes, dans la constellation où se tient l'étoile fixe du Nord, le Chariot de Sabaoth. Il s'éveille avec un cri qui lui déchire la gorge. Il tâte le sol, appelle ; la lune glace d'argent les longs hangars et les bassins. Il marche de salle en salle, inquiet d'entendre sa voix résonner sans réponse. Il force la porte des magasins, parcourt les réfectoires. Tout est vide, tout est abandonné, ils sont tous partis, ou morts. Il est seul.

Il se met à courir comme un fou sur le chemin des jardins, dégringolant des marches; puis fait demi-tour, et grimpe en s'écorchant dans l'ombre de la falaise. Il a perçu une lueur qui point dans une anfractuosité. Quand il y parvient, en se traînant sur les genoux, il y reconnaît un homme, assis devant le feu. C'est le Nazaréen ; le regard ailleurs, il ne répond pas à Jean.

« Rabbi, j'ai cru que vous m'aviez tous abandonné... »

Il abaisse les yeux vers lui, revenu de très loin, puis fixe à nouveau une ombre, au fond de la caverne :

« Excuse-le, Boddhisattva. Il est jeune, son esprit est agité, et il ignore les usages de la communauté... »

Jean apprendra que tous, sauf les malades comme lui, vont dormir chaque nuit à l'extérieur, dans la montagne, pour célébrer leur condition d'errants. Mais, pour le moment, le jeune Galiléen est resté comme foudroyé, se frottant les paupières, tant il craint de ne pas être sorti de son rêve.

Ce visage, c'est celui de l'homme qui parlait tout à l'heure, masqué par un pan de son manteau couleur de safran ; l'homme de Salikè, il l'avait déjà vu auparavant, c'est le mendiant d'Orient qui baptisait au Jourdain. L'homme et son manteau flottent en l'air, à deux ou trois coudées au-dessus du sol ; Jean distingue parfaitement les aspérités de la roche, dessous lui, qu'illuminent les flammes. Un sourire erre sur ses lèvres, ses pupilles dilatées et absentes, et son corps suspendu est dans la position du lotus. Ses mains, qui tenaient, jointes, un lys rouge des champs, se sont entrouvertes, et, au bruit de leurs voix, il descend doucement.

L'aube faiblit leur feu. Partout, au flanc de la montagne, d'autres feux sont apparus, promenant leurs lueurs incertaines au long des sentes. L'homme de Salikè achève la récitation, en traduction araméenne, de la *Bhagavad-Gita,* le « Chant du Seigneur » indien : « Tu es l'origine et la dissolution de l'univers, rien n'est plus grand que Toi. De Toi dépendent toutes choses, comme des perles suspendues à un cordon. Tu es l'humidité dans les eaux, la splendeur dans le soleil et la lune, la parole sainte dans les Védas, la force dans l'air, la virilité dans l'homme. Tu es le parfum de la terre, l'éclat de la flamme, l'intelligence des intelligents, la force des forts. Tu connais les êtres passés, présents et futurs, mais Toi, nul ne Te connaît. Tu es le commencement, le milieu et la fin... »

Les lumières convergent vers le monastère. Ils descendent à leur tour : tous debout, autour du bassin octogonal, paumes tournées vers le levant, ils appellent de leur première prière la montée de l'astre encore sous l'horizon.

Les semaines d'hiver ont rafraîchi l'air lourd. À la fête de la Dédicace, le vent frais de l'est a purifié le ciel. Les thérapeutes, l'homme de Salikè sont repartis ; d'autres voyageurs leur succèdent. Pendant que le Nazaréen tient de longues conférences avec les prêtres et le prieur, Jean, qui veut se rendre utile, a été affecté au jardin. Il s'y est escrimé, bouturant, greffant et taillant sans succès, alors on l'a transféré à la poterie. Pour quelle prodigieuse récolte, ces centaines de grandes urnes pointues, que deux hommes transportent avec peine jusqu'au four ?

Un jour, il lui est donné de résoudre ce petit mystère. Le Maître de Justice, accompagné de quatre lévites, l'entraîne à sa suite sur le plateau balayé de bourrasques. Ils marchent longtemps dans la caillasse où nul bétail ne peut paître. Les lévites déplacent des rocs, une dalle, découvrant l'entrée d'un souterrain, qui mène à une première, puis à une série de salles taillées dans la falaise, inexpugnables. Le long des parois, en enfilade, les plus petites posées sur les plus grosses, dont la pointe s'enfonce dans le sable, innombrable vendange, les jarres s'étendent à perte de vue : amphores aux flancs rugueux où se lit encore la ride du tour, urnes lisses au col étroit, certaines craquelées, couvertes de poussière ou d'antiques vernis noirs et rouges, d'autres luisantes et fraîches, à peine sèches.

« Ici est le véritable trésor de la communauté des nombreux, la richesse incomparable des Purs. Seuls la gardent les chacals et le vent. Voici l'eau de la Vérité. »

À ces mots du Maître, un lévite ouvre une amphore et tend à Jean le rouleau fragile, au papyrus desséché et bruni. Ce sont des psaumes de Josué, des Commentaires sur Job ou Habaquq, que Jean n'a jamais lus auparavant. Ce cellier est une bibliothèque, la plus grande réserve de volumes que Jean ait jamais vue.

Dans la dernière salle, les lévites sortent de deux urnes d'airain deux rouleaux de métal qu'ils baisent religieusement. Puis leurs bras se bandent pour dérouler le cuivre gravé en relief de signes qui brillent. Le Maître fait signe à Jean de s'approcher ; ce sont des colonnes de chiffres, énumérant des trésors, des milliers de sicles d'or et de bijoux dont ce rouleau donne la liste. Des plans, des sites terminent chaque compte.

« C'était au siècle qui précéda celui d'avant ce siècle, le Maître d'alors dissimula ici le trésor de guerre des Maccabées, et les insignes sacrés du grand prêtre Mattatias... »

Sur un autre geste du prieur, les lévites tirent du creux d'un vase le pectoral aux pierres luisantes, le pétalon d'or marqué du Tétragramme et l'éphod de pourpre violette. Le Maître ajoute, après avoir posé les lèvres sur le Tétragramme :

« Le Nazaréen, ton rabbi, a voulu que je dépose en toi la connaissance de ce trésor, et le trésor de cette connaissance. Je suis très jeune et je suis très ancien, fils de Zébédée, les guerres et les séismes se succèdent pour moi comme les strophes du psalmiste, dans l'attente de Sa Venue. Tu as choisi le bon chemin et le bon berger, Galiléen... »

Quand ils remontent sur le plateau, dehors, seul un couple de corneilles épie les lévites refermant pierre à pierre l'entrée du caveau.

Peu avant Pâque, ils quittent le monastère par le sentier du plateau. En cheminant contre le vent sec et brûlant, le khamsin,
venu du sud, Jean songe qu'en cette vallée déjà invisible, en ce
lieu caché du désert, s'entrecroisent les routes venues des
confins du monde, les destins tissés partout par la Sagesse. Ils
retrouvent les autres disciples à Hyrcanium, sur la place où les
paysans se rassemblent pour préparer leur montée de Pâque. À
part Nathanaël et Philippe, les autres n'éprouvent aucun
enthousiasme pour les nombreux, qu'ils appellent, comme tous
les non-initiés, des esséniens. Ils fêtent le Nazaréen avec des
palmes et des couronnes de feuillage. Ils pensent qu'il est
revenu pour la Pâque, qu'ils vont à Jérusalem ; ils lui sont restés fidèles, répétant ses paroles. Mais il leur fait prendre la
route de Jéricho, puis celle qui, par les crêtes de Samarie,
remonte jusqu'en Galilée ; ils vont à contre-courant des ânes
fleuris, des troupeaux bêlants, des familles chantant des cantiques en route vers la Ville sainte. Pierre et André, qui cheminent avec le Nazaréen, jettent des soupirs aux salutations de
leurs parents et amis de Galilée, qui les croisent.
    « Vous tournez le dos au Temple ! Où allez-vous donc ? Sur
le Garizim, peut-être ? »
    Ce mont couvert de caroubiers rouges et de genêts dorés, où
elle adore le Très-Haut depuis le schisme, la populace samaritaine conflue maintenant vers lui. « Peuple honni de Jéroboam
et de Jézabel », grommelle Pierre, pendant qu'ils longent la vallée de Sichem, dont le nom veut dire « Épaule de Dieu ». C'est
là que Jacob s'établit. À l'ombre des chênes et des térébinthes
qui retinrent Absalon par les cheveux, les câpriers mauves rampent, les myrtes et les asphodèles tapissent la mousse. Ils ont
rencontré une fille du pays, grande et mince comme un garçon,

dévoilée, un point bleu tatoué sur le menton. Tous ces jeunes hommes se sont détournés, elle a ri. Le Nazaréen est allé à elle, tandis qu'elle puisait de l'eau avec la courge évidée qui sert de seau. « Demande-lui, toi. Il est donc permis de boire l'eau, de parler avec les femmes infidèles ? » Pierre pousse Jean du coude, après qu'ils sont repartis. Ce n'est pas la souillure que craint Jean, mais cette parole qu'il a confiée à la première venue, ce secret dont elle est première dépositaire, et non le Disciple préféré. Ayant évité Sébaste-Augusta, l'ancienne capitale Samarie, rebaptisée du nom de César Auguste, ils passent la frontière des terres d'Antipas. Dans le bureau poussiéreux, encombré de paquets, un des douaniers tombe aux pieds du Maître. Pierre veut l'écarter. Le Nazaréen le relève. Il était au Jourdain, il s'appelle Matthieu. Dehors, on crie qu'Élie est apparu dans la douane. On les poursuit à leur sortie.

« Fais-moi plaisir, prophète, dis-moi mon avenir... »

Ils s'éloignent vers le nord, fuyant les suppliants, en direction du Thabor. Matthieu, encore revêtu des insignes haïs et méprisés des gabelous, est devenu l'un d'eux.

Ils marchent très lentement vers le début de l'été ; ils s'arrêtent le sabbat à Engannin, puis à Naïm, où le bouche à oreille prête au Nazaréen des remèdes contre les maladies ; il parle dans les synagogues, profitant de l'usage qui fait de l'orateur étranger un hôte de marque ; il joue avec les enfants, leur fait réciter leurs prières, jamais lassé de leurs balbutiements. On dirait qu'il a juré de promener les disciples en Galilée sans les laisser revenir à Capharnaüm. Sa parole, ses paraboles, sa façon de pratiquer le *targoum*, l'explication des Écritures, n'ont rien de commun ni avec les diatribes que Jean apprenait à l'école jérusalémite, ni avec les prêches appliqués et consciencieux des notables de la synagogue locale. Sa parole est une volute, liberté souple qui ne cherche pas ses mots, et la lenteur même de son élocution est moins une hésitation qu'une manière de laisser se former à haute voix l'arabesque brève de l'antithèse ou de la comparaison laissant pantois les auditeurs.

Au nord de la petite plaine d'Esdrelon, miroitante de l'or pâle des orges mûres, les cubes ocre des maisons du village se dispersent dans l'ombre des figuiers, mouchetée de lumière.

Cette bourgade perdue est le véritable but de leur errance. Les disciples se sont tus, ils pressentent qu'il les a amenés ici pour que se découvre enfin son passé. Car ce carrefour en escaliers, où deux femmes, urne sur l'épaule, s'apprêtent à remonter vers leur maison, c'est la place de Nazareth.

En les voyant monter les degrés blanchis à la chaux, dans la rue vide écrasée de soleil, l'une des femmes s'est arrêtée. Elle hésite, plisse les yeux, puis laisse rouler sa cruche sur le sol, et se précipite sur le Nazaréen. Elle est ridée par les travaux, mais forte encore ; comme sur une étoffe trop lavée, Jean retrouve chez elle les traits du prophète, usés. Elle pleure en pétrissant insatiablement sa tunique. « C'est toi ! C'est bien toi ! Je t'ai reconnu tout de suite, tu es revenu ! Après tout ce temps ! J'étais la seule à y croire, j'ai toujours su que tu reviendrais ! Et ma sœur qui ne sait rien ! » Elle s'appelle Marie, comme sa mère, elle est sa tante, elle est veuve de Cléophas. « Viens vite, ils sont tous là-haut, au pâturage, pour la fête de la Tonte. » En montant vers la crête, Marie, sans arrêt, égrène des souvenirs. Jean, qui est seul à marcher à leur hauteur, écoute ce déluge de babil galiléen. Il ne comprend pas ces histoires d'un autrefois lointain, auquel Marie, intarissable, fait craintivement allusion.

« Mes garçons vont bien, ils sont grands et forts, tes cousins ; Jacques, tu ne le reconnaîtrais pas, et Jude est marié, à présent. Tes frères vont bien aussi, ils vont bien... » Le front du Nazaréen s'est plissé. La voix de Marie s'affole.

« Il faut leur pardonner, ils ont bien payé depuis. Ta pauvre mère est toujours avec nous, remercions le Très-Haut, elle habite sous mon toit. » Elle lui glisse un regard de biais, comme si elle craignait une question.

« Ton père... »

L'enfant du pays a trébuché. Marie enchaîne rapidement.

« Ne m'en veux pas, Joseph est malade, très malade. Ses deux femelles lui mangent sa santé et son bien, et tes demi-frères le tiennent sous leur coupe. Tu sais bien que ce n'est pas lui qui a voulu, il t'a toujours chéri, il aurait gardé ta mère... Tout est venu de ses épouses, ces deux truies avec des anneaux d'or au groin, ces vieilles femmes jalouses, et leurs fils, et les voisins, et puis du vieux Laban, le hazzan de l'époque de ta naissance ; c'est leur faute à eux, je te l'ai dit quand tu étais petit, et ta mère aussi te l'a dit. Au début, quand ils ont voulu lui faire subir l'épreuve de l'eau amère, Joseph ne voulait pas. Et après, il l'a prise chez lui, ta mère, et tu es né sous son toit, bien que tu aies été conçu quand elle n'était que fiancée. »

L'épreuve de l'eau amère. Jean connaît la terrible ordalie qu'institue la Loi pour les femmes suspectes de porter un enfant d'adultère, ou les fiancées enceintes avant leur mariage. Si l'horrible breuvage, boue noire faite de poussière balayée dans le Temple, indispose la jeune femme, c'est la mort. De toute façon, l'humiliation et le déshonneur.

« Elle a été reconnue innocente, tu le sais ; mais tu étais là, pourtant, toi, l'enfant du drame ; alors Joseph t'a recueilli. Souviens-t'en... » Jean comprend à présent pourquoi il se fait appeler fils de Marie.

« Ton père est vieux et malade, il ne faut plus penser à tout cela », marmotte Marie en trottinant, inquiète du silence de l'enfant du pays. À la crête, Jean voit la Galilée jusqu'au Carmel, la frange de bleu brillant de la mer, qui semble baigner les pentes de l'Hermon, au nord, le sein violet du Thabor devant la ligne fuyante des hauts plateaux de la Pérée, à l'est.

Les villageois sont autour du parc à moutons. Le hazzan, des cisailles d'argent à la main, a commencé, après la prière, de dégager le dos d'une brebis qui bêle désespérément, les pattes attachées, livrée au tondeur. Par plaques, la peau bleue, frissonnante, apparaît sur les flancs. Quand ils se joignent à la cérémonie, Jean s'indigne du silence qui s'installe. Est-ce ainsi que l'on reçoit un frère qu'on n'a pas vu depuis tant d'années ? Il n'y a aucune effusion ; certains doutent, ne le remettent pas. Ses demi-frères, de grands jeunes hommes mariés, quand la veuve de Cléophas leur amène Jésus, ont l'air froid et réticent. À côté de Joseph et de Siméon, fils de Joseph, dont les exclamations forcées laissent poindre un regret, ses belles-sœurs, les mains croisées sur leur fichu, saluent du bout des lèvres. Le père n'est pas là, alité par l'âge.

À l'écart de tous, une jeune fille, au front mat et lisse, les cheveux relevés dans le cou, sous le châle brodé, s'est levée, les mains sur le cœur, rouge d'émotion. L'enfant du pays la saisit dans ses bras, l'embrasse longuement, c'est Marie, sa mère. Elle paraît sa sœur ; elle a onze ans de plus que lui.

Ils logent tous chez la veuve. Jacques et Jude sont vite de fervents auditeurs du prophète. À la fin de l'été, l'enfant du pays vient à la synagogue pour le sabbat précédant le nouvel an. C'est la première fois qu'il s'avance en son propre village, par l'allée centrale, sous les poutres peintes de rinceaux, entre les colonnes torsadées, pour accéder à la tribune dont les fleurs de bois furent sculptées par son père. Le hazzan ouvre l'armoire aux incrustations d'ivoire où est enfermée la Torah, drapée de son voile. Il déploie le rouleau et, le tenant écarté à deux mains, le tend à l'orphelin, lui indiquant la lecture du jour.

« Car le fils insulte le père, la fille se dresse contre sa mère, chacun a pour ennemis les gens de sa maison. »

Le verset de Michée tombe dans un silence hostile. Il continue, parlant aussi simplement qu'il lisait, comme si le commentaire n'était que la continuation, l'erre de l'Écriture. « Qui aime son père ou sa mère moins que le Père Très-Haut est indigne de son Royaume. La Parole n'est pas venue apporter la paix entre les parents, mais le glaive ; elle est venue mettre la guerre entre les sœurs, les frères, les enfants et les géniteurs. Elle ne connaît ni les familles ni les nations : car nul n'est prophète en son pays. La parole de mon père que portait Élie fut envoyée à une Sidonienne, et non à une femme d'Israël. » La cérémonie du misdrach autorise l'interruption. Le hazzan, la barbe hérissée, apostrophe l'enfant du pays :

« Ça te va bien de dire ça, fils de personne ! Pourquoi l'appelles-tu ton Père, lui qui est notre Père à tous ? »

Le brouhaha éclate d'un seul coup, comme s'il avait été trop longtemps contenu. Une femme, aux travées d'en haut, crie soudain :

« Il est le fils de David ! C'est le roi d'Israël ! » D'autres voix de femmes, furieuses celles-là, répondent aussitôt.

« Dehors, la Samaritaine ! » Certains crient au blasphème.

« Il se dit fils de Dieu, maintenant ! » Le hazzan, écumant de rage, déverse ses insultes :

« Fils de l'inconnu ! Fils du vent ! Fils du ruisseau, où nous l'avons vu jouer tous les jours ! Il se prend pour un prophète, le fils de personne ! »

Les frères, les belles-sœurs sont particulièrement acharnés.

91

C'est l'une d'entre elles qui lance le groupe furieux contre le blasphémateur.

« Allez-vous laisser injurier votre maison, votre famille ? À mort, l'enfant de personne ! »

Jean joue des coudes, des poings ; les autres disciples, débordés, sont maintenus par cent mains hostiles, loin de la tribune. L'enfant du pays, porté à bout de bras, semble presque indifférent. Jean, qui court à côté, impuissant, guette un signe, un appel. Ils parviennent en haut de la crête, à l'ouest, sur la mer ; le soleil lance un rayon qui vient frapper la Face. Jean est ébloui, il tombe à genoux, avec Pierre. Une femme barre la route, bras levés, à contre-jour.

« Maudits soyez-vous, si vous touchez à un cheveu de mon fils ! Malheur sur vous, frères qui attaquez votre frère ! »

Ils s'arrêtent, un peu honteux. L'obscurité est venue, et le groupe se désagrège lentement. Siméon continue de grogner. « Lui, mon frère ! L'enfant de personne ! » Mais la colère s'est refroidie, ne leur laissant qu'un goût de cendres et de honte. Les femmes grondent leur homme, des enfants pleurent.

Le lendemain, la troupe quitte Nazareth à la première heure pour ne plus revenir. Avec eux s'en vont les deux Marie, et puis Jacques et Jude. Jésus, les onze disciples, et les deux femmes cheminent vers Cana, à une journée de marche. Il manque plus qu'un seul apôtre pour faire le compte ; ce sera Jacques, frère de Jean.

À Cana, un ami de Nathanaël a prié le rabbi de venir à ses noces. Marie, sa mère, les quitte le lendemain. Jean ne la reverra qu'au pied de la Croix. Le surlendemain, le Nazaréen et ses disciples croisent un centurion, sur la promenade de la ville. Il met pied à terre un moment, ne dédaignant pas de s'adresser à des juifs, en piteux araméen il est vrai. Il a bien du souci, son esclave est très malade.

« Vous comprenez, un esclave est tout de même un homme. On s'y attache ; il était mon ordonnance depuis vingt ans... »

Jean boude, à l'écart ; la seule présence de l'homme au crâne ras, son odeur de cuir, le gênent et l'irritent.

« Va, il est guéri. » Le Nazaréen a juste levé deux doigts en parlant. Le Romain remonte à cheval, estomaqué, secouant la tête.

Le soir, les rencontrant à nouveau, l'officier se précipite sur le rabbi. L'esclave a guéri, en effet. Il invite tout le monde chez lui, dans son petit atrium. Il a peu de relations avec les juifs, aussi tous les autres convives sont des païens. Quand le Maître est entré, un esclave aux cheveux blancs a embrassé ses genoux : c'est le miraculé. Sur le lit du milieu, à la place d'honneur, celle de droite, ayant Jean à sa gauche, et le centurion à gauche de Jean, le Nazaréen s'amuse de la confusion du fils de Zébédée. C'est à peine s'il ose tremper son pain dans les sauces. Les commensaux des deux autres lits, des marchands et des petits magistrats, parlent en grec avec Philippe ; juste à droite du centurion, à la place normalement réservée au maître de maison, un lit est resté vide. Cornélius, le centurion, qui n'est plus tout jeune, radote ses souvenirs entre les grives au miel et le ragoût de poisson, seul plat auquel les Galiléens consentent à toucher. C'est un homme pieux, et il a voulu que le Nazaréen bénisse le repas en araméen. Mais sa religion est multiple. « Quand ma légion, la Douzième Fulminata, était stationnée en Grèce, je suis allé à Éleusis et j'ai fait le jeûne au Télestérion ; puis j'ai bu le kykeon sacré et j'ai pris les objets... Et l'année d'après, j'ai été initié aux mystères des Deux Déesses. C'est une bien belle chose que cette nuit-là, quand on voit l'épi sacré illuminé entre les piliers du souterrain... » Il a frappé dans ses mains ; le vieil esclave apporte une statuette de bois colorié, couronnée de roses et tenant une gerbe. Il la pose précautionneusement sur le lit d'apparat, le visage sculpté, anguleux, tourné vers le maître de maison.

« La Bonne Dame dîne avec nous ce soir. Sosias, donne-lui du lait et du miel... »

Les yeux de Jean lui sortent de la tête. Il se lève, cherche ses sandales. Le Nazaréen rit à en perdre haleine, devant l'hôte décontenancé, prêt à se fâcher.

« Eh bien, Voix de Tonnerre, on a peur de manger avec des dieux ? »

Cornélius ne met pas longtemps à abjurer les Bonnes Déesses et à remiser la statuette. Il réunit des amis pour écouter la parole du Nazaréen ; Philippe traduit ; au début, le prophète s'est spontanément adressé au petit groupe de juifs et de Samaritains, qui sont devant. Quand il parle du Père en araméen, les amis de Cornélius y voient une sorte de Sérapis barbu, un vieux dieu sage ; ils connaissent déjà vaguement le dieu des juifs, mais ils le croyaient vengeur et jaloux. Au bout de quelques jours, le vieil esclave, qui assiste à tout, mêlé aux auditeurs, au scandale des marchands juifs, le premier, demande le baptême.

Mais les disciples sont impatients de regagner Capharnaüm ; n'est-ce pas jeter le pain de Dieu aux petits chiens que de donner ces miracles aux habitants de Cana et au Romain ? Cédant à leurs instances, le Nazaréen leur fait prendre la route du lac. Et ce soir-là, ils couchèrent à Magdala, qui est à mi-chemin entre Cana et Capharnaüm.

« Soyez comme des passants. Ne jugez pas pour ne pas être jugés... »

Les paysans écoutent bouche bée ses paraboles, sa voix douce, fascinés par le jeu de ses mains qui caressent les mots. À Magdala, ils furent invités par un pieux et riche marchand de tissus, qui, en dépit de ses gros phylactères, des citations de la Loi au-dessus de sa porte, et de son affectation à faire durer la prière avant le repas, leur servit une chère raffinée. Comme ils dînent, allongés à la mode grecque, une femme s'est glissée dans la salle, par la porte entrouverte sur le jardin.

Elle a les yeux allongés de khôl, elle siffle un air, distraitement, esquisse un pas de danse, s'affale sur un des lits, offrant aux regards sa chevelure dénouée, impudique, la pire nudité pour un homme pieux. Jean, fasciné, contemple ce corps de liane, qui se tord sur le lit, les yeux vagues, les lèvres trop rouges, les pommettes hautes et fardées. Le pharisien s'étouffe dans sa serviette.

« Comment est-elle entrée ? Dehors, esclaves, jetez-la à la porte ! Éloigne-toi d'elle, rabbi, c'est une diablesse, elle a toutes les maladies ! Dehors, je t'avais défendu de revenir ! Je te ferai rompre le dos à coups de fouet, folle de ton corps ! »

Sa tunique est fendue sur le côté, elle porte des sandales dont la dorure est partie, une seule boucle d'oreille. Sa jambe brune et fine se cambre nerveusement.

« Du calme, Isaac, je ne suis pas venue te demander d'argent. Je suis venue voir le jeune prophète dont tout le monde parle, le Nazaréen... » Elle le dévisage. Elle sort de sa ceinture un petit alabastre, reste de splendeurs disparues ; elle s'approche du prophète, verse de haut sur ses cheveux l'huile ambrée, lourde de cinnamome, et lisse longuement la tête ointe en continuant sa chansonnette.

Elle n'a plus toute sa tête. Dans le village, elle a couché avec l'un, avec l'autre, même avec le maître de maison. Pourtant, elle était de famille aisée, elle a un frère et une sœur à Béthanie, en Judée, qui ne manquent de rien. Elle s'appelle aussi Marie. Elle a oint sa chevelure, elle l'a amoureusement caressée sous les yeux stupéfaits de Jean. L'étrange onction, faite de la main la plus impure, l'onction de la prostituée !

L'hôte s'obstine à vouloir la faire mettre dehors. Le Nazaréen le reprend vivement. Pendant qu'ils discutent, elle se met à trembler, comme si elle avait très froid. Un peu de bave paraît à ses lèvres, qu'elle mordille ; elle se jette à terre, éructant des syllabes sans suite. Tout le festin se lève, on s'écarte de la possédée. Le Nazaréen lui impose les mains, et il invoque à voix forte les démons.

« Que sortent de toi tes sept démons, Marie de Magdala. » Ce sont des noms maintenant qu'elle crie, les noms des sept notables du village, ceux de ses amants, les pères de famille confits de dévotion qui l'ont un temps entretenue. L'hôte pousse des gémissements de honte. La bouche de la Magdaléenne s'agrandit, comme pour un cri trop fort pour elle, elle gémit comme une petite fille :

« Tu es l'oint du Très-Haut, le Messie d'Israël. »

Et lui répond, relevant la fille soudain calmée :

« Va en paix. Tu as beaucoup péché, il te sera beaucoup pardonné. »

La Magdaléenne s'adjoignit à eux, suivant Jean comme un petit chien, jusqu'à la route de Capharnaüm. Ils dorment là, sur le bord de la voie pavée, au pied d'un grand cyprès. Le Nazaréen met dans ses mains celles de Jean, et puis celles de la Magdaléenne, petites et froides.

« Qu'elle soit comme ta sœur. Qu'elle repose à tes côtés, sous ton manteau... »

Au début de la nuit, Jean était gêné de cette présence odorante qui se retourne à son flanc.

« Qu'elle soit comme ta sœur... » Il a passé une main sur la main crispée, hantée de cauchemars. Il a caressé la chair qui souille. Car la maladie est dans la famille ; c'est la raison pour laquelle, livrant son corps intouchable aux inconnus, Marie la Magdaléenne a quitté son village de Béthanie. Confiante et consolée, la petite main teinte au henné se referme sur la sienne, l'étreignant avec tant de force qu'il ne peut s'en défaire.

Le soleil levant, chauffant son visage, a éveillé Jean. Il apporte de l'eau dans le creux de ses mains à l'endormie, qui geint et se pelotonne sous le manteau, demandant la grâce d'un sursis.

Mais il faut se mettre en route ; ils marchent vers Capharnaüm ; à droite, le lac étincelle sous le vent matinal. Le Nazaréen est devant, Jean le suit, allant avec la Magdaléenne, ainsi qu'il lui a été commandé. Elle se plaint de la poussière, de ses sandales. Les disciples, derrière eux, chantent gaiement ; ils retournent chez eux, après tant de tribulations. A mi-chemin, ils rencontrent une femme voilée sur une mule blanche. Elle va aussi à Capharnaüm. C'est Jeanne, l'épouse de Chouza, l'intendant en second d'Antipas. Jean la connaît : cette femme mûre, confite en prières et en vœux depuis la mort de ses enfants, épuise la bourse de son mari en docteurs de la Loi et en sacrifices. Elle s'agrippe au Nazaréen comme à sa dernière chance. Comme Marie de Magdala a l'air fatiguée, elle descend de sa mule et la lui offre. En marchant, elle converse avec lui. Quand on arrive en vue de la ville, Marie devant sur l'ânesse, Jeanne est conquise. Elle ne veut plus les quitter.

Enfin Capharnaüm leur tend les rives de son lac, où lentisques, saules et joncs vibrent des chants des merles. Jean, comme André, Pierre et les autres Galiléens, n'a pas revu sa patrie depuis deux ans.

En arrivant par le chemin du bord de l'eau, ils aperçoivent une barque sur le lac ; des pêcheurs y relèvent un filet ; d'autres, en lignes, dans l'eau jusqu'à la ceinture, halent un lourd chalut vers la berge. Jean hèle son frère Jacques, Pierre et André leurs amis, leurs parents.

À peine revenu à la maison, Jean entraîne Zébédée et Salomé auprès du Nazaréen. Salomé est heureuse malgré ses larmes ; le patron pêcheur, qui s'essuie encore les mains à sa ceinture (il vient de trier les poissons sans écailles, impurs, les anguilles, pour les vendre aux Romains) se racle la gorge.

« Tu aurais au moins pu laisser un mot... » Son frère leur a tout raconté. Salomé examine le jeune Maître d'un œil critique. Jacques lui baise la main ; le Nazaréen l'emmène, une main sur l'épaule, vers la grève. En quelques jours, Jacques est conquis à son tour.

Toute la communauté, y compris la Magdaléenne, que Salomé a regardée avec une moue méprisante, s'installe dans la petite maison de Pierre et d'André, où la jeune femme de Pierre, débordée, distribue les grabats et les chambres. Nathanaël et Philippe logent chez les parents de Jean. Salomé aurait bien aimé avoir le jeune prophète de son fils, mais le Nazaréen n'a pas cédé aux prières de Jean. On jurerait qu'il prend plaisir à exciter la rivalité des deux maisons. De plus, jamais Salomé n'acceptera la Magdaléenne sous son toit.

« Elle est comme ta sœur ? qu'est-ce que tu me chantes là ! Cette goule essaie de mettre la main sur toi... » Salomé pourtant aurait bien aimé trôner dans son beau salon du premier étage aux poutres vernies, pour y patronner les débuts de ce nouveau rabbi dans le petit monde de Capharnaüm.

Ils vont tous les jours jusqu'aux éboulements escarpés s'écroulant dans le lac qui ferment l'horizon, cachant Tibériade et ses continuels chantiers d'agrandissement. Au centre de la petite plaine, un réservoir rectangulaire, bâti par le Grand Hérode, alimente les canaux d'irrigation. C'est là qu'il leur parle, dans l'odeur de la terre mouillée, jouant avec l'eau, et sa parole coule comme l'humidité nourricière. Il y a toujours une bande de gamins avec eux ; au début, Jean et Pierre voulaient les chasser. Mais le Nazaréen n'est tranquille que lorsqu'il en a fait asseoir un sur ses genoux, reniflant et ouvrant des yeux étonnés.

Il leur parle du sabbat, des innombrables interdits qui l'entourent, cauchemar de l'homme pieux : impossibles prescriptions, qui vont de la tenue des bêtes (ni entraves, ni harnais, clochettes au battant arrêté), jusqu'à celle des femmes, qui ne peuvent porter ni aiguille à chas, ni un certain type de jarretière. C'est le fromage des exégèses rabbiniques : tout travail, tout transport d'objet est alors prohibé ; on distingue suivant que la main sort ou rentre dans la maison, donne ou reçoit...

« En vérité, je vous le dis, le sabbat est fait pour l'homme et non l'homme pour le sabbat. »

La présence, à Capharnaüm, de cette communauté mixte, est vite devenue le sujet préféré des commères. André, Pierre, la plupart des disciples ont repris la pêche ou leur ancien métier. Jean, lui, qui n'en a jamais vraiment exercé, est entièrement libre pour le Nazaréen ; comme la Magdaléenne amenait trop de sourires entendus sur leur passage, elle demeure chez Pierre, aidant sa femme et Marie, veuve de Cléophas, aux travaux ménagers.

Le couple qu'ils forment tous les deux, Jean et son Nazaréen, est le foyer de l'attention générale. Les filles, que Jean a traitées avec mépris, chuchotent entre elles et rient trop fort, quand elles les rencontrent, sur le bord de l'ovale tranquille du lac, dans les jardins d'hysope et de verveine, se tenant par le petit doigt, ainsi qu'ils ont coutume, et l'autre bras du Nazaréen posé sur l'épaule de Jean. Comme Salomé trouve que le jeune prophète est un peu hautain (il refuse ses invitations aux thés où elle réunit les dévotes de la ville), elle commence à laisser aller sa langue devant ses esclaves.

« C'est comme si je n'avais plus de fils ! Il me l'a littéralement enlevé ! Regardez ce grand nigaud, fourré toute la journée avec son prophète. Et parfois toute la nuit encore ! Et puis, prophète ou pas prophète, ces gens-là devraient être mariés. Ce qui est assez bon pour un prêtre du Temple l'est bien pour un rabbi de Galilée, je pense. Qu'il épouse sa Magdaléenne, et qu'il me rende mon fils. »

À l'un de ses raouts, une commère abonde en louanges sur le jeune prédicateur :

« Il parle de moutons, de poissons, de pains, c'est merveilleux, on comprend tout. Il est encore mieux que rabbi Jérémie, qui passait cinq samedis de suite à expliquer le traité de l'œuf et de la poule. » C'était un recueil interdisant de consommation l'œuf né pendant le sabbat. D'irritation, Salomé laisse tomber sa coupe. « Peut-être change-t-il aussi de sexe tous les ans, comme l'hyène selon ton rabbi Jérémie, puisque Jean lui est à la fois femme et mari. Je me demande si nous ne devrions pas prévenir les docteurs de Jérusalem. Qui sait si ce qu'il raconte est bien orthodoxe ? »

Le sabbat suivant, quand il monte à la chaire, dernier des sept lecteurs, Salomé et ses amies, dans la tribune des femmes, murmurent et s'éventent. Jean, debout à son habitude contre le pilier d'une des trois portes, dévore des yeux le visage du Maître, au-delà des nuques et des turbans, devant le chandelier à sept branches, dans la pénombre fraîche et bleue des murs peints à la chaux. Jusqu'au perron, derrière Jean, où se pressent les enfants, jusqu'au péristyle accolé à la synagogue où clapote la vasque à ablutions, un silence de plomb s'est installé.

« Il leur a donné à manger la manne venue du ciel, le pain inépuisable. »

Le passage de l'Exode semble rassurant. Pas d'appel aux pauvres, aux Ebionim, comme il sait parfois en faire. Zébédée se carre sur son banc, et croise les bras.

« J'aimerais bien connaître la recette de ce pain-là », s'est dit le père de Jacques et Jean.

« Je suis le pain de vie, qui vient à moi n'aura jamais faim.

99

La chair du Fils de l'Homme est le pain du ciel descendu pour votre festin. Je suis le pain de vie, et qui le mangera vivra à jamais ; rassasiez-vous de ma chair, et vous aurez la vie éternelle... »

La gêne, l'incrédulité, la stupéfaction se lisent sur tous les visages. A-t-il décidé de les provoquer, toutes ces bonnes langues affilées ? Sa voix, contrairement à l'habitude, est vibrante.

« Qui mange ma chair et boit mon sang demeure en moi et moi en lui, qui mange ce pain vivra à jamais ! »

Une partie du public s'est levé en remuant les bancs. En sortant, des jeunes filles crachent devant Jean, et s'enfuient en piaillant :

« Tu peux bien te le manger tout seul, ton prophète ! Ils étalent leurs amours à la synagogue, honte sur vous deux ! »

Philippe, qui ne sait pas que Jean l'entend, vient de lâcher à Nathanaël :

« Ce coup-là, c'est trop. Qui peut écouter cela ? »

Quand ils se retrouvent dans la cour aux ablutions, le Nazaréen fait le tour des figures inquiètes. Plusieurs disciples manquent : ils sont partis avec leurs parents. Ceux qui sont là sont sombres. C'est pour leur pays, leurs amis, et non plus pour la tourbe migrante du Jourdain qu'Il est objet de scandale. Seul Jean est confiant.

« Il en est parmi vous qui ne me croient pas, qui se scandalisent... » Sa voix est un peu fatiguée, déçue. Il manque Philippe, Nathanaël, Jacques frère de Jean, André, Thomas, Matthieu... Jamais la petite troupe ne s'est sentie si divisée.

« Et vous, m'abandonnerez-vous aussi ? » Jean embrasse ses genoux. Pierre lève les bras vers la voûte, et clame d'une voix éclatante : « Tu es le Messie, fils de Dieu, l'Oint d'Israël et d'Aaron. Où irions-nous, si nous te quittions ? »

Cela fait deux Pâques qu'il leur fait célébrer hors du temps rituel, avec quelques jours d'avance, suivant le calendrier des nombreux, le comput essénien, que seul Jean connaît.

Le sabbat qui suit la Fête, comme ils sortent de la synagogue après la dernière prière et la bénédiction, celle qu'on doit réciter d'un seul souffle, un être qu'on dirait sans sexe, à moitié humain, se précipite à quatre pattes en embrassant les franges du manteau que porte le Nazaréen. C'est la vieille Akbor, la Souris, une esclave difforme qui vit dans un terrier et mange les têtes de poisson qu'on lui jette.

« Fils de David, sauve-moi ! » Jean veut la pousser de côté, tout en évitant le contact de sa peau. Le Nazaréen l'arrête, pose les mains sur la tête de l'infirme, toujours ce geste que Jean a vu chez les nombreux. La vieille s'étire à terre en gémissant, se ramasse et se dresse, debout pour la première fois.

À l'arrivée à Capharnaüm, le Nazaréen leur avait demandé le secret sur la guérison du serviteur de Cornélius. Mais les esclaves sans doute communiquent mystérieusement entre eux ; après Akbor, le secret devient impossible. Pierre installe sa belle-mère chez lui ; depuis des années, elle souffre d'une fièvre des marais. Au passage du Nazaréen, elle guérit. Pierre et André trompettent aussitôt la nouvelle ; Jean le leur reproche amèrement. Ne leur avait-il pas dit : « Prie et fais l'aumône en secret » ? Simon et Judas, dont il s'est rapproché pour faire pièce à Pierre, lui donnent raison. Ces deux-là continuent de recevoir des envoyés de nuit, des émissaires des bandes de révoltés qui font des coups de main contre les villes de la Décapole ou le fisc romain.

Pierre détourne la querelle vers le Judéen. Lui, il travaille pour tous, sa pêche nourrit douze personnes, et, pendant ce temps-là, ceux qui pillent la communauté lui reprochent le Signe dont le Maître l'a honoré en sa famille ! Il arrache la bourse de peau, qui contient le trésor commun, à la ceinture de Judas, et la retourne : deux petites pièces d'airain roulent sur le sol de terre battue. Jusqu'à présent, ils ont pu compter sur les subsides de Jeanne ; autant dire sur l'argent d'Hérode. Mais le mari, faute de pouvoir récupérer l'épouse, a fini par lui couper les vivres. Pierre ne croit pas un mot des explications de Judas.

« Tu l'as volé, notre bien commun, ou bien tu l'as donné à tes amis les révoltés pour acheter des armes... On n'aurait jamais dû te confier la bourse. Tu es bien de Judée ! » Les Galiléens ont toujours mal aimé Judas. Malgré son malaise, Jean le défend. Pierre se fâche tout rouge. Ce n'est pas leur premier accrochage.

« Je suis le chef des disciples, je pourrais presque être ton père. Je serai à ses côtés pour le Jugement, c'est lui-même qui l'a dit. Tu me dois le respect ! » D'ailleurs, Jean aurait pu emprunter de l'argent à sa riche famille pour aider la communauté. Jean, touché au vif, riposte.

« Je suis plus près de lui, je sais de lui des choses que tu ne sauras jamais... » Pierre lève le bras pour frapper. Jean s'élance. Le Nazaréen entre avec les femmes et ses deux cousins. Il tient à la main un bambin morveux, qu'il hisse par la taille sur la table.

« Qui se fera petit comme cet enfant-là, voilà le plus grand dans le Royaume des Cieux. »

Il est trop tard pour retenir la nouvelle. Ce que ni la Parole, ni les fins commentaires du sabbat à la synagogue, ne lui ont apporté, les guérisons le lui imposent aussitôt : il est célèbre en Galilée. Il ne peut plus sortir sans être environné d'une nuée de malades et d'enfants, agglutinés devant le parvis, chaque sabbat. Vient à lui la tourbe des impurs, qu'à chaque fois il force Jean, le cœur au bord des lèvres, à toucher et à contempler : les bègues qui ne peuvent dire la Torah, les accouchées aux sanglantes relevailles dont le simple contact est impie, les peaux malades et les mutilés, les gales et les pelades, tous ceux que la Loi exclut sans retour se pressent autour de lui. Certains mendient, d'autres veulent lui conter leurs malheurs, tous veulent une guérison, un morceau de ses franges. Et lui, il touche, inlassable, il plonge dans cet océan de contacts impurs : ses belles mains agiles et souples caressent les moignons, ferment les plaies qui suppurent et, le soir, reposent sur l'épaule de Jean, ou sur celle de la Magdaléenne comme s'il voulait leur faire partager, à leur tour, ce contact avec la pourriture.

À son passage, sur les mains desséchées, les jambes déformées, la chair et la peau repoussent, comme sur les os blanchis que contemplait Ézéchiel. Le long du lac, ils ne sont plus vingt ou trente, mais cent, grimpant et claudiquant derrière lui jusqu'à ce qu'il ait choisi quelque belle pierre plate, sous un mûrier centenaire, où il s'assied pour parler. Des jeunes filles de la campagne, posant là leurs charges de menthe ou de bois, se glissent au premier rang. Des familles entières prennent l'habitude de marcher à sa suite lors de la promenade de sabbat. Les enfants, surtout, envahissent aussitôt la tribune qu'il choisit, sautant autour de lui, et se poursuivant à travers la foule pendant qu'il parle.

Évidemment, Salomé, et Zébédée à sa suite, sont tenaillés par le regret d'avoir laissé échapper le guérisseur. « Pouvais-je deviner ? Il y a tant de faux Envoyés, ces temps-ci... » soupire piteusement sa mère à Jean. Elle décide, généreusement, d'offrir sa maison à la communauté, après sa mort.

L'avant-veille du quatrième sabbat qui suit la Pâque, il y a grand marché à Capharnaüm. Entre les étals de comestibles et de poteries, deux hommes venus de Judée, dont les manteaux de laine bleue avec les houppes réglementaires à quatre brins, les phylactères de peau noire jusque dans la barbe, les turbans hautains et l'air désapprobateur et chagrin indiquent la qualité de docteurs de la Loi, déambulent, se couvrant la face de la main quand ils voient une marchande dévoilée, et cherchent la maison du jeune prophète. L'un cite rabbi Gamaliel, l'autre se réclame de l'école de Schammaï, le célèbre rigoriste.

Ils trouvent leur homme dînant avec Jean, Pierre et André chez un ami de Matthieu, un publicain nommé Lévi, employé des Romains à l'administration des impôts. Ils sont couchés pour le repas, à la mode grecque, et la Magdaléenne est avec eux. Les deux pharisiens, debout sur le seuil, agitent les franges sombres de leurs manteaux, se relaient pour coasser : « Qui es-tu, qui prétends prophétiser et guérir ? Où as-tu fait tes études ? Qui sont tes maîtres ? Tu ne portes même pas la Torah sur toi, elle n'est pas suspendue à l'entrée de cette maison, comme c'est la règle ! Nous voyons que les âmes pieuses qui nous ont informés étaient dans le vrai. Tu dînes avec des femmes décoiffées, des publicains, tu touches les impurs ! T'es-tu seulement lavé les mains avant le repas, comme il a été ordonné ? »

L'autre pharisien arrête un esclave qui porte un plat, soulève un couvercle. Tout est prétexte à leçons.

« Du lièvre ! Horreur et malédiction ! Ignores-tu donc que cet animal est impur, sodomite, qu'il a autant d'anus que d'années de vie ? "Tu ne mangeras ni animal sensuel ni rapace." Que vois-je ? Des poissons maudits, de ceux qui restent entre deux eaux, comme toi dans ton péché... » Il montre une assiette de calamars posée sur la table. Le premier reprend aussitôt :

« Ne le nie pas ! On a vu tes disciples arracher du blé le jour de sabbat pour le manger. Tu guéris le jour du repos ! »

Impassible devant l'avalanche, le Nazaréen avait attendu la fin du réquisitoire. Ainsi procédaient les maîtres de Jérusalem, acculant l'adversaire pour l'excommunier.

« Il est permis de sauver un homme tombé dans un puits même le jour du sabbat », fit-il observer doucement. « Le glorieux Mattatias lui-même ordonna aux Maccabées de violer le repos du jour saint afin de se défendre... Tu m'imputes à crime de fréquenter des pécheurs. Mais plus la dette est grande, plus grande est la joie de la remettre au débiteur. C'est la brebis qu'il a perdue, et non celles du troupeau, que le berger serre sur son cœur, quand il la retrouve. »

Le pharisien ricane.

« Et, bien sûr, tu es le Messie, toi aussi. Je pensais la Galilée épargnée par les prétentions d'agitateurs dans ton genre... Accomplis donc un Signe devant nous, fais éteindre le soleil, ne fût-ce qu'un instant... »

Jean regarde la traînée lumineuse où dansent des poussières, à travers la porte, le lac et les montagnes. Éteindre la lumière, voilà bien le seul signe que réclame cette génération mauvaise.

Ils traversent le lac, vers les falaises de l'est ; le ciel est gris et noir. Ils manquent verser par la faute d'un coup de vent ; ils abordent au pays désert, où nul pêcheur, nul berger galiléen ne s'aventure, la rive sombre aux éboulis incultes, aux fourrés denses, aux combes peuplées de mauvais démons. De Capharnaüm, le Nazaréen s'est enfui, parce que les miraculés l'appellent : « Roi. » Avec lui, il n'a emmené que les trois intimes, Jean, l'Aimé, Pierre, le chef de la communauté, et André, le plus âgé des disciples.

C'est là le sauvage pays des Géraséniens. Les habitants y élèvent l'animal immonde, mangeant la chair de ce qui ni ne rumine ni n'a le pied fendu. Encore une fois, en les amenant ici, le Nazaréen les éprouve.

Derrière des tas de pierres, sous lesquels les indigènes dissimulent leurs morts, une tête au rictus animal a passé, et a aussitôt disparu. On les suit ; un homme presque nu et velu sur tout le corps, se grattant comme une bête, vient brusquement cabrioler à leurs pieds. Il bave, et se trémousse. Le Nazaréen l'interroge en le secouant par les épaules.

« Quel est ton nom ? »

La voix, étranglée, répond un mot araméen, toujours le même.

« Mon nom est Multitude. »

Un roulement de tonnerre a retenti derrière les montagnes du lac. Le Nazaréen étend les mains ; l'autre se couche à ses pieds, calmé ; au loin, entre les tumulus, un berger en haillons mène paître deux porcs aux longues soies, presque des sangliers. Les animaux immondes se mettent à couiner, assourdissants, et échappant à leur maître, courent en braillant vers le bord de la falaise.

La lumière, bousculée par les tourbillons de nuages, change sans cesse, inquiète elle-même. Devant les flots tourmentés, dans la grise couleur de la trombe, il leur annonce la Passion pour la première fois.

« En vérité, je vous le dis, le Fils de l'Homme va être livré aux mains du peuple, et ils le tueront. Le Royaume viendra quand un bois aura été couché et relevé, et quand du bois couleront des gouttes de sang... »

Pierre, qui ne saisit pas, ne voit qu'un funeste présage en ces obscures paroles.

« Ne dis pas cela, rabbi... Tu vivras longtemps et heureux. »

Le Nazaréen, le regard vide, l'insulte froidement en réponse.

« Passe derrière moi, Satan ! Tes pensées ne sont pas celles de mon Père, mais celles des hommes. Qui veut sauver sa vie la perdra... »

Jean, lui, a compris que le Maître annonce sa propre mort. C'est pourquoi il leur a fait gravir, suprême impiété, ces tas de pierres régulièrement blanchies, pour avertir le passant de s'en écarter, que l'impureté des chairs décomposées traverse et contamine. Sa mort ? Jean n'a pas voulu penser jusqu'ici que le Maître vieillirait et mourrait. S'il meurt, Jean mourra avec lui, il n'en a jamais douté. Mais entre eux s'élève l'ombre d'un souvenir, l'ombre gigantesque d'un bois en croix, au pied duquel un enfant aux yeux rougis découvre pour la première fois le cadavre d'un homme. Pour la prochaine Pâque, ils iront à Jérusalem.

JE TE CONFIE MA MÈRE (33 ap. J.-C.)

Seconde épître de Prokhore, diacre de Jean l'apôtre, à l'Église de Dieu Père et Fils, dont la divine charité et la discipline parfaite ne font qu'un avec l'esprit de Jésus-Christ, qui a fondé en la ville des Romains la Nouvelle Jérusalem ; Dieu lui a donné de succéder en nos cœurs à la Jérusalem terrestre, privée de son antique héritage, punie parce qu'elle méconnut et mit à mort le Sauveur, ainsi qu'en témoigne l'Évangile du dernier disciple, mon maître. En ce temps-là, l'Aimé vit l'Amant sur la Croix...

Avec flamme, ils entonnent le psaume du pèlerinage :
« Ils marcheront de hauteur en hauteur et il leur apparaîtra
dans Sion. »
Ils redescendent la colline, dans le crépuscule qui précède la
dernière étape. À peine ont-ils entrevu le rempart et les toits
dorés du Sanctuaire, à l'horizon : maintenant, tandis que
l'ombre épaisse s'est abattue tout d'un coup comme une cape
sur la vallée sombre et étroite où l'eau noire pleure des rochers,
ils s'étendent dans la cour du caravansérail, rêvant du parvis et
de sa foule. Entre les colis et les bâts, un âne lâche un brai-
ment, sentant lui aussi la fête et l'étable proches. Les Galiléens
vont à la ville avec leurs provisions de paysans. Jean se gratte,
cherche la chaleur de la Magdaléenne ; mais, en public, elle
n'ose dormir à ses côtés ; il y a trop de connaissances, dans le
pèlerinage, que ce frère et cette sœur de fraîche date scandalisent.
    Comme il convient de faire le trajet entre deux sabbats, afin
de ne point rompre le repos légal, ils sont partis depuis cinq
jours. Si Jean se retourne ainsi, c'est qu'il se souvient de l'incident, à Aïnon Salim, peu après Scythopolis. Lui en veut-il
encore ?
    Des enfants leur avaient jeté des pierres, les volets s'étaient
fermés sur leur passage ; comme chaque année, les habitants,
étant samaritains, ne décoléraient pas de voir leur ville transformée en halte pour les pèlerins de Jérusalem. Jean et Jacques,
en sueur, ont fait le tour du village, frappant aux portes, invec-
tivant le bourg inhospitalier, dont même les puits sont cadenas-
sés.
    Ils ont faim, et soif, horriblement soif.
    « Que le feu du ciel descende sur ces gens, et les consume ! »

a crié Jean vers le soleil brûlant. Le Nazaréen, pour une fois, l'a repris, durement, devant tous.

Il sent encore bouillonner sa rancœur. Cet incident est-il un signe ? Il était si heureux de ces retrouvailles entre sa Ville, car il s'est toujours considéré un peu jérusalémite, et le Fils de l'Homme. Ce dernier avait montré, jusqu'à présent, tant d'indifférence pour la Cité sainte et ses fêtes ; et maintenant, il accomplit à son tour la Montée. Depuis combien d'années n'est-il pas venu, comme la Loi y contraint, au saint pèlerinage ? Il n'a jamais osé lui demander.

Et puis il y a la sinistre prédiction du lac. Comme cette Montée est différente de celles, fleuries et chantantes, qu'il accomplissait autrefois, en famille ! Celle-ci est une énigme et la résolution même que montre à présent le Nazaréen la fait plus pesante. Le fils de Salomé a rampé jusqu'à lui, il porte furtivement sa main à ses lèvres. Comment la ville qui est aux yeux de Jean la plus belle de l'univers, celle dont le Très-Haut a dit : « Je créerai Jérusalem pour ma joie, et tout son peuple pour mon allégresse », pourrait-elle mal accueillir le Fils ?

« Nous y sommes, nos pas ont fait halte
Dans tes portes, ô Jérusalem ! »

Ils sont sous la voûte de la porte des Poissons, où se pressent devant l'octroi les voyageurs et les bêtes. Derrière eux, hors les murs, le riche faubourg de Bézétha, sur le plateau, et ses villas discrètes derrière leurs rideaux de cyprès. À cette porte, convergent les routes de Césarée, de Jéricho, de la Samarie.

Jérusalem, comme chaque année, étouffe et craque dans ses murs sous le poids des pèlerins. Il finira par y avoir un jour une bonne épidémie, pense Pilate, le procurateur, qui observe la porte par une meurtrière de la tour Antonia ; elle dresse son énorme masse jusqu'au ciel, juste à gauche de la poterne. Son œil suit distraitement la petite troupe galiléenne, qui longe la muraille, à l'extérieur. En ville, toutes les auberges sont pleines, les rues étroites jonchées la nuit de corps endormis ; les balcons mêmes, qui portent du linge séchant jusqu'au milieu de la voie, sont loués à prix d'or. Après s'être concertés dans la cohue, ils ont pris à gauche la route de Béthanie. Marie de Magdala y offre l'asile de sa famille. Ils vont descendre vers le Cédron et remonter en face, dans la fraîcheur du mont des Oliviers ; des familles, des tribus, s'y sont déjà installées sous des tentes de fortune, accrochées aux timons des chariots, plantées dans la terre rouge mouillée d'irrigation, sous les feuillages grisonnants.

Le regard de Pilate, un instant, s'est attardé sur ce jeune Galiléen en tunique blanche, qui s'éloigne, appuyé sur un garçon de stature remarquable. De ce dernier, on ferait un bon légionnaire, soupire le gouverneur, si ces juifs ne haïssaient l'Empire. Dans la tour, les bruits des exercices, les commandements romains font résonner les escaliers. Derrière Pilate, sa femme Claudia, qui est apparentée à la fille d'Auguste, se plaint à haute voix de devoir passer une nouvelle Pâque dans l'inconfortable forteresse.

« Vivement le retour à Césarée ! Ces vieux vêtements de leur grand prêtre sont magnifiques. Regarde les pierres, quelle splendeur... » Elle a déplié l'éphod et le talith, que les Romains gardent d'une fête à l'autre dans la forteresse. Le gouverneur est personnellement responsable de leur sauvegarde, et ils sont lavés pendant sept jours, après chaque cérémonie.

En bas, les Galiléens traversent le Cédron écrasé de soleil aux rives ornées de riches sépulcres sculptés de raisins et de guirlandes grecques. Au sud, quand ils remontent vers Béthanie, ils évitent le mont du Scandale, où Salomon édifia un autel aux idoles de ses femmes. Derrière eux, le toit d'or du Temple a émergé au-dessus de la muraille, sur le fond de l'Ophel sacré, la Sion de David, couverte de la forêt serrée et multicolore des vieilles maisons.

C'est une jolie ferme, presque à la sortie de Béthanie, au bout d'une allée de caroubiers en fleur. Les deux sœurs y habitaient seules avec leur frère, Lazare ; de ce que Jean a saisi des souvenirs de Marie, Lazare a été néophyte chez les nombreux, ne s'est jamais marié. Les Béthaniens, Jean le sent, ont depuis longtemps traité les trois célibataires comme les brebis galeuses du village ; les deux sœurs passent pour folles, et on dit du frère les pires choses. Leur famille est maudite. Alors, quand elle a eu douze ans, Marie, tenue à l'écart des jeux et des danses, s'est mise sur le bord de la route, celle, poussiéreuse et sinueuse, qui va de Jéricho à Jérusalem. Et sur la grand-route, à tous les passants, elle a offert son corps, parce que personne ne voulait d'elle à Béthanie ; enfin elle s'est sauvée avec une troupe d'âniers qui allaient à Magdala. Marthe, l'aînée, qui dirige l'exploitation d'une main sèche et nerveuse, les accueille en pleurant des larmes rares, car elle est économe en tout. Elle n'a pas revu Marie de cinq années. La retrouver guérie de ses démons, elle n'en revient pas de joie. Les jarres d'huile, de blé, de vin, les bêtes bêlant dans leurs parcs, témoignent de son sens de l'ordre. Elle accueille le prophète, envoie l'esclave chercher du vin, de l'eau, faire tuer un agneau. Elle le connaît déjà, ainsi que son frère, car Marie leur envoya maints messagers. Comme elle achève ces mots, Lazare entre. Jean comprend aussitôt pourquoi cette maison est maudite, intouchable. Il serre instinctivement son manteau autour de lui. Lazare, qui a à peu près l'âge du Nazaréen, est grand, voûté, il porte une barbe claire et une tunique grossière. Ses doigts, qui agrippent un bâton, son nez, ses joues sont attaqués de la terrible maladie ; des bouts de peau, de chair sont sur le point de s'en détacher, les rendant semblables à des loques glaireuses. Lazare est lépreux.

Quand il est tombé malade, ni Marthe ni Marie n'ont voulu le laisser partir sur les routes, avec les bandes d'intouchables qui avertissent de leur clochette le passant de s'écarter. Et c'est d'abord cela que le village ne leur a pas pardonné. Lazare salue le Nazaréen d'une voix sourde, et Jean reconnaît les formules qu'échangeaient les nombreux :

« En proie à la frayeur et à l'effroi, en pleine désolation, je Le bénirai, parce qu'Il est merveilleux, je Le confesserai. » Puis le Nazaréen échange avec ces joues putréfiées, ces lèvres pourrissantes, le baiser de paix.

Marie aussi, que Lazare et Marthe fêtent comme l'enfant prodigue. Jean ne peut surmonter sa répugnance ; les disciples, comme lui, s'abstiennent de toucher l'Impur. C'est le Nazaréen le soir, au banquet, tandis que Marthe s'active et sort les mets du buffet, en grognant contre la paresse de Marie, qui saisit sa main et l'oblige à se poser sur le moignon humide et rosâtre de Lazare. Comme pour l'empêcher de reculer, la main de la Magdaléenne est venue se poser à sa gauche, formant une chaîne qui s'achève au lépreux. Marthe, qui n'a rien vu, criaille toujours.

« Seigneur, dis donc à Marie de m'aider ! »

Lui répond à la maîtresse de maison :

« Marthe, Marthe, tu t'inquiètes et tu t'agites, quand une seule chose compte. Marie a choisi la meilleure part. »

Le plus mal à l'aise des disciples, dans cette maison souillée aux yeux de tout fidèle de la Loi, c'est Judas. S'il avait pu ignorer jusque-là la véritable origine et l'histoire de Marie, il sait à présent que tout le village ne l'appelle que « la route », le chemin par où tous les étrangers sont passés. Il a failli sortir quand Lazare est entré ; et, depuis, il multiplie les prétextes pour éviter de se trouver dans la même salle que lui. Comme le Nazaréen a tenté de lui guider la main, il a manqué s'évanouir, et c'est Lazare qui s'est retiré avec un sourire douloureux.

Il vient voir Jean, le lendemain matin. Le Nazaréen est parti dans le verger, avec le fils de la seule amie de Marthe. Il s'appelle Marc, il a quinze ans ; la tête appuyée sur le rebord de terre que font les jardiniers autour des carrés de légumes, les oreilles pleines du ruissellement des eaux, ils parlent du Royaume.

Judas a le poil hérissé, il tremble d'indignation. « Sais-tu ce que j'ai découvert ? Non seulement le frère est lépreux, mais Marthe est impure, elle aussi. La plus grave des impuretés : elle répand sans cesse son sang menstruel. Il a dû y en avoir partout dans la maison, là où nous sommes assis, peut-être dans nos lits, dans la nourriture. Tu es jérusalémite, toi aussi. Nous ne pouvons demeurer dans une maison entièrement souillée. » Jean s'est levé, puis il se rassoit. En effet, la Loi porte le plus violent des interdits sur le sang des règles ; et les femmes malades qui sont affligées d'un écoulement continuel sont pour un pharisien une horreur plus grave que la mort. Mais c'est la réaction même de Judas qui l'éclaire. Le Nazaréen savait cela. Ce n'est pas en vain qu'il a choisi cette maison. Il regarde l'homme de Kérioth comme si d'un coup une immense distance les séparait, le séparait d'un double de lui-même soudain révolu.

Ils rentrent à Jérusalem par la porte de l'Ophel ; Marc les

guide à travers la rue des Boulangers dans la presse du pont sur le Tyropéon, qui joint la vieille ville à celle édifiée sur l'autre colline par les rois hasmonéens. La mère de l'adolescent a offert sa maison, une bicoque dans le quartier des potiers, en bas de la voie aux Escaliers. Le Nazaréen s'emplit les yeux, comme s'il ne l'avait revue depuis longtemps, de la foule bariolée des juifs de tous pays montés pour les Azymes : tresses orientales, bonnets de Phénicie et d'Anatolie, turbans perses, égyptiens, de Cyrénaïque, toutes les juiveries, tout le peuple qui ne se découvre jamais se retrouve une nouvelle fois.

Dans la maison de la mère de Marc, coincée contre la muraille, chaque chambre abritera pour la nuit trois ou quatre disciples étendus sur des peaux de chèvre, posées à même le sol. Jean, le Nazaréen et Marie s'installent dans la chambre construite sur la terrasse.

C'est le début de la semaine de la Préparation. La lune grossit chaque soir dans l'air alourdi des premiers souffles brûlants du khamsin. D'épaisses fumées de graisse planent sur tout le quartier, descendues de l'esplanade du Temple, de l'autre côté du ravin. Dans cette ville où bien peu, quelques Galiléens de Capharnaüm ou de Bethsaïde, reconnaissent le jeune prophète et le saluent, ils ont célébré la Pâque suivant le calendrier des nombreux, comme ils le font chaque année depuis son séjour dans la Vallée, le soir qui commence le quatrième jour de la semaine, en avance sur le reste de la ville. Les deux thérapeutes du lac Maréotis, avec leurs sandales de jonc et leurs crânes rasés, les ont rejoints, retrouvant leur maison par de mystérieux informateurs.

Les femmes ont fait cuire le pain non levé, l'azyme, elles ont cherché et gratté tout levain, toute bière, tout ce qui fermente pour le brûler. Elles ont jeté le vinaigre d'Idumée et la colle dont Jean use pour ses papyrus. Le Nazaréen commente l'Exode, la nourriture de voyageur que les fils d'Israël prirent avec eux au sortir d'Égypte.

« Ils firent cuire... la pâte qu'ils avaient emportée d'Égypte, car elle n'avait pas levé. » Mais ils ne mangent pas l'agneau, ni ne sont allés au sacrifice du Temple. Le Nazaréen, se tournant vers les deux thérapeutes qui approuvent de la tête, a redit la phrase que le fidèle prononce d'ordinaire face au Lieu saint :

« Mon père était un araméen errant, qui descendit en Égypte pour y habiter. Arrivé là en petit nombre, mon peuple y est devenu une nation grande et multiple... »

Vient le soir où commence la Pâque officielle. La lune ronde et pleine, phare laiteux qui fait briller l'or des aiguilles du Temple, annonce le jour sacré. Au matin, ils montent enfin au Temple.

Jean compte les marches de ses souvenirs, retrouve les carrefours où pendent les guirlandes de fleurs, salue d'anciens camarades en tenue de fête, dans les ruelles engorgées. Ils débouchent, poussés par la foule, au sortir des rues sombres, sur le pont du Tyropéon. Un soleil déjà de plomb, devant lequel tournoient les grasses fumées et les lourdes volutes, étend son voile d'or mouvant sur la façade extérieure des portiques. Ils pénètrent par le portique royal ; ses trois escaliers sont séparés par des colonnes hautes comme dix fois un homme, aux chapiteaux corinthiens dont les feuilles d'acanthe sont plaquées d'argent martelé. Sous les trois voûtes à caissons, le vacarme des changeurs, dont les balances s'activent sur leurs tables de bois, des troupeaux, parqués sans façons par quatre cordes tendues entre des colonnes, assourdissent les pèlerins. Chacun négocie sa bête pour le sacrifice ; Judas choisit un agneau blanc sans tache longuement marchandé. C'est le petit Marc qui le porte ; ils débouchent sur l'esplanade, où, par les neuf portes et trois côtés du grand parvis, la multitude, païens, curieux et fidèles encore mêlés, se dégorge d'un flot continu.

Devant eux, au-dessus de son mur d'enceinte, le Second Temple reconstruit par Zorobabel au retour de l'exil, et agrandi par Hérode, dresse son fronton vide, son toit hérissé de mille pointes dorées, qui accrochent la lumière et font fuir les oiseaux, entouré de la fine nervure d'un balustre de marbre.

Comme ils s'approchent du Temple, il disparaît à nouveau, caché par le mur des Cours sacrées. Ils se présentent aux Treize Portes, traversent la cour des femmes, où les troncs tintent sans cesse des pièces que les pèlerins viennent de changer à l'entrée, gravissent le perron semi-circulaire de quinze marches qui conduit à la porte de Nicanor. Les gigantesques vantaux de bronze, dont le roulement éveille Jérusalem, forment deux parois ; entre elles, au-dessus de la rambarde qui délimite le parvis des prêtres, la colonnade et la façade du Sanctuaire.

C'est la dernière cour, la plus petite, trop étroite pour la foule des hommes, des véritables israélites, écrasée par la masse trop proche des fûts monolithes, où l'on s'entasse jusque contre les deux degrés qui délimitent le territoire sacré. Là, sur la frêle balustrade, des pancartes en grec, araméen, latin, excluent les infidèles, répétant l'interdiction en trois langues.

Les Galiléens poussent pour prendre place près de l'autel du Sacrifice perpétuel ; il est fait de deux étages de blocs à peine dégrossis, chacun gros comme un enfant, avec aux quatre coins quatre cornes de pierre pointant vers le ciel lourd. Sur toutes les faces, des traînées de sang s'évacuent vers un collecteur, flux brun où flottent des caillots, qui s'écoule vers le Cédron. Ici, la file des pèlerins qui présentent leur agneau aux lévites est anonyme : tous ont enlevé ces signes de leurs fonctions, copeau sur l'oreille des charpentiers, aiguille d'os des tailleurs, plume des scribes, qu'ils portaient dans la rue, tout à l'heure.

Jean a déniché un lévite cousin de sa mère, de la quatrième section, qui est justement de service. Il lui tend l'agneau par-dessus les têtes ; l'autre l'examine pour déceler une tache ou un défaut, puis le tend à son tour aux esclaves, qui l'attachent au pied de l'escalier de l'autel, sur la face qui regarde le Temple. La puanteur, sang fétide, graisse brûlée, suint de mouton, le bruit, bêlements, cris d'agonie, prières hurlées, sont presque insupportables. La fumée stagne, noyant les colonnes jusqu'à mi-hauteur.

Au sommet de l'autel, où les sacrificateurs, revêtus d'éphods tachés de sang, se relaient après s'être purifiés au bassin des ablutions placé sur la droite, le prêtre a plongé son couteau dans la gorge de l'agneau apporté par Marc. Jean surprend chez le Nazaréen un regard de dégoût ; la carcasse, qui a dégorgé en pulsations rapides son sang dans la rigole, a roulé jusqu'aux tables de marbre où les lévites en tablier de cuir découpent l'animal, arrachant sa poitrine et sa graisse, que d'autres jettent aussitôt au grand feu brûlant au centre de l'autel. L'odeur fade du sang se relève du parfum d'encens, qui sort du Saint, derrière la boucherie permanente. Prestement, le lévite prélève la part des prêtres, la cuisse droite, et rend la carcasse aux pèlerins, ainsi que la branche d'hysope trempée dans le sang, dont ils enduiront rituellement le linteau de leur porte. N'est-ce pas à ce signe que l'Exterminateur du Très-Haut reconnut les demeures des Hébreux, quand il visita tous les foyers d'Égypte afin d'y frapper les premiers-nés ?

Au-dessus du sacrifice continuel, dans la forêt des colonnes, des échafaudages, des grues d'où pendent au-dessus de la foule des blocs, immobilisés par le jour sacré, témoignent de l'incessant chantier qu'est le Temple, depuis le jour où le Grand Hérode, il y a plus d'une génération, a entrepris d'égaler les splendeurs des architectes grecs. Au centre du fronton, un trou dans la pierre marque l'emplacement d'un aigle d'or que le grand roi dut arracher devant l'émeute indignée des fidèles iconoclastes. Le petit Marc, que Jean tient par la main, s'extasie sur la taille des colonnes, l'or et l'argent. Le Nazaréen, à l'usage de Jean, dont il connaît l'attachement au Lieu saint, le corrige à haute voix : « Le Tout-Puissant a choisi non pas le peuple à cause de ce lieu, mais le lieu à cause du peuple. » Jean répond par l'exclamation d'Isaïe :

« Quelle maison est digne du Très-Haut, dont la terre est le marchepied et le ciel le trône ? » Le Nazaréen, pensif, regarde le lourd vaisseau nimbé d'or, et ajoute : « Le Temple est comme le peuple, il doit participer à ses afflictions... » Derrière eux, des fidèles les ont entendus et protestent. Et comme Marc demande naïvement combien de temps il a fallu pour le bâtir, le Nazaréen a ajouté à mi-voix :

« Détruisez ce Temple, et je le reconstruirai en trois jours. »

Dans la perspective ouverte par les deux panneaux de la grande porte de cèdre aux clous d'argent, un voile de tapisserie babylonienne, aux broderies enchevêtrées formant la carte du ciel, tombe de toute la hauteur de la nef ; et le coin soulevé par les allées et venues incessantes des prêtres laisse échapper des rouleaux d'encens venus de l'autel des parfums, au fond du Saint, qui coulent comme un liquide jusqu'au bas du stylobate. On entrevoit la longue galerie, ses trois étages de loges, où étudient les prêtres, le mur et la porte du Saint des Saints, où dort la Pierre, le Nombril du Monde, où réside Sa Nuée, où habite le Très-Haut, quand il se manifeste à son peuple. « En ce temps-là, sous Roboam, Assa et Josaphat, les prostituées avaient envahi le Temple et y tissaient les vêtements de l'idole, de la Grande Dame... » L'histoire du Lieu saint est pleine de fureurs et d'adultères, Jean le sait. Derrière ces voiles qui palpitent, Antiochus Épiphane fit installer l'abomination de la désolation, sa propre statue, quand il abolit un temps le Sacrifice perpétuel. Sur ces marches, la vieille Jézabel, couverte des ornements royaux, fut immolée à la colère divine, la bouche encore tordue de blasphèmes. Aujourd'hui, ces mêmes grands prêtres, ces rois issus de la révolte contre Antiochus, ont installé pire encore dans le Temple : non la statue, mais l'âme de l'apostasie.

C'est aussi au Saint des Saints, à ce trou noir qu'il sent dans son dos, que songe Caïphe, le grand prêtre, en s'avançant au bord du stylobate. Si endurci soit-il, il ne pénètre pas au Lieu, la seule fois de l'année, au Grand Pardon, pour déposer l'encens et chuchoter Son Nom, sans éprouver une vague frayeur.

Il réfléchit souvent au Livre, trouvé là sous Josias, ce Deutéronome par lequel Israël fut ramené à la foi. C'était après ces temps impies qui virent le roi Manassé mettre à mort le prophète Isaïe, et la révolte du peuple indigné, purifiant de la statue d'Ishtar et de ses prostituées le Lieu sacré que le monarque avait profané. Quel Livre mystérieux s'enfante encore dans l'obscurité parcourue du souffle divin ? Quel prophète germe dans l'ombre, qui s'élèvera, comme Nathan face à David, face à lui, Caïphe, faisant le compte de ses adultères et de ses trahisons ?

L'appel des cent vingt trompettes d'argent stride la cour étroite. Du Temple est sortie la procession, la lente cohorte des lévites jouant de la harpe, de la lyre, frappant cymbales et gongs. Caïphe descend les marches, et un tintinnabulement accompagne chacun de ses pensers amers. Les luttes, entre les pharisiens et ses partisans, ont pris ces derniers temps un caractère âpre. Attachées à son manteau brodé, les trente-six clochettes sacrées l'entourent de leur vain concert, écartant le commun des hommes de son contact. Comme le lépreux, le grand prêtre ne peut toucher personne, de crainte de se souiller lui-même. Son regard froid, méprisant, lassé, fuit la cour trop pleine vers la porte de Nicanor, et, plus loin, au-delà de la foule des femmes, glisse sur l'océan de païens et de convertis qui encombre les parvis extérieurs.

Comme les douze prêtres qui l'entourent, Caïphe porte le pantalon de soie bouffant, mais le sien est tissé de fils d'argent ; sur sa poitrine repose le sachet où sont enfermés les Dés sacrés, les augustes Ourim et Toummin.

Encore une Pâque de passée, s'avoue Caïphe en lui-même, tout en prononçant, dans le silence où ne subsiste que le grésillement du feu, la bénédiction solennelle. C'est le moment du second sacrifice de la journée, l'holocauste. Le taureau, le bélier, l'agneau à peine égorgés sont précipités entiers sur le brasier, avec les gâteaux de fine farine. La fumée devient irrespirable ; Caïphe répand sur l'autel le vin d'une amphore d'airain.

« Allons, le Très-Haut a mangé et a bu », pense-t-il machinalement. Sa tête est toute au souci de ses dernières algarades avec le procurateur. Cet homme-là, il le jurerait, se convainc-t-il tout en marmottant les prières de rigueur, le fera déposer un jour, comme son beau-père. Faut-il s'allier avec les pharisiens contre lui ?

Jean observe le visage de Caïphe. Son âme assoiffée de richesses semble compter ce peuple, devant lui, comme si c'était son bétail. Le regard hautain et ennuyé est resté fixé près de la porte, où un groupe de femmes se tient contre les énormes gonds. Il déshabille une silhouette de jeune fille, qui s'est audacieusement avancée, violant de quelques pas l'interdit de la cour des hommes. Jean aimait cette place, autrefois, à la limite du parvis des femmes ; comme la cérémonie s'achève, et que la jeune fille redescend l'escalier, dans son manteau couleur d'hyacinthe, les bracelets de ses chevilles s'entrechoquant à chaque marche, la petite troupe, qui est revenue prendre Marthe, Jeanne, et les deux Marie, l'entoure une fraction d'instant. Une main aux ongles rougis est sortie du manteau, et a touché celle de Jean. Stupéfait d'une telle inconvenance, il veut s'éloigner ; mais sous le voile on l'interpelle à voix basse : « Jean, Jean, cela fait trois ans que je t'attends. À chaque Pâque, je suis revenue au même endroit, près de cette porte où tu t'appuyais... » Elle écarte son voile, sans souci des femmes de lévites, qui la cherchent dans la foule. Jean s'émeut d'un tel courage. C'est son inconsolable fiancée, la petite chevrette aux yeux noirs des jours d'avant le Jourdain, la fidèle Yona.

Ce n'est plus elle, d'ailleurs ; plus la gamine impatiente aux jambes maigres. Comme la Sulamite, elle est belle, aujourd'hui, ainsi qu'une cavale du char de Pharaon, sa gorge est à présent ronde comme la tour de David et ses deux seins, deux faons paissant parmi les lys, entre lesquels plonge une chaînette, répandent un parfum où le baume de Judée et le storax s'exhalent doucement à la chaleur de son cœur.

Les vibrants sophars, ces énormes trompes pendues aux quatre coins du Temple, ont inondé la ville de leur bourdon. Ils annoncent la tombée de la nuit, et donc le début du jour saint. La lune roule son globe enfin parfait. Au signal, sur chaque terrasse s'est allumée la lampe, myriade de lucioles répondant aux myriades d'étoiles. On apporte l'agneau, rôti entier avec la tête et les pattes, dont il ne doit rien rester sous peine d'être brûlé, et dont les os sont intacts, ainsi qu'il a été formulé. La sauce rouge, les branches de raifort, de laurier, de thym, de basilic, d'origan, alternent leurs amertumes.

C'est à Jean que le Nazaréen tend la coupe de vin, puis les quelques gouttes d'eau salée du rite, en souvenir des larmes des Hébreux. La seconde coupe passe de main en main, et quand le Maître lui tend la troisième, la coupe de bénédiction, déjà échauffés, ils chantent le Hallel à pleine gorge, comme pour faire écrouler le toit, ainsi qu'il est de coutume. Puis ils entament une danse, frappant lentement dans leurs mains, après avoir mangé à toute hâte, debout et la tunique relevée, comme il a été ordonné. Et cette danse dans la nuit, cette marche de joie et de libération, redit la fuite de la maison de Jacob quand Juda lui devint un sanctuaire.

Pendant les Semaines et la Pentecôte où Moïse entendit le Très-Haut lui dicter Sa Loi, ils se sentent de plus en plus isolés dans la ville qu'ont quittée les pèlerins galiléens de la Pâque. D'autant qu'ils continuent de suivre le calendrier des nombreux, que les thérapeutes leur ont laissé, et qu'ils ont plusieurs jours de décalage avec les autres habitants de Jérusalem. La petite troupe soupire après un Signe, qui arrache cette foule à ses commerces, ses intrigues, ses factions. Mais rien n'arrive ; et les disciples s'irritent, tandis que le Nazaréen, sans s'en préoccuper, leur affirme inlassablement la promesse d'Isaïe :

« Vos morts vivront, ils ressusciteront les cadavres ! » Il leur répète qu'avant que vienne le Jour où l'enfant jouera sur le trou du cobra en toute sécurité, il faudra l'épreuve terrible du sang versé. Ils n'entendent point son discours ; que le Fils de l'Homme doive être à son tour sacrifié, ils ne le peuvent comprendre. Qui songe à le tuer, dans cette bruyante cité occupée de ses cabales ? Jean, seul, commence à sentir chez lui un changement : il maigrit, se durcit, comme s'il se préparait. La nuit, à ses côtés, si quelque cauchemar l'éveille, il le trouve priant.

Pierre, au début pour tromper son inaction, puis bien vite par sens de l'organisation, a pris en main, outre la direction de la communauté, celle d'un petit réseau de messagers pour la Galilée. Il envoie Philippe et Thomas vers la côte. Jean ne s'intéresse pas à ce filet que le pêcheur dispose patiemment. Il sait que les envoyés ont partout mission de dire que Pierre est le premier des disciples ; Salomé, qui le sait aussi et qui est venue les voir avant la Pentecôte, a d'ailleurs failli déclencher une scène en réclamant froidement pour ses fils, du ton d'un banquier exigeant l'intérêt de son capital, la droite et la gauche du Maître, dans le futur Royaume. Il a répondu, pendant que Jean rougissait :

« Pouvez-vous boire la coupe que je vais boire ? » Il se désintéresse de ceux qu'il a convertis, laissant tout pouvoir à Pierre, et est de plus en plus énigmatique sur le destin qui l'attend, qui l'éloigne d'eux. Pendant que les doigts calleux de Simon Pierre resserrent les mailles de la trame, Jean, qui connaît mieux Jérusalem, est le plus souvent dehors. L'atmosphère, dans la petite maison de la mère de Marc, est chargée de rancœurs. Pressés les uns contre les autres, les Galiléens isolent, par le groupe qu'ils forment autour de Pierre, Judas, qu'on accuse ouvertement de piller la caisse ; les querelles de préséance sont fréquentes. Jean, lui, multiplie les entrevues avec des parents, des amis. Il brûle de rendre au Nazaréen son auditoire de Capharnaüm, dans la ville de sa famille maternelle. Mais tous se défilent poliment. Un de ces jours, peut-être... Il y a tant d'orateurs inspirés dans la cité. Jean, atteint au cœur, baisse la tête. Ce n'est pas la haine, c'est l'indifférence glacée.

« Nous ne disons pas cela pour toi, Jean, qui es de naissance sacerdotale, mais malheureusement nous ne comprenons pas l'accent galiléen... »

Quand il était petit, ses parents ont essayé tous les collyres des charlatans, placé sur son front le verset qui guérit : « Je ne te frapperai d'aucune des maladies dont j'ai frappé les Égyptiens » ; on l'a cautérisé, on lui a accroché des amulettes ; mais la plaie de ses yeux n'a fait qu'empirer. Bartimée l'aveugle, le mendiant, le vieux fou, traîne au bord de la fontaine de Siloé ses globes vides aux paupières flasques. Il jouit du soleil, de l'eau glacée qui bruit au sortir du canal souterrain bâti par Ezéchias pour ravitailler la ville en cas de siège. Il entend les cris des femmes, la rumeur des cruches s'entrechoquant ; il profite du grand bassin bleuté bâti par Hérode, de l'ombre, quand le midi tape trop fort, de la légère exèdre de marbre où il se prélasse. Nichée au creux du Tyropéon, bordée d'un côté par le bruit des foulons et des bouchers qui dégringole la pente des ruelles serrées, de l'autre par le tumulte de la grande voie aux Escaliers, qui conduit aux vieilles tours ocre du palais des grands prêtres, Siloé est un asile, se réjouit Bartimée en s'étirant.

Soudain, comme un vieux chien qui reconnaît un fumet, Bartimée se traîne hors de son abri. Un parfum est passé devant lui, qui a laissé à ses narines une impression jamais ressentie, lui qui peut reconnaître homme, femme ou animal à vingt mètres rien qu'à l'odorat. En tâtonnant, il manque chuter à l'eau. Au rire des laveuses, les Galiléens se sont retournés. Bartimée baise les sandales du Maître.

« Fils de David, aie pitié, sauve-moi ! »

Il étreint la tunique, montre ses orbites sans chair.

« Tais-toi ! » ordonne le Nazaréen. Bartimée, au lieu de demander l'aumône, récidive, sans même savoir qui est l'homme qu'il a ainsi senti.

« Sauve-moi, Oint du Très-Haut ! » Ce parfum ne peut être que celui du Messie.

À la fontaine, les femmes, les porteurs d'eau aux outres gonflées qui suintent aux coutures, les observent curieusement. Le Nazaréen se baisse rapidement, ramasse un peu de poussière, et, l'humectant de sa salive, en enduit les paupières creuses.

« Va te laver à Siloé », ajoute-t-il en le relevant. Siloé, en hébreu, signifie « Envoyé de Dieu ».

Bartimée, écartant les bras, clopine jusqu'aux degrés qui entourent le réservoir, et trempe son visage dans l'eau. En se redressant, il pousse un cri déchirant. À la surface encore troublée d'ondes concentriques, une face ruisselante, hirsute, lui est apparue, une face où roulent des yeux vivants, s'étonnant eux-mêmes de se contempler. Le Nazaréen, lui, est déjà loin. Pour faire constater le miracle, les femmes amènent Bartimée au rabbi de permanence au Temple ; comme il ressort, après un interrogatoire serré, survient la troupe des Galiléens. Bartimée tombe aux genoux de son sauveur.

« Qui es-tu, Maître ?

— Pour toi, je suis la lumière du monde. »

Des juges, des docteurs pharisiens descendent eux aussi les marches, relevant le bord de leur tunique pour ne pas salir les franges, et le Nazaréen ajoute à haute voix :

« Je suis venu pour que voient ceux qui ne voient pas, et pour que ceux qui voient sachent qu'ils sont aveugles. »

Un des docteurs sursaute et, les lèvres retroussées comme pour mordre, rétorque :

« Dis-tu cela pour nous ? Sommes-nous par hasard des aveugles ? »

Il montre les rabbis, les gros rouleaux de la Torah sous un bras, leurs phylactères noirs tressautant à chaque pas, qui marchent le dos courbé, comme s'ils portaient tout le fardeau de la Loi.

« Si vous étiez des aveugles, vous seriez sans péché. Mais vous dites : " Nous voyons ! " et votre péché demeure. »

Après cette algarade, le bruit, vrai ou faux, circule par Judas, qu'Antipas s'apprête à faire arrêter le Nazaréen et à l'exécuter, tout comme il l'a fait, dit-on, pour le Baptiste. Ils se retirent au Jourdain. Jean croit à une intoxication habilement menée. On veut éloigner le Fils de l'Homme au moment où il se fait connaître en Jérusalem. Sur ses supplications, souriant mélancoliquement devant son insistance, le Maître décide de rentrer. Ils reviennent par la porte des Brebis. Les moutons ont envahi la route, engorgeant la poterne de leurs bêlements et de leurs piétinements. Le Nazaréen passe au milieu d'eux, silhouette drapée de laine blanche parmi le troupeau porte-laine voué au couteau du sacrificateur ; car le nouvel an s'approche. À la maison de la mère de Marc, un messager les attend et les salue affablement, bien qu'il porte les insignes d'un docteur de la Loi. « Je m'appelle Nicodème, je suis membre du Sanhédrin. Tu ne nous es pas inconnu, tu as même des amis parmi nous, Galiléen. Rabbi Gamaliel lui-même désire te rencontrer. Mais il est si faible qu'il ne peut se déplacer. Accepterais-tu de venir chez lui ? » Jean est méfiant. Mais le nom du savant docteur, le plus respecté de la synagogue pour sa tolérance, emporte la décision. Pour la première fois, les maîtres ès Écritures veulent se confronter au nouveau prophète.

Il n'emmène que le seul Jean avec lui. La maison de Gamaliel est une humble masure, dans l'Ophel, sans jardin ni cour. Dans la pièce basse aux nattes de paille, derrière les volets fermés, les bruits du quartier cèdent devant la gloire de la synagogue : les enfants, dans les cours voisines, jouent moins fort pour ne pas fatiguer le célèbre Gamaliel.

Jean, quand il étudiait à Jérusalem, a entendu prêcher le maître du misdrach, le petit-fils de Hillel. Il est étendu sur sa couche, il tend les mains aux arrivants. Ses yeux inquisiteurs, au-dessus des pommettes maigres aux rides douloureuses, interrogent les traits du jeune Galiléen.

« Tu enseignes la parabole, m'a-t-on dit, et la Haggadah, comme si tu l'avais toujours pratiquée. Où as-tu appris tout cela ? Es-tu agitateur, comme ils le disent, dans le parti de Ben Zakkaï, chez les schammaïtes ? Quel jeu joues-tu ? Tu sais dans quel état est la Judée. Nos prédicateurs, bien au chaud dans leurs synagogues, envoient des révoltés se faire massacrer par les Romains. Nous ne valons guère mieux que les esclaves des rois, nous les Séparés, les pharisiens, les descendants des hassidim, les héritiers d'Esdras ! Prêches-tu toi aussi la révolte, rêves-tu d'émeutes et de guerre ? »

Gamaliel cite Jérémie, qui sut imposer au roi Sédécias la

capitulation devant l'empereur des Grecs. Mais le Nazaréen n'est pas un chef de bande rebelle.

« Le saint Hillel, mon grand-père, disait souvent que toute la Loi tient en ceci : " Ne fais pas à autrui ce que tu ne voudrais pas que l'on te fasse. " Et tu te souviens de cette maxime du Siracide qu'il aimait à citer : " Pardonne à ton prochain, et tu seras pardonné. " Bien d'autres ont parlé ainsi avant toi, fils de Marie, tous les Maîtres des Séparés ont proclamé la Résurrection... »

Au prénom de sa mère, le Nazaréen a cillé. Gamaliel remue en gémissant sur sa couche.

« Tu vois que nous sommes bien renseignés. Un des Anciens a été conquis par toi, Joseph d'Arimathie. Il nous a parlé en ta faveur... »

Le flambeau de la Loi a repris son monologue.

« La Résurrection ! Es-tu venu, toi aussi, annoncer cette espérance aux enfants d'Israël ? De quel prix va-t-il falloir payer tes certitudes ? D'un côté, des hypocrites, de l'autre, des exaltés... Écoute, jeune homme de Nazareth, écoute un vieillard. Les temps prophétiques sont achevés pour Israël. Il n'y aura plus d'Ézéchiel ou de Jérémie. Que pouvons-nous faire ? Étudier, et étudier encore la Loi, suivant les sept règles qu'établit mon grand-père, les sept midoth, en approfondir la lecture par l'incessant travail de la Halakha, la commenter et la comprendre. Nous n'avons plus le pouvoir de parler au Très-Haut, ni de l'entendre. Encore moins d'écrire un nouveau chapitre du Livre. Si telle est ton ambition, apprête-toi à l'écrire, non seulement de ton sang, mais de tout le sang des enfants de Jacob. »

Jean, écoutant le vieil homme, est saisi d'une grande pitié. Où est l'orateur conquérant de sa jeunesse, qui criait aux étudiants : « Aimez vos compagnons sur la terre, aimez toutes les créatures, et amenez-les avec vous près de la Torah ! » L'homme qui incarne l'esprit de la Loi est épuisé, recru de la sagesse d'Israël comme d'autres le sont de fatigue. Il s'est couvert le front des mains, perdu dans la contemplation de l'avenir de son peuple. Il sait que ce Galiléen amène le désordre. Pourtant, il cherche pour lui quelque moyen de recommencer ce que, jeune docteur respecté, il n'a pas su mener à bout.

« Prêche ta parole, mais n'espère aucune tribune dans nos

synagogues. Va sous les portiques du Temple, et parle. Mais ne laisse pas tes disciples te nommer Fils de David, ne te laisse pas dire Roi ! De grands malheurs en découleraient, et je ne pense pas qu'à toi, fils de Marie, je pense à eux, je pense à nous tous, descendants d'Isaac... »

Le mois de Tishri est revenu. Le Nazaréen, avec Jean, Pierre et André, monte au Temple à l'heure matinale où le prêtre de la semaine s'avance sur le parvis des Israélites pour la première récitation du « Schema Israël ». Dans le portique Royal, entre les changeurs qui installent leurs tréteaux et les ouvriers dégageant les déblais de l'éternel chantier, des docteurs, assis sur de petites estrades, entourés de scribes qui roulent et déroulent les Écritures pour retrouver un verset ou une citation d'un prophète, répondent aux questions les plus saugrenues, en assenant des préceptes. Quelques pèlerins, tête couverte, bras levés parallèlement au corps, malgré le vacarme des travaux, des hommes et des bêtes, prient à haute voix. Le nom du Très-Haut se mêle aux cris des changeurs : « Échange toutes pièces ! Talents, drachmes, deniers, sicles, je prends ! Au bon poids, au bon prix, achetez la monnaie du Temple ! » Les pesées sont longues, contestées. Les pèlerins ne peuvent payer l'offrande au Temple qu'en pièces frappées spécialement à Jérusalem, ne portant ni figure humaine ni animal.

Le Nazaréen s'écarte un peu, jusqu'au coin du portique de Salomon, à l'angle du pinacle, cherchant sa place. « Fais Sa Volonté comme ta volonté afin qu'il fasse ta volonté comme Sa Volonté... »

Jean a le cœur serré. La voix du Nazaréen s'entend à peine ; et lui qui avait facile éloquence, naturelle, dans la synagogue de Galilée, le voici tendu, hésitant, cherchant ses mots, devant quelques curieux qui guettent sa gaucherie, appâtés par la nouvelle que l'homme de Siloé allait parler. De plus, il manie mal la langue de bois des docteurs jérusalémites, faite d'oppositions et d'assonances ; et, sous sa langue, les mots sacrés, Hessed, Ahava, Rouah, Davar, la Grâce, l'Amour, le Souffle, la Parole, chantent presque comiquement, au lieu de claquer avec l'autorité de la bonne lecture.

« À Isaïe, le Très-Haut a dit : " Toute amphore peut se remplir de vin... " »

La voix impertinente d'un étudiant jérusalémite, en jolie tunique et manteau rond, interrompt l'orateur.

« Saint homme, excuse-moi, je n'ai pas saisi. As-tu dit : " vin ", " vent " ou " veau " ? »

L'assistance éclate de rire. C'est une plaisanterie traditionnelle sur l'accent des Galiléens ; ils confondent les nasales, avec leur manière de prononcer, prétendent les Judéens. Jean tend le poing vers l'interrupteur ; mais la foule, inconstante, s'éloigne déjà vers un autre groupe, qui vocifère sur les marches de l'escalier central.

Une femme, le voile arraché, le visage griffé, souillée de terre, est traînée par le col de sa robe entre deux gardes du Temple. Un docteur de la Loi, gonflé de son importance, s'avance en tête du cortège, où les désœuvrés se sont rassemblés. Un scribe se penche à son oreille, montrant du doigt le Galiléen. Le rabbi sourit en se caressant la barbe, puis il l'apostrophe :

« Hé, toi, le prophète de Nazareth, l'homme de Siloé ! Viens un peu ici. »

Cette femme a été jugée, la veille, pour adultère. Marie de Magdala serre la main de Jean à lui faire mal. Elle a rêvé cent fois de l'atroce supplice, elle a mille fois senti le premier caillou qui laisse une ecchymose, rebondissant avec un son mat sur la peau, la rage de tuer s'emparant aussitôt des assistants, braves pères de famille qui ont fait provision de bonnes pierres coupantes ; les soubresauts, l'agonie ; les imprécations et les rires autour de la morte.

« Viens avec nous, si tu es un homme, viens jeter ta pierre sur le péché jusqu'à ce que mort s'ensuive. Ou bien prétends-tu réformer la loi de Moïse ? »

Pendant qu'on le prend à partie, le Nazaréen, adossé à une colonne, dessine obstinément un entrelacs sur le sol, de la pointe d'un bâton. Jean connaît ce dessin, qu'il refait comme pour s'isoler du monde, à chaque moment d'affrontement. C'est toujours un poisson.

Enfin, il relève la tête, et sa sentence tombe, parfaite : « Que celui de vous qui est sans péché lui jette la première pierre ! »

Voici venir la fête des Tentes. Ils la passent sur le mont des Oliviers, au pied des deux grands cèdres où tourbillonnent des nuées de colombes. Marthe, qui possède là une plantation appelée Gethsémani, a prévu les planches des cabanes, les feuilles coupées aux figuiers du jardin, pour les toits. En montant, le Nazaréen a retrouvé les gestes du charpentier. Quand retentit le dernier appel du sophar, celui de la troisième prière, les feux s'allument devant les baraques qui parsèment le sous-bois. Au-dessus d'une ligne de palmiers, Jean aperçoit la fumée du dernier sacrifice qui monte dans l'air du soir, au-dessus du toit du Temple embrasé par le couchant.

À côté des cèdres, des vendeurs à la sauvette proposent des olives, des oignons, du pain. L'après-midi, ils ont suivi, comme chaque jour de cette semaine, le grand prêtre portant entre ses mains, depuis Siloé jusqu'au Temple, la cruche d'or de la pure eau lustrale. Le Nazaréen aime ce rite de l'eau, et Caïphe lui-même, quand il verse l'onde transparente à l'occident de l'autel, sur la pierre incrustée de sang séché, marbrée de caillots, se sent lavé, et le Temple avec lui, de ces interminables boucheries.

C'est d'eau qu'il parle le lendemain, au même Temple, près de cet angle d'où l'on aperçoit, à travers les fûts des colonnes, le Cédron et le mont couvert de tentes. Au-dessus de lui, des ouvriers, suspendus à un chapiteau, achèvent le polissage du marbre, et la poussière flotte dans le soleil.

« Si quelqu'un a soif, qu'il vienne à moi et qu'il boive. L'eau que je lui donnerai sera source jaillissant en lui éternellement. »

Source infinie, flot bondissant, prêt à étancher toute soif, Jean est ivre des images de cette eau-là. Pourtant, encore une fois, comme à Capharnaüm, le Nazaréen a choqué, même ses disciples. Chacun ne sait-il pas que l'homme ne peut être source que de pleurs, de sperme, de sang et d'urine ?

Le soir, pour la fête des Torches, dans la cour du Sanctuaire, hommes et femmes, mêlés pour une fois, la torche en main, tournent en rondes immémoriales, frappant le sol du talon, répétant le cantique le plus ancien :

« Nos pères en ce lieu ont adoré le soleil. Mais nous, c'est vers toi, l'Unique, que nous tournons nos faces. »

Surexcitées, les deux Marie, Jeanne, poussent des youyous aigus ; Jean danse, une torche en chaque main, tournant sur lui-même, de plus en plus vite, avec les explosions de cymbales, fier de son agilité, démon doré de flammes ; il s'agenouille et se relève sans cesse d'agiter les flambeaux. Face au Nazaréen, il projette les deux bras en avant, en deux cercles de feu, et s'écrie d'une voix de tonnerre, adorant le visage qu'il éclaire : « Tu es la Lumière du Monde ! »

« Des miracles, des miracles... Je ne dis pas que ce soit inutile de guérir les pauvres ; il y en a tous les jours, des miracles. Mais ton Nazaréen a trouvé moyen d'en faire un le sabbat dernier, à la piscine de Bézétha, juste à côté d'ici. Cet homme à qui il a dit, paraît-il, " prends ton grabat et marche ". Quelle provocation ! Il ne sait pas dans quel guêpier il a fourré ses pattes de Galiléen ! Les histoires d'envoyés du Tout-Puissant, depuis une vingtaine d'années, finissent toujours pareil : ils excitent le peuple, ça monte en émeute et en pillages, et les Romains rétablissent l'ordre. »

Le lévite, un cousin de Yona, se lève pour se servir une rasade de vin mêlée d'eau tiède. Dans son tablinum, même les sonneries du Temple s'entendent à peine, étouffées par les tapisseries et la haute laine des carpettes pure de tout mélange.

« Toi aussi, Jean, je te le dis par amitié pour ta mère, tu gâches tes dernières chances ici, en restant toujours fourré avec ce contestataire... »

Jean préfère encore la franche haine des pharisiens schammaïtes. Les saducéens comme son cousin, ces serviteurs du Temple aux robes dorées, ces sang-bleu dégénérés, accrochés à leurs bénéfices, à leurs hiérarchies, comme des coquillages au rocher saint du Moriah, ne craignent qu'une chose : le désordre, fatal aux grosses affaires du Sanctuaire. Jean n'avait jamais considéré le Lieu saint sous cet angle : pour qu'il subsiste, pour que son énorme commerce, sa gigantesque administration, son trésor actif se continuent, les prêtres feraient périr jusqu'à Israël, parasité par le cancer qu'il a lui-même engendré, et qui lui suce le sang.

Les pluies de neige fondue ont transformé les maisons d'argile rose, redevenues de boue brunâtre, retournées à la terre dont elles furent faites. Où sont les couleurs de Jérusalem, où est sa joie ? Le brun sombre des capuchons et des manteaux, le ciel plombé de l'hiver la rendent méconnaissable. Les disciples serrés autour du feu, dans la maison mal chauffée, se plaignent toute la journée. Ils échangent des regrets à mi-voix ; et Jacques, le frère de Jean, s'inquiète pour leur père laissé à Capharnaüm. Pierre et André sont souvent à Béthanie ; ils y ont installé un centre d'où lettres et messagers annoncent les nouveaux miracles. Si un Galiléen parvient à Jérusalem et désire voir le Nazaréen, c'est par eux qu'il faut passer. Philippe est à Césarée, et les autres disciples, timides provinciaux, à part pour entourer le Maître au Temple quand il parle, ne sortent guère dans les ruelles fangeuses.

Sauf Jean, et Judas.

Judas le Judéen, lui, rencontre beaucoup de monde, dans ces ruelles tortueuses, ces cours discrètes, dans les cuisines des palais et les annexes du Temple ; chez les valets et les gardes, dans tout le petit peuple, il est, au milieu des intrigues et des sectes, comme un poisson dans l'eau. Avec le temps gris et la pluie qui vont si bien à son turban défraîchi, à sa tunique rapiécée, à son manteau couleur de muraille, ses petits yeux noirs dans ses profondes orbites, son teint de terre et sa barbe rare et rousse s'animent d'une vie nouvelle. Après une semonce du Nazaréen, il a renoncé à aider les révoltés. Mais il ne supporte pas de ne jouer aucun rôle, de n'être d'aucune conspiration. Pierre et les autres lui battent froid, les femmes particulièrement. Parfois, il s'ouvre craintivement à Jean, en baissant le front. Où est-il donc, ce Messie, ce Roi du Ciel qui devait en descendre en armure éclatante, chevauchant une cavale blanche et à la tête de l'innombrable armée des anges ?

Le Maître se désintéresse d'eux, de Jérusalem ; il s'entoure de femmes, d'attouchements impurs. Jean rougit, et va se fâcher. Est-ce une allusion à sa sœur, la Magdaléenne ? Judas s'excuse aussitôt, sa langue a fourché. Il a toujours détesté Marie, laquelle prétend qu'il a une odeur insoutenable. Dans toutes ces plaintes, on sent un amour craintif, jaloux, boiteux et louche pour le Nazaréen.

« Il ne me regarde jamais ! Suis-je donc si laid ? » Jean se tait, gêné. Lui et la Magdaléenne, ils sont les seuls proches de la chair du Maître ; c'est à travers lui qu'ils se caressent quotidiennement. Cette trinité de chair, où les boucles noires, les épaules larges, la peau mate du jeune homme aux bras nus voisinent avec la chair lisse, épilée et blanchie de fards et de graisses, la chevelure poudrée d'or de la Magdaléenne, déployée sur les genoux du Nazaréen au-dessus d'eux, est un poison de tous les jours pour le pauvre Judas. Une chevelure nue, quelle indécence ! Jean reconnaît d'anciennes peurs, des répulsions qu'il a perdues. Il comprend ce qu'éprouve l'homme de Kérioth, l'Iscariote, quand il voit les mains du Maître y plonger, dans cette lascive chevelure, y jouer. Un regret mortel de cette chaleur, de cette intimité lui serre les côtes.

Le soir, pendant que le Nazaréen prie, le frère et la sœur, Jean et Marie, serrés sous le même manteau pour éviter le vent d'est qui se glisse par les volets mal joints, sur le carreau froid, écoutent la pluie tomber sur le toit. Jean pense à ce que diraient ses cousins, les prêtres et lévites bedonnants, s'ils se doutaient. Marie, quand elle a un cauchemar, se pelotonne contre lui en l'appelant « Rabbouni », comme elle a l'habitude de le faire pour le Nazaréen, les prenant l'un pour l'autre en ses rêves. Et Jean lisse cette chevelure épandue dans le noir.

Le Nazaréen a changé. Si le parti de Gamaliel se tient dans une stricte neutralité, au Temple, les docteurs les mieux installés sont du parti des rigoristes, ils se relaient pour l'interrompre et le contredire. Cette querelle continuelle l'exaspère ; il est accoutumé à laisser couler sa parole, sans interruption, ménageant ses pauses, plus qu'à l'imposer. Leur ardeur pointilleuse le persécute. Lutte âpre, renouvelée quotidiennement, qui l'isole et le tend. Les disciples ne sont d'aucun secours, ils restent muets. Les assistants comptent les points, attendent le bon mot, pour un peu ils applaudiraient comme au théâtre. Ils en ont tant et tant entendu, de belles disputes sur la lettre des Écritures !

Il n'y a guère de nouveaux convertis. Une bande faite de quelques artisans originaires de Galilée, d'étudiants, de mendiants partout ailleurs repoussés, des braillards qui flairent en lui le prétexte d'un désordre, d'une bagarre avec les gardes du Temple, voilà ses recrues. Par moments, Jean reconnaît à peine le doux prêcheur de Galilée, l'homme aux mains caressantes, aux brèves illuminations, aux charmants paradoxes. Sa voix elle-même est devenue plus sèche et plus grave.

C'est le jour de la Dédicace, le plus court de l'hiver. Les maisons sont illuminées toute la journée, comme le veut la tradition, et l'on danse dans les rues en l'honneur des glorieux Maccabées, restaurateurs d'Israël. Au Temple, emmitouflés comme les autres pèlerins, les Galiléens aussi sont venus célébrer la purification accomplie par Judas Maccabée après la victoire sur Antiochus. Au-dessus du Sanctuaire, au sommet de l'Antonia, écrasante, protectrice, la garnison, les patrouilles romaines, font les cent pas, couvertes de peaux d'ours. Et Caïphe, sous la surveillance étroite de ses maîtres, les Romains, fête l'anniversaire de l'indépendance nationale.

La neige s'est mise à tomber. Par les amphores glacées que dessinent sur le ciel gris les entrecolonnements du portique de Salomon, on voit les flocons, sur les tombeaux de la vallée de Josaphat, le Cédron, ensevelir une seconde fois les morts.

« Je suis la Résurrection et la Vie. »

Jean a cru voir s'entrebâiller l'étrange monument funéraire d'Absalon, à forme de bonnet de pharaon, parmi les tourbillons blancs. La phrase du Nazaréen n'a pas manqué d'attirer l'attention des pharisiens. Ils sont en place, près de la tour du pinacle, scribes assis sous leurs manteaux râpés, abritant les rouleaux sacrés, docteurs qui marchent en se frottant vigoureusement les mains, pour réchauffer la controverse, leurs gros phylactères dehors, humant la neige comme les chasseurs une piste.

« Jusqu'à quand vas-tu nous faire languir ? Si tu es le Messie, dis-le clairement. Tu prétends que ceux qui goûtent de ta parole ne mourront pas. Abraham est mort, les prophètes sont morts. Vas-tu faire dieux, par ta parole, ceux qui sont ici ? »

Le doigt pointe les éclopés, les femmes, les Galiléens.

« Votre père est Abraham, mais mon père est plus grand que tous. Le Père et moi nous sommes Un. »

Un silence s'est fait. Un scribe se lève, se met à courir dans la neige molle, en criant à perdre haleine :

« Sacrilège ! Le Galiléen se proclame dieu ! »

Une bande d'étudiants se joint à lui. Ils ramassent sur le

chantier du Temple moellons et briques; les ouvriers goguenards, suspendus entre ciel et terre, interrompent le travail pour regarder l'échauffourée; les gardes du Temple accourent à leur tour, le bâton de cornouiller en main, tandis que Jean décoche de redoutables coups de poing pour protéger la fuite des femmes et du Maître, par la porte d'Or, vers Béthanie.

Un émissaire y retrouve le fils de Zébédée. Il y a eu conseil de famille. Que Salomé s'entiche chez elle d'un Nazaréen, c'est son affaire. Mais ici, en Judée, la famille est connue. Le cousin Éphraïm doit incessamment passer de la troisième à la seconde classe des lévites.

« Pour lui, tu sais ce que signifierait un scandale, une rixe au Temple où tu serais mêlé! »

Enfin l'émissaire lâche le morceau. Le grand prêtre veut voir Jean lui-même. Par égard pour ses parents, on ne l'a pas fait appréhender par la garde.

Sans consulter le Maître, il retourne en ville. Il faut savoir ce que le parti des prêtres a dans l'esprit. Il suit son gros cousin dans les rues battues de pluie, sur les marches glissantes de la voie des Escaliers. Ils pénètrent dans le palais, Éphraïm oblique vers la plus vieille des tours pyramidales, où un passage étroit et voûté s'enfonce vers d'autres ailes. Jean veut le retenir : les appartements de Caïphe sont là-haut, à l'étage où la pierre jaune a été percée de larges baies, bordées de pilastres modernes, à la grecque. Mais le cousin sait où il va. Ils passent dans une seconde cour, encaissée, où un jour pâle pénètre à peine. Ici, les murailles anciennes n'ont que de minces meurtrières. Les escaliers tortueux, pratiqués dans l'épaisseur des murs, tournent à l'infini. Des esclaves muets et chenus soulèvent une tenture où la broderie scintille de feux usés jusqu'à la trame. Dans son antre, qu'éclairent des chandeliers d'un travail lourd et barbare, un homme est assis dans la cathèdre de pierre aux chérubims assyriens, vestige de l'Ancien Temple.

Le gros cousin se prosterne en soufflant. La main décharnée, dont les doigts font cliqueter des bagues épaisses aux pierres obscurcies par le temps, le congédie aussitôt. Ce vieillard tapi dans sa forteresse comme une araignée venimeuse au creux d'une ruine n'est pas Caïphe, l'hérodien, qui vit à la grecque et flotte comme un bouchon au gré des factions. Jean a reconnu Anne, son beau-père, Anne qu'on appelle toujours, titre de courtoisie, le grand prêtre, et que le petit peuple, avec une nuance qui fait baisser la voix, car on le croit sorcier, nomme « le Vieux », tout simplement. L'ancêtre de la fortune familiale, le hiérarque aux secrets puissants, pétri de ruses et de meurtres, que les Romains ont autrefois déposé tant il leur faisait peur.

Il ne sort jamais de ses murs antiques, le scorpion ; mais il a sur tout Jérusalem, sur le Sanhédrin, sur Caïphe, son gendre, qu'il a mis à sa place sur le siège de Mattatias et de Jean Hyrcan, un pouvoir occulte. Anne, conspirateur infatigable, immensément riche, tête pensante des saducéens, clé du Temple, donc de toute politique juive.

Anne, au contraire de Caïphe que le peuple hait, est assez populaire. On lui pardonne son avidité, parce que, seul du parti noble, il a su se poser en victime des Romains. On respecte son influence, qui s'étend aussi loin que les relations commerciales du Sanctuaire. On admire sa durable résistance, son opiniâtreté, sa discrète férocité.

« Fils de Salomé, tu aurais pu prétendre à une carrière sacerdotale, de par ta naissance et de par les biens de ton père. Et tu suis ce Nazaréen agité de démons et d'illusions... »

La voix, sans glotte, sifflement asthmatique, exige qu'on lui prête l'oreille, elle fait silence autour d'elle. Jean veut protester ; Anne lui ferme la bouche.

« Tu es ici pour écouter, jeune homme. Je ne vais pas te parler de l'amour du Père et autres fariboles. Crois-tu que je ne me doute pas de ce que tu penses à mon sujet ? Que je n'ai ni yeux, ni oreilles en ville, que je n'entends pas ce qu'on dit de nous, les grands prêtres, dans les échoppes ? Ils croient que nous leur buvons le sang, que nous les plumons ; ils criaillent, bien, c'est la règle. »

Jean interroge du regard le visage sardonique. Anne se lève, allant lentement de long en large.

« Toi aussi, tu penses que nous ne faisons que nous engraisser de viandes et d'offrandes volées au Très-Haut... As-tu la moindre idée de ce qui se passe dans le monde, dans le vaste monde qui nous entoure, blanc-bec ? Sais-tu qu'Israël n'est qu'une coquille de noix au milieu des flots turbulents des nations ? Conçois-tu que nous pourrions disparaître, tous, les pharisiens, ton Nazaréen, toi, moi, Israël, être rayés de la carte, du nombre des peuples, aussi aisément que je vide une coupe ? »

Il en a fait le geste, debout devant le feu, et son ombre envahit la pièce.

« Ils se plaignent de la puissance du Temple, de sa richesse, ces pharisiens insensés ! Hors le Temple, où est Israël ? Dispersé comme des brindilles par le vent, perdu dans de misérables synagogues, ayant perdu son Lieu, ses traditions, ses ancêtres, son orgueil, sa langue peut-être ! Toi qui crois à la Résurrection, comme les pharisiens, tu ne vois pas mourir le royaume de tes pères, tu ne vois pas que seule la peur que le Temple leur inspire nous garde de l'extermination par les Romains ! »

Jean imagine les longues galeries de bois où comptables, secrétaires, scribes et lévites organisent l'immense trafic qui fait du Temple la première place de commerce de l'Orient. Gamaliel, lui, reproche au Nazaréen de mépriser les usages, les règles formelles de la Loi, auxquels les boutiquiers pharisiens sont si attachés. Mais le Temple n'est ni en ces murs ni en ces observances rituelles où s'est réfugiée l'identité juive.

« Il est un autre temple que le Temple, celui de la Résurrection.

— La Résurrection ! Nous y voilà ! Où as-tu trouvé cela ? Nulle part dans les cinq livres des Écritures, telles que nos ancêtres nous les ont léguées. La Résurrection ! Une invention de sophiste pharisien, de docteur ou d'illuminé ! Moi, je m'en tiens à la vraie Loi, qui n'en dit rien. Je ne travaille pas pour une récompense, ni pour renaître. Je sers le Très-Haut. Vanité des vanités, dit Qohelet, tout est vanité. Notre seule résurrection, c'est la continuité d'Israël, sa force parmi les Gentils. Supprimez la hiérarchie du Temple, comme le veulent les petits bourgeois, les docteurs, les exaltés, et le dernier rempart est aboli. Alors, les Grecs de la Décapole, les païens de la côte, les Samaritains et les Phéniciens marcheront sur nous, et l'Arabe campera dans le Lieu saint ! »

Le vieillard a levé les paumes pour conjurer le sort. Instinctivement, Jean en a fait autant. Anne change brutalement de ton, passant à la confidence.

« Je ne te demande pas d'abjurer ton Nazaréen, ni même de me répondre tout de suite. Tu pourrais nous servir là où tu es. Les gens simples comme ton prophète, et ces cornes creuses de pharisiens, n'ont rien compris à Rome. Ils croient qu'il suffit de cracher au passage de la légion, en se cachant pour éviter une amende. Pourtant, même Pilate ne peut soupçonner ce que je peux faire, moi le vieux juif, sans bouger de chez moi. Avec l'or du Temple, je peux actionner des fils jusque dans les couloirs du Palatin, jusque dans leur curie... Ceux qui versent à travers le monde l'impôt rituel, le didrachme, au trésor sacré, sont plus nombreux que les grains de blé de tous les champs de Judée. »

Anne évoque en vain les menées séculaires des grands prêtres, les renversements d'alliances sous les dominations égyptienne, séleucide, grecque, la stratégie d'une longue politique.

« Si tu ne m'aimes pas, sers au moins les intérêts de ta patrie.

— Fais-moi tuer si tu en as le droit. Mais je ne trahirai pas mon Maître. Il est le Messie, l'Oint d'Israël que nous attendions. »

Anne sourit froidement, carnassier édenté, et conclut abruptement l'entretien.

« Le Messie que tu attends est déjà venu, fils de Salomé. Il a déjà été mis à mort, ce que tu ne sais pas encore. " Ils regarderont vers celui qu'on a transpercé, ils feront sur lui des lamentations comme on le fait pour un fils unique. " Te souviens-tu de Zacharie, jeune homme ? Avant que le monde fût créé, le Messie était déjà venu et était déjà mort. Préviens-en ton Nazaréen, s'il veut éviter son sort. Car nous mourrons tous, fils de Zébédée, et il n'y a rien, rien du tout, au-delà de la mort. Que tout soit anéanti, voilà le mot final du Très-Haut. »

Il frappe dans ses mains. On va reconduire Jean. Ce dernier crie :

« Tu ne me mets pas à mort ? »

Anne hausse les épaules. Déjà, les vieux esclaves écartent la tenture.

« Reste près de lui, puisque tu le désires, fils de Zébédée. Tu seras peut-être plus utile ainsi... »

« Avec le mois d'Adar, les jonquilles et les glaïeuls sauvages éclosent sur les bords du lac de Genésareth. La vigne est en fleur. » Matthieu et Thomas, comme tous les disciples, lassés de Jérusalem, décrivent le printemps de Galilée. Tous sont nerveux. Marie de Magdala a des rires de gorge, elle se cambre, remuée par une montée de sève mystique ; la nuit, des rêves prémonitoires la laissent brisée, les larmes coulant silencieusement sur les fards, sous les yeux cernés. Le Nazaréen, quand Jean lui a rapporté les propos d'Anne, n'a eu aucun commentaire. N'est-ce pas là ce qu'il annonçait au pays des Géraséniens ? Judas tente de se glisser dans l'entretien ; il dépérit avec le retour du beau temps ; jamais sa barbe n'a paru si sale. Sous les sourcils broussailleux, les yeux plissés par la lumière nouvelle errent, à la recherche d'un secret qui leur échappe, d'une intrigue dont ils ont perdu le sens. Par les valets, Judas sait que Jean a vu le grand prêtre. Il brûle de l'interroger ; il craint un pacte avec les saducéens. Pour faire contrepoids, il négocie avec certains pharisiens.

Avec le début d'Adar, vient le nouvel an civil. Ponce Pilate et sa femme quittent avec regret leur beau palais du bord de mer pour s'enfermer à Jérusalem. Le 13, quatre coureurs portant une flamme parcourent le pays de Splendeur en souvenir de la défaite de Nicanor, général d'Antiochus. Le 14 est le jour des Pourim. Déguisements, chars ornés, bandes carnavalesques font fuir les pieux rabbis, qui s'enferment pour ne pas voir les jeunes filles costumées en Esther chercher un Assuérus à séduire.

Au Temple, nulle fête n'interrompt le chantier et la chicane. Les scribes volettent comme des moineaux autour du pinacle, picorant des versets, préparant des citations pour les *khal va homer,* les *khal ou prat,* les « a fortiori » et les « par conséquent », toute l'artillerie éristique dont ils harcèleront le Nazaréen. Car, après la bagarre de la Dédicace, les arguties ont repris comme devant, malgré yeux pochés et dents cassées.

Aujourd'hui, Jean a repéré de nouveaux acteurs. Deux ou trois personnages en manteau de pourpre, le menton rasé, portant d'élégantes pantoufles en cuir de chameau à bout relevé, les cheveux roulés en deux tresses parfumées, pénètrent sous le portique de Salomon, entourés d'esclaves, dès que le Nazaréen a commencé à parler. Jeanne disparaît derrière un pilier ; Jean a reconnu parmi les hérodiens, les chiens courants de Rome et d'Antipas, Chouza l'intendant, son mari. Il sait qu'eux ne cherchent pas la dispute théologique, uniquement une occasion de faire arrêter le prophète. Jean se remémore l'avertissement de Gamaliel ; plus encore que les prêtres leurs alliés, ou que les pharisiens leurs adversaires, les hérodiens ont horreur des agitateurs. Chouza se met à parler doucereusement, respirant la haine du mari abandonné, manifestant un ironique respect. Les curieux font cercle autour d'eux.

« Maître, nous savons que tu es franc, que tu ne regardes pas au rang des personnes. Dis-nous donc ton avis : est-il permis ou non de payer l'impôt à César ? »

Jean mesure le risque. Si le Nazaréen répond oui, il se déconsidère près du peuple. S'il répond non, il sera coupable de révolte et arrêté par le procurateur.

« Hypocrites ! Pourquoi me tendez-vous un piège ? Montrez-le-moi, cet argent de l'impôt. »

Chouza garde un sourire mielleux sous l'insulte. Chacun fouille sa ceinture ; ils n'ont que des pièces de bronze au chandelier, celles frappées à Jérusalem avec l'autorisation des Romains, ou bien des zouzim d'argent au palmier, frappés à Tyr et que les prêtres acceptent également. Impatienté, l'hérodien sort de sa bourse un beau denier romain, tout neuf, de ceux que le fisc réclame pour acquitter l'impôt. Le Nazaréen tient la parade. Il retourne la pièce, trait de lumière dans le soleil. Puis il la présente à Chouza, entre deux doigts.

« De qui est cette effigie ?

— De César », répond aussitôt le vaniteux intendant.

Alors, lui rendant la pièce, tandis que l'hérodien bondit sous le mot qui semble le ranger au nombre des occupants romains :

« Rendons donc à César ce qui est à César. »

Puis il se tourne vers Jean et les femmes, qui entourent Jeanne :

« Et au Très-Haut ce qui appartient au Très-Haut. »

Les premiers jours de Nisan, le ton des controverses s'exaspère. Le soir, le Nazaréen a des suées, des toux et des vertiges.

Jean et la Magdaléenne seuls le savent et le soignent. Il va tous les jours au Temple, s'y acharne, on dirait qu'il a peur de manquer de temps, alors que la fête amène de nouveaux auditeurs.

« Rabbouni, il y aura d'autres Pâques, ne leur donne pas ta santé », supplie la Magdaléenne.

La nuit, parfois, il crie ; les veines de son front se gonflent d'un sang noir, son nez aminci palpite, comme manquant d'air.

Jean, Nicodème, Joseph d'Arimathie ont organisé une rencontre de la dernière chance. Le Nazaréen, étendu à côté de Jean, boit coup sur coup trois canthares de vin de Chypre. Le fils de Salomé veut arrêter le bras du Maître. L'autre repousse sa main avec un regard de reproche, verse à terre le contenu de sa coupe, et s'écrie, désignant aussi bien les gamaliélites que les amis de Ben Zakkaï et les parents de Jean :

« Malheur à vous, pharisiens, car vous êtes comme des sépulcres blanchis à la chaux et perdus dans l'herbe, sur lesquels on marche sans s'en apercevoir ! Malheur à vous tous, qui êtes pareils à un chien couché sur sa nourriture, qui ne la mange point, mais ne laisse personne en manger, qui vous asseyez sur les Écritures et en gardez la clé ! »

Ils se sont tous levés, blêmes, secouant leurs sandales, brandissant leurs phylactères et leurs bâtons. Joseph, Nicodème, s'interposent en vain. Son cousin, le lévite, interpelle Jean en sortant :

« Cette fois, il a passé toute limite. Préviens-le : désormais, nous ne tolérerons aucun scandale public. C'est un possédé... »

Appuyé sur un coude, dans la salle désertée, le Nazaréen, insoucieux, joue avec le petit chien de la maison.

Le 4 de Nisan, un esclave de Marthe apporte une tablette où la sœur de Marie a simplement écrit : « Maître, celui que tu aimes est malade. »

« Notre ami Lazare repose, je vais aller le réveiller », dit le Maître.

Pierre, tout bonnement, répond :

« S'il repose, il guérira tout seul. »

Jean, lui, devine que Lazare est mort.

La petite propriété de Béthanie est en deuil. Du portier aux servantes, tous ont le visage couvert de cendres. Marthe, les cheveux sales, pieds nus, le visage souillé de larmes, se lamente amèrement :

« Tu as pu me guérir, moi, mais lui tu n'as pas pu... Nous sommes maudits dans notre sang ! Il t'aimait tant, si tu avais été là, il ne serait pas mort. »

Lazare n'a pas eu confiance, il n'a pas supporté la séparation d'avec le Maître. Il a cru qu'il les avait abandonnés, craignant leur pourriture. Jean s'émeut ; lui aussi, il mourrait, sans lui. Marthe ne reproche rien, ne croit plus en rien. Il y a trois jours qu'elle veille le corps, au fond du caveau, dans le jardin. Nul cimetière n'accepte le cadavre de l'intouchable.

« Ton frère ressuscitera », dit lentement le Maître, appuyé sur Jean.

« Oh, je sais, répond distraitement Marthe, toute à sa douleur. Il ressuscitera à la Résurrection du Dernier Jour.

— Crois-tu en moi ? »

Sa question s'adresse, au-delà de Marthe, à Marie, à Jean, qui sent ses paupières se gonfler, et se mord les lèvres pour ne pas pleurer. C'est indigne d'un jeune Israélite.

« Où l'avez-vous mis ? »

Deux larmes coulent sur les joues du Nazaréen. Le cœur de Jean se soulève. Où est-il, le Vainqueur du Schéol ? Pleure-t-il sur lui, sur Lazare, sur la limite enfin atteinte où tous sont égaux, la bête et l'homme, comme dit le vieil Anne ?

Isolé au fond du jardin comme si la contagion menaçait même les autres morts, le corps est dissimulé dans une vieille citerne vide, sous la voûte de briques moisies. Le Maître lève le suaire et recule ; le visage jauni, mangé de taches brunes, le nez rongé, les joues comme aspirées de l'intérieur, grouillent d'insectes que la main pieuse de Marthe chasse en vain. Pieds et mains, devenus masses informes de chairs putréfiées, sont enveloppés de bandelettes blanches. Sur la poitrine où se promènent les mouches, repose la clef, symbole des célibataires.

Jean pour la seconde fois est face à la mort. Il sent la bile monter à ses lèvres, se détourne au moment où le Nazaréen s'écrie :

« Lazare, viens ici, dehors ! »

Alors le suaire, imperceptiblement, se soulève ; deux mains couvertes de bandelettes jaillissent sur les côtés, saisissant les bords de la bière, agrippant les montants de la nouvelle Arche d'Alliance, comme si le corps voulait se porter lui-même, avec l'avidité du mourant, la force du bébé, l'énergie insatiable, inarrachable, de la vie.

Le 5, Nicodème fit le voyage de Béthanie sur sa mule pour avertir Jean que tout le Sanhédrin bruissait de cette résurrection. On en avait parlé à midi, lors de la réunion quotidienne de la commission du Temple. Caïphe en personne avait attaqué, sans le nommer, le « ressusciteur ».

« Si nous le laissons faire, les Romains auront vite un prétexte pour intervenir au Temple. Notre Lieu saint, notre culte seraient en péril. » Et il ajouta à mi-voix : « Il vaut mieux qu'un seul homme meure pour que le peuple et la nation d'Israël ne périssent pas tout entiers. » Ben Zakkaï, et les schammaïtes, à cette phrase qui porte le sceau d'Anne, ont aussitôt compris qu'on leur abandonnait enfin leur proie. L'ordre d'arrestation est déjà minuté, Nicodème l'a vu. Mais il sait aussi qu'Anne a donné un contrordre en ce qui concerne l'enceinte du Temple. Il ne veut pas de scandale public, le Nazaréen a des partisans. Et l'odieux de son incarcération retomberait, aux yeux des révoltés, sur les prêtres. Ben Zakkaï a préparé des témoins, mais il faudrait une procédure inattaquable sinon les services du procurateur s'en mêleront. C'est la confusion ; au portique de Salomon, les lévites dorés et les rabbis s'abordent soucieusement :

« Qu'en pensez-vous ? Va-t-il venir à la fête ? »

Un assassinat ? Il faut tout craindre autour de vous, a dit Nicodème avant de repartir. Jean, André, Pierre et le Maître se retirent pour deux jours à Éphraïm, à la limite du désert. Les chacals sont moins redoutables que les hommes. Le troisième jour, ils reviennent à Béthanie, et le Nazaréen leur annonce qu'il va retourner à Jérusalem. Pierre tente une opposition, mais la décision est prise.

« Viendrez-vous avec moi ? »

Jean, Pierre, André acquiescent. Les autres hésitent. Thomas se tourne vers eux :

« Allons-y, nous aussi, et nous mourrons avec lui. »

Au moins, il aura enfin la preuve qu'il attend depuis trois ans, la preuve indiscutable. Comme c'est sabbat, on attendra demain pour se mettre en route. Le soir, on dîne en plein air dans la cour carrelée. Marthe s'affaire, Lazare, qui est encore faible, est étendu sur un lit à la place d'honneur. Marie entre, portant sur l'épaule un petit vase de terre blanche ; elle danse jusqu'au lit où le Nazaréen dîne aux côtés de Jean, s'agenouille et fait ruisseler dans le souffle du printemps le nard le plus cher, le nard épais aux reflets de moire. Elle verse et, goutte à goutte, le précieux liquide roule sur les pieds nus du Nazaréen ; elle verse encore et toujours, le nard coule à terre, formant une flaque odorante, tandis qu'elle oint les membres fatigués, les massant, les caressant de sa chevelure qu'elle a libérée d'un geste des épaules. Les mèches lisses, entre les doigts du Nazaréen, autour de ses chevilles, jouent et s'enroulent. À présent, elle lui baise longuement les pieds, amoureusement, l'un après l'autre, le jeu n'en finit pas. Marie tend l'autre main à Jean, qui la porte à ses lèvres.

Une voix aigre, cassée de jalousie, tremblante, s'élève dans la cour.

« Il y en a bien pour trois cents deniers. Vraiment, on aurait dû le vendre, ce nard, et donner cela aux pauvres... »

Judas dit cela en regardant les dix, car il n'ose affronter ni le spectacle de ces corps abandonnés, ni l'œil du Nazaréen. Quelque chose vient de casser chez l'ancien révolté. Le Nazaréen, de sa couche, réplique durement :

« Laisse-la, c'est le parfum qu'elle gardait pour ma sépulture. »

Le 8, premier jour suivant le sabbat, ils parviennent au sommet du mont des Oliviers. Jérusalem leur apparaît, joyau de pierre dressé sur la peau de fauve qu'est la rousse terre de Judée. Derrière les assises mégalithiques du Temple, le tapis aux motifs irréguliers formé par les terrasses de la vieille ville s'anime avec l'aurore, peuplé des milliers de voyageurs qui y campent. Devant la cité en fête, le Nazaréen, comme Jérémie, se lamente : il annonce la perte, cette fois irréparable, de la Cité sainte.

« Jérusalem, Jérusalem, toi qui tues les prophètes et lapides ceux qui te sont envoyés, des jours vont fondre sur toi où tes ennemis t'environneront de retranchements, t'investiront, te presseront de toutes parts. Ils t'écraseront sur le sol, et parce que tu n'as pas reconnu le temps où tu fus visitée, il ne restera pas du Temple pierre sur pierre ! »

Judas a lâché une plainte, se couvre le visage de son manteau, ce manteau informe, décoloré, qu'il garde en toute saison. Jean sent sa poitrine se déchirer : entre sa ville et son Maître, le divorce est consommé.

D'autant plus amères, au bas de la côte, les salutations dont le faubourg de Betphagé entoure le Nazaréen. Prévenus par le petit Marc, des Galiléens ont amené, suivie de son petit aux jambes flageolantes, une ânesse blanche. On y fait monter le jeune prophète, on étend à terre palmes et manteaux. Les disciples, échauffés par l'accueil, comme le Nazaréen se tait, se mettent à pousser des hourras.

« Voici venir le Roi d'Israël ! »

Un rabbi agresse le cortège.

« Fais-les taire, ils blasphèment !

— S'ils se taisent, les pierres crieront. »

Cette joie inattendue est trompeuse ; comme Gamaliel l'avait prédit, il vient de signer son arrêt de mort. Des femmes de Galilée crient autour de lui :

« Fils de David ! Heureux le sein qui t'a porté, heureuses les mamelles qui t'ont allaité ! » Et lui répond, paroles perdues dans le vacarme : « Heureux le ventre qui n'a point engendré, et les mamelles qui n'ont point allaité ! »

Reviennent les lourds relents de viande brûlée, entêtant la maison de la mère de Marc, malgré la myrrhe dont elle enfume les pièces. Plus encore que l'an d'avant, les Galiléens s'écartent des sacrifices du Temple ; et, toute cette semaine, le Nazaréen leur fait suivre le calendrier des nombreux. Comme il y a danger pour eux à se montrer dehors, ils restent sur la terrasse avec quelques Béthaniens ; et Jean écoute cette rumeur si particulière de Pâque, qu'il chérissait tant, ces ressacs de cantiques, ces lambeaux de prières, ces vagues de chants et de litanies, de foules que la fête ramène, chaque année, comme l'océan les débris qui flottent à sa surface. Le Maître est en train de l'arracher au passé qu'il aima.

Un groupe de Grecs de la synagogue des Affranchis, des amis des thérapeutes, sont venus écouter le Nazaréen, dans l'après-midi. Leur a-t-il annoncé qu'il allait vraiment mourir ? Le Père va-t-il entrouvrir les cieux ? Jean ne pose plus de questions. Il est tout à la peine de cette cassure irrémédiable, entre Jérusalem et le Maître, que lui seul ressent comme un écartèlement.

Le lendemain soir, à l'heure où commence le 11 de Nisan, ils célèbrent la Pâque des esséniens. Pour ceux qui passent dans la rue, ils ne sont qu'un repas de fête parmi des milliers d'autres, s'ébattant sur les terrasses comme des poissons sous la lune. Mais leur dîner est secrètement solennel. Ils sont tendus, marqués par ces marches forcées des derniers jours, par la peur de la crise qui approche. Ils boivent trop vite les trois coupes, pendant qu'il récite les bénédictions ; et, sur leur estomac rétréci de peur et de fatigue, le vin ne fait que s'aigrir. Le Nazaréen s'est levé, il quitte son manteau, et le vêtement relevé dans sa ceinture, comme un esclave, il les sert. Il prend l'aiguière et le bassin, et commence à laver les pieds des disciples, les essuyant de sa tunique de lin. Chacun proteste pour la forme ; il y a là un signe à comprendre. Il a presque fini le tour ; Judas occupe la dernière place sur le dernier lit, sur le troisième côté du festin. Lui replie précipitamment ses pieds osseux, aux veines convulsées, aux ongles noirs.

« Non, Maître, je suis indigne. » Il est véritablement bouleversé, roule des yeux terrifiés. Son Messie, à genoux, lavant les pieds ! Où est l'Oint d'Aaron ? Tandis que Jean abandonne voluptueusement ses jambes criblées d'épines et de cailloux aux mains du Nazaréen, il dit, le regardant, mais s'adressant aux disciples derrière son dos : « L'un d'entre vous me trahira. »

Il s'est recouché, s'est servi une coupe de vin mêlé d'eau tiède. Pierre se trémousse sur son lit, à droite du Nazaréen ; il se penche à l'oreille de Jean, derrière le Maître.

« Demande-lui de qui il parle. »

La tête de Jean repose sur la poitrine du Nazaréen ; il a perçu le chuchotement du pêcheur. Il se redresse, se retourne vers le Maître, et forme des lèvres, silencieusement, la question :

« Rabbi, qui est-ce ? »

Autour d'eux, les disciples conversent, inattentifs. Le Nazaréen repose la coupe, prend un morceau de pain. « C'est celui à qui je vais donner cette bouchée. » Il l'a trempée dans la sauce rouge ; Jean, relevé sur les coudes, l'observe intensément. Le bras se tend, au-dessus de lui, vers sa gauche, où la tête de Judas, comme une gargouille fantastique, se tend déjà pour attraper le morceau de croûte dorée imprégné d'huile.

Le vin fait tourner la salle autour de Jean. Au-delà du disciple qui trahit, les deux doigts semblent traverser la gorge ouverte, désigner, derrière l'Iscariote un fantôme qui est entré sans bruit. Comment a-t-il pénétré dans la salle ? Qui est-il, celui que montre son bras ? Qui est cet homme au crâne dégarni, aux sourcils épais, barrant le nez impérieux, au regard d'airain, ce petit homme en manteau de pharisien à franges bleues ?

Jean se frotte les yeux. Comme Jésus a dit à Judas : « Ce que tu as à faire, fais-le vite », ce dernier s'est levé. À part Pierre, les autres disciples n'ont pris garde à rien. Ils croient que Judas doit faire des achats pour les fêtes. Jean, lui, est resté halluciné, seul à voir le treizième homme qui se glisse aussitôt sur le lit encore tiède, le treizième apôtre que les doigts tachés de sauce vermeille désignent toujours. Non, ce n'est pas Judas, âme humble torturée de peurs terrestres, c'est une autre face, celle d'un docteur, d'un penseur, d'un véritable Pur, que le Nazaréen lui fait apparaître. Une face que Jean n'a jamais vue et qu'il reconnaîtra pourtant dès qu'il le rencontrera : celle du treizième apôtre.

Le Nazaréen leur fait ses adieux. Ces adieux ne sont pas pour Jean ; « où il ira, j'irai ». Il se repose en cette certitude.

« Je vous donne un commandement nouveau, aimez-vous les uns les autres. » Il leur prédit leurs épreuves pour Son Nom, leur confie l'apostolat. Les disciples se regardent en dessous. Il leur donne le pouvoir de remettre les péchés, eux qui en sont encore emplis. Et il achève par ces mots énigmatiques, où Jean ancrera son attente durant trois quarts de siècle :

« Sous peu vous ne me verrez plus, et puis un peu encore et vous me verrez. »

Ils sortent pour marcher jusqu'à Gethsémani, la propriété de Marthe sur le mont des Oliviers, où les femmes se sont installées pour quelques jours. Pierre vérifie les épées, à tout hasard. Jean serre son poignard, mais, à cette heure et en passant par le Cédron, ils ne rencontreront personne. La lune cerne les murailles de bleu et de mauve ; l'astre prend en enfilade le cimetière de Josaphat, allumant des reflets sur les marbres des tombeaux, et, sur le mont, des feux et des chants campent dans la nuit claire.

Ils entrent dans le verger. L'eau noire clapote à leurs pieds dans les rigoles. Les disciples se sont arrêtés sous les cèdres ; Jacques, Jean, Pierre, suivent le Nazaréen jusqu'à une terrasse. Il les écarte.

« Priez, pour ne pas entrer en tentation. »

Il s'éloigne aussitôt, tunique blanche flottant dans le clair de lune, entre les troncs tourmentés des oliviers noueux aux écorces violettes.

Pierre et Jacques se sont endormis. Jean a d'abord prié, puis il a poursuivi le Nazaréen dans le rayon de lune. Quand il s'approche du Maître, il a les yeux renversés en arrière, et le blanc des globes retournés lui fait un masque d'épileptique. Il répète deux phrases, en se balançant d'arrière en avant.

« Père, éloigne de moi cette coupe ! » et

« Que Ta Volonté, et non la mienne, soit faite ! »

Jean s'approche encore. Le Nazaréen se retourne, quand l'ombre noire l'atteint. De son front, baigné de lune, de grosses gouttes coulent. Jean passe le coin de son manteau sur les tempes du Fils de l'Homme. Une trace noire, chaude et visqueuse, barre la laine blanche. Cette sueur, c'est du sang.

Les fontaines limpides de Galilée, les rondes des jeunes filles au long du lac, les promesses chuchotées au puits, à l'ombre du figuier, les petits enfants dont la voix traverse le rideau de perles, un jour de pluie, apprenant à bégayer le « Schema Israël », les vies fraîches et simples comme l'onde des norias de la campagne autour de Capharnaüm, tout cette paix, un instant, essuyant ce front, Jean pressent qu'elle lui sera désormais refusé.

« Préparez-vous tous pour le voyage, car cette génération ne passera pas sans que vienne le Jour du Jugement. »

La source de toute lumière est comme aveugle. Il bute dans Pierre et Jacques endormis.

« Pierre, tu dors ? Tu n'as pas eu la force de veiller une heure ? » C'est toujours quand il le reprend qu'il lui donne son ancien prénom. Il ne s'est pas passé une heure, mais la moitié de la nuit.

« Veillez et priez, vous dis-je, veillez si vous ne voulez pas être surpris. Car je viendrai comme un voleur. »

Ce sont ses dernières paroles d'homme libre. À peine a-t-il fini sa phrase, un tumulte de torches pénètre dans le jardin. Pierre tire une épée de son manteau, dérisoire dans sa poigne qui manie mieux les avirons que les armes. Jean saisit son poignard. Ils ont identifié les boucliers de cuivre des gardes du Temple. Le chiliarque lui-même, que Jean connaît de vue, Jonathan, fils d'Anne et beau-frère de Caïphe, les dirige, en compagnie d'un lévite, qui enregistre officiellement l'arrestation. Il s'appelle Malchos. Il fait un pas en avant pour lire un document qu'il déroule ; l'épée de Pierre siffle dans l'ombre, Malchos hurle en portant la main à son oreille, et l'abaisse devant ses yeux, rouge de sang. Les gardes font un geste pour saisir Jacques, frère de Jude. Le cousin du Nazaréen a quelque ressemblance avec le Maître. Et, à la lueur incertaine des torches, ils l'ont pris pour lui. Alors une ombre se glisse depuis le dernier rang des assaillants, et embrasse, par-derrière, l'épaule du Fils de l'Homme, le désignant aux assassins. C'est Judas, qui savait le trouver ici, dans ce coin écarté, car il connaît ses habitudes ; et en l'embrassant il le dénonce.

Jean s'élance à son tour pour poignarder le traître. Comme il l'a fait avec Pierre, le Maître arrête son bras. Judas file dans la nuit, insaisissable, se perdant dans le crissement des criquets. On retrouvera son corps décharné, pendu à un arbre mort, dans les fumées d'ordures de la vallée du Schéol, le lendemain.

Le cortège, précédé des torches, descend vers le Cédron. Tous les disciples sont sur le bord de la route, mal éveillés. Ils se serrent les uns contre les autres. Une patrouille continue de chercher Pierre dans le jardin, leurs flambeaux passent entre les arbres. En se rendant, le Maître leur a interdit toute résistance.

Jean, seul, s'est mis en marche à sa suite. Il connaît l'officier, il ne doute pas de pouvoir accompagner le Maître jusqu'au bout. Un craquement dans les fourrés, à sa droite, l'inquiète par instants. La tête de Pierre surgit ; il a semé les gardes du jardin.

« Moi aussi, j'irai avec lui... »

Derrière eux, les dix autres restent plantés au pied du cèdre. Jean se souvient d'une parole qu'il a dite :

« Ceux que tu m'as donnés, je n'en ai pas perdu un seul. »

À mi-côte, un pas rapide, léger, les rattrape. C'est le petit Marc, à peine réveillé, qui a échappé à sa mère, et, sans prendre le temps de se vêtir, s'est enveloppé dans la couverture où elle l'avait couché. Jonathan, qui n'aimait déjà pas ces deux hommes derrière son escorte, se retourne : « Veux-tu bien te sauver ! Sinon, c'est la mort, pour toi comme pour ces deux-là ! » Il a montré Jean et Pierre. Mais Jean sait qu'il ne cherche qu'à les effrayer. Comme le gamin s'obstine, Jonathan le saisit par le bras ; il se dégage aussitôt, abandonnant sa couverture entre les mains du chiliarque. Le jeune corps maigre et nu, brun mat, s'enfuit du cercle des torches, courant vers l'obscurité.

Le vieux château, accroupi comme un monstre oriental malfaisant, avale son prisonnier. Les lances des gardes du grand prêtre s'abaissent devant Jean. Celui-ci appelle Jonathan, proteste :

« Je suis Jean, le fils de Salomé ! »

Le capitaine a pitié.

« Va-t'en, sinon je devrai t'arrêter, toi aussi. »

Jean tend les mains pour qu'on les lui lie. Jonathan hausse ses épaulettes de cuir cloutées d'argent.

« Entre dans la cour, si tu y tiens. Mais ne te fais pas remarquer... »

Pierre, lui, s'est éclipsé à la première rebuffade ; il rôde près de la porte, attendant une occasion. De cette cour, avant que Jean entre à son tour, le prisonnier a déjà disparu derrière des grilles qui claquent comme des mâchoires. Il y a eu fête, ce soir, chez le grand prêtre. Des invités se dispersent après le festin, couples à la recherche de leur esclave endormi, lévites aux robes de fils d'argent froissées par une nuit blanche, l'œil alourdi de nourriture et de boisson, regagnant leurs chaises à porteurs ou leurs mulets aux riches selles. Une main de femme a tiré Jean par le bras, elle l'entraîne dans l'ombre que trace au sol l'aile du vieux palais. À peine sont-ils dans l'obscurité, Yona lui dévore le cou de baisers.

« Tu as maigri... Je sais, ils l'ont arrêté. Je t'ai vu d'en haut, des fenêtres de la salle de banquet. Toi aussi, ils t'ont pris ? »

Elle a laissé son mari endormi au festin de Caïphe. Quand les esclaves le réveilleront, ils lui diront qu'elle est à la maison.

Elle a déjà un plan, elle veut soudoyer Jonathan. Jean ne s'intéresse qu'au sort du Nazaréen.

« Où est-il ? »

Elle montre la bâtisse aux meurtrières, derrière eux. Le Galiléen est entre les mains d'Anne. Dans les griffes du cruel vieillard, cerné de vieux esclaves muets.

Il la presse contre lui, sent son cœur battre sous la robe de soirée. Il faut qu'elle l'aide. Non pas à sortir, mais à rentrer plus loin, dans le repaire d'Anne. Elle avait un peu escompté, la pauvre Yona, que son propre péril ferait oublier à Jean son Nazaréen. Peut-être même a-t-elle pensé qu'Anne la débarrassait d'un rival. Pourtant, elle ne cherche pas à lui résister. Oui, elle connaît quelques-uns des esclaves du palais. Elle pourrait peut-être trouver un passage.

Jean est pressé, il craint pire que les coups, ou les insultes, de la part d'une froide détermination comme celle du vieillard. Le Maître est-il seulement encore vivant ? Pourtant, Anne ne devrait pas être difficile à surprendre ; il doit être seul avec le Nazaréen, confiant à son habitude en la terreur qu'il inspire. S'ils étaient, fût-ce deux hommes décidés, ces eunuques muets ne les arrêteraient pas longtemps. Il y a bien Pierre, qui attend dehors...

Il n'a guère envie de revoir le pêcheur, à l'heure décisive où le sort du Maître est entre ses seules mains. Pourtant, il n'hésite pas. Il envoie Yona, qui court à la porte ; elle appelle Pierre comme si c'était son esclave.

« Il m'attendait, il vient chercher mon mari, dit-elle à la femme du portier.

— Toi, tu n'étais pas avec ce Nazaréen ? » demande rudement un officier, qui a remarqué Pierre.

Celui-ci se donne un torticolis à force de dénégations et recule hors du palais. Jean est seul avec Yona pour sauver le Maître.

Guidés par la jeune fille, ils montent les étages, traversent des greniers, empruntent un chemin de ronde dans les dédales du château.

Ils redescendent par une tourelle, quand ils se heurtent à une patrouille de gardes. Ce soir, Anne a redoublé de précautions. Ils laissent aller Yona, mais fouillent Jean, trouvent le poignard, et l'amènent séance tenante, bras tordu derrière le dos, à l'officier de permanence ; le jeune homme parle bien, il est de famille jérusalémite ; l'officier décide de soumettre le cas à Anne. Quand il soulève la tenture, Anne, les doigts crispés sur les lions de son siège, le torse en avant, a un geste irrité.

« Pourquoi me déranges-tu ? »

Il reconnaît Jean, une grimace de satisfaction tord sa bouche.

« Tiens, Nazaréen, voici l'un de ceux que tu as séduits. Les papillons viennent d'eux-mêmes se brûler. Tu es venu pour le voir, je suppose, fils de Salomé, eh bien, vois. »

Anne a claqué des doigts. Le garde gifle à la volée le Nazaréen. La joue du Maître est balayée d'une estafilade qu'une

155

bague a laissée. Jean, qui a fait un mouvement en avant, sent son bras se tordre à la limite de la rupture des ligaments. La gifle ne cesse de résonner dans sa tête, de rougir sa propre joue. C'est la première fois qu'il le voit battre. Il mord la main qui le bâillonne.

Anne distribue des ordres.

« Fais éveiller Caïphe, s'il dort déjà. Que, dès l'heure fixée par la loi, dès l'aube, le Sanhédrin se réunisse en chambre criminelle. »

Il s'est levé, il n'est plus que froideur, apparente impartialité.

« Mon rôle s'arrête là, Nazaréen. Je t'ai instruit des accusations de blasphème et de séduction des innocents comme lui (le doigt maigre montre Jean) qui pèsent contre toi. Tu réclames ton droit, je n'ai fait que remplir un devoir officiel. Tu auras un beau procès, je te le promets. Un procès irréprochable. Toi et moi ne sommes d'accord que sur une chose : il vaut mieux qu'un seul meure plutôt que tout le peuple. »

L'officier pousse Jean en avant :

« Et lui, éminence, qu'ordonnes-tu d'en faire ? »

Anne baisse ses paupières de serpent.

« Lui... Lui, emmenez-le partout avec vous. Il a des yeux, qu'il voie. Il pourra dire que le Nazaréen fut jugé suivant la stricte équité de la Loi ; qu'il l'accompagne partout, qu'il soit, sur cette terre ou dans leur paradis, son dernier témoin... »

Jean est au septième ciel. Il se croit promis au même supplice que le Maître. Pendant qu'il attend entre deux gardes, dans la salle des festins, où les esclaves balaient à la hâte les débris de la fête, décrochent les couronnes et desservent les tables, les membres du Sanhédrin font un à un leur entrée. Jean se doute de ce qui va arriver : Anne a tout préparé à l'avance. Témoins apostés, formalités minutieuses dont le maquis laisse rarement échapper l'accusé, malheur à qui a affaire au terrible conseil ! Les Romains ne lui ont laissé de pouvoir qu'en matière religieuse, mais, en Israël, la matière religieuse, n'est-ce pas toute la vie ? La seule chance du Nazaréen, Jean se prend à l'espérer, c'est un conflit de compétence avec la justice de Rome. Aurait-il cru qu'un jour il souhaiterait le recours à l'occupant ?

Ce matin-là, 11 de Nisan, il reste trois jours avant le soir où commence la Pâque. Anne a tout calculé. Pour toute sentence de mort, le Sanhédrin doit se réunir deux fois ; mais le jour de la Préparation, on ne peut tenir tribunal ; et le Jour saint, toute exécution est évidemment suspendue.

À gauche de la cathèdre présidentielle, les scribes, mal lavés, les cheveux en désordre, roulent leur manteau pour atténuer la dureté de leurs bancs. Les docteurs, les sachets de peau noire battant leur poitrine, les Anciens, en manteaux grecs, bâillant discrètement, gagnent le centre où des pliants les attendent. Quelques-uns d'entre eux ont un regard de pitié pour le Nazaréen, que quatre gardes ont traîné face à la chaire. Il a les yeux battus, l'estafilade a séché, zébrant la peau. Jean, maintenu fermement dans l'ombre d'une colonne, se tord les mains.

Gamaliel n'est pas venu ; les Anciens, riches marchands libéraux, serait le groupe le plus favorable. Joseph d'Arimathie est de leur nombre. Mais les Anciens ont peu de poids, dans cette assemblée toute sacerdotale, et ce sont des suivistes de principe, suivistes d'Hérode ou de ses représentants. Leurs chefs, Sémès, Datha, Jaïre, n'ont d'autorité que pour les affaires commerciales. C'est entre Anne et les pharisiens que se jouera le sort du Maître, comme deux camps se renvoient une balle. Dans la tribune de droite, sur les chaires d'honneur, se sont installés les trois trésoriers du Temple, en surplis dorés, Jonathan, préfet de la garde, en cuirasse d'apparat, les ·anciens grands prêtres, portant éphod et pectoral, Ismaël, Eleazar, Kanuthos et son père Simon. Le dernier, Anne, se fait porter jusqu'à sa place, juste à droite de la présidence. Un sophar ébranle l'air du matin ; Caïphe fait son entrée, la barbe non taillée, les yeux brouillés, et gagne d'un pas mal assuré le siège d'ivoire et de cèdre, coiffé de la tiare de l'Abeth Beth Din, le Juge suprême. Nephtali, premier secrétaire parmi les scribes, fait le décompte des présents. Sur soixante et onze membres, cinquante-six ont répondu. Deux fois le quorum.

Pendant que Caïphe fait enregistrer la procédure, les conversations ont continué. À peine le sifflement de la voix d'Anne s'élève-t-il que toutes les têtes se tournent vers lui. Anne s'adresse à son gendre avec emphase.

« Ton nom, grand prêtre Caïphe, signifie " Bon Soutien ". Permets, ô Bon Soutien de la Loi, de l'Alliance et du Temple, que soient punis les séducteurs qui détournent les jeunes de la Loi et qui blasphèment le Très-Haut... »

Le Nasi, le chef des pharisiens, qui n'est autre que l'impétueux Ben Zakkaï, se lève aussitôt, jaloux du zèle d'Anne.

« C'est à nous, gardiens de la Loi, de fustiger l'impiété et le blasphème. Que ceux qui ont témoignage à porter contre cet homme le fassent. »

Deux scribes, comme mus par des ressorts, se sont mis debout. Anne se rencogne dans son fauteuil, satisfait. Il ne tenait pas à porter l'accusation contre le Nazaréen. Que ce pharisien si pressé de bien faire s'en charge et en assume la responsabilité future.

Les deux scribes, Jean les a vus cent fois, embusqués derrière les pilastres du pinacle :

« Nous l'avons entendu dire dans les portiques : " Je détruirai ce Temple fait de main d'homme ! " »

Ben Zakkaï, gonflé de son importance, va aussitôt de l'avant.

« L'impie Nicanor, que les bras de nos ancêtres ont châtié, se vantait lui aussi de brûler le Temple. Le Très-Haut l'a livré aux glorieux Maccabées, qu'il en soit ainsi pour tous les ennemis d'Israël ! Je réclame la mort pour cet homme... »

Nicodème s'est dressé à son tour. Sa barbe frémit d'indignation. Il interpelle Caïphe qui, les yeux ailleurs, tapote les accoudoirs de sa cathèdre.

« On ne condamne pas un homme sans l'entendre ! »

Caïphe autorise le Nazaréen à un contre-interrogatoire. Le second témoin, effaré, cherche l'appui du premier. Ils se contredisent. Ben Zakkaï les fait taire en levant les bras.

« Peu importent les détails de ce que tu as dit. Deux témoins à la fois se sont présentés, ainsi que l'exige la Loi. Pour nous, la question est tranchée, il y a blasphème et sacrilège ; nous n'avons pas à consulter les Romains, c'est un crime qui relève de notre juridiction. Que les saducéens ne tentent pas de ralentir notre action, à moins qu'ils aient peur de mécontenter Pilate... »

Une tempête de protestations s'est élevée. Mais la voix de Ben Zakkaï tonitrue plus fort que les opposants.

« Que ceux qui votent la mort lèvent la main ! » Sur les bancs des pharisiens, puis sur ceux des autres partis, quarante mains se lèvent. Caïphe, qui ne sait que décider, glisse un œil vers Anne.

« Félicitations, gloire de la synagogue, c'est toi qui viens de faire un joli cadeau au procurateur... »

Ben Zakkaï bondit, mais Caïphe lui impose silence. Anne déroule son argumentation tortueuse :

« D'abord, nous n'avons droit de condamner à mort nous-mêmes qu'en un seul cas, le flagrant délit à l'intérieur de l'enceinte du Temple. C'était sous les portiques, et le délit n'est plus flagrant, puisqu'il est ancien... »

Ben Zakkaï, incapable de se contenir, hurle :

« Il se fait l'avocat du Nazaréen, à présent ! »

Anne lui jette un regard froid.

« Les Romains seront trop contents de casser une sentence illégale. Tu es trop pressé, et pour un docteur, tu es peu subtil... Tenez-vous tellement à avoir ce sang sur les mains ? Ne voyez-vous pas qu'il n'y a qu'une solution : faire endosser à Rome la responsabilité de cette exécution ? »

Le 12 du mois de Nisan, avant-veille de Pâque, Jésus le Nazaréen, fils de Marie, se proclame Fils de Dieu, Oint du Très-Haut, Messie, devant le Sanhédrin réuni dans la cour des Israélites, donc dans l'enceinte consacrée.

Anne n'en demande pas plus. Le Nazaréen s'est livré sans détour. L'ancien grand prêtre calme même un début de lynchage ; Jonathan, le capitaine du Temple, avec la tourbe des oisifs et des ergoteurs du parvis, conduit son prisonnier au procurateur. Le Sanhédrin, magnanime, semble abandonner sa victime, laissant la décision finale au Romain. Ainsi le chat, se dit Jean, quand la souris ne joue plus, écarte les pattes et lui donne un instant l'illusion d'une chance.

Qu'il ratifie ou qu'il casse la décision du Conseil, Pilate sera encore un peu plus haï. Inconstants, ceux qui crient à mort aujourd'hui accuseront demain le magistrat romain de cruauté. Anne connaît les retournements de la foule jérusalémite, son inconséquente mauvaise foi. Jean s'en doutait : la vie du Nazaréen, entre ses mains, n'est qu'un enjeu dans la partie qu'il mène à la fois contre les pharisiens et le procurateur.

L'idée d'embêter Pilate enchante les badauds, qui suivent en masse. Maintenu entre deux gardes, derrière le Maître, Jean n'a pu lui offrir son aide, essuyer les crachats, ni même échanger un regard avec lui, qu'il sache qu'on ne l'a pas abandonné. Les gardes ont couvert la tête du condamné avec un sac à farine. De temps à autre, un valet lui flanque une bourrade, pendant qu'une voix moqueuse l'interroge :

« Toi qui vois tout, qui t'a frappé, Fils du Très-Haut ? »

Jean, les cheveux collés de sueur et de rage impuissante, altéré par deux nuits presque sans sommeil, cherche vainement des yeux un disciple, une figure de Galilée. Personne ; ils ont tous fui. Le Maître et lui sont seuls pendant tout le procès et la Passion. Ils arrivent au nouveau palais construit par Hérode ; Pilate y abrite son audience annuelle de cour d'appel ; gardes, scribes et prêtres s'immobilisent sur le seuil, où un chien de mosaïque aboie sans bruit. Pilate, qu'on est allé prévenir dans la tour de David, où il tient son prétoire, vient de finir avec une fournée de voleurs, faux-monnayeurs et détrousseurs des collecteurs d'impôts, une bande dirigée par un certain Barabbas. Les prêtres juifs le demandent à la porte. De mauvaise humeur, soupçonnant quelque nouvelle intrigue, il ordonne de les introduire. Ils ne veulent pas entrer, parce qu'ils ont peur de se souiller dans cette maison impie, à l'avant-veille de Pâque. Il les reconnaît bien là. Il faut y aller ; sa police lui a déjà rapporté les réunions du Sanhédrin. Entre quatre licteurs, dans sa toge de magistrat, il paraît sur le seuil. Pilate n'a jamais eu que des ennuis avec ces juifs ; mais il a appris à les ménager. Il suppose que leur haine à son égard les rend parfaitement capables de s'accuser les uns les autres, pour aller ensuite se plaindre de sa justice en haut lieu. Il regarde à peine le Nazaréen ; encore un de leurs prophètes à cheveux longs. Jonathan, préfet du Temple, lit à haute voix un bref document.

« Cet homme s'est prétendu le Messie, le Roi d'Israël. Le Sanhédrin l'a condamné à mort, à toi de faire exécuter le jugement. »

Pilate tente une diversion.

« S'il a commis un sacrilège concernant vos croyances, s'il y a flagrant délit dans le Temple, prenez-le et exécutez-le vous-mêmes selon votre Loi. »

Ces gens-là lapident. Pour le légaliste Pilate, c'est une peine barbare. Les tribunaux civilisés condamnent au supplice romain, la croix. Et il ne va pas salir le droit romain dans une obscure affaire de jalousie religieuse locale. Hors le culte officiel de l'empereur, que César Tibère a d'ailleurs mis en sommeil, toutes les religions sont libres et égales dans l'Empire. Des rideaux d'une litière, que les porteurs ont posée au coin du palais, une tête écailleuse sort, celle d'Anne :

« Procurateur ! Cet homme se proclame roi, et nous n'avons pas d'autre roi que César, tu le sais... »

Le vieux reptile se devait d'être de ce coup-là. Pilate se retourne vers le Nazaréen.

« Es-tu le Roi des juifs ?

— Mon royaume n'est pas de ce monde. Je ne suis venu que pour rendre témoignage à la vérité... »

Pilate hausse les sourcils.

« Qu'est-ce que la vérité ? »

Il comprend assez d'araméen pour savoir qu'il s'agit encore d'un de ces maudits philosophes. Pourtant, l'homme n'a pas l'air d'un illuminé, et, pour un juif, il parle posément.

« Est-ce toi qu'ils veulent, ou moi ? »

Il va consulter sa femme, qui est de bon conseil. Elle cherche une échappatoire.

« D'où est-il, ce faiseur d'ennuis ? De Galilée, je crois ? »

Il est bien incapable d'identifier leurs accents. Elle, au contraire, est frottée d'hébraïsme, entichée de livres saints, depuis douze ans qu'ils sont là.

« Puisqu'il est de Galilée, envoie-le au renard. Ne te compromets pas dans cette affaire, elle ne concerne que les juifs entre eux. S'il est de Galilée, c'est un sujet du tétrarque. »

Pilate est aussitôt ragaillardi. Il dicte une lettre à Antipas, arguant de son incompétence juridique. L'affaire est du ressort du roi de Galilée ; un héraut, sur le seuil du palais, annonce le transfert du prisonnier au descendant d'Hérode. Il est l'heure du déjeuner, quand ils parviennent au palais des Hasmonéens, l'ancien palais royal que les services de la procurature ont abandonné à la famille royale déchue. En Judée, le tétrarque n'a en principe aucun pouvoir ; quand il reçoit le cadeau empoisonné, il a un mouvement de joie, car il est curieux de connaître le jeune prophète. Hérodiade et Salomé aussi, qui croient à la rumeur populaire, selon laquelle il est un autre Baptiste, peut-être ce Baptiste, ressuscité, qu'elles ont fait exécuter à Machéronte. Pendant que Jean attend, avec le bon peuple, devant le palais des Hasmonéens, on introduit le Nazaréen, toujours lié dans le dos, devant la cour. Étendue sur des coussins de soie brochée, Salomé ferme les yeux, pour retrouver la bouche édentée, le masque hideux, le cou sanguinolent posé dans un plat d'argent. Non, ce n'est pas le Baptiste, ce visage-là, creusé de veilles, ne jette aucune invective.

« Si un autre Baptiste est né, un autre Baptiste peut mourir », dit Hérodiade, retroussant ses lèvres peintes en une moue carnassière. Salomé, par esprit de contradiction, prend le parti de la grâce.

Tandis que Jean sent son cœur se briser, à entendre cette foule, où des parents, des amis, crient à mort, Hérode Antipas réfléchit. Pilate n'attend peut-être qu'une sentence du roi pour lui reprocher d'outrepasser ses droits ; on parle, à Rome, de réduire sa Galilée à une annexe de la Judée romaine.

Une sournoise parodie, voilà l'idée qui germe en l'esprit de l'ultime héritier des Maccabées. Lui qu'on traite en roitelet, il va répondre à l'humiliation par la dérision. Le portail s'ouvre. Jean s'agenouille dans la poussière, à la vue de la réponse du tétrarque. Le roi méprisé a habillé le réprouvé de son propre manteau pourpre. Il l'a fait escorter par deux gardes d'honneur, cuirassés de vermeil, et il le renvoie à qui de droit, symbolisant, par cette mascarade, la déchéance de la souveraineté juive. D'une fenêtre grillagée, Antipas s'égaie, en regardant s'éloigner, sous les insultes et les projectiles, la caricature de la royauté d'Israël huée par son propre peuple.

Les gonds de la porte de Nicanor résonnent en cette aube du 13 de Nisan, veille de Pâque, *prosabbaton*, comme disent les Grecs hébraïsés, jour de Vénus, comme le rappelle Pilate à sa femme qui doit organiser un festin le soir même en l'honneur de la divine mère de la race des Césars. Toujours suivi de Jean, dont deux gardes le séparent, le Nazaréen est transféré pour la deuxième fois du palais presbytéral au prétoire de Pilate. Grâce aux informations de sa femme, Pilate croit saisir la psychologie des juifs, ses indociles administrés. Il paraît qu'ils expédient un bouc dans un ravin après l'avoir chargé des péchés de tout un peuple. Azazel, le bouc émissaire, cette année, c'est le Nazaréen. Sa rancœur recuite par douze ans de Judée lui inspire une surenchère.

« Holà ! Une couronne d'épines pour le roi des juifs ! Toi et toi, vous serez ses prétoriens. »

Il va à la fois satisfaire et humilier une bonne fois cette tourbe qui hurle devant son palais. Jean revoit le Maître : une goutte de sang a ruisselé depuis les ronces qui le couronnent. Comme Pilate l'a fait fouetter, non avec des lanières garnies d'os, réservées aux citoyens, mais avec celles qui portent des boules de plomb, son dos et ses jambes sont balafrés, à vif. Trois soldats de la cohorte des Germains, leurs longs cheveux blonds ramenés en arrière sous le casque, sanglés dans leurs pectoraux de cuir, se prosternent grotesquement devant lui, puis lui crachent au visage et le giflent, alternant l'injure et le cérémonial. Leur gesticulation est accompagnée de mélopées monotones, mimes de prières et de chants sacrés juifs.

« Salut, roi des juifs ! » répète le capitaine, la main levée comme devant l'imperator.

Le peuple a mis quelque temps à comprendre leur parler guttural. Dès qu'il a saisi, Pilate s'abrite, effaré, derrière la haie de ses légionnaires ; une vague de colère rouge, qui ne distingue plus le Nazaréen du Romain, s'est électriquement propagée dans cette foule soudain outragée par la mise en scène. L'affaire est sur le point de mal tourner. Profitant de l'émotion générale, un gamin monte sur une borne, les mains en portevoix, tout fier de son effet :

« Crucifie-le ! »

L'hésitation n'est pas longue autour de lui. « Crucifie-le ! » Il y a dans ce cri la satisfaction d'une ruse sanglante, un tour désespéré joué à l'occupant. Maintenant, ils le chantent sur l'air des lampions, autour de Jean : « Crucifie-le, crucifie-le ! » C'est Israël tout entier qui se veut sacrifier sur l'autel d'une vengeance retournée contre soi-même, s'automutilant pour faire du Romain un bourreau. Pilate délibère. Malheureusement, sa femme est occupée ailleurs ; elle surveille la préparation d'un ragoût aux tétines de chèvre particulièrement délicat.

L'enthousiasme furieux de la foule s'exalte autour de Jean. Un scribe crie, brandissant sa plume vers le prisonnier :

163

« Que son sang retombe sur nous et sur nos enfants ! »

Comme un peu de gêne accompagne cette démonstration hystérique, Caïphe lui-même, en vêtements de deuil, apparaît dans la rue.

« Si tu le relâches, tu n'es pas ami de César ! »

On applaudit ce retournement habile avec des grincements de haine.

Pilate a fait expédier le prisonnier au lithostroton, le tribunal militaire, dans la cour de la tour Antonia. Désormais, il mène l'affaire à la charge. Il condamnera de son plein pouvoir, en vertu de la « Lex Julia de Majestate », qui définit les peines destinées aux fauteurs de troubles publics. Suivant la classe du condamné, ces peines sont la rélégation, la condamnation aux bêtes, ou la mise en croix.

« *Ibi ad crucem.* »

La sentence de Pilate est tombée comme un couteau, du haut du tribunal de pierre où il siège. Comme le Nazaréen n'entend pas le latin, il n'a pas bougé. Pilate est déjà en route pour le festin, où sa femme l'attend, l'aiguière en main, sur le pas de la porte fleurie. Jonathan, le chiliarque, lui dit, en montrant son second prisonnier :

« Il y en a un autre, son disciple préféré. Quelle est ta sentence ?

— Lui ? »

Pilate a le dos tourné, il ne voit pas Jean s'effondrer en apprenant à la fois sa grâce et la pire des condamnations.

« Que le disciple suive le Maître jusqu'au bout. Et qu'on le relâche, après, pour qu'il soit le dernier témoin et qu'il puisse dire que tout ceci ne fut point de ma faute... »

Le dernier témoin. Trébuchant dans les marches qui remontent du tyropéon, puis au long des remparts, après la porte d'Éphraïm, Jean voit les coups venir, quand les légionnaires relâchent leur surveillance sur le Nazaréen, et il ne peut rien faire pour les empêcher. Enfin, au flanc du mont du Crâne, du Golgotha veiné de sombres coulées volcaniques, les enfants les laissent tranquilles, eux qui furent les plus acharnés. Le Maître peine sous la lourde traverse de bois équarri, qui meurtrit l'épaule du charpentier. Il tombe, sur les pierres aiguës, dans cette rocaille que n'adoucit nulle végétation ; la chaleur double le poids du patibulum. Les soldats, qui sont pressés, laisseraient bien Jean l'aider, s'il n'y avait l'ordre de Pilate. Ils s'en chargeraient eux-mêmes, de ce bois, pour en finir, si ce n'était contraire à la loi. Ils réquisitionnent un passant, un certain Simon, de Cyrène. Il s'adjoint à la troupe, qui comprend aussi deux voleurs, lesquels marchent sans se plaindre, presque en sifflotant.

Et nulle part, au long de ces haies de haine, dans les rues, ou ici, en ce Golgotha sinistre sous l'éclat du soleil, Jean n'a entrevu un visage ami ; pas un des disciples n'est apparu.

Au sommet du mont Chauve, des trous attendent les poteaux ; le centurion distribue mollement les coups de fouet.

« Finissons-en ! Au travail ! »

Des femmes sont là, robe flottant au vent, des dames d'œuvres de Jérusalem. Par tradition charitable, elles sont autorisées à offrir aux condamnés le soporifique que la loi romaine prescrit au supplicié, le vin infusé de pavot qui endort toute douleur. En leur présentant la coupe d'airain où roule l'or rouge de l'anesthésique, elles dévorent des yeux, sous leur voile, l'homme qui va mourir. Le Nazaréen refuse sa part.

« Filles de Jérusalem, ne pleurez pas sur moi, pleurez plutôt sur vous-mêmes et sur vos enfants ! »

Le centurion grommelle, pendant qu'un des deux voleurs avale la part du prophète.

« En voilà un qui n'en a donc pas encore assez de souffrir ! Ces juifs ont l'âme chevillée au corps. Dressez les poteaux ! »

Les auxiliaires enfoncent à l'aide d'une masse les trois poutres, les *stipes* au bout grossièrement épointé, avec une corne de bois au milieu pour soutenir le corps entre les deux jambes.

« Tu seras libre ce soir. Aie courage... »

Yona s'est glissée parmi les bonnes dames. « Ce soir, nous serons tous libres », pense Jean en réponse. Le centurion agite vers elle son cep de vigne.

« Que fais-tu là, femme ? Il doit tout voir. Recule ! »

La majesté du peuple romain isole les condamnés. Pilate a ordonné d'écarter tous les curieux. Seules trois femmes sont restées, le visage voilé, à droite de la croix. Jean, debout entre ses gardes, reconnaît aussitôt la veuve de Cléophas, tante du

Nazaréen, et la Magdaléenne ; elle n'a pas eu la couardise des disciples. Elle est allée vers le centurion, et elle a dit, se dévoilant : « Je suis sa fiancée. » Les deux autres femelles, la famille, ont confirmé. Le centurion a eu un sifflement appréciateur en la laissant passer.

Les trois condamnés ne portent plus que le saq, ce pagne de peau de chameau que Jean revoit, au désert, sur le corps du Baptiste. Ce n'est pas le bain baptismal que ce costume prépare, mais le bain de sang que Jésus annonçait. Deux auxiliaires ont étendu le Nazaréen, bras liés au patibulum, sur le dos, les yeux au ciel, au pied du court stipes, car ils n'ont droit qu'à des croix basses, humbles, de la taille d'un homme. L'un d'eux enfonce avec la masse deux grands clous dans les poignets, après avoir repéré au pouce l'espace entre les os. Jean sent fulgurer les pointes en lui. Quand on relève le condamné, un peu de sang a coulé des poignets. Les deux auxiliaires soutiennent chacun au bout du patibulum, transportant l'homme attaché comme une marionnette, et d'un seul effort ils élèvent le madrier à bout de bras, jusqu'aux encoches qui le retiennent au sommet du poteau central. Les pieds ne reposent plus sur le sol, élévation à peine visible, sauf l'étirement des membres. À présent, Jean les voit tous deux à ses genoux ; ce n'est plus pour une parodie ; l'un rassemble les deux pieds dans sa main, les disposant l'un sur l'autre, plaqués sur le bois. L'autre présente le clou, puis frappe en trois coups énergiques. Le regard de Jean remonte le long des flancs, jusqu'aux yeux. Ils sont presque révulsés, seule une ligne brune au sommet indique la pupille renversée vers un ciel intérieur. Un peu de bave coule au coin de sa bouche. Derrière lui, en contrebas, Jean entend comme en un rêve les familles, de sortie en ce jour de fête, qui traînent leur marmaille au champ de supplice. De loin, ils déchiffrent l'écrit : « Jésus le Nazaréen, roi des juifs. » Certains se scandalisent. Mais Pilate a refusé tout changement. « Ce qui est écrit est écrit. » Dans un groupe de pharisiens qui sont sortis de la ville pour échapper à la bousculade et aux fumées du Temple, Jean entend ce cri terrible et moqueur :

« Si tu es le Sauveur, sauve-toi toi-même ! Descends de ta croix ! »

Des enfants croquent paisiblement des amandes en regardant de loin les corps suppliciés. « Ils regarderont celui qu'ils ont transpercé », se souvient Jean. Les gamins lancent sans conviction une volée d'ordures qui s'écrase loin des croix. C'est l'heure de la vengeance repue, de la sieste des fauves ; Jean les hait, les siens, sa race, les fils de Juda.

Tout est calme et lourd. Le ciel plombé de chaleur s'est peu à peu couvert ; les cris des jeunes gens ont réveillé un voleur, celui de gauche, ivre mort des deux portions de vin qu'il s'est enfilées. Il reprend, en bégayant :

« Sauve-toi toi-même, si tu es le Messie, et puis sauve-nous donc avec. »

L'autre voleur le fait taire :

« Laisse-le tranquille. Il n'a rien fait, lui. »

Le Nazaréen, silencieux depuis le début du supplice, entrouvre les lèvres :

« Dès aujourd'hui tu seras avec moi au paradis. »

Jean cherche en vain le regard du Maître, perdu vers le haut. Cette phrase murmurée, ce n'est pas à lui qu'elle s'adresse, mais à ce voleur inconnu.

Au pied des croix, les Romains, casque enlevé, entreprennent une partie de dés : « Le coup du chien ! Mon œil ! Tu as triché ! » Jean voudrait faire taire les soldats, sa gorge est sèche.

Comme le veut le code romain, ils se sont partagé son keffieh, ses sandales et sa ceinture. Mais la tunique, la belle tunique sans coutures ?

Le corps crucifié, aux veines noires de sang vicié par le manque d'oxygène, fléchi sur les genoux, se redresse insensiblement, libérant brièvement la respiration oppressée, tandis que perlent aux trois clous des filets rouges, qui recouvrent la traînée brune déjà séchée. Un peu d'air a passé dans la gorge, et Jean entend sa dernière prière : « Pardonnez-leur car ils ne savent pas ce qu'ils font. »

La musculature est à présent tétanisée, tirée vers le haut par la traction des bras. Le torse ressort, presque paralysé ; la bouche s'ouvre et se referme convulsivement, comme celle d'un poisson échoué, révélant la proximité de l'asphyxie. Quand il veut prendre appui sur les pieds cloués, soulager la poitrine, les côtes se soulèvent légèrement, et un peu de sang, de plus en plus rare, trace sur ses poignets des faisceaux formés de coulées successives, de plus en plus courtes, dont les angles marquent l'effondrement du supplicié. Malgré la chaleur accablante et grisâtre, Jean grelotte.

C'est la neuvième heure du jour, troisième de l'après-midi. Un des décurions auxiliaires scrute le ciel. Les passants rabattent leur capuchon. Le sable qui vole pique les yeux et la peau. Jean se relève péniblement; sur le fond de ciel violacé, il ne peut distinguer si les paupières verdies sont ouvertes ou fermées, là-bas, sur la croix centrale.

Quelques grosses gouttes couleur de cinabre s'écrasent comme des poches sanglantes. Les Germains s'exclament. Ils n'ont pas encore vu cette pluie d'argile que provoque la tempête de sable. Ils courent s'abriter. Le centurion, sentant la fin proche, ne les retient pas.

Enfin libre, Jean se traîne jusqu'au pied de la croix. À quelques coudées du supplicié, qui paraît debout, à peine surélevé de terre, et que nul ne peut toucher. Là où les soldats ont laissé les femmes s'agenouiller.

Le larron de gauche, éméché, ouvre un œil et darde un regard stupéfait sur ce surprenant groupe. Jean s'est mêlé, fondu avec les femmes, il geint et se répand comme elles. Ne fut-il pas la sienne pendant trois ans? Ils ne font qu'un seul être de désolation, une pieuvre tordant huit bras en vaines supplications. Là où les hommes ont trahi, les disciples manqué à leur devoir, elles sont restées loyales au Maître ; elles, si faibles, une prostituée, une fille-mère et une timide égarée de Nazareth.

Marie de Magdala a la tête renversée en arrière, elle chantonne :

« Mon bien-aimé est frais et vermeil, il se reconnaît entre dix mille... »

Jamais elle n'a porté autant de parfums et de bijoux. Elle fixe Jean, éclate en sanglots.

« Ah, que j'ai bien fait de ne pas enfanter ! »

Une décharge électrique éclaire à contre-jour la croupe du Bézétha. Le visage du Nazaréen s'est contracté, ses yeux descendent imperceptiblement vers le sol. Sur un autre éclair, Jean voit les pupilles dilatées, et sa voix soupire, le poussant vers la femme voilée :

« Femme, voici ton fils. »

L'air lourd s'ébranle d'une bourrasque soudaine. Le voile de Marie de Nazareth se défait. Les soldats remettent leur manteau, scrutant le ciel. Il prononce alors le dernier mot qu'il ait adressé à un homme, à Jean, le reconnaissant enfin :

« Voici ta mère. »

Il les a pour ainsi dire appuyés l'un à l'autre ; chacun d'eux doit survivre pour celui, ou celle, qui lui a été confié. Jean essuie les larmes que répand maintenant, abondante rosée, jusque sur ce sein qui nourrit le Fils de Dieu, la mère douloureuse ; et le coin du voile est imprégné d'eau amère, trempé dans la fontaine de ses pleurs. La contagion le gagne ; lui aussi, le fier Israélite, il pleure, sans honte ni retenue, et ses larmes se confondent avec celles de la mère, coulant comme un fleuve, source d'une nouvelle vie, baptême d'espérance, fécondantes et bénies. Allaitement salé de la vierge, miel amer et blond du chagrin, eau claire irriguant la terre du désespoir. Grâce à elle, il pleure ; s'il pleure, il est sauvé.

Jean s'est effondré avec les femmes. Le Maître a su qu'il l'avait, seul des disciples, accompagné jusqu'au bout. Dans le vent de sable, le centurion boit à la régalade la *posca* réglementaire, l'eau vinaigrée d'une cruche. Il voit le mouvement des lèvres, tétant dans le vide, du crucifié, essuie les siennes, prend l'éponge qui fermait l'orifice du récipient, et, après l'avoir imbibée, la fixe au bout d'un bâton pour la présenter à la bouche du condamné. Le code interdit que sa main touche à ce corps. Le Nazaréen aspire goulûment, comme un bébé boit, avec des gargouillements ; il déglutit longuement, péniblement, pendant que les éclairs de chaleur jettent depuis les croix des ombres géantes et éphémères. Les pupilles remontent vers l'arc des sourcils, les coins de la bouche se crispent, le corps se replie pour le saut final. Et la Voix expire en criant vers le chaos céleste :

« *Eli, Eli, lema sabachtani ?* »

Les lèvres des quatre fidèles forment aussitôt la suite du psaume tant de fois chanté avec lui :

« Mon Dieu, mon Dieu, pourquoi m'as-tu abandonné ? Mon Dieu, le jour j'appelle, point de réponse, la nuit pour moi point de silence... Je suis comme l'eau qui s'écoule, et tous mes os se disloquent ; mon cœur est pareil à la cire, il fond au milieu de mes viscères... Ils partagent entre eux mes habits, et tirent au sort mes vêtements. »

En récitant la prophétie de David, Jean comprend que le Signe vient de s'accomplir. Il entend une voix, la sienne, qu'il ne reconnaît pas, rauque, qui dit :

« Tout est achevé. »

Ces soldats, qui réalisaient la prophétie en jouant la tunique aux dés, ont entendu le cri, eux aussi. Le centurion l'interprète à sa façon : « S'il a encore soif, qu'Élie descende lui donner à boire, conclut-il sentencieusement à l'usage d'une recrue.

— Il n'y en a plus pour longtemps. Remettez vos casques. C'est heureux, avec ce temps... »

Le centurion, homme d'expérience, connaît l'effet de la boisson administrée après des heures d'exposition : le coup de grâce. Et puis il faut les décrocher avant que commence leur maudit sabbat.

Un soldat a repris la masse. Il s'approche du premier condamné, et avec un « han ! » de bûcheron, il la lance à hauteur des jambes. Il y a un effroyable craquement humide ; l'homme recule, observe la bouillie sanglante d'où percent des os, la jambe désarticulée, le torse qui s'effondre.

« Il était déjà passé, constate placidement le centurion.

— Celui-là aussi, sans doute. » Il pointe le bras sur le roi des juifs. L'écriteau, malmené par les rafales, menace de se détacher. Le centurion arrache une lance à l'un des factionnaires, se recule pour éviter tout contact avec le mort, et fiche d'un geste précis, par-dessus la tête de Jean, la pointe entre deux côtes, à l'emplacement du cœur, la retirant aussitôt. Des lèvres de la petite blessure, entre les os saillants, un filet a jailli, mélange de lymphe, de sang et d'eau, que la force expirante du cœur expulse dans la syncope finale. Jean, au pied de la croix, soutient Marie ; il ouvre la bouche, cherche les gouttes de sang ; près de défaillir, la tête renversée, il boit comme au jet d'une source.

Jean est debout au milieu des Douze, de blanc vêtus, debout au bord d'un océan olivâtre, aux vagues monstrueuses, un océan de cauchemar. Ils sont rangés autour d'un autel de cristal, et un faisceau de lumière nimbe la Croix où le Maître sourit à présent, leur tendant les bras comme pour les inviter à l'ascension. La lumière se diffracte en trois auréoles colorées, tandis que le groupe entier s'élève, immobile, en adoration, atteignant la révélation des mystères supérieurs. Ils montent vers la Droite, où siègent Melchisedek et Sabaoth, vers la Porte de Vie des baptisés ; mais il leur faut d'abord traverser les sphères inférieures, le Lieu de la Gauche, le monde du mélange de la Lumière et des Ténèbres que contient le cercle de la Nécessité, le monde matériel étendu sous les ailes du Père Invisible.

Ils planent à présent avec Lui au-dessus des orbites planétaires, ils ont victorieusement passé les Sept Archontes qui gouvernent de leurs lois impitoyables les destinées humaines, les sept corps mobiles du ciel étoilé, et aussi les douze constellations du Zodiaque et leurs démons idolâtres ; à un signe du Fils, sous leurs regards étonnés, la voûte céleste tout entière inverse sa rotation ; les planètes affolées rebroussent chemin, et le soleil recommence à l'envers sa course diurne ; la Gauche est devenue la Droite, l'ordre de Ialdabaoth, la maudite Nécessité et le noir trépas sont abolis...

« Beaucoup se tiennent à la porte ; mais ce sont les solitaires seuls qui entreront dans la chambre nuptiale. »

Sans doute serait-il au paradis, si le bras de la mère ne pesait sur le sien. C'est encore elle qui le rappelle à la vie ; il est étendu dans la boue, au pied de la croix, courbaturé, stupéfait d'être encore vivant, fatigué comme après une longue nuit d'amour. Le soleil déjà bas a dissipé les nuages. À côté, Joseph d'Arimathie s'affaire avec les valets qu'il a amenés, arrachant les clous, parlant pour lui-même. Marie soutient la tête, qui penche vers le sol, pendant qu'ils descendent le corps ; la Magdaléenne, à cet exemple, a séché ses larmes ; pendant que la mère maintient le corps sur ses genoux, grand marmot funèbre, elles le langent de bandelettes, elle et la veuve de Cléophas, autour des jambes et des bras, les bandelettes imprégnées d'encens et de myrrhe.

Jean les regarde faire, comme si le spectacle lui était étranger. Il a survécu, pourquoi ? Joseph a étendu au sol un beau suaire de lin, pour ce corps que Jean n'ose plus approcher, qui n'est plus le Nazaréen, celui qu'il pressait contre lui, la nuit, mais déjà une sainte momie au sourire figé.

« Cent livres, j'en ai apporté cent livres... Cent livres des meilleurs aromates. » Le petit vieillard fixe Jean et la mère de ses yeux clairs, perpétuellement émerveillés.

« Ils ne m'ont pas cru ; pourtant j'avais fait trotter mon âne pour porter la nouvelle, dès que j'ai su que c'était fini, quand les gardes ont piqué la lance. Les gens couraient partout ; en ville, la terre s'était mise à remuer, et, du côté du Cédron, des tombeaux s'étaient ouverts ; on avait vu Absalon galoper sous la pluie de sang, sa chevelure au vent... Je suis allé à l'Antonia, et les pèlerins se piétinaient pour sortir du Temple, ils gémissaient et pleuraient ! C'est le vent, mon fils, le vent ! On a entendu un grand craquement, au milieu du sacrifice ; et, quand ils ont levé les yeux, les voiles du Temple étaient déchirés sur toute leur longueur, et le Saint des Saints que nul ne doit contempler était nu au regard de tous, la porte battante !

— Pourquoi n'étais-tu pas au conseil ? Où sont les disciples, où est Pierre ? »

Les questions se pressent sur la bouche de Jean, comme la vie le reprend.

« J'étais malade, mon ami, très malade... »

Le vieil homme a un humble regard oblique. Les femmes finissent d'envelopper les pieds mutilés.

« Mais c'est moi qui ai obtenu le corps. Pilate était en train de se faire raser, il m'a reçu parce que je suis un Ancien. Je lui ai dit : " Il est mort. " Il m'a dit : " Déjà ! " Il était déçu. Il aurait voulu savoir s'il n'avait plus bougé depuis, si rien ne s'était passé autour du cadavre. Chez lui aussi on avait senti une secousse. Je lui ai demandé la permission de l'ensevelir. Il m'a répondu : " Vous vouliez le lapider, et maintenant vous voulez lui rendre des honneurs... " »

Elles ont joint les mains, presque sous la barbe peignée, disposé les boucles défaites, fermé les yeux bleus absents. Le bavardage du propret petit vieillard repose Jean, accompagnant les gestes de la toilette des morts.

« Toi qui as tout vu, raconte-moi », supplie à son oreille la voix de fausset. Le regard délavé crépite de curiosité.

« Ne t'a-t-il rien dit ? Rien confié ? Est-il vraiment mort ? »

Le temps manque pour les lamentations. Il faut se presser ; ils marchent rapidement dans le soleil couchant au flanc du Golgotha. Joseph les conduit ; il prête l'oreille, il craint à tout instant d'entendre le sophar annoncer le début du sabbat.

Le coteau forme le long de la paroi de roc une allée sinueuse. Des escaliers, entrées de caveaux taillés dans la masse, descendent au sein de la terre ; d'énormes roues de pierre, meules de la mort, roulées devant la porte, en ferment l'issue. Joseph en possède un, qu'il se destinait. Ils acheminent le corps, et Joseph entasse à la hâte le bois d'aloès, le nard, sur le sol, devant la banquette évidée du rocher, où les femmes ont déposé Jésus, drapé dans son suaire.

À peine ont-ils eu le temps de réciter les premiers mots du kaddish : « Que soient reçues les prières et les supplications de tous ceux d'Israël... », de retirer la cale de bois qui retient la lourde pierre, et de rouler celle-ci devant l'entrée, le lointain mugissement du sophar leur parvient au travers des senteurs du soir. Les jasmins, les lys, et les acacias embaument. Joseph se félicite d'avoir pu terminer à temps. La mère, silencieuse, s'est voilée à jamais. Ils se sont tant pressés qu'ils n'ont pas eu le temps d'éprouver leur deuil. Le Nazaréen est parti comme un voleur.

Le jour de sabbat, Jean est resté couché dans la chambre sous le toit, délirant et très affaibli ; il faudra que la mère monte lui bassiner les tempes pour que, par vergogne de se montrer moins fort qu'elle, il se ressaisisse.

« Sois calme, vis et espère... », lui a-t-elle dit. Elle détient une clé qui lui manque, elle connaît sans doute la solution à ce qui n'est encore pour lui qu'une douloureuse énigme : pourquoi le Fils de Dieu s'est-il laissé mourir ?

Ils reviennent un à un, rasant les murs. Jacques, son frère, tout d'abord, qui lui tombe dans les bras et l'assure avoir tout tenté auprès de leurs parents en ville, André et Pierre, puis les deux cousins du Maître, que leur mère, la veuve de Cléophas, accueille le reproche à la bouche, Philippe, Barthélemy, Matthieu l'ex-douanier et même Simon, l'ancien révolté, tout honteux de la trahison de Judas, qu'il avait introduit parmi les Douze :

« Il était comme mon frère ! Je lui aurais confié mes enfants, ma maison ! » hurle-t-il en s'arrachant la barbe. Il n'a d'ailleurs ni l'un ni l'autre.

Pierre, très vite, comprend que les trois femmes et le disciple qui fut le seul témoin, le seul auprès de Jésus dans l'épreuve décisive, forment depuis la veille un groupe indissoluble. Marie n'appelle plus Jean que « fils », et refuse de parler aux autres. Lui appelle « mère » cette femme qui pourrait être sa sœur ou celle de Marie de Magdala. Elles sont si épuisées, ainsi que Jean, et la Magdaléenne, qu'ils manifestent peu de douleur visible. Les démonstrations des disciples, leurs hurlements de deuil, leur sont presque pénibles. Pierre s'isole avec Jean, et se confesse. Il s'est caché toute la journée de la Passion dans les tombeaux du Cédron.

« Pouvais-je faire autrement ? J'étais sûr d'être arrêté, si je tentais de le suivre... Ne m'avait-il pas dit : " Pais mon troupeau " ? N'avais-je pas le devoir de rester libre pour sauver les brebis ? »

Jean est si faible lui-même que cette faiblesse l'émeut. Pierre, avide, veut des détails.

« N'a-t-il vraiment rien dit d'autre ? Tu en es sûr ? »

Le pêcheur tourmente sa barbe grise. Jean s'est tu. Ni l'un ni l'autre, ils n'osent évoquer la Promesse.

« Il ne m'a pas demandé ? »

Jean a secoué la tête. Il n'a demandé personne. Sur le seuil de la porte, Pierre se retourne, et ajoute, d'une voix plaintive, chuchotante :

« Crois-tu qu'il soit descendu aux enfers porter sa parole à tous ceux qui se sont endormis depuis l'origine ? " Terre de Zabulon, terre de Nephtali, le peuple assis dans les ténèbres a vu une grande lumière... " »

Le pêcheur a cité Isaïe, c'est avec Isaïe que Jean lui répond :

« Il fera disparaître pour toujours la Mort, le Seigneur essuiera les larmes de tous les visages... »

Marie de Nazareth s'est cloîtrée dans sa chambre, seul Jean est à ses côtés. À l'aube du lendemain, le sabbat étant achevé, les femmes peuvent enfin sans sacrilège courir au tombeau. Marie, elle, ne bouge pas de la maison.

À son retour, la Magdaléenne grimpe quatre à quatre, comme une folle, les escaliers jusqu'à la chambre de la mère. Elles appellent Jean ; la messagère a les joues roses à force d'avoir couru, elle bégaie, d'espoir et de terreur rétrospective. La mère, elle, très calme, semble à peine surprise.

La Magdaléenne a quelque peine à articuler son récit. Elles sont parties, elle et la veuve de Cléophas, ne voulant pas éveiller Marie qui avait besoin de repos, dès qu'on put distinguer le fil bleu du fil blanc. Arrivées là-bas, elles ont trouvé deux factionnaires romains, apostés là par on ne sait qui. Ils étaient endormis, sans connaissance et sans mouvement, les lances tombées à terre. La pierre, la lourde pierre, était roulée ; et, sur la banquette, le corps avait disparu. Jean se lève d'un bond. Disparu ? Volé ? En enfilant ses sandales, il le crie à Pierre.

« Le corps du Maître a été volé ? Je savais bien que nous aurions dû le transporter malgré le sabbat ! Ce sont les pharisiens, pour sûr ! Malheur sur nous, malheur sur la communauté ! »

Jean le fait taire. Ils courent, se tordant les pieds dans les cailloux du Golgotha. Jean, qui connaît le chemin et est plus jeune, arrive le premier. Les soldats ont quitté la place. Il passe la tête par l'ouverture, sans oser poser le pied. Dans l'ombre, au coin de la banquette, il voit le suaire soigneusement plié, les bandelettes roulées en tas près des aromates qui s'exhalent doucement. Comme si quelqu'un avait tout replié en partant. Pierre, essoufflé, arrive enfin, il bouscule Jean, pénètre dans le caveau, tombe au sol, les bras étendus, hurlant sa douleur.

« Nous aurions dû garder le Saint Sépulcre ! J'aurais dû rester là toute la nuit ! »

Premier disciple à être entré dans le tombeau du Maître, Pierre tient à son rôle de chef de la communauté. Mais il est perdu d'incertitudes, sans berger. Il consulte Jean du regard, quémande un assentiment. Faut-il aller se plaindre à Pilate ? Ils reviennent chez la mère de Marc ; le jeune garçon est chargé de prévenir tous les disciples. Pierre les convoque pour le soir même.

L'après-midi, Marie de Magdala, l'œil en feu, prend Jean à part. Elle est retournée là-bas, elle a vu deux lumières, l'une au chevet, l'autre au pied de la couchette de pierre, et pourtant il n'y avait là nulle lampe. Alors elle a senti une ombre derrière elle sur le seuil, elle a cru que c'était le jardinier.

« Marie ! » a-t-il dit, c'était la voix du Maître.

Elle l'a vu, elle l'a touché, il est vivant ! Il s'est évanoui quand elle a tâté sa tunique, lui disant :

« Ne me retiens pas ainsi... »

Le soir, tous les disciples ont les vêtements déchirés, les barbes défaites et les yeux rougis. Ils ne savent dans quel ordre s'asseoir, comment se parler, comme des poussins perdus, sans lui. Pierre, en se raclant la gorge, prend l'initiative de bénir le pain et le sel, puis de prononcer quelques mots hésitants de prière et de deuil. Maintenant qu'ils ne sont plus tenus dans sa main, ses disciples sont une poussière friable, qui va s'envoler. Déjà, Thomas manque : ils ne sont plus que dix. Pierre, avant d'annoncer la disparition du corps, rappelle la mission qu'il leur confia, de porter sa parole aux nations. Comment en auraient-ils le courage, ces dix Galiléens effrayés, sans forces ? Quand ils apprennent le vol du cadavre, les traits se plombent de terreur. Au moindre prétexte, ils fileront chacun de leur côté. Jean raconte à présent ce que lui a confié la Magdaléenne. Philippe, André, refusent de la croire.

« Vapeur de femme... Pourquoi Christ se serait-il montré à elle et non à nous ? »

C'est la première fois que Philippe emploie le mot grec, qui traduit Messie. Ils l'adoptent tous. Comme s'ils l'enterraient une seconde fois.

On a frappé à la porte, que Pierre a fermée de la barre et du verrou. Ils sursautent ; ce ne sont que les deux thérapeutes du lac Maréotis. Eux aussi, ils l'ont rencontré à soixante stades environ de Jérusalem, près d'Emmaüs.

« Nous ne l'avons reconnu que quand il a béni notre pain, car nos yeux étaient empêchés... »

Les femmes crient Hosannah. Pierre entonne une prière. Les disciples s'exclament. Eux, ils l'auraient reconnu aussitôt.

« Paix soit à vous. »

Comme il l'avait annoncé, il est revenu, la silhouette blanche est au milieu d'eux. C'est minuit, il s'est éteint le jour d'avant le sabbat, il est donc ressuscité le troisième jour, après la moitié de la nuit : « Détruisez ce Temple et je le reconstruirai en trois jours », avait-il dit.

« Ceux à qui vous remettrez leurs péchés, ils leur seront remis... »

Il vient de leur donner une raison d'être et d'espérer. Jean veut l'embrasser ; l'ombre s'évanouit à nouveau. Le lendemain,

Thomas réclame sa part du miracle. Le dimanche d'après, Il réapparaît aux Onze, et Il dit :

« Heureux ceux qui croiront sans avoir vu. »

Les jours qui suivent, pendant que courent des rumeurs d'arrestations, les Onze se regroupent spontanément autour de Pierre. Jean, amèrement, constate qu'on ne pense pas à lui un seul instant comme chef possible de la communauté ; et que le fait d'avoir été seul à le suivre dans sa Passion l'isole des dix autres, occupés à cimenter l'oubli entre eux, l'oubli de leur lâcheté. Pierre, habilement, laisse à Jean, de repas en repas, le soin de la prière, se réservant la direction des affaires. Il le traite en frère orphelin ; ils doivent s'épauler l'un l'autre. Si Pierre est Moïse, Jean est Aaron ; si Pierre est Judas Maccabée, Jean est Siméon : le grand prêtre au côté du nouveau Maître.

Jean en quelques jours a plus changé qu'en trois ans. Des cheveux blancs se mêlent à ses boucles, son visage est creusé. Emmenant la mère du Christ, la Magdaléenne et les autres femmes, ils sont tous provisoirement revenus en Galilée, où leur deuil est plus en sécurité. De sabbat en sabbat, Jean et Pierre parlent à la synagogue ; et comme l'esprit de fronde de Galilée joue contre les meurtriers judéens, ils font de nouveaux adhérents. Cent cinquante-trois exactement, compte triomphalement Pierre sur ses doigts. Mais le Maître n'a plus réapparu. En attendant, il faut pêcher pour nourrir les Onze. La lune a décrû, a disparu et renaît sur le lac d'argent ; chaque nuit, Pierre, Thomas, Nathanaël et Jacques tiennent les bords du grand chalut, debout dans l'eau phosphorescente. Jean, le plus loin, replie le filet dans la barque.

Sur la rive, une silhouette a passé ; une voix les hèle sur les eaux calmes :

« Bonne pêche, les enfants ? »

Jean tressaille, laisse choir le filet et les flotteurs dans une gerbe blanche. Philippe, qui voudrait rentrer, crie, de mauvaise humeur :

« Rien du tout, passant ! Nous ne prendrons rien ce soir ! »

La voix a repris, s'adressant à Jean debout sous la lune dans la barque immobile :

« Jette ton filet à droite, à droite ! »

Jean manœuvre la barque à droite, puis rame vers la rive. Des milliers d'éclairs frétillants alourdissent le filet. Il glisse près de Pierre, et lui murmure :

« C'est lui, c'est le Maître ! »

Pierre rabat précipitamment la tunique qu'il avait relevée jusqu'aux reins, et se précipite en éclaboussant vers l'ombre qui s'est accroupie sur la plage.

Quand Jean aborde, l'homme a fait cuire leur poisson sur le feu, le retournant d'une main habile, enfilé sur des brochettes de bois. Nul ne parle. Le soleil levant déchire la brume du lac ; il leur tend le pain et le poisson craquant de sable, qu'il a bénis. Puis le Maître se lève, secoue sa tunique, et dit à Pierre trois fois :

« M'aimes-tu ? », et à la troisième : « Suis-moi. » Pierre, bien sûr, hésite. Le suivre où ? L'ombre marche sur la grève où les vapeurs teintées de rose jouent dans la brise, estompant l'eau et la terre. Pierre implore Jean du regard. Même cette épreuve, il ne saurait la supporter seul. Ils s'éloignent tous deux. Où est l'eau, où est la terre, où est l'air, où est la lumière ? La voix étouffée de brouillard répète plus faiblement :

« Suis-moi. »

Jean irait au bout du monde. Mais c'est la faiblesse de Pierre, encore, que le Nazaréen veut mettre à l'épreuve. Le pêcheur s'est immobilisé, il a de l'eau jusqu'aux reins. Pour ne pas avoir à continuer, il s'écrie, montrant Jean : « Et lui, Maître ? »

Jean, le cœur au bord des lèvres, attend l'arrêt du Messie. Pourquoi ne lui a-t-il pas proposé l'épreuve, à lui, lui qu'on a réservé pour la dernière phrase, la dernière part ? L'ombre, peu à peu, s'est dissoute dans la brume, et la voix, légèrement déçue, souffle les mots ultimes de Jésus, qui consacrent Jean, à genoux dans l'eau, nimbé par la gloire, le halo des premiers rayons :

« S'il me plaît qu'il demeure jusqu'à ce que je revienne, que t'importe ? »

L'Évangile du Prépuce (34-60 ap. J.-C.)

Troisième épître de Jean, dit Prokhore, diacre de Jean l'archi-apôtre, à la bien-aimée Église de Dieu qui est dans la Ville, élue et méritante, qui demeure en paix de corps et d'esprit grâce à Christ, dans l'espérance de le rejoindre à la Résurrection. Je la salue à la manière apostolique et lui souhaite les plus grandes joies...

Les mille flammes émanées du soleil que le Seigneur fit ruisseler sur Paul, brûlé d'extase au point d'en rester aveugle trois jours entiers, sur la route de Damas, ont lavé par la lumière le persécuteur d'Étienne, de Pierre, de Jean. L'homme qui jeta en prison les premiers disciples devint le treizième apôtre. Ainsi commença la guerre d'un demi-siècle qui ravagea les intestins de nos Églises, la lutte fratricide qui opposa le citoyen de Tarse au Bien-Aimé, Paul à Jean. Au bout de soixante ans d'affrontements, je puis l'avouer : certes, la volonté de Dieu m'a placé aux temps mêmes de la conversion de Paul, aux côtés de celui qu'Il aimait pour tout le reste de sa vie ; d'un rien, d'une année, s'en fallut, pourtant, que moi, Prokhore, je ne devinsse, par Philippe et son groupe, le protégé de Paul plutôt que celui de Jean. Paul, quand il eut sa vision, n'osa s'adresser ni à Jean ni à Pierre qu'il avait, du temps qu'il était pharisien, poursuivis de sa vindicte et ignominieusement calomniés. Quand les écailles lui tombèrent des yeux, il s'en vint trouver Philippe, seul des apôtres qui parlait bien le grec ; pour cette même raison, c'est aussi à Philippe que mes premiers maîtres m'adressèrent, quand le Peuple élu fut exterminé en Alexandrie la trente-huitième année après la naissance de Notre-Seigneur. Cette coïncidence est frappante : j'eusse presque pu être paulinien. Grâce à un hasard divin, je fus johannite.

Par ma culture, mes habitudes, j'étais un petit Alexandrin. Alexandrie, ma ville : la plus belle du monde connu, en ce temps où les sept collines n'avaient point été rebâties par les Césars et ne formaient qu'un lacis informe de vieilles ruelles. Ma ville, ses majestueuses avenues, ses obélisques dorés ! Je la quittai à l'âge où mon menton s'ombrait de ma première barbe, et je ne l'ai revue qu'une fois, prisonnier, avec l'archi-apôtre, de Flavius Vespasien, trente ans plus tard. Elle est restée ensablée au fond de mon cœur, comme elle semble l'être dans les marécages du delta du Nil, quand le caravanier découvre soudain, entre deux palmiers, ses coupoles altières et ses frontons où combattent des géants de marbre aux yeux peints.

Alexandrie, ma cité de naissance, est aujourd'hui perle nouvelle dans la couronne de Christ, et une pléiade de didascales et de docteurs de nos églises en proviennent à présent ; d'elle, que je connus adulant des perroquets et des singes !

Ce fut la folie des hommes qui m'a chassé, adolescent, d'Alexandrie, vers la Judée. Au cours de mes tribulations avec l'Aimé, les milliers de crucifiés, les pays et les villes sans nombre ravagés par l'incendie ou la guerre, le martyre même n'ont pu effacer de mon âme encore fraîche les derniers souvenirs que j'emportai en quittant ma patrie. L'ultime spectacle que m'offrit ma langoureuse et moqueuse cité fut atroce. Et pour affreuses qu'aient été les images qu'ont offertes à mes yeux repus d'horreur les persécutions des Romains ou les folies de la guerre juive, jamais elles ne me passeront cette cuisante blessure : ce moment de haine a détruit le monde de mon enfance.

C'était la première année du règne du nouveau César, Caïus Caligula. Ou, comme nous comptions en notre ville, le 368e printemps depuis sa fondation par Alexandre, et 4e année de la 208e olympiade. Pour la première fois, des juifs, citoyens d'une grande ville hors de Terre sainte, allaient mourir en masse sous les coups du peuple des rues.

Je venais d'avoir seize ans. Je fus ainsi jeté par l'ange de Dieu dans la violence et le massacre, tout innocent que je fusse, n'étant par le sang ni juif ni grec. La tempête me priva de tout appui pour ma jeunesse, jusqu'à mon adoption par l'Aimé : en me frappant dans ma ville, le Seigneur déjà préparait la voie de ma conversion.

Depuis sa fondation, les juifs avaient habité dans tous les quartiers de la cité d'Alexandre. Les synagogues fourmillaient, de Canope à l'Eunostos. Quand j'étais petit, au moins deux quartiers sur cinq étaient habités par des fidèles de la Loi : c'étaient le deuxième et le quatrième districts, le Bêta et le Delta, comme disaient les Grecs. Tandis que je grandissais, sans que j'y fisse attention, progressivement, les autres juifs s'étaient entassés chez nous, dans le Delta, faisant déborder leurs baraques sur la grève

et les décharges d'ordures. Selon eux, leurs maisons, à peine aban-
données à la suite de cent misères et vexations, étaient aussitôt
pillées par leurs voisins. Irrités par ces intrus, les nôtres, ceux du
Delta, maugréaient. Si ces juifs-là avaient de mauvaises relations
avec les Grecs, c'était leur faute. Immigrants récents, en surnom-
bre, ils venaient souvent d'Orient ou de Terre sainte. Nous, dans
le Delta, qui avions été là depuis l'origine, nous savions y faire,
avec nos voisins grecs. Nulle querelle qui ne se pût résoudre, par
l'argent, ou la discussion autour d'une coupe de vin aux herbes.

Cette année où mourut César Tibère, pour les juifs de la plus
grande ville juive du monde, pressés les uns contre les autres, leur
quartier, pour la première fois, n'était plus une demeure de
liberté, un abri, mais un lieu d'enfermement semblable aux parcs
pour bétail. À la longue, je ne respirais bien qu'hors du Delta. Le
soir, comme je pouvais sans peine le fuir, je profitais de ce que
mes traits me faisaient passer pour Égyptien pour filer à Canope,
où les matelots boivent au long du canal, sous les doubles porti-
ques, en regardant danser les filles ; ou pour demeurer, jusqu'à
l'heure du couvre-feu, sur la colline du Musée, que j'avais fré-
quenté comme étudiant. J'y étais ce soir d'été, m'amusant à
regarder s'allumer le phare, quand le premier choc se produisit...

« À bas les juifs ! »

C'était un tout petit gamin grec, qui criait en traînant un
sabre de bois sur les pavés, seul dans l'avenue du Musée. Isolé
sur la mer qui noircissait, glacé de rose par les derniers rayons
du couchant, le phare prenait le large, au bout de son île, détaché de la cité par l'étendue des bassins. Depuis la colline, on
voyait les nacelles montant et descendant dans le grincement
des machines hydrauliques, au flanc des trois étages de colonnades en marbre blanc, et les esclaves du service maritime,
minuscules insectes noirs, courant sur les plates-formes pour
décharger le combustible du monstre. Devant l'immense miroir
d'acier poli où l'astre rouge déjà englouti sous l'horizon se
reflétait encore, ils allumaient le brasier pour la nuit.

Amarrés aux quais des deux grands ports, séparés par la
digue de l'heptastade, les gros navires ventrus, qui portaient à

Rome le blé égyptien, leurs voiles abattues en lourds paquets sur les ponts, paraissaient eux aussi souffler avec le rafraîchissement serein. Par le canal reliant le Nil à la mer Rouge, qui brillait au loin à travers les banlieues, les épices de l'Inde inondaient l'Occident. Le port fournissait à l'Empire le tiers de son blé, des dizaines de millions de boisseaux, qui s'en allaient chaque année, en Italie, à Pouzzoles ou Ostie. Certains de ces vaisseaux portaient un millier de passagers. À côté, les galères militaires du port royal, leurs proues cabrées sur l'eau plate et brillante, paraissaient toutes petites.

Des vols d'ibis passaient au fond, tournoyaient au-dessus de l'isthme, où la terre disparaissait tout entière, couverte d'architectures dressées avec rage l'une contre l'autre, labourée de chantiers qui refaisaient incessamment, plus hauts, les immeubles et les blocs du damier conçu par l'architecte milésien ; les perspectives au cordeau, les rues numérotées, les boulevards s'alignaient à l'infini : c'était la ville la plus moderne de l'Empire.

Les oiseaux blancs, par de lentes glissades, se posaient pour dormir sur la lagune, derrière le Musée et la façade du Diplooston, la monumentale bourse des Guildes juives. Artisans et commerçants s'y réunissaient, hurlant des enchères, chaque soir ; depuis quelques semaines, les grilles en étaient restées fermées.

Prokhore avait remarqué que la foule grecque, égyptienne, arabe, juive, qui arpentait d'ordinaire le Grand Cours, aux trois mille statues de porphyre, entre la porte du Soleil et celle de la Lune, l'avait déserté ce soir-là.

Il était étonné du silence qui régnait ; à cette heure où, d'ordinaire, Alexandrie s'éveillait de la sieste, la torpeur de l'après-midi enfin dissipée, où les tavernes et boutiques ouvraient à nouveau, tout restait vide, volets fermés. Le roulement continu des chars, dans le beau quartier du Bruchion, s'était tu ; en prêtant l'oreille, on entendait un autre grondement, plus âpre, que les vents étésiens dispersaient, mais qui renaissait plus net à mesure que le soir calmait les perturbations de l'air. C'était bien la rumeur d'une émeute que Prokhore percevait au loin, au centre de la péninsule, du côté où la façade du théâtre d'Évergète faisait une tache blanche. La statue de Ptolémée Sôter, devant le Musée, abaissa le bras pour frapper la première heure de la nuit. Prokhore voulut éviter de rencontrer les manifestants ; il prit par le bord de la lagune pour regagner le Delta, le quartier juif, à l'est du palais royal.

Les émeutiers s'étaient mis en marche depuis la place du Théâtre, ramassant au passage les plus pouilleux des Égyptiens dans le Rhacotis, bien que les natifs du pays n'eussent plus grand-chose à envier aux juifs d'Alexandrie, depuis qu'Auguste les avait soumis au même impôt. Le noyau agissant de la manifestation, visages tordus de haine, armés de lances arrachées aux gardes, et de bâtons, c'étaient des Grecs, des commerçants, des athlètes, des marins.

Au coin de l'avenue du Port, ils aperçurent deux habitants du quartier, qui couraient en faisant claquer leurs sandales, le bonnet de travers. Leur hâte, leur barbe, leur costume les dénoncent : on les assomme à coups de poing. Puis les manifestants pénètrent dans le Delta, portant les victimes inconscientes ; ils les achèvent et les déchirent avec des haches, des couteaux de boucher, les mettent en pièces devant la Grande Synagogue. Derrière leurs vantaux verrouillés, les habitants hurlent de désespoir : les corps de ces malheureux, les Grecs les ont mis en lambeaux, pour qu'aucune sépulture décente ne puisse rassembler leurs restes.

Quelques jeunes juifs leur ont jeté des pierres d'une terrasse : les voilà qui forcent l'entrée. Derrière la petite porte peinte en bleu, au linteau gravé d'une étoile de David, des cris affreux percent les tympans. Les assaillants ressortent : ils traînent, attachées par une jambe, jusqu'aux pavés, des familles entières. Ils les couchent dans la rue, bondissent à pieds joints sur eux, écrasant les poitrines. Puis ils les traînent à nouveau, pendant des heures, comme des chiens jouant avec un os, jusqu'à ce que la peau, la chair, les squelettes même soient émiettés, déchiquetés, irrémédiablement dispersés. Ils arrachent les femmes hurlantes à leur lit, les tirent par les cheveux jusqu'au ruisseau, et ils se montrent en riant les touffes sanglantes qui leur restent aux mains. L'un attrape un bébé qui gigote et lui fracasse le crâne sur un montant de porte ; l'autre transperce un vieillard nu qui lui embrassait les genoux.

Ceux qui se réfugièrent dans les lieux de prière eurent un

sort pire encore : après les avoir enfumés, les Grecs firent écrouler la charpente sur eux.

Pris dans l'émeute, Prokhore, les yeux bruns agrandis par l'horreur, fixait à jamais dans sa mémoire d'adolescent ces scènes macabres ; ces masques hurlants, ces cadavres disloqués et pitoyables, nus, et pétrifiés par l'éclair blanc du phare ; celui-ci, mécanique, insensible et régulier, jetait sur le massacre, cha-que fois que revenait, prenant la rue en enfilade, le faisceau projeté par le miroir géant, son éclat bref suivi d'une longue occultation de deuil.

« À mort les juifs ! »

Ce cri, je l'entends encore, ce cri de punition, dont je compris plus tard qu'il répondait à cet autre cri dont Chérémon, mon maître, m'avait parlé : ce « Crucifie-le ! » par lequel les Judéens avaient accueilli, là-bas, à Jérusalem, le jeune prophète que Dieu leur avait envoyé. La main de Dieu s'abattait lourdement sur Israël, qui avait méconnu le Fils. Ce cri, c'était la première fois que je voyais toute ma ville le hurler ; c'était aussi la première fois qu'une insurrection populaire massacrait en masse, sans raison, des fidèles de l'Ancienne Loi, pour le simple fait d'être juifs.

Moi, j'avais toujours vécu en paix à Alexandrie : mon sang égyptien me sauva encore de ce massacre. Mon visage était celui d'un indigène : abandonné par ma mère à ma naissance, je fus trouvé, exposé sur un fumier, par mes premiers maîtres. L'un, Chérémon, partit pour Rome quelque temps avant les événe-ments. Il devait devenir conseiller à la cour impériale, où je le revis une fois, bien des années plus tard. L'autre, Glaucos, périt dans l'émeute.

Oui, nous avions toujours vécu en paix. Glaucos et Chérémon appartenaient à la secte juive des thérapeutes, dont la commu-nauté habitait dans le lac Maréotis, sur la vase et les roseaux, des maisons à pilotis peintes de fresques si vraies que les oiseaux ten-taient de s'y poser. Il fallait plusieurs heures, en barque à fond plat, pour gagner cet asile dissimulé. Outre la maison mère, les thérapeutes dirigeaient, partout dans Alexandrie, des orphelinats et des maisons pour leurs affidés de passage. Chérémon était de vaste culture, mêlant doctrines stoïciennes et étude de la Torah. Lui et Glaucos, comme le voulait leur vœu, ils allaient par les dépôts d'ordures, sans crainte de se souiller, ramassant les nourrissons abandonnés, qui certes ne manquaient pas à Alexandrie : nulle loi n'interdisant à la femme adultère ou débauchée d'y oublier son enfant. Ils me trouvèrent, m'adoptèrent, me nourrirent. À l'âge de cinq ans, ayant appris déjà à recopier mon alphabet grec sur des tessons de poterie, chanter et danser un peu, je fus placé par mes protecteurs dans la maison qu'ils possédaient au Delta.

Le Delta, c'était donc le quartier où juifs et convertis s'étaient établis depuis la fondation de la ville. Je fus élevé comme tous les enfants juifs d'Alexandrie, moi qui ne l'étais pas, et comme tous les enfants de cette ville je parlai grec et lus Homère. Cette haine brutale, ce soir-là, je la comprenais d'autant moins, cette guerre qui dressait l'une contre l'autre deux moitiés de la cité ; car les juifs étaient bien deux cent mille têtes, ou plus, dans la capitale de l'Égypte. Pendant trois siècles, nous avions vécu en paix ; et, ces derniers mois, j'apprenais à cacher mes prières, mon prépuce coupé. Grecs des quartiers de commerce, ou Macédoniens des vieilles familles nobles, les Chettiim, détrônés par les Romains, nous avaient toujours méprisés. Moins sans doute que les Égyptiens eux-mêmes, la tourbe venue des campagnes, sans statut ni droits : eux nous haïssaient. Ils étaient les plus pauvres de tous, toujours persuadés que les juifs les avaient volés en partant lors de l'Exode, et que, depuis notre père Joseph, nous avions été les collecteurs d'impôts et les fermiers généraux des pharaons, puis des rois grecs. Les plus savants des indigènes prétendaient même que nous les avions dominés par la ruse, au temps des Hyksos, deux mille ans plus tôt ; et cette dynastie des pharaons juifs leur était tellement en abomination qu'ils en avaient effacé toute trace, martelant les inscriptions et brûlant les papyrus.

Je dis « notre père Joseph », bien que ma race, mon père et ma mère me fussent inconnus, car je me considérais comme un enfant d'Israël parmi les autres. Depuis le premier Ptolémée, successeur d'Alexandre, nous étions une cité dans la cité, élisant notre ethnarque, notre Conseil, la Gérousia ; nous avions même nos gymnases, que les rares Judéens, en visite chez nous, découvraient avec dégoût. Nous vivions proches des coutumes grecques ; et, tout

189

en payant le didrachme au temple de Jérusalem, seuls les plus pieux, comme mes premiers maîtres, en avaient fait le pèlerinage. Le temple d'Israël à Héliopolis, un nome près de Memphis, bâti pour les juifs par Ptolémée, nous suffisait : le sanctuaire avait forme de tour, ses portes étaient de pierre, sa lampe perpétuelle d'or fin. Qu'avait de plus Jérusalem ? Et Israël n'était-il pas en Égypte avant d'être en Canaan ?

Israël, nous enseignaient nos maîtres, était partout, puisqu'il était en Alexandrie, nœud cosmopolite et centre du monde. Cet hymne nous était cher : « Toute contrée sera pleine de Toi, et toute mer. » Nos navires et nos caravanes, les listes de nos correspondants d'Italie jusqu'au Pont, des colonnes d'Hercule à l'Indus, paraissaient répondre à la prophétie. Nous n'étions pas en exil, nous, puisque nous étions le pôle de l'univers ; à tel point qu'à l'extérieur, plus d'un marchand ou d'un rhéteur, né juif en notre ville, se disait simplement alexandrin, ou égyptien.

Le Delta, quatrième quartier de la cité, était coincé sur le port entre le Bruchion, le quartier Gamma, celui des Macédoniens de pure souche, et l'Epsilon, celui des fellahs miséreux et des nécropoles.

Dans cet espace resserré, les riches familles avaient bâti en hauteur d'incroyables palais aux tourelles contournées, en surplomb audacieux. Les dernières années, le quartier s'était assombri, verrouillé, la richesse avait fui ; depuis le protectorat romain, la ferme des impôts échappait aux juifs pour revenir à des italiotes. Ce Delta, autrefois lieu d'accueil et de fêtes, devenait une prison pour ses habitants.

J'y ai joué, dans ces ruelles du Delta, joué avec des petits Grecs aux mêmes crécelles, aux mêmes balles et aux mêmes yoyos suspendus au bout d'une ficelle. Nous allions en bande, toutes races confondues, au Sérapeum, saluer le vieux dieu au calathos, qu'adoraient aussi bien les paysans du Nil que le commerçant grec ou le tailleur juif. Son nom, croyais-je, signifiait « Fils de Sarah » ; ce dieu païen était donc Joseph notre ancêtre. Nous inspirant de Daniel, nous faisions les mêmes niches, dans les temples, répandant de la glu derrière la statue qui poisserait les prêtres, quand ils viennent de nuit dérober gâteaux et miel pour faire croire que leur dieu les a mangés. Nous promenions un chiot mort autour d'une maison pour lui jeter un sort, croisions les doigts si nous rencontrions un chat borgne. *Quoique élevé dans la Loi, j'étais, nous étions aussi superstitieux que les autres gamins, portant des branches de laurier entre les dents ou jetant trois cailloux si une belette venait à passer. Nos rêves nous occupaient beaucoup; rêver qu'on tombe dans un puits annonce une maladie. Souvent, les petits Égyptiens entraient en fureur parce que nous nous moquions des crocodiles ou du singe qu'ils adoraient; les petits Grecs faisaient le coup de poing parce que nous tournions en dérision les amours d'Aphrodite et d'Héphaïstos le boiteux. Et nous restions pourtant inséparables, partant ensemble en excursion au Septizonium, le merveilleux monument aux sept sphères bâti par les Lagides, où figuraient les saisons et les heures, et qu'un ingénieux mécanisme faisait correspondre à l'état du ciel et aux conjonctions des planètes. Les gardiens affirmaient que la machine ne reviendrait à la position initiale qu'au bout de quatre cent trente-deux mille ans; nous ricanions, nous savions bien que le monde n'a que six mille ans, comme le montrent les Écritures...*

Alexandrie, ma cité. Nous revenions par le canal qui va du lac au Grand Port, et, au passage des lourdes barges, les fanaux animaient les figures grimaçantes des petits dieux bestiaux ornant les ponts. Le long des berges, les grandes bâtisses où s'entassaient les employés de l'État laissaient échapper des odeurs de cuisine aux épices rouges et au safran; et les ménagères s'interpellaient aux fenêtres, asiates hellénisées et grecques voisinant paisiblement. La nuit, nous rôdions dans les beaux quartiers, entre les palais, les obélisques, les arcs et les fontaines, marbres laiteux ombrés de bleu par la lune. Et Alexandrie flottait devant nous comme un mirage aux bouches du Nil, à peine échappée au rêve de son fondateur, le grand conquérant qui dormait au bord du lac...

Quand j'étais enfant, je dois le dire, Alexandrie était un carrefour de superstitions. L'Aimé devait me purifier de ces adorations de bêtes, ces vénérations du Poireau ou de l'Oignon où m'avait entraîné la fréquentation des fidèles de la Bonne Déesse. Dans mon Égypte, qui se vantait, par la voix du Trismégiste, d'être le « Miroir du Ciel », la vie spirituelle toutefois allait au-delà de telles idolâtries, cherchant le Dieu véritable. La Vie, la Lumière, l'Œil intérieur, le Voyage de l'Âme, appartenaient en propre aux récits légendaires des indigènes; comme le Créateur de la Genèse, leur dieu potier, Khnoum, en l'île du Nil qu'on nomme Éléphantine, avait fait le premier homme en pétrissant l'argile. Les anciens Égyptiens figuraient ce dieu comme un serpent à tête de lion radié, dont les sept replis représentaient les sept orbes célestes que l'âme doit franchir. Nous, Hébreux, croyions voir en leur dieu Seth le Seth de l'Écriture, et en Osiris, dieu de l'autre monde, le Père tout-puissant ; aujourd'hui encore, je m'émerveille de ce que la Providence avait déjà voué la terre d'Égypte au Fils et à Sa Passion : tous les temples, depuis celui de Sérapis jusqu'à ceux de la cruelle Sekhmet à tête de chat, ne portaient-ils pas l'Ankh, le symbole de Vie, cette croix ansée où l'on peut sans peine reconnaître le Seigneur, bras écartés, sur son bois de douleur ?

Chaque nuit, je croyais que la barque d'Amon-Rê, le soleil, descendue sous la terre, naviguait à travers les épreuves infernales du monde inférieur. Pour désigner les heures nocturnes, nos petits camarades de naissance indigène ne disaient pas de chiffres, mais les noms de ce parcours sacré, pareil à celui de l'âme franchissant les portes de la mort pour sa résurrection. Ainsi, la première heure se disait-elle « la déconfiture des ennemis de Rê », et la douzième et dernière « Rê se réunit à la Vie », quand l'astre renaissait à l'est.

C'était la nuit, dans cette barque que nous comparions à l'Arche, que se livrait le combat de ces âmes encore aveugles, vers la Vérité. Juifs ou pas, on se retrouvait aux Kikelia, à la fête de l'Éon, l'Incréé, toutes confessions réunies. Pendant cette longue nuit d'hiver tiède, au sanctuaire des Vierges, le peuple adorait le dieu inconnu qui y fut enfanté, bien qu'il fût le Pré-existant, l'Être Éternel, l'Aion. La statue de la vierge mère portait cinq sceaux, gravés au nom des cinq planètes et des cinq quartiers de la ville. Quand je me remémore ce culte, j'y trouve comme la lointaine annonce de celui que je vouai à la Mère du Seigneur, que l'Aimé me fit connaître plus tard.

Un autre culte, celui de Cléopâtre, s'attachait au cœur de tous les citoyens, malgré la fatale beauté et la fin de notre dernière reine, qui avait jeté le pays aux mains des Romains. Pour son fils, Césarion, avaient été bâtis, une génération plus tôt, des temples gigantesques, à Denderah, qui égalaient les anciens sanctuaires des pharaons. L'enfant radieux y était représenté venant *sauver le monde. Dans ses enfances de Christ, notre frère Luc s'en est, lui aussi, souvenu: en cette contrefaçon populaire et païenne, la parole du Seigneur, « qui se fera petit comme l'enfant, voilà le plus grand dans le Royaume », et l'attente de l'Agneau se profilaient déjà. Sôter, le Sauveur: le Sauveur n'était ni parmi les dieux d'Alexandrie, ni dans les synagogues du Delta, bien que l'épithète revînt dans toutes les bouches.*

L'enfant porte au cou une chaînette d'or d'où pend, sur sa mince poitrine bronzée, l'uraeus de bronze, le cobra sacré de la Déesse. Avec lui, une dizaine de gamins grecs et macédoniens, aux cheveux bouclés, en petites tuniques de fête, d'autres petits juifs comme lui, coiffés de calottes vertes, et aussi des enfants égyptiens en pagne, chaussés de sandales en palmier, le cheveu lisse, l'œil noir et liquide, tous sérieux et lavés de frais, s'apprêtent aux Mystères. Derrière, les parents, les mains rituellement enveloppées d'un pan de leur manteau, l'autre rabattu sur la tête, bavardent à voix basse. Ils ont versé au Scribe sacré, reconnaissable aux deux plumes d'épervier qu'il porte aux tempes, le prix de l'initiation. Chérémon et Glaucos, en même temps que Prokhore, ont amené trois autres orphelins ; non qu'ils croient en l'efficacité de ces rites, mais par respect pour une habitude de la cité.

L'air, dans cette crypte située sous le Sérapeum, est humide, et l'odeur de fange du Nil y traverse les parois. Des lauriers, des lotus coupés, des grenades, offrant leur pulpe rose, ajoutent leur note sucrée. Ils forment un jardin de bouquets et de fruits, que des fresques prolongent par leur illusion, jardin sacré de la Bonne Déesse.

Elle est dans une niche qui imite un petit temple, au sommet d'un escalier, entourée de deux sphinx : la Salvatrice, la patronne des navigateurs et des commerçants, debout, les deux pieds à plat et les bras collés le long du corps, serrée dans la longue gaine triangulaire de momie, qui descend jusqu'aux chevilles. Sur sa poitrine, entre les deux seins, un nœud retient le vêtement, le nœud isiaque au saint pouvoir. À la main gauche, elle tient un gouvernail, à la droite une corne d'abondance. Sur son *pschent*, la coiffure des dieux d'Égypte aux deux pointes recourbées, le croissant de lune constellé de saphirs reflète de ses éclats bleus les torches des assistants. Roulé près d'elle, Cnouphis le Bon Démon, serpent-soleil qui fait briller le jour en ouvrant les yeux, et qui conçut dans la bouche de Neith l'Intelligence, l'œuf primordial de Ptah. Sur un triptyque, Horus-Harpocrate peint sur une fleur d'eau, un sourire aux lèvres, médite sur fond de joutes nautiques et de combats, où des pygmées affrontent des hippopotames, et des hérons le Grand Cobra des Mystères.

Si le regard pouvait traverser la roche, ils verraient, au-dessus de leurs têtes, le Seigneur Sérapis, Osiris qui règne sur les morts et que les Grecs appellent Dionysos, les épis en boisseau ornant son calathos, assis en son temple. Tous ces dieux, depuis trois siècles, fondent ensemble l'Olympe et le Livre des Morts, la Grèce et l'Égypte. Devant les jeunes mystes de la crypte, Anubis-Hermès, avec sa tête de chacal et son caducée, tenant la situle d'eau lustrale et la palme, symbole de la victoire sur la mort, s'est levé pour les inciter au recueillement. Les hommes, à gauche, les femmes, à droite, en deux lignes, et les enfants au centre, tous ont levé la dextre ; un célébrant évente l'autel enguirlandé qui enfume d'encens la caverne ; entre les vieux piliers trapus, sculptés d'hiéroglyphes et de cartouches que l'œil de l'enfant suit comme un récit, des mimes sacrés, dansant sur le vacarme strident des sistres et le claquement des crotales, exécutent en se contorsionnant les figures du cycle légendaire : le dieu sortant du temple, déchiré par le mauvais Seth, jeté au fleuve, repêché par Thot et enseveli. Puis, quand Horus a vaincu Seth, le corps du dieu ressuscite d'entre les défunts, rassemblé par les mains pieuses de la reine des cieux et des enfers, la Nature mère des choses et maîtresse des éléments, Isis, que tous prient à présent :

« Ô toi sainte et éternelle libératrice du genre humain,
Qui accordes en tous temps tes bienfaits aux mortels,
Tu modères les caprices de la Fortune, et tu arrêtes la course
[funeste des étoiles,
Tu fais germer les semences, crier les oiseaux, errer les fauves,
... Ta divine face et ta forme très sainte,
Je les enfermerai dans mon cœur,

194

Et là les garderai et les contemplerai sans cesse... »

Le célébrant prononce la formule qui initie :

« Que la Fortune suive son cours à présent et cherche un autre destin ! La Déesse a mis cette vie à son service... »

Après leur avoir fait toucher l'intérieur de la ciste mystique, le panier qui contient les ténébreux objets que Prokhore a frôlés peureusement, les mystes voilés, qu'accompagne une fustigatrice au bras levé comme un avertissement, chantent l'hymne isiaque :

« Ayez confiance, nous aussi nous serons sauvés des souffrances. »

L'Initiation, qui n'est autre que la grande prêtresse, s'est reculée ; les nouveaux mystes ont les yeux clos ; ceux que de précédentes cérémonies ont déjà initiés, en robe violette, ont le droit de les garder grands ouverts. Un vieux silène barbu couronné de lierre présente à Prokhore une coupe sans pied, que l'enfant empoigne à tâtons. À travers le rideau de ses cils, Prokhore aperçoit, à la surface du vin, non son propre visage, mais le masque de Pan que brandit à son insu, dans son dos, un autre célébrant. Il pousse un petit cri de frayeur, puni de sa curiosité impie.

Les enfants ont successivement passé sept robes de couleurs différentes ; fumigations et onctions leur ont ouvert le chemin des champs d'Aalou, l'Amentit, le pays des morts où règne Osiris dont Thot est le scribe. Alors le cortège, conduit par les pastophores au crâne tondu, en froc de lin noir, monte les escaliers et pénètre dans le temple.

C'est l'aube. Le prêtre rompt le sceau chaque soir apposé qui clôt les battants ; l'ouverture des portes les éblouit. Le feu sacré allumé, les libations d'eau du Nil, les onctions de la statue, rendue à la lumière, accomplies, le desservant debout sur le seuil éveille le dieu par ses noms égyptiens, lui présentant l'œil arraché à Horus par le dragon Seth, et la statuette de Maat, la Vérité fille d'Amon-Rê, et ainsi lui rend la vie. Les stolistes commencent à habiller l'idole lavée et encensée, et enlèvent le repas sacré pour le consumer. Les cynocéphales crient dans le parc, juchés sur les bœufs Apis de marbre noir, se disputant avec les grandes oies du Nil les dattes tombées des palmiers. Dans les allées où s'étirent des chats, Atlas, Sémiramis, Hermès, Anubis, Hélène et Pâris, Andromaque et Hector, forment un ballet de bronzes unissant la légende de Troie et la théogonie de l'Égypte alexandrine. Des chevaux pie, des aigles, de vieux lions édentés vont et viennent, humant l'air frais. À travers le parc, le cortège atteint le petit lac profond creusé à côté du fleuve, où des marques boueuses indiquent le niveau des crues nourricières ; le dieu Sobek, le crocodile sacré du Fayoum, ouvre sa redoutable mâchoire de pierre verdie par la mousse, entre les roseaux, comme pour dévorer les baigneurs. D'énormes poissons, que guettent les faucons planant dans l'air limpide, répondent à l'appel et montent des abysses saluer la Déesse. Sur un îlot, une colonne torse monte vers le ciel déjà blanc.

« À l'eau les mystes ! »

Les enfants ont enlevé leurs tuniques. Au cri des prêtres, ils plongent dans l'eau verte et glacée pour le bain rituel. Ils nagent avec de petits cris vers l'île. Tandis qu'il sent entre ses jambes frissonnantes passer les gros poissons froids aux gueules ornées de diamants, Prokhore récite en claquant des dents la prière du Ressuscité, dont l'Église future tirera le Rafraîchissement spirituel promis aux défunts :

« Qu'Osiris te donne l'eau froide de la source de mémoire, de la source de vie ! »

Seigneur, merci de m'avoir donné à explorer ces palais de la mémoire, merci de me faire ressouvenir des temps où je Vous pressentais, où j'errais, sans Vous connaître, perdant sans le savoir mes forces et mes illusions à Votre recherche !

Est-ce le lointain de l'enfance qui estompe ainsi nos différences ? À Rome, disait-on, Isis et Moïse étaient persécutés de la même manière ; les deux religions étaient sœurs de malheur. Je nous revois si proches les uns des autres : en Élaphébolion, que les Romains nomment juin, toute la ville se massait sur les quais du fleuve, au moment où le légat, qu'on appelait vice-roi ou pharaon, jetait dans les eaux en crue une coupe d'or aussitôt englou-tie. Au côté des grands prêtres du culte d'Alexandre et des Césars, notre ethnarque siégeait, en éphod étincelant.

Nous, les petits, nous courions jusqu'au bord des eaux troubles, gonflées de limon, promesse de vie, avec l'espérance toujours déçue d'apercevoir, dans les remous, la barbe du dieu Nil et son bras saisissant au vol le canthare, et la vision potamique qui dessinerait dans les tourbillons bruns du fleuve un cortège de tritons et de néréides, au confluent où la corbeille portant Moïse s'était échouée. Aux fêtes égyptiennes de Bubaste, les hommes, jouant de la flûte, et les femmes, munies de crotales, montaient sur des barques célébrer la crue ; le troisième mois de l'inondation prenait fin le combat d'Horus et de Seth, après la grande fête indigène d'Amon-Rê que nous appelions Sérapis. La barque d'Amon, venue de Thèbes, ornée à la proue et la poupe de deux têtes de bélier en or, lourde à chavirer sous les tissus précieux et les nacres, après avoir été portée à dos d'homme entre les sphinx de la Grande Allée, flottait à présent, remorquée par les pèlerins qui chantaient les vieux hymnes, sur le canal d'Alexandrie. D'autres barques, pour la fête de la résurrection d'Osiris, venaient de Byblos, où les restes du roi-dieu passaient pour avoir été recueillis et rassemblés par Isis.

Les années passaient.

Je grandissais, je prenais de la force, et mon ventre se durcit et se creusa, mes épaules et mon torse, élargis par l'ample foulée du stade, prirent les muscles de l'éphèbe. Comme orphelins de la Fondation juive, des bourses nous fournissaient, à égalité avec ceux des institutions grecques, aux frais de la cité, l'huile dont nous nous enduisions dans le gymnase, le salaire des maîtres, et les strigiles d'os dont nous nous raclions le corps après nous être roulés dans la poussière. La lutte, la course, le disque, le saut, le javelot même, furent part de ma futile éducation, comme plus tard la musique et les nombres. Dans la grande cour, écrasée de soleil, la piscine était entourée des reproductions de chefs-d'œuvre, athlètes de Polyclète ou de Myrrhon. L'immense xyste du Grand Gymnase résonnait encore du discours d'Antoine proclamant roi Césarion, du verbe de Jules César, annonçant aux Alexandrins qu'il pardonnait à notre ville, en considération de son fondateur et de la beauté de nos monuments publics.

J'ai aimé les exercices du stade. Nus, nous étant oints réciproquement, étroitement enlacés, nous tentions de nous renverser, par des crocs-en-jambe, en soulevant l'adversaire, cherchant une prise sur la peau ferme et glissante. Après, nous nous ébattions dans la fosse remplie de sable, grattant comme des coqs ; enfin, frottés et lavés, nous recevions de l'archonte en toge bordée de rouge la couronne d'olivier et d'ache accordée au vainqueur.

Luttes pour rire, où mes adversaires s'appelaient Hippias, Lysias ou Charmide, héroïsme de mes quinze ans : pouvais-je deviner que ces embrassements se transformeraient en étranglements, ces combats pour la gloire en luttes pour la vie ? Que mon camarade pugiliste serait mon assassin ?

Bien sûr, il y avait la grande différence : nos prépuces coupés, qui faisaient rire et intriguaient nos compagnons de jeux, doutant qu'un organe si extravagamment conformé puisse être apte au plaisir, exposé ainsi à l'air et au soleil, alors que leur sexe à eux demeurait à l'abri, fermé par le goulet de la peau. Pouvais-je savoir que cela aussi deviendrait à charge contre nous, au point que certains, se refaisant un prépuce en charcutant leurs chairs, tentèrent en vain par une nouvelle opération de dissimuler leur appartenance au Peuple élu ?

Vaine fraternité de la chaude étreinte du gymnase, de l'odeur des corps en action, de l'ivresse des victoires ! Athlètes de Dieu, comme aiment à se dire nos plus jeunes diacres d'à présent, notre pugilat est désormais celui de l'âme en lutte contre les tentations ; et, à bien juste titre, nos catéchumènes imaginent nos martyrs portant une couronne de lauriers qui l'emporte de loin sur toutes celles des vainqueurs olympiques !

J'aurais pourtant mieux fait de rester à l'ombre des discoboles et des lutteurs, plutôt que de me perdre comme je le fis dans ma quinzième année. Période la plus honteuse de ma vie ; le Tentateur s'introduisit en moi ; l'influence corruptrice de cette cité où tout était permis m'enleva dans le mouvement des sens. Relâchant l'observance des bons principes et de la Loi, que m'avaient inculquée mes maîtres, insuffisante barrière à une âme qui ne connaissait pas encore Sa Parole, je m'étourdis dans le concert des passions éruptives.

Par mes camarades du gymnase, j'avais connu une fillette, Nicareté, dont trois éphèbes se partageaient les faveurs, quoiqu'elle n'eût pas douze ans et que son nom signifiât « Triomphe de la Vertu ». Les dames d'Alexandrie ne dédaignaient pas de venir pouffer, drapées dans des himations légers comme des toiles d'araignées, sous les portiques entourant l'arène du gymnase, en jetant aux athlètes des œillades, en riant derrière leurs éventails. Nicareté venait avec sa mère, et je remarquai qu'elle portait tous les jours des chaussures différentes : élégantes sandales dorées d'Ionie, cothurnes de Sicyone en cuir jaune serin, mules vert perroquet, toute une boutique de cordonnier de luxe. Ses robes et ses chapeaux, en forme de gongs, aplatis, à grands bords, capelines de tulle, la faisaient reconnaître de loin. Parfois aussi, elle venait en Égyptienne, portant sur sa robe plissée, nouée sur le sein gauche, un gorgerin archaïque de perles aux fermoirs en têtes de faucon.

Pauvre Nicareté ! Puissent les prières d'un vieil homme, qui rougit encore, soixante ans après, de son désir pour elle, lui entrebâiller les portes du ciel ! La faute ne retombe point sur elle et ses semblables : dans notre cité, par les rues, toutes les femmes étaient à vendre. Mères et aïeules transmettaient le métier ; nulle autre manière de survivre, pour la foule des répudiées, des sans mari, des orphelines. L'institution de nos veuves a changé tout cela, Christ soit loué !

Nicareté, à entendre la matrone qui l'accompagnait, était une bonne petite ; elle lui rendait bien les sacrifices qu'elle avait consentis autrefois pour l'élever. Elle avait retenu les amants de sa mère vieillissante, elle n'était ni volage ni mutine, fidèle à son protecteur, quel que fût son âge. Avec Lysias et Charmide, dont le père était contrôleur des poids et mesures, nous formions à quatre une petite bande d'inséparables. Les sociétés d'amis qui déshonorèrent l'Alexandrie de Cléopâtre nous étaient en exemple ; ne connaissant d'élite que celle du vice, et non celle des saints, ces Inimitables de la dernière cour grecque, qui avaient juré de ne vivre qu'en un seul banquet jusqu'au moment de le quitter pour toujours, étaient les héros qui nous fascinaient alors.

Rien ne me charmait que les charnelles corruptions de mon âme. Délices trompeurs, où mon être se dispersait, s'éparpillait, détourné, Seigneur, de Votre Unité, dissipé en mille vanités ! Je m'engorgeais d'infernales voluptés ; le seul récit en fit pleurer l'Aimé, quand je les lui confessai. Rien ne me plaisait que de désirer et d'être désiré. De la fangeuse concupiscence de ma chair précoce, du bouillonnement de ma puberté, s'élevaient des vapeurs qui engourdissaient mon esprit. Précipice des passions, gouffre du vice, imbécile jeunesse ! Ballotté par le cours de mes fornications, *gaspillant ma force effervescente, je cuisais dans la chaudière des amours honteuses. Mon cœur défaillant, vide de nourriture intérieure, était mal portant, couvert d'ulcères, se jetant hors de lui-même et avide de se frotter aux attraits sensibles. Je souillais la source de l'amitié des ordures de la chair, et celle de la sagesse des frivolités de l'art : j'avais une passion pour le théâtre, l'astrologie, la rhétorique, tout ce qui était propre à augmenter le torrent des noires débauches. Détournée de sa limpidité originaire, mon âme s'obscurcissait tous les jours, ayant échangé le joug de la Loi contre l'esclavage des sens, car l'un mène à l'autre, si Christ ne s'interpose. Cherchant l'émotion, je me chatouillais à fleur de peau ; l'insanie et l'œdème m'en restèrent longtemps, que seul l'Aimé put définitivement cautériser.*

Jeunes et beaux, nous trouvions toujours place aux banquets des amants de Nicarété ; les barbons aux mains traînantes s'égayaient de voir ces adolescents se partager cette fillette sur les lits de l'orgie, de nuit en nuit ; je découchais de la maison du Delta de plus en plus souvent. Nulle remontrance de mes maîtres ne m'atteignait. À table, je voyais les invités absorber d'une rasade deux ou trois conges de vin pur. L'hôte, prévenant, exigeait que tous fussent à l'unisson : nulle fête ne pouvait commencer sans ce rite. Mon estomac se soulevait parfois, souillant la pourpre et l'ivoire ; cela excitait l'appétit des convives, les amusait. Je voulais faire bonne figure, en vrai jeune homme d'Alexandrie ; Nicarété dansait, nous nous levions, mes camarades et moi, chancelants, claquant nos mains hésitantes ; ou bien nous exécutions un vigoureux kordax lydien, ou une parodie de la danse lascive des cinèdes, ces Nicarété mâles. Parfois, dans un cabaret de Naucratis loué pour la nuit, nous mettions bas nos tuniques et luttions, à la lumière des candélabres, parmi les mets piétinés. Tout balançait autour de moi, la musique et les rengaines, les voiles de Nicarété, les cracheurs de feu, les acrobates femelles aux mœurs infâmes, nues et le corps rasé comme des garçons du gymnase, les convives moquant le jeune juif, les danseurs ithyphalliques agitant leur obscène prothèse de cuir ; certains soirs, on ajoutait des nains, des estropiés, des bossus, clowns tristes, danseurs pitoyables, gymnastes dérisoires qui roulaient au sol sur leurs petites jambes. Et des invités, réveillés par cette laideur, entraînaient les immondes objets de leur lubricité dans des cabinets de verdure jonchés de roses.

La prostitution régnait sur Alexandrie. Les principaux hôtels particuliers portaient des noms de femmes légères. Les païens disent de ma ville qu'elle contient tout ce qu'ils peuvent désirer : richesses, gloire, vin, muses, femmes et garçons à vendre en abondance. Les dames, qui portaient comme préservatifs des sachets de peau de cerf contenant deux vers prélevés sur une tarentule, avaient pour principal sujet de conversation les recettes d'avortement ; celle des hommes concernait les maléfices et philtres d'amour. L'Aimé, par ce que je lui en dis, détesta Alexandrie, m'interdisant d'y penser avec regret ; et c'est malgré lui qu'il dut y demeurer quelques mois, prisonnier, peu avant la Guerre juive. Les plus affreux sophismes entre convives pourrissaient mes oreilles presque vierges : j'eusse pu mal tourner, si le Seigneur n'avait voulu que je fusse considéré comme personne libre ; parce que affranchi suivant les rites du peuple d'Abraham, et les magistrats ne badinaient pas avec la prostitution d'enfants libres. Chez mes maîtres les thérapeutes, tous les esclaves de naissance, comme je l'étais, recevaient leur liberté chaque année sabbatique, chaque sept ans, dès qu'ils avaient passé treize ans. Je fis mauvais usage de la liberté toute neuve que je reçus alors. Dieu ayant voulu m'éprouver, et ayant emporté l'année suivante tous mes droits avec ceux des juifs du Delta, je fus ramené au statut d'esclave en passant la frontière de Judée. Car les Grecs d'Alexandrie cessèrent de reconnaître nos us et droits acquis. Alexandrie ne m'avait donné qu'une liberté factice et révocable ; l'Aimé devait m'affranchir véritablement, non seulement devant les hommes, mais devant Dieu.

Oublions Nicarété, ses taches de rousseur et ses yeux gris-vert aux reflets de sable. Quand son « oncle », son Kyrios, son tuteur et maître, amant de sa mère, la maria, nous nous cotisâmes pour lui offrir une corbeille de coings, de dattes, de miel et de sésame, en gage de fécondité. Les Inimitables furent dissous en ce dernier acte ; je regrettai peu Lysias et Charmide, mais Nicarété continua de hanter mes nuits et mes songes. Ces rêves de mauvais augure annonçaient l'empoisonnement de mon sang : Dieu me punissait par où j'avais péché, par la chair corrompue et malade. Je m'écoulais hors de moi-même, lâchant un pus pestiféré, m'affaiblissant de jour en jour.

Comme chez les femmes qui perdent sans recours le sang

qu'expulsent leurs humeurs internes, tout le dedans de mon corps avait résolu de s'épancher au-dehors. J'étais revenu, malade, à la maison du Delta ; Glaucos multipliait les infusions de plantes, les purifications à base de cendres de poils de vache rousse, que recommande la Loi. Pour me débarrasser du fantôme de Nicareté, qui pompait ainsi mes forces, je portai des colliers de pommes de pin, des serpents aux poignets, des amulettes composées de multiples têtes d'animaux sur le ventre et la poitrine. La jeunesse, et les soins de Glaucos, me guérirent à peu près de mon insanie de chair ; celle de l'âme demeurait. Plus tard, en Gamélion, mois des mariages chez les Grecs, je vis que la porte de la maison de Nicareté était enduite de poix ; puis un rameau d'olivier vint se clouer au linteau. C'était donc d'un garçon que la coupeuse de cordon, l'omphalotome aux dents aiguës, avait accouché la jeune épouse. Sept jours après, le père le porterait en courant autour du foyer, pour la lustration des Amphidromies. Nous connaissions ces usages grecs comme ils connaissaient les nôtres ; quand seront passés haines et déchirements, un seul baptême demeurera pour nous réunir, païens, juifs, Égyptiens : celui de Christ. Ma prostration, ma langueur, mes humeurs noires, puis échauffées, inquiétaient Glaucos ; il décida, pour guérir mon esprit, de me placer comme étudiant auprès de la gloire du Musée, fierté de l'Israël alexandrin, le grand Philon, comblé d'ans et de science. Faveur qu'il obtint aisément, Philon appartenant comme les thérapeutes à l'école des Allégoristes.

Dès les premières leçons, une partie de mon mal s'enfuit, chassé par les propos de ce sage entre les sages. Il nettoya des orties qui l'avaient envahi le jardin de mon âme, préparant le terreau où l'Aimé ensemença Christ...

Quand il avait gravi les marches démesurées qui menaient au vestibule du Musée, en ce début d'été, Prokhore venait assister à la dernière leçon de l'année. Mais, pour lui, il ne devait jamais y avoir d'autre rentrée scolaire. Il avait arpenté les couloirs, encombrés d'un panthéon désordonné ; les bouddhas y côtoyaient dans l'ombre les horus à tête de faucon. Il avait traversé les laboratoires de dissection, fondés par Hérophile, où des cloches de verre laissaient apercevoir des moulages en argile d'organes humains, et où l'on traquait les secrets de la circulation du sang ; la salle d'astronomie, ouverte sur le ciel, où les astrolabes brillants pointaient leurs flèches vers l'astre brûlant ; les tables de Pétosiris, rondes, en airain, portaient les figures des heures, des mois et des planètes. Une rotonde abritait la salle de géographie, où une fresque circulaire figurait la surface du disque terrestre ; dans le zoo voisin, les bêtes remuaient et hurlaient, comme prévenues de l'agitation, en ville. Devant la façade de la bibliothèque, la statue d'Alexandre à cheval tenait à la main un rouleau d'Homère.

Le gardien s'arc-bouta pour repousser le lourd vantail, et Prokhore pénétra dans la vaste bibliothèque. Le bâtiment était sans fenêtres, pour éviter aux papyrus les ardeurs du soleil. L'huile des lampes, dans cette nuit perpétuelle, assurait en permanence une lumière douce et parfumée. Sur le pavement couraient des citations de poètes et de philosophes. Des cratères de malachite verte bordaient les allées ; l'onyx, l'agate incrustaient les galeries de bois, les escaliers mobiles, les pupitres de travail. Des écailles de tortues géantes, gemmées d'un saphir, servaient d'encriers. Les étudiants, groupés au pied de la chaire, grattaient leurs tablettes, préparant la cire. Ils se levèrent tous à l'arrivée de Philon. D'un pas lourd, courbé sous le poids des précieux rouleaux qu'il ne confiait à personne, il gagna l'estrade. Sous son crâne bosselé et luisant, un sourire aigu plissait ses lèvres minces, et sa voix cassée, montant vers les plafonds de cèdre, emplissait d'un chuchotement inspiré toute la nef. Il commença le cours par la citation, en grec irréprochablement atticisé, de la Sagesse de Salomon :

« J'ai prié, et l'intelligence m'a été donnée. J'ai supplié, et l'esprit de sagesse m'est venu. Sagesse, sainte sagesse, unique, multiple, subtile, agile, pénétrante, sans souillure, impassible amie du bien, acérée et incoercible, philanthrope et constante, qui pénètre tout, car, plus que tout mouvement, la Sagesse est mobile... »

Derrière le menton tremblant et la face penchée sur le texte, qu'éclaire une unique veilleuse, tapis dans leurs casiers, les mille volumes des Dits du prophète Zoroastre, les *Livres hermétiques* d'Isis, de Thot et du dieu de Moïse, d'Hermès Trismégiste, les *Iatromathematica* et les *Alchimies* dues à Bolos de Mendès, les *Physica* et les *Mystica Mirabilia*, la *Tétrabible* de Ptolémée et ses divines astronomies, les *Argonautiques* d'Apollonius de Rhodes, les savants, les poètes veillent sur la studieuse assemblée, absorbée dans l'orateur au point d'oublier de prendre des notes.

« Abraham est l'Intelligence, Sarah la Vertu, Noé la Justice. Adam, l'âme nue, neutre, Ève la Sensation. Les sirènes d'Ulysse, comme le Serpent de la Genèse, sont la Tentation. Les dieux païens eux-mêmes ne sont point d'anciens héros humains, divinisés par le souvenir de leurs bienfaits, comme l'affirme l'impie Evhémère en son système. Tous sont des Allégories, c'est-à-dire des puissances subtiles de l'Esprit, voilées aux ignorants... »

À penser sous les noms propres hébreux des idées grecques, l'esprit de Prokhore s'est déjà habitué à lire autrement la Bible des Septante, dont le texte avait conservé, sans les traduire, les patronymes aux rudes consonances.

« Tu entres dans la Loi par la voie de l'Esprit, non par la famille ou la naissance. Tu n'es ni grec ni juif : la sagesse des deux peuples soit sur toi », lui avait dit le vieillard, « que la baguette de l'Hermès et celle de Moïse éveillent ton esprit éternel d'entre les corps où il est prisonnier... ».

Un adolescent n'a pas de mesure : l'insouciant fêtard aux paupières peintes, aux tuniques brodées, s'est lancé dans l'austère philosophie qu'exigent ses seize ans. Son regard est noir et courroucé, il met un vieux manteau de poil rude, ne boit plus une goutte de vin, refuse la viande.

La sagesse du divin Platon, elle-même, rappelait Philon, provenait de Thot et des prêtres égyptiens, comme il était écrit dans le *Timée* et le *Phèdre*. Le prêtre égyptien Manéthon et l'eumolpide d'Éleusis, le Grec Timothée, avaient fondé ensemble le culte de Sérapis. Prokhore dévora les traités, s'imbiba de syncrétismes : Moïse et Musée, le héros grec, ne font plus qu'un pour lui ; la métempsycose, les doctrines orphiques, pythagoriciennes, n'ont plus de secrets. Des plus vieilles tombes du Pays des Morts, la vénérable Égypte, invoquant le « seul Vivant en substance », le « seul Générateur non engendré », jusqu'aux hermétismes helléniques, en passant par la

Parole sainte des prophètes d'Israël, un fil se tend. Hermès l'Éveilleur s'identifiait à Thot ; l'un avait écrit pour la première fois des hiéroglyphes sur une colonne, l'autre les avait traduits en grec. Ces personnages étaient de Saintes Allégories ; Hermès était le Cinq, chiffre sacré, que les stoïciens considéraient pour leur part comme symbolisant le mariage. Les chiffres avaient valeur d'ascèse, de purification dans l'immoralité régnante. Et dans Platon lui-même, prémonitoire, la croix du X s'imprimait à l'univers.

Philon m'apprit cette invocation contre Mômos-Satan, cette prière de l'âme jetée sur terre et qui veut rejoindre son Lieu :

« Grand Ciel, principe de notre naissance, éther, air pur, souffles sacrés, et vous, astres éclatants, regards des dieux, notre première famille, quel déchirement de vous quitter pour être précipités dans ces viles enveloppes de chair ! » Les prières et les Nombres commencèrent d'élever mon âme. Ils l'égarèrent aussi ; les étudiants juifs allaient aux cours des platoniciens grecs, comme Euphrate, et les Grecs à ceux de Philon, qui expliquait Hésiode par la Genèse. Nous partagions les mêmes livres ; nos spéculations fiévreuses sur les Nombres nous unissaient encore. Le Trois était la Surface, le Quatre le Monde créé, le Sept le Triangle sacré ; même le Vingt-quatre, et le vingt-quatrième terme de la suite des impairs, Cent quarante-quatre, avaient valeur allégorique, comme Cent cinquante-six, somme des vingt-quatre premiers chiffres pairs, qu'on retrouvait dans les Écritures ; leur total donnait à son tour le Trois Cents, Nombre parfait par excellence.

Qui m'eût dit que mes amis du Musée, à peine plus âgés que moi, deviendraient mes persécuteurs ? Futiles calculs, futiles sciences, qui ne surmontent point, comme nous le croyions, les barrières entre les cultes et les hommes ! L'orgueil des Césars, la colère des foules, allaient faire voler en éclats ce miroir de tolérance. Car il n'est de véritable égalité qu'en Christ. Égypte, pitoyable Égypte, ma patrie d'idolâtres et de songe-creux ! Comme s'applique à tes vieux mystères cette prophétie que je lus alors dans le Trismégiste :

« La divinité quittera la terre égyptienne, son antique séjour,

la laissant veuve, privée de la présence de ses dieux millénaires...
Alors cette terre sanctifiée par les Sanctuaires ne sera couverte
que de tombeaux. Ô Égypte ! Il ne restera de tes religions que de
vagues récits que la postérité ne croira plus, des mots gravés sur la
pierre... » Cette apostasie bienfaisante, aujourd'hui commencée,
amènera à Christ le vieux Pays des Morts, le pays de mon
enfance. Dans sa dernière leçon, Philon commenta les Livres
sibyllins, et l'espérance du Prince de la Paix :

« Alors, le très grand royaume du Roi immortel brillera sur les
hommes, un prince pur viendra subjuguer tous les sceptres de la
terre pour les siècles du temps qui se hâte... »

Il s'élevait, par cette allusion, contre la montée de l'intolérance,
autour de lui ; avec nos meilleurs penseurs, il se considérait
comme un citoyen du monde ; d'accord avec l'école stoïcienne, il
concevait tout l'univers, le genre humain, ainsi qu'une seule cité,
qu'Alexandrie préfigurait.

Déjà, en ville, les fruits pourris volaient sur son passage, des
étudiants grecs, au Musée, tournaient la tête et murmuraient un
« sale juif » entre leurs dents, alors qu'il continuait de célébrer la
variété et la diversité des cultures, l'unité de ce monde bariolé
comme la tunique de notre père Joseph ; son idéal cosmopolite
interdisait aux citoyens tout sectarisme, faisait de toute atteinte à
la liberté d'un individu une insulte à tous les humains. Il le
voyait pourtant se défaire sous ses yeux, cet idéal trop humain. Il
avait toujours cru que la neutralité romaine servait la nécessité
du bon gouvernement mondial, comme l'avait fait l'Empire
d'Alexandre. Son frère, qui portait justement le nom du grand
conquérant, était alabarque, banquier de la ville ; son neveu,
Alexandre junior, que je rencontrais chez lui et à ses cours, sa
parentèle, ses alliés, formaient le meilleur de la communauté
juive, donc de la cité, et étaient engagés par de nombreux liens
avec les hautes familles romaines.

Mais Philon était sans concessions. Quand il eut à répliquer à
l'oppression de son peuple, il devint prophétique. Les juifs
devaient donner l'exemple, se faire les représentants de l'humanité entière, des libertés de tous les peuples, si aucun d'entre eux
ne se levait contre le tyran. Ainsi se leva-t-il, seul et vieux, face à
Caïus Caligula, quand ce dernier voulut piétiner les droits du
temple de Jérusalem.

Les malheurs du Peuple élu, je l'ai souvent remarqué, prennent naissance en son propre sein. L'arrivée d'Agrippa, qui se prétendait roi des juifs, devait provoquer notre perte ; Agrippa, petit-fils du grand Hérode, aurait pu comme lui se contenter d'adopter le gentilice Julius, en signe de reconnaissance pour celui qui les avait faits citoyens romains. Comme un affranchi, il avait pris pour nom celui du gendre d'Auguste, en remerciement de la protection qu'il accorda à son grand-père, préférant ce patronyme romain à celui qu'il avait hérité de ses ancêtres rois d'Israël. Son père, Aristobule, étranglé par Hérode, n'avait pas régné ; ses oncles, dont était Hérode Antipas, le renard, l'ennemi de Christ, tétrarques des provinces de Terre sainte, le craignaient comme la peste, car il guettait leurs successions et était fort capable de les accélérer.

Par ses débauches romaines, Agrippa était devenu l'ami, et plus encore, lui qui se prétendait zélateur du Dieu d'Israël, de Caïus Caligula, dont le nom veut dire « petite chaussure » ; en effet, ce soulier avait traîné dans toutes les fanges. Caïus à son avènement avait tiré Agrippa de la prison où ses dettes et ses scandales l'avaient fait jeter par Tibère. Il lui donna la tétrarchie de son oncle Philippe, en Gaulonitide, et le fit roi. Il venait à Alexandrie intriguer contre Antipas, chercher à rétablir sous sa couronne tout le royaume du Grand Israël, tel qu'il fut au temps d'Hérode. L'empereur Claude devait le lui accorder plus tard, pour l'avoir fait acclamer par les prétoriens et lui avoir rallié les sénateurs.

Agrippa, à peine débarqué au port, se rendit chez Philon accompagné de six licteurs. Ce personnage, qui devait fabriquer un empereur romain, affectait la plus grande piété juive ; il baisa le rouleau de la Loi que le Maître nous lisait. Sa petite taille, qu'il dressait avec arrogance, sa barbe et ses favoris teints en noir et poudrés d'or, son visage fardé de rouge parlaient contre lui. Agrippa voulait obtenir un prêt du frère de Philon et le soutien des banquiers juifs d'Alexandrie. Comme son neveu Alexandre voulait faire son droit à Rome, et que notre maître croyait à l'entente avec les Romains, Philon parla pour lui à l'alabarque. Le jour suivant, Agrippa, voulant impressionner la cité par sa pompe, parcourut les avenues avec ses licteurs, en robe écarlate, adressant à la foule affairée et indifférente des petits saluts protecteurs qui tombaient dans le vide.

Qui dit alexandrin dit malveillant. Le goût de la raillerie nous était commun, juifs et Grecs. Et le massacre commença par une plaisanterie.

Les temps étaient contre nous. Le préfet d'Égypte, Flaccus, avait toujours été notre adversaire en sous-main. Les politeumarques grecs menaient campagne contre la prétendue puissance juive, nos réseaux d'armes et d'espions, qui, à les entendre, infiltraient tout l'Orient. Flaccus lui-même avait été irrité par la pompe d'Agrippa ; les Égyptiens savaient à peine, pour la plupart, qu'il y avait au-dessus de lui un plus haut souverain, le César de Rome ; et il n'était pas, comme Agrippa, l'ami intime de Caligula.

Des Grecs poussèrent un mendiant fou, nommé Carabas, dans le Gymnase, lui mirent sur le dos une vieille carpette, sur la tête des trognons de chou en guise de couronne, puis lui firent une haie d'honneur en tenant des faisceaux de balais. Ils poussaient des vivats en l'honneur du Grand Roi des juifs, Seigneur Agrippa, Mignon de César ; une bande de jeunes juifs passait par là, se rendant à la synagogue ; l'insulte, non au tétrarque, mais à Israël, fit bouillir leur sang. La bagarre n'eût été qu'une échauffourée, si Flaccus, jetant l'huile sur le feu, n'avait publié un édit bien fait pour rétablir l'ordre : il ordonnait l'édification en tous lieux de culte de la statue du nouveau César. En particulier, dans les synagogues. Le peuple était chargé d'appliquer le décret. Les gymnasiarques des Grecs, Isidoros et Lampon, lui avaient suggéré cette maudite ruse. Le roi Agrippa lui-même ne pouvait se plaindre d'une telle mesure, lui qui se targuait d'être à César corps et âme.

Les fidèles du Delta avaient toujours été respectueux des Césars, et ils leur avaient rendu des honneurs, avaient cité dans leurs prières les empereurs romains. Un tel attentat contre leurs libertés constitutionnelles, une telle mauvaise foi contre leurs usages particuliers, inscrits dans la charte de la cité, les mirent hors d'eux-mêmes. Le vieux Philon, en personne, appela ses étudiants à résister. Quelques jours après, comme les émeutes devenaient quotidiennes, Flaccus fit placarder dans toute la ville son second décret, monument d'iniquité, par lequel, au nom de César, il nous déclarait tous « étrangers et immigrants » dans la cité que nos pères avaient extraite des sables mouvants.

Couverts par Flaccus, les Grecs achevèrent de piller le Delta. Vingt mille habitants y périrent ; mon protecteur et maître, Glaucos, fut passé au fil de l'épée par un reître macédonien ivre. Le lendemain, un dernier édit de l'intarissable Flaccus interdit la célébration du sabbat ; trente-neuf Anciens de notre Gérousia furent fouettés sur l'agora aux cris d'enthousiasme des Grecs. Ce qui nous révolta, plus encore que les meurtres, les viols, les vols, fut l'humiliation suprême de voir qu'au mépris de la charte de nos droits, on les frappa, comme les Égyptiens, avec les fouets réservés aux non-citoyens. Qu'avions-nous fait à nos amis d'hier pour qu'ils se montrassent si vindicatifs, et nous condamnassent à la mort ou à l'exil ? À Philon et Agrippa, Flaccus répondait qu'il ne faisait qu'exécuter les ordres ; sur les boulevards, on arrêtait les juives, on les contraignait à manger du porc ; les malheureuses vomissaient jusqu'au sang.

L'exil : les plus riches s'enfuirent dans les juiveries des villes d'Asie ; Philon, aux portes de la mort, partit à Rome plaider la cause de son peuple...

La plage blême était jonchée d'ordures et de débris fumants, devant les grands immeubles blancs du bord de mer, sur le ciel à contre-jour, où l'aurore se salissait déjà des premières brumes de chaleur. Les réfugiés s'étaient entassés là, debout sur la grève, près des tombeaux battus par les vents de Nécropolis, la cité où les morts embaumés lentement redevenaient poussière, debout ; et les mouettes autour d'eux disputaient aux marmots les infects restes rejetés par la mer. Debout, bras levés, dans des tuniques en lambeaux, engourdis de coups, ayant perdu leurs amis, leurs maisons, leurs proches, privés de synagogues, face à la mer grise, ils entonnèrent les dix-huit bénédictions, le « Schemone Esre », que leurs pères leur avaient transmis en grec, et l'hymne des thérapeutes au Roi des Quatre Parties de l'Univers.

Le soir même, on expédia Prokhore, par une caravane nabatéenne, sur la route de Gaza, vers la Judée ; Glaucos et les thérapeutes y connaissaient un couvent, frère du leur, près de la mer Morte. Ils lui léguaient l'adolescent. Mais il ne parvint jamais chez les esséniens. La petite communauté qui servit de relais, elle aussi, se faisait un devoir de recueillir les orphelins. Cette communauté, dont il ne devait plus quitter le sein, était celle des fidèles du Christ.

Ce fut l'apôtre Philippe, à qui j'étais adressé, qui m'emmena de Césarée, petite ville provinciale, jusqu'à Jérusalem, qui me parut, dans mon affliction, une bourgade nauséabonde aux vieilles bicoques de terre. Je pleurais ma ville, les doux jets d'eau et les marbres bleutés, nos babillages en grec ; la punition de Flaccus, que j'appris quelques mois plus tard, ne me consola pas. Caïus, qui ne l'avait jamais aimé, le démit, et les Grecs, toujours fidèles en amitié, se retournèrent contre lui. Il périt misérablement. Cependant, Alexandrie s'éloignait déjà dans mon âme impressionnable, qui commençait de recevoir Christ et sa Parole. Comme il châtiait les persécuteurs, Dieu avait frappé les acteurs de la Passion de son Fils. Vitellius, légat de Syrie, avait déposé Pilate, qui mourut à Rome au moment de mes dix-sept ans et de mon entrée dans la foi. Caïphe n'était plus grand prêtre, mais Anne, toujours renouant le fil de ses menées, avait fait nommer à sa place son fils, Jonathan, celui qui avait arrêté le Seigneur au mont des Oliviers. Hérode Antipas, au moment où je découvrais Jérusalem, était parti pour Rome, chercher sa propre punition ; poussé par l'ambitieuse Hérodiade, il demanda à Caligula de le confirmer roi contre son neveu Agrippa ; et le Petit Soulier l'expédia d'un grand rire jusqu'en Espagne, où il mourut exilé. Ce décès opportun permit de joindre son royaume à celui d'Agrippa, que les épreuves de son peuple et de sa famille semblaient engraisser. Ainsi Dieu tisse-t-il la trame des malheurs et des bonheurs.

Le tumulte couvait alors dans toute la Terre sainte ; dans le désordre de ces temps, Philippe renonça à me conduire chez les esséniens, à qui les thérapeutes me destinaient. Et bientôt mes pas s'attachèrent à l'Aimé, que je ne voulus plus quitter.

Jérusalem s'inquiétait de la statue que Caïus Caligula voulait faire édifier au Temple, la Judée entière bougeait. La petite Église de Christ s'abstenait, toute à la méditation et la prière, des intrigues et des séditions.

Je découvrais Christ par ceux qui l'avaient embrassé ; leurs incessantes allusions à Sa Personne le faisaient vivre parmi eux, dessinaient sa place, sa cruelle absence, presque palpable. Sa Mère demeurait dans la maison de Jean, invisible à tous, retirée dans cette chambre sous le toit qu'Il avait emplie de Sa présence. Arche sainte en qui était descendue la gloire de Dieu, comme l'annonçait l'Exode, elle avait renoncé, hors Jean, à toute présence humaine, à toute nourriture et à toute boisson, à toute parole. Plus aucun disciple n'avait contemplé sa face, excepté l'Aimé, depuis le jour, inoubliable, où il était seul homme avec Elle au pied de la Croix. Savait-on seulement si Elle était vivante ? Certains en doutaient. Plus tard, l'Aimé devait garder longtemps secrets son décès et ce qu'il advint du corps, selon le vœu qu'Elle lui avait exprimé, ne révélant sa disparition qu'au jour choisi par lui.

Comme sa vie, sa mort devait rester cachée. Des fidèles La voyaient apparaître, au Sinaï, au Carmel, souriant dans les cieux, pendant qu'Elle reposait en sa chambre. Des bruits de miracles couraient autour de cette retraite. Jean passait pour voyager, partout où il allait, en sa compagnie, invisible aux autres hommes. Cette belle légende dure encore.

Je fus, je pense, à part l'Aimé, le dernier à La voir. Les prières qu'Elle passait pour avoir prononcées lors de la Visitation me venaient aux lèvres : « Mon âme exalte le Seigneur, et mon esprit tressaille de joie en Dieu mon sauveur, parce qu'il a jeté les yeux sur son humble servante... »

Je reçus cette grâce merveilleuse, unique, refusée à tous, qu'Elle m'accordât sa bénédiction ; l'Aimé me guida près d'Elle. L'entrelacs ajouré des poutres, où courait une vigne en fleur, faisait sur sa robe bleue, son voile, un jeu d'ombres et de lumière. Elle semblait dormir, Elle dormait depuis plusieurs années sans doute ; l'Aimé posa sur mon crâne rasé la main amaigrie de jeûnes. Sa voix, étouffée, était presque enfantine ; lui l'appelait « Mère », comme ce lui fut commandé. Elle parlait sans bouger les lèvres, voix immatérielle, souffle qui ne soulevait même pas la poitrine où le Seigneur avait tété. Elle priait comme en rêve, et sa Dormition, que l'Aimé adorait de longues heures, devait durer jusqu'à sa fin. « Maintenant, ô Seigneur, tu peux, selon ta parole, laisser ton serviteur aller en paix, car mes yeux ont vu ton salut... »

Était-ce Elle qui fut confiée à lui, ou lui à Elle ? Par lui, Elle devenait, pour la communauté, la Nouvelle Ève, la Vraie Fille de Sion annoncée par la Genèse. Par Elle, l'Aimé était naturellement investi de la Grande Prêtrise de cette poignée de fidèles, une centaine, revenus de Galilée, qui célébraient la Cène le mercredi, et le dimanche la Résurrection, tout en continuant le jour du sabbat à se rendre au Temple, en bons fils d'Israël.

Ce visage entrevu, sous le voile qu'Elle portait jour et nuit, aux longs cils chargés d'une rosée divine, c'était, assurait l'Aimé, celui de notre Église, née au Calvaire. La Mère de Dieu était aussi sa fille, étrangement jeune en son deuil, comme l'Église est fille du Seigneur, et est aussi sa Mère, puisqu'elle préexistait en Dieu à la Création et la Chute d'où il nous releva par elle ; revenant à l'Aimé de l'avoir reçue chez lui, ainsi qu'il lui fut ordonné, cette incarnation de la Foi alors balbutiante, il lui revenait aussi, dans cet obscur quartier des potiers du vieux Jérusalem, de devenir son second fils, le second fondateur de l'Église encore inconnue.

On comprend de quelle émotion reste baignée pour moi ma première rencontre avec Jean. C'était lors de mes premiers pas dans la Cité sainte : le peu que je connaissais de Christ concernait Sa Passion. Le pêcheur Pierre était en froid avec les hellénistes, et la plupart des autres disciples, même le doux Jacques, frère de Jean, n'avaient guère ému l'adolescent infatué des maîtres d'Alexandrie : ils étaient du peuple, jeunes encore, parlaient, sauf Philippe et ses amis, peu ou mal le grec, comme l'hébreu. Aussi, quand il m'annonça que j'allais enfin connaître le Premier Disciple, qu'Il avait tenu sur son cœur et qui était devenu l'Officiant de leurs cérémonies, mon sang battit la chamade. Quand je le vis pour la première fois, l'archi-apôtre Jean dormait. Il m'apparut comme un père : il n'avait que trente années, ses boucles étaient blanchies, ses épaules portaient les traces des verges dont il avait été frappé sur ordre du Sanhédrin, son front austère et mélancolique était marqué d'un irréparable deuil. Sa beauté sévère ne laissait personne insensible ; tous l'entouraient d'un tel respect, ses yeux de feu avaient un tel éclat et une telle tristesse, sa voix remuait si profond en moi, que je m'attachai aussitôt à ses pas avec l'ardeur de la jeunesse, couchant à ses pieds, en dépit que la langue nous éloignât l'un de l'autre. Car il ne savait du grec que quelques chiffres, et moi de l'araméen que quelques citations des Écritures. Notre premier accord, notre première amitié, ce fut de nous enseigner réciproquement par l'hébreu le mot « ami » en nos langages...

Quand il ouvrit les yeux, Jean, comme depuis des années, achevait le même songe. Il était sous l'ombre d'un vieux chêne,
dans une prairie émaillée de fleurs blanches ; un adolescent très
beau lui apparaissait, couronné d'un disque d'or, aux sourcils
dessinés en arc, aux membres graciles et mats, brillants comme
l'ambre, à la chevelure légère, sombre et luisante. Il lui parle
une langue chantante qu'il ne connaît pas ; pourtant, il la comprend, il lui répond sans l'avoir apprise.

L'adolescent lui dit que le Fils de l'Homme fut créé avant toute
créature, que c'est le monde qui fut créé pour lui. Il courbe la tête
de Jean sous sa paume lisse, il lui annonce que c'est à l'homme à
présent d'écouter l'enfant, à la jeunesse d'enseigner et guider
l'âge rétif et chagrin de celui qui se croit mûri par l'épreuve.

Les songes sont envoyés par le Très-Haut pour nous avertir :
ce message renouvelé, il en cherche le sens ; jusqu'à ce jour où,
en ouvrant les paupières, le visage de l'adolescent, tel qu'en son
rêve, est devant lui ; le garçon est debout, à côté de Philippe,
légèrement fléchi sur une jambe. Philippe, qui a ouvert la porte
de la chambre sans frapper, se confond en excuses.

Jean depuis la mort du Maître n'a pas éprouvé une émotion
aussi forte. Le jeune Égyptien est sorti de son rêve ; et il ressemble peut-être aussi, malgré sa peau de pain brûlé et ses
grands yeux liquides, à ce jeune homme encore sans amertume,
sur lequel le Maître s'appuyait, comme déjà Jean s'appuie sur
l'adolescent inconnu pour se relever de sa couche.

« Comment t'appelles-tu ? »

Jean a parlé araméen. Le jeune homme inconnu se tourne
vers Philippe avec une mimique impuissante. Philippe, plus
âgé que Jean, paraît plus jeune, en son simple manteau grec à
la coupe sobre.

« Il s'appelle Prokhore, il ne parle pas un mot de notre langue. Il tenait tant à baiser la main du Disciple qui vit le Seigneur sur sa Croix... Pardonne-lui, Bien-Aimé. Il est curieux, avide de Christ, lui qui ne l'a pas connu ; il est si jeune, et il nous vient poussé par le vent de grands malheurs, orphelin d'Alexandrie. »

Philippe montrait à Jean et lui traduisait la lettre des thérapeutes. Les regards de l'adolescent courent dans la pièce : il n'y a qu'un châlit bas, et il fait une chaleur étouffante, entre les murs de boue séchée et crevassée.

« Comprends-tu cela : Il est ressuscité, et nous ressusciterons tous. Les os se sont rapprochés, ils se recouvriront de nerfs vivants et la chair repoussera sur eux, et la peau se tendra à nouveau sur la chair... »

Jean a parlé très lentement ; il a cité le Prophète en hébreu, mais Prokhore connaît le verset.

« Oui, Maître, je connais la Bonne Nouvelle. Même chez moi, en Alexandrie, Christ est ressuscité, Il est vraiment ressuscité... »

Philippe traduit à Jean. L'apôtre scrute le front lisse, les yeux de jais. Un amusement passe sur le visage d'aigle, assouplit les rides tôt venues.

La voix fraîche accentue les voyelles grecques, Evangelion, Chrestos, Palingenesis, des mots qu'utilisent Philippe et les hellénistes, et dont Jean devine qu'ils sont la Nouvelle, le Messie et la Résurrection. Et puis l'adolescent toujours debout, un sourire à ses lèvres ourlées, l'a appelé « rabbi », Maître, a su user de quelques mots hébreux. Jean pose ses deux mains sur les épaules minces :

« Prokhore, j'ai rêvé de toi. Le Très-Haut me prévenait de ton arrivée. Qu'Il soit remercié de t'avoir envoyé !

— J'étais sûr que tu prendrais son sort en pitié, Bien-Aimé. Sa communauté vient d'être durement éprouvée, cet enfant connaît déjà le crime et le danger... »

Une brume est passée sur les yeux de Prokhore. Jean l'entraîne fermement à côté de lui, assis sur le châlit qui grince.

« Prokhore, c'est un nom païen. Je te baptiserai, enfant d'Alexandrie, et, en mémoire de ce rêve, je te nommerai comme moi, Yohanan, voulu par le Tout-Puissant... »

Le jour même, Prokhore transporta son baluchon chez Jean. Il couchait devant son lit, sur une peau de chèvre que les femmes avaient étendue sur le carreau. Jeanne, veuve de Chouza, continuait de tenir la maison de la Mère, de Jean et de Jacques son frère. On ne voyait jamais Marie ; mais son parfum flottait sur la demeure. Jeanne faisait vivre, sur la fortune de son défunt époux, plus de trente fidèles ; la mère de Marc, chez qui logeaient Pierre et André, Marie veuve de Cléophas, sœur de la Mère, chez qui habitaient Jacques et Jude, « frères du Seigneur », agissaient de même. Toutes ces maisons, bien humbles pour l'adolescent du Nil, donnaient sur les ruelles étroites, couvertes de palmes, où tournaient les roues des fabricants de vases. Bien que dans les dernières semaines, à Alexandrie, il eût connu la disette, les poissons séchés sans sauce ni garum, les oignons frits et les olives qui constituaient, servis dans des écuelles de terre, l'ordinaire des disciples, le laissaient affamé. Jean s'en aperçut ; pour une fois, la seule en six ans, il demanda à Jeanne d'acheter de la viande et du vin.

Outre les apôtres, les femmes au teint pâli, perpétuellement orantes, ces maisons nourrissaient des dizaines de pauvres en haillons, à peine capables d'articuler un remerciement. Ils tendaient des mains malhabiles vers les bols de soupe, renversant le liquide brûlant quand Prokhore les leur distribuait, après que Jeanne les eut remplis à la louche. Le dîner des disciples, tous les soirs, dans la salle basse de la maison, se tenait assis ; Prokhore avait toujours mangé couché. La table la plus haute, celle des Douze, où Matthias avait remplacé Judas, servie par Jeanne et la veuve de Cléophas, était présidée par Pierre ; mais c'était Jean qui disait la bénédiction. Au-dessus d'eux, on entendait parfois le faible bruit d'une chaise remuée ; la Mère, toujours invisible, ne manifestait qu'ainsi sa présence. Prokhore dînait à la seconde table, celle des hellénistes, des parlant grec, présidée par Étienne, ami de Philippe. Son accent zézayant d'Alexandrin les faisait pouffer de rire. Eux parlaient le grec commun, la koinè, avec l'accent aspiré et dur des Judéens. Il était le plus jeune parmi ces jeunes, comme Jean le fut parmi les Douze ; aussi les apôtres le faisaient parfois, à la fin du repas, venir parmi eux. Tous ces jeunes, venus à Christ, sauf Étienne, après sa mort, les apôtres les appelaient des « diacres » ;

car ils faisaient, comme Prokhore, le service des pauvres. Il lavait, à l'exemple de Jésus, des pieds difformes, masquant sa répugnance ; et les clochards s'ébaudissaient à voir cet adolescent, beau comme un dieu, aux mains fines, sentant bon, qui s'agenouillait en leur présentant sa blanche tunique comme serviette. Ainsi Jean lui avait-il ordonné de faire. Il le supportait vaillamment, car il avait la gloire d'être le catéchumène, comme disaient les compagnons, du Disciple aimé : il recevait l'enseignement de Sa Parole par la bouche même qu'Il avait baisé.

Prokhore avait une étonnante facilité pour apprendre. Les récits de la Vie et les Dits de Jésus lui furent vite familiers, avec les paraboles, les commandements et le « Notre Père », en quoi tenaient la préparation au baptême et les leçons de Jean. Imprévisible, émotif, agité de cauchemars où revenaient les événements d'où il émergeait, encore très enfant, il pleurait facilement. Il sanglotait au récit de la Passion ; et il le traduisait en grec, puis répétait l'araméen entre ses larmes. À mesure qu'il transmettait la Lumière, le rude fils de Zébédée se contaminait au grec de l'adolescent ; et des tendresses, des fous rires mêmes les prenaient, après avoir pleuré. Étrange enseignement, trop grave pour cet homme encore jeune, cet enfant qui avait déjà tant vécu. Jean se dit que le Seigneur lui offrait à travers l'enfant une seconde jeunesse d'amour.

À l'époque, cinq ans plus tôt, de leur retour de Galilée, après avoir été fouettés sur ordre du Sanhédrin, puis relâchés sur intervention de Gamaliel, Pierre et Jean avaient été interdits de prédication publique. À Nazareth, à Capharnaüm, où Jacques, frère de Jean, retourna près de Salomé jusqu'à sa mort, le souvenir de Jésus demeurait comme une flamme tremblante, sur le point de s'éteindre : d'autres prophètes juifs hantaient la contrée. À Jérusalem, les apôtres vivaient repliés sur eux-mêmes ; les conversions prenaient d'autant plus d'importance.

Trois mois plus tard, l'automne faisait gonfler les grappes mûres de la vigne grimpante, sur la terrasse ; Prokhore arrachait des grains, et les tendait à Jean, après avoir aspiré et recraché les pépins, comme faisaient les filles d'Alexandrie. Jean mâchait la pulpe humide de la salive de l'enfant.

« Theos est El, les Gentils sont les Goyim, les Psaumes Hallel...

— Et shalom, la paix, se dit Iréné... » repartit Jean. Le pas lourd de Jeanne montait en traînant l'escalier vermoulu. Elle s'effaça pour laisser entrer un visiteur, qui marchait courbé, toussotant ; Prokhore lui présenta un tabouret. Dans sa barbe et ses favoris gris, l'homme porte les bourses de cuir rituelles ; il fixe ses yeux jaunes et fiévreux sur l'adolescent. Jean a reculé, les bras levés, la voix tonnante :

« Où étais-tu, quand tes pareils Le condamnaient à mort ? Faisais-tu déjà le malade, prudent Gamaliel ? Pourquoi venir dans la maison de Sa Mère, toi qui sièges au banc des accusateurs de ses fidèles ? »

Prokhore étouffe une exclamation de surprise. Ce manteau aux franges bleues usées, ces sandales de cordes, couvrent le corps maigre du petit-fils de Hillel, de ce Gamaliel dont il connut les maximes par Philon.

« Rabbi, je ne voulais pas le laisser entrer. C'est Simon qui nous l'envoie. Sois miséricordieux, il a parlé pour vous devant le Sanhédrin... »

Quoique bien plus âgée que lui, Jeanne, comme toutes les femmes, traite Jean en saint père. Gamaliel soupire :

« Fils de Zébédée, tu ignores comment j'ai vécu depuis ce jour funeste où ils L'ont crucifié. Le remords et le reproche n'ont plus quitté mon âme, et comme l'eau peut user le caillou le plus dur, l'ont profondément ravinée... Si j'ai parlé en votre faveur au Conseil...

— Puisses-tu nous avoir fait condamner à mort et L'avoir sauvé ! Tu iras au Schéol, Gamaliel, toi et tes remords, tu es un Judas par omission ! »

Prokhore tombe à genoux, entre eux, effrayé et exalté d'entendre s'affronter les protagonistes de Sa Passion.

Le vieux rabbi joint les mains sur sa canne.

« Insulte-moi, je ne répondrai pas. Je ne peux t'offrir que cela, mon remords. Ton Maître t'a-t-il ordonné d'être impitoyable ? Je venais t'apporter la meilleure des nouvelles. Vous pouvez à nouveau prêcher librement : le Sanhédrin ne s'y oppose plus. Tu ne peux savoir quelles haines il a fallu surmonter, quelle ruse déployer... Anne veut toujours votre perte. »

Prokhore a quelque peine à suivre l'araméen hébraïsé de

219

Gamaliel. Mais il sait que, interdits de parole, les apôtres ne vont au Temple que pour prier en groupe, le sabbat ; encore Philippe et les hellénistes s'en abstiennent-ils totalement. Jean, surpris, songe à haute voix :

« Voilà pourquoi Simon-Pierre t'envoie à moi... Es-tu prêt à recevoir Sa Parole, Gamaliel ? Es-tu prêt à courber ton orgueilleux savoir devant Lui, avec la même humilité, la même confiance que cet enfant ?

— Tu ne comprends pas, fils de Salomé à la voix et au cœur de bronze. J'ai laissé assassiner un innocent, je ne crois pas qu'il fut le Messie. Je ne crois pas que le Messie puisse mourir comme je mourrai moi-même...

— Il n'est pas mort, Gamaliel, il est ressuscité.

— Oui, vous l'avez dit au Sanhédrin et au peuple... »

Le petit-fils de Hillel s'est appuyé sur son bâton pour se relever.

« Ce que je fais, Jean, n'est ni pour toi ni pour votre foi. C'est pour lui, pour cette mise à mort que nous devons expier, nous, les sages d'Israël. Le Très-Haut veuille qu'il n'ait pas été le Messie ! Sinon Israël est damné, et la liberté que nous vous accordons notre suicide... Ne laisse pas s'agrandir le fossé entre vous et les autres enfants de Juda, toi qui as étudié la Loi. Déjà le nouveau César menace de souiller le Temple de son effigie. Vous convertissez les Gentils, craignez qu'ils ne vous convertissent ! Songe que si vous vous séparez de nous, vous prononcez contre nous la sentence de mort. Sans vous, nous sommes perdus, sans ressources, bibliothécaires des Écritures, gardiens d'une tradition qui attend sa propre fin. Jésus fut un prophète, ce que je ne croyais plus possible. Ne me demande pas de croire qu'il fut un dieu, je ne le puis, même si je le voulais.

— Ce qui est facile à cet enfant t'est impossible, savant docteur. Cet Israël que tu chéris, Gamaliel, il est plus en ce fils de l'Égypte qu'en tous les héritiers des douze tribus... »

Prokhore était prêt pour le baptême. Jean l'avait réservé pour la prochaine Pâque. De plus vieux que lui attendaient encore cet appel et cette grâce ; non point seulement le baptême de l'eau, comme le pratiquaient les adeptes de Jean-Baptiste, les thérapeutes, les esséniens et bien d'autres juifs, que lui avaient fait subir ses maîtres en Alexandrie, mais celui par l'Esprit ; cérémonie redoutable, où les apôtres conféraient au catéchumène le droit de baptiser à son tour. Cet honneur exceptionnel, Étienne, le premier des hellénistes, l'avait reçu ; Prokhore, qui lui manifestait la chaude camaraderie d'un frère cadet pour un aîné admiré, ne put pourtant lui tirer aucune indication. Il se passait là quelque chose d'indicible, de jamais vu.

« Il lui fut dit : " Sors et tiens-toi dans la montagne devant le Très-Haut. " Et voici que le Tout-Puissant passa ; il y eut un grand ouragan, si fort qu'il fondait les montagnes et brisait les rochers, en avant de Sa Présence... »

Jean vocifère presque. Derrière eux, au flanc du Golgotha, le ciel est couvert, et l'air chargé d'électricité. Prokhore est à Jérusalem depuis un an. Autour, sur le terre-plein fleuri, les arbustes immobiles dans l'air lourd cachent les entrées des tombes s'enfonçant dans le roc. Ce lendemain de sabbat de Pâque, le cimetière est désert. Les bons jérusalémites, convaincus pour la plupart que les morts se fondent au sein d'Abraham, ne se doutent guère que ces buis et ces lauriers ont été plantés en l'honneur du Ressuscité par Joseph d'Arimathie. À présent, ils sont assez grands pour dissimuler les apôtres aux rares visiteurs ; Joseph a aussi acheté le terrain autour du sépulcre, et fait poser au caveau une solide porte de chêne cloutée ; puis il est mort en Christ, sa besogne achevée. La roue de pierre qui fermait autrefois l'entrée, objet du miracle, gît sur le côté du petit escalier creusé au flanc du Golgotha, inutile, envahie d'herbes folles.

Au « Notre Père », clamé par Jean, les douze voix ont répondu « Amen » dans l'air pépiant d'oiseaux, humide d'orage. Prokhore, au milieu des apôtres, est vêtu d'une tunique blanche taillée d'une seule pièce, sans coutures. Il a des cernes, est amaigri : depuis une semaine, il jeûne et veille.

« Quand le Messie, mon frère, m'apparut, couché comme au repas où nous le vîmes pour la dernière fois... »

C'est Jacques, dit le « frère du Seigneur », qui parle à présent. Prokhore a souvent épié le visage du petit homme aux favoris de rabbin, aux habitudes dévotes, pour y retrouver les traits, l'ombre de cette face du Fils que Jean lui a tant décrite. Pierre, les yeux et la bouche noyés dans sa barbe grise, derrière laquelle il abrite une timidité jamais guérie, ses grosses mains crevassées croisées sur le ventre, est, comme Jacques et Jude, de peu d'apparence.

«Alors l'Oint du Très-Haut me dit : " Tu es Pierre, et sur cette pierre je bâtirai mon Église, et les portes de l'Enfer ne prévaudront pas contre toi. Je te donnerai les clefs du Royaume, et ce que tu lieras sur terre sera lié dans les cieux, ce que tu délieras sur terre sera délié dans les cieux... »

Joignant le geste à la parole, Pierre a brisé le lien de roseau, symbolisant l'ignorance, que Prokhore porte au cou, et a noué à son poignet le ruban blanc par lequel l'enfant entre au service de l'Église. Prokhore, malgré le respect qu'il porte à Pierre et à Jacques, ne trouve guère en ces deux vieux Israélites d'aliment à ses ardeurs mystiques ; Philippe, Nathanaël-Bartholomé, Thomas, Matthieu, Simon l'ex-brigand, sont plus jeunes ; mais ils n'ont pas le prestige de Jean.

« C'était lors de son Ascension, à Béthanie... »

Jude, doublet de son aîné, et comme lui frère posthume de Jésus, lequel n'était, de son vivant, que leur cousin, y va à son tour d'une anecdote. Prokhore fixe Jean ; il ne lui a jamais parlé de cette ascension. Chaque disciple ajoute ses propres visions au fonds commun, se disputant les apparitions. Il pourrait encore apparaître là, dans le trou noir qui conduit au caveau, dont les femmes ont silencieusement ouvert la porte. D'ailleurs, Jean sera le premier à Le voir, lors de son retour, puisqu'Il le lui a promis. Jean, haut et droit sous les nuages, drapé dans sa longue tunique jérusalémite, porte sur la poitrine le pectoral en forme de Tau, que les femmes ont brodé en y enchâssant les petites pierres offertes par Salomé.

Excepté Philippe, Thomas et Bartholomé, qui portent barbe courte et manteau grec, les apôtres galiléens n'approuvent guère ce baptême. L'enfant le sait. Jean abaisse son regard sur Prokhore, fleuve de lave qui l'inonde.

« Puis, sachant que tout était achevé, Jésus dit, pour que toute l'Écriture s'accomplisse : " J'ai soif. " »

Prokhore, debout, laisse ses larmes couler pendant que Jean, seul autorisé à le faire, seul à y avoir assisté, leur conte encore une fois Sa Mort. Cruelle anamnèse ; surtout pour les fuyards. Le pêcheur Pierre se mouche bruyamment. Ils lèvent les yeux vers le firmament, et les gouttes de pluie roulent sur leurs faces chagrines, prématurément usées de crainte par la persécution.

« " S'ils ont soif dans le désert, Il leur amènera de l'eau, Il la fera jaillir du rocher ; Il fendra le rocher, l'eau coulera et le peuple boira. " Cette prédiction s'est accomplie devant moi, quand Jésus le Messie fut percé d'une lance ; car le rocher de cette montagne pleura, et nos cœurs de rocher furent brisés, et ce fut la source de Vie qui jaillit : " Si quelqu'un a soif, qu'il vienne et qu'il boive. " Non plus l'eau qui ruisselle mais le sang de Son Sacrifice... »

Il a posé les deux mains à plat sur la tête de Prokhore, qui a posé un genou en terre, souillant de boue sa tunique immaculée. Autour, l'averse de printemps détrempe le sol.

« Ainsi s'est accomplie la prophétie de Malachie. Le sacrifice de Christ a périmé ceux du Temple. " Levez-vous, purifiez-vous, ôtez la méchanceté de votre cœur ", voilà le sacrifice que nous demande le Ressuscité, nous ouvrant la voie du Salut. Christ, Sauveur et Bienfaiteur... »

Jean a dit les deux derniers mots en grec, Sôter et Evergète, à voix plus douce. C'est Prokhore qui les lui a appris.

« Comme nous avons été lents à croire ! Nos yeux ne se dessillèrent qu'après Sa Passion ; nous n'avons compris que lorsqu'Il nous est apparu, ce lendemain de sabbat de Pâque, et sept années ont passé... »

À ces paroles de Jean, les gémissements des apôtres ont redoublé. Les femmes, au fond, ont commencé à tourner lentement sur elles-mêmes, bras écartés, la tête en arrière, en articulant des fragments de prières. Jean scande :

« " Il se fera dans les derniers jours que je répandrai mon Esprit sur toute chair. Alors leurs fils et leurs filles prophétiseront, les jeunes gens auront des visions, et les vieillards des songes. " Comme j'étais au Temple, l'année qui suivit la Pâque de sang, un pharisien nommé Arimanios me poursuivait de ses questions : " Mais où donc ton Seigneur s'en est-il allé ? Ne devait-il point ressusciter ? " Et même moi, qui l'avais vu et entendu sur le lac de Génésareth, un mois après Sa Résurrection, je me fâchais et je doutais ; ce fut alors que je me retirai dans la montagne, et qu'une grande lumière me visita, alors que je demeurais étendu, dans l'angoisse et l'affliction. Cette lumière traversait les nuées, et c'était comme si elle avait fait briller toute la création, la rendant transparente pour laisser voir au-delà d'elle le Créateur tout-puissant. J'étais sans voix, paralysé de frayeur, et un enfant m'apparut dans la lumière. Plus je le contemplais, plus l'enfant m'apparut comme un vieillard ; et plus je contemplais le vieillard enfant, plus il m'apparaissait comme une femme. Ses formes se révélaient l'une l'autre par la lumière qui les habitait ; et la voix, celle de Christ, me dit : " Jean, jusques à quand douteras-tu ? Je suis le Fils, le Père et la Mère, le Maître de Tout, la pure lumière que nul œil ne peut voir, indescriptible et impérissable. La Lumière, quand elle atteignit les Ténèbres, fit resplendir les Ténèbres ; tandis que les Ténèbres, lorsqu'elles poursuivirent les Lumières, obscurcirent la Lumière et ne furent plus ni Ténèbres ni Lumière, vaincues à jamais. Que les Ténèbres s'évanouissent de ton esprit ! " Je dis au Maître, au Fils, que j'avais reconnu : " Toi qui ne fus pas engendré mais qui préexistais, pourquoi T'ai-je vu souffrant, percé d'une lance sur le bois de douleur ? " Alors Christ m'adressa ces paroles, pour que je les redise à tous : " Cette Passion que je t'ai montrée, que je t'ai dansée, je veux qu'on l'appelle un Mystère. Ce que tu es, tu le vois parce que je te l'ai montré, ce que je suis, je suis le seul à le savoir. Tu crois que j'ai souffert, et je n'ai pas souffert ; que je n'ai pas souffert, et pourtant j'ai souffert. Que j'ai été percé, mais je n'ai pas été frappé ; que j'ai été cloué à la croix, et je ne l'ai pas été ; que du sang a coulé de moi, et il n'en a pas coulé ; ce que tu crois que j'ai subi, je ne l'ai pas subi, et ce que tu ne connais pas je l'ai connu. Conçois-moi comme l'énigme, la blessure, la torture, la crucifixion, le sang de la Parole de Dieu. Conçois la Parole de Dieu, et tu comprendras le Père et le Fils, et tu comprendras l'homme qui a souffert. " Alors le voile de l'incompréhension se leva en moi, et je fus un instant réuni à la Plénitude... »

Il a prononcé aussi ce mot en grec, Plérôme, pour faire plaisir à l'enfant. Pendant qu'il prêche, l'émotion des assistants est devenue exaltation contagieuse.

Marie, mère de Jacques et Jude, se met à hurler, les yeux révulsés, les mains agitées de tremblements. Prokhore ne reconnaît plus l'honorable veuve ; elle se cabre, et ses lèvres convulsivement ébauchent un flot de paroles confuses, qu'accompagnent des flexions tournoyantes de tout le buste. Il saisit des fragments de grec, qu'elle n'a jamais appris, et bien d'autres langues inspirées par Dieu. Au-dessus d'eux, les nuages accumulent leurs masses croulantes, menaçantes, prolongeant de leurs éboulis grondants les rocs nus du Golgotha, comme au jour maudit. Jean a gardé les mains sur l'enfant.

« Es-tu prêt à recevoir le baptême de l'Esprit, la grâce du Très-Haut ? »

L'apôtre a posé un doigt enduit de l'huile consacrée sur son front et y a tracé une croix. Chacun des Douze le bénit à son tour.

« Au nom de Christ, Messie, Oint d'Aaron, crucifié et ressuscité, je te baptise Yohanan. Descends sur lui, Esprit Très-Saint, comme tu le fis la septième semaine après Sa mort et Sa résurrection ; et toi, Jean, reçois ce baptême en rémission de tes péchés, par le Père, le Fils et l'Esprit, sceau de la Vie éternelle. »

Pierre et les apôtres répètent la triple invocation. Jean couvre le tonnerre tout proche en haussant la voix :

« Reçois à ton tour le pouvoir de baptiser, de remettre les péchés ; ce pouvoir que Christ nous a conféré, qu'il te soit conféré... »

L'eau du ciel coule à présent en abondance, collant sa tunique aux épaules de Prokhore.

« Éveille-toi ô toi qui dors
Lève-toi d'entre les morts
Et Christ t'illuminera
Soleil qui toujours revivra
Engendré avant l'étoile du matin... »

Le chœur des apôtres s'enfonce dans la glaise mouillée par l'averse.

« Aujourd'hui pour la première fois tu célébreras la Pâque nouvelle, celle du Fils. Offre-toi à lui comme Il s'est offert aux bourreaux, Jean, qu'on appelait Prokhore. Viens échanger avec tes nouveaux frères le baiser de paix, et partager le repas de l'Esprit saint... »

Prokhore, ivre de joie, tend les bras vers Jean, vers le ciel. Toutes les semaines, il célébrera désormais avec eux le repas sacré, il boira avec eux le vin nouveau, il est sorti des ténèbres.

Il sent sur sa tête la chaleur de ses mains, qui l'attirent et l'élèvent vers lui.

Les paumes de Jean s'écartent de la chevelure du baptisé ; il va se relever, pour rejoindre sa place parmi les premiers disciples des disciples, les premiers appelés de l'Église, qui par lui deviennent les Sept, inaugurant la longue chaîne des intronisations.

La foudre fend enfin la nuée, et s'abat en tournoyant lentement, boule de feu gravitant sur elle-même, illuminant les faces des apôtres, et jetant sur les voiles des femmes d'innombrables zébrures éblouissantes.

Ils se sont tous mis à crier ensemble, éructant des mots sans suite, Jean en grec, Prokhore en hébreu, d'autres en syrien, en latin, en vieux babylonien... Le Saint-Esprit est sur eux, il leur apporte le don des langues pour qu'ils puissent porter la nouvelle à tous les peuples en leurs idiomes.

« Esprit, Verbe de Dieu, qui te tiens près de Dieu... »

Comme Prokhore retrouve une invocation chère au vieux Philon, avec un déchirement de métal froissé, l'éclair pointant une flamme électrique au-dessus des cheveux noirs, traverse l'adolescent, se glissant le long de sa peau ruisselante, se perdant dans les flaques où ses pieds nus s'enfoncent. Tous ont poussé un dernier cri : puis le silence seul, et l'odeur d'ozone, sont demeurés, autour du corps dénudé de Jean Prokhore, indemne, déshabillé par l'orage, jeune athlète de bronze vernissé par la pluie.

« Miracle ! L'Esprit du Très-Haut est descendu en lui ! »

Les femmes exultent plus fort que le vent et le tonnerre, balbutiant, trop pleines d'Esprit divin, d'indicible. Ce même miracle qui leur avait ouvert l'esprit, cinquante jours après la Passion, ce miracle de Pentecôte, Jean l'avait appelé de toute sa foi sur celui auquel il voulait donner son nom. Et il a été exaucé : une immense fierté lui vient, tandis qu'il serre contre lui le jeune Alexandrin nu qui frissonne à présent. Le feu de Dieu, cette percée foudroyante qui n'épargne personne et qu'on ne peut fixer des yeux, au lieu de le tuer, avait purifié Prokhore. La Grâce de Son Esprit le consacrait ainsi comme celui qui a vu le Très-Haut face à face.

Pour remonter les fils qui conduisent aux trois Églises aînées de l'Orient, celles de Jérusalem, d'Antioche, puis d'Alexandrie, pour comprendre les haines entre juifs et Grecs convertis, les querelles doctrinales, dont Paul concentra sur lui les amertumes, il faut se pénétrer de l'importance de cette Institution des Sept, à laquelle m'agrégea le baptême du Bien-Aimé. Tout était là, en germe ; on nous appelait en araméen schammaschin, *diacres, en grec, ou hellénistes ; Étienne, compagnon de Philippe l'apôtre, était de Césarée, où un groupe de fidèles d'origine païenne se vantait de remonter aux temps du Seigneur. Nicanor, Timon, Parmenas, venus de la Décapole, Philippe qu'on appelait le diacre pour le distinguer de l'apôtre, Nicolas, qui n'avait que quelques années de plus que moi et dont les parents habitaient Antioche, et moi-même, considérions Étienne comme notre chef naturel, et Jean comme notre protecteur. Associé à nous par son humilité, aux apôtres par l'âge, Joseph le lévite, rebaptisé Barnabé, qu'on désignait aussi comme le Fils de la Prophétie, était un homme calme et conciliateur aux longs cheveux gris ; son jeune cousin, Marc, l'avait introduit dans la foi.*

Étienne, à vingt-cinq ans, nous apparaissait homme d'expérience, empli de grâces et de puissance. À lui, le premier, les apôtres avaient imposé les mains. Moi, le plus jeune, j'étais aussi le seul qui n'avais aucun lien avec la Terre sainte, ni avec la race élue.

Ce groupe, grec et juif à la fois, fut le premier, dans la langue des Hellènes, à faire franchir à la foi en Christ le cercle étroit des Israélites galiléens ; le premier aussi à éprouver irrésistiblement l'appel des missions, où nous attirait la multitude des nations parlant notre langue. Moins éprouvés que les apôtres, plus frottés qu'eux aux réalités des villes païennes, nous brûlions, sous l'impulsion d'Étienne, de nous mesurer au monde. De là vient que Paul tenta, en vain, à ses débuts dans l'Église, de s'appuyer sur nous.

Par moi, et la sorte d'influence naïve que j'exerçais sur le cœur de l'Aimé, nous avions un père en lui ; les autres apôtres, Pierre et Jacques en particulier, n'avaient pas toujours apprécié ces jeunots prêchant dans la langue des idolâtres. L'Aimé avait apaisé les frictions ; un peu de jalousie, sans doute, venait aux plus anciens apôtres de l'ascendant qu'avait sur nous la parole de Jean.

Étienne prêchait en grec à la synagogue des Affranchis, celles de Cyrénéens, des Asiates et de mes frères d'Alexandrie. Des citadins, nos concitoyens, à Nicolas comme à moi, des marchands, des pèlerins des grandes cités, recevaient la Nouvelle, l'Évangile.

J'avais accompagné Jean et Pierre au Temple, après mon baptême par le Saint-Esprit. Ils y parlaient à nouveau ; la bâtisse, plus large que longue, ses colonnades épaisses, me parut peu de chose, comparée au Sérapeum ou au Musée. Le portique de Salomon, qui donnait sur le Cédron, où les apôtres priaient, près du pinacle, m'émut davantage. Ici, l'Amour avait parlé. Le souvenir de Ses guérisons en provoquait de nouvelles : Jean, surtout, avait le don. Sous mes yeux, des paralytiques se levaient pour le suivre, des possédés se calmaient. Jean, souvent, élevait la voix, dominant la foule écrasée de soleil, semant les malédictions sur les têtes des hommes pieux qui avaient chargé le saint et le juste, crucifié l'agneau. Pierre, plus bonhomme, ajoutait mille bénédictions.

Le Temple, toutefois, venait trop tard pour moi. Étienne et les siens ne l'aimaient pas ; les jarres de vin, le bétail marqué au sceau du Tau, l'initiale du mot teruma, dîme sacrée les destinant au Sanctuaire, leur paraissaient sacrilèges. Le Tau de la croix avait aboli celui du sacrifice traditionnel. Étienne, à la synagogue, allait jusqu'à affirmer que le Temple serait détruit, comme l'avait annoncé Christ. Philippe avait construit un tabernacle mobile : le culte du Seigneur devait revenir à ses origines nomades. La Nouvelle Alliance se séparerait nécessairement du Lieu : ce furent leurs seules controverses avec l'Aimé.

Il suivait notre évolution avec angoisse. En nous protégeant, il armait contre lui-même de terribles dissidences. Mais s'il avait laissé les autres apôtres nous exclure, jamais l'Église n'eût dépassé la Terre sainte. Il ne pouvait que s'écarteler sur cette séparation grandissante, que Gamaliel lui avait reproché d'organiser ; elle se regroupait, maintenant, autour de lui et d'Étienne.

Comme Étienne se réclamait de l'Aimé, Jacques, un jour, lui demanda de le désavouer. Jean refusa sèchement. Christ aussi avait prêché le surpassement de l'étroit Israël.

La prédication de Jean et Pierre au Temple, celle d'Étienne, commencèrent de réveiller l'attention des adversaires de la Foi. Du fait des intentions, réelles ou fausses, prêtées à Caïus Caligula, d'installer l'abomination de la désolation dans le Temple, le clergé et les pharisiens étaient nerveux et inquiets devant tout manquement au Sanctuaire.

Je n'avais échappé aux ennemis de la Loi en Alexandrie que pour retomber en d'autres persécutions, cette fois-ci de la part des juifs, mes frères, dont j'avais vu les dépouilles pendues aux crocs de Flaccus. Ce furent des Alexandrins et des Antiochiens juifs qui dénoncèrent Étienne à Jérusalem, provoquant son arrestation pour avoir prédit la chute du Temple.

Le premier martyr parlait grec ; le premier depuis Christ à périr pour la foi. En voyant cette foule meurtrière, judaïque, aux barbes hérissées, en sordides souquenilles, je me sentis, moi le fils d'Israël que les Grecs avaient poursuivi de leurs couteaux, plus grec que jamais.

Le printemps fleurissait les roses, sur le mont des Oliviers. Dès l'arrestation d'Étienne, les apôtres s'étaient cachés dans les greniers de leurs demeures. Jean, malgré sa répugnance, s'était rendu chez Gamaliel, pour tenter d'obtenir la libération du jeune prophète. Moi, je guettais à la porte du palais des grands prêtres, sur l'ordre de l'Aimé, passant inaperçu de par mon allure d'étranger. Je n'étais pas seul : un concours de peuple attendait, sous le soleil ardent, en haut de la Grande Voie à escaliers ; on savait qu'Anne n'avait pas osé faire exécuter le prisonnier. Quand la chaleur fut à son apogée, il fit entrouvrir le portail, et les gardes poussèrent Étienne dehors, puis refermèrent et mirent les barres.

Il était en loques, les mains liées dans le dos. Sa jeune figure était maculée de sang, comme pour attirer les rapaces ; et ils avaient tellement attendu, les braves petits commerçants de Jérusalem, les étudiants des rabbins, les lévites pères de famille... Le soleil de plomb les rendait comme fous. Ils se mettaient à courir, ramassant des cailloux ; leurs manteaux à franges les gênaient : en gens qui vont prendre de l'exercice, ils les mettaient bas, mais ils craignaient les voleurs, et s'en embarrassaient.

Je commençai, moi aussi, à ramasser des projectiles, pour riposter aux lapidateurs, quand un parti d'étudiants me bouscula pour assaillir Étienne. Une voix, aiguë, incisive, les dirigeait, donnant des ordres comme un général. « Posez vos manteaux à mes pieds, je les garderai ! Passez-moi des pierres, je peux tirer d'ici. Que l'impie et tous les adeptes du Nazaréen périssent de nos mains ! »

Devant l'orateur, les manteaux formaient déjà un tas. Il était le vestiaire du crime.

Un caillou, m'atteignant par hasard, me fit, en tombant sans forces, échapper à une mort certaine. L'étudiant aux manteaux me poussa du pied, sans me prêter attention. Il devait avoir un peu plus que mon âge, et portait d'énormes phylactères, des houppes à huit fils, tout l'attirail des pharisiens. Une barbe et de longs rouleaux noirs envahissaient sa face blême, et il était déjà presque chauve. Il semblait d'abord chétif, les jambes tortes, mais ses bras et ses épaules puissantes le faisaient par contraste paraître microcéphale. Sa voix avait l'éloquence brutale des bourreaux :

« Allez-y, frappez fort ! Chaque pierre que vous lui jetez est une bénédiction du Très-Haut ! »

Étienne avait descendu quelques marches. Il s'était fléchi, les cailloux tranchants rebondissant autour de lui, sur lui, avec un choc mat, laissant des plaies ouvertes dans la peau.

« Seigneur, ne leur impute pas ce péché ! »

Il s'endormit à ces mots prononcés en grec, soit frappé par une pierre que je ne vis point, soit par l'effet de la grâce divine. Je voulus me relever et apostrophai l'étudiant :

« Assassin, seras-tu assez courageux pour combattre toi-même ? »

D'un revers de son bras puissant, il me rejeta à terre. Ce nabot avait une force d'Hercule. À cet instant, le retour de la foule m'obligea à prendre la fuite. Je gardai, gravée dans la haine, l'empreinte en moi de cette face longue et amère, envahie d'un poil broussailleux, où les sourcils se rejoignaient au-dessus du nez en une seule ligne épaisse.

Ce dernier détail frappa particulièrement l'Aimé, qui me le fit maintes fois répéter, quand je lui contai, à travers mes sanglots, la lapidation d'Étienne. Il cherchait dans le passé, la tête entre les mains. Matthieu et Thomas, un peu honteux devant moi de ne s'être pas manifestés (les apôtres avaient mis peu d'enthousiasme à l'idée de mourir avec celui qui n'était pas des leurs), reconnu-rent mon portrait.

« Il s'appelle Saül, il est de Tarse, en Cilicie, il fait des études ici, depuis trois ans. Sa famille est riche, son père citoyen romain. Il est très écouté des étudiants ; même Gamaliel ne le contredit point ; Ben Zakkaï le soutient, et Anne, comme toujours, encourage et laisse faire. »

Mis en péril par l'activité débordante de Saül, qui fouillait les maisons avec une bande d'étudiants, nous quittâmes tous Jérusalem ; le désordre s'était mis en ville du fait des ordres sacrilèges de Caïus Caligula, et Saül en profitait. Les juifs me chassaient de la Ville sainte comme les païens m'avaient chassé d'Alexandrie.

Philippe descendit en Samarie, où il fit des miracles, et baptisa un homme noir qui était eunuque, et par sa mutilation interdit de Temple et de Loi. Il se trouvait être ministre de la reine d'Éthiopie. Moi, je suivis plus tard Jean et Pierre à Sébaste, l'ancienne Samarie, où des maisons déjà converties par Philippe nous accueillirent. La Samarie me parut sombre de forêts, ses habitants sauvages et adonnés à de primitives magies. Les apôtres se rendirent ensuite à Césarée, où le centurion Cornélius, qui avait connu Christ, s'était installé ; et Pierre baptisa ses premiers païens.

Saül, ne respirant toujours que menaces et carnages à l'égard des Douze et des Sept, avait obtenu du grand prêtre Jonathan une mission à Damas ; le roi Hareth, l'ancien vainqueur d'Antipas, cruel Arabe, ravi de voir les juifs s'entre-tuer, lui donna toute licence pour châtier ceux d'entre nous qui s'étaient réfugiés en cette ville.

Après cette dispersion, due à Étienne et à Saül, plus jamais nous ne devions vivre dans le cadre étroit de la Première Église. Il y eut des discussions âpres : Philippe avait-il le droit de baptiser des Impurs ? Jacques et Jude, restés à Béthanie, près de Jérusalem, le contestaient. Jean, bien qu'il eût été le premier à le défendre, hésitait.

En ces jours, l'Aimé nous révéla le décès de Marie, qu'il tenait secret depuis des mois. Comment avait-elle pu ainsi s'évanouir, sans que nul, dans la maison, n'ait rien vu ? Nous nous en étonnâmes. Certains croyaient que Jean avait intégralement consommé ce corps divin, jour après jour, lui donnant son propre être pour sépulture. En vérité, elle passa de la Dormition au néant, sans laisser la moindre trace, comme une neige qui se *sublime en vapeur ; elle était montée, assimilée par la puissance divine, comme le nuage par le soleil, et cette Assomption, l'Aimé seul l'avait contemplée.*

Aussi l'ombre de Marie ne le quitta plus ; en vain les fidèles recherchent-ils ses reliques, son tombeau : Jean seul en est dépositaire. Les récits prodigieux, qui courent toutes les mers de l'Orient, où Jean et Marie dédient îles et villes à la Mère de Dieu, n'ont pas d'autre origine : partout où Jean fut, la Mère y fut aussi. Avec la fin terrestre de Marie, le cercle de l'Église hébreue, de l'Église des origines, était brisé. Comme le grain s'envole au vent, comme la semence s'échappe au fruit qui éclate, les Églises nées de la Mère allaient germer dans tout l'Orient, par Jean ; et Marie ressuscitera dans les innombrables sanctuaires du nouvel arbre de Jessé. Car Israël sera bientôt partout sauf en Israël.

Mais cette année-là, alors que nous demeurions encore, Jean et moi, à Césarée, les divergences entre juifs et fidèles de Christ furent un temps oubliées, comme les oppositions entre fils de Juda. Toutes factions ensemble pour la dernière fois, le peuple juif se transporta en cette cité, pour lutter contre les projets du tyran Caligula. Ultime occasion où les fils de Jacob se retrouvèrent unis pour la défense de l'Ancienne Loi, ultime victoire, avant d'être à nouveau divisés, entredéchirés, et finir dispersés.

La houle du rassemblement juif, à Césarée, couvrait le bruit de la mer. À contre-jour des brumes du Levant, la foule portant des manteaux sombres, aux coins rituellement déchirés, des bonnets rapiécés, des turbans salis de cendres en signe d'affliction, emplissait de ses sourdes plaintes la place du Tibereum, massée du côté de l'ombre. Israël, pour sauver la pureté de son culte, affrontait Rome, armé de ses seuls gémissements.

« Nous avons été fidèles, nous avons offert un sacrifice quotidien au Temple pour le salut de César. Nous avons prié dans les synagogues pour sa santé et son bonheur ! Renonce, Petronius, ne contrains pas un peuple toujours loyal au suicide ! Renonce, ou bien apprête-toi à gouverner un désert, car nous nous poignarderons les uns les autres devant toi jusqu'au dernier ! Et alors qui paiera les impôts ?

— Renonce, Petronius, par pitié, renonce ! »

Les manifestants, la voix éraillée d'avoir pleuré et crié toute la nuit, reprennent en slogan le lamento. Depuis trois jours, ces plaintes obsédantes entourent comme un essaim endeuillé le pauvre Petronius, légat de Syrie. Les mères, les enfants relaient les maris et les pères pour cette interminable veillée ; dès que le gouverneur apparaît sur la place, n'ayant pu dormir et mal rasé, comme la veille, le hululement et les protestations l'entourent, moustiques incessants qui ne lui laissent pas un instant de répit.

« Nous ne saurions vivre au spectacle de ce qui nous est interdit par notre législateur Moïse ! Nous sommes fidèles à César Caïus Caligula, Petronius ; souviens-toi, les premiers nous l'avons félicité à son avènement. Tous les honneurs, nous les lui rendrons, mais pas cette statue ! Si tu fais entrer cette abomination au Sanctuaire, nous abandonnerons tout pour t'entourer de nos plaintes jusqu'à ton dernier jour, Petronius. Nous serons comme les mouches autour de toi : tu ne pourras jamais nous tuer tous... »

Le vieil Anne, l'ancien grand prêtre, tord ses mains en suppliant. Le vieux serpent, presque paralysé, que deux esclaves ont porté hors de sa litière, est sorti de son trou pour gémir, lui aussi. Toutes les sectes juives, toutes les classes, du savetier au lévite, le grand prêtre et le petit tailleur, sont ici, à Césarée, devant le palais du légat. Les terres sont abandonnées, les magasins fermés, les ateliers en grève. Le pays est paralysé, suspendu, plus encore que pour une de ces années sabbatiques où la terre doit reposer, le travail s'interrompre. Et ces milliers de milliers d'hommes, véritable invasion de sauterelles, ont noyé les alentours des bureaux impériaux.

« Les ordres de César Caïus, que Jupiter le conserve, sont insensés. Faire installer sa propre statue au Saint des Saints, faire adorer aux juifs en leur Temple sa propre image... Plus facile à ordonner qu'à exécuter ! Es-tu bien sûr de ce message, Alexandre ? »

Faisant de la main le geste de chasser des moucherons, Petronius descend les marches en parlant :

« Gagne du temps, Petronius. Mon oncle dirige une ambassade, à Rome, et le roi Agrippa agit de son côté. L'inconstance

233

règne sous le nom de Caligula ; le plus urgent, pour toi, est d'attendre. »

Le légat, officier sans imagination, se ronge les sangs en écoutant Tibère Alexandre, en toge de tribun militaire, qui marche à ses côtés. Comme ils parviennent devant l'autel d'Auguste, où le sacrifice fume déjà, le jeune tribun baisse la voix.

« Gagne du temps, un contrordre peut arriver d'un moment à l'autre. Ou mieux qu'un contrordre, un autre César... La Petite Chaussure est déjà bien usée, Petronius. Sa tête est plus faible tous les jours. Il a fait percer le mur du fond du sanctuaire des Dioscures et construire un pont qui le relie à sa chambre à coucher. Il dit qu'il a engagé Castor et Pollux comme portiers ! Dans le Palatin, il s'est édifié un temple à lui-même, avec sa propre statue en or, qu'on revêt tous les jours d'une tunique en tous points semblable à celle qu'il porte, et il s'y offre des sacrifices de paons, de flamants, de poules de Numidie et autres faisans de Bretagne. Il invoque sa sœur la Lune pour qu'elle descende coucher avec lui. Dernièrement, il a fait transporter à Rome la statue de Zeus Olympien qu'avait sculptée le grand Phidias ; mais la foudre a frappé le navire. Les dieux l'égarent, comme ceux qu'ils veulent perdre : au Sénat, on le voit dresser l'oreille à des paroles inaudibles, chuchoter, se disputer avec des fantômes ; il prétend qu'il parle à Jupiter. La tête lui tourne, ce n'est pas que le dieu des juifs, ce sont tous les dieux qu'il irrite... »

Ils se séparèrent devant les boutiques, juives pour la plupart, qui formaient le soubassement du Tibereum. Au passage, Alexandre salua le vieil Anne d'un signe de tête. L'ambitieux neveu de Philon ne voulait pas s'aliéner les autorités juives ; il visait déjà, dans son curriculum procuratorien, le siège de Judée. Et son parti, à Rome, intriguait contre Caligula. Il prit les rênes de son char, l'*essedum* qu'il conduisait lui-même, fit écarter les suppliants ; ses cavales bousculèrent, à un carrefour, un prêtre aux cheveux gris qu'accompagnait un jeune homme brun ; ils étaient tous deux vêtus de longues tuniques blanches et de manteaux rituels. Alexandre sauta à bas de son char, voulant manifester son humanité.

« Excuse-moi, noble prêtre. La foule énerve mes chevaux...

234

— Alexandre ! »

L'officier se retourna, fronçant le sourcil. Le jeune homme, le compagnon du prêtre, lui tendait les bras.

« Prokhore ! Mon ancien camarade ! »

Ils ne s'étaient pas revus depuis Alexandrie. Il lui tapa dans le dos, rappelant les virées de Canope. Prokhore, gêné, mit la conversation sur la statue.

« Mon oncle Philon est là-bas pour faire arrêter cette folie. Tu le connais : il ne renoncera pas, malgré ses quatre-vingts ans. Mais l'autre, le freluquet impérial, fait poireauter un vieux sage qui a trois fois son âge et le vaut cent fois... Ils en sont encore à la demande d'audience. »

Ils parlaient le dialecte grec du Delta. Alexandre énumérait les ennemis : Hélicon, Appelle, Apion, Isidoros, tous des affranchis grecs, continuaient autour du trône romain la lutte entre juifs et Hellènes.

« Caligula ne durera plus longtemps. De meilleurs jours viendront ; j'ai bon espoir que Rome redevienne notre protecteur naturel. »

Prokhore comprenait d'autant mieux cet espoir qu'on ne pouvait plus savoir si Alexandre était juif ou romain. Dans la rue, les gens s'étonnaient de voir ce tribun en toge parlant à deux prêtres comme à des amis. Ils se retirèrent à l'écart.

« Et toi, comment es-tu devenu rabbi ? Quand as-tu quitté Alexandrie ? »

Prokhore narra son arrivée en Terre sainte. Quand il avoua leur qualité de chrétiens, Tibère Alexandre eut un geste de recul.

« Tu as presque l'âge d'une carrière, Prokhore, et tu suis un disciple obscur d'un prophète que nul ne connaît ! Entre à mon service, je te ferai affranchir, tu pourrais un jour diriger une section grecque du Bureau de la correspondance impériale, si tu le voulais... Tu monterais rapidement. On manque terriblement de lettrés grecs, dans l'administration, et, entre juifs, il faut se serrer les coudes... »

Comme Prokhore déclinait l'offre, Alexandre se justifia.

« Il n'y a qu'un moyen de sauver Israël : s'intégrer au monde romain jusqu'à le dominer. Penses-y, Prokhore... »

Il salua poliment Jean, qui ne les avait guère compris, et les quitta au coin du port. Les cris renaissaient. Tibère Alexandre dirigea ses chevaux hors de l'émeute ; on courait de toutes parts, la foule débouchait des rues qui conduisaient aux quais, emportant avec elle les deux chrétiens.

« Venez, nous avons trouvé la statue ! Détruisons l'idole ! »

Les gardes de Petronius, postés devant l'entrepôt, près de la jetée, se replièrent devant le nombre. Les portes rompues, on découvrit à l'intérieur des dizaines de statues, les unes encore emmaillotées de paille, les autres gisant au sol, et des têtes détachées, posées sur des travées de bois. Les Apollon marchant, la lyre en main, les Zeus assis tenant la foudre, les Arès, guerriers et casqués, la lance pointée, les Hadès barbus et funèbres paraissaient tous des frères jumeaux : tous avaient le menton étroit, les yeux enfoncés, le regard hanté du nouvel empereur. Ils avaient trouvé la réserve de Petronius ; les têtes étaient destinées à remplacer celles de statues célèbres de la région. Tous les dieux auraient le visage de Caligula.

Au centre, un grand bac d'argile séchait doucement, prêt à la fonte d'un bronze géant, attendant la coulée de métal en fusion. Pour retarder l'exécution de ses ordres, Petronius avait imaginé de faire fabriquer une nouvelle effigie, destinée au Temple, prétextant qu'aucune de celles qu'on lui avait expédiées n'était assez majestueuse. Les yeux du visage moulé en creux, par un effet d'optique bien connu des sculpteurs, semblaient suivre les destructeurs ; ils cherchaient des marteaux, s'attaquaient aux nez, faisaient sauter des éclats des fronts, défigurant cent Caligula, iconoclastes inspirés. Jean, simplement, jeta une poignée d'argile dans le masque creux ; les traits brouillés s'effacèrent aussitôt.

J'eus toutes les peines du monde à arracher l'apôtre à cette révolte symbolique. L'affaire de la statue, qui avait soudé les factions, s'acheva sans que l'ordre du César fou pût jamais être exécuté. Deux lettres parvinrent à Petronius à un jour d'intervalle ; la première arrivée, écrite dans l'ivresse sous l'influence d'Agrippa, retirait l'ordre fatal. La seconde, écrite et envoyée plus tôt, mais arrivée plus tard, démettait Petronius et envoyait les légions à Jérusalem commettre de force le sacrilège. Avant que l'indécis Petronius sache à laquelle obéir, une troisième missive lui apprit l'assassinat de Caïus. Les faits donnaient raison à Alexandre ; c'était le roi Agrippa qui avait été chercher Claude le bègue, l'infirme, le plus indigne descendant des Césars, sous les coussins où il se cachait, et en avait fait un empereur. Claude prit aussitôt un édit en faveur des juifs d'Alexandrie.

Le règne de Claude fut donc une époque de paix pour les juifs orthodoxes. À Jérusalem, la légion exécuta un soldat romain pour avoir uriné contre le mur du Temple, un autre pour avoir déchiré un rouleau de la Torah. La paix pour le Temple et les pharisiens signifiait persécutions accrues contre les sectes et nous, les chrétiens, revenus en la Ville sainte : Jean, Pierre, Jacques et Jude, et moi. Hérode Agrippa, parvenu à ses fins et au trône de Judée, que Claude lui offrit, se fit plus israélite que le grand prêtre. Il se montrait au théâtre entouré de deux rabbins. Il emprisonna Pierre, et il causa à l'Aimé le deuil le plus cruel : son frère, l'autre Jacques, le fils de Zébédée, fut exécuté à la suite d'un procès inique. Cette poursuite illégale dura moins d'une semaine : le roi Agrippa fut aussitôt puni par Dieu, et mourut cinq jours après cette exécution d'une maladie vermiculaire qu'il avait attrapée sur un siège du théâtre. Il laissait un enfant, le petit Agrippa le second, graine de vipère qui sut égaler son père. Pierre fut libéré ; mais c'était trop tard pour Jacques, libre à jamais. Le second martyr de notre Sainte Église était le frère de l'Aimé. Par deux fois déjà l'Antéchrist avait frappé près de lui, Étienne et Jacques ; comme l'éclair cherche son but, frappant autour de l'arbre qu'il va foudroyer, l'apôtre portait la mort autour de lui. Son prestige parmi nous en grandit d'autant. Claude, ayant rétabli la Judée en province romaine, à la mort d'Agrippa, lui donna pour procurateur Cuspius Fadus. Nous fûmes à nouveau en paix à Jérusalem, car les hypocrites de l'ancienne Loi craignaient la justice impériale.

Comme le vieux Philon, à la veille de quitter ce monde, avait fait une dernière fois le voyage du Temple, je le revis et l'embrassai. Il ne voulait point connaître les apôtres, manifestait un total désintérêt pour Notre-Seigneur. Le fossé entre nous me fit beaucoup de peine : je compris par quelle rupture avec ses maîtres de la synagogue était passé l'Aimé. Il me conta néanmoins, d'une voix fluette, distraite par l'âge, son ambassade à Rome. Il avait passé deux ans dans la Ville ; Caligula les promenait, des jardins qu'il inaugurait aux temples qu'il visitait, s'amusant d'obliger ces vieilles jambes à courir obséquieusement derrière lui, pour ne pas manquer le moment où il daignerait leur adresser la parole. Un jour qu'il examinait des tableaux dans une galerie de peinture, il se tourna enfin vers eux, et pointa grossièrement l'index vers le vieux philosophe : « C'est donc vous, qui, seuls, ne voulez pas me reconnaître comme dieu, et qui préférez en adorer un, ennemi de Rome, que vous ne savez même pas comment nommer ? Pourquoi ne mangez-vous pas de porc ? C'est excellent, le porc ! »

Toute la cour, les affranchis grecs, nos ennemis, éclatèrent de rire. Pourtant, mon vieux maître et ces quatre prêtres en lévite sombre représentaient une puissance qui, de l'Euphrate à Alexandrie, pouvait mettre en feu tout l'Orient et prendre en tenaille la Grèce et l'Italie. On devait voir l'œuvre de cette puissance, quand la Petite Chaussure tomba sur les degrés tachés de son sang.

Ce fut pourtant la dernière victoire des juifs ; la génération suivante serait chrétienne, ou assimilée aux Romains. Ce que je vis de la carrière de Tibère Alexandre, qui n'avait retenu de son oncle que la rhétorique justifiant tous les crimes, montra comme j'avais eu raison de suivre l'Aimé et sa ferme parole. Mon ancien condisciple, épistratège en Thébaïde, avait pris l'habitude du commandement à la romaine ; il parvint enfin à se faire nommer procurateur de Judée, l'an 47 après la naissance de Notre-Seigneur. Je sus alors où pouvait mener, après le sanguinaire respect de la Loi que manifestaient les hypocrites, la haine que les renégats portent à leurs propres origines. L'un donnait d'ailleurs la main à l'autre : persécutant esséniens, nazirs et autres dissidents, Tibère Alexandre s'appuya sur le grand prêtre, comme déjà le grand prêtre Anne s'était appuyé sur les Romains contre Christ. Comme Agrippa, comme les assassins de Jésus, il s'armait de la Torah pour romaniser en paix ; il eût dû nous persécuter aussi. Il n'en eut pas le temps ; ou bien peut-être quelque chose de notre ancienne amitié, du souvenir de son oncle, l'en retint ; comme le grand prêtre Jonathan avait été tué par une nouvelle secte d'illuminés, les zélotes, qu'on appelait aussi sicaires parce qu'ils avaient de longs couteaux sous leurs manteaux, Tibère Alexandre fit crucifier et torturer à tour de bras dans la population juive ;

lui qui avait assisté au carnage d'Alexandrie, semblait assoiffé de le reproduire, mais en mettant un juif, lui-même, dans la position du bourreau. Il mit en croix devant son palais les deux fils du rebelle Judas de Galilée, le jour de Pâque, comme pour en repaître son cœur cruel. Le troisième, Menahem, fut sauvé par les esséniens. Tout ce sang rejaillirait un jour, lors de la Grande Guerre. Je n'essayai aucune démarche auprès de lui ; désormais, nous étions dans deux camps ennemis. Quand il quitta son poste, au début de l'année suivante, Cumanus le remplaça comme procurateur. Cumanus n'avait que mépris pour les querelles d'Israël. Il ne se fit pas champion d'orthodoxie, et son gouvernorat fut fort doux ; n'étant pas né juif, il n'en détestait particulièrement aucune sorte. Quand Pierre et Jean lui demandèrent l'autorisation de tenir dans le Bézétha le premier concile des chrétiens, il n'y vit aucun inconvénient. Car pendant que les renégats et les hypocrites s'agitaient entre eux, fidèles à une seule Parole, nos Églises s'étaient singulièrement agrandies.

« Tu te rends témoignage à toi-même, apostat !

— Ainsi fit Christ, et vous l'avez cru ! Or Il m'est apparu, que cela vous plaise ou non, Il m'est apparu, et Il m'a soulagé des chaînes de la Loi ! »

Prokhore a refermé ses tablettes. Il est des paroles qu'il vaut mieux ne pas noter. Matthieu, l'apôtre modeste, qui parle peu, a interrompu l'orateur, mais en vain. Le petit homme aux jambes cagneuses, aux sourcils d'un seul tenant, épais, barrant une face longue et blême, semble étrangler le contradicteur de ses deux grandes mains volubiles.

« Il faut marcher sur les anciens commandements, Christ vous prend par la main : piétinez la foi de vos pères ! »

Son ombre, sur la paroi qu'orne une fresque naïve, un Christ doré peint sur un fond rouge sang-de-bœuf, projette sur le Ressuscité les ailes de son manteau, chauve-souris géante qui couvre le corps de Jésus. Dans les tribunes de l'assemblée, l'indignation bouscule les rangées de turbans des délégués de Jérusalem, agite les mitres des représentants des Églises d'Antioche, de Chypre, de Syrie. Cette grange, dans le Bézétha, au nord de la ville, contre la nouvelle enceinte bâtie par Agrippa le long du Golgotha, c'est la vieille Jeanne qui l'a achetée et aménagée. Les volets sont fermés, à cause de la chaleur, et laissent filtrer une lumière que bleuit la chaux hâtivement passée sur les trois autres murs. Ses rayons accrochent mille éclats aux pectoraux de lapis-lazulis, aux croix ansées d'argent, aux bagues incisées d'un Tau, aux petits poissons d'argent que portent au front certains diacres, au Pétalon d'or, le diadème intaillé du Tétragramme, réservé à Jacques et à Jean, au banc des douze apôtres.

« Mon prépuce fut coupé plus régulièrement que le vôtre ! Ah, vous voulez me donner des leçons de judaïsme ! »

D'un côté, les docteurs, didascales, épiscopes, diacres, car tous ces titres existent à présent, « presbytres », « anciens » si jeunes des communautés de l'Asie romaine ; aucun n'a plus de trente ans. Ils ont nom Siméon-Niger, à la peau sombre de Syrien, Lucius, né à Cyrène en Afrique, Manaën, descendant de la famille royale des Hasmonéens. Ils président à l'Église d'Antioche ; les premiers, ils ont employé le mot « chrétien ». Ils sont les meilleurs soutiens de Paul ; leurs allures vont du Grec à l'Oriental, aucun ne porte la lévite des prêtres juifs.

Derrière eux, un collier de pièces d'or au cou, l'eunuque favori de la reine d'Éthiopie, Candace ; et, portant la tiare persane, entourée de la garde de ses fils, la reine d'Adiabène, Hélène, jette sur le concile le beau regard las de ses paupières flétries. Cette grande politique, venue de son petit royaume féal de Rome, à la frontière des Parthes, avait converti au judaïsme son fils Izate, héritier des trônes de Mésène, Émèse, et Adiabène. Izate et son frère Monobaze avaient dû se faire circoncire, au risque de perdre leur trône ; installée en Jérusalem, qu'elle inondait de monuments et de présents, cette famille avait découvert les chrétiens, et se passionnait pour la controverse entre tenants de la Loi et libéraux, comme Paul.

Elle était aussi attirée par les théogonies des sectes zoroastriennes qui bordaient son royaume au nord, vers le pays des Parthes, qui croient à deux principes divins opposés et distincts. Prokhore l'avait entendue argumenter avec Paul. Il est écrit dans la Genèse : « Dieu dit : " Que la lumière soit ", et la lumière fut. » Dieu donc n'était pas lumineux, puisque, quand il vit la lumière, il l'admira et « vit qu'elle était bonne ». Il avait donc son lieu, sa demeure dans les ténèbres, dans la boue noire où planait l'esprit ? N'était-il pas plus juste, comme les Purs, les Maguséens qui lisent les livres saints de Zoroastre, d'Ostanès et d'Hystaspe, de penser qu'à l'origine, Dieu était Lumière, et Satan, qui préexistait dès l'origine pour sa défaite, ténèbres obscures ? De tels débats, Prokhore en percevait les échos tous les jours, dans les commissions, les cénacles informels, l'agitation, le brassage de théologies qui entouraient le concile.

Des docteurs, des ministres, des rois ! Que Prokhore se sent loin déjà de ce quartier des potiers où ils habitaient avec la Mère, ignorés de tous...

« La Loi ! Je la connais mieux que vous, je l'ai mieux défendue que vous. Les dos de certains d'entre vous s'en souviennent encore !

— Tu insultes nos martyrs ! Saül, qui te fais appeler Paul, loup qui te couvres de la laine de l'agneau, au nom d'Étienne, de mon frère Jacques, je te maudis ! »

Jean s'est levé, de l'autre côté, au banc des Douze, étincelant de colère prophétique. C'est la seule fois, au cours du concile, qu'il aura adressé la parole à Paul. Il ne le regarde jamais en face. Prokhore seul sait quel fantôme hante l'Aimé à chaque rencontre avec le treizième apôtre, comme Saül s'est lui-même intitulé ironiquement.

C'était à Jérusalem, l'année où Paul vint voir Pierre, Jacques et Philippe. Jean ne l'avait pas rencontré ; avec les hellénistes, il considérait le persécuteur d'Étienne comme un pestiféré. Ils étaient au Temple pour le sabbat. Le bras de Jean saisit celui de Prokhore, le serrant à faire mal. Il bégayait, montrant quelqu'un, que Prokhore reconnut aussitôt à sa longue face blême et son sourcil unique :

« Lui ! L'Antéchrist ! L'autre Judas ! »

Cette même face, celle de Saül, il l'avait vu entrer, ce même corps difforme, il l'avait vu s'asseoir, dans la salle de la Cène, à la place de Judas ; c'était l'homme que Christ lui avait désigné comme le traître à venir, le plus dangereux. Prokhore n'a pu arracher de l'âme de Jean cette certitude.

« Oh non, ce n'est pas un homme parmi les autres, un simple renégat. C'est le démon à face humaine entré dans l'Église de Christ. Le véritable Judas, qui embrasse pour étouffer... »

En effet, seul un démon peut avoir trouvé cette flèche suprême, qui a fait bondir d'indignation tous les apôtres : cette allusion au fouet subi il y a dix ans. Prokhore, au banc des secrétaires, une tribune derrière celle des premiers disciples, sait que, dans les cathèdres vides, les absents se lèvent aussi. Car sur les douze stalles sculptées en bois d'olivier, offertes par l'Église d'Antioche à celle de Jérusalem, quatre sont restées vides ; la famille est toujours là, Jacques, « frère du Seigneur », les mains bien à plat sur sa ceinture de lin à franges, son frère Jude à ses côtés, leur barbe grise parsemée de bourses de cuir noir contenant les extraits de la Loi. Pierre, qui préside, est en

243

tunique de laine blanche sans coutures, il porte en sautoir une grande croix de bois d'une simplicité affectée. Pierre est si ému de la puissance qu'il a acquise, en tant que Pasteur universel, que, surtout depuis la mort d'André, d'épuisement, chez les Scythes, il ne sait à quel parti se vouer. Simon, l'ancien brigand, est mort de maladie, aussi, peu après le martyre de Jacques, fils de Zébédée, comme Bartholomé, que Pierre et Jean appelaient encore Nathanaël. Jean, Jacques et Jude, Matthieu, Thomas, et Matthias, élu à la place de Judas, sont du parti qui attaque Paul ; Philippe seul a quelque hésitation, malgré ses liens avec Étienne.

Est-ce là l'Église de Christ ? Comme elle a changé en dix ans ! Ce matin, les Pères, les Anciens, les Presbytres, les épiscopes, entrant dans la salle, s'interpellaient en toutes les langues. Les *Salem* syriens répondaient aux *Naïdios* phéniciens, au *Chaïre* des Grecs et au *Shalom* des apôtres de Jérusalem. À côté des Joseph, des Eliacin, des Josué, se sont assis des Hégésippe, des Alkime, des Jason, qui ont fait paganiser leur prénom hébreu. Ou même romaniser, comme Saül en Paul. Prokhore a senti entre eux une tension, une réserve dans les baisers ; les salutations, d'un parti à l'autre, étaient contraintes, et les vœux de paix bien tièdes. Les archi-apôtres, comme on les appelle maintenant, approchent tous ou dépassent le demi-siècle, sauf Jean. Leurs regards sagaces, leurs gestes lents pèsent déjà les milliers, les dizaines de milliers de convertis. Ils ont l'exclusivité de l'ordination ; par eux seuls se transmet le pouvoir de baptiser. Être sacré par eux est nécessaire pour sacrer à son tour. Du moins l'affirment-ils.

Jacques, ballottant un énorme pectoral sur sa poitrine, s'est péniblement levé. Il s'est fait surnommer « le Juste », et aussi « Rempart du peuple », Obliam, en jérusalémite. Prokhore ne l'a jamais beaucoup aimé ; depuis le décès de Marie veuve de Cléophas, leur mère, lui et Jude sont passés du statut de cousins à celui de frères du Seigneur. Ils défendent bec et ongles leur privilège de parents, et une partie des dons et collectes finit nécessairement chez eux.

Il est d'une piété toute hébraïque. On dit qu'à force de prier au Temple, il a des cals aux genoux, comme les vieux chameaux. Cette outre d'affectation en tient pour la Loi dans son rigorisme le plus minutieux. Il ne mange pas de viande, prône le célibat, ne coupe ni sa barbe ni ses cheveux. Depuis l'arrivée de Paul et la polémique sur la circoncision et la Loi, Jean s'est rapproché de lui ; il n'a guère le choix de ses alliés, depuis que Paul prône l'abandon de tout judaïsme à ses ouailles.

« Il ne convient pas à la mémoire de notre frère le Seigneur que s'aigrisse ainsi la dispute entre Ses Églises. Que Saül, que le Bien-Aimé retirent leurs paroles, elles ont dépassé leur pensée, et que Saül vienne à résipiscence, tout sera pardonné. »

Les prébendes sont trop nécessaires, qu'offre à la vieille communauté misérable de la Ville sainte la jeune Église d'Antioche. Paul n'est pas venu sans munitions : les deniers et les drachmes collectés en Grèce et en Asie débordent des coffres du treizième apôtre.

Si Prokhore, en son for intérieur, n'approuvait pas le ralliement de l'Aimé au parti de Jacques, il n'éprouvait non plus que peu de sympathie avec ceux d'Antioche, sauf Nicolas, quoiqu'ils fussent des parlant grec. Plus d'une oreille percée, parmi eux, plus ou moins dissimulée, rappelait l'origine servile ou affranchie ; des Syriens mal grécisés, des fils d'épiciers ou de marchands d'huile : le jeune Alexandrin (Prokhore n'avait pas encore trente ans) appartenait à une cité autrement philosophe et artiste que les baladins sensuels de l'Oronte. Pourtant, c'était d'Antioche qu'était venu le miracle ; si aujourd'hui vingt-deux communautés, autour de la Méditerranée, payaient tribut à celle de Jérusalem, représentée par Pierre, Jacques et Jean, on le devait aux Antiochiens, donc à Paul.

Paul s'était assis, livide de fatigue, entre Barnabé, son seul soutien à Jérusalem, et Tite, un jeune homme à la chevelure courte et ronde, aux yeux bleus, au profil de médaille romaine, qui l'accompagnait partout. Pierre, s'épongeant le front, consultait les apôtres. Jean, tournant le dos au concile, était entré en prières. Barnabé allait d'un groupe à l'autre, murmurant des supplications, atténuant la portée des propos qui venaient d'être tenus. Barnabé, qu'on surnommait à présent le Trait-d'Union, avait eu l'audace d'aller chercher Paul à Tarse, après sa conversion et son échec à Jérusalem, pour en faire le prophète de la toute jeune Église d'Antioche.

L'apôtre des Gentils revint à la tribune, balançant les bras, rejetant sur l'épaule son long manteau de bure. Il tendait de la main droite aux Pères du concile un rouleau déployé ; la main gauche, sous le manteau, agitait l'étoffe comme une aile de rapace. Le rouleau portait un Dit du Christ que Paul hurla : « " Ce que vous entendez dans le creux de l'oreille, proclamez-le sur les toits. " Vous voulez des ménagements, des arrangements, vous chuchotez vos querelles, craignant de les étaler ! Retirer mes paroles, encore faire semblant... Je suis fou, c'est convenu. Eh bien, supportez un moment ma folie, vénérables archi-archi-apôtres. Et puisqu'il est de mode de chanter sa propre gloire ou son sang (Jacques rougit à son banc, le regard rivé à Paul), chantons donc la nôtre. Vous êtes hébreux ? Moi aussi je le suis. Vous êtes israélites ? Moi aussi je le suis. Vous êtes de la race d'Abraham ? — ceci visait, outre Jacques et Jude, Jean, de famille sacerdotale — moi aussi je le suis. Vous êtes des ministres de Christ (là, je parle vraiment en fou), je le suis bien plus ! Plus qu'aucun de vous vivant, j'ai accompli des travaux, plus qu'aucun été jeté en prison ; plus souvent que vous j'ai affronté la mort, les coups ; trois fois fouetté par les juifs en Asie, deux fois lapidé, naufragé pour la gloire de Christ plus de cinq fois ! Labeurs, fatigues, maladies, soif, froid, jeûne, tracasseries des faux frères, j'ai tout supporté, et j'ai apporté à vos pieds, non, pas à vos pieds, aux Siens, la moitié du monde connu ! »

Qu'était en effet la petite mission des hellénistes, qui avaient semé les premières conversions en Asie, comparée à l'empire, de Corinthe au pays des Galates, que Paul avait créé ?

Il leva le doigt, comme pour une menace, vers le fond de la salle.

« Suivez-Le, marchez derrière Lui, dans la Voie qu'Il vous montre, celle qu'Il m'a ouverte sur la route de Damas... »

Malgré eux, ils tournèrent la tête, comme si Jésus allait entrer en secouant la poussière de ses sandales.

« Cette Voie conduit loin de la Loi juive. Je vous le dis : si Jésus n'est que le Messie des juifs, sa mort et sa résurrection, l'apparition que j'en eus, ne sont pas vraies ; s'Il n'est pas mort et ressuscité, notre foi s'effondre. Comment ne comprenez-vous pas que le Royaume ne connaît ni juifs ni Gentils, ni circoncis ni incirconcis ? Vous prétendez L'avoir connu...

— C'est toi qui ne L'as jamais connu, rhéteur ! »

L'interruption de Thomas ne désarçonna pas Paul.

« Vous L'avez connu dans sa chair, et vous en êtes restés à la chair. Ne voyez-vous pas qu'Il est venu nous rendre libres de toute chair, tuer le vieil homme d'Israël en nous, achever la Loi comme on achève un fauve blessé et dangereux ? Que les chrétiens ne sont pas l'achèvement de Moïse, mais le terme, la borne où s'arrête l'Ancienne Alliance ? »

Ses paroles les frappent comme la grêle ; leurs épaules que couvrent de riches étoles, leurs turbans et leurs barbes frémissent.

« As-tu oublié que le salut vient des juifs ? Prétends-tu oui ou non libérer tes convertis de l'obéissance à la Loi, malgré nos avertissements ? Viens-en au fait : te proclames-tu apôtre à toi tout seul, ayant droit d'ordination, entres-tu en dissidence avec les Douze ? »

Pierre apostrophe Paul ; il a senti la fermeté de Jacques, de Jean, des autres apôtres. Paul aspire l'air vicié de la pièce ; il aime ces affrontements, cette dureté où se révèle enfin le vrai visage des saints qui ont trop longtemps rongé leurs mors, où éclate le masque de douceur désintéressée.

« Quand j'étais esclave de la Loi, j'ai rencontré Étienne. J'étais enflammé de zèle pour la religion d'Israël, le zèle criminel de celui qui s'impose mille privations, multiplie les interdits, se charge sous un fardeau, celui de la Loi, que nul ne peut porter, et aiguillonne ainsi ses désirs et sa chair, éprouvant plus fortement dans ses observances mêmes la puissance et l'attrait du mal. J'étais jaloux d'Étienne, parce qu'il était libre ; je sentais, à le voir, désespoir et haine, parce que la liberté de l'amour m'était, à moi, âne chargé d'interdits, refusée ! Depuis que mes yeux ont brûlé, je demeure dans Sa parole, je suis Son disciple, et je connais la Vérité, et la Vérité m'a libéré...

— Le peuple premier né du Très-Haut, les enfants d'Abraham, toujours furent libres, dans et par la Loi ! »

Paul sourit à la vertueuse indignation de Jacques.

« Seules la mort et la Résurrection de Christ libèrent l'homme. En Lui, nous trouvons la rédemption de nos fautes. Comment pouvez-vous croire à ces purifications, ces interdits enfantins ? Lui nous donne le sens véritable de notre péché :

par Lui, nous devenons adultes, parce que les liens tout extérieurs de la Loi, semblables aux entraves qu'on met aux enfants, Il nous les arrache ; le corset d'une règle qui nie notre volonté et la profondeur de nos remords, Il nous l'enlève. En Christ, le sentiment de nos péchés et la rémission de nos fautes, selon la richesse de Sa grâce et la grandeur de Son sacrifice... En nous soustrayant à la Loi, Christ nous gagne à Lui. L'homme de la chair est défunt, l'homme de l'Esprit est né. Et si ce vieil homme, en nous, qui s'imposait des prescriptions pour mieux se purifier après avoir péché, si ce vieil homme juif remue encore, il faut l'achever !

— C'est toi qui voudrais tuer tous les Témoins de Sa Vie ! Tu seras bien tranquille alors ; avec tes abolitions, tu feras recette. Tout est permis à qui a la foi selon Saül. Vautrez-vous dans le péché, tout est déjà racheté ! »

La perfidie de Jude fait hausser les épaules au treizième apôtre.

« L'aiguillon de la mort, c'est le péché ; et l'aiguillon du péché est la Loi et la peur de la Loi. Tous ceux qui se réclament de la Loi encourront une malédiction. Aux païens passeront l'Esprit et la bénédiction autrefois donnée à Abraham... Ces peuples innombrables que j'ai conquis à la Foi, ces mille collectes, venues des plus humbles misères, comme des bourses des riches, j'étais venu les déposer entre vos mains... »

D'un geste rageur, il a saisi une poignée de pièces dans sa ceinture, et·jette à la volée les chouettes athéniennes, les drachmes d'argent, qui roulent dans tous les coins, pendant que fusent les exclamations :

« Sacrilège ! Honte sur nous tous ! Prostitution ! »

Le groupe des Judéens répète la même insulte en cadence :

« Simoniaque ! Simoniaque ! »

Prokhore connaît l'origine du mot. C'était l'année qui suivit le meurtre d'Étienne ; Jean, Pierre, Philippe et lui se tenaient en Samarie, tandis que Paul, mettant la même impétuosité à les convertir qu'il avait employée à les pousser au massacre des chrétiens, haranguait au nom du Fils les juifs de Damas...

Simoniaque : l'injure était terrible. Depuis vingt ans, depuis l'instant précis où elle avait commencé d'exister, Simon dit le Mage ou le Maguséen avait été le plus redoutable adversaire de l'Église de Christ. Simon, qu'on appelait aussi de Gita, du nom de sa cité, père de la Gnose, ce double envoûtant de l'Église, qui joint toutes les croyances en un ballet maléfique, se vantait comme sa secte, et celles qui en descendent aujourd'hui, d'un privilège d'aînesse sur les apôtres ; à leurs yeux, c'étaient, et ce sont, les chrétiens de notre Église la secte parmi les sectes. Sa religion, d'ailleurs, se prétendait, comme ses consœurs, plus large et plus accueillante que la nôtre, et faisait place à Christ sans difficulté.

Il était en effet l'un des trente disciples du Baptiste ; l'Aimé me conta qu'à sa rencontre avec le Seigneur, au Jourdain, ils avaient subi, lui et Pierre, moqueries et vexations des disciples restés fidèles à Jean le Baptiste. Quand il mourut à Machéronte, exécuté par le caprice de Salomé et Hérodiade, que leur péché soit avec elles, ces disciples, entre eux, résolurent de ne pas reconnaître le Messie dont Jean-Baptiste avait aplani le chemin. Ils proclamèrent comme leur prophète, et l'héritier de leur Maître, l'un d'eux, nommé Dosithée. À sa mort, Simon de Gita lui succéda.

Mais, du Baptiste, s'ils gardèrent les rites du bain purificateur, ces sectaires n'imitèrent point la sage modestie. Simon le magicien, que j'ai rencontré en Samarie, à l'époque où sa gloire n'était encore que locale, elle qui devait plus tard s'étendre au monde entier, se faisait appeler en ce pays « La Grande Puissance de Dieu ». Les Samaritains, du plus petit au plus vieux, le considéraient comme leur Messie ; la vieille rivalité du royaume du Nord contre celui du Sud, de la Samarie contre la Judée, alimentait cette concurrence faite à Christ.

Simon, comme Paul, n'admettait comme témoignages que ses propres visions. Le pays samaritain était rempli de miracles, de coups de théâtre divins, d'illuminations et de thaumaturges guérisseurs. Simon affirmait que les dieux des autres religions, Christ inclus, venaient personnellement lui révéler les Sur-essences cachées derrière l'apparence des croyances ordinaires.

Simon, comme Paul, avait ces élégances de discours venues des écoles de rhétorique asiates. Tout dieu connu étant trop étroit pour lui, car Dieu n'était à l'entendre ni mâle ni femelle, mais les deux simultanément, il n'était pas plus chrétien que païen. Du moins si c'est être chrétien que de respecter le Dieu juste et bon créateur de ce monde que nous a transmis Israël, dont la Promesse aux enfants d'Abraham est accomplie par la venue du Fils. Son système, niant le Créateur, ne voulait connaître que le Père Inconnu, le Dieu Caché, l'Abîme et le Silence originaires. Toute création était œuvre de Samaël, Saklas, Ialdabaoth, dieu jaloux, archonte des forces mauvaises ; toute création était indifférente au vrai Dieu, que dissimulait le culte rendu par les faux prophètes de Sion.

Seule la chute de la Pensée Divine en ce bas monde, de Sophia fille de l'Inengendré, son emprisonnement dans la vile matière, où elle gémissait du désir de s'en retourner près du Père, expliquait l'existence de l'univers créé, et de ses créatures. Le dieu inférieur, le créateur qu'adorait Moïse, n'était que le fils dévoyé de cette Sophia tombée du ciel. Le dieu caché, et les aventures de Sophia, c'était Christ qui les révélait à Simon ; il le mettait entre Homère, Zoroastre, et son ancien maître le Baptiste, parmi les images peintes de ses temples. Il prétendait en connaître de secrètes paroles ; il se vantait de lui avoir succédé comme amant de Marie de Magdala, retournée à son trottoir après la Passion, et qui était réapparue ici et là, jusqu'en Gaule ; des spéculations sans nombre avaient cours autour d'elle.

L'Aimé et Pierre étaient venus à Sébaste confirmer par l'imposition des mains les pasteurs de la communauté, créée par les diacres hellénistes, lesquels ne pouvaient conférer que le baptême ordinaire des catéchumènes. Simon installa, non loin de la demeure que nous occupions, une de ses Maisons de Vie, où il célébrait Christ à sa façon. Les fidèles ne comprenaient pas s'il appartenait ou non aux archi-apôtres. Comme ses manières, sa parole avait quelque chose d'insinuant, qui fascinait et livrait sans défense le nouveau converti. Il tenait des séances de méditation, où, précédant certains arguments de Paul, il invoquait la nécessaire libération à l'égard de la Loi, et même, à ce que je crois, de toute forme de pudeur.

Je ne puis certifier tout ce qu'on a dit des mœurs des simoniaques. Ils avaient entre eux un signe de reconnaissance, qui consistait, quand ils se tendaient la main, apparemment pour se saluer, à chatouiller d'une caresse discrète le creux de la paume de l'autre initié. Il paraît qu'après leur repas en commun, ils se livraient à la furie sexuelle, et que le mari, se retirant de sa femme, devait dire à celle-ci : « Lève-toi, fais l'amour avec le frère », en offrant son épouse à tous les embrassements. On prétendait aussi qu'après l'accouplement, l'homme et la femme recueillaient soigneusement dans leurs mains la liqueur séminale, et priaient le ciel, debout, lui offrant leur saleté. Enfin, et la honte de cette honte me submerge rien qu'à l'évoquer, ils auraient multiplié les eucharisties sacrilèges, mangeant leur propre semence, buvant le sang menstruel de leurs femmes, en commun, et en chantant : « Voici le corps de Christ, voici son sang. » Et les embryons conçus par leurs femmes, si elles tombaient enceintes en dépit de leurs précautions, ils les extirpaient, les pétrissaient dans un mortier avec du miel, du poivre et des épices, et communiaient de cette horreur en adressant à Dieu cette prière : « Nous n'avons pas été joués par le Prince du Désir, mais nous avons recueilli le produit de la transgression du frère. » Enfin, quand ils se prenaient l'un l'autre sodomiquement, ils se susurraient l'un l'autre à l'oreille : « Viens, ma sœur, viens au Royaume des Purs, des Pneumatiques, des Parfaits. »

De tout cela je n'ai pas été témoin, mais il est vrai que leur haine de toute création et de toute génération, qu'ils ont léguée à leurs disciples, était pour eux article de foi. Procréer, c'est continuer ce monde matériel dominé par le Prince des Ténèbres, arguaient-ils. Pourtant, Simon, comme son disciple Ménandre, était obsédé par l'Esprit Femme, la Grande Pensée parèdre de Dieu, cette Eunoïa, cette Sophia, cette Sagesse qui, malgré elle, avait engendré notre monde ; et leur prière la plus sacrée disait :

« Elle a passé de corps en corps
Subissant des tourments toujours nouveaux
Et pour finir à la fin des temps
Elle devint une prostituée
C'est elle la brebis perdue
C'est pour elle qu'Il est venu. »

Simon aimait à citer les proverbes de Salomon sur la Sagesse :
« Sur la route, au croisement des chemins elle se poste
Près des portes de la cité, sur les voies d'accès elle s'écrie... »

et il en avait conclu que la Sagesse de Dieu était incarnée par une prostituée, qu'il avait ramassée dans un lupanar de Tyr. Les Samaritains avaient un temple d'Hélène ; il lui donna le nom de la célèbre et volage reine de Troie, qu'il prétendait être, ainsi que notre mère Ève, des apparences successives prises par la Grande Pensée divine. De ces grandes déesses, de ces prostitutions sacrées, l'Orient idolâtre est hélas familier.

Comme Paul, Simon aimait et connaissait le pouvoir de l'argent. Je le revois, et je revois la grosse bourse, sous le manteau entrouvert, gonflée de sesterces, et j'entends encore sa voix, hésitante et solliciteuse, la seule fois où il osa aborder les apôtres :

« Par Christ, Époux de Lui-même, Générateur de Soi (Simon aimait les longues robes chamarrées et les épithètes ronflantes), accordez-moi, à moi aussi, le pouvoir apostolique, faites descendre sur ma tête l'Esprit saint, par l'intercession magique de vos mains bénies ! Voyez ce don que je veux faire à votre communauté. Ce que je demande en échange est bien peu de chose... »

Simon le lettré, l'écrivain auteur de la Grande Exposition de tous les Mystères, hanté d'émanations divines et démoniaques : il prétendait chasser les mauvais esprits, et il en créait sans cesse de nouveaux, plus raffinés et plus pervers. Simon le simoniaque, qui prétendait acheter les sacrements... Son école longtemps poursuivit les apôtres, comme un cauchemar ; et sa descendance, hydre aux cent têtes, menace encore notre Église. Nous devions le retrouver à Rome, plus riche, plus inventif, plus influent que jamais ; une légende en naquit : Pierre, Pasteur universel, aurait provoqué sa chute et sa mort, quand Simon, par l'art de sa magie, planait au-dessus de la Ville éternelle. Belle légende, qui n'a, je dois le confesser, aucun fondement.

En Samarie, l'Aimé et Pierre, en refusant ses dons, interdirent aux disciples tout rapport avec lui. La première exclusion était prononcée, le premier schisme, car Simon avait des adeptes parmi nos fidèles, consommé et surmonté.

Au concile de Jérusalem, quand, pour répondre à l'offrande de ses collectes, les archi-apôtres accusèrent Paul de vouloir les acheter et le traitèrent de simoniaque, je crus bien que le moment du second schisme était arrivé. Si c'eût été le cas, débordée par la Gnose au nom menteur, plus nombreuse qu'elle, qui paraissait tout aussi, sinon plus, légitime que notre collège apostolique, *désertée par Paul et les siens qui eussent rejoint le camp gnosti-que, notre Grande Église de l'orthodoxie eût végété, simple secte parmi les autres sectes. Elle fût devenue partie, et faible partie, de cette Gnose aux mille visages qui semblait alors la contenir comme variante particulière avant de se résigner à n'être que son hérésie....*

« Il veut nous acheter ! Prostitution ! Simonie ! »

Tous les rangs se sont levés, les protestations sont devenues des vociférations. De petits couteaux sortent des manches, de solides bâtons épiscopaux à crosse d'ivoire sont apparus entre les plis des manteaux. Paul a dépassé les frontières de l'admissi-ble. Prokhore, inquiet, referme son écritoire. Les Grecs du concile hurlent leur soutien à l'apôtre de Tarse. Lui, l'assassin d'Étienne, il avait su rafler, par un mouvement tournant, la sympathie de ces jeunes missionnaires hellénistes naguère fidèles de Jean. De son crime il s'est fait une arme : plus le crime est grand, meilleur le repentir. Quel est donc son but ? Joue-t-il la rupture ? Veut-il le scandale, l'arrestation du concile pour troubles à l'ordre public, la scission ? Ses exhortations, bien qu'il s'en défie, touchent profondément Prokhore. Ses intentions agitées, conquérantes, iront-elles jusqu'à se faire chef de l'Église ? Il a tant d'amis à Rome, où sa doctrine de la Foi contre la Loi est commode aux patriciens...

Jean, sortant de ses prières, a levé les deux bras vers la char-pente. Un grand silence s'est fait aussitôt. Quand l'Aimé ouvre la bouche, chacun se tait, même Paul. Il invective le reflet sur la paroi, refusant de regarder l'homme de Tarse.

« Il s'est faufilé parmi nous certains hommes, impies, depuis longtemps prédestinés à la trahison, qui changent la grâce de Notre-Seigneur en orgie, et nient Jésus-Christ en Sa chair, Lui notre seul Maître et Fils du Père Vivant. Ils souillent la chair en rêve, ils injurient les Témoins. Malheur à eux, car ils sont entrés dans la voie de Caïn, dans l'erreur de Balam, dans la révolte de Coré ! Pasteurs qui se paissent eux-mêmes, nuages sans eau, sources taries, vents vides de Christ, arbres de fin d'automne aux fruits amers et mal venus, trop tard mûris, flots écumants de leur propre insanie, ils finiront dans le schisme et l'hérésie ! »

Profitant du calme qu'a obtenu la sombre prophétie, Pierre dépose une motion : une commission va se réunir, sous sa présidence, pour tenter de rapprocher les points de vue. Jacques, Jude, Barnabé y siégeront avec Pierre. Peut-être, en dehors de l'enceinte, qu'ont surchauffée Paul et Jean, trouveront-ils un compromis. En attendant, le concile est suspendu, dilué dans les conversations, les déplorations entre Pères.

Caïus Julius Paulus : homme universel ! Citoyen romain, et prêt à tout moment à s'en réclamer ; citoyen de naissance, par son père, Mattatias, lequel, actif industriel de Tarse, et déjà citoyen grec de sa cité, fut fait romain par César Jules en personne, comme des milliers d'autres. Ayant quitté sa ville, sur les hauteurs du golfe de Cilicie, au creux de l'Asie Mineure, le fils changea son nom, Saül, en Paulus, par reconnaissance envers Sergius Paulus, procurateur de Chypre et son intime ami. Érudit en grec, pharisien gamaliéliste passé au parti d'Anne, puis à celui de Christ, il avait toutes les cartes en main. Plus grec que les Grecs, plus juif que les juifs, plus romain que les Romains, telle semblait sa devise. Insaisissable Paul ! Apparu comme un météore dans le ciel tranquille de la première communauté que nous formions à Jérusalem ! Nous avions appris avec joie, en Samarie, que le persécuteur Saül était resté aveugle sur le chemin de Damas. Dieu punissait le meurtrier d'Étienne. La nouvelle de sa guérison, de sa conversion, nous furent confirmées quand nous retournâmes à Jérusalem. Elles étaient dues à un ancien de la communauté de Christ en Damas, Ananie, ami de Joseph d'Arimathie, naïf presbytre que Paul avait su séduire. Si des écailles d'os étaient tombées des yeux du treizième apôtre, dans la Ville sainte, les dents grincèrent d'incrédulité, les bouches crachèrent le doute et le persiflage. Paul prétendait avoir subi, terrible coup en retour, le charme du Maître d'Étienne, qu'il avait lapidé.

« Saül, pourquoi me persécutes-tu ? » De cette question, posée par une apparition de Christ dont il avait été seul témoin, il se glorifiait sans cesse ; plus le pardon avait été grand, plus Paul

était exemplaire. Il se faisait donc orgueil de cette miséricorde. Le bruit de ce miracle, de cette apparition, parvint à Jérusalem ; Paul lui-même n'osa s'y présenter. L'Aimé, sans le connaître, était scandalisé par ce personnage qui prétendait avoir des visions comme les apôtres, en se relevant tout juste d'avoir aidé à en exécuter un. Si sa conversion était sincère, au moins aurait-il pu venir s'humilier aux pieds de Pierre et de Jean. Sa conduite même prouvait qu'il ne s'agissait que d'une ruse ; le loup se faisait berger pour pénétrer dans le troupeau et marquer ses futures victimes.

La persécution de Saül, puis sa conversion, puis ses voyages, ont jeté en dix ans l'Église hors de son nid. De cela encore nous lui sommes redevables.

Plusieurs mois après le miracle, Paul fut chassé de Damas par les juifs, furieux de voir un représentant du grand prêtre apostasier ainsi. Il se sauva de la ville dans un panier que les fidèles descendirent de nuit par-dessus les murs. Alors que l'affaire de la statue de Caligula agitait encore le pays, il vint voir Philippe à Jérusalem, tenant par la main Barnabé, cousin de Marc, qu'il avait déjà gagné à sa cause. Il désirait particulièrement s'attacher aux hellénistes, parce qu'il y voyait, lucide, l'avenir et la grande force de l'Aimé, si proche à la fois de la Source et de l'océan païen à convertir. Enfin, il pensait que le pardon public, mieux, le ralliement des hellénistes à sa personne, montrerait seul que l'assassinat d'Étienne appartenait au passé, et qu'il était désormais partie de l'Église.

Nous, dont j'étais, bien qu'il nous parlât suavement et en grec, nous le haïssions toujours pour cette mort. Celui qui se vantait d'avoir eu la vision de Christ en gloire et en face n'avait pas la force d'affronter celle de l'Aimé ; il l'évitait ; et, après que l'Aimé l'eut aperçu une fois, au Temple, ce fut lui qui se mit à le fuir obstinément. L'Aimé le nommait Judas, comme l'Iscariote. Nous pensions qu'il était venu dresser des listes de dénonciation ; têtes brûlées que nous étions, pouvions-nous deviner qu'il y avait dans Paul l'étincelle de la volonté divine ?

Il faut que je le confesse : un soir, au coin de la fontaine des Potiers, nous l'attendîmes, près de la maison où il logeait, tenant des bâtons et des cailloux. Dieu soit loué, le Seigneur avait prévenu nos affreux projets, et Paul, averti, quitta la ville aussitôt *par le nord, échappant pour notre éternel salut à notre guet-apens...*

Le brouhaha, dans la salle du concile, s'est apaisé. Les mitres et les turbans se rassoient, face à face ; les propos particuliers décroissent. Pierre, plus grave qu'il n'a coutume d'être, présente le rapport de la commission.

« Voici notre proposition, Saül. Écoute-la bien, si tu veux éviter de déchirer la tunique de Christ. Nous, archi-apôtres, considérant les villes d'Orient où tu fais abondante moisson d'âmes, venant en secours à ta mère de Jérusalem grâce aux grands moyens que tu y récoltes, et connaissant la vie dans ces grandes cités telles que tu nous les as décrites (Pierre n'était jamais sorti de Terre sainte, et imaginait Antioche un fumier de luxure), pour les besoins de cette mission très spéciale de Christ, nous te reconnaissons comme apôtre des Gentils ; nous t'autorisons à baptiser, à remettre les péchés, et à admettre en l'Église des mangeurs de viandes prohibées par la Loi, si tels sont leurs usages et si elles n'ont pas été sacrifiées préalablement aux idoles ; à condition qu'ils s'abstiennent du sang, du parjure et du mensonge, nous t'autorisons à n'exiger de tes convertis que l'obéissance aux préceptes que nos pères appelaient règles de Noé, qui sont suffisants pour les prosélytes restés sur le seuil de l'Ancienne Loi, et suffiront désormais aux fidèles de la Nouvelle... »

Un mouvement d'heureuse surprise et d'approbation court sur les bancs des Antiochiens. Les préceptes noachiques, version très allégée et simplifiée de la Loi, étaient à peu près compatibles avec une vie païenne.

« Mais... »

Paul soupire. Tant de générosité l'étonnait ; il jette un regard vers Jean. Celui-ci prie à nouveau, indifférent.

« Mais les presbytres, anciens ou docteurs de la communauté que tu consacreras seront tenus par toi à la Loi tout entière, dès lors qu'ils y ont été élevés... »

C'était encore presque raisonnable. On aurait entendu une mouche voler dans l'assistance.

« Et tu feras circoncire Tite, avec lequel tu es venu d'Antioche. »

Le tollé de protestations soulève la salle. Les Antiochiens veulent quitter la séance ; ce dernier trait est une noire provocation de la part des rigoristes, des pharisiens chrétiens, des amis de Jacques. On blesse tous les circoncis, on attaque Paul en sa plus chère amitié. Tite, debout, ses bras nus cerclés de fer croisés sur sa poitrine, le cœur soulevé d'indignation, lance d'une voix vibrante :

« Est-ce à dire, vénéré archi-apôtre Pierre, que je ne suis pas chrétien ? »

Pierre balbutie, se retourne vers Jean. Ce sont eux qui ont inventé le mot, comment le leur refuser ? Mais ce sera la circoncision de Tite, ou le schisme.

« Nous ne disons pas que tous doivent être circoncis ; nous te demandons un geste de piété et de respect, pour Christ, qui fut circoncis au Temple... »

Jean a soufflé cet argument à Jacques. La nuit est tombée, sans qu'aucun d'entre eux soit sorti ; des esclaves ont apporté des flambeaux, sans qu'ils s'en rendent compte. Ils ouvrent les volets ; le crissement des cigales, l'air frais de la nuit, ravivent les esprits.

Paul parle debout sur le fond noir d'une fenêtre ouverte ; il serre les dents, son poing se ferme comme une serre :

« Circoncire Tite ! Par Christ qui m'est apparu, par le Père, le Fils et le Saint-Esprit, je jure... »

Prokhore retient sa respiration. Paul parle à voix basse, ou presque. Tous sont suspendus à ses lèvres minces, étirées par la rage froide. Quelque résolution terrible va survenir ; Jean lui-même, dans l'ombre, jette un regard sur son adversaire.

Le trille d'un rouge-gorge parvint du dehors. Paul était debout, une main crispée sur la barre des orateurs, l'autre levée pour le serment. Il revivait son embarquement pour Tarse, dix ans plus tôt, quand il avait échoué à convaincre aucun apôtre de sa sincérité...

Les réminiscences lui venaient par rafales. C'était Tarse, la fureur de sa famille, lui coupant les vivres parce qu'il rentrait de Jérusalem, après avoir étudié auprès des plus grands docteurs, membre d'une secte pouilleuse et inconnue ; pendant trois ans, il s'était mêlé aux ouvriers tisserands des ateliers qui fabriquaient les toiles de tente et les voiles des galères ; ce jeune bourgeois les amusait, il en convertit quelques-uns. Cette forme de prédication, il le savait, était une impasse. Il se sentait alors brimé, freiné, sans autorité ni moyens ; à cette allure, il en avait pour un siècle. C'est Barnabé qui était venu lui proposer de diriger le noyau chrétien d'Antioche. Il avait frémi de joie, mais s'était fait prier. Dès ce moment, tout est allé si vite ! Quand il est revenu, avec le fruit d'une première collecte, en 44, après ses prodiges de Chypre, la victoire sur le magicien Elymas, son premier miracle, à lui Paul, Pierre avait bien été obligé de le recevoir et de le reconnaître tacitement. L'autorisation des apôtres ! Il s'en est toujours passé. Il lui suffit qu'ils ne le désavouent pas ; en échange des bonnes façons de Paul à son égard (le premier, il a colporté l'histoire de la libération miraculeuse du pêcheur, les chaînes de la prison d'Agrippa tombées par l'intervention d'un ange), Pierre refusa de l'excommunier. Il revoit l'abandon du cousin de Barnabé, Marc, effrayé des menaces de Jacques, des audaces de l'apôtre des païens.

Foin de ces juifs étroits, de ces rabbins qui appelaient à l'assassiner, dans leurs synagogues, et de leurs alliés dans l'Église ! Il a prêché le scandale et la folie : il a été heureux. Ce scandale avait son but, cette folie, son monde à bâtir : par la faiblesse de huit vieux pêcheurs de Galilée, tout allait-il être à recommencer ?

Il ferma les yeux pour retrouver cette extase où il s'était senti transporter, un jour qu'ils attendaient avec Barnabé, près de Séleucie, cachés sur la rive, un bateau pour Chypre. En face, Tarse sa patrie miroitait au flanc de la Cilicie ; derrière les méandres de l'Oronte et les escarpements du Coryphée, brillaient les neiges du Taurus. Mais il ne regardait pas à l'orient, vers le pays des Pères, la patrie d'Abraham, comme ces archiapôtres, Jean, Pierre et les autres. Il regardait à l'ouest, au-delà de Chypre, sa première mission, de la Grèce, vers la Sicile et Rome, le visage fouetté de sel, respirant à fond le vent du large. Une femme âgée vint à passer, de noble stature et de maintien austère, voilée et portant une baguette à la main. Elle lui fit apparaître une vision sur le brouillard du marécage. C'était l'immense chantier d'une tour, que des milliers d'anges bâtissaient de toutes parts, encore informe et cependant haute comme les nuages. Toutes les pierres, de diverses couleurs et formes, s'ajustaient, se soudaient entre elles, au point qu'on ne pouvait plus les distinguer, coulées dans le bloc. Les pierres étaient les coutumes, les langues, les nations ; la tour était le Peuple de Dieu.

La femme voilée, l'Église, sa mère éternelle, lui avait confié la tâche d'accomplir cette fondation.

Il rouvrit les yeux, se tourna vers Tite ; le jeune homme, les veines du front gonflées de fureur, défiait les apôtres du regard. Il l'avait connu à Antioche, au retour de sa première mission. L'enfant, né de parents païens, lui fut confié âgé de treize ans ; ce dépôt était sacré, les parents ayant disparu dans un naufrage. Il n'avait jamais eu le cœur de le soumettre à l'opération ; à cet âge elle n'était plus sans danger. Plus tard, Tite était devenu la coqueluche des convertis d'Antioche, la preuve vivante que la circoncision de l'esprit l'emportait sur celle de la chair. Et c'était dans sa chair, à lui, Paul, qu'on enfonçait à présent cette épine, dans son affection de mal-aimé trop sensible, qui n'avait trouvé qu'en Tite un cœur où s'épancher. Il avait parcouru avec lui les routes de Pisidie, de Lycaonie, entre des synagogues perdues dans les neiges, le long de lacs gelés ; les habitants les prenaient, Paul pour Zeus, et Tite pour Ganymède ou Hermès ; eux, des dieux déguisés ! Tout comme Jean, avait-on dit à Paul, le prenait pour un démon ! Tite, c'étaient les voyages en Pamphylie, Pergé et ses citronniers qui embaumaient la ville, Attalie, Antioche encore... Le vent les poussait de-ci de-là, les communautés naissaient sous les pas de leur couple. Le dernier retour à Antioche avait été une cruelle déception ; des envoyés de Jacques et de Jean les attendaient, critiquant tout ce qui avait été fait, exigeant des comptes, le respect de la Loi. Paul les avait mis à la porte. Pierre alors convoqua ce concile, premier du genre... La tour, la tour en construction de sa vision, il le savait, pouvait, aussi bien qu'un chantier, être lue comme une ruine qu'on démantèle.

Un grain de sable à peine a passé dans la clepsydre, le temps de ce retour sur soi où il puise de nouvelles forces.

« ... Je jure que Tite sera circoncis demain. Plus jamais la querelle n'entrera en nous ! »

Les apôtres se regardent, inquiets. Tite, défait, jette des yeux suppliants sur Paul, qui reste impassible. Tite est sacrifié.

« Il cède ! Je le savais bien ! »

Jacques exulte, embrassant Jude. Pierre manifeste son soulagement. Après toutes ces heures de tension, c'est le moment où les conciles se relâchent. Pierre, presque amical, se tourne vers Paul, et, d'un ton dont la familiarité fait sourire sur les bancs d'Antioche :

« Là, nous sommes plus sages. Au fond, si tu cessais de nous provoquer, nous pourrions nous entendre. Nous ne demandons la soumission à la Loi que pour les chefs de tes Églises. À Jacques l'Évangile de la Famille du Seigneur, le siège de Jérusalem ; à moi l'Évangile de la Circoncision, qui suis le Pasteur universel de l'élite des fidèles, ceux nés hébreux. Et à toi l'Évangile des Nations, l'Évangile du Prépuce, en somme... »

Pierre a un rire satisfait à ce mot.

« J'ai été juif avec les juifs », repartit Paul, du tac au tac, peignant avec ses doigts sa barbe en sueur. Jacques Obliam, Pierre, Jude et les autres serrent maintenant des Antiochiens dans leurs bras. On réclame la bénédiction de Jean ; il s'était écarté de cette complicité post-conciliaire.

Prokhore l'a rejoint, ses tablettes sous le bras.

« Ils se partagent les titres, Bien-Aimé.

— Laisse-les se partager ce qui ne leur appartient pas... »

La façon dont Pierre a « oublié » Jean dans son partage du monde ne lui laisse aucune illusion ; Pierre passerait à Paul si celui-ci savait le ménager.

« Ils te demandent, ils ne veulent entendre la prière finale que de la bouche qui baisa Christ, la bénédiction que de la main qui le toucha sur la Croix... »

Jean secoue la tête, faisant bruire le pectoral aux douze pierres. Il n'a prôné cette circoncision que pour obtenir la rupture. Mais Paul, froidement, a fait la part du feu, immolant le malheureux adolescent à sa politique.

« Qu'ils se bénissent tout seuls, eux, leurs calculs et leurs compromis... Saül a raison. C'est nous qui sommes des lâches. Sa force, il la tient de ses fatigues ; ici, il se soumet, mais là-bas, dans ces grandes cités qu'il a gagnées à sa parole, est sa puissance. Nous sommes pusillanimes, nous restons terrés à Jérusalem... »

« Tenez-le bien ! Attention au couteau, s'il fait un mouvement !
— Lâchez-moi ! Je veux y aller tout seul. Vous doutez de mon courage ? »

Le jeune homme en courte tunique bleue vient de crier en grec, secouant les assesseurs qui le retenaient ; le vêtement relevé, son subligaculum défait sous sa ceinture de lin qu'il dénoue, il présente de lui-même son membre viril au sacrificateur, au-dessus du billot de bois d'olivier où est creusée une rigole pour le sang.

D'une main, le prêtre a tiré le prépuce vers l'avant, serrant entre ses doigts la peau souple et fragile. Sans une plainte, les muscles de ses bras nus croisés gonflés de douleur, les mâchoires serrées, ses boucles noires trempées et plaquées sur le front, Tite considère d'un air absent les toits dorés du Temple, pour échapper à la tentation de regarder, et à la peur de s'évanouir.

Le couteau sacré, dont l'alliage ne contient nulle parcelle de fer, incise, taille, reprend ; le prêtre, trop ému par cette inhabituelle cérémonie, cisaille, hache, dans l'hémorragie, s'y reprenant à plusieurs fois, au risque de blesser le membre lui-même.

Jean, à ce moment-là, a malgré lui fermé les yeux ; et il se récite l'antienne qui berça son enfance : « Grande est la circoncision, car si elle n'existait pas le Saint n'aurait pas créé le Monde... »

Lui aussi, entre le huitième et le douzième jour après sa naissance, avait subi le couteau qui introduit dans la Loi, avait été marqué par la cicatrice qui mettait au ban des races, des nations, des Gentils, des païens, du reste du monde. Était-ce sa faute si Tite la subissait si tard ? On ne pouvait y échapper. Il n'y avait pas d'exception. Même Gamaliel, le modéré Gamaliel, n'avait admis, autrefois, qu'un seul cas où l'opération sacrée pouvait faire l'objet d'une dispense : si trois frères mouraient successivement des conséquences de l'ablation, le quatrième pouvait en être exempté. Situation certes peu courante !

Jean suivait les gestes du prêtre. Sa chair, obscurément, avait gardé la mémoire de cette souffrance originelle, quand fut prélevée sur elle la dîme de sang et de peau humaine, par laquelle on voue l'enfant hébreu au Très-Haut.

« Assez ! Fais ton travail sans lui infliger un supplice... Qu'on en finisse ! Nous avons accepté une humiliation, pas une torture inutile... »

Pâle et tremblant sur ses jambes cagneuses, sa barbe noire et ses sourcils épais frémissant d'angoisse, Paul regrette à présent le compromis signé du sang de Tite. Entre sa laideur tourmentée et cette douleur athlétique, digne d'un sculpteur, un seul cœur battait.

Jean n'avait pas voulu cela. Il avait cru à la rupture. À l'âge de Tite, l'opération est risquée, l'infection fréquente. La réconciliation des apôtres se scellera peut-être par sa mort. Ce que paie le malheureux Tite, c'est le prix pour éviter le schisme entre Jérusalem et les Églises de Paul. Que soit sacrifié au Dieu jaloux le premier-né du troupeau, racheté au Temple le premier-né de l'homme, offerts au Très-Haut les premiers fruits de l'arbre, les premiers épis de la récolte, le prépuce de toute naissance ! Ce petit anneau de peau, demeuré sur le billot, symbolise le sacrifice du premier-né de l'Église ennemie, le fils aîné et le premier converti de Paul.

Le prêtre, penché sur Tite, qui est tétanisé de souffrance, et respire péniblement entre ses dents serrées, résistant à l'évanouissement, a libéré le gland, que les caillots et les débris de chair couvraient encore. Il se baisse, et, comme le veut le rite, suce longuement la plaie, pompant le sang et le recrachant. Enfin, il porte à sa bouche l'emplâtre au cumin que lui tend le lévite, le mâche, l'écrase, et, l'imprégnant de salive, l'applique sur le pourtour du membre blessé, qu'il enveloppe d'un bandage.

Paul a saisi le morceau de chair, l'élève au-dessus de Tite qui vient de glisser à terre ;

« Que notre concorde repose sur ce sang innocent... Que l'Église chrétienne soit Une à jamais ! »

Pierre, lui, récite la prière de circonstance :

« Béni soit celui qui nous a sanctifiés par ses commandements et nous a ordonné d'introduire celui-ci dans l'alliance d'Abraham notre père. Car il est dit : Vous ferez circoncire votre prépuce, et ce sera le signe de l'alliance entre vous et moi. Mon alliance sera marquée dans votre chair comme une alliance perpétuelle... »

Jean a senti que cette victoire sur Paul était vaine, ils sont tombés dans un piège. Oui, c'est là-bas, chez lui, sur son terrain, parmi les Gentils, qu'il faut combattre l'Antéchrist. Il a pris les mains de Prokhore, plantant dans ses yeux un regard inquisiteur :

« Toi qui connais les grandes cités grecques... que dirais-tu si nous partions pour l'Asie ? »

À travers l'épaisse vapeur, un rai de jour trouble descend des lucarneaux encastrés dans la voûte de briques, et cerne Jean d'un faisceau blême ; étirant ses nappes tièdes, le nuage, continuellement renouvelé par le glougloutement de l'eau bouillant dans les canalisations, poisse les statues et les pilastres gluants d'humidité.

« Où sont-ils, les faux apôtres, les serviteurs du renégat ? Qu'ils osent se montrer ! »

La moiteur étouffe la voix de Jean. Il est aveuglé, perdu, il marche au hasard.

« Par ici, Maître ! Ne lâche pas ma main ! »

Prokhore guide l'apôtre, heurtant des corps nus, glissants, assis sur le sol et suant leur graisse. Plus habitué que lui à ces lieux, où Jean voit l'image de l'enfer, il entend les commérages échangés, à leur passage, en grec asiate aux accents traînants.

Prokhore s'était mis nu, à l'hellène, y ayant été accoutumé dès l'enfance ; et son corps bronzé et nerveux, encore athlétique, joue avec aisance dans la bousculade des thermes. Il tient, comme négligemment, un linge à hauteur de son prépuce coupé ; Jean, lui, avait énergiquement refusé de se dévêtir, dans l'apodyterion, le vestiaire orné d'une Artémis chasseresse tirant une flèche de son carquois en marbre de Paros. On lui expliqua que c'était obligatoire : sous leurs vêtements, des voleurs auraient pu dissimuler leur butin, pris dans les affaires des autres baigneurs. Tout heurte la pudeur de Jean, en cet endroit, comme dans Éphèse tout entière. Il y avait bien un stade, un gymnase, et même un théâtre, dans les quartiers neufs de Jérusalem, mais nul juif n'y mettait les pieds. Les statues, surtout celles d'athlètes, leurs nus agressifs, leurs prépuces saillants, les seins de marbre des femmes avantageusement proposées aux caresses, brisaient à la fois l'interdit sur l'image taillée à ressemblance humaine et celui de la nudité. Prokhore s'étant résigné à ajouter deux oboles au pourboire des garçons de bain, Jean avait pu garder sa tunique. Ils avaient traversé le vestibule sonore ; les jeunes gens qui s'y tenaient rirent aux éclats, montrant du doigt cet étrange baigneur, barbu et chenu, en vêtement blanc tombant jusqu'aux talons, avançant comme un fantôme dans la buée du tepidarium, où ils se frottaient au strigile après l'exercice.

Mais Jean n'était pas venu soigner sa santé, ni poussé par la curiosité, en ces thermes d'Éphèse, que des disciples de Paul avaient souvent hantés, et où ils avaient prêché.

Une bouffée de vapeur chaude, sortant du caldarium, l'étuve, par la porte entrouverte, enveloppe la grande vasque où pataugent, sous la protection d'un Poséidon de marbre bicolore, des adolescents, et même quelques jeunes filles, bravant les préjugés, à peine voilées de serviettes moulantes. Des vieillards, assis sur des conques d'où coule l'eau tiède, frottent leurs varices, en lorgnant et comparant les formes de cette belle jeunesse. Avec le flot de vapeur, le flot des commentaires reprend de plus belle.

« Il n'est pas mal du tout ! Quel âge lui donnes-tu ? Chiche que je lui tire la barbe ! »

Prokhore leur montra le poing. C'était une bande de jeunes Grecs de mauvaises mœurs, habitués des thermes. Ils s'enfuirent aussitôt, remuant obscènement le postérieur. L'apôtre, heureusement, n'y avait pas prêté attention. Le caldarium était irrespirable. Entre les dalles, des flammes sourdes serpentaient sous le marbre translucide, courant les hypocaustes qui chauffaient l'étuve par le sol. Les murs, les colonnes, parcourus des mêmes canaux, brûlaient la main : la combustion entourait toute la salle, sous sa pellicule de pierre. Dans les niches, où des baignoires individuelles aux pieds en dauphins contenaient souvent deux corps enlacés dans l'eau brûlante, des masseurs s'activaient, faisant craquer les articulations, claquant les chairs flasques. L'obscurité, d'où ne ressortait, près d'une ouverture, qu'un masque d'Asclépios sculpté à l'angle d'un linteau, les soupirs prolongés, l'odeur de la sueur, et celle, fade et poisseuse, de la vapeur recuite, le parfum de sperme et de pourri, tournent la tête de Jean.

Ils sortirent du laconicum par l'autre porte ; Prokhore s'était rhabillé. Cette issue donnait directement sous les portiques entourant les quinconces du parc ensoleillé où paissaient biches et gazelles. Jean s'essuya le front ; ici, tout était clarté, grand air et jeux d'adresse. Un vieillard en tunique vert pomme, un ruban dans les cheveux, jouait avec ses esclaves adolescents, qui lui lançaient des balles roses ; chaque fois qu'une tombait à terre, on en sortait une nouvelle de la réserve. Des pugilistes bourraient de coups de poing des sacs de cuir emplis de terre ; d'autres couraient, sur une piste sablée, poussant devant eux, avec une baguette, un cerceau de bois. D'autres encore soulevaient des haltères de bronze, devant un groupe sculpté représentant Laocoon et ses fils, tordus par l'effort pour échapper au serpent qui les étouffait. Prokhore connaissait ces exercices ; les femmes, en maillots d'où sortaient leurs bras de lutteuses, étonnaient surtout Jean.

Ils passèrent la statue de cristal de roche, au crâne chauve, de quelque imperator, dont le cerveau aux mille jeux de lumière semblait encore habité de l'éclair d'un calcul ou d'une stratégie, s'avancèrent jusqu'à la galerie autour du xyste, qui abritait des sphères célestes de bronze piquées des clous d'argent des étoiles. Entre les colonnes, des bustes de métal poli tournaient vers eux leurs pupilles de saphir, leurs visages glabres, leurs maxillaires énergiques de consuls et de généraux. Des femmes, matrones aux coiffures hautes architecturées en éventail de boucles, les lèvres minces, les traits durs martelés dans l'argent, glacées de mépris, les regardaient déambuler.

Devant la bibliothèque, un peu plus loin, des orateurs, des philosophes, des maîtres, vivants, ceux-là, circulaient environnés d'un essaim d'étudiants, débattaient, vociféraient, s'interpellaient. De jeunes juifs reconnurent Jean ; des convertis l'entourèrent, demandant sa bénédiction. À côté d'eux, un stoïcien en manteau court lançait sa diatribe à des assistants qui croquaient des pépins de pastèque salés tout en l'écoutant :

« Ce qui ne dépend pas de nous est indifférent, ainsi que l'a montré le grand Chrysippe. Pourquoi diable devrions-nous vivre dans l'inquiétude et le souci... »

Dans un coin du xyste, entre deux buis taillés en forme

d'hippogriffes, un Ionien aux longs cheveux bouclés gras d'huile d'olive offrait :

« La vie parfaite, la vie sainte, l'harmonie de l'univers, l'arithmétique, l'astronomie, la géométrie, la musique en quelques leçons.

— Et comment feras-tu pour m'apprendre tout cela ? demandait un jeune paysan ébahi, craignant l'escroquerie.

— Je ne t'apprendrai rien, je te ferai ressouvenir, par le Triangle parfait ! répliqua le pythagoricien, faisant s'esclaffer les assistants.

« Et je te ferai manger des fèves, qui sont sacrées, car elles ressemblent aux testicules de l'homme ; c'est pourquoi les Athéniens les utilisent pour tirer au sort leurs magistrats... »

Le rustaud, déçu, s'éloigna. Des fèves, il n'en manquait pas chez lui. Une exèdre plus loin, revêtu d'une vieille peau de lion mitée, vouée à Hercule après de longs services comme descente de lit, un cynique apostrophait les passants :

« Je fais la guerre aux voluptés, je nettoie les écuries d'Augias de vos esprits, je vous débarrasse de vos conventions hypocrites ! Soyez des chiens parmi les chiens ! » Et pour faire efficacement la guerre aux voluptés, il releva sa peau de bête et entreprit, debout sur un banc, de secouer vigoureusement son pénis devant le public pâmé de rires. Jean, indigné, hurla de loin :

« Porc ! N'as-tu pas honte de faire en public ce qu'on doit rougir de faire seul ? »

L'homme, qui était ivre, eut un regard vague pour l'apôtre.

« De telles choses sont indifférentes, Diogène l'a dit. Toi, le prophète juif, ose en faire autant... »

Un hoquet coupa sa tirade. Les jeunes convertis, autour de Jean, relevaient déjà leurs tuniques, cherchant des bâtons. La patrouille romaine, chargée de la surveillance des thermes, s'approcha de l'attroupement, calmant les esprits échauffés. Les prises de bec entre écoles de philosophie finissaient souvent au poste, et les sages, couverts d'horions pour quelque divergence insurmontable, savaient jouer du poing et de la savate.

Autour de Prokhore, on parlait à présent du retour d'Apollonius de Tyane à Éphèse, après un voyage en Orient où il avait gardé le silence pendant quatorze années.

« Il fera des miracles ! Il va abolir toutes les dettes, supprimer tous les loyers, transformer le pain en or et faire couler du vin de toutes les fontaines ! » Les plus naïfs racontars trouvaient preneurs ici. Prokhore connaissait le personnage ; il s'entourait le buste d'un gros serpent vivant qu'il avait rapporté d'Inde, dont la tête était coincée sous son aisselle, et lâchait avec componction ses oracles, le visage maquillé d'écailles collées, ayant convaincu ses crédules admirateurs qu'il se transformait à volonté en reptile. Récemment, il avait convoqué le peuple d'Éphèse, sur la foi d'un songe, au chantier du nouveau temple d'Esculape. Descendu lui-même dans la boue, il en avait extrait un œuf énorme ; il le cassa précautionneusement, devant la foule : un petit serpent en sortit. Le dieu bénissait le temple, et son serviteur, par ce signe mémorable. Il y avait bien des sceptiques, des épicuriens, qui prétendaient connaître ce trucage aisé : on vidait un œuf d'oie par un bout, et on le recollait à la cire blanche après l'avoir garni du serpenteau.

« La paix de Christ soit avec vous. »

Jean ne répondit que d'une inclination de tête. Il n'était pas venu apporter la paix, mais la guerre. L'homme qui le saluait, Appollos, docteur venu de l'Église de Corinthe, passait pour neutre entre Paul et Jean.

Il avait sa propre cour de disciples ; ce petit homme affairé, en tunique safran, portait une croix grecque en or. Il était originaire du Delta, et bavardait avec Prokhore en dialecte alexandrin.

« La ville d'Éphèse est pleine d'impudents philosophes, de mages infâmes... Certains même se réclament de Christ, quelle audace ! » Appollos puisa dans une petite boîte d'argent une poudre contre les sortilèges, qu'il prisa ; il en offrit à Prokhore. Celui-ci refusa.

« Je me demande ce qu'en pense l'archi-apôtre... »

L'accommodant docteur jetait sur Jean des regards de biais, n'osant l'aborder à nouveau. Il aurait voulu être vu, marchant à ses côtés sous le grand portique. Tout Éphèse, du moins l'Éphèse des théosophes juifs, des rhéteurs et des prédicateurs, suivait avec passion ce combat de titans entre les deux plus célèbres apôtres, Jean et Paul, en la même cité.

« Dis-moi, Prokhore, toi qui le connais bien... Le Bien-Aimé est-il du parti de Jacques, ou de celui de Pierre ? »

Prokhore eût été bien gêné de répondre. À point nommé, un jeune écervelé, un de ces bourdons qui butinaient d'un groupe à l'autre, les aborda en caquetant :

« Saviez-vous cela ? Le philosophe Pérégrinos s'est fait brûler en public lors des jeux d'Olympie, en présence de cent mille spectateurs... Il a allumé lui-même son bûcher, souriant et couronné de roses. Je le tiens de Proclus, le gymnasiarque. Il avait été chrétien comme vous, autrefois, n'est-ce pas ?

— Un vieil escroc qui a emporté la caisse après vous avoir grugés, à ce qu'on dit... Votre secte attire ces prestidigitateurs. Moi, j'aurais bien ri de voir griller ce vieil hypocrite, en étant sûr qu'il s'agit de l'un de ses tours. Et j'aurais ri encore plus si c'était pour de vrai... »

Ainsi parlait un étudiant de Samosate, élève des sceptiques, dont il arborait le sourire ironique.

« Voyez autour de vous les miracles de la Foi d'Éphèse ! Quoi, vous n'avez pas encore acheté d'oracles à Apollonius de Tyane, pour savoir s'il vous faut vous lever du pied gauche ou du pied droit ?

— Le Très-Haut punira les idolâtres et les charlatans, quand viendra Son Jour. »

La voix caverneuse de Jean, sa sentence et son grec abrupts, déconcertèrent le jeune railleur. Il arrangea un pli de sa tunique, et continua à mi-voix, conciliant, s'adressant à Prokhore :

« Moi, je veux bien, au Jour de la Fin... Ton maître a bien du courage, de vouloir apporter ici la franchise austère de son dieu crucifié. Vous savez ce que crient les magiciens : " Que tout athée, chrétien ou épicurien, venant espionner nos mystères, soit banni... " Ils nous détestent, nous qui dénonçons leurs mômeries, tout autant qu'ils vous haïssent. Mais moi je préfère en rire qu'en pleurer...

— " Aux derniers temps paraîtront des rieurs marchant selon leurs désirs impurs, et ce sera le signe des grands malheurs ", cita sévèrement Jean, qui avait écouté l'homme de Samosate.

— Ici, nous avons des nouveaux dieux tous les jours », fit ce dernier avec une moue, avant de s'écarter, vexé. Prokhore avait compté, en amenant Jean aux thermes, sur un effet de curiosité ; mais la rudesse de l'apôtre lui aliénait les demi-savants.

Ils avaient fait le tour du bâtiment, et revenaient vers le porche principal. Il s'ouvrait sur le frigidarium, la grande salle de natation. Sous la colossale voûte en berceau, largement éclairée par des baies, les plongeons, les appels des nageurs, les clapotements et le claquement des pieds humides sur le dallage, formaient une vibration allègre aux échos sonores. Les juifs, parmi les baigneurs, se reconnaissaient à leur mille façons de dissimuler leur sexe : petite bourse de cuir, caleçon de toile, pagne, contrastaient avec la nudité intégrale des païens, jouant sous le soleil qui irisait le bassin.

Les convertis, là aussi, venaient baiser la main de l'apôtre aimé de Christ. Il était au pied de la statue géante de Zeus Hélios, dont un orteil lui servit de tribune.

« Christ est la Lumière et le Salut, Lui seul ; par Lui la prison de ce monde s'est ouverte... »

Il prêchait, un peu raide, et la rumeur du bain continuait ; il distribua des bénédictions. Prokhore avait eu raison : les thermes, à Éphèse, étaient le lieu où vivaient les pauvres et les inoccupés ; ils faisaient la queue, attendant le grelot qui annonçait l'ouverture des portes, bien avant midi ; ils y vivaient le plus clair de leurs journées, se nourrissant des olives et des oignons achetés aux marchands du parc, pour ne pas avoir à ressortir de l'enceinte et à payer une seconde fois l'obole de l'entrée.

« Je te l'avais dit, Bien-Aimé. Voilà pourquoi tous ces corbeaux, ces philosophes, ces prêcheurs sont ici. Ils viennent glaner tous ces grains abandonnés... »

Jean approuva. Les convertis qui l'entouraient, presque tous juifs, le traitaient en prophète. Sa satisfaction fut de courte durée. À l'autre extrémité de la *natatio,* au centre d'une grande mosaïque où voguait le char d'Amphitrite, un orateur en long manteau bleu nuit, couronné de feuilles d'olivier, déclamait lui aussi. Jean entendit le nom du Christ. De nombreux païens s'étaient assis, en cercle, autour du prédicant.

« Cérinthe ! Le célèbre Cérinthe ! Venez tous l'écouter ! »

L'illustre docteur, grand ami de Paul, ancien philosophe platonisant, déployait les fastes de son éloquence rythmée, brassant l'air de ses blanches mains.

« Écoutez la Nouvelle, bien chers frères, écoutez la Bonne

Nouvelle de la Résurrection de Christ. Voyez le grain de blé : il n'est vivifié qu'après avoir traversé le sommeil de l'hiver et le tombeau de la terre gelée ; au printemps, germe le grain semé, comme vous le vîtes aux Mystères d'Éleusis ; comme germe le blé, les corps ressusciteront, aussi différents de ces sacs de chair blessée que vous revêtez aujourd'hui, que la pousse l'est du grain desséché. En vérité, par Christ, vous deviendrez semblables aux dieux ; semés corruptibles, vous ressusciterez incorruptibles, semés humbles, vous ressusciterez glorieux. Jésus-Christ lui-même n'eut que l'apparence de ce corps corruptible ; Jésus-Christ incorruptible ne fut point crucifié, ne mourut pas, ne pleura ni ne souffrit : car les dieux ne meurent pas. À sa place, ce fut un homme appelé Simon de Cyrène et auquel Dieu avait donné apparence de Jésus, qui fut exécuté. Le véritable éon Jésus, Fils de Dieu, éternellement jeune, femelle et mâle en une seule personne, avait quitté ce monde sublunaire bien avant le supplice, s'envolant dans les nuages pour nous apparaître, à Paul et à moi, puis aller s'asseoir sur les genoux de sa mère, Sophia, la Sagesse, et contempler d'en haut la ronde des planètes. Entouré des cercles d'anges émanés de Lui, des sages et des poètes d'autrefois, Il est à jamais séparé de nous par l'invisible, l'infranchissable cloison qui divise le monde divin du monde sublunaire, la cloison de verre que nul ne peut briser, le stéréome où se heurtent les oiseaux...

— Cérinthe, carie de mes os, feu d'épines qui bruissent sous le chaudron de Satan, que ta langue pourrie tombe sur le sol ! Tu n'enseignes pas Christ, mais ta propre folie ! »

L'interpellation de Jean, sonnant comme la trompette du Jugement, a éveillé sous la voûte de la piscine des roulements de bronze. Cérinthe, coupé en plein élan, s'élança vers l'apôtre :

« Vénérable père, Bien-Aimé du Seigneur, archi-apôtre, permets-moi de me justifier. J'ai toujours enseigné ainsi, et Saül de Tarse lui-même... »

Jean, repoussant Cérinthe, frappait la mosaïque de son bâton, levant la droite vers les caissons de la coupole, dispersant les auditeurs effarés, comme un épouvantail fait envoler les moineaux :

« Fuyez, prépuces refaits, fils de Sodome qui vous repaissez de paroles adultères ! Fuyez le renégat, le serviteur de l'Antéchrist, du faux apôtre ! Fuyez, puisque Cérinthe y est, ce monument, cette voûte, sur vous vont s'effondrer ! »

C'est à Antioche, après le pacte de Jérusalem, que rebondit d'abord la querelle dont souffrait l'Église de Christ. Jean avait convaincu Pierre de visiter avec lui la communauté de la capitale de Syrie. En leur honneur, la salle du repas avait été fleurie de guirlandes par les diaconesses. Pour la première fois, la jeune Église recevait les piliers de la foi, les archi-apôtres Pierre et Jean ! Ce fut alors que l'Aimé, infligeant à ses hôtes au bord des larmes un camouflet public, refusa de partager le repas sacré par la foi et l'hospitalité avec des diacres incirconcis. Des veuves pleuraient, les fidèles gémissaient. Le phare de l'Église les trouvait trop impurs pour rompre avec eux le pain de Dieu. Quoi donc ! Étaient-ils, nés idolâtres, voués quoi qu'ils fissent à Satan ! Jean avait entraîné Pierre dans son refus.

Paul était absent de la ville ; accomplissant la seconde mission qu'il s'était à lui-même assignée, en Galatie, Macédoine, il était remonté au nord jusqu'aux rives du Pont, puis redescendu sur Athènes, qui n'était plus qu'une petite ville endormie où la seule activité était constituée du bavardage des philosophes, destiné aux étudiants des grandes familles romaines. Par Athènes, par eux, Paul touchait enfin aux maîtres du monde. Athènes, comparée à Antioche, était un bien petit champ d'action ; mais pour la conversion d'un de ces érudits, disputant du Dieu Inconnu ou du Premier Moteur chez Aristote, Paul prenait plus de peines que pour celle de mille pauvres hères entassés dans une juiverie d'Orient. Il eut du succès à Corinthe, où il emmena Aquilas et sa femme Priscille, juifs de Rome qu'il avait convertis à Athènes. C'étaient ses deux premiers fidèles romains. De Corinthe, il était passé une première fois à Éphèse, avait fondé son Église, laissé Aquilas et Priscille comme ses représentants, et continué sur Antioche. Quand il apprit l'affaire du dîner, il entra dans une grande colère ; c'était un attentat à la miséricorde ; il prit Pierre à part, et, dès la semaine suivante, le Pasteur universel siégea à nouveau à la table ecclésiale, sans demander qui était circoncis ou pas. L'Aimé, s'étant exclu de lui-même, partit avec moi pour Éphèse.

Il était venu en Asie défaire, dénouer la tapisserie de Paul. De son côté, Paul, par d'habiles manœuvres, arrivait presque à faire considérer le seul amour du Seigneur, du temps de sa vie, comme un illuminé peu crédible. Sans aller jusqu'à l'affirmer fou, il le laissait entendre dérangé par ses douleurs. Les deux adversaires se minaient, s'épuisaient l'un l'autre, sans avantage net ; à mesure que Paul avançait vers l'ouest, l'Aimé passait derrière lui, niant son apostolat.

À Éphèse, l'Aimé avait d'abord bénéficié, comme à Antioche, de l'absence de Paul. Quand le treizième apôtre y revint, après un voyage chez ses chers Galates, il était trop tard : le jeune arbre qu'il avait planté avait été déraciné par l'archi-apôtre.

Temps cruels pour le génie de l'Église, temps de discordes où les deux plus hauts esprits s'affrontaient au lieu de combattre les ennemis communs, juifs et païens, qui ne nous manquaient pourtant pas ! Dans la ville d'Éphèse, les quartiers où vivaient les immigrants syriens, juifs, venus de tout l'Orient, avaient chacun leur culte. C'était vrai même des chrétiens : Paul, à son retour, choisit, pour se refaire des fidèles, de demeurer chez Aquilas, dans les faubourgs du mont Prion ; son ami y avait installé sa prospère fabrique de toile, commerce où l'apôtre, qui s'y connaissait, lui fut de bon conseil. Nous logions dans la rue des Johannites, au cœur du dédale de la vieille acropole ; des mendiants, des brocanteurs, des vendeurs d'allumettes, des chiffonniers, aux yeux malades, au teint sale, encombrés de paquets, installés sur les trottoirs avec femme et enfants, tels étaient nos premiers fidèles, tels furent les premiers chrétiens d'Éphèse. La synagogue des Johannites était une simple pièce donnant sur la ruelle fraîche par trois portes sur le mur sud ; une armoire de bois peinte en bleu y contenait la Torah ; le Tau de la croix surmontait le pupitre de lecture, où Jean commentait les Écritures. Il y prêchait soir après soir, mais seuls les membres de la communauté johannite furent admis ; aux autres, aux incirconcis, Paul parlait en plein air, dans un des petits amphithéâtres de pierre que la ville accordait aux maîtres de rhétorique ; le sien était appelé l'École du Roi, près du temple de Claude. Et le public en était autrement élégant.

Ces frustes johannites, que Paul n'avait pas dédaignés autrefois, avaient été baptisés, quinze ans auparavant, par les hellénistes venus de Chypre. Ils tiraient leur nom, prescience divine de la visite de l'Aimé, du Baptiste, dont on leur avait enseigné le message. Ils le confondaient avec Jean l'archi-apôtre en une seule vénération, quelque démenti qu'il leur opposât ; ne parlait-il pas, lui aussi, de l'eau du baptême, de la source intarissable de Lumière et de Vie ? Ces juifs avaient toujours parlé grec, et se perdaient un peu dans l'histoire de la Terre sainte.

Les johannites, quand Paul les avait visités, avaient été contraints par lui d'accepter comme article de foi sa version de l'Esprit saint. Les johannites, en vérité, n'avaient même jamais entendu dire qu'il y avait un Esprit saint, à peine savaient-ils la Résurrection de Christ, qu'ils connaissaient surtout comme le Messie annoncé par le Baptiste. Encore moins se doutaient-ils que ce petit docteur aux manières autoritaires, ami de puissants marchands de la ville, en était exclusif détenteur par la grâce du Seigneur. Il leur avait ordonné de ne plus faire circoncire leurs enfants, de ne plus observer le sabbat ; il les incita à manger de l'anguille et du congre, qui abondaient sur les marchés, poissons impurs selon la Loi, faute d'écailles et de nageoires.

L'Aimé, les prenant à son tour en main, les tança vertement d'avoir hésité, peut-être cru aux promesses de Paul. Tout ce qu'avait vécu le Seigneur, il convenait de le vivre ; le dimanche, la Cène, la charité et l'amour, la foi enfin, s'y ajoutaient, et non s'en retranchaient. Le fardeau de la Loi, non seulement n'était pas trop lourd, comme le prétendait Paul, mais devait encore s'appesantir du poids de la Croix.

Paul ripostait par lettres. Il était très habile à ce moyen ; et, ayant la voix faible, évitant toute controverse publique, que d'ailleurs l'Aimé ne lui offrait pas, il usait du calame comme d'un poignard. Sans jamais attaquer directement l'archi-apôtre, l'homme promis comme Témoin au retour de Christ, il minait sous lui la confiance et la vénération. Des séides à lui lisaient ses épîtres partout, dans la rue des Johannites, aux portes de la synagogue : « Éphésiens insensés ! Qui vous a fascinés ainsi ? Vous aux yeux de qui j'avais le premier tracé l'image même de Jésus-Christ ! Permettez-moi une question : est-ce l'observation des œuvres de la Loi, ou bien le fait d'avoir entendu prêcher la foi, qui vous a valu de recevoir l'Esprit ? Comment êtes-vous si fous qu'après être venus à l'Esprit vous finissiez par la chair ? La Loi a été le vieux pédagogue qui nous a amenés à Christ. Mais la Foi est venue, et nous ne sommes plus sous la loi du vieux pédagogue. Nous sommes adultes, Éphésiens ! Vous avez revêtu Christ, il n'y a plus d'enfants qu'on terrorise avec de vaines menaces, des admonestations désuètes, gâteuses. Il n'y a plus de juifs ni d'Hellènes, il n'y a plus d'esclaves et de maîtres, il n'y a plus d'homme et de femme, vous êtes, nous sommes tous Un en Christ ! Laissez dire le vieil homme, l'homme de servitude : moi, Paul, je vous l'affirme en Son Nom : si vous vous faites circoncire, Jésus ne vous servira de rien. Que ceux qui veulent vous circoncire soient eux-mêmes coupés jusqu'à la racine ! »

La lettre était authentifiée de la signature même de Paul. Je frémis en entendant cette déclaration de guerre ; tous les points de dogme qui tenaient au cœur de l'Aimé étaient publiquement bafoués. C'était la réponse au dîner d'Antioche. L'Aimé fit chasser les lecteurs des portes de la synagogue ; le jour suivant, des groupes de jeunes convertis hellénisés, amis de Paul et d'Aquilas, arpentèrent notre rue, armés sous leurs manteaux. Ils saluèrent l'Aimé avec trop de cérémonie, presque offensants, comme une personne qu'on soupçonne de ne plus avoir toute sa tête. Puis ils se placèrent ostensiblement à l'entrée du lieu de prières ; quand l'archi-apôtre entra pour son homélie, il avait perdu la moitié de son auditoire. Désorientés par la lutte, les fidèles abandonnaient.

Le printemps suivant, les rapports avec Paul s'aigrirent encore. L'Aimé n'acceptant que les circoncis, Paul avait parfois maintenant plus de fidèles que lui. Ses lettres ouvraient toutes grandes les vannes :

« Vous êtes libres ! Prenez exemple sur moi. Ne suis-je pas libre ? Ne suis-je pas apôtre, n'ai-je pas vu Christ, sans la permission de quiconque ? N'avons-nous pas le droit, nous, Barnabé, Timothée, Aquilas, moi, de vivre selon nos convenances ? Au moins ne vivons-nous pas, comme certains, à vos frais ! Quant à ceux qui vous annoncent tous les jours pour demain le Jour, la parousie de Notre-Seigneur Jésus-Christ ! Ne soyez pas si vite jetés hors de vous, ni emportés, comme s'il était déjà là, ce fameux Jour. N'écoutez pas ces grelots d'apocalypse... »

Plus allaient les choses, plus Paul était sûr que l'obstacle à la conquête du monde païen était en ces vieilles personnes qui avaient connu l'Homme et s'accrochaient à ce souvenir. La nouvelle foi ne serait libre qu'à leur mort ; en particulier celle de Jean ; sur sa personne, d'après d'absurdes rumeurs, était gagée la parousie de Christ, la fin du monde.

Paul eut un juron de mépris. Le plus urgent était de couper ce cordon ombilical, de briser le lien avec l'ancienne foi ; pour briser ce lien, il fallait briser Jean, qui l'incarnait. L'attaque frontale étant difficile, on pouvait intimider ses disciples, acheter peut-être son secrétaire, le petit Prokhore, qui semblait malin...

Il finit de sceller les lettres que lui tendait Timothée, et sortit sous le péristyle du jardin d'Aquilas, en s'étirant. Il avait dicté et signé toute la nuit ; quelle serait l'attitude de Pierre ? Il n'était pas théologue, il ne détenait, contrairement à Jean, aucun secret de la Foi. Paul ne désirait pas de pouvoir visible ; il aurait aimé être la cheville ouvrière, celui qui écrirait les discours, quand le Pasteur universel devenu son instrument aurait à s'adresser à l'empereur, à Rome. Une navette, une navette agile entre les doigts des tisserands, qui vole et couvre l'espace de sa trame ; tel est le rôle, désintéressé, auquel se destine Paul.

« Nous avons accompli de véritables olympiades épistolaires, mon cher Timothée... Quel pouvoir dans ces fragiles colonnes de signes ! »

Sa main osseuse, parsemée de poils noirs, soupesait les épîtres aux Colossiens, aux Philippiens, aux Corinthiens.

« Va te reposer, Timothée. Nous avons bien travaillé pour Christ ! Nous n'aurons pas de visite aujourd'hui, c'est la fête des Panégyries, l'équinoxe de printemps... »

Paul, lui, mit un manteau à col haut, qui lui dissimulait le visage, et descendit en ville. Il voulait vérifier par lui-même ce que lui avaient rapporté les irénarques, les magistrats grecs de la cité, qui avaient d'excellentes relations avec ce citoyen de Rome. Des meneurs excitaient le peuple contre les chrétiens ; les petits Grecs, modestes familles d'artisans, étaient irrités contre ces sectes, aussi bien les dépenaillés de Jean que les jeunes gens bien mis de l'entourage de Paul, qu'on soupçonnait d'incrédulité à l'égard de la déesse de la cité, l'Artémis d'Éphèse.

Près du port, il n'y avait plus un juif, ni un chrétien visible, dans la multitude ; l'on avait couronné les enfants de roses en papyrus, et les femmes de lierre. Les grandes cérémonies païennes faisaient disparaître des lieux publics toutes les sortes de sectateurs de Moïse, ainsi que les sceptiques, les railleurs. Les philosophes, qui bruissaient d'ordinaire sous les portiques, refluaient devant le bon peuple idolâtre, attaché à ses dieux.

« Les athées ont disparu dans leurs trous », fit près de lui, en se frottant les mains, un gros homme nommé Démétrios, patron d'un atelier qui fabriquait des réductions de la statue de la déesse. Paul songea qu'il ne ferait pas bon, aujourd'hui, refuser de saluer l'un des Hermès des coins de rue, posé sur la borne où ses attributs virils étaient sculptés. Quant à lui, il avait toujours autorisé ses fidèles à cette civilité. Il n'était pas de ces rigoristes imbéciles comme il s'en trouvait à Jérusalem.

La cohue bon enfant marchait calmement vers le temple. Paul avait rendez-vous avec Caïus et Aristarque, deux convertis de bonne famille, au marché neuf, près du théâtre. Il se sépara de la coulée humaine ; on avait exagéré, comme toujours, l'excitation des païens. Sur le chemin, il voulut saluer une demeure habitée par des fidèles ; la maisonnée était claquemurée à l'intérieur ; il dut frapper longuement pour se faire ouvrir. Il leur fit remontrance de leur couardise.

« Vive la grande Artémis d'Éphèse ! »

Démétrios, qui, pendant qu'on piétinait, avait bu plus d'un coup, se retourna vers ses compagnons ; ses beuglements s'entendaient loin, entre les deux murailles parallèles bordant la Voie Sacrée qui menait de la ville au temple.

« Vive la grande Artémis d'Éphèse, et à bas les athées ! »

Démétrios trouva qu'un citoyen qui marchait sur le côté, restait bien silencieux. Il le saisit à la gorge.

« Vas-tu crier, toi aussi ? C'est l'anniversaire de la déesse. »

Prokhore, qui n'était sorti que par ignorance, se dégagea d'une manchette dans le ventre du commerçant, et disparut dans la masse humaine, la remontant à contre-courant. Les leçons du gymnase d'Alexandrie avaient du bon.

« Attrapez-le ! C'est un athée ! Il m'a blessé ! »

Personne ne prit au sérieux les gesticulations de Démétrios. On arrivait à l'entrée du *temenos* d'Artémis, de l'enclos sacré, ville de toile et de baraquements qui couvrait le golfe ensablé par les alluvions du Caystre, et l'ancien port abandonné. Devant la colline d'Astyage, où Hermès rattacha sa sandale, quand il partit annoncer à Zeus la naissance de la déesse dans les fourrés, le temple aux colonnes renflées de pierre jaune, environné de lions ailés accroupis, tel qu'il fut toujours reconstruit, malgré l'incendie d'Érostrate et les éboulements, semblait sorti tout droit de l'Orient fabuleux des premiers temps de l'humanité. Les acrotères vernissés, aux couleurs criardes, débordaient de monstres, de gargouilles, de fruits brillants qu'on eût cru, n'eût été leur phénoménale grosseur, cueillis du jour, en dépit de leurs siècles, et qui pendaient au-dessus de la foule comme une récolte géante. Scellée à la colonne d'angle de l'artémision, une chaîne aux maillons démesurés s'élevait dans les airs, balançant dans le vent au-dessus des pèlerins, jusqu'à la muraille de l'acropole : ainsi les Éphésiens comptaient-ils retenir leur déesse.

Des haies de statues archaïques de *couroi*, maigres athlètes en marbre granuleux et blanc, au ventre en V, aux chevelures bouclées en rouleaux, à l'éternel sourire, *corai* aux joues roses, aux yeux émaillés, aux longues tuniques plissées peintes de vermillon et d'azur, entouraient ce lieu d'asile. La protection de la déesse s'étendait à tout le temenos : quiconque y pénétrait ne pouvait plus être arrêté. Des princes, des guerriers célèbres, des philosophes en avaient usé ; aujourd'hui, il abritait les magiciens d'Hécate, les hiérodoules ou prostituées sacrées, plus de trois mille, les devins, les revendeurs de bijoux volés, les mages maguséens et autres colporteurs d'amulettes mithriaques. Des machines à distribuer les oracles, mannequins que des comparses ventriloques animaient de leur voix, étaient costumées en héros ou en dieux. Derrière le temple, dans une grotte dite de la virginité, on enfermait les jeunes filles suspectes d'avoir fauté ; si elles étaient innocentes, on entendait le chant d'une syrinx invisible. En ce temenos, se réfugiaient tous les exilés, ceux qui fuyaient la police romaine, les faux-monnayeurs, les naufrageurs, les escrocs comme les assassins, sûrs d'une impunité qui n'avait jamais été levée. C'était enfin un des lieux de prédication préféré d'Apollonius de Tyane. Mais, ce jour, la déesse ressaisissait toute sa ville, et il n'y avait place que pour elle.

« Encore et encore, vive la grande Artémis d'Éphèse ! »

La chaleur montait. Des galles en robes noires tournaient sur eux-mêmes, leurs cheveux longs pris dans des résilles de laine, leurs bandelettes flottant derrière eux, portant la torque, le serpent d'or, des instruments de musique, des doubles haches effilées qu'ils faisaient voler en l'air. Ils entouraient un myste au ventre ensanglanté, qui venait de jeter son sexe sur l'autel ; dans les allées, les vendeurs de pacotille du sanctuaire (la manie idolâtrique de souvenirs sacrés était le gagne-pain de la moitié de la ville) liquidaient les effigies de la déesse, les petits lions, les svastikas, exposés sur les étals, par milliers, côte à côte. La meilleure vente était la spécialité de Démétrios : les *naoi*, des petites reproductions du temple en terre cuite, en métal, dans toutes les matières, qu'il moulait en série.

« Vive et revive la grande Artémis d'Éphèse ! »

Ils étaient fin saouls. Sur le péristyle, les acrobates sacrés mimaient l'accouchement de Léto. Autour de Démétrios, les ouvriers et les fabricants d'objets de piété s'étaient spontanément rassemblés. Démétrios monta sur les épaules de deux compagnons :

« À bas les athées, les chrétiens, et tous les épicuriens de leur engeance ! Savez-vous ce qu'ils ont fait ? »

Les employés des boutiques sacerdotales, les garçons bouchers des sacrifices, maculés de sang, leurs couteaux passés à la ceinture, s'aggloméraient peu à peu.

« Un type de Tarse, il s'appelle Paulus, il en a acheté et fait détruire pour cent mille drachmes, chez lui, devant des chrétiens comme lui ! »

L'objet du crime, Démétrios avait oublié de le préciser, n'était autre que ces fameuses amulettes vendues dans le temenos. Les porte-bonheur magiques étant une obsession dans toutes les familles d'Éphèse, Paul les avait fait supprimer par les nouveaux convertis, devant lui.

« Des serpents-bracelets, des statuettes de la déesse, des objets d'art, messieurs, d'art sacré, et même un nécessaire de table en argent en forme de temple de la déesse ! »

280

Les auditeurs eurent un sursaut indigné. Épouvantable sacrilège !

« Ils disent que les dieux faits de main d'homme n'ont pas de pouvoirs, ni nos amulettes de charmes...

— À mort les épicuriens et les athées, et tous ceux qui critiquent les dieux ! » répondirent les fabricants.

Au moment où leur excitation était à son apogée, un gong les fit taire ; la grande porte du naos s'ouvrait lentement, et, derrière le voile qui simultanément s'envolait vers le linteau, dans la profondeur de l'adyton, la grande Artémis elle-même, se reflétant sur un bassin de cuivre empli d'eau salée devant elle, apparut assise en son sanctuaire. Sa robe, que vingt femmes avaient eu peine à déployer, était brodée de roseaux et d'oiseaux aquatiques, elle tenait la quenouille, et sa tête énorme, constellée de reflets jetés par le soleil sur l'eau, portait un épervier d'or aux ailes battantes.

Les prêtres rasés, mutilés, aux robes de safran, en ligne sur le péristyle, faisaient faiblement tinter des triangles d'argent. Le mégabyze, le grand eunuque, maître du sanctuaire, chantait d'une voix flûtée et grêle un cantique ancien aux vocalises ioniennes. Comme la déesse, il était coiffé du calathos, la haute et ronde tiare. Sur sa robe des svastikas en rubis figuraient les roues du char solaire, et sa ceinture aux larges méandres le fleuve et ses poissons ; autour de son cou, la chaîne de l'esclave sacré cliquetait à chaque pas.

Les premiers rangs reculèrent, écrasant les pieds des suivants. La gigantesque statue, dans le temple, avait oscillé. Elle s'éleva légèrement, puis survola la mer de cuivre, et parvint, vacillante, au-dehors ; on distingua alors les porteurs, vêtus de noir et cachés sous le socle. En descendant les marches, la déesse roulait sa tête, nimbée de deux ailes en faucille, dont les cheveux venaient des jeunes vierges de la cité, faisant trembler le grand épervier sur sa boule, au sommet du mât ; son calathos aux trois rangs de perles figurait une ville ceinte de tours crénelées, maquette de la cité ; ses deux longues tresses balançaient sur sa poitrine aux multiples mamelles d'ivoire et d'ébène.

Au lieu de reculer, quand elle fut en bas des marches, le peuple s'agglutina autour d'elle. Poussée de-ci de-là par les courants de foule, la déesse fournissait des augures, que le mégabyze interprétait. Certains pèlerins, voulant à tout prix toucher le bord de sa robe, la poursuivaient en vain, s'épuisant à fendre la presse. D'autres attendaient qu'elle vînt sur eux, menaçant de les écraser dans sa course aveugle ; car c'est la déesse elle-même qui imprime à ses porteurs ces zigzags inspirés. Comme un bateau ivre, elle heurta et écorna sur son erre son frère Apollon, venu de son temenos de Claros lui rendre hommage, puis commença de remonter la Voie Sacrée.

« Vive la grande Artémis ! À mort les incroyants et les chrétiens ! »

Démétrios et sa bande s'étaient attelés à la statue. En ville, leurs cris, répercutés par les portiques, autour du théâtre, devinrent effrayants. Certains passants rentraient précipitamment dans les cours d'immeubles ; cette multitude défendant ses commerces et ses dieux fit souvenir à Prokhore des émeutes d'Alexandrie. Il s'apprêtait à descendre vers le pont pour ne pas croiser le cortège, quand le hourvari redoubla.

« On en tient deux ! Voilà des chrétiens ! Obligez-les à baiser le pied de la déesse ! »

Démétrios, debout sur le socle, interrogea la statue :

« Grande Reine, que devons-nous faire d'eux ? »

Les porteurs de devant, lassés de ce surpoids, s'affaissèrent un instant ; la statue s'inclina, indiquant devant elle la grande cuve blanche du théâtre, creusé au flanc du Prion.

« Emmenons-les au théâtre et faisons-les juger par le peuple ! »

Prokhore, de loin, reconnut les deux prisonniers. C'étaient Caïus et Aristarque, deux amis de Paul. Ils se trouvaient attendre l'apôtre dans les xystes du gymnase quand la manifestation était arrivée.

Autour du gymnase, Prokhore vit aussi plusieurs chars, ceux des magistrats, les asiarques et l'archigrammate, le secrétaire général de la municipalité ; entourant Paul, qui voulait se porter au secours de ses disciples, ils tentaient de l'en dissuader.

« Ils te mettront en pièces. N'essaie rien par la force, réunis tes gens, mais contiens-les. Laisse-nous faire. Nous les connaissons bien... »

Prokhore courut par les rues désertes ; il atteignit la rue des Johannites alors que l'archi-apôtre finissait de célébrer un mariage ; les amis du fiancé étaient bien une centaine, profitant de ce que la ville avait l'esprit ailleurs pour fêter Christ.

« Ils ont arrêté Caïus et Aristarque ! »

Jean lui fit signe de se taire. Il acheva la bénédiction, puis, se retirant pour enlever les vêtements sacerdotaux, l'écouta, le visage fermé.

« Bien-Aimé, ils sont en danger de mort. Leurs ennemis, cette fois, sont les nôtres, les idolâtres... Pouvons-nous laisser tuer nos frères ? Laisse-moi y emmener nos jeunes hommes, je t'en supplie ! »

Il lui baisait les mains en pleurant.

« Souviens-toi, Maître, le jour de l'émeute, le jour de Sa Passion, tu n'as jamais pardonné aux autres disciples de vous avoir abandonnés, le Seigneur et toi-même... »

Jean ne répondait toujours pas. Prokhore ressortit en larmes, traversant sans les voir les invités de la noce fleurie et chantante, qui l'arrêtaient à chaque pas pour une libation. Si des juifs chrétiens se haïssaient à ce point entre eux, vingt ans aux côtés de Jean, la Nouvelle et le Royaume, tout cela était caduc.

Au théâtre, Apollonius de Tyane, que le peuple aimait bien, couronné de violettes toujours fraîches qu'un esclave changeait sur sa tête pendant qu'il parlait, avait longuement défendu les amis de Paul. L'archigrammate abonda dans son sens ; mais le peuple exigea le bannissement des deux prisonniers, ainsi que celui de Paul. Aucun fidèle ne s'était levé dans la ville pour défendre les trois hommes, sauf la garde personnelle du treizième apôtre, qu'il avait rassemblée dans la villa d'Aquilas. Il avait pensé résister à cette expulsion illégale ; quand il comprit qu'ils étaient isolés, il renonça. À un contre cent, leurs chances étaient maigres ; encouragés par l'absence de réactions des chrétiens de l'acropole, suspectant des divergences dans le camp du Crucifié, croyant même Paul désavoué, les païens se mirent en marche pour exécuter eux-mêmes la sentence. Paul décida de fuir, avec Timothée, Trophime ; Aristarque et Caïus les rejoindraient en Troade, s'ils étaient libérés. Il aurait voulu se rendre à Corinthe, son Église la plus chérie, mais Tite venait de lui écrire qu'un parti de jérusalémites faisaient là-bas le même travail de sape que Jean à Éphèse.

Il décida de faire face, d'attaquer à son tour, au cœur du

camp adverse. Avant d'abandonner Éphèse à son ennemi, désormais seul apôtre d'Asie, Paul adressa quelques mots à ses fidèles :

« Je sais que vous ne me reverrez plus, devant que je n'achève cette tribulation, que je n'accomplisse cette mission que j'ai reçue de Notre-Seigneur Jésus-Christ. Je vais aller à Jérusalem, sachant que l'Esprit saint m'y a annoncé chaînes et persécutions des faux frères ; après mon départ, il s'introduira parmi vous des loups redoutables et des discours pervers. On vous dira que je vous ai abusés, exploités. Souvenez-vous, Éphésiens, que Jésus-Christ est en vous, en personne d'autre que chacun de vous ; on vous dira le contraire ; ceux qui s'appellent eux-mêmes archi-apôtres confisqueront votre foi, se déclareront dépositaires de l'Esprit. Vous, souvenez-vous que Christ n'est qu'en vous, en vous seuls, et que c'est Paul qui vous l'a appris. »

Malgré la trêve signée au concile de Jérusalem, ce fut la guerre entre les partis : le parti de Paul, le parti de Jean, celui de Jacques, celui d'Apollos, de Cérinthe, et même celui de Pierre ; les trahisons de Silas et de Marc les firent passer de Paul à Pierre. De fausses lettres circulaient, mettant les fidèles en émoi ; ils s'assemblaient la nuit pour recevoir des messagers, venus leur expliquer secrètement que l'envoyé précédent était un serviteur de Satan déguisé en pasteur.

Paul n'avait plus qu'un dieu : le Fils. Jacques ou Pierre, au fond, n'en avaient qu'un, le Père. Seul, l'Aimé se tenait entre les deux, ayant connu l'ancien dieu jaloux, et aussi le Fils de l'Homme, l'ancien et le présent. Pour Paul, Christ était Dieu dès le début, puisqu'il ne L'avait jamais connu homme.

Nous suivîmes ses périples par les nouvelles que nous en recevions, à Jérusalem où l'archi-apôtre s'était replié, après avoir passé trois ans à consolider sa victoire d'Éphèse. Les deux jouteurs se manquaient l'un à l'autre, se cherchaient tout en s'esquivant ; Paul avait décidé de marcher sur Jérusalem, mais il prenait son temps ; de Corinthe, de cette Grèce qu'il achevait d'évangéliser, il cultivait Pierre, installé à Antioche, remarié avec une jeune et jolie diaconesse fournie par les presbytres, et qui perdait peu à peu sous les onguents sa rudesse galiléenne. Paul voulait ainsi s'assurer de sa neutralité.

Nous reçûmes aussi des offres d'argent, des avertissements voilés ; l'Aimé était convaincu que Saül cherchait à les faire tuer, Jacques et lui. La pauvre Jeanne, fort âgée et presque aveugle, voyait partout des hommes postés pour surveiller la maison, des affidés de Paul portant des poignards. En vérité, dans la Ville sainte, l'Aimé était à l'abri de toute tentative du parti des incirconcis : il y était connu depuis l'enfance et respecté par tous.

285

Il souffrit, plus que de ces supposées menaces, des terribles épî-
tres de son adversaire. Sous couleur de s'adresser aux obscurs
Galates, bien loin, dans leurs forêts sauvages où ils errent vêtus
de peaux de bêtes, de se douter des querelles théologales lancées
sous leur prétexte, elles étaient lues partout, et dans Jérusalem.
Des éminences du parti pharisien vinrent sonder Jacques et Jean.
Si cet homme débarquait dans la Ville sainte, l'Église chrétienne
de Jérusalem le repousserait-elle ? On disait qu'il baptisait les
morts, en s'assurant des fidèles par rétroaction, faisait marteler les
étoiles et les chandeliers sur les tombes, condamner l'armoire des
synagogues.

« S'il vient à Jérusalem, ce sera en pharisien, plus pharisien
que vous, sépulcres blanchis ! » s'écria Jean, lucidement.

Paul mit fort longtemps à atteindre Jérusalem. Il devait faire le
voyage par mer ; il fit publier qu'on avait découvert un complot
pour l'assassiner à bord du navire. Il remonta par terre, jusqu'à
la Propontide, redescendit l'Asie, en évitant Éphèse, qu'il lui
savait doublement hostile, par les païens et par les disciples de
l'Aimé ; avec lui étaient Sopatros de Bérée, Aristarque, Secundus,
Caïus, Tychique, Trophime d'Éphèse et Timothée. Il parvint en
Terre sainte par Tyr et Ptolémaïs, où son parti lui fit une escorte
d'honneur aux portes de la cité. Imitant la Montée du Seigneur,
il allait répétant qu'il marchait sur Jérusalem comme la victime
vers le sacrificateur, certain qu'il était que les judéo-chrétiens et
les hypocrites, qu'il venait provoquer en leur fief, tenteraient quel-
que attentat contre lui.

Le trouble se lisait sur le visage de Philippe, chez qui Paul
faisait sa dernière étape avant Jérusalem, en la ville de Césarée.
Un vieillard perclus était entré pendant le repas, avait enlevé sa
ceinture et en avait lié les pieds du treizième apôtre.

« Ainsi sera lié cet homme, par les juifs, s'il va à Jérusalem ;
et ainsi sera-t-il livré aux Gentils. » C'était un ancien esclave
du centurion Cornélius, qui prétendait avoir rencontré Christ
lui-même et avoir été guéri par Lui, et qui prophétisait maintenant, à ses heures.

Paul secoua ses épaules de lutteur, et se mit en route le lendemain, avec sa troupe, les délégués des Églises de Grèce, de Macédoine, d'Asie, tous jeunes et sans barbe. Matthieu, seul, les reçut, alors que trois autres apôtres, Jude, Jacques et Jean, résidaient dans la ville. Ils passèrent entre eux leur première journée à Jérusalem, eux qui avaient fêté les apôtres à Antioche. Jacques Obliam, s'excusant sur son rôle de saint de permanence dans le Temple, se tenait hors de chez lui ; Paul, payant d'audace, fit le siège de sa porte, et le surprit, un soir, en apportant dans un coffret de bois de rose, serti de perles formant croix, le fruit d'une nouvelle collecte. Il lui présenta les députés ; Jacques, n'osant leur tourner le dos, et d'ailleurs flatté d'être pris, en l'absence de Pierre, pour le chef de l'Église, les gourmanda :

« Les pires rumeurs vous précédaient, mes très chers fils. On vous dit oublieux des commandements, forniquant avec des païennes, et même mangeant des bestioles rampantes interdites par la Loi. »

Les jeunes diacres de Corinthe dominaient à peine leur hilarité. Ils ne s'étaient certes pas représentés ainsi la famille du Seigneur, l'Église mère. Le vieillard leur parlait comme à des gamins désobéissants. Paul se rendit compte que le peu de prestance de Jacques, nippé d'une lévite graisseuse, rejaillissait sur toute la foi. Jacques, avec l'obstination des vieux, revenait au même point :

« Je veux bien croire que vous êtes innocents de ce dont on vous accuse ; faites publiquement acte de contrition, quelque belle offrande au Temple, quelque acte de piété envers la Loi...

— J'ai déjà donné. »

La voix de Paul était brève, impérieuse. Il dut se contenir. Il fallait isoler Jean de Jacques.

« Pierre, d'Antioche, me prie de vous saluer en Christ, et de vous faire ressouvenir de l'accord passé il y a dix ans. »

Paul renversait les rôles ; c'était maintenant lui qui parlait en délégué du Pasteur universel. Jacques savait Pierre faible, remarié, à son âge ! Plongé dans les délices d'Antioche...

« Ce que j'en dis, Saül, est pour ton bien. Désarme les critiques, montre ton amour des vieux usages. Tiens, il y a ici quatre pauvres qui contractent demain vœu de naziréat. Sois leur parrain, accompagne-les dans la purification... »

La Loi voulait qu'un homme pieux patronnât le vœu de retraite de ceux qui se faisaient ermites, dans le Temple, pour quelques mois.

« A mes frais, bien sûr. Eh bien, d'accord pour vos nazirs. J'ai bien circoncis Tite... »

La cérémonie coûtait fort cher, façon héritée de l'ancien Israël d'engraisser les prêtres du Temple, ses ennemis jurés. Le symbole allait contre tout ce qu'il enseignait. Il eut un rire fataliste.

« Essayons cela. Pour Christ, je suis prêt à tout. »

En sortant de chez Jacques, il se rendit au Temple, acquitta les frais de naziréat pour les quatre affreux mendiants dont on lui imposait, en guise d'amende honorable, la compagnie pendant une semaine. Car le parrain devait accompagner ses nazirs jusqu'au premier sabbat, coupant ses cheveux comme eux, s'abstenant de viande et de vin, enfermé avec eux dans le Temple.

Pendant cinq jours, Paul se morfondit dans le Sanctuaire, et les délégations dans leur maison, isolées et rejetées. Jean ne se montrait pas.

Le sixième jour, au matin, des gardes du grand prêtre frappèrent aux volets clos de la petite maison de Jeanne. Elle se mit à hurler ; depuis quinze ans, les juifs avaient laissé les chrétiens tranquilles, depuis l'assassinat du frère de Jean, Jacques. Et voilà que cela recommençait. Jean la fit taire ; ils l'emmenèrent au palais, l'introduisirent dans cette même salle des banquets où il avait vu juger le Seigneur.

Le grand prêtre de ce temps, Ananie, avait fait refaire la décoration ; il aimait à y siéger, à demi couché sur un lit de prince, salissant ses habits sacerdotaux de sucreries grasses, dont il portait des morceaux à sa bouche, déglutissant tout en parlant.

Ananie descendait de cet Anne qui condamna Jésus. Jean retrouvait l'arête du profil, les yeux gris de l'ennemi du Christ.

« On dit que tu te proclames grand prêtre, fils de Zébédée, comme ton confrère Jacques Obliam. Que tu portes le pétalon et l'éphod dans vos cérémonies secrètes. C'est illégal, vois-tu, totalement illégal... »

Ses gros doigts, boudinés dans des gants de soie qu'il gardait même pour les sacrifices, s'essuyèrent dans une serviette damassée.

« Christ te pardonne, à toi et à ta famille qui l'a crucifié, de porter ces vêtements sacrés que tu déshonores ! »

L'entretien commençait mal. Depuis dix ans qu'il détenait la grande prêtrise, Ananie ne connaissait des chrétiens que Jacques, frère du Christ, qu'il voyait au Temple et jugeait peu dangereux, puisqu'il recommandait de payer l'impôt au Sanctuaire.

« Ne nous disputons pas des chiffons. Tes gens n'aiment pas non plus ce Saül, ce Paul, je ne sais comment il s'appelle, cet agitateur qui a trahi notre confiance. Il a de l'argent plein la ceinture. C'est un personnage dangereux. Des fidèles, qui appartiennent à la synagogue des Affranchis, sont venus voir le prêtre de permanence au Temple, hier soir. Ils voulaient porter plainte ; ils auraient vu ce Paul s'enfermer à l'intérieur du Temple avec un incirconcis nommé Trophime, un Grec de ses amis... »

Jean tressaillit de joie, malgré son dégoût pour Ananie. Si Saül avait commis une telle erreur, il était perdu. Comment avait-il pu croire qu'il y avait un moment, à Jérusalem, où nul œil ne vous observait ? Il connaissait mal la ville !

« Il va y avoir des troubles, aujourd'hui, fils de Zébédée. Défendrez-vous ce Paul ? »

Jean fut déçu. Tel était donc le but de l'entrevue.

« Nous ne pouvons rien avoir de commun avec toi, saducéen maudit. Pas même un ennemi. »

Ananie, malgré la fermeté du ton, ne fut pas dupe. Jean n'avait pas répondu à sa question. Il se satisfit de ce silence, et le fit relâcher.

Prokhore l'attendait à la grille du palais. Ils passèrent près de la synagogue des Affranchis ; quelques dizaines d'excités, des pharisiens, et des pèlerins venus des villes d'Asie, y ameutaient les juifs contre Paul :

« Il était à l'intérieur du Saint, avec ce Trophime, hier soir, et sans doute tous les soirs, pour commettre quelque affreux rite secret, déshonorer le Sanctuaire. Il va recommencer ce soir, soyez-en sûrs. Le laisserons-nous faire, enfants d'Israël ? »

Reconnaissant Jean, quelques judéo-chrétiens, originaires

des villes grecques, qui continuaient de fréquenter cette synagogue, celle de leurs premiers pèlerinages et de leur première foi, vinrent le questionner. Il s'enfuit après avoir murmuré à voix basse :

« Soyez bénis dans ce que vous allez accomplir... »

Sur le chemin de la maison de Jeanne, Prokhore l'implora en vain, pour l'Église, pour le Christ. Cette fois, Jean passait de la non-assistance à une active participation dans l'élimination de Paul. Brisé par cette volonté inflexible, Prokhore pleura, mais ne songea pas un instant à quitter son maître.

Arrachant des piquets aux clôtures, chargeant leurs ceintures de pierres aiguës, les émeutiers coururent jusqu'au Temple en appelant à l'aide :

« Au secours, enfants d'Abraham ! Le Saint Lieu est profané, cet homme, ce Paul qui déclame contre la Loi, y est installé avec un païen ! »

Paul est assis sur le banc de pierre, le long du pronaos, avec ses nazirs. Il entend les cris, et sort, pieds nus, en tunique de lin, pour en reconnaître l'origine ; à peine est-il sur le seuil, il entend le roulement du bronze derrière lui. Le prêtre de service, prévenu par Ananie, referme les deux battants, lui coupant toute retraite. Ainsi le Lieu saint ne sera-t-il pas souillé par le meurtre.

Les mâchoires crispées, les yeux tourneboulés de fureur, les justiciers s'emparent de Paul ; on le tire, on le fait tomber, on lui crache à la figure, on lui verse de la cendre sur les cheveux, on va le lapider, quand arrive le lourd trottement de la cohorte romaine stationnée à l'Antonia, qui débouche par le portail nord.

Le tribun qui la dirige s'appelle Claudius Lysias. Cet officier anxieux, grec-syrien d'origine, est un formaliste. Il fait dégager Paul ; les soldats doivent le porter jusqu'à l'escalier qui communique avec l'Antonia. Là, Paul veut s'adresser aux émeutiers.

Lysias, surpris que ce nazir juif parle la langue hellène, le lui accorde. A peine ouvre-t-il la bouche, les insultes pleuvent :

« Renégat ! Sacrilège ! Profanateur du Temple ! »

Les cris des judéo-chrétiens s'y ajoutent, contradictoires :

« Assassin d'Étienne ! Faux apôtre ! »

L'ancien persécuteur, devenu sacrilège, réunit toutes les haines sur sa tête. Paul jouit de cet accès : il a sa Passion, lui aussi, ce que n'a jamais eu le disciple aimé. Lysias, devant les fureurs de la foule, le fait porter à l'intérieur de la tour. Il décide de l'interroger, et, pour commencer, de le faire fouetter, à tout hasard. Il est déjà lié sur le poteau d'exécution, quand il déclare calmement au centurion :

« Je suis citoyen romain par la naissance, et je proteste. »

Le centurion fait appeler le tribun. Lysias lui-même, en dépit de son Claudius tout neuf, n'était citoyen que depuis peu, et avait peiné pour obtenir ce titre. Il lui paraissait d'autant plus respectable.

« Détachez-le immédiatement, faites-lui nos excuses, servez-lui à dîner. »

N'empêche : obscurément convaincu qu'il a fait une grosse prise, Lysias fait garder le prisonnier dans une belle chambre, et s'informe. Ananie le bombarde de messages pour réclamer sa proie ; aussi autorise-t-il le Sanhédrin à se réunir au Temple pour porter ses accusations envers Paul...

Le tribun se tint lui-même à côté de son prisonnier auquel il avait fait retirer ses chaînes, dans cette cour des Israélites où Jésus vit sa sentence de mort confirmée par le Sanhédrin. Ananie, s'emportant, traita Paul de vil pourceau, dès son entrée. Celui-ci répliqua vertement :

« Et toi, vieillard ignare, tu pues l'hypocrisie, chacal !

— Frappez-le sur la bouche ! Frappez-le sur la bouche ! »

Le grand prêtre glapissait, piétinant de fureur, réclamant l'acte de réparation rituel pour les paroles sacrilèges.

« Vieux mur décrépit ! Tu prétends connaître la Loi, et tu me fais frapper ! C'est toi que le Très-Haut frappera à mort ! »

Ananie pâlit, voyant l'ombre des couteaux qui mirent à mort le grand prêtre Jonathan, son cousin, fils d'Anne. Les malédictions des chrétiens pouvaient être efficaces, on l'avait vu ; les persécuteurs de ce Jésus finissaient souvent mal.

Les accusés habituels, devant le Sanhédrin, s'effondraient en supplications, battant leur coulpe, serviles, implorant merci. Lysias, fort ennuyé, constatait que ce Paul était d'une autre trempe. Il fit signe aux légionnaires, qui repoussèrent les gardes d'Ananie. On ne laissait pas des juifs frapper un citoyen de Rome.

« Mais toi, tu insultes le grand prêtre et le Temple d'Israël en présence des Gentils ! J'étais venu te défendre, j'y renonce... »

Gamaliel, son ancien maître, si fragile qu'on craignait de le voir se briser comme verre, semonçait Paul. Celui-ci s'adoucit immédiatement.

« Lui, le grand prêtre ? Je respecte le commandement : " Tu n'insulteras pas le chef de ton peuple. " Mais pouvais-je me douter ? »

Il avait cité le texte en hébreu, accentuant parfaitement, comme autrefois à l'école rabbinique. Les pharisiens, satisfaits, furent repris par leur vieille défiance à l'égard des prêtres saducéens.

« Je suis pharisien, fils de pharisiens, comme vous. On me poursuit parce que je crois en la Résurrection, comme vous...

— Tu es la pire sorte de pharisien, chien ! Celle qui hait le Temple et rêve de le détruire ! »

L'attaque maladroite d'Ananie mobilisa les rabbins. Ben Zakkaï se leva pour protester contre l'amalgame entre chien et pharisien ; il larmoya longuement, nouvel épisode d'une querelle éternelle entre pharisiens et saducéens dont Paul tirait parti. Lysias, débordé, s'efforçait de suivre ces échanges, effectués en hébreu et araméen, à travers son interprète grec :

« Celui-là dit que Paul et les pharisiens sont tous des hérétiques, parce qu'ils croient en la résurrection qui n'est pas marquée dans la Loi ; mais cet autre dit que Paul est pire que les saducéens, puisqu'il abolit la Loi et donc la résurrection des Hébreux... »

Lysias y perdait son peu de latin. Il fit reconduire Paul dans la tour, de plus en plus perplexe. Cette nuit-là, un neveu de Paul se présenta à l'Antonia, et révéla que quarante conjurés, juifs et chrétiens du parti de Jacques, avaient juré le meurtre de Paul pour le lendemain. Paul l'amena à Lysias.

« Écoute ce que dit cet enfant, tribun. Si je meurs pendant que je suis sous ta garde, l'empereur lui-même t'en demandera raison. Tu sais que ces juifs sont capables de m'assassiner au fond de tes cachots. »

Juif avec les juifs, Paul était gentil avec les Gentils.

Lysias prit alors la seule décision importante de sa carrière :
« Centurion primipile ! Une escorte, deux centurions, la
moitié de la cohorte avec toi. Vous partirez à la troisième veille,
et vous emmènerez le prisonnier à Césarée, au procurateur. »

Lysias joignit une lettre embrouillée, remettant l'affaire à la
sagacité de Felix, procurateur de Judée, son supérieur hiérar-
chique.

Comme la lune déclinait, Prokhore, de la terrasse de leur
maison, dans le quartier des potiers, vit le cortège s'éloigner par
la route menant à la côte. Paul, attaché par un poignet à l'officier voisin, comme le voulait le règlement, montait un cheval
noir. Précédé de plus de deux cents légionnaires, cet homme
qui passait était moins prisonnier qu'escorté. Quelque chose de
la pompe romaine entourait déjà l'apôtre des prépuces.

Prokhore avait craint toute la journée un dénouement bien
pire ; cette captivité, où Paul risquait moins que parmi ses core-
ligionaires, était un moindre mal ; et ce moindre mal était une
chance que vienne un jour la nécessaire paix entre les deux factions chrétiennes. Ce n'était pas Rome, aurait-on cru, qui arrêtait Paul ; c'était Paul qui acceptait de Rome sa protection pour
le conduire à elle.

À l'automne de l'année suivante, la captivité de Paul durait
toujours. Festus avait remplacé Felix à la fin de l'été. Felix avait
gardé l'apôtre en son palais en étudiant longuement la
demande de Paul d'être jugé à Rome. Il trouvait à son prisonnier un caractère exceptionnel ; il était devenu une curiosité de
sa petite sous-préfecture. Ils avaient passé de longues soirées
ensemble, et cette introduction au monde de Rome apprit
beaucoup à l'homme de Tarse. Felix, affranchi, comme Pallas,
son frère, alors ministre de César, avait épousé Drusilla, divor-
cée elle-même du roi Aziz d'Émèse, et sœur de Bérénice et
d'Agrippa II. Ces trois enfants d'Hérode Agrippa étaient les
derniers descendants de la famille royale d'Israël, par Aristobule, qui mourut étranglé sur ordre de son père le Grand
Hérode. Les femmes, surtout, étaient redoutables, chez ces
atrides juifs. Comme Hérodiade, comme Salomé, comme Bérénice, Drusilla avait des ambitions politiques. Les théories de

Paul semblaient correspondre à merveille aux besoins de la nouvelle classe sociale, à peine sortie de la servitude pour occuper le Palatin, que représentaient Felix et Pallas ; on laissa aux disciples, Timothée, Trophime, Luc de Macédoine, libre accès à leur maître ; la poste impériale acheminait ses épîtres.

Mais Felix tomba, suite au discrédit de Pallas, et aussi par la découverte simultanée de ses malversations innombrables. D'ailleurs, son amitié avec les chrétiens allait trop loin pour le parti juif de Rome, son beau-frère Agrippa II en particulier. Festus, en arrivant dans son poste, proposa à Paul de le reconduire à Jérusalem pour y être jugé par le Sanhédrin.

« J'en appelle à l'empereur ! » déclara l'apôtre, très peu désireux de connaître le nouveau grand prêtre, Ismaël. Festus ne pouvait que prononcer la sentence :

« Tu en as appelé à l'empereur, tu iras à l'empereur. »

Aussi, quelques jours plus tard, quand un centurion de la cohorte Prima Italica Augusta, nommé Julius, qu'il connaissait bien, entra dans son cubicule, Paul fit signe à Timothée de prendre son baluchon.

« Nous ne partons pas aujourd'hui, Caïus, excuse-moi... Le procurateur te demande dans la salle du prétoire. »

Paul eut un geste d'impatience. Festus avait-il changé d'avis ? On ne tenait pas audience de tribunal ainsi, à l'improviste.

« Je refuse de comparaître, j'en ai appelé à César.

— Sois tranquille, Paulus. Le procurateur te le demande comme un service ; nous partirons avec le vent du matin, demain. »

Paul, quand il entra dans le grand atrium frais bâti autrefois pour le Grand Hérode, eut une surprise de taille. Entourés de leurs officiers empennés comme des dindons, à demi étendus sur un double lit d'apparat, leurs profils côte à côte, à la façon de ces souverains alexandrins philadelphes des médailles et monnaies, le roi Agrippa II, et la reine Bérénice l'attendaient, en trempant leurs lèvres dans le vin offert par Festus. Le fils du persécuteur de Jacques frère de Jean, de l'ennemi des chrétiens, n'avait aucune intention hostile. Au contraire. Quand Paul entra, Bérénice glissa à bas du divan, et marcha vers lui, tendant à baiser un bras d'une blancheur de cygne.

« Ma sœur Drusilla m'a dit tant de bien de toi... Merci d'être venu. Nous étions très curieux de te connaître, mon frère et moi. »

Paul savait Drusilla brouillée avec le couple incestueux. Jusqu'à présent, ils passaient pour ennemis des pharisiens et des chrétiens. Le vent tournait.

Les effluves du parfum de la reine enveloppaient l'apôtre. Elle portait une tunique lamée d'argent fendue sur le côté, un diadème de perles arabiques au dessin arachnéen.

« Le roi Agrippa mon frère s'intéresse à tes idées, et le noble Festus (elle se retourna pour sourire gracieusement au procurateur) a eu l'immense gentillesse de céder à notre impatience avant ton départ. Viens à côté de nous. »

L'apôtre s'assit au chevet de celui que la rumeur publique accusait d'avoir épousé secrètement Bérénice, sa sœur et sa tante par alliance. L'inceste était une tradition chez eux, comme la débauche à fins politiques. Agrippa II, de son côté, couchait avec le nouveau César comme son père le fit avec Caligula.

« Prêches-tu la révolte contre les rois, comme les pharisiens ? »

Paul développa sa théorie favorite du respect dû aux puissants auxquels Dieu a dévolu le gouvernement de cette terre.

« " Rendez à César ce qui appartient à César ", a dit Christ. »

Bérénice relançait les questions.

« On dit que tu abolis la Loi, que tu autorises tous les débordements...

— Christ en se sacrifiant pour nous s'est chargé de nos péchés. C'est l'obligation d'observer la Loi qui crée la faute. »

Jamais ses idées n'avaient été aussi nettes, vivifiées par le désir de convaincre cet auditoire d'élite. Non, il ne supprimait pas le jugement, le bien et le mal ; au contraire, il le plaçait à l'antérieur de l'homme, en faisant la plus sûre des barrières. Comment pouvait-on croire que les règles de la Loi, tout antérieures, purifiant sans qu'on y pense, sans remords, valables indifféremment quelles que fussent les intentions, les situations, fussent une digue efficace aux passions mauvaises des peuples ?

« Ainsi, ce qui est un crime pour le pharisien ou l'esclave pourrait être pur chez un roi et une reine », conclut Bérénice, d'un air innocent. Cette morale tout intérieure, souple aux riches et rigide aux pauvres, la séduisait.

« Saül, crois-tu que je puisse devenir comme toi et tes amis apôtres, un chrétien ? »

Paul regarda le visage poupin, raviné par les précoces abus, ceint de la barbe à l'assyrienne qu'Agrippa II avait hérité de son père. Il savait qu'Agrippa faisait profession publique de judaïsme intègre, pour cacher ses vices. Il pensait le revoir à Rome, où il résidait ; par eux, outre le sang royal d'Israël, c'était le monde des nouveaux riches de la capitale, le monde impérial, qui pouvait s'ouvrir. S'ouvrir à sa Nouvelle, son Évangile à lui, Paul. S'il ralliait Agrippa, il pourrait revenir en maître, un jour, à Jérusalem. Quelle belle manœuvre, prenant de court les judéo-chrétiens !

« Il est bien des sortes de chrétiens, grand roi, dont certains sont des têtes brûlées. Chrétien comme moi, peut-être... à cette petite différence près. »

Il levait en souriant ses menottes, que Julius avait rattachées pour le raccompagner. Il venait de trouver la faille, chez ses nombreux ennemis. Bien renseignés, les juifs saducéens et orthodoxes auraient tout intérêt à sa victoire sur les archi-apôtres, Jean et Jacques. L'alliance des contraires...

« Le roi et l'esclave sont frères en Christ. Et ils le sont chacun à leur place...

— Tu es fou, Paul, tes lectures te troublent la tête. » Festus était dépassé par ces propos presque séditieux, tenus sur le ton d'une élégante nonchalance.

Paul, en montant la passerelle avec Julius, son centurion, Timothée, Aristarque et Luc, savait que Festus avait joint au rapport accompagnant le prisonnier un certificat très favorable d'Agrippa. Après tout, le roi était expert en matières religieuses de son pays.

Comme le navire marchand doublait, roulant sur son gros ventre, la côte de Sidon, Pierre passait la porte des Brebis, de retour d'Antioche en la Ville sainte. Le Pasteur universel fit comme si toute complicité avec Paul avait été pure invention de la part de ce dernier. Pendant les mois qui suivirent, Jean répétait comme une antienne au vieux pêcheur fatigué :

296

« Saül est à Rome. Là-bas, les fidèles de Christ se multiplient. Laisserons-nous le troupeau entre ces seules mains ? »

Le pauvre Pierre, fouaillé par l'acerbe Jean, comme au temps du Jourdain, cède et plante là sa seconde femme. Prokhore, Marc, sont du voyage. Pendant que Paul se remettait d'un naufrage à Malte, Pierre et Jean firent voile vers l'Italie.

Paul fit la traversée de Malte à Pouzzoles au printemps, au moment où le navire des deux archi-apôtres arrivait à Chypre. En mettant le pied sur la terre italique, Paul se répétait les arguments de sa plaidoirie d'appel à l'empereur. Il avait bon espoir. Il se savait son meilleur avocat. Il avait toujours aimé et respecté l'Empire, qui serait un jour chrétien.

Ce printemps-là, régnant depuis sept ans, le juge suprême que Paul invoquait se nommait Tibérius Claudius Drusus Germanicus César, dit encore Ahénobarbe, ou Barbe-Rousse, mais qu'on désignait le plus souvent par le surnom qu'il avait hérité de la famille de Claude, son père adoptif : le Fort, en dialecte sabin, Néron.

Le viol de la bête (61-65 ap. J.-C.)

Quatrième épître de Jean dit Prokhore, diacre de Jean l'archi-apôtre, à l'Église de Christ que, dans sa munificence, le Père et Christ le Monogène ont prise en miséricorde, aimée et illuminée, présidant dans la région de Rome. Digne de Dieu, digne de gloire, digne de bénédictions, de louanges et de succès, sa charité la met au premier rang, depuis qu'elle a subi l'épreuve du mar-tyre...

Les bonnets à touffe de laine des flamines sont, à cette distance, de minuscules taches blanches sur l'escarpement du Capitole. Au-dessus, s'élève la fumée des viandes offertes à Jupiter, Junon et Minerve. Pierre, Jean et Prokhore se sont arrêtés, en cette fin d'après-midi, au col d'Albanum, près d'Aricie, d'où ils découvrent la Ville.

C'est trop grand. Plus grand qu'Éphèse, Jérusalem, Antioche, mises ensemble ; plus grand même que le souvenir qu'il a gardé d'Alexandrie. Telle fut la seule pensée de Prokhore, devant cet océan de maisons serrées, qui noie l'horizon à perte de vue sur trois côtés. Devant eux redescend l'Appia, bordée de cyprès dont l'ombre s'allonge jusqu'au pied de l'aqueduc aux arches de travertin rougi de soleil. Le long de la Voie, autour des tombeaux, des files de petits personnages, membres des associations, des collèges funéraires, pauvres et riches mêlés, couronnés de myrtes, allaient célébrer le banquet en l'honneur de leur mort.

Au-delà, l'enceinte des murailles dominait les faubourgs ; les maisons, les immeubles de rapport, déferlaient le long du Tibre, rebondissant sur la rive gauche jusqu'aux hauteurs boisées du Janicule, couvrant les sept collines, comblant à droite tous les interstices entre l'Aventin et le fleuve, que des ponts, si proches qu'ils recouvraient la rivière, barraient jusqu'à l'île Tibérine ; le faîte du temple d'Esculape y émergeait des frondaisons, et la pointe de l'île, taillée en forme de galère, semblait fendre les eaux jaunes.

Plus loin encore, au creux de la plaine que le fleuve ceignait de son méandre, le Champ-de-Mars, où le dôme du Panthéon surgissait dans les rayons de l'astre déclinant, n'était que parcs et monuments. Derrière l'Aventin, la ville montait à l'assaut du

Caelius, de l'Esquilin, du Viminal, au flanc duquel s'entassait l'immonde Suburre. Du Quirinal, on ne distinguait que la bosse, derrière les temples capitolins. Le véritable centre, l'Argilète et ses boutiques de luxe, les forums, les sanctuaires les plus respectés, les beaux quartiers des Carines, leur était caché par l'énorme vaisseau, le géant ensablé au bord du fleuve, qui arrêtait la vue sur plus d'un mille de large, au premier plan : ces travées interminables, ces tribunes hautes comme le Palatin, dont elles couvraient le flanc sud, c'était le Grand Cirque, orgueil de la reine du monde.

Pierre admirait la cité en souriant béatement ; on était enfin arrivés. Son bras, se soulevant du bâton où il s'appuyait, la bénissait inconsciemment. Jean, lui, tendu en avant, dans sa lévite brune, dardait sur elle un regard de défi, prêt à s'envoler au-dessus d'elle, oiseau de mauvais augure, pour lui crier des malédictions. Ils pénétrèrent dans le *pomerium* par la porte Capène. Passé l'ancienne enceinte de Servius Tullius, près du tombeau de Camille, sœur d'Horace, les Romains avaient édifié un temple de l'Honneur et de la Vertu, à côté de la fontaine où le roi Numa s'entretint avec la nymphe Egérie. Cette Vertu-là n'impressionna pas les voyageurs ; ironie du sort, le parc et la fontaine sacrée étaient une concession louée à des juifs, nombreux dans cette région, qui en exploitaient les cabarets et les attractions.

Ils obliquèrent à gauche, sous l'aqueduc entre le Caelius et le Palatin, évitant les travaux du nouveau palais, qui encombraient l'Esquilin. Ils avaient perdu de vue le fleuve, et le Transtévère où ils se rendaient. De carrefour en carrefour, des fidèles et des presbytres de l'Église de Rome se relayaient, et, leur montrant un poisson en signe de reconnaissance, les guidaient sur une rue ou deux, sans attirer l'attention. On les attendait impatiemment, mais il fallait être prudent. Jean, en marchant, jetait des regards défiants autour de lui. Les immeubles, où les chaînes de briques bloquées par des parements de pierre dessinaient des grecques ou des étoiles, grimpaient, en dépit des décrets impériaux, à huit ou dix étages. Leurs stucs rouges et jaunes, jusqu'au niveau du premier, imitaient le marbre, brillants et cirés, ornés de faux reliefs où l'on croyait se heurter, tant ils trompaient l'œil. Dans les halls d'entrée, entre les boutiques du rez-de-chaussée, des *janitores*, des esclaves portiers en uniformes resplendissants, étaient attachés à leur niche comme des chiens. Les riches demeures sans étages, les jardins magnifiques, jouxtaient les *insulae* où les locataires s'entassaient en hauteur, envahies au rez-de-chaussée de fripiers et de *thermopolia*, menacées d'écroulements incessants dus à la négligence des architectes et à l'économie des matériaux.

Barbiers, rôtisseurs, vendeurs d'eau ou d'allumettes soufrées, maîtres d'école, même, envahissaient la chaussée de leurs commerces. Chars et chevaux étaient interdits, mais les chaises à porteurs bousculaient les passants, malgré les avertissements d'un esclave qui courait pour faire place devant le véhicule. Les femmes, ces élégantes aux coiffures incroyables, montées en mousse, sculptées en bouquets, laissaient les apôtres stupéfaits. Jean les sentait se retourner sur lui pour rire de son allure, quand elles passaient un minois chiffonné entre les rideaux de leurs litières liburniennes, pour jeter un regard noirci de nuits blanches à la recherche d'une occasion de débauche. Ils furent logés au cinquième étage d'une insula du Transtévère, un de ces blocs récents et relativement sains, dont les escaliers extérieurs couraient le long des façades, et qu'on avait bâtis pour les nouveaux immigrants.

Le lendemain, à l'aube, Prokhore se glissa de sa couche sans éveiller Jean, et courut s'emplir les yeux des curiosités de la capitale. Elle n'avait rien de l'ordre monumental, aéré, ensoleillé, d'Alexandrie. Tout y semblait entassé. Descendant du Transtévère, il passa le fleuve au pont Sublicius. Le forum aux Bœufs, que dominait la statue d'Hercule, était déjà encombré de bêtes ; à l'extrémité des bâtiments du cirque, au sud de la place, en dépit de l'heure matinale, il y avait foule devant les bureaux de l'Annone, l'office de distribution des aliments gratuits offerts par la ville.

Prokhore n'en revenait pas. Les voici donc, ces fiers Quirites, petits bourgeois battant la semelle de leurs sandales de cuir, travailleurs des chantiers pieds nus et en pagnes, faisant la queue, perpétuels assistés !

En suivant le Vicus Tuscus, la rue des Étrusques, Prokhore parvint enfin au vieux forum, le forum romain. Il l'aborda par l'est, au moment où les boutiques de bijoutiers, d'antiquaires, les libraires, les comptoirs des marchands de soie, qui occupaient ce côté, commençaient à ouvrir. Des esclaves venaient chercher une commande de leur maître ; des litières passaient que précédaient des appels : « Place au noble consulaire Marcus Salvius Otho ! » « Ouvrez la route à la noble Calpurnia ! » En débarquaient parfois des fêtards, qui prenaient encore le temps d'acheter une gemme à l'élue de la nuit, avant d'aller se coucher.

Le fond du Forum, la citadelle du Capitole, resplendissait au soleil matinal. Les colonnes, au-dessus des remparts, y étaient si serrées qu'on eût dit une forêt où jouaient les rayons du levant. Acanthes, volutes, palmettes, triglyphes, alternant leurs stries bleues et rouges avec les scènes en bas-relief des métopes, quadriges ailés s'envolant au-dessus des arcs, s'amoncelaient jusqu'au ciel doré en un titanesque chaos coloré. Le Forum, en dessous, était encombré de statues des héros et des dieux, à tel point que les passants, moins nombreux qu'elles, sénateurs ou magistrats en route pour la Curie ou un tribunal, leur canne d'ivoire à la main, suivis d'un esclave portant leur toge laticlave pliée en quatre, semblaient s'être détachés des socles pour se mettre en mouvement.

Il s'assit devant les hautes colonnes isolées dressées en ex-voto devant la basilique Julienne, perdu dans l'odeur des Horrea Piperataria, qu'on appelait les magasins d'Agrippine ; l'on y vendait le poivre, le gingembre et les épices. Il tournait le dos à la Regia, la demeure du Grand Pontife, à côté de laquelle était édifié le petit temple de Jules César, son plus célèbre occupant. À sa gauche, les arcs de briques soutenant le Palatin abritaient le Lupercal où Romulus et Rémus furent élevés. La cabane du fondateur y était pieusement réparée et conservée. A sa droite le nouveau forum, bâti par Auguste, répondait à la basilique édifiée par César sur l'emplacement des vieilles boutiques. Il resta là jusqu'à l'heure du déjeuner, presque inconscient. Les pigeons qui chipaient le grain de l'autel de Vesta, l'entouraient de leurs battements d'ailes. Il était envahi du bruit polyglotte de cette foule affairée, prêtres de Bellone ou de Cybèle, danseuses syriennes, vendeurs de billets de loterie, mendiants et orateurs, qui jurait, vitupérait, chantait et conversait en grec, en latin, en ibère, en germain ; il entendait crier de-ci de-là des noms célèbres dans tout l'Empire ; il cherchait, sur ces visages entrevus, chauves, pleins de morgue, impérieux, si semblables aux bustes dont on ornait les cités de province, le secret d'un tel pouvoir.

Il était midi ; on entendait les lions rugir dans le vivarium de l'amphithéâtre, réclamant leur déjeuner. Devant lui, sur la tribune des Rostres, les proues des galères égyptiennes prises à Antium fendaient le flot qui s'éclaircissait pour le déjeuner. À côté, au pied de la citadelle, le Miliaire d'Or, la borne centre du monde, d'où l'on comptait toutes les distances au long des voies, étincelait sous le profil en bec d'aigle de la roche Tarpéienne. Le monument le plus hautain, le plus sacré et le plus triomphal de Rome, le temple dit de Jupiter Capitolin, recouvrait l'acropole de ses tuiles laquées d'or. Ce n'était pas lui que regardait Prokhore mais, juste en contrebas, à l'endroit où Brutus avait condamné et exécuté ses propres fils, lieu sacré par excellence de l'impitoyable justice romaine, la sinistre façade percée de trous sombres aux barreaux épais, tapie comme une pieuvre dans l'ombre, prête à étouffer ses victimes, la terrible prison du Tullianum, que le peuple appelait Mamertine.

Voici venu, chers frères, le moment le plus pénible de ma tâche. Un manteau de silence, tissé par la sagesse apostolique, a vêtu les événements dont votre Église est née, les circonstances tragiques où l'Aimé fut le principal acteur désigné par Dieu. Le plus redoutable des secrets, celui qu'enfouit l'ordre donné dans la Révélation de Patmos, l'Apocalypse, je l'adresse en ces lignes à votre prudence suprême. Un ange du Seigneur m'est en effet apparu, qui, malgré les scrupules et ma promesse, m'a contraint de relater intégralement ce dont j'avais été témoin. Au Jour dernier, quand l'archange produira le Grand Livre où tout est inscrit, on saura que rien n'est inconnu à l'œil de Dieu.

Vous choisirez vous-même, digne Clément, vénérable épiscope du nouveau siège apostolique, ce qui peut être publié, de ce mystère enfoui sous les ossements des catacombes, sur lesquels la Nouvelle Jérusalem, la Rome chrétienne fut bâtie. Purifiée par le sang des martyrs, la Passion que votre ville a subie eut certes son Judas ; mais ce martyre, Rome le reçut, flamme céleste d'enthousiasme, des mains de l'apôtre Jean, de l'Aimé de Christ.

Pour que s'accomplisse le décret divin, la présence sur les bords du Tibre du Bien-Aimé de Son Fils était nécessaire. Afin que la Nouvelle Babylone, engorgée de luxure et de crimes, périsse étouffée dans le même brasier où elle jeta les fidèles, que naisse la nouvelle ville de la Croix, l'intervention de l'archi-apôtre était inscrite dans le plan de Dieu. Il fut l'instrument choisi pour l'accomplissement ; la médiation de sa fureur prophétique ferait tomber la capitale du monde, comme un fruit mûr que moissonne et vendange le bon ouvrier, au pressoir de la colère divine, pour emplir les outres du vin nouveau de Christ. Vin aujourd'hui mûri ; car, pour persécutés qu'on vous tienne encore, le temps n'est peut-être pas si loin, cher père Clément, où votre siège épiscopal, celui de la Ville, vaudra le trône le plus magnifique. Les desseins de Dieu, si complexes dans leurs multiples rouages, avaient condamné la Babylone moderne à la perte des dieux grâce auxquels elle avait conquis l'univers, choisi pour son Église le baptême des supplices. Dans cet admirable concert d'humaines faiblesses et d'inspiration divine, où la volonté de chacun tendait malgré soi au dessein du Seigneur, l'Aimé fut le premier exécutant ; mû dans les moindres gestes et rencontres par l'invisible marionnettiste qu'est l'Esprit, son rôle était incompréhensible, comme le profond calcul des destinées, à l'homme à peine âgé d'un demi-siècle que j'étais alors. Perdu dans ces querelles, ces confusions, où nos communautés s'abandonnaient, je n'avais aucun recul ; je ne voyais pas l'archange saint Michel, suspendu au-dessus de nous, le glaive flamboyant dans la dextre, n'attendant qu'un signe de l'Aimé pour frapper et tout embraser.

Nous arrivâmes à Rome, l'Aimé, Simon-Pierre, que seul Jean nommait encore ainsi, et moi, quelques semaines après Paul. Nous en étions totalement séparés, et par la garde romaine qui lui était imposée, et par la distance entre les apostolats dans la ville. Paul annonçait la nouvelle aux centurions, aux patriciennes des Carines. Jean et Pierre s'adressaient aux esclaves, aux portefaix, aux porteurs de litière du Transtévère. Jean raffermissait la foi des nouveaux convertis face aux tentations de la Grande Prostituée. Pierre, qui ne parlait ni grec ni latin, resta près de six mois avec nous sans prendre contact avec Paul.

Une nouvelle cour, des convertis aux sourires engageants, aux souplesses romaines, entourait les deux apôtres ; certains devenaient leurs intimes. Comme je l'avais été moi-même, les plus jeunes étaient fascinés par l'Aimé ; ils le flattaient, l'adulaient. Comme je ne lui offrais que ma fidélité rechignée mais éprouvée, il me préféra des lèvres plus fraîches. Tout détail entre au compte de Dieu : pour que la punition s'abattît sur la ville, pour que les apôtres fussent couronnés du martyre, il fallait que l'Aimé fût entouré d'imprudents et de traîtres auxquels il accordait sa confiance. Il fallut aussi que les hypocrites de l'Ancienne Loi se fassent une nouvelle fois les alliés du César romain.

En cette affaire de l'incendie de Rome, puisqu'il faut dire les choses, chaque parti poursuivait ses propres fins. Les hypocrites de la synagogue, et leurs amis à la cour de César, s'alliaient parfois, association contre nature, avec des partisans de Paul et des nouveaux docteurs. Il y avait le parti de Pierre, de Marc, de Jean. Et les folies de Nabuchodonosor pour couronner l'édifice.

Épreuve formidable, inextricable combinaison d'intérêts affrontés, dont Dieu tira la substance de son Église aînée ! Ce tourbillon de deux ans, cette tragédie, comment les retracer ?

L'archi-apôtre n'a jamais aimé Rome, au point qu'il s'y sentait exilé d'Éphèse. Pourtant, des affections plus soumises que la mienne, le secours d'une jeunesse qui m'avait quitté, adoucirent son appréhension en cette terre inconnue, adverse. Pendant son séjour, son exaspération contre la Ville crût avec leur perte. Les fièvres des marais pontins dévoraient ses intestins. La réussite de Paul chez ces aristocrates qui gouvernaient l'Empire, les calomnies des tenants de l'Ancienne Loi, bien des choses l'y blessèrent. Méprisé, il se sentait ignoré, en dehors du Transtévère. Pour ces sénateurs et ces chevaliers, ces augustans, il était moins que rien. Il prétendait qu'ils étaient de taille plus élevée que les autres peuples, quoique ni plus ni moins hauts en vérité que les Grecs ou les juifs. Mais, ne marchant pas courbés de crainte, naturellement arrogants, redressés par leurs richesses, leurs légions, ils n'adressaient de parole qu'offensante ou protectrice.

Partout où notre navire avait fait escale en venant de Terre sainte, à Syracuse, à Rhegium, nous avions trouvé des traces de Paul. A Malte, où il avait passé l'hiver, il avait converti le préfet de l'île. Quand nous débarquâmes à Puteoli, que les indigènes prononcent Pouzzoles, le grand port de voyageurs entre l'Orient et l'Italie, près de Neapolis, les croyants que nous rencontrâmes l'avaient entendu prêcher trois mois plus tôt.

Puteoli était plein de Syriens hellénisés, d'Asiates et autres Levantins ; ils prospéraient, avec les juifs, dans toute la Campanie, y avaient apporté leur idole Isis. La plaine du Vésuve, porte de la Ville, commerçait avec le Delta et Alexandrie. Les Campaniens, prétendaient les vieux Romains, avaient toujours eu un peu de la mollesse orientale ; et le pays des épicuriens, où l'on adorait la Vénus Physica de l'ancien poète Lucrèce, faisait bon accueil à tous les nouveaux Mystères, y compris ceux de Christ.

Je reconnaissais, aux murs des auberges et des maisons, des fresques inspirées de ma patrie, des Canope internationaux, des canaux et des fabriques que décoraient des ibis songeurs. Les juifs venus d'Éphèse, qui importaient les vins de l'Egée, la cire du Pont, la laine de Milet, le safran de Cilicie ou les teintures de Thyatire et de Sardes, vénéraient Jean ; car ils se rendaient une ou deux fois par an dans leur cité, et y avaient écouté la Parole. Le même réseau ayant servi à Paul, ils nous interrogeaient sur la vraie doctrine, qu'il avait partout ébranlée.

De Puteoli, des voitures gauloises payantes, à deux chevaux, allaient en quelques heures à Herculanum, où deux lignes continuaient, l'une vers Pompéi et Stabies, l'autre vers Capoue. Nous empruntâmes la seconde jusqu'au carrefour avec la Via Appia, d'où, en cinq jours, on pouvait gagner Rome.

Mai finissait. Pour éviter à l'Aimé et au Pasteur universel la grande chaleur et les indiscrétions, nous prîmes de Capoue à Terracine des voitures de nuit. À Forum-d'Appius, comme aux Trois-Tavernes, dix milles plus loin, les servantes dessinèrent des poissons sur la table des apôtres. A Aricie, dans les monts Albins, dont le lac d'argent nous apparut à l'aurore, l'hôtellerie était encore pleine de la rumeur de Paul. Lui et son centurion, ce Julius qui était moins un garde qu'une ordonnance, ne passaient pas inaperçus. A Rome, enfin, Paul avait réuni les anciens des synagogues d'Orient installés en la Ville ; il volait pieusement, si je puis dire, aux archi-apôtres l'initiation à la parole du Fils de la capitale impériale. Comme les rabbis résistaient à ses objurgations, puis à ses propositions d'alliance, qu'ils devaient plus tard accepter, il leur dit, très en colère :

« *Vous avez beau écouter, vous ne comprendrez pas. Sachez-le donc ! C'est aux païens qu'a été envoyé ce salut de Dieu. Eux, ils écouteront.* »

Un jour clair de fin d'automne, ils quittèrent l'insula bruyante au chétif jardinet, dans le Transtévère, pour se rendre au nord de la ville, où on les demandait. Les convertis étaient venus nombreux, dès le début, réclamant, comme partout, des baptêmes, des mariages et des rémissions de péchés, qu'ils avaient conservés en attente, depuis des mois, pour cette occasion ; certains, prudents, doublaient ainsi les sacrements déjà reçus de Paul. On ne saurait avoir trop de bénédictions.

Le prêche public, dans les rues, facile pour le premier mage chaldéen ou syriaque, leur était interdit par la défiance des juifs. Seules les maisons du Transtévère, quelques demeures de Suburre où Pierre avait des accointances, et les faubourgs, vers Ostie, où résidaient les corporations les plus pauvres, reçurent leur visite. Souvent, les deux apôtres parlaient successivement ; Pierre prêchait la construction de l'Église, les vertus simples, l'obéissance aux Anciens ; Jean contait la Passion, répétant les Dits du Seigneur. Ils purent, au début, commenter quelquefois la Loi, le sabbat, dans des synagogues romaines ; très vite, les controverses les en chassèrent. Il fallut parler dans les carrières, les cimetières, les caves.

Ce jour-là était le premier jour des Saturnales ; il leur fallait traverser la ville de part en part, pour prêcher les tailleurs de pierre du port aux Marbres, près du pont Aelius, où l'on déchargeait, pour leur éviter les ponts du centre, les chalands et navires portant les blocs destinés aux constructions impériales. Le Champ-de-Mars, qu'ils coupaient, succession de bâtiments publics entourés de chênes verts et de parterres de buis taillés en arabesques, avait été longtemps hors de la ville. Devant les thermes d'Agrippa, entre le portique Vipsania, où était la carte du monde, mer de schiste bleu et côtes de marbre blanc, établie d'après Ptolémée, et les magasins des Septa Julia, commençait la Via Flaminia, qui menait au nord. Là, des bandes d'esclaves, habillés de couvertures passées à la peinture rouge, pour imiter la toge sénatoriale, chantaient et dansaient en insultant les passants. Ils évitèrent le portique des Dieux, grand carré de colonnades planté d'yeuses, où l'on voyait les statues des divins César, Auguste, Tibère, Caligula et Claude. Entre les monolithes gris, par la porte ouverte, ils virent la coupole du Panthéon, percée d'un oculus géant, qui éclairait de son regard de cyclope les statues des douze dieux. Ils s'égarèrent. Ils auraient dû prendre à droite, la Via Recta, vers le fleuve ; ils voulurent prendre un raccourci, et pénétrèrent sous les Septa Julia.

Jean se mit la main devant les yeux, quand il découvrit, sous les sept portiques parallèles, le spectacle de la Rome oisive. Le vacarme était pire que chez les changeurs du temple de Jérusalem. Ils avaient choisi ce jour de Saturne, où l'ancien dieu détrôné par Jupiter faisait brièvement revenir l'âge d'or et l'égalité entre les hommes, parce que c'était la fête des esclaves ; le rassemblement chrétien y passait inaperçu. Mais cette fête de la liberté, qui commençait au vieux temple de Saturne, devant le Capitole, était surtout une fête de la licence ; circulaient çà et là de somptueuses litières aux coins ornés de plumes, aux parois faites de pierre spéculaire, cette sorte de mica qui permettait, glace sans tain, de voir sans être vu. Elles révélaient, devenues transparentes en passant dans l'ombre d'une colonne, un corps blanc et nu installé à l'intérieur, jouissant impunément de son impudicité, excitant ses sens sur les passants. Les parasites et les badauds, qui avaient déjà fait le portique d'Europe, celui des Argonautes et celui d'Octavie, échangeaient des nouvelles de la guerre des Parthes ou des cours du blé. Les joueurs de *duodecim scripta*, d'échecs et de dames poussaient leurs pions sur les tables de marbre installées à cet effet par la municipalité. En ce jour, même les dés, qui étaient interdits comme jeu où le hasard seul décidait du gain, roulaient librement entre les piles de pièces des enjeux. Les véritables héros du peuple, les gladiateurs, bombaient le torse, en tunique courte et échancrée, offraient complaisamment leurs tortils de muscles blancs et velus aux regards énamourés des filles. Elles, le mamillaire défait, les seins à l'air, haletaient à leur passage.

Jean murmurait des imprécations, bousculait les fêtards pour trouver la sortie. Ils passèrent sous les arcs de l'Aqua

Virgo, débouchèrent sur une grande pelouse, près du lieu où l'on brûlait le corps des empereurs au jour de leur apothéose. Posé sur l'herbe verte, papillon de marbre aux ailes immenses, le cadran solaire d'Auguste avait pour aiguille un obélisque haut comme dix hommes. Des coulées de bronze, longues de cent pieds, formaient des divisions chiffrées, étirées en courbes savantes. Des enfants jouaient sur les veilles ; des serviteurs venaient chercher l'heure pour régler une clepsydre. Au bout de la voie Droite, sur les quais, ils trouvèrent enfin Linus, épiscope de l'Église de Rome. Il les fit entrer derrière une palissade ; assis sur des colonnes à demi taillées, des sphinx ébauchés, des chapiteaux renversés, sous des têtes de colosses impériaux retenues aux échafaudages par des filins, ayant pour siège le marbre de Toscane ou de Numidie, l'ivoire des Syrtes et le porphyre d'Asie, des centaines d'ouvriers les attendaient, encore saupoudrés des éclats de la pierre qu'ils sculptaient tous les jours. Ces artisans fabriquant le mobilier urbain de la splendeur impériale, hommes libres et esclaves, étaient syriens pour la plupart ; leurs contremaîtres, leurs compagnons étaient juifs. Ils avaient tous grand-soif de la parole des apôtres. Pendant que ceux-ci parlaient, certains d'entre eux, burinés par les chantiers, pleuraient comme des enfants.

Les soirées des Saturnales n'étaient pas moins agitées que les journées. Le soleil était tombé derrière le Janicule ; les fidèles leur offrirent une escorte pour redescendre, Pierre, vers Suburre, où il logeait, et Jean au Transtévère, en suivant la boucle du fleuve. Ce trajet évitait les bacchanales des rues du centre. Les derniers rayons du couchant éclairaient encore le temple de Vénus Victrix, construit au sommet de la courbe d'arcades ceinturant le théâtre de Pompée, comme suspendu en l'air au-dessus des travées. Quand ils y parvinrent, l'allée qui conduisait au temple de Neptune et au fleuve était sombre, sous le couvert d'arbres taillés en berceau de verdure. Un chariot à bras, un *chiromaxium* aux brancards ornés de cygnes de bronze, tiré par un esclave et précédé de deux porteurs de torches, s'y engagea devant eux. Au même moment, une dizaine d'hommes, portant des cagoules noires et vêtus d'une simple ceinture de cuir, sautèrent depuis les branches où ils s'étaient perchés, éteignant les torches, renversant la carriole. Perçant le bruit de la lutte, une voix de femme appelait à l'aide, en répétant un nom :

« A moi, à moi, Goliatha ! »

Les attaques de voyous étaient courantes, à Rome, la nuit. Les vigiles urbains arrivaient toujours trop tard. Les catéchumènes n'hésitèrent pas : sauver une innocente de telles agressions était un devoir. Ils se lancèrent dans le noir ; mais la lutte était inégale, leurs adversaires des athlètes consommés, d'une discipline toute militaire. Prokhore avait emmené Jean hors du couvert pour lui éviter un mauvais coup. La voix appelait toujours, répétant le même nom :

« Goliatha ! Goliatha ! »

Il y eut soudain un fracas de branches brisées, comme si quelque bête sauvage fonçait dans les taillis en renversant les obstacles. Deux hommes rampèrent hors des fourrés ; Prokhore et Jean, à l'abri sous les arcades du théâtre, virent un personnage court et gros, à moitié masqué par un loup de cuir noir, qui boitillait en s'appuyant sur son compagnon, aux cheveux ras, à la prestance d'officier. Ce n'étaient, en tout cas, pas des brigands ordinaires, comme ceux qui violaient ou volaient dans les rues de la capitale.

Le plus petit arracha son masque et se tourna vers l'arcade où se dissimulaient les deux chrétiens, sans les remarquer.

« Vois-tu, Corbulon, il faut préparer ces expéditions comme la conquête d'une nouvelle province. Nous les retrouverons ; envoie d'autres hommes à leur porte, fais cerner leur quartier... »

Prokhore étouffa un cri. La barbe du jeune inconnu semblait toute tachée de rouge. La tête, inquiète, scruta l'arcade ; à la lumière de la lune, Prokhore reconnut qu'il ne s'agissait pas de sang. Les favoris, le collier, étaient d'un beau roux d'airain. D'un roux qu'aucune teinture ne parvenait à effacer.

Sous les arbres, la bagarre avait cessé. Deux, puis cinq autres agresseurs couraient vers le théâtre, se tenant les côtes ou la tête, geignant de douleur. L'homme à la barbe flamboyante et son compagnon avaient disparu dans la direction du Forum.

Jean et Prokhore rejoignirent leurs fidèles. Les torches étaient rallumées ; Prokhore, stupéfait, tomba nez à nez avec une géante, comme on en exposait dans les foires, amazone en maillot de peau de chèvre, Hercule femelle, tondue, l'oreille traversée d'un anneau de fer. Elle tenait contre sa poitrine de lutteuse, à côté de la carriole renversée, un très jeune garçon, dont les fins cils blonds papillotaient encore de terreur. Sa peau était si blanche que les veines y traçaient un tumultueux réseau de fils bleus, agité d'un battement irrépressible.

« Je n'aurais jamais dû te laisser seul... Il faut te soigner aussitôt, Maître.

— Pose-moi à terre, Goliatha. Je n'ai presque pas mal. Mais je crois que j'ai le bras cassé... »

Il salua l'apôtre, la main gauche sur le cœur encore bondissant, qu'on voyait battre à travers la fine tunique, l'autre retombant, blessée, sans mouvement. Il parlait latin avec un accent roulant et brumeux et pouvait avoir treize ou quatorze ans. Prokhore, qui en avait appris les rudiments, traduisit. Florin était gaulois, il remerciait les inconnus, il écartait les cheveux blonds qui retombaient sur ses yeux verts. Son visage, ses remerciements avaient de la grâce, bien qu'il fût étonné de leur intervention. Il les confondait avec les autres juifs.

« On vous dit lâches et vénaux, mais je suis sûr à présent qu'on vous calomnie, parce que vous ne mangez pas de porc... »

Ses regards se portaient sur Jean ; il était frappé par cette barbe blanche, ce maintien dominateur. Prokhore crut devoir les avertir :

« Qui que vous soyez, vous ne pouvez rentrer chez vous. Vos agresseurs vous y attendront. »

Florin habitait aux Carines ; il était l'arrière-petit-fils d'un roi que César avait traîné à son triomphe ; et, comme tel, otage de Rome, et élevé sous la surveillance du Sénat. Goliatha, esclave de famille, venait de Gaule transalpine, comme lui.

Les chrétiens offrirent leur gîte au Transtévère. Nul ne viendrait les chercher là. En marchant, ils s'interrogèrent vainement, pour deviner qui étaient les auteurs de la tentative d'enlèvement. Ne disait-on pas que des augustans, du cercle de Néron, n'hésitaient pas à commettre eux-mêmes, la nuit, de semblables coups de main ?

Florin resta alité, soigné par Goliatha, jusqu'au mois de février. Jean entreprit de lui enseigner la Nouvelle. Prokhore, apportant compresses et bouillons, tentait de se mêler à cette intimité ; il observait jalousement le vieil apôtre, qui riait parfois au chevet de l'enfant, tenant la frêle main entre ses paumes desséchées, lui enseignant ce même grec qu'il avait appris de Prokhore. Jean s'attendrissait : Dieu seul savait à quel *leno*, à quel proxénète, qui l'eût livré aux esclaves fugitifs clients de son établissement, ou à quelque sénateur amateur de chair fraîche, ce corps gracile avait échappé. Que l'enfant ne fût ni circoncis ni élevé dans la loi de Moïse, il n'en fut guère question. Rome, le grand creuset, agissait même sur l'apôtre bien-aimé. Ils vivaient ainsi, entassés dans les cubicules sombres et malodorants des *Novae Insulae* ; et les idées de Prokhore prenaient un tour chagrin, depuis que Florin et Goliatha demeuraient avec eux. Cette dernière, prenant la guérison de son jeune maître pour l'effet de la magie de Jean, le considéra désormais comme un druide doué de grands pouvoirs. Elle lui dédia bientôt un culte absolu, quand elle apprit assez de grec pour comprendre leurs entretiens.

Le caractère de Jean s'enthousiasmait dans l'amour de l'adolescent. Il était un nouveau signe envoyé par le Seigneur. Cette Babylone, qui pratiquait le rapt d'enfants, la colère du Très-Haut était sur elle. Il tenait ces propos d'apocalypse devant un public de chiffonniers juifs, qui posaient, pour l'écouter, leurs paniers remplis des débris qu'ils ramassaient dans les rues ; ils balançaient la tête, ponctuaient ses envolées d'Amen et de Maranatha.

Pierre avait déménagé à Suburre, pour habiter avec Marc ; par son intermédiaire, il se rapprochait encore une fois de Paul. Jean s'accrochait au Transtévère. Juste en face, de l'autre côté des ponts, le port de l'Emporium offrait à l'apostolat le peuple de ses dockers. Jean y prêchait dans les entrepôts, entre les pyramides de pommes, les jarres de vin d'Espagne ou d'Afrique, les montagnes de laine, les salaisons de la Baltique en tonneaux, ou les régimes de dattes des oasis. Dans certains docks, remplis de suif, de chandelles ou de papyrus, il fallait se passer de lumière, par prudence. Mille odeurs de fruits, de fumé, se mêlaient entre elles, dominées par celle de l'ambre de Thulé, amères, mielleuses, musquées, poussiéreuses, environnant les fidèles attentifs. Florin, qui n'avait plus le bras en écharpe, Goliatha, à qui on avait passé une robe un peu plus décente, craquant sous le poids aux bras et à la poitrine, Prokhore, étaient tous de ces expéditions, organisées par les esclaves travaillant dans les magasins de l'Emporium. L'enfant, pourtant élevé à Rome depuis son plus jeune âge, découvrait rassemblés ces hordes misérables, ces êtres qu'on distinguait à peine, dans la ville, toujours occupés à leur métier, assimilés à leur fonction, cachés de la rue par le mur des ateliers. Concierges, ouvriers agricoles des villas du Janicule, charpentiers des ateliers qui construisaient les mâts des galères, charrons qui œuvraient aux portes, le long des grandes voies, et dont les cercles de fer roulaient jusqu'en Espagne ou en Germanie, foulons aux pieds boursouflés et noircis par les lessives qu'ils piétinaient, peigneurs de laine, qu'on appelait « cardeurs », parce que leurs mains étaient déchirées par le chardon qu'ils utilisaient, soufreurs, dont les toux étaient continuelles et le teint verdâtre, à moitié asphyxiés par l'apprêt qu'ils allumaient, sous les formes d'osier maintenant les tissus, teinturiers aux corps éclaboussés d'acides et de sels, muletiers marqués de coups et de ruades, tous voués, dans l'odeur du suint, à la mutilation, la maladie, et une mort semblable à celle des bêtes de somme qu'ils frappaient à tour de bras. Jean leur apprit la douceur de l'âne des Rameaux, leur interdit de se venger sur lui. Prokhore, même à Alexandrie, n'avait jamais vu non plus une telle abondance, une telle fourmilière de misères. Tout ce monde, arraché à son pays d'origine, faisait fonctionner la Ville sans en profiter, ressort caché de l'énorme machine impériale. Un jour, ils évangélisèrent ceux qui, plus encore que les éboueurs ou les égoutiers, étaient la lie de Rome : les ouvriers des fabriques de *garum*. Prokhore et Florin crurent s'évanouir. Le sel était débarqué de chalands venus de Campanie, puis remplissait de grandes citernes exposées au soleil ; on y jetait pêle-mêle tous les poissons invendus des halles de Rome. Cela mijotait, frémissait, autolyse puante, digestion géante, d'où les ouvriers tiraient des seaux pour transvaser la matière dans des amphores, où s'achevait la décomposition. Cette sauce de conserve, Rome l'exportait dans le monde entier ; toutes les tables, celle de Néron comme celle du porteur de litière, en usaient immodérément. L'odeur, attachée à ces malheureux, était épouvantable. Jean parla du symbole du poisson, conta les pêches de Galilée.

Tous ces auditoires, en dépit des précautions des presbytres romains, étaient mixtes. On ne pouvait réserver au juif circoncis ce qui eût été refusé à son camarade de chaîne, nubien ou sarmate. Jean, devant tant de malheurs venus de tous les horizons, sous l'influence de Florin, s'était relâché de ses observances juives. Mais, aux célébrations du mercredi et du dimanche, il n'admettait que les baptisés ; et, à part Florin, il ne baptisait que des circoncis. Pierre à Suburre agissait différemment. Quant au sabbat, les synagogues les ayant exclus, ils le célébraient l'un et l'autre en leur demeure. Le quartier de Jean, les Novae Insulae, où arrivaient les derniers immigrants, était moins tenu par les juiveries orthodoxes ; malgré quelques horions entre les catéchumènes de Jean et des juifs pratiquants, l'apôtre voulait rester au sein de son peuple. Ils étaient moins à craindre que les séductions sataniques du centre de la ville, la prostitution et la compromission avec la Rome des maîtres et de la débauche. Pierre, en passant le pont, avait rejoint le camp de cette compromission, dirigé par l'apôtre de l'autre rive, Paul.

L'établissement public le plus choquant à Rome n'était autre que les latrines publiques. Prokhore, Jean et les autres avaient l'habitude, juive et essénienne, de cacher soigneusement leurs besoins naturels. Dans cette ville boueuse et poussiéreuse, l'eau courante et le tout-à-l'égout n'existant que dans les quartiers riches, Prokhore finit, malgré ses répugnances, par s'habituer à les fréquenter. Moyennant un demi-as, il s'asseyait dans l'hémicycle, se voilant la face, sur le siège de marbre troué, aux accoudoirs en forme de dauphins. Une mosaïque avec des crocodiles courait au sol. Les clients aimaient à bavarder, à traîner en ces lieux. Un jour, un vieillard aux dents pourries, avec une touffe de cheveux jaunis de henné, au centre d'un crâne dégarni et pustuleux, en manteau râpé, dont le brun avait déteint sur les franges bleues, vint s'asseoir sans façons sur le siège voisin de celui que Prokhore occupait. Soupirant de satisfaction, l'homme entreprit, suivant la détestable habitude de la cité, de converser avec lui tout en accomplissant ses besoins.

« La civilisation a ses avantages, n'en déplaise à Diogène et à son tonneau... Aristote prétend que les vents intérieurs peuvent monter au cerveau. Aussi, je prends toujours grand soin de l'état de mon ventre... »

Prokhore reconnut l'accent d'Égypte, le grec des juifs de sa patrie. Comme l'inconvenance lui pesait, il se leva et sortit. L'autre le suivit, rajustant son manteau mi-juif, mi-philosophique.

« Tu n'es pas d'ici, vénérable père. »

Il avait pourtant bien dix ans de plus que Prokhore ; ses yeux de furet le détaillaient en marchant à côté de lui. Il remarqua le Tau d'argent que le diacre portait à son cou.

« Permets à un fidèle serviteur de la Loi de t'accompagner dans ces rues de turpitude... Les détrousseurs te guettent à tous les Hermès... »

Prokhore remercia, voulut rompre là. L'autre, ayant reconnu l'accent d'un compatriote, lui collait obstinément.

« Moi-même, si pauvre que je sois, et supportant ma pauvreté comme Job et Sénèque réunis, je me suis fait dépouiller de mon dernier sesterce, avant-hier. Eheu, Eheu ! comme disait Andromaque, à moins que ce soit Joas quand mourut Élisée, malheur à moi ! A mon âge, tel Œdipe, réduit à errer sans même une Antigone pour mendier en mon nom... »

Prokhore lui tendit une piécette. A sa grande surprise, il refusa.

« Décidément, tu dois être un pauvre philosophe comme Sénèque, en effet. Allons, prends-la, mon ami, au nom de Christ. »

Chacun savait que Sénèque avait dix mille esclaves à lui, tout en écrivant l'apologie de la pauvreté.

« Noble étranger, et mon compatriote, à Dieu ne plaise que j'accepte une aumône de qui est aussi pauvre que moi ! N'es-tu pas comme moi fils de Joseph ? »

Soudain, il lui agrippa le bras, la voix mordue de curiosité :

« Et tu es chrétien, toi aussi ? Vous êtes nombreux, par ici ? »

Son œil se vrillait sur la croix. Prokhore referma son manteau, inquiet. Déjà l'autre s'épanouissait de sa découverte, endormant toute méfiance :

« Des chrétiens ! Si près de moi, et je ne le savais pas ! Pourrai-je donc connaître avant ma mort cette haute philosophie ? Moi, Onias, qui ai usé mon esprit dans toutes les écoles, suis tombé dans le pyrrhonisme et ai nagé comme le chevreau dans du lait à travers la doctrine de Pythagore ! Conduis-moi à tes maîtres, toi que le ciel m'a envoyé pour guide, que j'embrasse leurs genoux, que je mette enfin ma vieille âme à leur école de foi, que je partage avec vous ce saint repas où vous communiez tous les jours... »

Prokhore se rassura à ce dernier argument. Ce n'était qu'un inoffensif parasite, incapable de figurer à une table patricienne ; il se rabattait sur la nouvelle charité de Christ, que les mendiants se transmettaient de bouche à oreille comme l'affaire de l'année.

Peut-être même était-il sincère ; en quelques jours, il devint un familier de la maison. Toujours servile, inutile et bavard, le premier assis à la table commune, il amusait Jean et Florin. Goliatha, on ne savait pourquoi, le détestait. Prokhore, lui, restait gêné par ces petits yeux cerclés de sang, cette curiosité en perpétuelle alerte.

Un soir d'avril, un an après leur arrivée à Rome, ils se tenaient tous les cinq dans le cubicule de Jean, au dernier étage de l'insula. Le vent et la pluie battaient le store de peau tendu devant la fenêtre sans vitres ; des bouffées d'air humide les faisaient frissonner. Ils étaient assis en cercle autour du brasero qui enfumait la pièce. Jean parlait à voix sourde, jugeant et condamnant Rome, le visage penché vers les braises, la main caressant les cheveux de Florin.

« Un jour elle pleurera, la Nouvelle Babylone, et hurlera de douleur, elle criera pardon à la face du ciel... »

Onias, grelottant dans son manteau trop usé, mais préférant encore ce brasero à la froidure de la rue, approuvait, en rajoutait.

« A quel point tu es dans le vrai, Grand Apôtre, Lumière de ma vieillesse, je ne saurais l'exprimer ! Les enfants de la Louve sont pourris jusqu'à la moelle. Cette cité indigne élève des autels à la Bonne Foi, à la Pitié, et elle abandonne un noble vieillard comme toi, un archidocteur, dans une soupente mal chauffée, en laissant enrhumer tes serviteurs... Ville sans cœur, ingrate, préoccupée seulement de ses débauches ! Sais-tu, apôtre de Christ, jusqu'où vont leurs ignominies ? La noble Calpurnia a fait mettre en croix l'esclave qui la coiffait, pour un cheveu arraché ; la même Calpurnia qui se fait saillir par un âne, car seul cet accouplement monstrueux lui procure encore des sensations... »

Jean écrasa les braises d'un coup de tisonnier, indigné.

« Oui, horreur et abomination, Sodome n'était rien à côté d'eux, je puis te le dire, moi qui traîne ma croix dans ce charnier de lubricité depuis trente ans. Le feu de Dieu, cent fois ils l'ont mérité. Ils jettent les enfants abandonnés au coin des rues, ils massacrent quatre cents esclaves parce que leur maître a été tué par l'un d'entre eux, et ils ne craignent point la justice divine ! »

Il se voilait la bouche, comme pris de honte à ses propres paroles.

« On dit même, que le ciel me pardonne, qu'ils castrent les adolescents les plus beaux avant de les faire servir à leurs plaisirs infâmes... »

Prokhore voulait le faire taire ; cette surenchère lui déplaisait. Jean, la tête entre ses poings serrés, Florin sur ses genoux, fixait les charbons ardents, y voyant grésiller Rome, son empereur et son Sénat.

« Ville d'infamie, tu lasses la patience du Créateur ! Ne se trouvera-t-il donc pas un bras pour allumer le brasier de ta punition ! »

Émettre en public ce genre de souhait était à soi seul un délit. La préfecture urbaine ne plaisantait pas avec l'incitation à l'incendie ; la ville souffrait endémiquement de sinistres meurtriers et vivait dans la hantise du feu.

Prokhore, le sachant, supplia Jean à voix basse, en araméen :

« Rabbi, on nous écoute peut-être. Nous ne pouvons être sûrs de personne... » Le regard perçant d'Onias, derrière le pan de son manteau, courait de l'un à l'autre, inquisiteur.

« Au port, près du Grand Cirque, il y a un hangar, plein de cordes et de goudron. Une allumette suffirait... »

Le renseignement, lâché par Onias d'un air innocent, n'avait apparemment aucun intérêt pour personne. Nul d'entre eux, sauf lui, n'avait vu Goliatha, le visage bouleversé d'apprendre le sort qu'aurait pu subir Florin, tendant, musclé, un bras plus gros que la jambe de l'adolescent, comme pour saisir un brandon et le jeter sur le port.

La nouvelle année commençait ce matin de 1er avril. A l'heure où l'insula s'éveillait, dans le bruit des casseroles et les cris d'enfants, un homme vêtu d'un vieux manteau reprisé filait à l'ombre des murs jaunes du Transtévère.

Onias, le fleuve franchi, grimpa en soufflant le Vieus Apollinis. Après avoir inspecté les alentours, il frappa à la porte d'une demeure patricienne. Une mosaïque d'étoiles de David en ornait le seuil. Dans le vestibule, une douzaine de clients matinaux attendaient de présenter leurs vœux au maître, leur sportule, ce panier à engouffrer les aumônes, gonflant leur manteau. Deux rabbins, leurs phylactères bien en vue, les yeux bouffis de sommeil, étaient également venus saluer le patron à son réveil.

Tous ces clients étaient juifs ; Onias, toujours converti à la religion qui dominait autour de lui, les sonda à propos des chrétiens.

« Ils prolifèrent comme des champignons, ces Nazaréens... Ne dirait-on pas qu'ils considèrent déjà, ces transfuges, qu'ils sont chez eux dans la Ville ? »

Les rabbins approuvaient du chef. Enfin, un esclave vint le chercher. Il traversa l'atrium, où la niche destinée aux dieux lares ne contenait qu'un petit chandelier à sept branches. Dans le tablinum, deux hommes s'abandonnaient aux soins des manucures. La chevelure noire du premier, bouclée en rouleaux, portait le bandeau royal ; l'autre, la barbe courte, comme l'empereur ou les militaires en avaient imposé la mode, avait une tunique vert sombre, tissée d'une discrète vigne d'or. Sa chevelure frisée était parsemée de quelques fils gris qui faisaient le désespoir de son coiffeur, et un gros phylactère lui pendait au cou, signe de piété. Onias s'étala littéralement sur les dalles :

« Ô roi, maître de l'Orient, Salomon ressuscité, et toi, descendant des grands prêtres, rempart de la foi, noble ambassadeur...

— Assez de salamalecs. Tu as demandé à me voir. Tu sais que je n'ai pas de temps à perdre, Onias, et le roi encore moins ; je ne désire pas qu'on nous sache en ta compagnie... Il pourrait y avoir des chrétiens parmi mes propres esclaves.

— Puissant Josèphe, j'ai exécuté tes ordres. Qui d'autre que moi te rapporte tout ce qui se dit, dans les antichambres, les thermes et le cirque, les marchés et les latrines, les ragots du barbier, ceux des auberges et ceux des synagogues ? Pour toi, j'ai capté la confiance des esclaves les plus fidèles, j'ai su voir à travers les murs, dans les maisons, de l'entrée au péristyle, du rez-de-chaussée au cinquième étage. Comme dans cette insula du Transtévère, dont les escaliers fatiguent les genoux de ton indigne serviteur...

— Viens-en au fait, ou gare aux verges. Qu'as-tu vu dans le Transtévère ? »

Le roi, étendant la main pour examiner le travail de la manucure, eut un rire indulgent.

« Toi qui es écrivain, Josèphe, tu devrais admirer la prolixité de notre ami...

— Ton ami, grand roi Agrippa ! Ah, quel honneur tu fais au vieil Onias ! Par Melchisédek ! Ma misère tant spirituelle qu'alimentaire en est toute réchauffée... Comme elle le fut, quand je fus secouru par la communauté dont le sort t'intéresse tant, nouvel Alexandre. Je les pris d'abord pour des braves gens, ces chrétiens du Transtévère. Mais si tu savais ce que j'ai découvert sous leur masque de charité, malgré ton courage, tu frémirais. Je crois que je suis tombé sur le nid de frelons les plus venimeux de la Ville... Ils ne parlent que de renverser César, de tuer tous les païens, les riches, et les rois... »

Agrippa II fronça les sourcils qu'il avait épais et noirs.

« Prends garde, Onias, ne joue pas avec moi. Je connais des chrétiens, ils respectent les lois et l'ordre...

— Pas les mêmes, grand roi, pas les mêmes ! Ceux dont je parle recrutent chez les portefaix et les carriers...

— Paul m'en avait prévenu. Cette nouvelle engeance rassemblée au-delà du Tibre est dangereuse pour nous tous. Tu avais raison, Josèphe, il est bon de savoir ce qu'ils préparent.

324

— Ils ne rêvent que sang et flammes, et quand on découvrira de quelles homélies s'abreuvent ces fous, tout Hébreu vivant à Rome sera en danger, puissant Hérode. »

A ces mots d'Onias, le roi Agrippa II, et l'ambassadeur Josèphe, envoyé du Sanhédrin, se regardèrent un instant. Josèphe résidait depuis deux ans dans la Ville ; arrivé pour défendre un obscur contentieux fiscal entre le Temple et le Sénat, il était devenu l'œil des grands prêtres dans la capitale du monde.

« L'édit par lequel Claude voulut purger la Ville de ses immigrants juifs pourrait être appliqué demain. Nos ennemis grecs, Apion surtout, cette casserole attachée à la queue du tigre romain, emplissent la cour de réclamations visant notre expulsion. L'amitié de l'impératrice, celle de César lui-même, ne résisterait plus à la pression, si l'on soupçonnait les juifs de conspirer contre la Ville. Ces chrétiens du Transtévère veulent notre mort, et on nous confond avec eux ! »

Agrippa, songeur, lissait sa barbe.

« Il faudrait quelque plainte bien fondée, que nous pourrions porter devant César. Ce serait le meilleur moyen de prévenir toute accusation de complicité entre les adeptes de ce Jean et nous... »

Josèphe engrena aussitôt sur la suggestion du roi.

« En révélant le complot, nous nous posons en sauveurs, en loyaux sujets. Mais comment apporter une preuve irréfutable ? Ah, si seulement ils avaient commis quelque forfait irréparable, qui dresse la Ville contre eux... »

Ils réfléchirent encore. Puis Josèphe ajouta, à mi-voix :

« Quand les champs et mes moissons, en Palestine, au cœur de l'été, se mettent à brûler, sais-tu ce que je fais, roi Agrippa ? J'allume un contre-feu, et le feu s'éteint de lui-même, privé d'aliments. Cette sorte de chrétiens est comme le feu des champs... »

En sortant de chez Josèphe, Agrippa décida de rendre visite à Poppée. Elle était dans son oratoire, priant le dieu des Hébreux de lui accorder un fils, l'héritier qu'elle n'avait pas su donner à Néron. Ils formaient, Agrippa, l'impératrice, Tibère Alexandre, et quelques autres, dont Aliturus, le mime impérial, un cercle juif, clef de voûte de ce contre-pouvoir édifié par les affranchis et les Orientaux, acharnés à s'enrichir et à sauvegarder le compromis avec l'Empire. Si les mâchoires de Rome se refermaient sur le peuple hébreu, il faudrait dire adieu à cette paix, à ce monde où il faisait bon intriguer, commercer, vivre ; ce monde offert à l'intelligence juive par la conquête romaine qui l'avait unifié. Toute leur politique tendait à desserrer ces mâchoires ; à continuer l'impossible coexistence des contraires. Paul aussi, songea le roi, avait compris cela ; mais Paul ne contrôlait pas les chrétiens du Transtévère. Il faudrait l'avertir du tour que prenaient les choses. Il serait de bon conseil. En politique, se dit-il en se souvenant du manteau reprisé d'Onias, tout est contradictoire, bariolé, bigarré. Ce que les Purs, qui sont les seuls dangers publics, appellent hypocrisie.

Ce matin de nouvel an, Paul, en sa prison, achevait son petit déjeuner sous la surveillance attendrie de trois dames voilées venues lui souhaiter leurs vœux. Les petits esclaves, qui les attendaient en chahutant dans le vestibule, ne les appelaient que *Domina* ou *Clarissima*. Ces personnes de qualité venaient avant le gros des fidèles, dérober au docteur de Tarse quelques miettes d'esprit apostolique ; doux moments, douce prison, dans cet appartement d'officier des Castra Pretoriana, la caserne des Prétoriens, bâtie par Séjan près de la Voie Nomentane. Jusqu'à l'évocation de son cas devant l'empereur, Paul était placé sous la responsabilité du préfet du prétoire ; à son arrivée, le vieillissant Burrhus, l'ancien précepteur militaire de Néron, exerçait cette charge, que Néron lui avait confiée en guise de consolation, quand, à vingt-quatre ans, il s'était enfin débarrassé et de sa prudence sourcilleuse et de l'humiliante tutelle de Sénèque.

Un ami du centurion Julius, un frumentaire prétorien, avait loué son logis à Paul ; des collectes étaient organisées par ces dames, elles les accumulaient dans leurs réticules, où elles ne laissaient pas de fourrer aussi quelque bon morceau emporté d'un dîner, que l'apôtre laissait moisir sur sa cheminée. Elles payaient avec joie l'entretien de celui qui était déjà la coqueluche des veuves et des matrones.

Paul avait chez lui Timothée, Aristarque, et un jeune Grec baptisé Luc. Son écritoire, les lettres commencées, les réponses des Églises, annotées et griffonnées, couvraient une grande table de bois.

Le Maître portait aux pieds des pantoufles de cuir rouge où étaient brodés des poissons, étrenne de Domina Annaea ; ses mains tiédissaient une chancelière cousue et doublée par Domina Pomponia ; l'une était femme du consul Aulus Plautius, l'autre du sénateur Pudens, et sa fille aînée l'accompagnait. Elles consolaient l'apôtre de sa détention.

« Que je vive ou que je meure, ma vie est toute à la gloire de Christ. Mais je suis partagé entre deux soifs qui me dévorent : quitter ce monde pour aller Le rejoindre, ou rester encore parmi vous, chères compagnes », répondait élégamment Paul, baisant la main blanche, dépourvue de tout bijou, de Domina Pomponia. Son latin, quoique un peu asiatique, s'était beaucoup amélioré. Pomponia eut un regard sur ces murs enduits de rouge, surmontés de guirlandes d'amours et de trophées peints à la fresque. L'on entendait manœuvrer les escadrons prétoriens, dans la cour de la caserne.

« Même si c'est pour une année de plus, vous êtes ici, cher apôtre, à l'abri des malveillances. Nos dames ont encore besoin de votre intarissable charité, de vos fermes conseils ; depuis l'affreux destin de la respectable impératrice Octavie, nous sommes de plus en plus nombreuses à avoir choisi, dans cette ville qui marche à l'abîme, l'autre chemin, escarpé et sans fleurs, que vous nous avez montré, noble cœur ; le chemin de la vertu... »

Octavie, que Néron avait dû épouser pour satisfaire Claude, gênait sa débauche par sa mine contristée, car elle portait le deuil de son frère, Britannicus, qu'il avait empoisonné. Au grand scandale des matrones, il la fit égorger dans son bain, après l'avoir répudiée. Mais, la mort ne lui suffisant pas, il l'avait publiquement déshonorée, de son vivant, faisant inventer contre elle par sa justice une affaire d'adultère, la plus infamante possible : avec un esclave soudoyé par la police, dont le témoignage croustillant fit tordre de rire la cour et l'empereur. Le colloque fut interrompu par Epaphrodite, qui arrivait de Philippes, la ville de cette riche Lydie que Paul considérait comme son épouse ; il apportait une somme en rapport avec les besoins nouveaux d'un apostolat dans une société d'élite.

« Les circoncis et les hypocrites s'agitent, Maître. Ils poursuivent de leurs récriminations et de leurs tracasseries les nouveaux convertis de Sardes et de Colosses...

— Je sais, je sais », soupirait Paul, achevant de gober un œuf frais que Pomponia Graecina lui faisait livrer, depuis sa propriété de Tibur, tous les matins ; « quels chiens courants, quels mauvais ouvriers, que ces mutilés adorateurs de leur propre mutilation ! Et nous, les vrais circoncis de l'Esprit, nous devrions supporter indéfiniment le servage où ils nous maintiennent, leur enseignement d'esclavage ! »

Les dames s'effarouchèrent de cet accès.

« Ne parlez pas ainsi, cher apôtre. Cette violence vous fait mal.

— Ma chère Annaea, toujours le vieil homme se réveillera chez le juif, le vieil homme de péché, le vieil homme de révolte. Je crains moins les hypocrites de l'Ancienne Loi, à présent, que les adeptes de Moïse dans nos propres rangs de chrétiens. La synagogue, elle, veut la séparation, comme je la veux. Elle ne cherche pas la ruine de l'Empire. Toute la hargne des sectes de Jérusalem s'est concentrée chez nos apôtres d'apocalypse... Ils me reprochent de prêcher l'obéissance à César, aux gouverneurs, auxquels Dieu a délégué son pouvoir sur cette terre, la patience et la loyauté face aux soupçons et aux persécutions... Savez-vous, chères, que je suis obligé de mettre mon autographe en bas de chaque lettre ? On imite mon écriture, on me prête des monstruosités... »

Marc, maintenant rallié à Pierre, en avait eu l'idée. Luc, le jeune Grec qui soignait Paul, retroussa la manche de la longue lévite et examina les veines.

« Maître, tu te fatigues, en effet. Tu devrais te ménager. »

Paul souriait à présent, sous l'amicale pression de la main qui l'auscultait.

« Médecin de mon âme et de mon cœur, autant que de mon corps, consolation de mes chaînes, cher Luc ! Toujours inquiet... »

Les chaînes qu'invoquait l'apôtre étaient réduites à un bracelet d'argent à son poignet, que la négligence du frumentaire avait depuis longtemps renoncé à attacher au mur.

« Oui, je crois que l'Empire est encore la force qui empêche

Antéchrist d'advenir prématurément. Mais allez expliquer cela à nos têtes brûlées ! »

« " Vous serez en haine à tous à cause de Mon Nom ", a dit Jésus, Messie d'Israël, Oint d'Aaron, Christ. Réjouissez-vous ! Le jour approche où vous serez condamnés par la terre pour votre foi, où vous pourrez mourir pour Lui comme Il est mort pour vous. Préférez toujours la mort à l'apostasie, étonnez les orgueilleux et les hypocrites, la police des païens et l'animosité des synagogues ; n'écoutez pas les doux, les timides, les incirconcis et les nicolaïtes. Et si l'on vous met à la question, confessez Christ haut et fort... »

Nicolaïtes : Jean avait adopté ce dernier surnom pour désigner le parti de Paul et Nicolas d'Antioche. Les catéchumènes, devant lui, étaient comme fascinés ; des femmes, que leurs manteaux fins désignaient comme bourgeoises, sanglotaient à chaudes larmes. Mais surtout, des têtes couturées, des faces anguleuses, mangées de plaies, des visages suants de portefaix, buvaient intensément les paroles de l'apôtre, dont la barbe d'argent était semée du reflet ardent des lampes. Il tonnait à présent contre Rome, contre la Prostituée. Leurs souffrances, leurs coups de fouet, leurs désespoirs de brutes, leurs ergastules, trouvaient là une vengeance, une exaltation, mieux qu'une consolation : ils étaient justifiés.

Jean arrachait son homélie au plus grave, du plus profond de sa poitrine cuirassée du pectoral ; la voix tonitruait dans les galeries souterraines, résonnant à l'infini dans des salles désertes, en dessous d'eux, aux tympans vides des crânes alignés, blancs et desséchés, leurs tibias croisés posés devant leur niche, comme s'ils se fussent assis pour l'éternité.

Les chrétiens s'étaient rassemblés dans les catacombes de l'Ostrianum, en dehors des portes de la Ville, cette nuit du vendredi de la Passion, en cette soixante-troisième année depuis la naissance de Jésus. La liturgie durait du coucher au lever du soleil, divisée par trois paters, à tierce, sexte et none, ainsi que l'avait voulu Jean. Les fidèles, venus par petits groupes, à travers les carrières de sable, depuis la porte Esquiline ou l'ancienne porte Viminale, avaient évité la voie Labicane et la porte Majeure, les plus proches, mais gardées en permanence par les prétoriens. Ils avaient apporté des lampions, au bout de baguettes, cachés sous leurs manteaux, qu'ils découvrirent à l'entrée de l'hypogée. La grande salle souterraine était illuminée de ces milliers de lucioles, posées çà et là dans les anfractuosités, sur des piliers écroulés, envahis de racines, ou à côté d'urnes funéraires marquées du chandelier.

Les précautions prises n'étaient pas inutiles ; si la synagogue du Viminal s'était doutée de cette profanation, elle aurait aussitôt porté plainte au préfet de la Ville. Depuis quinze ans, les chrétiens utilisaient cet ancien cimetière juif, abandonné lors de l'édit que Claude avait pris pour s'opposer à l'arrivée des juifs orientaux. Cet édit, qui visait à purifier la Ville des juifs qui n'y étaient pas depuis longtemps installés, eut ce résultat paradoxal : les juifs d'Orient chassés, les chrétiens avaient pris leur place. Aux parois, des graffiti, des fresques grossières, affirmaient la Nouvelle Foi, et les ossements mêmes avaient été parfois baptisés d'une croix tracée à la peinture noire sur le front. Recouvrant étoiles et chandeliers, des poissons verts se tordaient sur les piliers, autour d'ancres marines. Un carré magique, illisible aux non-initiés, figurait, sur le sol inégal, qu'il entaillait, le Pater Noster en anagramme, et en forme de croix, en cinq lignes mystérieuses de cinq lettres : « Rotas Opera Tenet Arepo Sator. » A la voûte, d'un cercle central où se tenait le Beau Pasteur, sa chlamyde volant au vent, sa houlette à la main, la brebis sur les épaules, partaient sept amandes concentriques, les sept degrés du monde des apparences périssables. Sur la face externe de l'autel de pierre, où Jean officiait, la poétesse Sapho s'élançait pour sauter dans la mer, depuis le rocher de Leucade, symbole du saut de l'âme dans l'éternité.

A gauche, un homme en pallium étendait la main sur un adolescent, un Arbre de la science ployait de fruits rouges ; à droite, une femme voilée montrait une croix. Ces fresques, d'inspiration nassénienne ou pythagoricienne, portaient sous leurs personnages des noms de démiurges énigmatiques : Ialdabaoth, Marianne. Elles dataient des premiers missionnaires de la Ville, plus proches de Simon le Magicien que de la Grande Église. Les fidèles se les étaient assimilées, y ajoutant leurs attributs, leurs interprétations ; enfin comme ce cimetière, avant d'être juif, avait été païen, derrière Jean, le festin mystique qui réunissait autour d'un personnage debout des silhouettes drapées, où les chrétiens croyaient voir une Cène, portait dans un coin, craquelé, le nom de Pénélope, que l'artiste avait représentée au banquet des prétendants.

L'homélie achevée, ils avaient levé les bras pour la prière, encore sous le coup des prophéties de Jean. Goliatha prenait tout à la lettre ; à chaque mot, elle croyait le moment arrivé, et grinçait des dents, le front barré d'un pli d'angoisse et de colère. Ils échangèrent le baiser de paix, qui ressemblait à l'accolade de guerriers voués au combat. Florin, en tunique blanche, faisait circuler le pain dans une grande patère de bronze qu'il portait à deux mains, se faufilant à travers les rangs pressés. Puis il présenta le calice, où chacun trempa un petit morceau du pain consacré par Jean, avant de le porter à sa bouche. Le gracieux adolescent allait et venait sans bruit ; Prokhore, tristement, se remémorait le temps où ce service lui était dévolu. Certains enveloppaient leur morceau dans un linge, respectueusement, pour porter le corps de Jésus béni par l'Aimé à quelque malade, à quelque parent impotent. L'action de grâces, récitée par Jean, fut ponctuée d'Amen qui ébranlaient la voûte.

Comme il restait quelques morceaux de pain, Florin les porta aux enfants, qui étaient restés derrière leurs parents, groupés près de l'entrée. Leurs grands yeux naïfs étaient encore emplis des visions saintes et terribles que l'Aimé avait déployées devant eux.

La Ville était si populeuse, la capitale chaussée d'or et de boue, et si étendue, qu'après presque deux ans de séjour nous ne connaissions que quelques-unes des communautés qui s'y formaient. Toutes celles qui avaient rapport avec Paul rompaient par là avec nous. Pierre et Jean étaient tous deux seuls, à Rome, à avoir partagé le dernier repas du Seigneur, ils célébraient parfois ensemble l'eucharistie. Autour de Paul, la christianité peu orthodoxe, Satornil, Cerdon, s'était rassemblée. L'hydre de la connaissance par la foi, de la Gnose, que l'Aimé avait combattue en Cérinthe, avait bien plus de sept têtes. Simon le Magicien lui-même était en ville.

Ces Grecs, ces Alexandrins, leurs jeux m'étaient familiers. Ils mêlaient Christ à la mythologie poétique des païens, engendraient à volonté des Êtres Intermédiaires de l'Un à la Suressence, des avortons comme des archanges. Ils nommaient Christ le Métatrône, celui qui est assis à côté de la Puissance, le Monogène, le Fils unique. Ils emplissaient l'air, la mer, d'âmes mues par le mouvement de leur infatigable langue, de leur imagination sans limites, où le Verbe n'en finissait pas de se procréer.

L'Aimé pourfendait ces spéculations avec une énergie que je trouvais excessive. Ces gnostiques avaient beaucoup lu mon ancien maître, Philon d'Alexandrie. Les convertis païens s'enchantaient de ces théogonies, qui leur faisaient agréablement souvenir de leurs légions de dieux amoureux et prolifiques, familiers à leur premières religions. Ces pasteurs avaient des appels à la pureté qui étaient autant de caresses équivoques, des danses mystiques aux émois incontrôlables.

Qui eût pu s'y retrouver ? Le feu de Dieu couvait sous cette marmite, où cuisaient les dogmes de notre Église, où se décantèrent les hérésies. En ces temps, chacun se croyait autorisé à s'inventer sa foi.

Ce même printemps, où le schisme et la gnose mettaient entre Paul et nous un infranchissable Tibre, nous apprîmes, avec la réouverture des routes maritimes vers l'Orient, la mort de Jacques Obliam, qu'on appelait frère du Christ.

Des assassins, soudoyés par le grand prêtre Ananie, l'avaient frappé pendant l'interrègne entre le départ du procurateur Festus et l'arrivée d'Albinus, son successeur. Ananie était le cinquième du nid de vipères engendré par Anne, le meurtrier de Jésus, à occuper cette fonction de grand prêtre d'Israël ; la nomination dépendait d'Agrippa, qui la mettait aux enchères au plus offrant. Martha, fille de Bœthos, qui faisait dérouler un tapis sous ses pas depuis la porte de sa maison jusqu'au Temple, quand elle allait faire ses dévotions, se vantait partout de l'avoir achetée pour son mari. Race impie que ces grands prêtres ! Le décès de Jacques frappa vivement l'Aimé. Les circonstances en étaient atroces : un foulon avait brisé ce vénérable crâne d'un coup de son bâton. Jacques avait près de quatre-vingts ans. Les deux Jacques, son frère et celui de Christ, avaient été les premiers apôtres martyrs. Comme Matthieu, ayant achevé son recueil des Logia, des Dits

de Jésus, avait rejoint Simon le brigand, Bartholomé et André,
qui avaient péri de maladies en évangélisant l'un l'Inde, l'autre
les Scythes, les apôtres survivants n'étaient plus que six ; et l'Aimé
perdait un fidèle soutien à Jérusalem.

Philippe était parti en Orient ; Thomas chez les Parthes. Jude,
avec le seul Matthias, le remplaçant de Judas l'Iscariote, demeu-
rait encore à Jérusalem. Les deux principaux apôtres étaient dans
la Ville.

Ananie, par cet assassinat, avait fait contre lui l'unanimité des
chrétiens et des pharisiens, Jacques étant respecté par tous les par-
tis ; cette exécution heurtait tout le Sanhédrin. Albinus le déposa
dès son arrivée. Une fois encore, l'Aimé voyait dans cette affaire
la main de Paul agissant au travers des mers : Ananie n'avait-il
pas été nommé par Agrippa ? À présent, il fallait se battre sur
deux fronts. Les hypocrites et Paul avaient partie liée.

Jérusalem, je l'avoue, me paraissait loin. A Rome, où aboutis-
saient forcément tous les prédicateurs, toutes les croyances, la
mort de Jacques ne concernait plus que Jean et Pierre. La vérita-
ble lutte se déroulait à présent ici, sous les mamelles de la Louve.

Depuis trois jours, les prétoriens ramassaient consciencieuse-
ment tout ce que Rome comptait de mages et de prophètes.
Un centurion apportait à demeure des invitations à ceux dont
la réputation était parvenue jusqu'à Tigellin. Ils la reçurent
avec crainte. César n'écrivait guère que pour prier ses correspondants de quitter sans plainte le banquet de la vie. Cette fois,
cependant, il ne s'agissait que de se rendre au Palatin, pour se
mesurer devant la cour, en un concours de prodiges.

Balbillus, l'astrologue impérial, fit enfermer les concurrents
dans la préfecture urbaine, jusqu'au jour favorable.

Comme les prétoriens ne se hasardaient, pas plus que les
vigiles, qu'avec répugnance au Transtévère, ce nid d'immigrants qui faisaient eux-mêmes leur police, ils commirent dans
leur hâte une légère erreur ; cherchant un magicien juif nommé
Jean, ils avaient emmené celui que le voisinage connaissait sous
ce nom. Prokhore, confondu avec l'apôtre, ne les détrompa
aucunement. Il lui évitait une épreuve, ou il lui épargnait un

refus qui eût attiré sur eux la colère de César. Les haruspices examinèrent des monceaux de foie aux lobes fielleux et difformes ; les augures tracèrent dans le ciel des carrés de toutes tailles, guettant l'entrée d'un oiseau venu de la droite. Enfin, la grande vestale ayant rêvé, suite à un repas trop arrosé, qu'elle était violée par un cygne, César, en sa qualité de grand pontife, décida que les auspices étaient favorables.

Le vrai bijou de la fête, dédiée à Jupiter Capitolin, serait l'interprétation par l'auteur et Maître du Monde du premier chant de sa *Troade*, entièrement écrite en hexamètres dactyliques grecs, presque tous réguliers.

Les mages, convoqués pour l'amusement des augustans, pénétrèrent à la cour entre des prétoriens en tenue d'apparat et casque à plumes, par la grande entrée que Néron avait déjà fait construire entre le Palatin et sa future *Domus Transitoria*. La maison ferait le passage entre l'ancien palais et les collines qu'il voulait s'approprier. Il devait plus tard la rebaptiser Maison d'Or.

Derrière l'arc monumental, la dépression où fut bâti le Colisée n'était alors que le chantier du futur parc : désert de lacs et de forêts recréé à grands frais en plein milieu de la Ville, inutile avant d'être fini, car Néron ne venait jamais jusque-là. Ils montèrent, à droite, les rampes du Palatin. La superposition des constructions, des terrasses, des temples bâtis sur les péristyles, entassée depuis Auguste, donnait le tournis à Prokhore. Cela montait indéfiniment, jusqu'à ce ciel qui n'était, pour César, que la terrasse la plus haute, le cadre de son apothéose. Partout, entre les sphynges et les statues de déesses, des esclaves roulaient des plantes, lavaient des sols incrustés d'agate, transportaient des flambeaux, des instruments de musique ou des tapis somptueux. Ici, Prokhore croyait entendre les gémissements de Tibère étouffé par Caligula. Cet atrium entièrement décoré de fleurs blanches portait l'éclaboussure double, jamais lavée, du sang de l'empereur fou et de son jeune enfant tombant sous les coups de Chereas. Britannicus, le teint vert, fiévreux et pâle adolescent, avait vomi entre ces nymphes d'albâtre, près de cette fontaine, cherchant, trop tard, à recracher le poison que Néron lui avait administré. Claude s'était accroché à son lit, dans ce cubicule couleur corail aux paons et flamants de nacre, croyant que les prétoriens venus le choisir pour empereur voulaient le tuer. Ces cyprès avaient entendu le matricide, l'incestueux, le meurtrier de Claude, comploter ses forfaitures, comme ils avaient entendu, depuis un demi-siècle, les supplications, les plaintes, les conjurations, le bruit sourd des corps qui tombent.

Au sommet de la colline, surplombant le Forum grouillant, Néron s'était fait construire un théâtre privé. Il fallait, pour y arriver, traverser tout le palais. Les élégantes, en chiton grec ou en robe à volants, le buste moulé dans des corsets lamés d'argent, étaient coiffées de navires sous le vent, de fruits et de fleurs où perchaient des oiseaux. Les cheveux étaient teints de vert, de violet, et saupoudrés d'or, ou bien elles portaient ces perruques noir-de-jais, importées d'Inde, les *cappelli indici* que Lysis, le coiffeur, avait créées ; elles passaient à côté d'eux, dédaigneuses, sur leurs hauts cothurnes blancs. Comme Néron ne cessait de proclamer son départ imminent pour l'Orient, toute la cour avait pris un genre gréco-babylonien, interprété par les décorateurs et les couturiers de Rome. Une moue figée arquait les lèvres peintes par les ornatrices, et les masques de maquillage à la céruse, ce blanc de plomb dont la moindre parcelle avalée était un poison violent. Des esclaves tenaient le coffret où alabastres et aryballes permettaient à tout instant une retouche, portaient des ombrelles, des singes ou des perroquets perchés sur l'épaule. Des sénateurs, absorbés dans leurs discussions, montaient les marches, un pan de leur toge, trop longue, relevé sur le bras, indifférents à l'entremêlement d'architectures, la folie de perspectives qu'offrait à l'œil chaque ouverture entre les pilastres. Les gardes numides, immobiles des deux côtés des portes, semblaient d'ébène ; des prétoriens vérifiaient les invitations, de couleurs différentes selon le rang ; des ocelots, des lionceaux, traînaient leurs gardiens plus qu'ils ne les suivaient.

Ils parvinrent au théâtre. Dans le ciel, au-dessus des gradins, une tête d'Apollon, géante, à couronne radiée, dépassait d'une cour. Prokhore en contemplait les traits avec malaise ; ce visage lui rappelait quelque chose. S'il avait eu l'occasion d'utiliser l'un des tout récents deniers d'argent frappés par l'empereur après sa dévaluation, il eût reconnu ce profil.

Pendant que les citharistes accordaient leurs instruments dans l'orchestre, on les fit se disposer sur scène, tous en ligne. Cela donnait, au coup d'œil, un ramassis de philosophes en manteau grec, à la barbe fluviale, aux ongles en deuil, orateurs de carrefours, bateleurs de métaphysique, rabbins en lévites, mages chaldéens en robes noires semées d'étoiles, prêtres d'Isis en tunique safranée ; Prokhore vit Cérinthe, tout en blanc, Satornil, Cerdon, et d'autres demi-chrétiens d'origine païenne, qu'on avait mis à côté des juifs. Eux s'en indignaient.

L'audience, railleuse, les montrait du doigt un à un, demandait leurs spécialités. Au premier rang, siégeaient les augustans, dont Prokhore ne connaissait que les noms : le cruel Tigellin, Vestinus le superstitieux ; l'énorme Vitellius ; Lucain le poète ; Pétrone l'arbitre des élégances, dont les sens étaient si usés par le plaisir qu'il demandait aux thermes à ses esclaves « suis-je assis ou debout ? » ; Othon, le premier mari de Poppée, qui, après avoir longtemps fait lit à trois avec César, avait complaisamment divorcé pour leur permettre de s'épouser. Les femmes effrayaient encore davantage Prokhore. Nigidia aux seins de neige, toujours nus ; Calvia aux lèvres de cerise, qui conduisait des chars dans l'hippodrome et dont les mains fines tendaient l'épieu en chassant le sanglier d'Etrurie ; Crispillina, qui avait divorcé de sept maris et croqué des provinces ; Calpurnia qui ne se levait qu'au soir, et ne pouvait faire un geste avant d'avoir bu et rejeté un setier de vin pour se rincer l'estomac ; toutes riches à millions de sesterces, renvoyant à leur gré leur époux, d'une seule phrase, qui suffisait à la loi romaine du temps pour dissoudre le mariage :

« *Tuas res tibi agito*, " emporte tes affaires et décampe ". »

Au centre, éventée par deux enfants noirs qui balançaient des éventails de plumes, hiératique, vêtue d'une longue stola violette, un diamant sur chaque sein, l'impératrice Poppée parlait avec le roi Agrippa et le cercle juif de la cour, aux simarres orientales richement brodées, à la barbe à rouleaux assyriens.

« J'avais un jeune esclave d'une grande beauté, barbier d'une habileté inconcevable. Je l'ai prêté à Barbe-d'Airain, et il a eu tant de peine à le raser que c'est l'adolescent qui m'est revenu le poil au menton. L'âge divin dure peu, disait Platon, et je ne suis pas comme Sénèque qui les aime baraqués et poilus... »

Les plaisanteries de Pétrone s'interrompirent. On entendait les appels de buccins montant de cour en cour, en même temps que les velarii soulevaient les tentures au passage de César. Un maître de cérémonies frappa le dallage des travées en marbre rose de sa grande canne à pommeau d'argent. Tous se levèrent à l'entrée du cortège ; parurent d'abord des *tibicines,* battant la mesure de leur pied gauche, et jouant de la double flûte qu'ils brandissaient à deux mains. Puis les licteurs portant faisceaux et haches, les hérauts en pourpoint de soie verte, qui clamaient sans discontinuer : « Gloire et honneur à César, au dieu Néron ! »

Suivaient quatre escouades d'habilleurs du prince, portant sa cuirasse de vermeil, ses tuniques d'intérieur aux mille chatoiements, que sa sueur avait sanctifiées, ses robes de théâtre, sa tenue de cocher ; et des porteurs de bijoux, de fibules, de couronnes, des masseurs, des épilateurs, des nains, des bouffons, des danseuses du ventre, qui agitaient un instant le bassin, les mains jointes sur la tête, avant de prendre leur place. Enfin...

Prokhore interdit, sentit s'arrêter son cœur. En tunique améthyste, environné de panthères portant des colliers de topazes assorties à leur pelage, clignant ses paupières lourdes d'un fard bleuté, ses yeux de porcelaine papillotant à fleur de tête, César était entré, enivré de sa propre magnificence. Un foulard de soie améthyste, coordonné à sa tunique et à ses pupilles, une couleur dont un rescrit impérial interdisait l'emploi aux simples mortels, serrait le cou gras, court, épais, où des poils roux repoussaient sur la peau blanche, en dépit des soins du fameux barbier. Bouclée en quatre rangs, la chevelure était blondie au savon de Mayence, un mélange de cendres de santal et de graisse de chevreau qui faisait merveille. Malgré ce changement, Prokhore n'avait eu aucun doute. C'était ce même jeune homme, court et bouffi, qu'il avait vu, portant encore sa barbe rouge, près du théâtre, le soir où ses sbires avaient tenté d'enlever Florin. Ce trait du destin le paralysait. Il se mit à prier intérieurement que César ne fît pas, de son côté, la même découverte.

Néron élevait entre ses deux mains, baguées d'un arc-en-ciel de pierreries, une pyxide d'or, où il avait enfermé les restes de cette célèbre barbe, rasée, pour la première fois, en l'honneur de Jupiter. Le fils incestueux de l'incestueux Domitius Ahenobarbus, le matricide dont on disait qu'il avait fait dénuder en sa présence le cadavre de sa mère et en avait commenté les formes avec la froide objectivité de l'esthète, louant la poitrine et critiquant la chute de reins, l'homme à qui le mot même de vertu était en horreur, se dressait de toute sa petite taille, dans le soleil de l'après-midi, face au temple du Capitole.

« Reçois, Grand Jupiter, d'égal à égal, d'une colline à l'autre, cet hommage de ma divinité ! »

Il tendit l'urne à Sporus, un jeune esclave castré, couronné de roses blanches, dont le profil fin, au nez arqué, ressemblait étrangement à celui de Poppée ; Pythagoras, un bel éphèbe portant la tunique à longues manches et la couronne de lauriers des prêtres de Cybèle, la reçut à son tour, et la baisa respectueusement, plein d'amour pour ces prémices tardives d'une virilité hésitante. Pythagoras était le mari de César, comme Sporus en était la seconde femme.

En fin de cortège, venait le berceau de la petite Augusta, la fille, âgée de deux mois, que Néron avait eue de Poppée. C'était une énorme conque montée sur un chariot de bronze, que traînait un éléphanteau caparaçonné de pourpre. Autour, évoluaient vingt-quatre esclaves, portant sur la poitrine de grands panneaux sur lesquels étaient peintes les lettres de l'alphabet grec. Il fallait accoutumer les yeux de la jeune princesse aux choses de la littérature. Balbillus, l'astronome impérial, marchait gravement, à côté, en tiare pointue et robe noire, guidant un homme âgé, tout en blanc, couronné de myrtes comme un revenant, et pieds nus. Ce dernier semblait inconscient de ce qui l'entourait. Prokhore le connaissait aussi : c'était Apollonius de Tyane, le mage d'Éphèse, l'ex-condisciple de Paul à l'école de rhétorique de Tarse, qui l'avait défendu devant les Grecs. Un bruit de métal rebondissant dans sa chute retentit derrière Prokhore ; Pythagoras venait d'expédier l'urne d'un jet, par-dessus leurs têtes, vers le Capitole. On leur avait jusque-là interdit de se retourner ; ils ne purent s'en empêcher, et Prokhore eut un hoquet de vertige. Ils étaient au bord du vide. Il n'y avait rien derrière la scène que la rue, deux cents coudées plus bas, et, en face, l'acropole capitoline.

« Voilà le seul décor digne de l'Artiste, toute la ville devant soi... Encore n'est-elle rien, cette puante Rome, comparée à la Nouvelle Ilion que je bâtirai.

« — Chante, Orphée, chante pour nous ! »

Les augustans suppliaient tous. Néron réclama le silence en frappant dans ses mains ; puis, prenant son temps, il fit le tour des mages. Il persiflait, étalait son incrédulité.

« Tous barbus ! Pas un qui ne croie que la sagesse est pileuse... »

Il se recula, clignant des yeux, les mains sur les hanches, et les mit au défi, gouailleur, désignant la canne du majordome :

« Que l'un d'entre vous change ce bâton en serpent, et je le fais Grand Astrologue à la place de Balbillus, que nous sacrifierons au dieu inconnu ! »

Les mages s'entre-observèrent, indécis.

« Mais si j'en prends un à quelque tour de passe-passe, gare à lui ! Lequel commence ? »

Les prétoriens du service de sécurité, en les fouillant, leur avaient enlevé les poudres magiques qu'ils utilisaient. Ils restèrent cois.

« Vous, les juifs, qu'on dit fertiles en sortilèges ! »

Un rabbin s'avança, plus courageux, comptant peut-être sur la protection de l'impératrice, qu'on voyait se mordre la lèvre par crainte de quelque humiliation publique. César les adorait, imprévisible.

« Très noble et très puissant César, ce prodige fut autrefois permis à notre père Moïse. Nul d'entre nous n'a le pouvoir de le reproduire...

— Nul d'entre vous ! Mais alors, que vendez-vous ? Du vent ? Je devrais vous faire poursuivre par le préfet de l'Annone pour fraude sur les marchandises... »

Les Chaldéens proposèrent leurs horoscopes, mais Néron en était déjà surabondamment fourni. Les prêtres d'Isis ne pouvaient rien sans leur statuette. Néron se tourna vers l'homme en blanc, à côté de Balbillus, qui boudait ostensiblement.

« Et toi, Apollonius, il paraît que tu te nourris de légumes, que tu parles toutes les langues et que tu fais sortir des îles du fond de la mer... Fais-nous un petit essai, rien que pour voir.

— Je ne suis pas ici, voix qui m'appelle. Je suis en haut des cataractes du Nil, mon âme a transmigré dans un papillon, ou une fleur...

— Prends garde que je ne me transmigre en chardon ou en ortie », gronda Néron. Apollonius parlait les yeux dans le vide, comme un somnambule. L'empereur s'éloigna, changeant d'idée.

« Vous, les juifs, pourquoi dit-on que vous n'aimez ni la beauté ni la lumière, que vous avez en haine vos semblables, que vous nichez dans les coins sombres ? On dit aussi que vous ne m'aimez pas. Je n'aime pas qu'on ne m'aime pas.

— Nous, nous t'aimons, nous, César, tu le sais. »

Poppée souriait en parlant, glacée.

Néron fit une grimace, revenant sur les juifs. C'était à eux qu'il en voulait.

« Que m'importe, d'ailleurs, votre haine ? Je suis une énigme à moi-même... Comment ne le serais-je pas pour vos intelligences bornées ? J'avais pourtant pensé à régner sur votre Jérusalem. J'aurais répudié Poppée et épousé quelque reine de Saba, et nous aurions chanté des cantiques en chœur... Je sais que vous maudissez Rome tous les jours, dans vos synagogues. Je ne vous donne pas tort ; elle pue l'oignon frit et la sueur d'esclaves... mais, par Apollon, elle sent moins mauvais que vous ! »

Il s'était reculé, se bouchant le nez, comme saisi par l'odeur. Le cabot s'amusait. Il se tourna vers le public, bras écartés.

« Qu'est-ce que Dieu ? Qui le sait ? Les livres juifs disent qu'il est toute sagesse, toute raison, toute pensée. Comment tolère-t-il alors des ministres tels que ceux-là ? »

Jaloux du succès des juifs, Satornil, un des crypto-chrétiens de la Gnose, prit la parole à son tour :

« Dieu est Abîme, et sa compagne est Sigè, le Silence, qui est femelle ; à eux deux ils engendrèrent Logos, l'Esprit, Vérité, et les autres Sur-essences de la Première Ogdoade...

— Si Silence est femme, je me fais juif. Et s'il a tout engendré, que ne te tais-tu, philosophe des origines ? »

Pas un instant Prokhore n'avait pensait mêler le nom de Christ à cette parodie. Il s'était un peu rassuré quant à Florin, constatant que Néron ignorait visiblement l'existence même de cette sous-secte judaïque qui le lui avait enlevé.

Cerdon, l'autre gnostique, s'avança, tenant un rameau entre les mains, qu'il avait sauvé des réquisitions prétoriennes.

« Maître du monde, voici l'herbe d'Hermès, celle dont Circé fabriqua la boisson qui envoûta Ulysse, la pousse de la Mandragore sainte, androgyne, à la racine noire comme charbon et fleur blanche comme lait, que Pythagore appelait Molu, car c'est le nom qu'entre eux les dieux lui donnent. " Ce n'est pas sans effort que les mortels l'arrachent. " — " Mais les dieux peuvent tout. " » Néron acheva l'hémistiche de l'*Odyssée* en reniflant curieusement la brindille.

« Elle donne le calme et refrène les impulsions des sens, César. Sa blancheur est celle de l'initié, et sa douceur celle de la Parole, de Logos lui-même. Car Dieu tout entier est Parole...

— Il est même bavardage, vieux coquin. »

Néron était déjà las de théologie. Lui seul l'intéressait, de lui seul on devait parler.

« Je me serais bien converti à ce dieu des juifs qui n'a pas de nom, parce qu'il n'a ni face ni derrière, à ce que j'ai compris. Mais la poésie juive me répugne, elle est barbare, répétitive. Qu'en penses-tu, Pétrone, suis-je meilleur poète que l'auteur de leurs Livres sacrés ? »

Pétrone, qui n'avait jamais lu une ligne de la Bible, le confirma sans sourciller.

De tout l'après-midi, il ne quitta pas la scène ; il se faisait apporter à boire et à manger, dialoguant avec les augustans assis, commençait à corriger à mi-voix son propre poème, abandonnait au milieu d'un vers, continuelle répétition qui formait avec un seul comédien un spectacle permanent. Des ambassadeurs, des messagers de Corbulon, du front de la guerre avec les Parthes, entraient, encore couverts de la poussière des combats, sur cette scène d'où se gouvernait le monde, et devenaient aussitôt part de la pièce.

« Approche, valeureux guerrier, m'apportes-tu des nouvelles du bouillant Achille ? »

Le légionnaire poudreux, sali de l'écume de son cheval, abasourdi, claquait les talons et tendait son message. Néron, souvent, ne les décachetait même pas.

« Terpnos, accorde la lyre ; et toi, Sporus, donne-moi la cithare. »

Terpnos, vêtu en Apollon, ses cheveux en torsades, préluda d'un accord frappé du plectre sur la petite lyre d'ivoire.

Néron s'accompagnait lui-même à la cithare, en forme de poire coupée par le milieu, qu'il portait en bandoulière ; il chantait sans forcer, sa voix étant fragile, mais bien posée, et non sans charmes, bien que légèrement voilée ; Prokhore se surprit à la trouver belle, trop belle. Néron fermait à demi les yeux, renversé en arrière, extasié par lui-même ; le panorama impérial, derrière l'acteur, le soleil couchant qui baignait les faces des augustans en larmes, formaient un tableau surprenant que Prokhore se prenait à excuser. Il se mit à prier intérieurement pour couvrir ce chant impie. Au-dessus de Néron, un Icare, jeune homme choisi par la perfection de son anatomie, muni d'ailes collées à la cire, qu'il agitait langoureusement pendant les reprises d'orchestre, entre deux soli de l'empereur, descendait lentement suspendu à un fil, vers le couchant, à la même allure que l'astre, figurine vivante gravée sur le globe de feu.

Au moment où le soleil allait disparaître derrière le Capitole, on entendit un claquement, et le fil de métal s'en vint fouetter le sol, jetant un garde à terre. Le malheureux Icare venait de s'écraser juste devant l'empereur, au milieu d'un vers, arrosant de sa cervelle les cothurnes améthyste. Néron eut un petit cri et blêmit ; il craignait les attentats. L'accident, si c'en était un, paraissait de mauvais présage. Pour Prokhore, tout charme était rompu : derrière le cabotin, le tyran sanguinaire reparaissait.

« Christ soit avec toi, mon père, premier médecin de mon âme ! »

Dans ce couloir du palais, la cohue sortant du spectacle avait immobilisé l'escorte. Et Prokhore, qu'on remmenait, avait mis un genou en terre, devant un très vieil homme, que des esclaves transportaient sur une chaise qui avait tout de la civière. Chérémon, l'ancien thérapeute, avait sans doute moins changé que Prokhore. C'était d'un coup Alexandrie, le couvent du lac, qui montait à la surface, un demi-siècle plus tard. Après avoir été celui de Prokhore, Chérémon avait été l'un des instituteurs de Néron, quand l'enfant aux cheveux rouges ne torturait encore que des mouches et des chats. Mais le jeune César séquestrait à présent le vieux sage alexandrin, l'obligeant à assister, bien qu'il fût presque aveugle, à toutes ses folies, vengeance des longues heures studieuses, des leçons de vertu et de modération que Chérémon lui avait imposées. Le vieillard tourna des yeux couverts de taies vers cette voix qui l'interpellait ; ses mains parcoururent le visage, la chevelure grise, hésitantes.

« Je suis Prokhore, père. Le petit Prokhore Prokhoridès... »
C'était un surnom que Chérémon lui donnait autrefois.

« Mon fils... Mon petit enfant du Delta. Quelle barbe ! Que tu es grand ! »

Mais Chérémon se ressaisit aussitôt. Il attira d'un bras sec et nerveux la tête de Prokhore jusqu'à sa bouche, et chuchota en dialecte alexandrin, qu'ils avaient tous deux retrouvé spontanément :

« On nous observe. On t'a peut-être entendu... Puisque tu es chrétien, dis à tes amis de prendre garde aux juifs. Il se prépare d'étranges retournements... Allez voir de ma part Sénèque, il vous recevra ; il ne sort plus de chez lui, mais j'étais assez ami de son frère, Gallion. Il pourrait peut-être vous aider. Moi, je ne peux rien. Je porte malheur à qui me fréquente. Et toi, tu es chrétien. Ne cherche pas à me revoir, si tu veux me laisser une chance de mourir sans salir Néron d'un nouveau crime. L'assassinat de celui qui lui a appris à lire... et à écrire, hélas ! »

Le prétorien, impatient, frappa sur l'épaule de Prokhore.

« Prie pour moi ton Christ. Je L'ai rencontré, autrefois... Rappelle-moi à Lui. »

La nuit était venue ; on joignit Prokhore et les mages aux cuisiniers et aux pâtissiers, qui étaient sur le point de partir vers le lieu du festin. On le chargea dans l'un des chariots marqués du sceau impérial, qui transportaient des pièces montées, des buffets froids sculptés dans la glace, en forme de Parthénon ou de statues, qu'on enveloppait de paille pour les empêcher de fondre.

Il demanda où l'on allait.

« À l'étang d'Agrippa. Ne sais-tu pas qu'il y a fête nautique, ce soir ? »

Ce qu'on appelait l'étang d'Agrippa, du nom du gendre d'Auguste protecteur des Hérodes, était, en réalité, au milieu du Champ-de-Mars, un grand bassin octogonal, entouré de colonnades. Néron avait décidé de traiter les places publiques de Rome comme s'il s'était agi des pièces de son palais, y plaçant ses bacchanales selon son bon plaisir.

La haute façade des thermes, les feuillages sombres et agités par le vent des jardins de Pompée, portaient des guirlandes de lampions multicolores ; sous le portique du Bon Augure, le peuple, accroché aux grilles qu'on avait fermées, commentait avec une convoitise exacerbée les détails du festin apprêté sous ses yeux. Ces excès mêmes, qui provoquaient sa misère, enchantaient la tourbe de Rome.

La lune se leva, allumant mille rides sur les eaux. Un radeau ancré à la rive flottait, doucement balancé ; des ombres dansaient sur les blancs chapiteaux du petit temple corinthien, bâti au centre du bassin.

À mesure que les invités montaient à bord, des torches entouraient les tables ; les femmes, sur la passerelle aux piquets plaqués d'or, poussaient de petits cris de feinte terreur, craignant un faux pas, s'accrochant aux tentures. Les surtouts présentaient des fontaines de vin et de garum, des oiseaux des îles voletaient, retenus par d'invisibles fils ; un grand voile pourpre couvrait le festin étincelant de glaces et de cristaux, jonché de pétales de roses blanches qui en tombaient sans discontinuer. Les langues de colibris, les cèpes de Dacie, les loirs confits étaient protégés par des cloches de vermeil ; les statues de glace, fondant lentement vers l'étang, rafraîchissaient l'air.

Prokhore fut arraché à cette contemplation par une voix qui criait son nom, dominait le brouhaha des exclamations, derrière les grilles. Il s'approcha ; c'était la voix puissante de l'apôtre ; Florin avait eu l'idée de chercher Prokhore en ce lieu. Son sort désolait Jean, qui se reprochait ce dévouement allé jusqu'à prendre sa place. Il se justifia, séparé de lui par les barreaux.

« Je ne craignais rien, Maître. César n'avait pas de mauvaises intentions à notre égard... »

En fait, il les ignorait complètement. La foule avait poussé un « ah » de satisfaction ; leur attention retourna vers l'étang. Remorqué par des barques de toutes formes, qui le halaient au bout de chaînes d'argent, le radeau s'était mis en mouvement. Sur un autre radeau, décoré de lotus et de lentisques au point de paraître une île mobile, un orchestre caché accompagnait une chanteuse égyptienne à la mode, dont la sirupeuse chanson d'amour roucoulait jusqu'aux étoiles. Dans les barques, aux proues taillées en licornes et en griffons, des rameurs aux corps nus poudrés d'argent se penchaient sur leurs avirons, plaqués de coquillages. Des nageurs brandissant des tridents, des sirènes à queue de poisson s'ébattaient autour du radeau. Sur les marches du temple, les torchères s'étaient embrasées. Les filles des grandes familles patriciennes, à peine voilées de simarres en gaze, s'offraient aux augustans.

Néron, appuyé sur Pythagoras, un voile rituel sur la tête, suivi de Sporus, entouré des flambeaux et des cris d'hyménée, gagna le lit aux colonnettes d'ivoire dressé devant le Sanctuaire. Les augustans, Poppée elle-même, quelque rage qu'elle en eût, jetaient à pleines poignées sur la tête des jeunes mariés le blé rituel. Néron s'étendit, claqua des doigts ; une rampe de bitume, au ras de l'étang, alluma sur le lit une lumière fauve et mouvante. Des applaudissements ironiques éclatèrent sous les portiques. Ivre mort, roulant sa tête au cou de taureau sur l'oreiller qu'il mordait, le jeune empereur se donnait à son peuple en spectacle en plein acte d'amour, se tortillant et gémissant comme une femme sous le boutoir de Pythagoras.

Le peuple, ravi, poussait des « han » de bûcherons, saluant Néron d'épithètes infamantes :

« Femelle en chaleur, mari de toute l'Asie, ô Rayonnant ! »

Jean, qui s'était jusqu'alors contenu, pour Prokhore, se dressa derrière la grille, et étendit la main vers la couche impériale. Des feux colorés de vert, disposés derrière les portiques, éclairaient à présent de leur flamboiement fantomatique le corps nu, blême comme un pourceau, qui s'entremêlait interminablement à l'autre corps, couleur de pain brûlé, son infatigable cavalier.

L'ombre portée de cette main se refermait sur Néron, tandis que Jean s'écriait, comme Daniel au festin de Balthasar :

« Mane, Thecel, Pharès ! »

Prokhore, quant à lui, bénissait Dieu que Jean n'eût pu, dans cette lumière spectrale, reconnaître le ravisseur de Florin, et que nul ici ne parlât hébreu. « Mesuré, pesé, divisé », comme Nabuchodonosor, roi de Chaldée. Néron, sans même s'en douter, venait d'être condamné.

Quand Jean, Florin et Prokhore, enfin relâchés, parvinrent au Transtévère, le petit matin perçait sur l'Aventin. Onias les attendait devant la porte de l'insula, manifestant une inquiétude que Prokhore trouva exagérée.

Le diacre se répétait les paroles de Chérémon. Puisque ce serait mettre le vieillard en danger de mort, il n'était pas question de chercher à lui reparler. De quel péril étaient-ils donc menacés, qui avait ému son ancien maître au point de lui donner, impromptu, ce solennel avertissement ? Il résolut de convaincre l'apôtre de suivre le conseil du vieux thérapeute : rencontrer Sénèque. Ce pouvait être une protection, en tout cas, une recommandation. Des gens comme Paul, eux, ne risquaient rien, ils avaient Rome dans leur poche. Mais, se demandait Prokhore depuis son interpellation, si cette police brutale mettait un jour la main sur l'apôtre, qui se présenterait pour le défendre, hors les esclaves et les portefaix ?

Le portier de la petite maison sur l'Esquilin, après enquête auprès de l'esclave chargé de l'atrium, les invita à y pénétrer ; le message de Chérémon était bien parvenu, le maître les attendait.

Petite, la maison ne l'était qu'à l'extérieur. Le vestibule, coincé entre les boutiques de poissons et de légumes, débouchait sur un atrium parfait, aux teintes douces et amorties ; de fins jets d'eau, des draperies artistement disposées étaient les principaux ornements. Les murs n'étaient peints que d'une délicate et minuscule scène champêtre, exécutée à la fresque en leur milieu, lucarneau donnant sur une illusoire campagne ; les meubles, rares, en thuya, en térébinthe, striés de sobres filigranes d'or, reposaient sur des pieds de bronze délicatement ouvrés. Quelques étagères hautes, perchées sur leurs pattes

347

d'araignée en métal argenté, soutenaient des volumes, des bustes, des statuettes, dans un heureux désordre. Le *nomenclator* les annonça au maître ; il dictait une lettre, dans le tablinum, à son secrétaire, assis devant un guéridon à trépied.

Prokhore, qui avait eu tant de peines à convaincre l'apôtre de quitter son Transtévère, fut rassuré par l'affabilité de l'écrivain. Imperturbablement courtois, l'ancien précepteur de Néron conservait au fond de son regard las et fuyant, une étincelle de curiosité ; ce parasite en manteau grec qui le saluait, et ce vieux juif à l'énergique barbe blanche, en lévite brune, qui refusait le siège avancé par l'*atriensis*, était-ce donc là ces chrétiens dont on lui avait parlé ?

Chérémon, de qui ils se recommandaient, l'était-il aussi ? Il avait toujours été adonné aux superstitions.

« Vir clarissime, mon maître, l'archi-apôtre et prophète Jean te remercie de nous recevoir. La gloire de tes livres est parvenue jusqu'à lui... »

Sénèque approuva de la tête, Prokhore s'était exprimé en latin, et avait employé les mots qu'il fallait. Il répondit brièvement : ce titre de Très Illustre, auquel son rang sénatorial lui donnait en effet droit, il le déclinait. Les hommes naissent et meurent sans titre.

Jean, sans comprendre, fixait l'homme au crâne poli comme ses marbres, dès l'aurore en toge, dont la voix précise et sèche de magister crépitait comme un bois sec qui flambe. Le philosophe lisait et écrivait le grec, mais le parlait mal ; Prokhore dut faire l'interprète entre les deux interlocuteurs.

Sénèque avait frappé dans ses mains. Une jeune fille, les cheveux relevés et noués comme les caryatides de l'Acropole, portant une chaste tunique plissée dont la ceinture montait haut sous les seins, leur apporta des coupes d'argent pleines d'une eau claire et glacée.

« Ma femme, Pauline... Buvez sans crainte, cette eau vient directement de l'Aqua Virgo. Elle est pure et inoffensive. Je n'en dirais pas autant des vins du Palatin... Pour empoisonner cette eau, il faudrait rendre malade la moitié de la ville. »

L'aqueduc alimentait en effet cinq quartiers. Sénèque y voyait une protection. Jean accepta avec plaisir. Cet atrium clair, cet homme et cette femme manifestaient une retenue et un calme qui le faisaient un peu relâcher de ses vieilles préventions contre les philosophes.

Sénèque ne buvait que de l'eau, ne mangeait que des fruits de ses propriétés. Il avait, outre ses sept maisons dans la Ville, qui donnaient sur tous les beaux lieux de Rome, plusieurs villas dans les environs, et il était convaincu que Néron ne pensait qu'à l'expédier par un moyen discret ad patres. Il s'excusa de l'heure à laquelle il recevait :

« Si tôt matin, les espions du palais sont couchés, ou trop ivres pour faire surveiller ma porte... D'ailleurs, mes indispositions me tiennent éveillé dès le chant du coq. Si je reste au lit, c'est pour élucubrer, volets fermés, seul à la lueur de la veilleuse, qui connaît tous mes secrets. L'esprit est alors libre de chaînes. »

L'ascétique philosophe, qui se défiait même des rêves, revivait chaque matin par la pensée ce quinquennat béni, ces cinq ans de perfection où son élève et le monde étaient tenus dans les bons principes du Portique, où la philosophie gouvernait l'Empire. La déconvenue n'avait été que plus cruelle.

« Nous faisions du bon travail. J'avais obtenu un édit interdisant les mauvais traitements aux esclaves. Chez moi, nul d'entre eux n'est enchaîné.

— Esclaves et hommes libres, tous sont frères en Christ, traduisit Prokhore en réponse.

— Mais cette cité a la vérité en horreur, et elle craint la Lumière », ajouta Jean en grec. Sénèque, qui avait à peu près compris, hocha la tête.

« Rome n'a jamais aimé les philosophes. Le Sénat, autrefois, leur interdisait le territoire de la Ville... Diogène le Stoïque en fut expulsé. Est-il vrai que vous acceptez les esclaves à égalité dans vos cérémonies ? Votre Chrestos était-il esclave ? »

Jean fit signe que oui, puis que non.

« Et votre dieu, recommande-t-il le mariage, la fidélité, la fécondité ? »

Ce furent trois oui énergiques. Sénèque reprit :

« La moindre petite ville de Judée ou d'Asie fait vingt fois plus d'enfants que toutes les citoyennes de Rome... Avortements et divorces, la femme *univira*, celle qui n'a qu'un seul mari, comme ma Pauline, on la moque dans la rue. Savez-vous que César Tibère, parce qu'il découvrit une citoyenne de souche ayant deux enfants à elle, la couronna Mère de la Patrie ? Si l'Oronte se déverse dans le Tibre, l'Orient dans l'Occident, Antioche et Jérusalem en Rome, c'est parce que l'un déborde, et l'autre diminue et s'appauvrit... »

La démographie était la hantise du moraliste ; Rome périrait sous ses vices parce qu'elle ne faisait plus d'enfants.

« Les Quirites gaspillent leurs forces dans le tourment des passions ; eux qui surent asservir les peuples, ils sont asservis à leurs vices.

— Israël fut béni en sa fécondité », traduisit Prokhore, qui crut devoir ajouter : « Et Christ est mort et ressuscité pour tout le genre humain... »

Ce dernier terme emprunté à la rhétorique stoïcienne, plut à Sénèque. Il s'adressa à Prokhore :

« Alors, ton maître est marié ? »

Prokhore expliqua que l'archi-apôtre, homme désigné par Dieu, était tout entier en Lui, hors de toute œuvre de chair.

« Je vois, il est comme Musonius, qui prétend que le mariage est l'impératif universel du genre humain et de la philosophie, à l'exception du philosophe lui-même... Pourquoi vos ennemis vous appellent-ils *Odium generis humani,* " ceux qui ont en haine le genre humain " ? Êtes-vous des amis de ce Paul, du roi Agrippa ? »

Prokhore, sur l'injonction de l'apôtre, nia tout rapport avec eux. Sénèque répétait la formule, pensif :

« *Odium generis humani.* Ils vous mettront sur le dos tous les crimes, soyez-en sûrs. Non seulement vous êtes juifs, mais les autres juifs vous détestent... Je ne sais ce qu'Agrippa complote avec Poppée, mais je parierais qu'il n'y a là rien de bon pour vous. Méfiez-vous, ils ont probablement un espion parmi vous, eux ou Tigellin... »

Sénèque avait rencontré Paul une fois. Les idées de l'homme de Tarse l'avaient charmé ; mais il n'aimait pas le roi juif.

« Je sais que Poppée parlera de vous à l'empereur, quand elle sentira la chose prête ; je le connais, il a la vertu en exécration ; il n'est pas un débauché ordinaire. C'est un possédé, hors de lui-même, étranger à soi... Ses fureurs contre la vertu sont, à leur manière, divines ; cette tête enfumée croit avoir reçu mission de la persécuter. S'il vous découvre, vous êtes perdus ; les paroles de votre Christ le mettront en rage. Ne prêtez flanc à rien, tenez-vous dans vos Suburre, dans vos caves, que nul n'ait connaissance de votre existence. Vous survivrez peut-être, vous seuls, à ces temps d'orages... »

Il n'offrit même pas son aide. Bien que convaincu à présent par ces deux naïfs ambassadeurs que la christianité pauvre et populaire était innocente des racontars qui commençaient à germer sur son compte, il ne prendrait certainement aucun risque pour les défendre. De toute manière, ajouta-t-il pour lui-même, calmant ses légers scrupules, ceux que Sénèque défend sont deux fois condamnés. Il se fit expliquer la personne de Christ. Ce nom l'étonnait. Prokhore lui apprit qu'il s'agissait en fait d'une épithète, traduite du « Messie » hébreu, signifiant Oint, Consacré. Paul ne lui avait pas décrit ainsi les choses. Il lui avait présenté Jésus comme un dieu sans race descendu sur terre. Décidément ces sectes juives, comme toutes les autres, n'étaient que contradictions et obscurités.

« Si votre Christ est mort et ressuscité, non pas éternelle-ment, comme Osiris ou le phénix, mais réellement, un beau jour de l'histoire humaine, sous César Tibère...

— Tu connais la vérité, sage Sénèque, tu viens de la dire.

— Alors vous détruisez le monde des dieux et vous détrui-sez l'éternité, le Cosmos. S'il peut arriver un événement comme Christ, l'ordre du monde tel que l'ont connu les Hellènes est brisé ; le temps ne peut plus revenir sur lui-même, dans son cycle pérenne, son éternel retour... Dieu est-il une pure idée, un Premier Moteur, comme chez Aristote, le Logos est-il Éther, souffle enflammé, Feu Primordial, Esprit séminifère ? Peu importe au fond. Le cosmos est la cité de Dieu, et cette cité incorruptible ne peut connaître l'accidentel. »

Il les raccompagnait vers l'entrée.

« Affranchissez-vous des passions et des richesses, et vous bâtirez la Cité de Dieu où entrera tout le genre humain, devenu un en Christ, ajouta Prokhore d'après Jean.

— Certes, certes... La vertu nous invite tous, hommes libres, affranchis, esclaves, rois ou exilés, elle réclame l'homme dans sa nudité. Mais nos chemins divergent : c'est de soi, d'abord, qu'à mon avis le philosophe doit s'occuper, en soi qu'il doit plonger, par soi qu'il doit se rendre libre, se purger des passions... Encore et encore demeurer avec soi pour s'appliquer à refaire à son âme de nouvelles forces, et la mieux endurcir. Se demander comme moi, tous les soirs, quand ma femme se tait : quel vice as-tu guéri en toi aujourd'hui ?

— Il n'est jamais ni trop tôt ni trop tard pour s'occuper de son âme ; mais nul ne peut se juger soi-même. Le jugement est entre les mains du Juge... », traduisit Prokhore, en réponse, sur le seuil.

Au début de l'été, torride cette année-là, le premier malheur s'abattit sur nous, vérifiant les mises en garde de Chérémon et de Sénèque. Les chaleurs alourdissaient l'air de la ville ; la cour était partie se rafraîchir à Antium, où César avait plaisir à revenir. C'était là qu'il avait fait embarquer sa mère sur une galère truquée, puis, comme elle avait survécu au naufrage, l'avait fait achever à terre. Je songeais à emmener l'archi-apôtre, que les controverses avec les adeptes de Paul et de la Gnose fatiguaient beaucoup, en Campanie, pour la saison ; des fidèles y offraient le gîte d'une champêtre retraite. Ce fut alors que le jeune Florin disparut de notre demeure du Transtévère.

Il était allé se baigner, accompagné du seul Onias, au grand réservoir du Janicule. Ils ne réapparurent ni le lendemain ni les jours suivants ; Goliatha se mordait les poings, l'Aimé priait en vain pour l'adolescent ; son statut d'otage en fuite interdisait toute requête aux autorités. Qui savait s'il n'avait pas justement été arrêté par quelque patrouille prétorienne, lors d'un contrôle ? La disparition simultanée d'Onias nous fit, particulièrement Goliatha, très affectée, concevoir des soupçons. La mise en garde de Sénèque le concernait-elle ? La douleur de l'Aimé fut immense, et celle de Goliatha brutale. Je crus alors devoir leur apprendre l'identité du ravisseur auquel nous avions, une première fois, arraché l'enfant. Si César avait remis la main sur lui, il était condamné au lupanar impérial.

L'Aimé, atterré, les yeux secs et brûlants, répétait son nom, le voyant livré au stupre d'Abaddon. Après avoir enfoncé, en s'y heurtant le crâne, le mur de notre chambre, Goliatha rassembla une vingtaine d'esclaves convertis, gaulois et germains ; ils parcoururent les quatorze régions de la Ville, multipliant inutilement les guets devant les portes du Palatin, de la préfecture du prétoire. Elle parlait d'attaquer la villa de Néron à Antium. Je dus lui faire comprendre que son maître ne s'y trouvait peut-être pas, et qu'ils y mourraient tous en vain. Florin était probablement dans l'une des nombreuses prisons de Rome, attendant le jugement de César à son retour d'Antium. Les recherches les plus frénétiques, les renseignements pris auprès des esclaves des prisons, restèrent sans résultat. Sénèque, lui, refusa de me recevoir à nouveau. Au bout d'une semaine, l'Aimé, qui s'était alité, fiévreux, se releva, et réclama le pétalon et le pectoral. Le temps de la prudence était passé ; le dernier adoucissement de sa guerrière vieillesse lui avait été ravi.

Il courut par les places du Transtévère, sur les quais, hurlant son dégoût et sa haine de la Ville. Goliatha et ses hommes le protégeaient ; mais les prétoriens, en dépit de la violence, passant toute mesure, de ses invectives, n'intervenaient pas, comme s'ils ne comprenaient pas le grec, ou eussent reçu des ordres.

« Cité instable et perverse, réservée aux pires destins, principe et fin de toute souffrance, puisqu'en ton sein est la source de tout mal, qui ne te déteste en dedans de lui-même ? Par toi, le monde est pourri en ses plus intimes replis. Par toi l'innocence déshonorée. Fléau des hommes, maîtresse acariâtre, mère des prostitués, fumier et cloaque de tous les crimes, l'épée du Tout-Puissant va tomber sur toi ! Elle ne laissera pas pierre sur pierre de ton orgueil, elle te purifiera par le feu ! »

Les juifs, sauf les plus misérables, ricanaient ou filaient, terrorisés, sans en écouter plus. Mais les Gaulois, les Germains, les Syriens, qui se traduisaient l'un l'autre en leurs rauques idiomes les malédictions de l'Aimé, enthousiasmés par tant d'audace, s'enhardissaient à maudire, eux aussi, la geôle et les continuelles douleurs qu'était pour eux, pauvres machines humaines, la vie dans la Nouvelle Babylone. Ils montraient leurs plaies, dressaient leurs blessures, approuvant l'archi-apôtre.

Ce fut alors, après s'être confessée à lui de son projet, et en avoir reçu l'absolution, que Goliatha, dans un état d'extrême exaltation, traversa le fleuve avec sa troupe, se souvenant d'un propos d'Onias...

C'était le soir du 19 juillet 64, dans une petite taverne de l'Emporium, sur la rive, juste en face du Transtévère. Du temple de Jupiter Capitolin, s'élevait la fumée du sacrifice propitiatoire célébrant un anniversaire néfaste entre tous : ce quatorzième jour avant les calendes d'août, quatre cent cinquante ans plus tôt, les Gaulois avaient incendié Rome, et le Capitole n'avait dû son salut qu'à ses oies. Peu de citoyens y pensaient ; mais les esclaves gaulois, eux, vénéraient ce souvenir qui les vengeait. Dans cette taverne du port, dès que le jour, par l'ouverture aux trois marches descendantes donnant sur le quai, s'est assombri, Goliatha s'est levée de sa table, et est sortie en touchant discrètement l'épaule de ses affidés. Une fois dehors, ils ramenèrent leur capuchon sur leur tête, et marchèrent rapidement vers le Grand Cirque. Ils parvinrent à son extrémité sud-est ; les échafaudages soutenant les tribunes montaient en géométries noires vers le ciel. Sur cette placette, située non loin de la porte Capène, par laquelle Pierre et Jean étaient entrés à Rome, se trouvait le vaste hangar dont Onias avait une fois mentionné le contenu devant Goliatha : le *choragium,* dans lequel la brigade des marins de Misène rangeait les milliers de cordages nécessaires à la manœuvre du *velum,* et autres machines de théâtre. Elle ouvrit la porte d'un coup de poing, dès que ses camarades eurent maîtrisé les deux gardes. La lune, par le panneau fracturé, éclairait les rouleaux de chanvre, et l'odeur de goudron prenait à la gorge. Une grande cuve contenant le bitume, dans laquelle on trempait les cordages pour les imperméabiliser, chaude encore, fumait doucement.

Goliatha se pencha, un sourire aux lèvres, le premier depuis la disparition de son jeune maître. Le geste qu'elle allait accomplir était si maudit de tous les peuples et des dieux qu'elle dut se donner du courage, en pensant à l'exemple de chrétiens de Lugdunum. D'autres Gaulois lui avaient appris qu'ils n'avaient pas hésité à mettre le feu à leur propre ville, quelques années plus tôt. Elle ouvrit le petit robinet de vidange, au bas de la cuve ; un filet de naphte, épais et gluant, coula lentement vers les cordes enroulées. Elle sortit de son manteau une lanterne sourde, la fracassa sur le sol. L'huile enflammée fit grésiller le bitume, dégageant une fumée noire, et la combustion se communiqua aussitôt aux cordages.

« Au feu ! Rome brûle ! »

La caserne des vigiles, sur l'Aventin, était en plein déménagement. Les équipes envoyées par le préfet de la Ville, dès la deuxième veille, éteindre un sinistre dans les magasins du Cirque, n'avaient ni haches ni sable. Comme le préfet s'était couché, que Tigellin était à Antium, aucune autorité ne parut décidée à s'occuper sérieusement du péril avant le matin.

Quand le soleil parut, il traversa une fumée épaisse, où rougeoyaient des volutes en combustion, qui enveloppaient l'Emporium d'un nuage impénétrable. Le feu menaçait les docks, le forum Boarium, les galeries de soutien du Grand Cirque. Le vent du sud, le libeccio, souffla son air doux toute la journée, et le feu monta vers le Caelius, dans les vieux quartiers serrés au-dessus du port. Ce n'étaient plus des marchandises, mais des hommes qui périssaient.

D'un coup, le sinistre devint désastre. Jusque-là, on était resté calme ; des entrepôts brûlaient, et puis ? Aucun plan d'évacuation n'avait été mis en place. Le désordre, le soir, fut extrême ; des centaines de familles, surprises dans leurs logements, périrent étouffées. Le lendemain, après la vallée Murcia, le feu contourna le Palatin, redescendit vers le Forum, ravageant au passage le chantier de la maison de Néron et la Vélia.

Le Vélabre, le temple d'Hercule, les Carines, le mont Fagutal et l'Oppius furent atteints le troisième jour. Les maisons patriciennes, les temples, la richesse de Rome allait y passer ; le désastre devenait catastrophe. On se décida, trop tard, à abattre trois rangées de maisons, au bas des Esquilies, ce qui n'arrêta le feu que quelques heures. Le lendemain, il rejaillit plus fort, prenant dans le retour de flammes les réfugiés rentrés chez eux, et se généralisa à tout le centre.

Depuis six jours, Rome brûlait. On avait vu des porteurs de torches rallumer des foyers, obéissant à une mystérieuse conjuration. Les plus malins prétendaient, enveloppés de couvertures, dans les camps improvisés, que c'étaient des pillards qui aggravaient le mal pour en profiter ; comme le feu avait repris dans le quartier Émilien, entre le Champ-de-Mars et le Quirinal, dévorant une maison qui appartenait à Tigellin, et qu'il détruisait les espaces surpeuplés que l'empereur convoitait, on commença de penser que Néron avait donné l'ordre de brûler la ville.

Ce n'était qu'en partie exact. Il avait seulement, depuis Antium, interdit qu'on l'éteignît avant son arrivée. Car il voulait jouir de la vue de sa patrie en flammes pour composer le dernier chant de sa *Troade*.

« Rome brûle ! » Ce cri de terreur scandait la disparition, dans les tourbillons du brasier, des plus anciens temples, des plus anciennes reliques. C'était l'idée, la force de Rome qui brûlait avec les sanctuaires : en flammes, le temple dédié par Servius Tullius à la Lune, avec tous les réfugiés qu'il contenait, confiants dans la protection de Diane ; en cendres, le Grand Autel et la chapelle d'Hercule élevés par Évandre, au forum aux Bœufs, le temple de Jupiter Stator construit par Romulus, le palais royal de Numa, le sanctuaire de Vesta avec les pénates du peuple romain. Détruits, la Curie et le temple d'Apollon Palatin ; celui de Junon Reine, élevé par Camille après sa victoire sur le Gaulois Brennus. Anéantis, les Remuria, d'où Rémus observa les présages, où Caïus Gracchus, fuyant les assassins, avait trouvé asile, et le temple dorique du Quirinal, édifié à l'endroit où Romulus apparut après sa mort en apothéose... Tout disparaissait, les vieilles statues de bois archaïques, les trophées immémoriaux, les bronzes, fondus, les marbres, éclatés en poussière blanche par la chaleur. Les œuvres d'art retournaient à l'humus comme les étendards des cultes fondateurs de Rome.

On croyait voir, par-dessus les murailles, s'envoler dans les flammes Junon, Apollon, Romulus ; le peuple insultait ses dieux qui fuyaient.

« Sauve donc tes autels, grand Jupiter ! »

« Aide ta ville, si tu as quelque puissance, Quirinus ! »

De les voir ainsi incapables de se protéger eux-mêmes, ces dieux en ruine, ils se mirent à les détester. L'incendie brûlait aussi les croyances les plus ancrées de la cité ; seuls les dieux non romains avaient eu raison. Les prêtres de Cybèle, qui avaient sauvé leur Pierre Noire, ceux d'Isis, portant leur déesse chassée par le feu du temple de la porte Coelimontane, furent installés de force par le peuple dans celui de Mars ; on bouscula ses prêtres : puisque les anciens dieux ne pouvaient se défendre, place aux divinités nouvelles ! On se revanchait ainsi des dieux du Capitole.

« Rome brûle ! » Le cri, après une semaine, retentissait dans sept régions. Du Transtévère, protégé par le Tibre, on voyait les quatre ponts engorgés, déjà menacés, les familles de réfugiés, en masses compactes, sur les quais. De la terrasse de leur maison, Jean et Prokhore regardaient brûler le port. Les brasiers formés par les hangars mêlaient leurs couleurs : le pain et les jeux s'envolaient en fumée. L'odeur à elle seule suffisait à renseigner. « C'est l'huile qui brûle... Maintenant, ce sont les pommes de pin et les épices... »

Un feu d'artifice éclata tout contre le Grand Cirque, projetant une nuée lumineuse de noix enflammées, qui éclataient en l'air comme de petites bombes, semant des brandons à des milles à la ronde. Des charognards humains, voleurs au visage masqué d'une toile trempée d'eau, envahissaient les maisons sous prétexte de porter secours, égorgeaient les blessés pour les dépouiller. Eux seuls s'aventuraient dans les rues embrasées. Ils assommaient ou achevaient les malheureux, chargés des objets précieux qu'ils avaient précipitamment emportés de leur demeure en flammes, et qui causaient leur perte, les ralentissant dans leur fuite. « Néron est devenu fou ! Il détruit la ville pour s'installer en Égypte ! » On avait vu César charger les réfugiés sur des éléphants armés de pointes acérées. Des rangées de maisons, en s'écroulant, provoquèrent des ébranlements sous les sept collines ; Héphaïstos soufflait cette forge, sur l'ordre d'Hadès. Non contents de l'abandonner, les anciens dieux participaient à l'extermination de Rome.

Les bêtes du Vivarium avaient éventré leurs cages cernées par l'incendie, et s'étaient répandues dans la Ville, rendues agressives par la peur. Devant une façade en feu, des léopards se disputaient un cadavre ; les fauves de la jungle s'ajoutaient au fauve dévorant de l'incendie, à la jungle des rues ; des voleurs s'attaquaient à présent les uns les autres, se revolant ce qui avait été déjà volé ; des zèbres affolés, leur crinière en feu, galopaient çà et là, se heurtant aux fuyards. Des crocodiles plongèrent dans le Tibre pour fuir la chaleur, et l'on voyait leurs grandes mâchoires blanches, dans l'eau couleur du ciel en feu, menaçant les nageurs isolés qui tentaient de gagner l'autre rive. Les ponts étaient bloqués par les charrettes, les meubles et les ballots, la cohue des habitants de Rome cherchant refuge au Transtévère.

La nuit, des tourbillons d'étincelles la transformaient en jour. Le jour, les torrents de fumée en faisaient une nuit. On respirait à grand-peine ; les vieillards et les enfants, se tenant à la gorge, suffoquaient. Dans les grandes *domus*, les maisons patriciennes désertes, où les pins des jardins, leur chevelure roussie, s'allumaient d'un coup à leur sommet comme une bouffée de gaz qui s'enflamme, les esclaves se répandaient, renversant les meubles, fracassant les urnes à vin, battant leurs maîtres ou les torturant ; puis fuyant, ivres, chargés d'argenterie, pour s'écrouler un peu plus loin, rejoints par les gaz, asphyxiés par leur convoitise. Les prétoriens, épuisés, noirs de fatigue, le savaient : l'heure des esclaves était enfin venue. Ils ne maintenaient l'ordre que dans les camps militaires, au nord et à l'est, et dans la partie épargnée de l'Esquilin où se trouvaient les jardins de Mécène. Parmi ces cris, cette angoisse, où les juifs n'étaient pas les derniers à supplier le Très-Haut, tordant, comme les fidèles de Sérapis, ceux de Jupiter, ou ceux des Baals, leurs mains implorantes vers le zénith en feu, quelques groupes, autour d'un Ancien, femmes, enfants, esclaves ensemble, échappaient à l'universel désespoir. Ces groupes chantaient, le sourire aux lèvres, des psaumes, des louanges à pleine voix ; ils glorifiaient le Juge, ils célébraient le Jour enfin venu ; Jean, de son toit, apostrophant Sodome, bénissait le Très-Haut de l'avoir exaucé :

« Ton heure est donc venue, Babel, l'heure de ton jugement ! Ah, Seigneur, rendez-lui ce qu'elle nous a donné, doublez, centuplez le nombre de ses œuvres ! Elle faisait la fière, ses cothurnes d'or écrasaient le monde... Elle pleure, maintenant, elle implore le pardon, la Grande Prostituée ! »

Il croassait comme un corbeau, enroué de fumée, battant des manches de sa lévite.

« Fuyez, peuple d'Israël, quittez-la, si vous voulez être sauvés, sortez de chez elle, ne participez plus à ses torts. »

Des protestations, des hurlements de colère et de honte montaient de la foule, réfugiée sur le quai ; on découvrait, avec stupéfaction et fureur, qu'il y avait au moins une catégorie d'hommes, hors les esclaves et les assassins, pour penser n'avoir rien perdu, et se réjouir du malheur public : les adeptes de Chrestos.

Enfin, tous les foyers se réunirent en une colonne ardente, qui passa en trombe, fauchant les dernières maisons, et monta, perça les nuées, monta encore pour s'épanouir, à des stades d'altitude, en une corolle vénéneuse de gaz et de cendres, qui retomba en champignon, lentement, rideau tiré sur le soleil, couvrant de son ombre tout le Latium.

« Il arrive. Il vient, le Juge et l'Exterminateur ! Repentez-vous ! Confessez vos péchés et vos fornications ! Vos adultères de chair et vos adultères d'esprit, vos tendresses pour les corrompus, votre complicité avec Babylone ! Voici l'heure de la Révélation ! »

Jean descendait l'escalier extérieur en clamant le mot grec, Apocalypse. Dans la rue, des femmes s'évanouissaient ; les hommes, paralysés, répétaient comme des somnambules, indéfiniment, ce mot araméen : « Il vient ! *Maranatha !* Il vient ! »

Ce septième soir, le cortège de Néron, remontant d'Antium à marches forcées, parvint à l'Esquilin, après avoir contourné, et difficilement franchi, les voies Lavinia, Latina, celle d'Ostie, et l'Ardéatine, toutes impraticables aux portes. Cimetières, routes et villas étaient si remplis de bêtes et de gens assommés par le malheur, qu'il avait fallu faire donner la garde pour pouvoir dégager un passage.

Enfin, ils entrèrent dans ce qui restait de Rome. Après le peloton de prétoriens à cheval, cinq cents ânesses firent vibrer les ruines fumantes de leurs braiments ; elles traînaient une vasque marine sur roues de bronze, la baignoire où Poppée se trempait dans le lait frais des bêtes. Le peuple renversa la baignoire, éventra les ânesses pour en faire des boudins. Une nouvelle charge, lances au vent, des manteaux rouges, fraya une allée au long des poutres noircies du Grand Cirque ; les légionnaires de la cohorte Italica formèrent une ligne contenant le peuple. Sur leur visage crevassé par les glaces de Dacie, bronzé par le soleil d'Afrique, des larmes coulaient, à cause de la fumée, et de ces dieux disparus, pour lesquels ils avaient combattu jusqu'aux bords du Grand Océan.

Le ciel rougeoyait toujours ; les collines, le Forum étaient couleur de charbon. Entre les fumerolles, les flammèches bleues, des chiens hurlaient, des femmes cherchaient dans la cendre, sous l'amas des décombres, l'emplacement de leur maison. Il n'y avait plus que le Capitole qui brûlait, solitaire, au milieu de cette grande tache de deuil.

De jeunes esclaves en tunique rose et verte, toussant d'un air affecté, balayèrent la cendre et répandirent des branches de myrtes, mêlées de violettes, puis disposèrent une double rangée de cyprès funéraires plantés dans des vases précieux, que des chariots déposaient par paquets, à chaque stade, tout le long du chemin.

La foule, toujours grondante bien qu'elle eût autrefois aimé ces revues organisées par Néron, montait sur des fûts de colonnes brisées, des blocs du rempart écroulé, pour ne rien perdre du spectacle.

Au galop, l'escadron des cavaliers de la garde, turbans de soie à aigrettes, pointes de lances incrustées d'un rubis, passa, forêt de reflets rouges dans le couchant, sur ses petits chevaux blancs et trapus dont la crinière était taillée en brosse et la queue nattée court. Les cantines roulantes, sur de grands chariots traînés par six bœufs roux, les animaux familiers, dans leurs cages de bambou, les oiseaux des Indes dans leurs volières, les flamants roses, suivaient cahin-caha.

Les hyènes apprivoisées passaient leurs museaux entre les barreaux, retroussant les babines sur les champs de cendres, et leurs cris semblaient des rires d'insultes au peuple de la Ville. Suivaient encore les cédratiers et les citronniers dans leurs caisses, les arbres fruitiers couverts de pommes des Hespérides, le mobilier d'ébène et d'ivoire, les statues, attachées côte à côte sur des plates-formes roulantes où elles paraissaient converser, ignorant le paysage de destruction, épandu autour d'elles ; après un autre escadron de prétoriens, portant les enseignes, les dieux des légions, les animaux fétiches, la musique de César, quatre cents eunuques armés de cithares, de lyres, de luths, de sistres, et de cymbales, défilèrent en scandant sans interruption la même complainte stridente, soutenue du roulement profond des tambours :

« Eheu ! Eheu ! Oioioioie ! »

Étendus sur des palanquins, éphèbes et fillettes du lupanar impérial, bâillant sous le masque d'argile verte qui protégeait la fleur de leur peau fragile contre la fumée et le vent, entrouvraient des paupières rêveuses et alanguies pour dévisager cette tourbe en deuil de ses pénates. Parmi eux, rencogné dans son coin, indifférent et prostré, un jeune garçon aux cils blonds pleurait sur lui-même. Florin avait été joint au défilé de ce deuil triomphal.

Précédé d'un premier rang de prétoriens germains, roux et blancs, qui faisaient sonner leur cuirasse en les frappant de leur glaive nu, d'un second rang fait d'acrobates en maillot noir qui formaient autour de lui, soulevant la cendre et les fleurs, un incessant battement de roues et de cabrioles, venait enfin le veuf, l'orphelin, Énée échappé aux ruines de Troie, César Néron, à pied, répétant en mesure les lamentations, depuis plusieurs milles :

« Malheur ! Malheur à moi, malheur à la cité de mes pères, malheur à Ilion ! »

Il avait la tête couverte et le cou entouré de soie noire ; la tunique améthyste, déchirée de toutes parts, ne tenait plus que par les fibules d'or qui réparaient ces marques de chagrin. Les pleureuses, Nigidia, Crispillina, Calpurnia, toutes celles que le peuple reconnaissait et sifflait, sous leurs voiles noirs transparents, pleurnichaient en chœur aigu, dès que Néron s'interrompait :

« Malheur sur lui ! Malheur sur la grande cité de Priam ! Pitié, ô dieux, pour la Voix d'Or ! Guérissez son chagrin ! »

Son char, attelé de lions qui baissaient la tête, posant avec précaution leurs pattes sur le sol encore brûlant, humant avec inquiétude cette odeur de roussi et de foule, le suivait, vide, à quelque distance.

Derrière marchaient les augustans, la cour, qui bavardait, foulant aux pieds les débris de la capitale, désignant d'un geste amusé un vide, là où s'étaient depuis toujours élevés un temple ou un quartier.

Le cortège parvint aux jardins de Mécène, sur l'Esquilin,

juste au-dessus de l'emplacement où devait s'élever la future Maison d'Or, achèvement du rêve néronien. La statue du tyran, ses rayons fondus, sa tête colossale à demi enterrée, le narguait, chutée près du Palatin. Il en détourna le regard avec appréhension. Debout au sommet de la tour de Servius, il vit le Forum, le lieu le plus illustre de Rome, semé des tambours de colonnes, où plus un monument n'était debout ; le Palatin ouvert en deux comme par une explosion ; le Capitole aux frontons disloqués, qui flambait en craquant sourdement ; les dix régions incendiées où quelques murs, restés debout sur trois étages, laissaient deviner dans le crépuscule, accrochés dans le vide, dérisoires et noircis, un escalier, une porte, la moitié d'une chambre. En voyant disparaître cette Rome de toujours, étouffante, populacière, et si chère à tout cœur romain, Pétrone seul entendit Néron qui disait :

« Les dieux soient loués ! J'arrive à temps... »

Le Capitole, en effet, brûlait encore.

« Enfin, je vais pouvoir bâtir Rome comme l'aurait fait Hippodamos... »

Il traçait des perspectives dans la cendre. Ici, une Voie Triomphale ; sa propre statue en Hélios ; là des thermes somptueux, partout des lignes et des angles droits, de l'espace, des parcs...

En bas, l'impatience prenait le peuple. Des cris hostiles, quelques pierres fusaient, arrachées aux décombres. Des prétoriens tombaient dans l'obscurité, assaillis par-derrière. La foule avait envahi la partie orientale des jardins, et affluait vers la tour. Néron, les yeux sur Vénus, qui se levait, s'exclama, pleurant sur lui-même :

« Quelle nuit ! L'ingratitude humaine après le sauvage incendie... »

Il grimpa sur le parapet, rejeta son manteau, accorda son luth. Quelques projectiles s'écrasèrent autour de lui. Il débuta de sa voix grêle, assourdie par les feuillages, qu'il haussait quand les grondements du Capitole en flammes se faisaient trop forts. Des archers scythes avaient pris position autour de lui, sur la terrasse ; et l'on devinait dans la pénombre leurs armes bandées, prêtes à prendre pour cible les réfugiés.

« Ô pater ! ô mater ! Ô thalamos d'Hécube ! Oikos de Priam ! »

Incapable d'éprouver directement la ruine de sa patrie,

Néron chantait en grec la chambre et le palais des rois de Troie, livrés par les Achéens à la flamme. De sa mère Agrippine, de son père, le brutal Domitius, on ne pouvait faire des héros d'épopée.

Au bout de quelques dizaines de vers, la voix lui manqua. Le luth était tombé sur la terrasse, et les cordes rendirent un dernier son plaintif. Il était resté debout, tête nue, sous la lune, son regard bleu et myope, brouillé de larmes, qui coulaient sur les poils roux de sa barbe repoussée. Il avait renoncé à la faire épiler, craignant de nuire à ses cordes vocales. Les augustans, pour une fois, n'osèrent pas applaudir. Alors, le temple de Jupiter Capitolin, comme s'il avait attendu ce silence, s'écroula dans une gerbe lumineuse.

« C'est ta barbe qui a mis le feu à Rome, assassin ! »

Néron se retourna, cherchant à distinguer l'insulteur. La trêve était finie ; les pierres volaient, le cordon de prétoriens faiblit et ondula sous la pression. Poppée, inquiète, se rapprocha de Néron ; les cris devenaient des injures affreuses :

« Prostituée ! Qu'as-tu fait d'Octavie ? Matricide ! Fratricide ! Qu'as-tu fait de la cité de tes pères ? Oreste, Alcméon, Érostrate, incendiaire ! »

Néron agita sa main baguée comme pour dissiper cette haine :

« Ils ne comprennent rien à la poésie... Heureux Énée, qui n'eut pas à supporter, en plus de la ruine de sa patrie, les récriminations de concitoyens frottés d'ail ! Que n'ont-ils tous brûlé avec leurs bicoques ; nous aurions repeuplé Rome, avec des enfants sélectionnés dans tout l'Empire pour leur beauté... »

Le peuple, en bas, ne voulait pas lâcher sans quelque compensation à ses pertes, à ses deuils. Pour calmer sa douleur, un seul remède était efficace. Qu'importait que Rome fût détruite, la peste et la famine aux portes, les familles disloquées, les dieux enfuis ? Néron, l'éternel pourvoyeur, proxénète inépuisable, était encore là ; s'ils le tuaient, ils resteraient seuls avec leur malheur. Tant qu'il y avait un César, le peuple pouvait lui adresser le vieil appel qui montait à présent dans la nuit, réclamant le palliatif universel par lequel seul l'oubli miséricordieux pouvait venir panser leur détresse :

« Panem et circenses ! »

363

Pour calmer ses concitoyens privés de toits, César fit ouvrir le Champ-de-Mars, les thermes publics qui demeuraient en état, jusqu'au Panthéon et à ses propres jardins du Vatican. L'armée y édifia d'immenses camps de baraquements ; une navette avec la Campanie, la Sicile et l'Afrique, grâce à des navires géants venus d'Alexandrie, ravitailla les réfugiés en blé et en huile. Mais, autour des soupes populaires, où chacun attendait sa part, les critiques contre le prince continuaient ; l'oisiveté forcée de ces campements improvisés, dont les milliers de feux éclairaient les ruines de Rome, occupée par ses propres habitants comme si elle l'eût été par des barbares, aigrissait l'animadversion pour le rôle qu'il avait joué dans le sinistre. N'avait-il pas chanté sur les ruines de la patrie ?

Les prétoriens avaient interdit certaines régions incendiées : la troisième, l'Oppius, la sixième, et la onzième, entre les restes du Cirque et le Palatin. César s'était tout simplement approprié le terrain.

A part le Transtévère, le Champ-de-Mars, le nord de l'Esquilin, et quelques rues autour de la porte Capène, la Ville était détruite. Trente mille maisons avaient flambé, dix régions sur quatorze. Les vigiles mirent des semaines à fouiller les décombres, exhumant des corps décomposés.

La maison réquisitionnée pour Tigellin, près de l'Aqua Appia, la préfecture urbaine, sur l'Esquilin, étaient journellement entourées de bandes hurlantes, qui voulaient du pain, des jeux, César, les coupables. On pillait les magasins de vivres, on saccageait les barges pleines de céréales remontant le Tibre, et, dans l'air encore brûlant, âcre de suie, une odeur de farine moisie montait du fleuve.

Les camps s'étendaient le long des grandes voies, jusqu'à plusieurs milles des portes, formant la nuit une immense étoile de feu privée de centre, comme si ces foyers quittaient le territoire sacré. Les yeux rouges, les gorges malades, les poumons étouffés, les pieds brûlés par les tisons, cette foule de tous les continents, dans ses langues grossières et rauques, n'en finissait pas de bramer vers le soleil enfumé sa faim, sa soif et sa colère.

Les fidèles de Christ, eux, invitaient à la repentance. Le grand

364

désordre leur offrait toute la ville à prêcher. On ne les écoutait pas, on voulait les faire taire de force. L'Aimé échappa à plusieurs bagarres, d'où Goliatha, qui cherchait une occasion de mourir, et ses Gaulois, surent par leur détermination le tirer à temps. Jamais je n'avais vu tel désastre, tel désarroi dans un peuple si nombreux. Je savais que l'archi-apôtre détenait, quant à l'origine de cette punition divine, un secret monstrueux : il connaissait la main qui avait porté ce cautère au sein de la Grande Prostituée. Ma bouche restait cousue sur ce point, et lui n'y fit aucune allusion.

Des épidémies, des miasmes s'ajoutaient aux fumées ; des vols, des viols, des enlèvements, des meurtres, aux mutilations et aux deuils familiaux. César campait dans la maison de Tibère, moins atteinte ; on savait à présent que les instruments des pompiers leur avaient été confisqués, au début, par les prétoriens ; qu'il avait donné l'ordre de laisser brûler, voire de relancer l'incendie. Les insultes, les conspirations ne cessaient point ; le peuple semblait devoir ne jamais se calmer, les émeutes s'éterniser, pourrissant la situation. César commença à comprendre que son trône était en danger...

Aliturus, le mime impérial, était juif et bossu. Il salua Onias, lui fit signe de le suivre, car il parlait plus par gestes que par mots. Aliturus était si laid qu'il ne mettait pas de masque à la scène, les spectateurs étant persuadés, à la simple vue de son visage, qu'il en portait déjà un. Il emmena son protégé au fond du parc, dans un bosquet retiré ; l'impératrice Poppée, à demi couchée sur des coussins, y berçait la nacelle de cèdre où reposait la petite Augusta. Un conseil secret se tenait dans cette exèdre de verdure, à laquelle on parvenait par un labyrinthe sombre taillé dans les buis. Le roi Agrippa, fort affecté par la perte de sa jolie maison des Carines, se grattait la barbe, de très méchante humeur ; l'ambassadeur Josèphe, en tunique de demi-deuil, tout en mignotant le bébé, s'efforçait de minimiser les inquiétudes exprimées par le tétrarque :

« Certes, le peuple est hanté de mauvais conseillers, de colères injustes... Mais il faut attendre la fin de la pièce, comme diraient vos critiques de théâtre...

— Tu en as de bonnes, Josèphe. Si c'est là le fruit de tes savantes intrigues... »

Poppée poussa une exclamation, enfonçant ses ongles peints dans le bras de la nourrice, qui frémit de douleur sans bouger. L'impératrice avait aussitôt identifié l'homme, au cheveu rare et jaune, en manteau, cette fois-ci, tout neuf et de laine fine, qu'Aliturus venait d'introduire parmi eux.

« Toi, je te retiens. C'est toi qui as ramené à César ce giton gaulois qu'il avait perdu... Quel jeu joues-tu ? Ne sais-tu pas que je peux te faire dévorer vivant par mes chiens, pour moins que cela ?

— Majestueuse Esther, Maîtresse de l'univers, je ne suis que la dernière phalange, en tout ceci. Voici le bras... »

Il montrait Josèphe, qui recula, ouvrant la bouche pour protester.

« Et voici la tête. »

Il montrait le roi Agrippa, qui chassait les mouches du berceau, l'air fort absorbé.

« D'ailleurs, nouvelle Judith, tu n'as nulle raison de t'inquiéter. Sa foi lui interdit certaines choses, et ta beauté n'a pas de rivale...

— Tu sembles bien sûr de toi. Tu connais donc sa religion ?

— Noble impératrice, si je la connais ! Sur l'ordre du munificent ambassadeur Josèphe, et du puissant roi Agrippa, ici présents, je suis demeuré chez les siens, des infidèles à la Loi. J'ai souffert leurs profanations, les cérémonies adultères où ils célèbrent leur dieu à tête d'âne, mangeant du porc et sacrifiant des petits enfants, quoique mon cœur israélite saignât de leurs sacrilèges. Je me suis enfin fait chrétien, moi, Onias ! »

Poppée jeta le hochet de la petite sur le gravier, où des perles se détachèrent de l'argent. Étroite observatrice de la Loi, depuis sa conversion, elle faisait même effacer des tombeaux de ses ancêtres le traditionnel *Dis manibus,* la dédicace aux mânes, qu'elle trouvait impie.

« Prends garde, vieux mendiant, à ta tête chauve. Je n'aime pas les chrétiens, ils écrivent mon nom dans des graffiti obscènes...

— Augusta, l'homme est dans le vrai. Nous l'avions envoyé chez les transfuges de la Loi, au nid de la bande, parmi eux, la plus dangereuse. Parle, serpent, que sais-tu ? »

Onias prit son temps, se passant la langue sur ses lèvres minces, avant de répondre à l'ambassadeur. Il soignait son effet à l'usage de l'impératrice. Josèphe et le roi, qui jouaient les innocents, savaient depuis longtemps à quoi s'en tenir. Cette provocation, ne l'avaient-ils pas voulue, choyée, mitonnée ?

« Ce sont les chrétiens qui ont brûlé Rome !

— J'en étais sûr ! »

Agrippa s'était levé, tirant à lui sa robe pourpre frangée d'or, comme sous l'excitation d'apprendre une telle nouvelle.

« Ils ont toujours souhaité la ruine de la Ville, de l'Empire. Et celle du temple. Mais qui sont les incendiaires ? Connais-tu les noms ? »

Onias contait la maison du Transtévère, l'apôtre Jean appelant le bras vengeur, les séides assemblés, la torche à la main. Il passa sous silence son propre rôle et ses suggestions. Oui, il avait des noms, des preuves, des listes. Il connaissait tous les affidés, ils habitaient le Transtévère et Suburre. S'il y avait des chrétiens ailleurs, en ville, ils n'avaient point participé à l'affaire. Le nom de Paul ne fut pas prononcé. Onias ne l'avait jamais rencontré, et Agrippa le protégeait. Poppée, le regard perdu, se mordillait les lèvres.

« Comment convaincre César de les déclarer ennemis publics ? »

Ce n'était un secret pour personne que Néron avait été enchanté de l'incendie. Pourquoi punir des coupables de ce qu'il jugeait un bienfait des dieux ?

« Le peuple veut des victimes, et des jeux... »

Onias avait un affreux sourire qui découvrait ses chicots.

« Et s'il n'aime pas les juifs ni les riches, il haïra encore plus les chrétiens, quand il apprendra qu'ils ont mis le feu à Rome. César a bien besoin d'un coupable... »

Josèphe intervint, suggérant des arguments :

« Ils enseignent le mépris du genre humain, des dieux, de l'empereur, le refus de se laver, de manger avec les autres hommes, de se réjouir avec eux, l'envie à l'égard du riche et la détestation de tout ce qui est beau... Ils emploient même des charmes et des sorts contre ta fille, la petite Augusta ! »

Poppée serra l'enfant contre elle. Agrippa ajouta lentement :

« Quand César saura que son jeune ami gaulois l'a repoussé parce qu'il est endoctriné par l'apôtre de cette superstition, le disciple préféré de leur Chrestos, ce Jean du Transtévère que nous, à Jérusalem, avions fait fouetter autrefois, sa vengeance sera terrible...

— Ces impies ne respectent ni le temple, ni la Ville, ni même le plaisir de César ! »

Poppée s'était levée, feignant l'indignation. Par Sporus, elle savait l'étrange attitude de Florin. Pendant qu'on le lavait et qu'on le parfumait, Florin avait fermé la bouche à l'adolescent vicieux, à peine plus vieux que lui, qui lui donnait des conseils :

« Ahénobarbe aime un peu de résistance ; joue les effarouchés, c'est très bien, fais-lui sentir la valeur de ta conquête. Mais ne porte pas de subligaculum ; César déteste s'embarrasser les mains dans des obstacles... »

Une première fois, il se refusa à la concupiscence du dieu vivant. La nouvelle de l'incendie avait remis à plus tard la victoire sur la pudeur de l'otage.

« Ils sont donc capables des crimes les plus atroces ! Voilà pourquoi ils me vitupèrent, par haine de César, pour attenter à ses plaisirs. Et en plus ils brûlent Rome... Aliturus, va dire à Tigellin de nous rejoindre, et tâche de savoir si César peut nous recevoir... »

Aliturus courut sur ses petites jambes difformes jusqu'à la maison de Tibère. Le soir même, une longue conférence réunit le parti juif, Tigellin, Poppée, César et les plus hautes autorités de la Ville. Néron, au début, était sceptique.

« D'où sortez-vous cela, ce Chrestos ? Personne ne le connaît. Au fait, n'avions-nous pas un disciple d'une de ces sectes, qui avait fait appel à nous d'un jugement, en Judée ? »

Tigellin, qui avait une étonnante mémoire bureaucratique, s'empressa de confirmer :

« En effet, divin César. Un juif de Tarse nommé Paul. Mais il est citoyen romain, et je ne le vois pas une torche à la main.

— Rayonnant César, ce Paul est de mes amis, et c'est en partie grâce à ses avertissements que nous avons fait épier cette maison du Transtévère, et découvert le complot contre toi et la Ville. »

Regardant Agrippa, qui venait de parler, Néron fronça ses sourcils roux.

« Étrange allié que tu as là, roi Agrippa. Et encore plus étrange complot qu'on ne me révèle qu'après son succès. »

Mais Néron connaissait les tortueux chemins des politiques orientales.

« En somme, le peuple veut des coupables ; ou bien ces chrétiens, ou bien des juifs... »

Il fixait méchamment l'impératrice en prononçant ces mots. Il avait sérieusement pensé à renverser sa politique pro-hébreue, à répudier Poppée, à offrir au peuple un pogrom. La solution proposée par Tigellin était bien plus élégante ; elle apportait des preuves irréfutables. Depuis qu'on lui avait appris le rôle de Jean auprès de Florin, il détestait ce Chrestos qui s'attaquait à son art de vie, à son plaisir, qui avait en exé-cration les beaux corps et les roses, qui enfin enrôlait ceux qui avaient été ses meilleurs soutiens contre la vertueuse aristocra-tie sénatoriale : les esclaves et les affranchis. Persécuter cette secte encore faible présentait moins d'inconvénients que de se confronter au Temple et au réseau des juiveries d'Orient et d'Occident.

« César, souviens-toi qu'Israël a toujours aidé et aimé la famille de Germanicus. »

Poppée insistait. Néron retroussa les babines, indécis. Avaient-ils réellement mis le feu à Rome ? Était-ce une provo-cation des juifs ?

« Rayonnant Apollon, tu connais au moins un chrétien ; réfléchis-y en artiste : ils seront si beaux, dans l'amphithéâ-tre... »

La boutade d'Onias laissa Néron rêveur. Il plissa les yeux, déshabillant Florin par la pensée. Si leurs vierges avaient les mêmes délicieuses pudeurs, le spectacle, en effet, serait char-mant. Tigellin énumérait déjà les mesures à prendre :

« César, il faut offrir aux pénates romaines, dispersées par les mains des impies, un sacrifice expiatoire à la grandeur du crime. Depuis les Apollinaires, au début du mois, nous n'avons pas eu de jeux... »

Il avait en effet fallu supprimer les jeux martiaux, en l'hon-neur de la naissance d'Auguste, pour cause d'incendie. Et jusqu'en septembre, date des Jeux romains, aucune festivité, cas très rare à Rome, n'avait été prévue.

« Ne laisse pas ton peuple sans fêtes pendant tout l'été ! Ne le punis pas des crimes des autres, c'est trop de peines à la fois... Tu les as entendus aux jardins de Mécène : seuls les Jeux les calmeront. Et nous avons des figurants tout trouvés... »

En cette ville, où un jour sur deux était férié, les jeux, le plus souvent sanglants, se succédaient normalement tout au long de l'année. L'absence des gladiateurs pesait aux citoyens.

« Offre de grands *munera*, divin César. Fais de la punition des chrétiens un spectacle qui édifie et terrifie à jamais ceux qui voudraient, dans l'avenir, s'attaquer à Rome !

— Des jeux en l'honneur de la Nouvelle Rome, des sacrifices propitiatoires pour sa seconde fondation... Allons, malheur aux chrétiens ! Aussitôt après, nous partirons pour l'Achaïe pour oublier et nous saouler de musique, de vers et de fleurs... »

La grande rafle commença dès l'aurore. Les prétoriens ouvraient d'un coup de pied les portes de maisons du Transté-vère, guidés par Onias, le visage invisible sous un vaste pétase. Des chariots bâchés attendaient dans la rue ; mal réveillés, les enfants bâillant encore, les femmes en cheveux, ils se laissaient faire, croyant aller, comme on le leur disait, à un recensement sanitaire, où on leur offrirait un bain gratuit. Les hommes, les mains croisées au-dessus de la tête, étaient tenus en joue par les archers.

Le piétinement des bottes quitta enfin le quartier. On les emmenait à la préfecture, puis dans un camp, liés les uns aux autres en une chaîne humaine. Sur leur passage, en lisant les placards affichés pendant la nuit, qui annonçaient la décou-verte des auteurs de l'incendie, les citoyens poussaient des exclamations indignées. Prokhore, à côté de Jean, tentait de lui éviter les crachats ; Goliatha, maîtrisée par quatre hommes, avait été séparée d'eux.

« Sales juifs ! La pire sorte, des chrétiens ! Ils font drôlement bien de nous débarrasser de cette racaille. »

Même les enfants ne les attendrissaient pas.

« Graines d'incendiaires ! Il faudrait les exterminer ! »

Les commerçants, debout devant leurs étals, approuvaient gravement. Jean, lui, remerciait le Seigneur. L'heure avait sonné ; il s'y attendait depuis l'incendie. Il avait interdit aux disciples de résister, comme Christ au Jardin des Oliviers.

Dans la cour du camp, ils étaient des centaines, à midi. On raflait les familles entières, et Prokhore était atterré ; c'était la fureur de l'Aimé qui avait attiré la vengeance de l'Antéchrist sur la communauté tout entière. Seuls les disciples de Paul, de trop noble extraction, et Pierre qui avait quitté Suburre lors de l'incendie et vivait caché près de la porte Capène, avaient échappé aux dénonciations. Ils furent questionnés sans relâche tout l'après-midi. Pour des étrangers, des esclaves, des pérégrins, il n'y avait pas besoin des chambres d'enquêtes, des longues procédures de la justice sénatoriale. Tigellin, le mufle en avant, aboyant dès que le prévenu entrait, menait un interrogatoire simplifié. L'accusé avait été dénoncé comme chrétien. Acceptait-il de s'incliner devant le génie de l'empereur, une statuette d'ivoire posée au bord du prétoire ? La plupart refusaient. Il prononçait aussitôt la sentence :

« En vertu de la " Lex Julia de Majestate ", comme membre d'une religion illicite ayant été soumis à la *cognitio extra ordinem* à moi confiée par l'empereur pour le salut de l'État, tu es reconnu coupable de sacrilège, lèse-majesté, incendie volontaire, homicide et rapt de personnes libres et d'esclaves, et pour ces motifs condamné aux bêtes. »

Ad bestias: ils défaillaient en apprenant leur sort. Tigellin avait bien pensé d'abord les poursuivre pour association illégale d'esclaves et incitation à la révolte ; mais Néron ne voulait pas appliquer une loi qui pesait aussi sur les collèges et groupes cultuels serviles, dont beaucoup lui étaient acquis.

Les chefs, dont Jean et Prokhore, avaient été mis à part, après que Onias, derrière un rideau percé d'un trou, les eut identifiés. Jean et son diacre, devant la précision des accusations de Tigellin, n'avaient plus de doute sur le rôle du traître et du provocateur.

Ils furent transférés une nouvelle fois, au Tullianum, la vieille prison de la République, que le peuple chérissait sous le nom de Mamertine. Elle n'avait brûlé qu'en surface ; les cachots, datant de Servius Tullius et taillés dans le roc, étaient encore utilisables. On y descendit les prisonniers, par une corde, à raison de six par cellule.

La voûte de blocs centenaires était si basse qu'on ne pouvait se tenir debout qu'au milieu ; la seule ouverture était un trou, un puits, lisse, décourageant toute escalade, par où descendait, venu de la salle des gardes un peu d'air et de lumière. Des rats énormes galopaient sur les parois, rongeaient des os restés suspendus au mur, attachés à des anneaux de fer. Jean, sa tête blanche auréolée par la lueur du puits, se mit à chanter les psaumes de David.

Onias, ce lendemain des calendes d'août, se réveilla tard, dans le cubicule que ses protecteurs lui fournissaient au palais. L'ombre atteignait déjà la quatrième heure au grand cadran d'Auguste, quand il arriva au Champ-de-Mars. Il avait fêté son nouveau manteau, en poils de chameau de Syrie, et sa récente fortune, dans les *thermopolia*, tard dans la nuit.

Les campements, les baraques, comme les rues encore debout, étaient déserts. Des chiens se prélassaient au soleil, près des marmites abandonnées ; on eût dit la Ville morte : là où avait régné l'agitation de la Capitale de l'univers, puis le désordre inexprimable des populaces sans abri, le silence et la tranquillité étaient impressionnants.

Il marchait au bord du fleuve, qui charriait encore des débris et des cendres, vers le vieux théâtre de Curion, édifié un siècle plus tôt à l'occasion des jeux offerts par le divin Jules César. Curieusement, l'édifice, en bois et en plâtre, avait mieux résisté que les grandes constructions de pierre, abrité par les chênes séculaires qui lui avaient fait un écran contre le feu. L'amphithéâtre de Statilius Taurus, plus au sud, gisait au sol, disloqué. Celui que Néron faisait construire, près des Septa Julia, n'était qu'à l'état d'ébauche.

Le calme, dans les ruines, était tel qu'on entendait chanter les oiseaux. Onias pressa le pas ; une bouffée de cris lointains, devenant, comme il approchait, un hourvari de sifflets, d'applaudissements, fut suivie d'un brusque silence attentif. Le spectacle était commencé ; la salutation du prince, président des Jeux, le défilé solennel des statues de dieux sauvées de l'incendie, dans l'orchestre, étaient depuis longtemps passés. Onias avait hésité avant de venir au théâtre. Si l'un des condamnés venait à le reconnaître... La déesse à l'aiguillon d'os, la Curiosité, le tirait cependant du lit, langue pendante, les yeux déjà exorbités, vers le fatal édifice.

Le, ou, plutôt, les théâtres de Curion, formaient deux demi-cercles d'arcades, côte à côte ; au-dessus des trois ordres de colonnades, elles s'achevaient par un mur plein, stuqué, décoré de pilastres blancs et de boucliers dorés, coiffé de mâts où flottaient les oriflammes impériales. Autour des deux bâtiments, fraîchement repeints, des ouvriers s'affairaient encore, clouant des planches, tendant des cordages.

Les deux théâtres jouaient simultanément le spectacle de sang offert par Néron ; Onias s'enquit auprès des gardes ; la cour et César avaient pris place dans celui de gauche. Il monta les escaliers, cherchant le numéro de sa tessère. Les *locarii* étaient accoudés autour du *vomitorium*, sur la rampe sculptée de lièvres bondissants, regardant en bas. Ils lui réclamèrent son jeton, puis le refoulèrent vers les étages supérieurs, réservés aux non-citoyens.

« C'est mon ami Tigellin lui-même qui m'a invité. J'ai le bras long... »

Rien n'y fit ; pour avoir droit aux places assises, il fallait porter la toge. Onias, furieux, gagna le promenoir, tout en haut, où il devait bousculer une plèbe hurlante et fanatisée pour parvenir au parapet, entre les statues. De là on voyait la scène, et surtout, en demi-cercle, la houle des visages, la *cavea* où tenait la population entière d'une ville ordinaire. On entendait, parfois, comme un écho, sur la droite, une clameur. Elle provenait de l'autre théâtre, auquel présidait le préfet de la Ville. Une plate-forme, aussi haute que la scène, demi-circulaire, entourait l'orchestre, qu'on avait rempli de sable. Des grilles la séparaient de cette arène improvisée ; les sièges curules des magistrats, ceux des prêtres et des vestales, en occupaient le pourtour. Les rangs où siégeaient les femmes d'officiels, derrière, faisaient à cette distance l'effet des feuilles d'un tremble multicolore, agité d'un constant remuement ; elles se retournaient pour bavarder, rire, faire de l'œil à un portefaix, tout là-haut, au promenoir. Sur les travées, les places des chevaliers, des tribuns de la plèbe, puis des simples citoyens, assis sur des coussins loués, étaient divisées en coins numérotés par des escaliers, desservis chacun par un vomitoire. Onias compta trente rangs. Les derniers, tout en haut, sous le promenoir, derrière des treillis de bois ajourés, étaient ceux des femmes de citoyens, matrones aux joues rouges de convoitise, qui suaient d'avoir déjà tant crié et suçaient des confiseries en couinant d'excitation.

La loge impériale, le pulvinar, était abritée par un dais de pourpre entouré d'aigles d'or. Le blanc et la pourpre des laticlaves sénatoriales, le bleu de la toge impériale, l'or de la couronne de laurier que Néron portait comme président des jeux, le vert éclatant de la robe de Poppée, assise au creux d'un sphinx de marbre noir ruisselant de diamants, Onias détailla tout avant d'oser abaisser le regard sur la scène.

Les hurlements avaient repris de plus belle ; Néron eut un geste de dégoût. On emportait un homme qui gémissait encore, d'une voix affaiblie :

« Je vois Christ ! Je vois Christ ! »

Sur sa face ensanglantée, les yeux pendaient, détachés de leurs orbites ; il avait fallu les lui arracher ; l'acteur involontaire, un chrétien censé jouer Œdipe, auquel le maître des jeux avait promis la vie sauve, avait cependant refusé de collaborer, gâchant toute la pièce, réduite à ce moment essentiel : le roi de Thèbes s'aveuglant soi-même.

C'était une forme de théâtre typiquement romaine. Les tragédies classiques ennuyaient, le peuple ne se plaisait qu'aux étripages ou aux défilés somptueux ; aussi Néron, depuis le matin, combinait la littérature et le souci du divertissement. En une accumulation nauséeuse, propre à ces scénographies ne cherchant que l'étonnement du spectateur, on avait déjà vu un Philoctète, sa jambe gangrenée et suppurante, d'où se hérissaient les pennes de la flèche empoisonnée ; il avait joint les mains et prié. Oreste avait refusé de tuer Égisthe, pris au filet dans la baignoire mortelle ; et Clytemnestre, sa mère d'emprunt, une veuve respectable de Suburre, il avait fallu l'achever au couteau. Les acteurs tombaient dans les bras les uns des autres, faisant effondrer les intrigues, détruisant les grands mythes de la poésie après avoir détruit la Ville. Un Ixion fut un peu plus réussi, sur sa roue embrasée, car le rôle ne comprenait ni texte ni action. Une toile peinte tomba devant le mur de scène, cachant arcades et statues ; elle représentait la brumeuse Colchide aux béliers d'or, le pays de la magicienne Médée. On poussa sur scène une jeune femme, sa chevelure noire dénouée, sanglée dans une robe moulante cousue sur elle. Au-dessus de sa tête, ce n'étaient point des cheveux, qui se dressaient ainsi, dardant des langues pointues ; le public eut un soupir d'admiration. La chevelure de Médée était faite d'un tortil de cobras royaux vivants. On avança alors un lit, incliné vers le public, où reposaient quatre enfants, drogués au pavot, souriant à leurs rêves. C'était une famille du Transtévère, dont le père avait joué Philoctète, une heure avant. L'orchestre reprit une musique barbare, stridente ; un récitant en toge blanche, debout face au public, déclama en les accentuant jusqu'au ridicule les vers d'Euripide. Le public chahutait. Il voulait de l'action. Néron fit un signe : quatre cordes précipitèrent les petits corps, brutalement réveillés, vers l'avant, étranglés par le choc. On applaudit faiblement. Médée, à genoux, fut dépêchée aux enfers d'un coup d'épée. Les serpents, se détachant, se sauvèrent, causant quelque émotion dans les premiers rangs.

« À bas les chrétiens ! Pitres ! Lâches ! »

Onias les connaissait, ces habitués des jeux. Ils aimaient les belles morts. Ils ne pardonnaient qu'au gladiateur qui avait su aller jusqu'au bout, qui s'apprêtait à périr en combattant. La mauvaise grâce des condamnés les ulcérait. La mise en scène et le montage étant de César lui-même, en sabotant les jeux, les chrétiens déshonoraient Néron. Que ces possédés fussent rétifs même à l'art, qu'ils dédaignassent de se prêter au jeu, lui faisait monter aux joues des rougeurs d'indignation. On reconnaissait bien là les ennemis du genre humain.

On apporta un trépied, où ardaient des charbons. Un jeune homme, qu'Onias savait être un des diacres de Jean, portant une cuirasse, un casque et une épée de carton doré, tendit la main droite sur les braises. Le public avait compris. Les trompettes sonnèrent ; la chair grésillait, un ignoble fumet de rôti montait aux narines. Mâchoires serrées, muscles tendus, des gouttes de sueur perlant à son front, le jeune homme maintenait son poing fermé, tremblant de tension, dans le brasier. Aliturus, bondissant de droite à gauche sur la scène, battant des mains comme un singe, répétait d'une voix syncopée :

« Mucius Scaevola... Mucius Scaevola... Plaudite, cives, plaudite. »

On applaudit, en effet, et fort. Des pouces se levèrent vers le ciel. Celui-là au moins n'avait pas froid aux mains... Quand le tonnerre des applaudissements décrut, on entendit un chant, si faible qu'à peine audible. Des appels au silence coururent les rangs. On prêta l'oreille. D'une voix expirante, le héros de Rome, Mucius Scaevola chantait les louanges de Chrestos :

« Le salut des justes vient du Seigneur
Il est leur protecteur au temps de la tribulation,

Le Seigneur leur portera secours et les délivrera
Il les arrachera aux pécheurs,
Gloire à lui au plus profond des cieux
Gloire à Christ, assis à la droite du Père ! »

On en avait assez entendu. Toute pitié avait disparu.
« Voleur ! Incendiaire ! Impie ! Athée ! Imposteur ! Mauvais démon, pâture de bêtes, bon à brûler ! »

On lui jetait des noisettes, des coussins. La colère du peuple risquait de tourner contre l'*editor*, l'organisateur du spectacle. Les buccinaires, sur un ordre de Tigellin, soufflèrent dans les cors dont les bouches brillantes dépassaient au-dessus de leurs casques. Onias s'épongeait le front. Il avait des vertiges. Il était également responsable de ce désastre. Et puis cette odeur de jeune poing grillé, sous le soleil, était trop forte, écœurante. Il eut soudain l'impression que tout chavirait autour de lui.

Ce n'était pas une illusion. Le soleil s'était mis à bouger rapidement dans le ciel, Onias courut au mur du promenoir, jeta un regard affolé sur le monde extérieur. Le champ de ruines des sept collines bougeait, lui aussi, décrivant un lent arc de cercle.

Les spectateurs s'étaient dressés sur leurs bancs ; tous s'étaient tus. Seul César, indolemment accoudé, pinçant le menton de Sporus, semblait ne rien remarquer. Des grincements provenaient de dessous le sol ; était-ce Proserpine qui faisait tourner Rome comme une toupie au bout de son fuseau ?

Néron jouissait de leur stupéfaction. Il avait remis en service la vieille attraction de Curion : c'était le théâtre lui-même qui pivotait, roulant sur des troncs, tiré par vingt-quatre éléphants, pour venir se coller contre son double jumeau, mur de scène contre mur de scène. Cet effet, oublié depuis le temps de César, où il fut fréquemment utilisé, fit passer au bon peuple son accès d'indignation. Il poussa un hourra comme un enfant gâté redécouvrant un vieux jouet abandonné.

Les théâtres roulants vinrent s'accoler avec un bruit sec, et la cavea s'immobilisa à nouveau, frémissante. Les deux murs des scènes s'entrouvrirent de haut en bas, se séparant par le milieu, rentrant comme un décor dans les coulisses, sous les travées réunies. Le public, qui se faisait à présent face, en un seul

377

amphithéâtre, fut saisi d'enthousiasme, prenant conscience qu'en lui était le spectacle véritable. De la cuvette ainsi créée, creuset de cent mille voix, s'éleva un seul cri d'admiration que Rome s'adressait à elle-même, et à César qui l'avait ainsi réunie.

Les *munera* matutinaux, promis par les tessères, commencèrent par le défilé des gladiateurs dans l'arène, nus sous leurs chlamydes pourpres ; des valets portaient leurs armes, pour qu'ils restassent légers et dispos jusqu'au combat ; ils saluèrent César :

« Ave, Imperator, morituri te salutant. »

Leur vue soulagea Onias. Comme les gladiateurs mouraient la visière de leur casque rabattue, il n'aurait pas à supporter des visages à l'agonie. Et puis ceux-là, au moins, avaient été élevés par le laniste pour apprendre à périr.

Les femmes leur jetaient des mouchoirs, des fleurs, leur ceinture, une mèche de leurs cheveux. On les fêtait d'autant plus que les chrétiens avaient déçu.

Eux exhibaient leurs muscles baignés d'huile, faisaient jouer cicatrices et tatouages, levant les mains serrées au-dessus de leur tête pour remercier. Certains multipliaient les enfantillages, faisaient semblant d'uriner de peur, ou lutinaient leurs camarades, en adressant aux patriciennes des obscénités. La veille, ils avaient dîné en public, pour la dernière fois peut-être, se laissant caresser par leurs admiratrices échevelées. Tout est permis à celui qui s'apprête à dignement mourir. On criait leurs noms aux plus célèbres, marqués de vingt combats.

Après l'examen des armes, dont il convient que le juge vérifie si elles blessent et taillent bien, César tira au sort les couples opposés. Les combats étaient tous des duels ; les rétiaires couraient avec leur trident et leur filet, plongeant brusquement sur leur poursuivant, le lourd myrmillon au casque orné d'un poisson, ou le samnite à l'écu et l'épée de bronze. Le Thrace aux jambières de métal, son bras droit protégé par la plaque de cuir, la *manica*, se jetait, son sabre court et courbe levé haut, contre l'hoplomaque qui le défiait, à l'aide de son énorme bouclier reposant sur le sable. Feintes, tours et retours, brefs engagements, ils montaient à l'assaut comme des oiseaux qui rasent les champs, s'approchant en tournant de leurs adversaires retranchés.

Onias, comme les autres, applaudissait à tout rompre les passes, les victoires comme les défaites. Le public était expert ; voilà qui était athlétique, voilà des gens courageux. Que ces misérables chrétiens, leurs mômeries et leurs geignardises, étaient loin ! Il fallait pourtant bien y revenir, après ce qui n'était qu'un entremets destiné à rendre l'appétit. Néron, de bonne humeur, distribua récompenses et *rudis,* ces petits sabres de bois qui signifiaient, pour les vainqueurs, l'affranchissement, et le droit de quitter l'arène à jamais. Mais on savait bien que la plupart d'entre eux, après quelques semaines d'ivrognerie, revenaient chez le laniste par un nouveau contrat volontaire ; ils ne pouvaient se passer de la cour aux exercices, de la rude camaraderie, et surtout de cette particulière irresponsabilité de celui qui va peut-être mourir demain, dans laquelle ils avaient si longtemps vécu. D'eux aux chrétiens, il n'y avait pas une simple différence de statut ; il y avait la distance entre deux mondes, deux morales. Aussi, revenant du combat, ils persiflaient, en longeant les groupes enchaînés de ceux qui allaient leur succéder dans l'arène.

C'était midi ; des bancs se vidaient pour le déjeuner. César fit distribuer du vin à la glace, des olives et des gâteaux aux citoyens. Onias ne quitta pas l'amphithéâtre ; son angoisse revenait, il était en nage sous le manteau trop chaud. Il l'enleva ; venait maintenant le tour des chrétiens pour le *munus sine missione.*

C'était un si misérable spectacle qu'on le donnait à cette heure creuse ; les lorarii, les valets de l'arène, costumés en Horus, en Anubis, portant des têtes d'oiseaux charognards et de chacals, poussèrent à coups de fouets une file d'hommes, qui serpentait dans le sable ; le public, leur prêtant une attention distraite, les bombardait de coquilles vides et de noyaux d'olives, en dérision. Les condamnés commencèrent à prier ; on se boucha les oreilles. César fit donner un couteau au premier de la ligne ; en principe, il aurait dû égorger le second, être désarmé et égorgé par le troisième, et ainsi de suite jusqu'à l'extinction de la file, comme des cartes qui s'abattent l'une sur l'autre. La crainte de supplices plus douloureux, le fol espoir d'un pardon, le désir de gagner quelques instants de vie, suffisaient en général à armer le bras des dernières sortes d'êtres humains ; les plus odieux et les plus lâches criminels avaient ce courage. Mais pas les chrétiens. Les *lorarii* avaient beau les pousser de leurs pointes rougies au feu, ils continuaient de prier, les bras croisés.

« Tue-le ! Fouette-le ! Quels lâches ! L'un ne veut pas tuer, l'autre ne veut pas se défendre ! » Tout fut inutile. Il fallut les achever à coups de piques.

L'arène débarrassée, l'orchestre attaqua un thème célèbre, où les flûtes et les cuivres stridents soulignaient le rythme syncopé des batteries. Sur l'air des lampions, le public, qui avait regagné ses places, chantait en cadence, secouant le théâtre et l'ankylose : « *Jugula ! Verbera ! Ure !* Égorge, frappe, brûle ! »

Alors les grilles des accès conduisant à l'arène s'ouvrirent encore, et, sur le sable blanc, tournant sur eux-mêmes les bras écartés, ou marchant en zigzags, on vit paraître les andabates.

Ça, c'était une bonne idée, se dit Onias. On ne verrait plus ces faces de moutons bêlant en allant à l'abattoir. Les andabates avaient la tête emprisonnée dans un casque dont la visière pleine était soudée. Ces têtes aveugles de fer, sur des corps nus, firent rire ; on leur criait, pour les tromper :

« Attention, derrière toi ! Prends garde à droite ! »

Malgré eux, les malheureux levaient un bras pour se protéger, ne voyant pas venir les coups, se heurtaient entre eux et roulaient à terre ; ils ne savaient quelle menace rôdait autour d'eux.

Il y avait des gladiateurs aussi habiles à cette escrime en aveugle qu'à celles des autres duels. Mais ces andabates-là, qui se mettaient à genoux embrassés, dès qu'ils se touchaient, on avait tout de suite compris qu'ils ne se combattraient pas. Dans chaque agglomérat de ces corps enlacés à tête de scarabée, des samnites tranchèrent, découpèrent, poignardèrent, comme des bouchers.

Les cadavres encombraient l'arène. Des nuées de mouches voletaient sur les flaques de sang noir, les plaies gonflées et ouvertes. La cote des chrétiens remonta un peu ; ils mettaient de la bonne grâce à tendre la gorge, au moins. Dès qu'ils avaient compris quelle mort les guettait, ils s'étaient offerts, les mains derrière le dos, présentant le cou. On avait d'abord cru qu'ils suppliaient qu'on leur laissât la vie, et, comme tels, on les avait copieusement sifflés. Quand on vit qu'ils restaient sans bouger, sans trembler, sans même tenter de mettre la main pour prévenir le coup fatal dont ils sentaient le vent sur leur peau, sans même contracter leurs muscles, on leur trouva un point commun avec le gladiateur. Lui aussi, quand il est condamné par le pouce mis en bas, qu'il sait qu'il n'a plus rien à perdre, il prend une pose, la posture héroïque tant de fois répétée, à demi couché, un bras étendu au sol, l'autre sur la cuisse repliée, comme un voyageur fatigué près du but. Mais lui, qui n'a plus rien à attendre ni à gagner, agit ainsi pour la pure beauté du geste.

Les chrétiens, dont les esclaves enlevaient à présent les casques, offraient des cadavres encore plus émouvants ; les jambes écartées, la main ouverte, la tête renversée sur l'épaule, tous souriaient inexorablement.

« Traînez-les au spoliaire ! Qu'attendez-vous donc ? »

Ses voisins se tournèrent vers Onias. Il était lui-même surpris de la violence avec laquelle il avait crié.

Sans se presser, l'Hermès psychopompe, un esclave au casque et aux pieds ailés, imprimait à chaque corps le fer de son caducée incandescent. Il voletait ainsi de cadavre en cadavre ; certains avaient un léger mouvement, un réflexe. Charon, en tunique noire serrée à la taille et hautes bottes de cuir, affublé d'un faux nez en forme de bec de faucon, donnait le coup de grâce à deux mains, avec le maillet dont il se servait pour s'approprier les morts. Les libitinaires attachaient alors pieds et bras à leurs chevaux, et tiraient les corps désarticulés, qui laissaient des sillons dans le sable, vers l'ouverture figurant la porte de la Déesse des morts, en face de la loge impériale.

César avait trop chaud, et Onias aussi. Les marins de Misène, debout près des mâts, aboyèrent des commandements qui se répondaient ; l'énorme masse du vélum déploya lentement ses flots de pourpre au-dessus de l'amphithéâtre. Toute l'arène, la cavea, virèrent au rouge ; des vaporisateurs, dissimulés dans les parapets, projetèrent par le museau des lièvres et des grenouilles en ronde bosse des nuages de lavande et d'œillet sur la foule. En bas, on jetait de l'eau sur le sable, on le retournait, on le ratissait ; c'était l'heure des *venationes*.

Onias déglutit péniblement. On les appelait encore *venatio*, chasse, quoiqu'elles n'eussent plus rien de commun avec les exercices de capture du gros gibier, qu'elles furent originellement, où d'authentiques Nemrods avaient montré leur courage et leur talent, en traquant loups et panthères dans des jungles reconstituées.

C'était encore du spectacle ; montées autour d'un thème, où intervenaient les bêtes fauves et les condamnés, ces pseudo-chasses n'avaient qu'un seul acte : le carnage des uns et des autres.

L'orgue hydraulique fit entendre, sourd et profond comme le mugissement du vent dans les ramures, une mélodie que Néron avait composée. Sur l'arène, les esclaves plantaient des centaines d'arbres coupés la veille aux monts Albains : des chênes que dix chevaux traînaient avec peine, des pins aux vastes parasols, des cèdres aux branches en étages, aux reflets bleu-gris, des peupliers chatoyants. Le peuple frappa dans ses mains ; c'était la sylve qu'on mettait en place, décor obligé de la venatio. Pendant l'interlude, sur le rebord de l'arène, des mimes donnèrent un récital ; leurs épaules, leurs genoux, et surtout leurs mains exprimaient mille sentiments ; ils appelaient et repoussaient, disaient la crainte, la joie, l'hésitation, le doute, l'abandon, les nombres et le temps, excitaient et calmaient à la fois, mieux que tout discours, les passions de cette foule polyglotte. Ils disposaient leurs doigts sur des instruments imaginaires, orchestre silencieux, et l'on croyait entendre la flûte ou le luth ; ils se firent lascifs, eux si laids, et leurs arabesques firent entrer les femmes en émoi. Elles avaient de gros soupirs, des regards fixes.

Pendant ce temps, des chariots apportaient des montants, des blocs de bois peint imitant la pierre, que les esclaves se passaient à la volée. Une montagne s'éleva au centre de la sylve ; par une grue, un jeune guerrier, dont le casque à cimier finissait en bouquet de plumes blanches, une torche allumée en main, fut déposé au sommet. On l'y enchaîna aussitôt ; le programme distribué aux spectateurs portait : « Punition du voleur de feu. » Prométhée, puni par Jupiter, était devenu un chrétien.

« Mourir pour Christ, c'est vivre éternellement ! »

On lui arracha la langue ; d'un coup de poignard, le bourreau dégagea les côtes, à droite, qu'il cisailla avec des tenailles. Les servants se reculèrent précipitamment ; trois couples d'aigles de Lygie, lâchés de leurs cages, s'abattirent aussitôt sur la plaie. On voyait mal ; les ailes battaient, les becs fourrageaient, chaque rapace tirant un lambeau. Était-ce bien le foie, cette bouillie sanglante ?

Après ce hors-d'œuvre, vint un ensemble de Fureurs. C'était un thème facile à adapter ; Ajax, joué par un gladiateur, tournant sur lui-même comme un derviche, faisait sauter de son épée les têtes des chrétiens et chrétiennes, enchaînés à quatre pattes et le dos couvert de peaux de mouton. Sous les tribunes, Onias percevait les chœurs qui s'élevaient, depuis les couloirs souterrains ; et parfois une injonction sortait d'un soupirail, encouragement de ceux qui allaient entrer dans l'arène, impatients de voir venir leur tour, à ceux qui y étaient déjà : « Demeurons fermes dans la foi ! Aimons-nous les uns les autres. Christ vient. »

Cet amour étendu jusqu'aux bourreaux, pour lesquels beaucoup d'entre eux priaient à voix haute, exaspérait le public. Vinrent les Bacchantes, qui mirent en pièces vingt condamnés de leurs seuls dents et ongles ; leurs bouches et leurs mains, lacérant des débris de viandes, étaient hideuses à voir. On en redemanda : les femmes étaient meilleures que les pires tigres. On exigea ces derniers, pour pouvoir comparer ; faute d'en obtenir à temps, car ils étaient rares, venant d'Asie, César avait prévu des lions de l'Atlas.

Ils entrèrent lentement, royaux, éblouis, clignant leurs yeux jaunes, flairant suspicieusement les corps nus attachés à des poteaux, de leur gueule rousse, énorme, puis s'étirant paresseusement. Les paris allaient bon train ; on pariait sur tout, sur le premier qui serait déchiré, sur le temps que mettaient à mourir les condamnés, ouverts d'un coup de crocs, lacérés en un éclair, comme des poissons morts que vide prestement la main du poissonnier. Des machines, disposées dans les tribunes, crachèrent les jetons d'une loterie offerte par César ; on s'écrasait pour les ramasser. L'une de ces tablettes pouvait faire gagner cinq cents sesterces, ou même une petite villa. Onias n'avait pas bougé. Il restait enchaîné à l'arène, cherchant Jean et Prokhore parmi les condamnés. On vit un Méléagre, ou un Adonis, chargé par dix sangliers de Gaule. Ils soulevaient le sable, fonçant sur lui d'un coup, ensemble, leurs petits yeux fous des souffrances que leur avait imprimées le fer rouge des esclaves. Charon montra au public le sexe qu'il venait de prélever sur l'atroce éventration.

De vieilles femmes chrétiennes, couvertes de glu, furent exposées sur des croix. Des ours entrèrent à quatre pattes, patauds, balançant leur grosse tête. Puis ils se dressaient sur leur arrière-train, s'appuyaient sur les montants de la croix, examinant leur proie. La glu, qui collait à leurs pattes, provoquait leur fureur. Ils arrachaient les têtes d'un coup de griffes, labouraient les poitrines, et fouaillant du museau, extrayaient les viscères, long chapelet fumant ; puis ils se les disputaient avec d'épouvantables grognements, se sauvant parfois à l'autre bout de l'arène, en emportant un bras ou une jambe, entiers, dans leurs mâchoires. Pas plus que les sangliers, qui continuaient de trotter en rond, les ours ne voulurent quitter la scène. Leur cabotinage inconscient amusa quelque temps ; puis il fallut abattre et les uns et les autres à coups de lances, d'autant qu'ils avaient commencé à se combattre entre eux.

« Orphée, Dircé, Pasiphaé, Canaré et Procné, divertissement champêtre », annonçait le programme, comme attraction finale du jour. Les noms grecs dansaient devant les yeux d'Onias. Le clou du spectacle, pour un artiste comme Néron, ce serait un doux-amer associant la virginale beauté des légendes grecques à la brutalité des bêtes. Le douceâtre ferait ressortir le violent, ce serait un nouvel effet qui devrait convenir au style chrétien.

Des chiens sauvages, des chacals roux, des hyènes rayées, muselées, furent enchaînés au sol, meute fauve et jaune à l'odeur repoussante. Un jeune et bel acteur, bras liés à une lyre, fut placé devant ces fauves, les plus impitoyables de tous. Alors, Néron se leva sur le podium, son propre luth à la main, et chanta.

Le public hésitait, entre le pulvinar, d'où provenaient le filet de voix et les pincements nostalgiques de l'instrument, et le mannequin humain. Personne ne comprenait. Les bêtes, attachées à d'invisibles câbles, accroupies sur le sable, grognaient doucement, hérissées. Orphée charmant les animaux de son chant, c'était une idylle un peu tiède à cette heure !

Mais Néron n'était pas Orphée. Il portait un masque d'actrice et avait revêtu, outre une robe tragique, une longue perruque. L'empereur jouait l'ombre d'Eurydice, réclamant son mari :

« Ô fauves des forêts, bêtes qui donnez la mort d'un seul élan, menez à moi, Orphée, puisque je ne peux venir à lui ! »

Les câbles tombèrent, les fers rouges s'enfoncèrent dans les pelages, les muselières furent arrachées, en un seul mouvement. Cent rugissements éclatèrent à la fois ; le corps du malheureux Orphée fut aussitôt couvert de dogues pressés les uns contre les autres pour arracher leur morceau.

Parurent enfin des femmes, les plus belles, réservées pour le supplice de Dircé ; elles entraient nues, les mains cachant leur gorge ; elles se laissaient lier tandis que le public détaillait leurs formes, sans une plainte, sans une rébellion, heureuses, à la bête entravée que secouait l'impatience. On nouait leurs longs cheveux autour des cornes, qui d'un aurochs, qui d'un rhinocéros ; et les jambes à l'arrière de l'animal étaient serrées par une courroie, les maintenant attachées dos contre dos à la bête. Elles avaient une expression de joie céleste sur le visage. Onias s'essuya le front. Autour de lui, il y eut des claquements de doigts admiratifs, à peine gouailleurs ; et une voix cria :

« Quelles femmes, ces chrétiennes, tout de même ! »

Elles étaient meilleures que les hommes. Leur résignation devenait de l'art. Néron aussi avait apprécié les corps blancs et nus, tordus en arc sur les échines puissantes ; cette pudeur violée épiçait le spectacle. Il abaissa le bras ; les bêtes, affrontées, chargèrent en duels de mastodontes, qu'on leur avait fait longuement répéter chez les dresseurs.

En se heurtant formidablement, elles secouaient ces corps pantelants, désarticulés, jusqu'au moment où ils tombaient sous leurs sabots, aussitôt piétinés. Les aurochs, plus rapides, revenant sur leurs adversaires, les renversaient d'un coup de cornes, déchirant la partie la moins cuirassée du rhinocéros, le ventre. Ceux-ci galopaient lourdement, écrasant sous eux leur charge humaine.

Néron s'applaudit du bout des doigts. Il avait le sentiment qu'il inventait, malgré cette secte obscure et rétive, une nouvelle époque pour les jeux, un style qui marquerait. Plus jamais les fausses pudeurs des actrices ne pourraient rivaliser avec ces palpitations, ces chairs malmenées. Ces seins étaient réellement vierges, et non à vendre, comme ceux des Iphigénie de théâtre. Ces regards mouillés au ciel, ces mains jointes, on ne pouvait les inventer. Les cruels mythes antiques en sortaient étrangement vivifiés, amenés à une beauté complexe, au second degré.

On disposa une mère de famille du Transtévère, jambes ouvertes, dans une forme d'osier, où on l'attacha solidement. Puis on recouvrit le tout d'un cuir imitant le dos d'une génisse. L'orifice était enduit d'un liquide prélevé sur la vulve d'une vache en chaleur. « Pasiphaé, mère du Minotaure », disait le programme.

Le taureau, noir tueur des sierras espagnoles, fit le tour de l'arène rapidement, battant de sa queue ses flancs luisants. Le peuple, en délire, descendait les gradins l'encourager de près.

Il s'approcha de Pasiphaé, l'écume aux naseaux, dressant ses pattes antérieures, tandis que le public mugissait en rythme, il entreprit de faire pénétrer son sexe, qui descendait jusqu'à terre, dans l'orifice. Il fallut l'y aider ; Onias renonça à regarder et eut un haut-le-cœur. Ces olives étaient certainement gâtées, il avait eu tort d'en manger. Et puis, au fond, son éducation grecque ne l'avait pas habitué à ces horreurs de l'amphithéâtre, que les cités hellènes avaient toujours refusé d'accepter chez elles.

Quand il osa à nouveau jeter les yeux sur elle, la forme d'osier s'était effondrée, et la silhouette humaine, empalée, écartelée, le sang coulant sur les cuisses, gisait sous les sabots avant de l'animal. Le taureau achevait de jouir en elle, par soubresauts ; le public lui fit un triomphe. On avait toujours aimé les taureaux ; opposés aux éléphants, ils gagnaient à tout coup, en dépit de la différence de poids, beaucoup plus combatifs que les pachydermes.

D'autres chrétiens furent placés sur le bord de l'arène, et d'habiles esquiveurs venaient agiter un chiffon rouge pour faire charger le taureau, courant se cacher derrière le tourniquet dont le mouvement effrayait la bête. Le plus souvent, la charge emportait dans son élan, ensemble, le poteau et le condamné.

Sous le vélum, l'air était épaissi d'une buée de sang qui flottait sur cette orgie de chairs déchiquetées. L'orchestre était saisi de frénésie ; dans l'émeraude taillée en monocle, que Néron portait avec distinction à son œil, pour agrandir le détail d'une cheville entravée, d'une poitrine laissant perler le lait par ses blessures, du dos souple d'un jeune éphèbe écorché vif, ces scènes de folie rouge s'inscrivaient en facettes multiples, camées minuscules de pourpre et de carnage, au fond de la froide et verte transparence de la pierre.

Onias, lui, avait baissé les yeux sur ses sandales. Ni Jean ni Prokhore ni Florin n'avaient paru. Les cris, à eux seuls, lui apprenaient tout. Ce n'étaient plus que des femmes. Canaré, une mère enceinte qui priait Christ en syriaque, fut accouchée d'un coup de sabre, et son enfant jeté sous ses yeux aux chiens, comme le voulait la légende ; au pulvinar, Lucain félicitait César :

« Que Rome cesse de s'émerveiller des poètes anciens ; tout ce que l'épopée et la tragédie ont rêvé, l'arène le réalise grâce à toi... »

La nuit tombait. On était ivre de sang, fatigué de hurlements et d'atrocités. Néron avait sacrifié un millier de bêtes, et moins de trois cents condamnés ; Auguste, se rappelait-on, en une seule journée avait fait trois fois mieux. Enfin, il fallait garder un creux pour le lendemain : on disait qu'au cirque de Caligula, Néron se surpasserait dans les rebondissements imprévus. Les bancs s'éclaircissaient. Sur scène, on enfonçait de force, en un dernier tableau vivant, des morceaux de viande crue dans la bouche d'un roi Térée dont on avait cassé les dents à coups de masse pour l'empêcher de recracher. Néron lui-même se leva, donnant le signe du départ. Il connaissait, seul, le piquant de cette conclusion : comme dans le mythe, c'était la chair de ses propres enfants que Procné faisait ainsi avaler au chrétien.

Une forme accroupie, la tête entre les bras, le front contre le parapet, demeura seule dans la cavea. Un ouvreur secoua Onias, prostré, absent.

« Hé toi ! Tu ne vas pas dormir ici ! Tu n'en auras donc jamais assez ? »

Le cirque de Caligula, de l'autre côté du pont Aelius, dans la dépression du Vatican, hors la ville, était séparé d'elle par le Janicule. On avait ajouté au monument des travées supplémentaires en bois, et c'est un océan humain, des centaines de milliers de spectateurs, qui accueillit le prince ; les toges, tuniques, manteaux, qu'on agitait au-dessus des têtes saluaient le grand pourvoyeur. L'acclamation baissait, puis reprenait, battant inlassablement le pulvinar, décoré de palmiers en bronze doré. Elle parvint, à travers la cendre grise du Forum, les blocs de granit liés par des tenons de plomb, jusqu'au fond des cachots du Tullianum, prévenant Jean et Prokhore, en prières, que leur heure était venue.

On les transporta dans des chariots, enchaînés aux pieds. Près des ponts, un détenu, passant sa tête sous la bâche, profita d'un arrêt pour la glisser entre les rayons d'une des roues. Quand les bœufs s'ébranlèrent, l'homme fut étranglé sous les yeux de ses compagnons. Il avait préféré cette mort douloureuse aux jeux du cirque. Bien qu'il eût interdit le suicide, l'apôtre étendit la main pour bénir le mourant.

On les entassa derrière les douze grandes herses de bronze des *caceres*, les blocs de départ des chars, que délimitaient des pilastres de marbre à tête d'Hermès barbu. Toute la piste s'étendait devant eux, séparée en deux par l'obélisque de départ ; l'œil glissait le long des deux grands côtés, jusqu'à la seconde borne, la *meta secunda*, devant la porte triomphale, au centre du demi-cercle où les chevaux effectuaient leur premier virage. Le sable s'allongeait à l'infini, pailleté de chrysocale ; autour, brillait le canal de marbre blanc, l'anneau d'argent de l'Euripe, où coulait en permanence une eau de source descendue des torrents albains.

Le mur de la spina, au centre, leur était caché par l'aiguille majestueuse de la première borne. Mais le soleil levant projetait sur l'arène les ombres de ses statues et des sept dauphins crachant l'eau, qui en ornaient le sommet. Ces dauphins se renversaient sur leur axe, au passage des chevaux, pour marquer le nombre de tours restant à courir.

La pompa, la procession d'inauguration, termina son tour de piste dans le désintérêt général. Le défilé était parti du Capitole en ruine avant l'aurore ; et, comme l'exigeait le vieux rite, Néron, en toge de pourpre et tunique brodée de palmes, tenait le sceptre d'ivoire, tandis que Sporus maintenait au-dessus de la tête impériale, sans la poser, la couronne de laurier. Derrière, les cochers des quatre factions, blancs, verts, bleus et rouges ; leurs chevaux marchaient au pas, un rameau natté à leur crinière, et secouaient les médailles et les phalères accrochées à leur poitrail.

Puis venaient les consuls, les prêtres portant les attributs des dieux, les statues survivantes, dont la peinture écaillée montrait le vieux bois, les bustes des empereurs défunts, et ceux des impératrices, enfin les satyres et les silènes agitant leurs croupes au son de quatre notes, toujours les mêmes, répétées par les syringes jusqu'au bout de la procession.

Néron s'assit dans le pulvinar, et jeta sur la piste le foulard qui lui ceignait le cou, donnant le départ aux exercices d'adresse ; les auriges, lancés au galop de leurs quadriges, se penchaient, au bord de choir, en pleine course, pour ramasser l'écharpe au sol. Mais le sable et la foule réclamaient du sang chaud.

Néron débuta par une sorte de course qu'avait autrefois organisée pour le cirque le grand Jules César : le char de combat attelé d'hommes, pour lequel la compétition devenait un duel. Les chrétiens, malgré les coups de fouets, restaient immobiles, rênes pendantes. On les détela, et on fit donner sur eux les chars à faux ; ils prenaient leur élan sur toute la longueur de la piste, viraient au plus serré, rasaient la borne ; le cheval du bord galopait presque sur place, puis ils volaient sur le sable jusqu'aux condamnés allongés au sol. La faux, tournant avec les roues, les découpait en tronçons rougeâtres, dans un éclair de soleil et un giclement rapide de sang.

Pendant que les chars revenaient, en roulant doucement, vers les caceres, les prétoriens vinrent chercher Jean, Prokhore, et ceux qui les entouraient, presbytres et diacres. Le moment était arrivé ; ils demandèrent la bénédiction de l'apôtre. Mais ils en furent séparés sur ordre de Tigellin, Jean fut attaché à une des colonnes qui soutenaient le pulvinar, protégé des injures de la foule par un peloton de gardes. Le grand prêtre des incendiaires chrétiens ne devait à aucun prix manquer ce qui allait suivre.

Des esclaves soufflèrent dans des conques, et le décor changea sous les yeux des spectateurs. Ceux du premier rang n'eurent que le temps de reculer : des panneaux de marbre, de la hauteur d'un homme, montaient d'entre les rainures du sol, s'ajustant avec exactitude ; l'Euripe se mit à déborder ; des bouches souterraines, un flot tumultueux envahit le sable. Les sept dauphins de la spina crachaient à présent des jets diversement colorés ; et ces machines à eau émettaient des sons rauques, concert de gargouillis et de trompes aquatiques. En moins d'un quart d'heure, toute l'arène du cirque fut un lac tranquille où se reflétaient les gradins.

Des centaines de jets, s'élevant alors des cloisons de marbre, inondèrent pendant le temps du premier tableau vivant les spectateurs ravis, les femmes qui pépiaient en se couvrant précipitamment d'une ombrelle ou d'un vêtement ; des filles, nues sous l'averse, mimaient devant les tuyaux de cuir, obscènement cintrés en forme de phallus dressés, des danses comiques. Le cirque éjaculait.

Jean n'avait plus la force de s'indigner ; atterré, plus encore que par l'obscénité, il l'était, par cette alternance d'enfantillages et de carnages, cette cruauté d'enfants ou d'animaux. Étaient-ce là les hommes, les femmes promis à Christ ? Sa raison, sa foi vacillaient.

Sur le lac, à peine ridé par les avirons, gravant une courbe qui rayait ce lisse miroir du ciel, de petites galères, portant château arrière et proue sculptée comme de grands navires, mais qui comptaient quatre rameurs, transportaient des captives jusqu'à l'île maintenant formée par la spina. On les attacha sous les jets d'eau des dauphins, après qu'elles eurent rajusté leurs cheveux défaits, car elles ne voulaient point paraître affligées de mourir. L'ondée, ruisselant sur leurs corps blancs, les faisait briller comme verre au soleil. Le bruit des jets couvrait leurs chants ; et le niveau continuait de monter, et de monter encore, jusqu'au moment où les infortunées, suffocantes, n'eurent plus que la bouche hors de l'eau.

Autour d'elles, des nageurs costumés en tritons, folâtres, les agaçaient de petits coups de queue, leur pinçaient les seins. L'un d'eux, avec une couronne de fer, une barbe immense, enfonçait son trident dans les ventres, sous la surface. On voyait trouble ; l'eau se teintait de sang. Il paraissait que la scène représentait le viol de la danaïde Amymome par le dieu Neptune.

Jean fermait les yeux en priant pour ne pas voir ce bain atroce. Quand les condamnées furent mortes, flottant sur l'eau, enfin détachées, leurs longs cheveux épars autour de leurs faces paisibles, les nageurs les poussèrent comme des épaves vers la porte Libitine qu'on avait transformée en écluse.

Onias, depuis qu'on avait entravé Jean à quelques coudées de lui, tentait désespérément de disparaître dans la suite d'Agrippa. Il maudissait l'inspiration qui avait poussé César à exiger que la haute juiverie de Rome, pour montrer sa loyauté à l'Empire, assistât au châtiment des chrétiens. Il s'était joint à eux parce qu'il avait cru qu'il supporterait mieux la vue du massacre en compagnie de ses complices. Mais il ne pensait pas se retrouver face à face, ou presque, avec celui qu'il avait trahi. Néron, que la mine déconfite, les yeux à terre, et la gêne des amis de Poppée amusaient énormément, tourna vers eux son regard de faïence embrumé :

« Regardez donc, les juifs, regardez bien. Regardez, si vous ne voulez pas descendre à leur place !

— Nous regardons, César, nous regardons », répondit Agrippa, avec un sourire forcé. Les rabbins s'affolaient devant ces spectacles strictement interdits par la Loi. Vitellius, éméché dès cette heure matinale, une cuisse de poulet à la main, se pencha et postillonna, en découvrant Onias derrière lui :

« Eh bien, fils de Joseph, tu es malade ? Tu as bu trop de sang de tes frères ?

— Tout le monde n'est pas une éponge insatiable comme toi, Vitellius », repartit Onias. Le dénonciateur fit rire Néron. Tigellin se retourna sur le juif qui grelottait et suait :

« As-tu peur qu'ils se vengent ? Vous vous connaissez bien entre juifs. Ils sont tous sorciers ; crois-tu que leurs ombres viendront te tirer par les pieds ?

— Par la Fortune et les Prophètes ! Pourquoi viendraient-ils me chercher ? Je n'y suis pour rien, c'est toi, Tigellin, qui les as condamnés à ces supplices...

— D'après tes listes, juif, tous d'après tes listes », assena Tigellin, la lippe méprisante.

Lucain le poète fixa à son tour le traître, analysant sur ce visage le secret de son angoisse :

« Tous n'ont pas pu incendier Rome. Et ceux qui l'ont fait, tu serais bien capable de leur avoir mis la torche en main. Ne bouge plus ! Je vois les noires Érinyes au-dessus de ton crâne chauve... Vous autres, ne sentez-vous pas leur haleine glacée ? Terrible sera leur vengeance pour ces enfants massacrés ; mais elle ne tombera pas sur nous ; car c'est vous, les juifs, qui avez voulu tout cela... »

Onias tourna la tête. Il avait oublié Jean ; son regard croisa celui de l'apôtre enchaîné. Ce fut le choc de deux épées. Les rires s'étaient tus. Les fontaines avaient cessé de couler dans les travées. Une barque laquée de noir, bijou funèbre étincelant sur les eaux, déposa sur la spina, au pied de l'obélisque, une jeune victime qu'on attacha au monolithe. Onias avait bonne vue ; il reconnut aussitôt la proie qu'il avait livrée à Néron, malgré le travesti et la distance.

Le petit visage outrageusement maquillé, les longs cheveux blonds poudrés d'or, les mains et les pieds pris dans des carcans d'argent, portant un collant couleur chair, qui lui dessinait une poitrine, et dissimulait son sexe, le jeune Florin avait été costumé en Andromède.

L'apôtre, lui aussi, avait reconnu le jeune Gaulois. Il eut un long hurlement, et ses muscles affaiblis soulevèrent ses chaînes. Le corps gracile, accoutré en ce monstrueux carnaval, se mirait dans l'eau tranquille.

La surface liquide, devant l'obélisque, se mit à bouillonner. Une gueule hideuse, ruisselante, léonine, en surgit, aux vivats de la foule ; sa crinière trempée, son haleine fétide touchait les pieds nus de l'enfant. Le lion, le plus gros qu'on eut trouvé dans le vivarium, s'efforçait de grimper sur la spina, ses griffes glissant sur le marbre. Pourquoi se traînait-il ainsi, sorti à mi-corps de l'élément liquide ?

Les vivats redoublèrent. L'animal, émergeant, se continuait en chèvre, et s'achevait par les pattes palmées et la queue écailleuse d'un crocodile. C'était la Chimère, le dragon des légendes, que les ateliers de Néron avaient reconstituée en cousant un saurien et un félin, à moitié chacun, dans une peau de bouc. Attaqué par-derrière par le crocodile, dans l'obscurité du sac qui lui enfermait l'arrière-train, le lion rugissait épouvantablement, rampait sur la pierre.

Au moment où la bête de cauchemar atteignait l'obélisque, une aùtre créature parut dans les airs, soutenue par les cordes d'une machine, descendant vers la spina. Un cheval blanc, dont les jambes ruaient dans le vide, portait un cavalier de taille gigantesque, en armure d'argent, avec un casque à plumes rouges. C'était Persée, champion d'Andromède, montant Pégase.

La machine le suspendit au-dessus de l'eau, il se jeta sans hésiter à bas de son coursier inutile, les quatre fers en l'air, nagea, se dégageant de son armure, vers le monstre. Sa lance, son poignard, sa dague étaient aussi d'argent ; ils se tordirent aux premiers coups qu'il assena au crocodile. Le lion, délaissant Florin, redescendit vers l'eau, agrippa et fit plonger l'agresseur. On vit deux mains saisir cette gueule par les deux mâchoires et les écarter, en un effort inouï ; le lion et l'homme roulaient dans l'eau, enlacés. Suivant qu'ils prenaient le dessus, se succédaient à la surface un dos durci, creusé par l'effort, et la nuque de la bête, mâchoires de plus en plus écartées, bâillant formidablement. Il y eut des remous, d'effroyables claquements de queue ; les rugissements faiblissaient ; d'un coup, l'athlète enfonça la gueule toujours ouverte sous l'eau, coulant avec elle. Le lac redevint calme. La bête suffocante, au fond, entraînait avec elle le saurien aveuglé et l'homme qui l'avait vaincue.

Le public retenait son souffle. Enfin, entre deux eaux, glissant lentement, le vainqueur nagea vers la spina. Quand il se releva, sur l'île, le peuple entier fut debout, s'époumonant en vivats délirants. On n'avait jamais vu cela : ces muscles bosselés, raidis par la lutte, ce torse sculptural, étaient ceux d'une femme. Prokhore, derrière ses grilles, Jean, sous ses chaînes, et Onias, dans le pulvinar, poussèrent tous trois un cri, d'espoir chez les deux premiers, de terreur chez le dernier. Ils avaient reconnu Goliatha, l'esclave de Florin.

Une femme, cet athlète exceptionnel! De toutes parts, les pouces se levèrent.

« *Mitte! Mitte!* Libère-la! Fais-lui grâce! »

Néron se pencha vers Tigellin. La contrariété faisait grimacer ses traits. Jean, les yeux vers le ciel à présent gris de chaleur, offrait au Seigneur sa vie pour celle de l'enfant. Sur la spina, Goliatha, qui avait détaché Florin et lui avait arraché son infâme tenue, le haussant dans ses bras puissants, le présenta, nu, à la foule. Elle tournait de tous côtés, le brandissait dans toutes les directions. Chacun, dans ce peuple tout à l'heure assoiffé de sang, comprit d'instinct, et mit les deux pouces en l'air, réclamant les deux grâces. On racontait déjà dans les tribunes l'histoire de ce jeune roi et de cette esclave fidèle. Tigellin retroussa les lèvres.

« Tu as quatre légions aux portes, César.

— C'est elle qui a mis le feu à Rome, ne la laisse pas échapper! Ô César, c'est elle, je le sais mieux que personne... »

À l'intervention d'Onias, Néron plissa les yeux, mécontent.

« Tu étais donc là, juif, au moment où on a porté le feu contre le sein de la ville? »

La remarque de l'empereur respirait la menace. Onias se tut. Autour du pulvinar, les manifestations continuaient; le peuple s'étonnait de cette hésitation. Dans le cirque, son droit de grâce ne pouvait être contesté.

Poppée, soucieuse, car elle était superstitieuse, attira l'attention de Néron :

« Le garçon est otage, on ne peut le mettre à mort; fais-le renvoyer sous bonne garde dans son Lugdunum, César, ou il te portera malheur.

— D'ailleurs, pour le mettre à mort, il faudrait tuer tous les citoyens de la ville. Et si tu massacres ton public, qui t'applaudira, César? »

L'argument de Pétrone emporta la décision. Néron leva les deux pouces. Une formidable ovation accueillit son ralliement. Des spectateurs, satisfaits, se tamponnant les yeux, déclaraient ces jeux dignes de ceux de Claude, et ils s'y connaissaient. Enfin, on avait du mélodrame, de l'inattendu.

« Antéchrist ! »

La voix de tonnerre couvrit d'un coup les petites émotions, les conversations, les derniers applaudissements.

« Matricide ! Incestueux ! Assassin de toute ta famille ! »

Jean invectivait César, maintenant que Florin était sauf, sous la protection du peuple de Rome. Le public, étonné, se tut peu à peu. Ce vieillard, enchaîné à sa colonne, redressé de toute sa hauteur et faisant cliqueter ses entraves, captivait sa volage attention.

« C'est leur grand prêtre ! Écoutez-le ! C'est leur Chrestos en personne ! »

On frémit. Des femmes, inquiètes, se voilèrent. S'il allait tous les maudire ? Savait-on la puissance de ce dieu inconnu, qui donnait une telle assurance au moment de mourir, et une telle force à une femme ? Onias, dans son coin, pleurait à petits sanglots irrépressibles.

« Que la punition du ciel descende sur ta tête, Nabuchodonosor, Abaddon ! Les bêtes ne sont pas dans l'arène, elles sont assises sous le dais, elles portent la couronne des Césars ! La Bête, c'est toi, Néron ! »

Un garde le bâillonna de sa main, guettant un signe, le glaive à la main. La foule s'effrayait de ces insultes, de ces épithètes, de cette sainte colère.

Néron, blême de fureur, dévisagea l'imprécateur en haussant ses sourcils roux.

« Attends ton tour, vieillard, avant de te plaindre. Le peuple ne me disputera pas cette proie-là. Considère-toi comme pire que mort, vieux prophète... »

Onias glissa à terre, sans connaissance.

Le dîner de la cour était servi sous les arcades, du côté des jardins. Le soir tombait rapidement, lourd de tant de meurtres. Le public, dispersé dans les gargotes dont les fanaux envahissaient les alentours du cirque, n'abandonnait pas le Vatican. Il y avait fête cette nuit.

Éclairé de rose par les lampes d'albâtre, Vitellius, le menton et la toge consulaire couverts de graisse figée, se pencha vers Onias en clappant de la langue.

« Toi qui les connais bien, qu'est-ce qu'ils voient donc tous, là-haut, quand ils meurent ? Le Soleil ?

— Ils voient une croix, seigneur, bégaya Onias.

— Une croix ? »

Vitellius s'esclaffa, se claquant les cuisses, qu'il avait de la taille de deux jambons.

« De quoi rit cette charcuterie ambulante ? » demanda Néron de sa place.

Vitellius s'empressa de satisfaire la curiosité du prince.

« Par Bacchus ! Ils voient des croix au ciel... Mais la terre en est peuplée, de croix ! Ils vont même en voir la nuit, car cette nuit sera claire... »

Onias, voulant s'étourdir, parlait à toute vitesse ; il se désaltérait de vin pur, qu'il élevait d'une main tremblante à ses lèvres.

« Leur dieu n'a jamais eu de tête d'âne, ils n'empoisonnent pas les puits, ils ne sacrifient pas de petits enfants...

— Comment, vieillard, tu as donc menti ? »

César ne souriait plus. Onias se tut, ferma les yeux, puis les rouvrit, injectés et troubles :

« Pourquoi tant de sang ? Ne me touchez pas ! Ce n'est pas eux qui sont morts. C'est nous, c'est vous ! Ne voyez-vous pas ? Nous ne sommes que des ombres... »

Pour prouver qu'il n'était pas mort, Vestinus jeta le contenu de sa coupe au visage du vieux.

Pétrone, lui, n'était pas ivre. Il interrogea doucement Onias, en grec :

« Pourquoi dis-tu cela ? N'est-ce pas eux qui meurent dans l'arène ? Leurs corps qu'on traîne par le crochet jusqu'au spoliaire ?

— Ah, seigneur, ils meurent pour se multiplier. Si tu les connaissais... Sais-tu le sens de ce mot grec qu'ils crient ? »

Il agitait les mains comme un possédé. Pétrone non plus n'avait jamais aimé les jeux du cirque ; mais il les considérait comme une survivance des vieux cultes barbares, qui avaient fait la force virile de Rome.

« Ils disent " martyr ", noble Pétrone, martyr... Tu sais ce que cela signifie. Témoin. Ils sont témoins de Christ, et nous sommes témoins, tous ; tous ceux qui ont vu croiront... »

Rubria, la grande vestale, les pommettes rouges, la gorge

secouée de rires, se releva du triclinium où Néron caressait cette virginité mythique ; elle voulut lancer une invocation :

« Par Vesta et les douze dieux qui défendent la Ville... Les douze dieux ? Est-ce qu'il y en a vraiment douze ? »

Elle se recoucha, chancelante, recomptant les phalères de son collier. Pétrone méditait les paroles d'Onias. Qui croyait encore aux douze dieux ? Qui se lèverait pour défendre cet amas qu'il avait sous les yeux, prêtres, vestales, éphèbes, enlacés voluptueusement autour du crime couronné, Néron, qui lisait à haute voix un hymne obscène qu'il avait écrit en l'honneur de la déesse de Paphos ?

« Peut-être ont-ils bien fait de brûler Rome... »

Lucain, à côté de l'arbitre des élégances, fit comme s'il n'avait rien entendu. Parmi les ruines, de l'autre côté du fleuve, des oiseaux de nuit s'envolaient, dérangés par les coups de marteaux venus du cirque.

Ces coups sont ceux frappés sur les croix qu'on enfonce dans le sable encore mouillé de l'arène, préalablement vidée de son lac.

Par les caceres, les prétoriens font pénétrer une multitude de tous âges : la centaine de chrétiens qui restent dans les prisons, ce dernier soir. Ils sont nus, les femmes, les cheveux dénoués, en masquent leur poitrine. Les vieillards à la peau tavelée, les enfants qui pleurnichent, les hommes faits, écroulés sous le lourd *patibulum* qu'on leur a lié aux épaules, progressent péniblement, à la lumière des torches, dans la piste qui s'enfonce sous leurs pas. Les fouets et les fers rouges, maniés par les mastigophores, les rassemblent dans l'ombre de la spina. Les bustes des empereurs et les statues des dieux se découpent sous la lune, entre les deux obélisques. Un centurion recompte les poteaux, puis ses prisonniers.

« Pas de doute, ils sont trop nombreux, ces chrétiens de malheur. Par Hercule ! Il n'y a plus assez de croix, maintenant. »

Pendant qu'on les dispose une à une, Jean exhorte son troupeau, leur répétant les paroles du Christ :

« Il vous avait dit : " Suivez-moi " ; et aussi : " N'ayez nulle peur de la mort, car les Portes de l'Enfer ne prévaudront pas contre vous. " Et voici que nous allons mourir comme lui, pour lui, voici que s'ouvrent les cieux, le Royaume ! Bénissons le Seigneur ! »

Les marteaux frappent à nouveau, mais leur bruit, maintenant, est plus mou, presque étouffé. On entend la rumeur des spectateurs, achevant un repas sur le pouce, et piétinant aux vomitoria pour regagner leurs places.

Jean bénit les victimes. À mesure qu'il les exhorte, ils quittent l'un après l'autre le cercle, entraînés par les valets, sans une protestation. Ils se laissent clouer les mains, les pieds, sans une plainte.

Autour de l'apôtre, à qui est réservée la place centrale, face au pulvinar impérial, une forêt de croix s'élève, faite de corps pantelants. Il y en a de chaque sorte, on ne sait où regarder. Il y a des X, des croix inversées, la tête en bas ; les femmes, crucifiées face contre le bois, offrent leur dos lacéré par le fouet. Pour les enfants, on en a ajouté de petites, miniatures de supplices, qui entourent celles de leurs parents. Sur les gradins, on s'exclame, on écarquille les yeux. On veut plus de lumière. De la lumière, il y en aura bientôt tant et plus, font remarquer des blagueurs, quand on mettra le feu à tous ces adorateurs de Chrestos.

Jean, et les dix plus importants presbytres du Transtévère, vieillards et jeunes diacres, sont cloués sur le ventre, comme les femelles, par raffinement d'humiliation. On les a bâillonnés. Mais sous le bâillon leurs lèvres continuent d'articuler des prières assourdies. Le public, lui, commence à s'impatienter. On se demande où est passé César, où il veut en venir. Ces agonies peuvent durer toute une nuit... La tribune impériale, au milieu du long côté, reste vide sous le dais de pourpre.

Enfin, des torchères s'allument, encastrées dans le pourtour de l'arène, allongeant sur le sable des croix d'ombres mouvantes. L'orgue aquatique fait entendre ses basses les plus profondes. Et la porte par où sort le char vainqueur, au bout de la courbe du cirque, s'ouvre dans un silence dramatique. Quelle sanguinaire horreur Néron a-t-il trouvée pour couronner la punition des incendiaires ?

Prokhore se frotta les yeux. Ce ne fut d'abord qu'un frémissement, dans les premiers rangs, qui s'étaient penchés pour voir. Ce frémissement devint une houle, puis une tempête. Une tempête de rires, qui souleva le cirque, tonnerre d'hilarité dans la nuit. Éclairé par quatre Nubiens portant des branches de pin enflammées, un animal inconnu s'avançait en dandinant, avec son dompteur. C'était un composé des fauves qui avaient étripé les chrétiens, dans les tableaux vivants des jeux. Il avait quatre pattes d'ours, une gueule de tigre, une queue de crocodile, des cornes d'aurochs et une trompe d'éléphant. Le dompteur, on n'eut pas de peine à l'identifier : c'était Doryphore, l'affranchi préféré et le mari de l'empereur, qui l'avait épousé devant les flamines. Et l'on se tenait les côtes, parce que sous la gueule du tigre, qui le coiffait, on venait de reconnaître la face bouffie, la courte barbe rousse de César, de Néron lui-même se déhanchant lubriquement sous ce déguisement de Minotaure.

Le rire s'enfla de plus belle, et cette marée anéantissait le martyre, la souffrance, les prières, le malaise que par moments l'on avait ressenti devant tant de cruauté d'avance pardonnée par les victimes. Rire terrible, dans la nuit calme, qui tournait en dérision l'agonie des saints.

Une Bête ! L'empereur était une Bête ! Des bravos s'ajoutèrent aux esclaffements. Voilà qui était répondu à ce vieillard insensé.

« Sanglier puant ! Vive Néron, prince des porcs et des ours ! À quatre pattes ! Au pied ! »

On lui jetait des débris de pain ; il se releva, imitant la claudication des plantigrades qu'on avait vus quelques heures avant décapiter des vierges chrétiennes. Il attrapait à la volée, remerciait, se grattant le bas-ventre.

Soudain, il se met à courir vers les croix. Debout devant celle d'une mère de famille de Suburre, s'accrochant aux cheveux, il donne des coups de reins, secouant son arrière-train, et hurle à la lune ; il passe à un autre, un éphèbe, se frotte ignoblement aux enfants, griffant les chairs offertes, mordant les dos, ivre mort sous son déguisement. On l'encourage ; une fureur dionysiaque s'empare des citoyens. Toujours gambadant, il se jette sur la croix de Jean, arrachant des lambeaux de peau avec ses ongles, s'accouple au corps émacié, couvre les reins maigres et nus. La scandaleuse et orgiaque mimique n'est plus du jeu.

Enfin, il s'assouvit, en poussant un dernier beuglement, violant à la fois la nature et l'humanité. Doryphore s'approche alors de la bête, un grand glaive à la main, le lui plonge jusqu'à la garde dans le cœur. Le cirque est comme fou. Mais, de la défroque de la bête morte, où est restée fichée l'épée truquée de Dory-phore, Néron sort, en tunique pailletée, pendant que sonnent les cors, les trompettes et que retentissent des applaudisse-ments à peine ironiques. Car on avait senti passer sur cette mascarade quelque chose du souffle sacré de l'ancienne Étru-rie, des rites barbares des premiers Latins. Et Rome, ce soir-là, s'était sentie bestiale.

Les trompettes retentirent une dernière fois ; l'air était lourd, orageux. Néron, de son siège qu'il avait regagné, leva la main. Des valets, costumés comme les figures des anciens tombeaux d'Égypte, circulèrent entre les rangs de crucifiés, les oignant d'un liquide épais, noir, fumant, contenu dans des chaudrons roulants où il bouillottait, visqueux, répandant une odeur âcre. On entassait du bois au socle des poteaux ; on recouvrait de guirlandes et de feuillages l'étoupe et l'amadou torsadés autour des membres ; des couronnes de paille coiffaient les condam-nés.

Une croix, parmi les autres, se mit à s'élever, poussée par quelque machine souterraine. Elle montait, portant son cruci-fié très haut au centre de la spina, en face de la loge impériale, dans les étoiles, sa barbe blanche argentée par la lune. On avait revêtu d'une tunique couleur de soufre le corps maigre et long qu'inclinait doucement le vent soufflant en rafales. L'apôtre du Christ, le fils de Zébédée, avait été réservé pour ce supplice final. Une peau de lion avait été cousue à l'épaule, pour imiter Hercule à l'Oeta, la maudite tunique imprégnée d'huile et de poix bouillantes se collait à la peau. Mais Jean ne sentait rien, ne voyait pas Néron, juste sous lui ; il ne voyait plus que la face de Christ dans le ciel noir.

« Sarmentiti ! Tunica molesta ! »

Les travées étaient en joie. On allait rôtir du chrétien : leurs malédictions périraient avec eux. Jean, du haut de sa croix, bénissait les fidèles, dont le visage contracté de douleur, les membres distors se tournaient vers lui, malgré les clous :

« Ayez foi, et priez Christ ! Les cieux de gloire s'ouvrent

pour vous, qui allez mourir pour et comme le Seigneur, qui allez partager son supplice! Voici que s'ouvre pour vous la porte du Royaume; soyez forts, ne pleurez plus, n'accueillez pas votre croix comme un châtiment, mais comme une récompense. Mères, vos enfants innocents iront au sein de Christ; jeunes hommes, qui vous apprêtiez à l'amour, Christ vous ouvre les bras; vierges, il vous épouse; vieillards, parents, tous, heureux élus, sanctifiés, vous ne mourrez point mais vivrez à jamais. Seigneur, que Ta Volonté soit faite! Tu m'as donné ce troupeau, Tu le reprends; Tu m'as donné cette chair, cette vie, Tu les reprends. Christ, quand il se présenta devant son Père, n'avait pas perdu une seule de ses brebis. Je les ai toutes menées au sacrifice. Christ, pardonne au pécheur, pardonne-moi comme tu pardonnes à ceux qui ne savent point ce qu'ils font... »

Néron, vexé d'être ainsi pardonné publiquement, donna un ordre. Les croix commencèrent à s'embraser, l'une après l'autre.

« Marie, mère de Christ, priez pour moi, recevez ceux-ci sur votre sein... »

On crut que c'étaient ses derniers mots. Les chairs grésillaient, un torrent de fumée montait des croix, noyant la cavea. Au sommet du mât, on vit un instant la barbe en feu, les sourcils flambés. Une femme se mit à chanter. Elle hurlait en chantant, pour couvrir sa douleur. Un visage, un bras, abominablement cloqués, surgissaient des flammes. Au bord de la spina, sous les grands bras de feu, des esclaves égyptiens exécutaient lentement des danses compliquées, graves, hiéroglyphes vivants du pays des Enfers. L'odeur de goudron et de viande brûlée fut rabattue, par une brise soudaine, vers le pulvinar; la cour se mit à tousser. La myrrhe et l'encens que César faisait consumer dans de grands brûle-parfums, éventés par des éphèbes, ne firent que s'ajouter à l'affreuse rôtissoire. Ils sucraient, miellaient jusqu'au nauséabond l'âcreté qui raclait la gorge. Deux ou trois croix, rongées à leur base par le feu, malmenées par un vent de plus en plus fort, s'effondrèrent en projetant des brandons jusque sur les spectateurs. Des enfants eurent peur; un début de combustion, devant le pulvinar, fut éteint rapidement. Une petite panique s'ensuivit; le public commença, changeant d'avis, à protester. Certes, le feu était la peine réservée aux incendiaires ; mais ce même feu, depuis la récente terreur, ils n'en supportaient plus ni la vue ni l'odeur. Le souvenir des parents brûlés dans l'incendie était avivé, et non guéri, par le spectacle de ces corps ravagés de flammes, de ces agonies indiciblement douloureuses. Des mouvements divers se firent ; certains criaient :

« Assez ! N'irritons pas les dieux ! »

Un orage grondait sur le Soracte, à l'horizon, électrisant la nuit.

Une ombre, voûtée, misérable, marcha, ou plutôt rampa, depuis le fond jusque devant le pulvinar ; l'homme se dressa péniblement, éclairé par la grande croix, la dernière à flamber, plus lente à s'embraser, en haut, dans le ciel obscurci et rougeoyant, où elle paraissait s'envoler parmi les tourbillons de fumée. Ses ailes en feu formaient une nouvelle constellation.

« Pardonne, à moi aussi, pardonne ! J'ai foi, je crois en Christ, pardonne ! »

Onias, brisé par le remords, s'affala, prosterné, implorant l'apôtre.

Alors on vit cette chose effrayante : bandant toutes ses forces, le torse décharné tira à lui le bras cloué par le poignet, forçant le passage de la tête de bronze à travers les chairs ; tandis que le vent rabattait les flammes qu'il avait un instant écartées, cette main, trois doigts tendus à travers le rideau de feu qui dévorait et dissimulait le corps de Jean, bénit le traître et lui accorda l'absolution. Onias se releva, transfiguré, et se tourna vers les tribunes :

« Peuple de Rome ! Écoute-moi ! N'accuse plus ces innocents, accuse-moi de tous tes malheurs ! Le piège où ils sont tombés, la conspiration contre toi, je puis te les dire ! Ceux qui ont véritablement voulu l'incendie de Rome... »

Il n'acheva pas. Une flèche, tirée par un archer de l'escorte d'Agrippa, s'était fichée dans sa gorge. Il y porta les deux mains, tituba dans le vent qui soufflait en rafales, et tomba dans une projection d'eau sableuse.

On se rendit alors compte que l'arène se remplissait à nouveau. L'eau noire noyait les pieds des croix à demi consumées. Des barrages, sans doute, avaient cédé, ou des vannes souterraines. L'orage, qui approchait, avait fait brusquement monter le niveau des aqueducs et des réservoirs. Des écluses, des panneaux de marbre tapissant les côtés de l'arène, éclataient sous la pression, crachant sous la lune des flots boueux. L'eau monta très vite à la hauteur d'un homme, les suppliciés, entourés de débris flottants et de tisons à demi consumés, finissaient noyés. Au moment où l'orage éclatait au-dessus du cirque, de la grande croix de Jean, qui flambait toujours, reflétée par le sombre miroir de l'eau noire, jaillit un éclair qui monta jusqu'à la nue ; et le mât s'abattit de tout son long avec le corps de Jean, éclaboussant les gradins jusqu'à la robe de Poppée. Elle se leva, pâle ; Agrippa, Tigellin, s'empressèrent de sortir à sa suite. Néron, à son tour, quitta le pulvinar. Il pleuvait maintenant à verse ; l'eau continuait de monter, couvrait les derniers agonisants, noyait leurs râles sous un linceul d'écume charbonneuse.

Sur les bancs du premier rang, presque déserts, un petit homme, au crâne dégarni, que deux prétoriens attendaient à l'abri sous le pulvinar, rejeta son capuchon, et étendit à son tour la main vers l'arène. Paul bénissait son adversaire de toujours.

« Salut à vous, bienheureux martyrs, féconde récolte de l'Église ! Que votre mémoire soit bénie ! Votre sang qui nourrit le sable, vos corps qui emplissent les fosses, ont racheté la Ville ; la rédemption est venue pour Rome par votre sacrifice, comme elle le fut pour l'humanité par celui de Christ. C'est ici, et non à Jérusalem, sur vos ossements, que se bâtira la Cité de Dieu. Et à toi, Bien-Aimé du Seigneur, aujourd'hui assis à sa droite, je dis : Sois tranquille en ton dernier sommeil, cet obélisque, un jour, verra la puissance de tes successeurs ; et le siège apostolique l'emportera sur le trône des Césars ! Frères qui mourez, que votre souvenir soit sanctifié, pour nous qui restons, bâtisseurs de l'Église dont vos croix forment la charpente... »

La pluie délayait les cendres, pleurait des larmes noires sur les poteaux à demi calcinés, les cadavres immobiles dans la boue de la décrue. Dehors aussi, elle avait transformé les cendres de l'incendie en une gadoue noirâtre, qui coulait vers le Tibre, endeuillant le fleuve. Paul rejoignit ses gardes ; certains, restés dans le cirque, pour attendre la fin de l'averse, crurent voir la barque de Charon glisser sur ce marécage fétide.

J'ai dit à la pourriture : C'est toi qui es mon père. Et aux vers : Ma mère, mes sœurs. Je vis s'écrouler cette croix de feu où Barbe-Rousse avait cloué l'Aimé du Seigneur, depuis la cage dans laquelle mes gardiens, tout au spectacle, m'avaient abandonné. Je me sentis alors moi-même mourir à l'Amour, à l'espérance. L'Antéchrist triomphait ; nos frères étaient morts dans d'abominables tortures, et j'avais perdu mon père. Celui dont il était dit : « Il restera jusqu'à ce que je revienne », n'avait donc pas attendu ; et Christ n'était pas apparu en gloire au milieu du cirque ; ou du moins il ne l'était qu'aux martyrs, et à eux seuls. Le ressort de ma vie était brisé, moi qui survivais. J'avais été épargné, au dernier moment, par hasard, quand on avait procédé aux crucifixions. Les croix n'étaient pas assez nombreuses ; un centurion fit le tri, réservant ceux qui savaient le grec ; ils seraient vendus comme esclaves ou utilisés dans les bureaux.

Nous passâmes la nuit dans nos cages ; l'orage avait éloigné les prétoriens. Au petit matin, les esclaves qui nettoyaient le cirque, laissés sans ordres, nous libérèrent d'un coup de marteau sur la serrure. Ces hommes frustes, familiers des chevaux et des fauves, eurent plus d'humanité que Sénèque.

Je ne voulus pas m'éloigner, et descendis avec eux sur l'arène, parmi les parents de chrétiens. La tête couverte de terre, ils s'étaient fait ouvrir les grilles pour reconnaître leurs morts. Les esclaves n'avaient encore pu finir le nettoyage de cette morgue ni le transport au spoliaire ; certains corps étaient restés suspendus à leurs poteaux, tels que l'eau, en se retirant, les avait laissés. Avec quelques fidèles qui m'avaient abordé, nous courûmes à la grande croix noircie qui gisait sur le sable. J'embrassai la dépouille de l'Aimé, presque méconnaissable sous les atteintes de la poix et du feu. Comme je l'enlaçais, je faillis pousser une exclamation, qui nous eût été fatale ; je contrôlai mes nerfs à vif, me relevai lentement et continuai à jouer la désolation. Mais je n'avais aucun doute : Chérémon m'avait appris autrefois à reconnaître un pouls, si faible soit-il. L'Aimé vivait encore.

405

L'eau avait éteint le feu à temps, et, flottant sur sa croix, l'apôtre n'avait pas été noyé. Pour celui qu'aima Son Fils, Dieu avait fait un miracle.

Les esclaves du spoliaire n'examinaient même pas les trop nombreux cadavres. Beaucoup partaient en charrette vers les fosses publiques ; nous en rachetâmes un grand nombre moyennant une taxe, pour endormir la méfiance des gardiens et leur rendre les derniers devoirs. Et c'est sur ce matelas funèbre que nous emportâmes l'Aimé.

Il se remit, très lentement, dans une cabane des carrières, près de la voie Latine, où quelques frères avaient trouvé refuge. À peine revenu à lui, ses premières paroles furent pour s'inquiéter de Florin. Lui et son esclave avaient été renvoyés à Lugdunum, otages du gouverneur local. Néron n'oserait plus y toucher, le peuple n'admettait pas qu'on revînt sur sa grâce. D'autres y avaient perdu la vie ou le pouvoir.

Florin, libéré sous Flavius Vespasien, mais assigné à résidence en la capitale des Gaules, y fit plus tard ample moisson pour l'Église de Christ. Quoique semant la parole de celui qui l'avait, à Rome, éveillé dans le Seigneur, il ne fit pas d'efforts pour le revoir. Cette ingratitude blessa l'Aimé, bien que quinze ans eussent passé ; et il ne fit non plus jamais le voyage des Gaules.

Dans l'immédiat, l'Église de Rome n'existait plus. Si la Ville était rasée, l'Église était exterminée. Dans les jours qui suivirent, nous gardâmes secrète la survie miraculeuse de l'apôtre ; malgré nous, le récit s'en répandit chez les quelques dizaines de fidèles restants.

Pierre vint voir l'Aimé, alors qu'il était encore à l'article de la mort. Il lui confessa qu'il avait fui la Ville, par la voie Appienne, comme il avait fui à Jérusalem pendant Sa Passion. Et il avait rencontré le Seigneur, près des catacombes ; et il lui avait demandé :

« Quo vadis, domine ? »

Car son latin avait toujours été médiocre.

Les deux apôtres pleurèrent fraternellement, effaçant leurs querelles passées. Une noble émulation saisit le Pasteur universel à la contemplation des blessures de l'Aimé : sa peau n'était qu'une seule ulcération. Le vieux pêcheur revint se livrer à la préfecture, et, comme Néron était déjà parti pour l'Achaïe, on le crucifia à la sauvette, la tête en bas, sur la colline dominant ce cirque du Vatican où tant de brebis du troupeau avaient péri.

L'Église universelle était décapitée ; les principaux apôtres, sauf Paul, était morts, ou considérés comme tels. Un petit groupe de fidèles, sous la direction de Paul, entreprit de construire une chapelle pour abriter le corps de Pierre ; un cadavre, qu'on prit pour celui de l'Aimé, avait été volé au spoliaire, par des convertis d'Asie, de passage dans la Ville. Pendant plusieurs années, comme ces convertis étaient convaincus de posséder une précieuse relique, ce faux mort poursuivit l'Aimé. Et la rumeur de son décès circula d'autant mieux que Paul y avait tout intérêt. Elle le libérait de son dernier frein ; il pouvait construire enfin selon ses souhaits l'Église de demain.

L'Aimé ne fut suffisamment guéri, grâce à nos soins constants, pour pouvoir voyager, que plus d'un an plus tard. Pendant cette année, la Ville resta sous le choc de l'incendie ; des complots continuels se découvraient contre Néron. Je sus à la fin de cette époque, par les esclaves de sa femme Pauline, que seul l'amour de son mari avait empêchée de devenir chrétienne, les circonstances du suicide de Sénèque. Ayant reçu de César l'ordre de mourir, il décida de se trancher les veines des bras et des jambes. Il ne put dissuader sa jeune épouse de suivre son exemple, et même de le précéder ; ce fut elle qui lui tendit en souriant la lame ; ses beaux bras blancs entaillés laissèrent couler son sang sur la mosaïque ; et elle lui dit tendrement, pour l'encourager :

« Cela ne fait pas mal, Lucius. »

Le meilleur de l'ancienne Rome disparaissait avec elle. Enfin, nous nous préparâmes au départ. La Ville, indifférente, déjà encombrée de nouveaux quartiers, s'activait maintenant à panser ses blessures et oubliait les chrétiens. On ne s'entretenait plus au Forum, déblayé et partiellement reconstruit, que de l'arrivée de l'empereur des Parthes, Tiridate, venu avec trois mille cavaliers rendre hommage à César. Ce dernier paraissait parvenu au faîte de sa puissance.

Les rares familles chrétiennes, si Paul ne les avait entraînées à sa suite, tombèrent entre les mains de Carpocrate, de Cérinthe, des mages et des hérétiques, qui leur enseignaient la soumission aux dieux de l'Empire. Saluer des idoles creuses, prétendaient-ils, ne pouvait être imputé à péché. Il ne restait plus rien de la pre-

mière mission, rien que les souvenirs de survivants clairsemés. Et les prétoriens continuaient, occasionnellement, de faire des rafles. Dès que l'Aimé put marcher, nous quittâmes cette ville hostile, au mieux insoucieuse de nos plaies, et embarquâmes à Ostie pour Éphèse...

Antéchrist est ressuscité (65-69 ap. J.-C.)

Cinquième épître de Prokhore, devenu Jean par le baptême de Christ, diacre de Jean l'archi-apôtre et l'Aimé du Seigneur, presbytre de l'Église de Dieu qui séjourne en étrangère dans la païenne Antioche, à Clément, épiscope de l'Église de Dieu qui préside dans la région des Romains à la charité et à la fraternité, Église des apôtres Pierre et Paul, qui a souffert le martyre pour avoir confessé la foi, sœur aînée, Nouvelle Jérusalem ; que la grâce et la paix vous viennent du Seigneur, bénies soient les épreuves qui vous accablent, par lesquelles Il vous a élus pour le sacrifice...

Le caractère de notre saint épiscope n'avait jamais été facile ; je l'avais toujours connu entier, ennemi du compromis. Mais une immense beauté, de l'âme comme du corps, avait toujours tempéré cette violence ; l'âme fut atteinte par les piques, les négations, les interdictions et les complots que menèrent contre lui, au nom de la foi, ceux de l'Évangile du prépuce. Quand il résolut de me dicter son premier écrit, le corps à son tour était atteint. Non seulement par les blessures du martyre, mais par les plaies toujours ouvertes que certaines scènes, à Rome, avaient laissées en lui. Il semblait désormais se détester lui-même, haïr cette dépouille qui avait résisté là où tant d'autres avaient péri ; cette enveloppe mortelle, que Christ avait aimé à embrasser, qui était encore avant le voyage de Rome celle d'un athlète du Seigneur, dans la force de l'âge, était devenue en peu de temps le sac d'os et de peau que traîne celui qui n'aspire plus qu'à être rappelé à Dieu. Lui qui avait été frappé dans sa race par la trahison d'Israël, dans sa foi par celle des nouveaux convertis, dans sa chair par les bourreaux romains, il éprouvait cette détestation du monde qui ne fit que s'accroître, le conduisant à la retraite. Son propre corps, souillé par la Bête, lui était en horreur. Car la Bête est chair, la Bête de l'Apocalypse. La Bête est chair, sensualité, la Bête dont César Barbe-Rousse fut pour tout l'Empire la maléfique incarnation. Les bêtes fauves, que César avait eues pour complices aux jeux, n'étaient que les hordes de ce culte bestial, ce retour à l'animalité, les hypostases de la Grande Bête de luxure et de crimes que fut Néron. Ce fut cinq ans plus tard, l'année de la punition par Dieu de celui qu'il ne nommait jamais plus autrement qu'Abaddon, ou la Bête, César ahénobarbe teinté du sang des martyrs, que l'Aimé décida de me confier sa Parole.

César Néron mourut donc ce printemps-là ; les pestes et les sau-

terelles couvraient les campagnes et les villes de leurs nuées ; la terre s'entrouvrait en fumant dans de nombreuses cités, furieuse d'avoir eu à porter si longtemps la débauche et le crime. Des révoltes agitaient les provinces, et le manteau romain, tendu et troué de toutes parts, semblait sur le point de se rompre. Trois Césars à la fois se disputaient le principat, faisant marcher sur l'Italie les légions des frontières, abandonnées aux barbares. César Galba et ses Espagnols, César Othon et ses Lusitaniens, César Vitellius et ses Germains, envahirent la maîtresse du monde, qui fut livrée pour la première fois à l'anarchie de ses propres soldats.

En Judée, l'armée de Flavius Vespasien et de son fils Titus menait contre la révolte d'Israël une guerre impitoyable, écrasant et crucifiant les familles que notre épiscope avait connues depuis l'enfance. La fin d'Israël allait bientôt donner au monde une nouvelle dynastie. Dieu châtiait les juifs.

C'était l'automne ; César Galba était dans la Ville, menacé par Othon. Dieu châtiait la Nouvelle Babylone.

Nous étions toujours à Éphèse, dont l'Aimé dirigeait l'Église depuis son retour de Rome. La cité était alors fort partagée : les juifs de l'ancienne synagogue y détestaient notre foi ; et l'important parti de Paul combattait l'Aimé, l'interrompant dans ses prédications et critiquant ses strictes observances de la Loi. A cela s'ajoutaient les persécutions du légat, les arrestations qui se multipliaient depuis le début de la guerre de Judée, depuis trois années, pour prévenir une révolte des juiveries ; arrestations où les préteurs romains confondaient juifs et chrétiens. Certains de nos fidèles n'hésitèrent d'ailleurs pas à rendre aux juifs la monnaie de leur pièce, dénonçant à leur tour les affiliés de la synagogue comme préparant des révoltes de solidarité avec la Terre sainte.

Les risques d'arrestation, les violences des juifs et des nouveaux convertis n'auraient pas suffi à chasser l'Aimé ; la nouvelle de la mort du tyran, celle de la guerre de Judée, qui nous parvenaient au même moment, le décidèrent au voyage. Deux des Signes étaient accomplis, le martyre, et la destruction, par ses propres soldats, du pouvoir de Babylone. Le siège impitoyable que les légions commençaient d'entreprendre autour de Jérusalem enflamma le cœur de l'Aimé pour sa ville, qu'il avait tant maudite et tant pleurée. Il voulut, malgré les dangers d'une mer où *croisaient les flottes en révolte et les pirates, trouver un navire faisant voile sur Sidon, Tyr ou Ptolemaïs, sans tenir compte que sa santé, depuis les tortures de Rome, n'était plus celle d'un homme mûr. Ce siège n'était-il pas le troisième Signe promis par le Fils de l'Homme?*

Nous quittâmes Éphèse au début du mois de septembre sur l'Isis, un navire en provenance de Corinthe. Il nous fallait nous hâter, si nous voulions parvenir à bon port avant que les tempêtes de l'équinoxe ne rendissent impraticable la voie des mers. Nous fîmes notre première escale à Samos; mais, le lendemain, un coup de vent nous jeta sur Patmos, petit îlot, qui est à une journée de Samos, et où se trouvaient des navires venant de l'île voisine de Cythnos, y ayant pris asile pour éviter les tourbillons et la guerre...

« Que ma main, que ma langue périssent
Si je t'oublie, Jérusalem. »

Debout, à la proue dont la sirène écaillée par les mers plonge et émerge des flots verts et furieux, dans le vent et la pluie qui a collé à son front le turban blanc, et à ses tempes les nattes grises et les longs cheveux, l'eau du ciel ruisselant dans sa barbe, plaquant sur ses jambes maigres la longue tunique, la main au-dessus des yeux, Jean regardait sans la voir l'île qui chavirait sur l'horizon bouché, absorbé par la pensée de la Ville sainte.

Depuis douze ans, il n'avait pas revu le Temple et ses parvis, ni ce mont du Crâne inondé de Son Sang, ni ce jardin de Gethsémani où il L'embrassa pour la dernière fois. Certes la navigation avait été dure, depuis le grand concile tenu dans la Ville sainte, où les apôtres s'étaient partagé le monde. Lui, Jean, s'était donné la part la plus dure : suivre et contrecarrer partout, d'abord l'insaisissable Saül, puis ses disciples, et son faux évangile. De Rome à Éphèse, les coups bas, les sicaires, les libelles, les fausses épîtres n'avaient pas manqué dans ce combat. Mais il n'avait jamais désespéré de son retour au Saint Rocher du Moriah; l'Église de Jérusalem avait essaimé dans tout l'Empire. Elle était cependant restée la maison de famille;

et Jean avait souvent espéré qu'un jour la cité sacrée achèverait la purification du crime qu'elle avait commis sur le Golgotha, et qu'au Temple même la Croix dresserait son bois de douleur et de résurrection.

À présent, les éléments eux-mêmes s'opposaient à son retour, à l'heure où sa ville, pantelante mais toujours vivante, souffrait et guerroyait, contre l'envahisseur, l'Antéchrist romain.

Le vieil homme plissa les yeux pour distinguer l'entrée du port. De longues balafres, des plaques de peau brûlée, et mal cautérisée, couraient sur son visage. L'*Isis* roulait et tanguait sur place, voile abattue, le château arrière, orné de la statue de la Déesse, virant peu à peu vers l'île. Le capitaine avait fait mettre une barque à la mer ; mais les rameurs ne pouvaient lutter contre la tempête, et remonter vers l'entrée le lourd navire rond. Les rames, entre deux lames, frappaient l'air avec un bruit sec ; affalés, accrochés aux cordages, les passagers suivaient avec anxiété cette lutte inutile. Trois pointes rougeâtres, escarpées, arides, à peine mouchetées de verdure, dont l'une s'approchait dangereusement, bornaient l'horizon ; entre les deux promontoires, deux baies promettaient leurs eaux tranquilles. Au loin, on distinguait à peine entre les nuées le continent et le mont Mycale ; plus loin encore le bouclier de Samos au nord, le cap d'Icaria, et derrière les pointes de Patmos, les pyramides formées par Naxos à l'ouest et par Leros à l'est.

Le vent tomba un peu ; le pan de côte rocheuse, marbré d'écume, se déplaçait lentement, découvrant progressivement l'entrée du havre. Des femmes grecques se prosternèrent, remerciant les dieux : la fumée du feu qu'on allumait, pour guider les navires dans la tempête, venait d'apparaître au-dessus de l'éperon. Jean tendit son profil aux joues creusées, son nez busqué, comme pour aider à la manœuvre. La petite fumée hésitait, courbée par les rafales. Il baissa les paupières, et revit la lourde fumée noire des torches vivantes, s'allumant l'une après l'autre dans le cirque.

« Il faut descendre, Maître. Nous allons bientôt débarquer. »

Prokhore portait le manteau grec, le chapeau à larges bords ronds, contre la pluie. Ses cheveux noirs coupés court, lustrés par la pluie, n'avaient pas encore de fil blanc. Il jeta alentour un regard inquiet ; les passagers, quand ils portaient les yeux vers lui, se détournaient aussitôt. Le vieillard, instinctivement, leur faisait peur. Un coup de vent, dérangeant son manteau, fit briller sur la poitrine de Prokhore le Tau d'argent ; il rajusta le vêtement.

« Il ne faut pas rester ici, Maître. Trop d'yeux nous observent. »

Pendant les longues heures de la traversée, ils étaient restés enfermés dans leurs cabines, après que les fidèles d'Éphèse les eurent accompagnés et eurent réglé le prix du passage au capitaine. Le navire était bondé de juifs et de Galiléens, plusieurs centaines, qu'on voyait errer çà et là, certains touchant du doigt en marmottant les bourses de peau noire qu'ils portaient au front. Galiléens en manteaux de laine brune ou juifs de Phénicie en tuniques sombres, ils revenaient de Corinthe, où les travaux du canal, commencé par Néron à l'imitation de l'Euripe creusé par Agamemnon pour séparer l'Eubée de la Béotie, en avaient occupé plus de six mille. Ces déportés de la guerre juive, on les avait libérés à la mort de Néron, quand les ingénieurs avaient établi que le grand projet du tyran allait provoquer le déversement d'une mer dans l'autre et l'assèchement de l'Égée. L'énorme chantier, entaille dans le roc blanc, était resté inachevé, blessure ouverte, monument de la folie de César.

Ces juifs, comme eux-mêmes, étaient en route vers la Terre sainte, qu'ils avaient quittée, raflés par les légions, deux ans auparavant. Ils apprirent à Prokhore le sort effrayant de la Galilée : l'imperator avait noyé de sang les collines qui avaient connu Sa douce Parole, et les eaux cristallines du lac de Génésareth, où le Christ accomplit tant de miracles, étaient devenues pestilentielles à force de cadavres flottant le ventre en l'air à la surface. La Galilée avait héroïquement résisté à Vespasien ; la guerre avait déjà fait, disaient-ils, plus de cent mille victimes.

Prokhore s'associa à leurs plaintes ; mais, pour sa part, il eût préféré d'autres compagnons de voyage. Un fanatique de l'ancienne synagogue, un agent provocateur du parti de Paul, voire un indicateur chargé d'espionner pour le compte du légat les communautés juives ou chrétiennes, pouvaient aisément se dissimuler parmi eux. Les Grecs, les Italiotes, les Syriens ou les

Égyptiens l'effrayaient moins. Dans cette vie de proscrits qu'ils reprenaient, ils n'avaient de toute façon pas le choix : l'*Isis* avait été le dernier navire en partance pour la côte de Syrie.

Jean avait reçu le sort de la Galilée avec une apparente froideur ; les massacres s'entassaient les uns sur les autres, emplissaient la coupe du martyre. Nazareth n'était plus qu'un nom, et Capharnaüm, où avaient habité ses parents, réduite à l'état de colonie pour vétérans de l'armée impériale. Prokhore serra un peu plus son manteau autour de lui ; ils étaient environnés d'ennemis juifs, chrétiens ou païens, comme à présent par ces îles inhospitalières que la tempête transformait en cercle de périls.

Il y eut un hurlement, et l'*Isis* fit une embardée dans un craquement formidable. Un enfant, que sa mère tenait serré contre elle, roula vers le bordage, balayé sur le pont par un paquet de mer. Elle voulut ramper à sa suite ; la tête de l'enfant avait donné sur le plat-bord, et il était resté sans mouvement, tandis que l'eau écumeuse se retirait. Elle le recueillit dans ses bras, et le déposa au pied du mât, se griffant la face de ses ongles et poussant de vains gémissements que le vent emportait. Les passagers, sans lui prêter attention, encourageaient les rameurs ; la proue se cabrait, comme un cheval qui bute sur l'obstacle. Lentement, irrémédiablement, elle tournait malgré eux, dérivant vers la côte. La fumée du port disparut à nouveau ; un cri de désespoir poussé par cent poitrines salua l'échec de la manœuvre. À la poupe, le pilote s'arc-boutait en vain sur la grande rame qui virait inexorablement. Le vent soufflant du sud-est les jetait sur les récifs.

Le capitaine fit descendre l'ancre ; la chaîne glissa dans les anneaux avec un fracas de métal froissé. Le navire se mit à tourner sur lui-même, et les rameurs abandonnèrent la barque pour remonter à bord, épuisés, pendant que la frêle embarcation dansait à côté du vaisseau.

Jean avait gagné en boitillant l'entrepont. Ses ulcères aux jambes, trempés d'eau salée, qui n'avaient jamais guéri, le faisaient grincer des dents. Les passagers groupés autour du mât s'étaient écartés sur son passage, grommelant des injures. Dans l'entrepont humide, on entendait la barque cogner la coque. Un sabord laissait entrer des trombes, qui s'étalaient sur le sol glissant. Un Syrien priait ses petits dieux, qu'il avait sortis de sa ceinture et posés sur une planche. Par l'ouverture du pont, on voyait le ciel zébré, les nuages roulant leurs masses comme pour écraser l'*Isis*. Maculée d'écume, la mère dont l'enfant avait été frappé par l'océan, le regard fixe, les cheveux défaits, tenait le petit corps enlacé. Prokhore s'approcha : le front du gamin était ouvert sur la largeur d'une main, et par l'os brisé la matière du cerveau et le sang s'écoulaient peu à peu sur la membrure de chêne ébranlée de coups sourds. Il voulut nettoyer la plaie ; la femme le repoussa, puis tendit vers Jean l'enfant inerte ; il paraissait avoir trois ou quatre ans. Elle gémissait en araméen, sans discontinuer :

« Il jouait encore aux noix, il parlait déjà. Tu es sorcier, ils me l'ont dit. Écoute, il respire encore ; rends-lui la vie qui s'enfuit, ferme ses blessures ! Homme de Dieu, implore pour moi ton Seigneur, et guéris-le ! »

Jean tressaillit ; il appela Prokhore.

« Sors le talith. »

Prokhore regarda les malades et les blessés autour d'eux.

« Maître, ils peuvent nous voir. »

Mais Jean fronça les sourcils.

« Le serviteur de Christ ne peut laisser s'enfuir une âme innocente sans lui ouvrir la porte de la Résurrection. »

Prokhore ouvrit le baluchon, déplia soigneusement la grande écharpe de soie blanche frangée, brodée d'une vigne bleue. Jean s'en couvrit la tête et les épaules, et réclama l'huile consacrée. À chaque mouvement du navire, les franges et les quatre tresses rituelles à huit brins oscillaient.

« Maître, nous n'avons ni huile, ni lait, ni miel, pas même d'eau pure... »

Jean lui imposa silence. Un peu d'eau salée était demeurée dans un creux du bois. Jean y trempa les doigts, en jeta quelques gouttes sur le front blessé. Puis, d'un doigt, il fit le signe du Tau. Prokhore récitait en grec la prière du baptême :

« Éveille-toi, ô toi qui dors
Lève-toi d'entre les morts
Et le Christ t'illuminera
Lui, le soleil de la résurrection
Engendré avant l'étoile du matin. »

Tandis que Jean baptisait en araméen au nom du Père et du Fils, un nouveau choc, plus violent, les fit tous vaciller. La mère se releva, colla la bouche de l'enfant à la sienne.

« Tu l'as tué ! Tu as tué mon enfant ! »

Jean la toisa.

« Il est né à une autre vie, femme. Une vie dont tu n'as aucune idée... »

Elle ne l'écoutait plus. Elle jaillit sur le pont, échevelée ; là-haut les imprécations et les jurons résonnaient. Un groupe de passagers dévala l'échelle, menaçant Jean et Prokhore.

« C'est un sorcier ! Je l'ai vu, il a jeté un sort à la proue de l'*Isis* ! »

Le talith, tombé à terre, est piétiné. Le baluchon éventré.

« Regardez ! ce sont des disciples de Chrestos, le dieu à oreilles d'âne ! Ils ont tué un enfant ! »

On les entraînait à présent vers le bordage. Les juifs n'étaient pas les moins furieux. Autour, la tempête reprenait. Le bateau tirait sur l'ancre. Quelques matelots se joignirent aux passagers.

« Jetons-les à la mer ! Que Poséidon nous pardonne, l'*Isis* est en haine aux dieux, tant que ces hommes sont à bord !

— Hommes de peu de foi, jusques à quand aurez-vous le cœur apesanti ? »

L'apostrophe de Jean eut peu d'effet. Les officiers, sur le château arrière, laissaient faire. Prokhore les interpella :

« Capitaine, tu es d'Alexandrie comme moi ! Vas-tu laisser ces fous nous mettre à mort ? Nous avons payé le passage, tu nous dois protection ! »

Le capitaine, un géant barbu avec un anneau à l'oreille, réclama le silence. On n'entendit plus que les mugissements de l'orage.

« Qu'il en soit fait comme vous le désirez, puisque vous avez payé le passage ! Qu'on les descende dans la barque, et qu'on en délivre mon navire. »

Dix mains les serrent aussitôt. On leur passe une corde sous les bras. Ils pendent aux vergues, au-dessus des vagues. À peine posés dans la barque légère qui monte et descend comme un bouchon sur les lames démontées, en embarquant à chaque embardée, on leur jette leur baluchon. Un matelot tranche les amarres ; immédiatement, une vague emporte le canot loin de l'*Isis*, dont les clameurs se confondent avec le sifflement du vent les poussant à la côte.

Jean priait, sans considérer les éléments déchaînés. Prokhore tentait de manier l'aviron ; il le lâcha, et prit le bras de Jean.

« Maître, l'ancre a cédé ! »

L'extrémité de la chaîne vola dans les airs, puis racla le pont avec un bruit sinistre. L'*Isis* à son tour dérivait vers les récifs ; les cris s'éloignaient d'eux. Une autre vague leur ferma la vue ; quand ils l'aperçurent à nouveau, le navire était couché sur le flanc. À chaque assaut de la mer, des morceaux de la coque, des poutres entières se détachaient en craquant. Fous de terreur, des passagers se jetaient par grappes à la mer, et, de loin, leurs cadavres, traînés par les vagues sur les tranchants acérés des récifs paraissaient de minuscules poupées démantibulées. Le navire pencha encore, s'ouvrit en deux, et en l'espace de sept lames il n'y eut plus signe de l'*Isis* que des débris informes.

Leur barque, prise dans un courant contraire, s'était à présent dirigée parallèlement à la côte. Jean continuait de prier, les mains vers l'orient, pour les âmes des naufragés voués au Schéol par la main de celui qui ne laisse aucun crime impuni. Se levant dans la brume, les îles au loin se coloraient d'aurores tardives ; avec la rapidité coutumière à ces parages, le grain s'éloignait.

« Maître, la tempête se calme. Les anges du Seigneur sont avec nous ! »

Ils firent une voile du manteau de Prokhore, un mât de l'aviron ; ils n'avaient plus aucun moyen de gouverner, mais le vent changeant les poussait à présent vers l'entrée de ce golfe où l'*Isis* n'avait pu pénétrer. Debout dans la barque, retenant l'aviron dressé, Prokhore scrutait le ciel. La pluie s'était arrêtée. Les nuages filaient vers l'ouest et se déchiraient en taches bleues. Un rayon de soleil surgit, traversant l'atmosphère humide ; montant des flots, une colonne de lumière irisée bondit vers le ciel, transperçant les nuages, puis redescendit en courbe sur l'île à présent toute proche. Jean salua le prodige.

« Gloire à toi, Elohim, gloire à ton Arche d'Alliance qui nous est apparue dans la détresse, nous manifestant Ta Présence ! Par cette arche de l'ancienne et de la nouvelle alliance, corps céleste de la mère de ton Fils, tu m'as désigné cette île sauvage pour que j'y porte ta vérité. »

Ils passèrent le cap, et la mer soudain fut d'huile. Devant eux s'étendait le port aux masures blanches, la jetée où les navires amarrés côte à côte s'étaient abrités contre le vent. Une grosse barque de pêche venait à leur rencontre. On leur faisait des signes. Derrière eux, les espars de l'*Isis* et des ballots flottant au gré des eaux jonchaient l'océan.

Comme ils débarquaient au môle, le soleil empourprait les derniers nuages. Sur le quai, chancelants comme des hommes pris de boisson, ils remercièrent encore une fois le Seigneur ; autour d'eux, des enfants en haillons, des femmes en noir les dévisageaient comme des bêtes curieuses. Prokhore s'enquit en grec d'une auberge, auprès de l'officier du port, qui les fit déposer sur le naufrage de l'*Isis*. L'homme, comme les femmes et les enfants, dehors, semblait soucieux. Quelque grave préoccupation assombrissait leurs visages, que Prokhore attribua au naufrage. De nombreux navires ayant été forcés de relâcher dans la rade à cause de l'orage, toutes les hôtelleries du quai étaient combles, logeant outre les équipages, les rescapés de l'*Isis*. Jean ne s'inquiétait que d'une chose, les cadavres des naufragés. Ils marchèrent le long de la côte, dans le crépuscule, retrouvèrent deux ou trois corps ; Jean les bénissait, Prokhore leur fermait les yeux et jetait sur eux une poignée de sable. Les naufrageurs les avaient précédés ; les gosses avaient coupé des doigts pour voler des anneaux ; deux femmes âgées, les voyant accomplir ce pieux devoir dans la nuit tombante, se joignirent à eux sans comprendre leurs prières.

Vers le haut de la ville, au bout d'un raidillon, sur une petite place coupée par des marches peintes à la chaux, il y avait foule à l'enseigne grinçante qui montrait un phénix au milieu d'un champ de fleurs délavées. « Thermopolion, chez Euxinos » : la peinture rouge ajoutait en grec : « Sois heureux, toi aussi, au Phénix. Une obole, vin chaud. Deux oboles, Falerne et Samos. Poisson et rôti, et le sourire des filles. Ici, Hermès te promet des affaires, et Apollon la santé. » À l'étal donnant sur la place, des servantes débitaient aux passants des gâteaux à la viande et des saucisses qui grillaient. Elles plongeaient à la louche dans des jarres de vin encastrées dans la pierre du comptoir, ajoutant ensuite dans les gobelets de terre cuite l'eau qui bouillait à côté d'elles. Prokhore interrogea les marins, cherchant un navire en partance pour la Terre sainte. Mais ils étaient évasifs, tout dépendait du temps. La mauvaise saison commençait. Pourrait-on reprendre la mer pour aller plus loin que le continent, Naxos ou Délos ? Les nouvelles des îles étaient préoccupantes. Des séditions, dont on ne voulait pas préciser la nature, agitaient l'archipel.

Ils entrèrent dans l'auberge pour demander un asile. Prokhore écarta devant Jean le rideau de perles de buis d'où provint un tapage de vaisselle remuée et de jurons. Les murs suintaient le graillon ; quelqu'un hurlait :

« Euxinos est un chien et sa femme une empoisonneuse ! »

Une serveuse, en tunique courte, qui avait au nez et aux oreilles de petits cercles de cuivre, les guida jusqu'aux cubicules ouverts sur la salle basse, recoins d'ombre où des fresques vineuses peintes à grands traits étalaient des victuailles colorées. Des graffiti parsemaient la fresque, annonçaient des réunions de joueurs de boules, le congrès des voleurs à la tire. La servante regardait hostilement Jean, qui ne lui adressait pas la parole. Prokhore, pour détourner son attention, commanda du vin chaud et du poisson. Il aurait aussi voulu une chambre à l'étage. Aéglé eut un sourire engageant. Il n'y avait plus de chambre libre, mais elle était autorisée à accueillir un client dans la sienne.

« Un, ou deux, si ton père en a envie aussi... » Elle désignait Jean de ses ongles noirs. Celui-ci l'apostropha en grec :

« Honte sur toi, femme aux oreilles mutilées ! »

Elle éclata de rire. Jean ne toucha presque pas à la nourriture ; en un tel lieu, il était impossible de suivre les prescriptions rituelles. Le pain noir et le vin brûlant suffiraient. Prokhore se remit en quête de renseignements. Aux tables, peu de clients étaient patmiotes : quelques pêcheurs et bergers, qui jouaient à la mourre, levant les doigts simultanément en criant un chiffre. La plupart des autres buveurs, affranchis ou esclaves en fuite, parlaient un grec de l'Ionie, que Prokhore suivait difficilement. Dans les cubicules, on jouait ferme : pair impair, avec des petits cailloux dissimulés dans la main, jeu de l'oie, osselets. Prokhore y dénicha un certain Bagartès, adipeux Levantin aux bajoues luisantes, qui était attablé avec plusieurs marchands. Dans le brouhaha, pour l'amadouer et célébrer le coup d'Aphrodite, le trois fois six que Bagartès venait de réaliser, Prokhore offrit une tournée de vin parfumé à la cannelle. Le grec de Bagartès, originaire de Sidon, était familier à ses oreilles.

Prokhore aurait voulu savoir s'il y avait des chrétiens dans Patmos ; une demeure amie eût été cent fois préférable à cette auberge. Mais il n'était pas question d'éveiller leur attention : pour eux, Prokhore n'était même pas juif, mais alexandrin. Ils comparèrent longuement les qualités du jasmin et du thym adjoints au vin de Chio.

« Rien ne vaut le miel avec un Corinthe bouillant », proclamait Bagartès en claquant les doigts de plaisir. Quelles étaient donc les nouvelles des îles, de la guerre entre Romains, de la Judée ? Bagartès simulait l'ivresse, s'ébahissait ou hochait la tête de haut en bas, en signe de dénégation. Enfin, il lui montra un client seul sur un banc ; il semblait absorbé dans la contemplation de ses voisins, qui jouaient aux dames sur un échiquier gravé au couteau dans le bois de la table. Bagartès se pencha, empestant le vin :

« Attention, étranger, ne pose pas tant de questions. Ce gars-là est de la police. Allons faire un tour sur la terrasse... »

Une tonnelle chétive y protégeait du vent. Loin des oreilles indiscrètes, Bagartès et l'un de ses marins acceptèrent un nouveau pichet de vin à la rose, écœurant et tiède. Puis ils voulurent une servante, qui s'appelait Zmyrina. À seize ans, parfumée d'onyx bon marché et de faux nard entêtant, outrageusement maquillée, elle valait une drachme pour la soirée ; ils ne voulaient donner qu'une demie. Ils tombèrent d'accord à cinq oboles, se cotisant à deux pour se l'offrir. Elle apporta les soucoupes et le bassin rempli d'eau, qu'elle disposa entre eux. Étendus sur les bancs de la tonnelle, les deux hommes, éméchés, voulaient la jouer au cottabe. D'une main étonnamment sûre, ils projetaient les dernières gouttes de leurs coupes de terre vers les soucoupes flottant sur l'eau. Celui qui en toucherait le plus grand nombre garderait Zmyrina. Tout en jouant, ils s'ouvrirent à Prokhore. Avec les événements, tout voyage devenait impossible.

« D'où sors-tu donc ? Tu n'as pas vu les navires à quai ? »

Prokhore les croyait venus chercher un mouillage devant le grain. Le marin renversa sa coupe, libation dérisoire.

« Bénis soient les dieux et le sang du grand Jules ! Ne sais-tu pas que notre bon prince, l'ami des cochers et des esclaves, le César ahénobarbe est revenu d'entre les morts ? Les grandes fêtes vont reprendre, l'amphithéâtre va rouvrir, déjà on relève ses statues, on frappe sa monnaie. Néron est ressuscité ! La police est sur les dents, le Sénat qui l'a destitué et suicidé est sens dessus dessous. Cythnos et Naxos sont gagnées. Le vent ! La tempête ! C'est Néron que les armateurs ont fui. L'ami des pauvres est bien capable de confisquer leurs navires. » Prokhore, le visage dans l'ombre, était devenu blême. Bagartès continuait à soliloquer.

« Remarque, moi aussi, je possède mon petit caboteur ; mais je suis un humble, et l'Ahénobarbe a toujours été avec les petits, avec la plèbe. Quand il a dévalué le denier d'argent, quelques années avant sa mort, j'ai pu me mettre à mon compte ; il était l'ami du petit commerce, l'ennemi du gros propriétaire, du sénateur cousu d'or qui couche sur le trésor de ses ancêtres. On va danser à Rome, et faire un feu de joie des nobles et des chevaliers, la fête recommence. Il va s'installer en Égypte, je pense, et faire d'Alexandrie la capitale du monde. Cela ne te fait pas plaisir, l'homme de Canope ? »

L'autre marin reprit l'éloge du monstre.

« Il n'a qu'à se montrer, tous le suivront. J'étais aux Jeux isthmiques, il y a deux ans, quand nous l'avons couronné et proclamé dieu. Il chante comme Orphée ! Et pas fier, et ami des libertés. Il a affranchi nos cités du tribut, des gouverneurs, des rapaces sénatoriaux. Il nous a appelés " la plus noble des nations ". Il est le bienfaiteur de l'Hellade, le philhellène. Il a libéré les Grecs. Quand il est mort, les sénateurs nous ont tout repris, et ils ont dit d'un air hautain : " Les Grecs ne savent plus être libres. " C'est eux qui vont danser maintenant ! On dit qu'il est l'allié des Parthes, que Tiridate et Vologèse lui ont apporté une flotte et dix mille chevaux de guerre pour écraser la révolte de Judée. Il va régler leur compte aux juifs, et puis il marchera sur Rome, avec des éléphants, des danseuses et des poètes, comme au bon temps de son voyage en Achaïe... »

De grands prodiges accompagnaient ce retour. Bagartès baissa la voix : un garçon à sept têtes était né d'une femme à Délos, et, à Amorgos, c'était un pourceau avec des serres d'aigle qu'avait enfanté une truie. Un homme à Rhodes, étant revenu d'une grave blessure, avait déclaré avoir vu Néron aux enfers. Il avait aussi vu les Trois Juges qui voulaient changer l'empereur en couleuvre. Mais les morts hellènes s'étaient insurgés, parce que la forme d'une telle bête était une insulte à l'ami des Grecs. Alors Néron avait repassé le Styx sur leur dos, et il était réapparu à Cythnos avec une cuirasse de verre.

Il hoquetait d'enthousiasme. Prokhore démêla de leurs bavardages qu'un prince parthe, furieux contre Vespasien et Titus qui favorisaient d'autres candidats au trône de Darius, avait franchi la frontière de l'Euphrate et expédié des subsides au secours d'un Néron brutalement réapparu à Cythnos. Les quelques galères romaines stationnées à Délos s'étaient ralliées ou avaient été désarmées ; leur chef, Calpurnius Asprenas, envoyé par Galba qui régnait à Rome, s'était replié sur Samos. D'ailleurs, le désordre était dans toutes les communications de l'Empire. Les provinces en révolte, la Gaule, l'Espagne, la Germanie, retrouveraient leur indépendance comme les Grecs ; le marin, qui était arrivé depuis deux jours, avait vu la troupe de Néron, mercenaires et esclaves libérés, piller les temples et y rétablir son culte, enlever jeunes garçons et filles et entraîner sur leur passage tous ceux qui n'avaient rien à perdre. Les esclaves en fuite en particulier : Néron, le premier, avait autrefois promulgué un édit qui autorisait la personne servile à se plaindre au préfet des mauvais traitements de son maître, et il était resté populaire parmi eux.

Dans le cubicule, Jean s'était endormi. Prokhore l'éveilla doucement. Partout dans la salle, les clients ronflaient, renversés sur les tables ou étendus au sol.

« Maître, la Bête est revenue ! César Néron est ressuscité ! »

Jean étendit le bras dans l'obscurité. Sa voix exultait.

« Abaddon est revenu ! Le sang des martyrs n'était donc qu'un prélude, et Tu m'avais réservé pour une plus grande gloire. Antéchrist est ressuscité ! Le retour de Ton Fils ne sau-

rait donc tarder, puisque celui qui Le précède est déjà là ! Alléluia ! Alléluia ! »

Prokhore lui ferma la bouche. Dans la salle, des grognements s'élevaient. Un dormeur dérangé expédia un gobelet vers
leur cubicule ; il s'écrasa sur le mur. Jean, prosterné, remerciait
le Seigneur.

Quand, au petit matin, ils descendirent vers le port, une sourde
inquiétude courait les échoppes. Des esclaves s'attroupaient, et
trois prêtres d'Atargatis, agitant des clochettes, mendiant de
porte en porte, colportaient la nouvelle du retour de l'empereur. Néron avait favorisé leur culte, ils ne doutaient pas que
leurs prières fussent pour beaucoup dans ce prodige. Les
gardes municipaux, en surtouts de cuir, le bâton à la main, dispersaient mollement les groupes. À midi, un magistrat en toge
se montra près de la statue de Poséidon ; on le hua, il disparut
aussitôt dans le poste de garde. Le ciel était à nouveau couvert,
nul navire ne pouvait prendre le large. Les boutiquiers refermèrent les planches de leurs comptoirs. Prokhore et Jean se
réfugièrent dans le marché. L'eau de la pluie était pleine de
cendres noires : elle coulait à présent en laissant de longues
traces tristes sur le blanc de la chaux. La statue de Poséidon
semblait pleurer de l'encre ; un pêcheur expliqua à la foule
qu'il avait vu, trois jours plus tôt, l'île de Théra, au sud
d'Amorgos, cracher des jets de feu qui montaient à plus de
mille stades. Cette suie noire provenait de la force de Pluton.
Les marchands aisés, soucieux, secouaient la tête ; tous ces prodiges présageaient de grandes catastrophes. Les esclaves et les
marins prenaient plaisir à redoubler leurs terreurs ; des gamins
formèrent une ronde parmi les flaques grises, chantant sous
l'orage un couplet en l'honneur d'Ahénobarbe croquemitaine.

Prokhore se signait sous son manteau. Jean était empli d'une
sombre allégresse.

Plusieurs semaines passèrent. Les tempêtes d'équinoxe marquèrent la fin de tout espoir pour les voyageurs ; jusqu'au printemps, il n'y avait plus de grands trajets possibles. Tout au plus

aurait-on pu regagner Éphèse ; Jean ne voulut pas revenir en arrière. Un soir, cependant, une voile brune apparut à l'est, et toute la ville courut au quai. C'était un vaisseau demi-ponté de Smyrne ; son capitaine avait cru pouvoir gagner Chio, mais le vent l'avait repoussé vers Patmos. Les voyageurs ahuris débarquaient, le teint brouillé, entre deux haies de curieux. Ils ne savaient rien du retour de Néron ; la guerre avec les Parthes avait bien repris en Orient. D'affreux malheurs ne cessaient de dévaster l'Asie : famine dans le nord, tremblement de terre dans la vallée du Lycus ; et on disait que Laodicée et Colosses n'étaient plus que champs de ruines. En Lycie, la mer avait envahi la plaine du Xanthos, tuant des milliers de paysans. Les fleuves ramenés par la marée remontaient vers leurs sources, inversant leur cours et noyant tout sur leur passage. Jean avait attendu ces désastres. Mais il aurait surtout voulu des nouvelles de la guerre autour de Jérusalem ; sans doute l'hiver avait-il stoppé les mouvements de l'armée de Vespasien. On pensait que le siège serait levé ; on parlait de négociations. Prokhore bondit sur un des passagers : c'était un artisan de Thyatire, nommé Hélix, qu'il avait connu responsable d'une communauté locale dans l'Église d'Éphèse. Les trois chrétiens s'isolèrent, échangèrent le baiser de paix. Les nouvelles de l'Église n'étaient pas meilleures : depuis le départ de Jean, les disputes et les scissions se multipliaient dans les sept cités. Le trésorier de la communauté de Philippes était parti avec la caisse de secours mutuel, laissant sans ressources veuves et orphelins.

À Sardes, à Laodicée, l'épiscope et la plus grande partie des fidèles, menacés de mort et pressés par leurs concitoyens qui voyaient en eux l'origine de leurs malheurs, avaient abjuré la foi et accepté de rendre hommage aux divinités poliades. Nicolas, diacre de Laodicée, jeune loup du parti de Paul, avait légitimé cette apostasie : qu'importait de rendre un faux culte, disait cet esprit retors, du moment que, le sachant faux, il est sans conséquences ? L'important, affirmait-il, était de conserver en soi la Connaissance de Dieu, et à des cœurs purs ni le péché ni l'idolâtrie ne sont une souillure. Hélix, d'ailleurs, n'était pas loin de l'approuver. Jean entra dans une grande colère. Ces nicolaïtes bafouaient les martyrs. Hélix, pétrifié de respect, objectait timidement. À Smyrne, à Sardes, des juifs orthodoxes avaient massacré des chrétiens. Fallait-il que tous périssent? Jean cita Isaïe : « Qui de vous pourra habiter avec le feu dévorant, les ardeurs sempiternelles? » Devant son élan inspiré, Hélix se tut et lui baisa les mains. L'épiscope d'Éphèse, le second fils de la Mère de Dieu, le témoin de la Passion, avait la Parole qu'on ne peut discuter. Les nouvelles de Thyatire et de Pergame étaient pires encore. A Thyatire, une femme perdue de mœurs, une Jézabel s'affirmant chrétienne, prophétisait en Son Nom, tête nue, dans les rues, entraînant les fidèles dans des agapes sur lesquelles il courait des rumeurs effarantes, où tous les âges et les sexes étaient confondus. Jean priait le Seigneur de nettoyer son Église ; à Pergame, les fidèles s'étaient remis à manger les viandes sacrifiées aux idoles.

Hélix, n'osant s'adresser à l'archi-apôtre, à son tour interrogeait Prokhore. L'Aimé avait-il su tous les récits qui couraient à présent les Églises sur la vie de Notre-Seigneur? Pour lui, Hélix, il était dans la confusion. On ne savait à qui faire crédit. Tous se contredisaient. Le Seigneur avait-il annoncé son Retour, ou bien abandonné ce monde à son sort? Fallait-il se consumer sans espoir dans la prière, attendant la fin de cette vie, ou croire en cette Parousie qu'il avait dite devoir venir dans le temps de la vie de l'Aimé? Tant de bergers s'offraient à guider le troupeau désemparé. Paul, dix ans auparavant, avait recommandé d'obéir aux légats et à César. Il avait appelé Néron « le fonctionnaire de Dieu ». Mais Paul était-il un apôtre?

Jean l'écoutait, absorbé, tandis qu'ils cheminaient vers la taverne. Les marins qui jouaient étaient habitués à eux. Nul ne les observait. Jean bénit le pain et le sel ; quand ils eurent mangé, il s'adressa à Prokhore.

« Tu voulais que j'écrive les paroles qui réconfortent le troupeau. L'heure est venue, mon ami. Bientôt, il sera trop tard pour la repentance. La terre tremble, l'Antéchrist est ressuscité, Jérusalem assiégée, nos communautés pourries de faux prophètes. Quel signe manque? Oui, l'heure est venue d'adresser aux Églises la parole qui fustige et qui sauve au bord de l'abîme. Prends tes tablettes et écris. »

Dans la salle basse, une fille chantait, sur les genoux du capitaine smyrniote. Une autre commença à dévoiler ses seins pendants, faisant tournoyer autour de sa tête le linge arraché à sa gorge. Dans la torpeur de l'oisiveté forcée, les matelots alourdis, sans prendre garde, s'étiraient ou se vautraient sur les tables. Certains rêvaient à haute voix de leurs patries lointaines.

« Écoute et écris, Prokhore, ce que le Très-Haut communique par ma bouche aux Sept Églises, aux infidèles et aux hérétiques comme à ceux qui ont gardé la foi dans le Messie, au moment où Son Jour est imminent. Et qu'il soit interdit à quiconque n'a jamais contemplé Sa Face d'invoquer Son Nom ! »

Prokhore avait sorti de sa ceinture une tablette de bois blanc, serrée par une lanière de cuir, où il notait les dépenses du voyage. Il dénoua la lanière, et les deux faces couvertes de cire noire s'ouvrirent par le milieu, protégées du contact par un rebord exhaussé. Avec le bout plat de son stylet d'ivoire, il racla légèrement la cire, effaçant ses chiffres. Puis, pour écrire, il renversa l'instrument, en appliquant le bout pointu sur la tablette. Jean s'était mis à dicter dans un grec abrupt encore hébraïsant, pendant que la mélodie éraillée de la fille berçait les marins.

« *Jean aux sept communautés, en Asie,*
Aux Sept Églises d'Éphèse, Smyrne, Pergame, Thyatire,
Sardes, Philadelphie et Laodicée. Grâce et paix à vous, de Celui
qui est, était et vient, par les sept souffles présents devant son
trône, et par Jésus le Témoin fidèle, le premier-né d'entre les
morts, le Prince des rois de la terre... Souvenez-vous d'où vous
êtes tombés, repentez-vous, faites retour avant que les Temps
soient venus... »

Toute la semaine, Jean dicta sept lettres pleines de l'ire divine et d'appels au repentir. Prokhore chaque soir les transcrivait sur un rouleau qu'il conservait sous son matelas. Ils les confièrent à Hélix, qui profitait d'une galère militaire de passage, évitant la révolte de Cythnos, et d'une brève accalmie, pour regagner le continent. Enfin, comme ils séjournaient en ces lieux depuis près d'un mois, Jean décida de prêcher en public.

Rien de ce que lui disait Prokhore, craignant un peuple versatile où nulle communauté ne leur était accueillante, ne put l'en empêcher. Le premier samedi de décembre, comme un vent du nord aigre et frileux avait dégagé le ciel, il descendit devant la criée aux poissons et monta sur une borne pour parler. Dès que sa voix puissante commença à résonner dans l'allée du marché, les femmes et les enfants qui récupéraient les ordures des étals accoururent comme au spectacle. Le vieux juif fou, comme ils disaient, avait depuis longtemps excité leur curiosité ; avec l'interruption des relations par mer, les distractions devenaient rares. En l'absence de courriers officiels, chacun était prêt à tout croire, à tout espérer, à tout écouter.

« Annoncez la nouvelle parmi les nations, publiez-la ! Ne cachez rien, proclamez : Babylone est prise, Baal confondu, ses idoles sont terrassées, ses saletés écroulées. »

Le verset de Jérémie, clamé en hébreu, fit peu d'effet. Quand le prophète proclama en grec que la Nouvelle Babylone, la Ville, le foyer d'infection, deviendrait un désert comme l'était devenue l'ancienne cité de Nabuchodonosor, il y eut des murmures. Sans aimer Rome, les Patmiotes étaient accoutumés à sa domination. Et voilà que ce vieillard halluciné leur criait, alors que la guerre faisait déjà rage en Orient :

« Fuyez, fuyez, habitants de Babylone ! Elle était une coupe d'or, elle enivrait la terre entière, les nations s'abreuvaient de son vin et devenaient folles. Babylone est tombée, elle s'est brisée ; hululez sur elle ! »

Des femmes se mirent à rire, pointant sur l'orateur le majeur, les autres doigts repliés en signe de dérision. Des hommes coururent chercher la garde. Lui n'entendait rien :

« Elle est prise, elle est conquise, la célébrité du monde entier ! Ses villes se sont changées en désert, en terre aride et en steppe ! Tombée, elle est tombée, la Grande Babylone, et toutes les images de ses dieux se sont brisées à terre. »

Il ouvrit les bras, son manteau flottant dans l'air glacé. Ils crurent qu'il les menaçait. Des voix s'élevèrent.

« A bas le juif, il insulte les dieux ! Faites-le taire !

— Elle ne sera plus jamais habitée ni peuplée de génération en génération ; les bêtes du désert y feront leur gîte, les hiboux en rempliront les maisons, les hyènes crieront dans ses châteaux. Les Temps approchent ! Repentez-vous ! »

Un poisson pas frais, lancé par une harengère, atterrit aux pieds du prophète. Prokhore lui fit un rempart de son corps.

« Maintenant, riches, pleurez, hurlez sur les malheurs qui vont vous arriver. Vos richesses sont pourries, votre or, votre argent mangeront vos chairs comme un feu. Au nom de Christ, repentez-vous ! Car celui qui n'est pas avec moi est contre moi, a dit le Seigneur.

— Un chrétien ! C'est un chrétien ! »

Le mot lâché déchaîna l'émeute. Les projectiles se mirent à pleuvoir, fruits pourris, cailloux. Prokhore tirait le vieillard, qui se retournait, voulait encore crier sa foi. On les poursuivit jusqu'aux dernières maisons, et ils filèrent dans le vent d'hiver jusqu'à perdre de vue la petite ville. Ils parvinrent à une lande sèche, où ne poussaient que des épineux, traversée de murets de pierres disjointes, où des chèvres s'enfuyaient à leur approche, quittant quelques oliviers rabougris qui croissaient dans des trous creusés pour les protéger du vent, et dont les branches traînaient jusqu'à terre. Par-delà la colline pelée, grise et mauve, le ciel s'obscurcissait rapidement. Où trouver un abri pour la nuit ? Les mauvaises jambes de l'Aimé ne le porteraient pas loin. En contrebas, un vallon aride rejoignait le village par de sinueux détours. Le long de ce sentier, Prokhore voyait des minuscules constructions, qu'à cette distance il prit pour des cabanes de bergers.

Franchissant péniblement les murets, s'écorchant aux buissons, ils descendirent droit vers elles. Ce n'étaient que des tas de pierres, parmi lesquels se profilait çà et là la tache claire d'un cippe, d'une stèle sur laquelle un adolescent ou une femme voilée accompagnée d'animaux familiers saluaient les passants de leurs orbites vides. Ils erraient dans un cimetière païen. Jean se redressa pour quitter ce terrain d'impureté. La lune montante éclairait les tombes, froide et blanche. Prokhore prêta l'oreille ; il avait entendu le piaulement d'un animal. On eût dit la plainte d'un louveteau. Sous le premier quartier qui se levait, une forme, debout sur une tombe, appelait sans se lasser. Quand elle entendit les cailloux rouler sous les pieds de Prokhore, elle se coula à côté de lui et ouvrit son manteau dans la lumière blafarde. Elle était nue, tremblante, et répétait : « Pas plus d'une drachme, une drachme, rien qu'une drachme », en cherchant à l'entraîner derrière le tumulus. Son visage maquillé de blanc, où les pommettes étaient peintes de lie-de-vin, lui donnait l'air d'un revenant. Il reconnut Zmyrina ; il avait entendu parler des rencontres de cimetière. D'un coup, Zmyrina appuya sur sa gorge un petit couteau à manche de corne. La nuit, la servante d'Euxinos chassait pour elle-même.

« Donne ta bourse, et vite. »

Prokhore eut une suffocation indignée. Il lui expédia un coup de coude dans le ventre, puis lui tordit le bras ; le couteau tomba à terre. Elle eut une plainte. Il la lâcha. Le petit visage chiffonné grimaçait de douleur sous la céruse.

« Ne me dénonce pas à Euxinos ! Il me mettrait dans la chambre aux esclaves... »

C'était la punition des servantes : livrées aux plus pauvres, aux plus laids. Elle s'attendait à des coups. Quand elle comprit qu'il ne la battrait pas, elle s'offrit gratis. Comme il la refusait, elle en conçut un grand étonnement. Il l'amena à Jean, elle pleurait. Elle fut leur première conversion.

Comme le jour se levait, elle retourna chez Euxinos prendre le bagage des deux chrétiens. Deux vieilles femmes, celles qui les avaient aidés à ensevelir les naufragés de l'*Isis,* et qui avaient assisté à la prédication, s'attachèrent à leurs pas. Ils traversèrent l'île et parvinrent, sur l'autre rive, à une grève déserte. L'une des vieilles y connaissait un Grec d'Athènes, appelé Antisthénès, qui avait été relégué à Patmos et vivait dans une cabane de feuillage. Il était affable et hospitalier, et respectait tous les dieux. Il leur offrit de l'eau dans des coquillages et des couches de varech ; Jean devait se reposer. Antisthénès, qui avait une dizaine d'années de plus que Prokhore, assista sans broncher à la catéchisation des trois femmes, les journées qui suivirent. Il était vêtu de blanc et s'abstenait de viande et de vin ; il accueillait les tentatives de Prokhore pour lui conter la vie du Christ par un sourire entendu ; pour lui, ses écritures saintes étaient Pythagore. Quant au Messie, il avait lu les Livres sibyllins, et savait qu'ils présageaient un Prince de la Paix. Jean se courrouçait de cette tête païenne où rien ne pénétrait de la Parole de Dieu, qu'on ne pouvait ramener des étoiles à la terre. Il n'aimait que les Nombres ; la nuit, il suivait les cours des astres, le jour, il dessinait des abaques dans le sable et y faisait de savants calculs à l'aide de petits cailloux. Prokhore se souvenait de Philon : Un est principe et Unité, Deux est vide et incomplet, Trois est plein, ayant un début, un milieu et une fin, Sept et son Carré sont parfaits. Jean fronçait le sourcil devant ces spéculations d'Alexandrins.

Zmyrina rapportait de la cité des rumeurs contradictoires. Le nouveau Néron avait débarqué sur le continent, marchant à la rencontre de ses alliés parthes pour s'emparer de Jérusalem. Il persécutait déjà les chrétiens des villes côtières, éventrant les femmes enceintes et les vierges. Sur l'île, le gouverneur enrôlait tous les hommes valides et faisait emprisonner les étrangers et les espions. Craignant de mettre leur hôte en péril, ils décidèrent, sur le conseil de Zmyrina, de se réfugier dans une des grottes qui creusaient de partout la montagne.

C'était le début de janvier. Elle les guida, en une matinée claire, à l'heure où la rosée brillait encore sur les cailloux du chemin. À mesure qu'ils escaladaient le mont, les formes tourmentées des roches autour d'eux, sculptées de lumière, apparaissaient de vivantes gargouilles, monstres polymorphes, ou architectures à demi écroulées, voûtes naturelles au travers desquelles on revoyait la mer azurée, plantée de milliers de récifs rouges, flamboyants. Zmyrina les appelait par leur nom : ici l'Aigle, là le Bouc aux cornes acérées ; Jean y vit le combat des cornes de Daniel. Dans l'air limpide, dentelaient des pics, gonflaient les croupes fantastiques, nues, sur lesquelles voletaient avec des cris perçants des mouettes innombrables. De la sente escarpée, le regard pénétrait dans des profondeurs vertes, des gouffres sous-marins peuplés d'ombres rapides.

Quand le sentier déboucha sur une plate-forme, ils furent dans l'acropole. Une muraille antique, énormes blocs entassés par des géants, travail cyclopéen, qu'on disait avoir été construite par les guerriers d'Agamemnon en route pour la Troade, aboutissait à un porche où quatre chars auraient pu passer de front. Il était surmonté d'un linteau monolithe, à peine touché par les millénaires, où deux lions maigres, héraldiques, s'affrontaient, debout l'un contre l'autre. Les habitants de l'île évitaient ces parages hantés ; leur sécurité de fugitifs en était d'autant plus assurée. Ils redescendirent vers l'autre pente de l'acropole, laissant loin derrière eux, sur une colline voisine, un petit temple de pierres jaunes au toit ocre, au fronton barbouillé de vermillon et de bleu ; c'était le sanctuaire d'Apollon, parèdre de la déesse d'Éphèse, fondé par Oreste.

Là, une falaise plongeait abruptement dans la mer. Le sentier redescendait presque jusqu'au bord des flots, et s'achevait dans une cavité du rocher. C'était leur grotte.

Jean et Prokhore pensèrent à celle de Bethléem, qui vit la naissance du Seigneur, et au caveau du Golgotha, d'où Il s'était relevé après trois jours et demi. La caverne, où un lit de paille sèche les attendait, paraissait habitée par l'esprit. Le vent, qui soufflait en permanence par une ouverture dans la falaise, lui prêtait une voix souterraine et soupirante. Par la fenêtre, on découvrait toute la côte ouest de l'île, et sur les vagues d'améthyste la grande Naxos et la longue Amorgos.

Mais, surtout, le bruit de la mer à leurs pieds, pénétrant dans des siphons cachés, rythmé d'explosions et de grondements, battait inlassablement, donnait le tempo d'un hymne grave et lent, soutenu de percussions souterraines.

Zmyrina convint de leur apporter régulièrement du pain, du poisson et des fruits. Jean célébra aussitôt, devant elle et Prokhore, la première liturgie en ce lieu consacré par Sa Volonté. Il leur lut Daniel et la prophétie des septante semaines sur la destruction du Temple, puis leur redit Ses Paroles concernant la fin des Temps :

« On se dressera nation contre nation, royaume contre royaume. Tout cela ne fera que commencer les douleurs de l'enfantement... On vous livrera aux souffrances et à la mort... De faux prophètes surgiront en nombre et abuseront bien des gens. Quand vous verrez Jérusalem investie par les armées, rendez-vous compte que sa dévastation est toute proche. Malheur à celles qui seront enceintes ou qui allaiteront en ces jours-là ! »

Prokhore, en récitant au rythme de la mer, les prières que Jean avait choisies, toutes celles qui parlaient des Temps et de la proximité du Royaume, se demanda comment, puisque c'était imminent, ils reconnaîtraient ce signe du Fils de l'Homme qui devait apparaître dans les cieux.

Le lendemain, Jean commença de dicter à Prokhore la suite des sept lettres aux Églises.

Prokhore grelottait en transcrivant les imprécations contre l'Empire et le calcul de la Fin : ce signe, Jean le connaissait.

En ce moment décisif, la vie de l'Aimé, miraculeusement épargné, trouva son divin pivot. Moment de prophétisme, entre deux ruines, exacerbé par la douleur! La Révélation que l'Aimé me dicta à Patmos, contenant le secret de la destruction de Rome, et annonçant celle de Jérusalem, l'Apocalypse, pour lui donner son nom grec, marqua la scansion de ces années exceptionnelles où le monde hésita, semblant avoir rempli tous les présages, donné tous les signes, accompli toutes les prophéties, et s'avancer enfin vers l'anéantissement et le Jour du Jugement.

L'un de ces signes, nous l'avions appris à Éphèse, quand l'Aimé y résidait, entouré du respect dû au second fils de Marie, mère de Jésus, à ses blessures, et au miracle dont il avait été l'objet. Nous sûmes à cette époque l'exécution de Paul, survenue à Rome, alors qu'il s'apprêtait à porter sa Nouvelle en Espagne et en Afrique. Apprenant le décès de son adversaire, qui l'avait lui-même donné pour mort, l'Aimé n'avait pas eu un tressaillement, pas une larme. Il douta de cette disparition. D'ailleurs, Paul ne pouvait mourir. Il n'avait que l'extérieur d'un homme : en dedans, habitait un démon, celui de Judas, envoyé de Satan. Et Satan ne meurt pas : accompagnant l'Antéchrist ressuscité, Saül réapparaîtrait nécessairement. Ce n'était pourtant pas une ruse du treizième apôtre pour rejoindre cette gloire déjà grandissante des martyrs, qui montait vers l'Aimé, seul survivant, par mille encensoirs. Paul avait bien été décapité, comme lui en donnait le droit son titre de citoyen romain, après un nouveau procès, et malgré son ami Agrippa.

En Judée, les catastrophes d'une guerre totale s'abattaient sur le Peuple élu. Le sang des martyrs chrétiens à peine séché, l'Empire s'attaquait, et toutes les forces du mal liguées avec lui, à toute la descendance d'Abraham, qu'il avait décidé d'exterminer.

En ce siècle de combats, comme je l'ai souvent observé, le Peuple élu fut à soi-même son plus dur ennemi. De lui-même, il devait s'avancer vers la destruction de sa nation ; comme le montrait l'Aimé, cette destruction était la punition, infligée pour le cri poussé un jour par le peuple de la Ville sainte : « Crucifie-le ! Crucifie-le ! » Les trahisons de Rome, l'acharnement que mirent les hypocrites des synagogues et le parti d'Agrippa à armer le bras romain contre les chrétiens, continuaient ce premier crime. Après avoir crié « crucifie-le ! », ils avaient hurlé : « Brûle-les ! Livre-les aux bêtes ! » Cette montée au carnage, si différente de la Montée à la Ville sainte de Pâque, chantée par les Psaumes, était aussi une montée à l'holocauste. Elle a duré de la conquête romaine de la Judée jusqu'à la chute de Jérusalem. Ceux que nous appelons traîtres ne sont, au regard de Dieu, que les instruments nécessaires, parmi les juifs, de l'accomplissement des destinées funestes d'Israël, sa punition transcendante.

Si Israël se vouait à sa perte, le monde courait avec lui, dont il avait été la lumière, à l'abîme. L'avènement du Royaume ne se ferait pas dans la douceur, mais par d'atroces contractions. Elles avaient commencé, ces convulsions monstrueuses, par lesquelles cette époque grosse d'une révolution devait accoucher enfin de l'Église et de la paix.

Quand l'Aimé me dicta la Révélation, il était au milieu de ces douleurs. La crise qu'il traversait, en symbiose avec son siècle par le moindre de ses nerfs, lui donna la vue perçante, avivée, outre-lucide, du prophète que Dieu visite. Arme redoutable, effrayante responsabilité ! En ses arcanes, l'Apocalypse contient, à qui sait la lire, la connaissance du passé comme de l'avenir, de la Création à la Fin du monde...

La lampe d'argile, modelée en forme de colombe, éclairait seule la grotte de Patmos. Prokhore, à genoux, faisait courir son calame. Jean dictait ; il ne cherchait pas ses mots, comme si par sa gorge passait, venue de plus loin que lui, une voix rude qui l'écorchait, dictant à travers lui, en lui dictant ce qu'il dictait à son tour. La mer faiblement battait les rochers ; jamais Prokhore n'avait entendu un vivant dire de pareils prodiges. Le grec, l'hébreu, l'araméen se succédaient ; Jean décrivait un être aux pieds d'airain ; il était là, il lui parlait. Prokhore n'osait relever le regard ; des battements d'ailes envahissaient l'ombre. Par sa bouche sortait une épée. Il tenait une verge de fer avec laquelle il brisait les peuples comme le potier les vases imparfaits. L'être annonçait que l'attente s'achevait, que les Prophéties étaient sur le point de s'accomplir, le Temps d'inverser son cours, comme Prokhore et son calame grec, courant de gauche à droite, inversant l'ordre saint de l'écriture hébreue. Par moments il reconnaissait une parole de Daniel, les cavaliers de Zacharie, un verset d'Enoch ou de Baruch, qui revenaient spontanément à la mémoire de Jean en hébreu, mais dont Prokhore pouvait directement transcrire la traduction grecque, longuement apprise. La grotte vibrait des accents inspirés. Les oiseaux, effrayés de ces rauques invocations, quittaient leurs nids, sur la falaise.

Ce n'était plus seulement un prophète de l'Ancienne Loi, apparaissant du fond des temps ou transcrit par des scribes apocryphes ; c'était cet homme, qu'il avait connu faible et malade, qu'il voyait manger et peiner, auquel le Seigneur s'adressait directement sous ses yeux. Il n'osait plus redresser la tête, tout à sa besogne, pendant que Jean accomplissait des gestes et des rites, une liturgie inconnue dont il accompagnait sa dictée. Pour la première fois, un homme écrivait sous son nom d'homme la parole de Dieu.

Un ange dictait à Jean, serviteur de Dieu, et Jean dictait à son serviteur Prokhore. Une aura de lumière entrait par l'ouverture au fond de la grotte, et chaque ressac de la mer amenait une nouvelle Parole. Prokhore craignait l'Ange, mais il craignait aussi ce qu'il était en train d'écrire. Le contenu de ces feuilles de papyrus les eût fait arrêter aussitôt que connus, quels que fussent les déguisements adoptés. Pour bien moins, des poètes, des philosophes avaient été condamnés par Néron à des morts infamantes ; et la censure impériale, sous Galba, outre le délit de propagande chrétienne, eût vite fait de reconnaître à travers les noms d'emprunt le défi jeté au pouvoir des Césars, et le terrible aveu, revendiqué, de l'incendie de Rome.

Des anges volaient dans la caverne ; Michel, gardien du peuple élu, Gabriel, Uriel, Raphaël, Rahab, prince de la mer, visitaient leur misérable gîte. Le premier jour, Jean dicta presque sans discontinuer, sans boire ni manger. Prokhore ne sentait plus sa main, et plus de vingt colonnes serrées de texte transcrirent ces heures où le souffle de Dieu passait entre eux. Il avait à peine le temps de délayer l'encre.

« Je suis l'aleph et le Tau, dit le Très-Haut... »

Chaque fois que se penchait vers lui le visage de Jean, la barre des deux yeux et l'arête du nez paraissaient à Prokhore dessiner le grand Tau de la croix. Elle jetait son ombre sur le visage de l'apôtre ; et le Fils de Dieu, bras écartés, transparaissait dans le visage de l'Homme. Jean disait les quatre bêtes pleines d'yeux sur leurs six ailes, par-devant et par-derrière, en dehors et dedans du Trône, les vingt-quatre vieillards tenant les coupes d'or, tournant comme des rhombes autour de Lui, sur l'océan de cristal. Il disait aussi que l'Agneau, le sacrifié, est un lion furieux, l'Agneau qui mord et dévore, qui a sept cornes et sept yeux. L'Aimé était devenu le Haïssant : jamais Prokhore n'avait pensé le Christ comme ce fauve violent, qui révélait sous sa laine bouclée la toison rousse du lion de Juda. Jean disait les sept sceaux, que l'Agneau devait tous briser pour que s'ouvre enfin le Secret enroulé sur lui-même, achevant le destin du monde.

Les galops des quatre cavaliers ébranlaient la voûte, leurs hennissements fracassaient le silence ; le cheval blanc à l'archer, qui était la Conquête, descendait de la Grande Planète vers les hommes ; le cheval rouge était la Guerre, la Colère entre les nations ; le cheval noir de la Mélancolie, venu du lent et avaricieux Saturne, était l'inutile possession et la Justice qui balance. Le cheval vert conduisait la Mort comme l'Hermès Psychopompe. Au cinquième sceau brisé, les martyrs sortaient de sous le trône divin, agitant leurs moignons et exposant leurs plaies ; qu'ils attendent encore un peu, s'écriait Jean, car bientôt la foule des fidèles les rejoindra.

Une ombre énorme, une aile de plomb, couvrit le soleil de l'après-midi. Prokhore, levant la tête, resta pétrifié ; le globe de feu, dans l'ouverture du rocher, n'offrait plus que la moitié de son cercle ; un dragon dévorait la lumière. Elle baissa encore, l'astre devint noir comme un sac de crin ; ce n'était pas un dragon, mais un livre géant qui cachait le soleil ; un volume ouvert que nulle main ne tenait, plus vaste que l'île entière, qui volait vers l'ouest dans un bruissement semblable à celui de myriades d'oiseaux.

Indifférent à la terreur qui secouait l'île, aux chiens qui aboyaient, affolés, Jean disait le ciel qui se retire comme un volume s'enroule, et Prokhore sentait sous son calame le redoutable rouleau se mettre en mouvement, roulant, avec lui montagnes, îles, et toute la création, ne laissant rien derrière que le vide et le silence des origines.

Quand la lumière revint, Jean disait les cent quarante-quatre mille Purs, marqués au front du signe de Dieu, qui échappaient seuls à la mort. Il disait l'Agneau rompant le septième sceau...

La voix s'était tue. Prokhore se leva. Jean s'était abattu de son long sur le sol de la grotte, bras en croix, la tête vers l'ouverture.

Il ne reprit connaissance que le surlendemain. Plusieurs jours, Zmyrina et Prokhore l'alimentèrent de bouillies et de décoctions d'herbes sèches, en posant sur la plaie qu'il s'était faite des compresses de mousse humide.

Le troisième soir, Zmyrina fit remarquer à Prokhore un point infime, au milieu de la constellation de la vierge. Le quatrième, il avait grandi en force, prodige d'un astre nouveau enfanté par la Mère de Dieu, nouvelle planète s'ajoutant aux cinq luminaires mobiles, plus rapide qu'aucun d'eux.

Le soir suivant, Jean s'agita sur sa couche. Comme Jean allumait la petite lampe d'argile, Vesper, l'étoile du soir, que les Romains appellent Vénus, apparut sur l'horizon. Sa maléfique brillance réveilla l'ardeur de Jean. Comme il avait perdu toute notion du temps, il reprit la dictée à l'ouverture du septième sceau, par les mots :

« Il se fit dans les cieux un silence d'environ une demi-heure. »

Il s'était passé cinq jours.

Cette nuit-là, les visions se succédèrent en trombes. Jean était debout à l'entrée de la grotte, lisant dans le ciel la lutte de l'astre ancien, du symbole de chair, et du nouveau, du chaste flambeau ; la guerre stellaire et la folie des étoiles entrées en transes. Quand la lune se leva, vers la minuit, son demi-disque érubescent jeta sur la mer une traînée rouge.

Au-dessus de la tête de Jean, les sept étoiles de l'Ourse, dans leur lente révolution autour de celle qui indique le nord au voyageur perdu dans le désert, devenaient le visage et la chevelure du Messie, la trace de son corps astral. Parvenu dans les Poissons, signe du Fils de Dieu et des Temps, le nouvel astre brillait d'un éclat bleuté, guidant non les Rois mages mais les anges de destruction vers d'épouvantables collisions.

Jean disait les sept trompettes, jetant la grêle et le feu, brûlant d'abord le tiers de la terre, transformant en sang fétide le tiers des eaux, et les fleuves en amère absinthe, tuant leurs habitants écaillés, et les cultures et les hommes. À la quatrième trompette, Prokhore cria ; au-dessus des crêtes sombres de la montagne, dans l'écrin noir des cieux, de l'astre nouveau, explosant, une pluie d'étoiles tombait silencieusement vers la terre, dix, puis cent, décrochées de leur sphère, pléiade traçant des lignes de feu qui convergeaient vers eux.

À la cinquième trompette, des nuées crissantes de criquets envahirent le ciel ; une inondation de scorpions, les terres. Les hommes couraient de toutes parts, ne sachant d'où viendrait la mort. Les sauterelles étaient grandes comme des chevaux de guerre, couronnées d'or, leur face était humaine, leur chevelure de femme, leurs dents de carnassiers. On eût dit des chars armés de faux. Avec leur thorax de fer, leurs mandibules hérissées, leurs dards vibrants, elles emplissaient la grotte obscure d'un frottement d'élytres de bronze. À la sixième trompette, des cavales hautes comme des éléphants, à chef de lion, crachant le feu, la fumée et le soufre, écrasèrent de leurs sabots le tiers de l'humanité. Leurs queues étaient des serpents, qui se relevaient pour mordre les moribonds. Sept coups de tonnerre les accompagnaient. Le secret du septième sceau allait apparaître. Et ce secret était la haine, et non l'amour. Par sa connaissance, toute espérance future s'abolit, le monde bascule au vide, annihilé, désintégré dans la catastrophe inévitable, définitive. L'hébreu, brusquement, remplaça le grec. Prokhore se jeta à terre en priant. Toute la grotte tremblait, projetant la lampe à terre où elle s'éteignit. On entendait des rocs rouler au-dessus, et tomber dans la mer en faisant jaillir des gerbes d'eau. Au port, les navires s'entrechoquaient comme des noix, et dans les maisons les poutres se descellaient des murs.

Jean s'était arrêté.

« Scelle le secret des sept tonnerres et ne l'écris pas », mugit sa voix vers Prokhore ; il se retourna, marcha sur le scribe interdit, lui arracha la dernière feuille de papyrus, la chiffonna et la porta à sa bouche, la mâchant et l'ingurgitant.

Les marins de l'Orient, depuis toujours, avaient donné deux noms à l'étoile fidèle, la plus tôt et la plus tard apparue. A l'aube, Phosphorus remplaça Vesper ; la Porteuse de Lumière, loin d'éteindre ses feux, semblait les redoubler pour précéder le jour, tandis qu'ils chantaient la première prière. Jean reprit aussitôt, revivifié. L'univers, disait la voix, n'avait plus que quarante-deux mois, mille deux cent soixante jours, trois ans et demi à vivre avant la destruction de Jérusalem, d'Israël, de l'humanité tout entière. Car les trois jours et demi qui séparaient la Croix du Ressuscité étaient trois années et six mois en temps des hommes. Derrière la destruction, la résurrection. Jean décrivait les Deux Témoins, montants de la Porte du Ciel, testicules du Très-Haut. Et par eux l'anéantissement s'ouvrait vers autre chose. Deux, chiffre de la Guerre, comme Caïn et Abel, Esaü et Jacob ; mais encore, le Baptiste et le Messie, l'Antéchrist et le Christ, l'ancienne et la nouvelle Église, l'espoir cadet qui l'emporte sur l'aîné, le mort.

Jean se tourna vers l'étoile du Matin, métamorphosé. La voluptueuse et vagabonde planète païenne était devenue étoile de Salut, Stella Maris, étoile qui pilote et qui guide, salvatrice ; la Mère revenait étendre sur ce cœur blessé jusqu'au dégoût, jusqu'à pécher contre l'espérance, le miel de son lait.

À Éphèse, et dans toute l'Asie, Prokhore le savait bien, on croyait que l'ombre de Marie accompagnait Jean, que c'était d'elle qu'il tirait sa puissance. Ce matin-là, elle lui montra dans le ciel Jésus nouveau-né.

Il dictait toujours. La Femme, enveloppée de soleils et voilée d'étoiles, portait quarante-deux mois l'enfant mâle que guette la Bête pour le dévorer à sa naissance. Elle reçut deux ailes d'aigle pour s'enfuir au désert.

Le soleil à cet instant pénétra dans la grotte, allumant mille feux sur les stalactites. Zmyrina montait le chemin, un couffin sur la tête, et criait quelque chose, en montrant la mer à l'occident. Ils sortirent devant la grotte ; au centre de la traînée rouge que formait le soleil encore bas sur l'horizon, des voiles grossissaient. Prokhore plissa les yeux et recula, saisi. Sur la première voile, tendue par le vent, une tête énorme était peinte et semblait bouger la bouche et les yeux. Une tête couronnée de lauriers, à la barbe courte et flamboyante, aux traits poupins, au gros cou ceint d'un foulard de soie : Néron, par son image, voguait vers eux, portant avec lui la débauche et la mort. C'était la Bête qui revenait, comme un cauchemar. Jean était pour la seconde fois en face du monstre. Mais, cette fois-ci, il serait aussi ferme que Moïse face à Pharaon, il ferait plier la tête du tyran par les signes éclatants qui passeraient les sept plaies de l'Égypte. Le second face-à-face serait la publication de la victoire de Christ.

Toute la journée, les galères croisèrent autour de l'île, triomphantes, menaçant les exilés. Jean rappelait les combats de la Bête de la mer, ses sept têtes, cinq déjà péries — celles de César Auguste, de Tibère, de Caligula, de Claude et de Néron — celle qui dure encore un peu de temps, le fragile Galba, et la septième, celle dont la défaite accomplit les Temps, le second Néron ressuscité. Elle avait dix cornes, les dix légats des grandes provinces ; le chiffre de la Bête était six cent soixante-six. Prokhore fit un rapide calcul : le nom du titan d'abomination, César Néron, quand on en additionnait en langue sainte les valeurs des lettres, donnait ce nombre.

Au secours de la Bête de la mer avait surgi de la terre une autre Bête ; et cette deuxième Bête, par ses enjôlements, ses discours mielleux, fit adorer par la terre et ses habitants la première Bête, l'empereur romain. Cette seconde Bête, anti-prophète, pseudo-apôtre, Prokhore y reconnut sans peine Paul, le persécuteur repenti, l'apôtre des Gentils, celui qui avait fait de cette parole son viatique : « Qui n'est pas contre vous est avec vous. » Paul réapparu, comme l'Antéchrist, précède le moissonneur de la terre, la faucille du Tout-Puissant qui vendange les peuples. Le sang du pressoir divin monte jusqu'au mors des chevaux. Les sept coupes pleines de l'écume de Dieu ont versé leurs sept plaies. Le Faux Inspiré, Paul, jette en vain son triple souffle de crapaud. À la septième coupe, une voix sort du Trône et proclame : « C'est arrivé ! Les justes ont gagné ! Le Royaume est invincible ! Ne vous inquiétez plus d'elle : elle est jugée, la Grande Prostituée, assise sur le dos de la Bête et pleine des noms du blasphème. Elle est tombée et les marchands de la terre pleurent leur cliente, qui leur achetait le lin, la soie et l'écarlate, la cinammome et l'amome, l'encens, la myrrhe, l'oliban... Elle n'entendra plus les joueurs de cithare ; elle a bu le sang des martyrs, elle a brûlé. Elle ne se relèvera jamais. »

Le dos de Prokhore frémissait comme sous des coups de lanière. Ces mots cinglaient. Le moindre procurateur eût trouvé là de quoi légitimer les pires supplices. Jean était très calme, comme si l'attente s'était réellement achevée. Sa voix redevenait celle de la prière, pour dire sur le flux et le reflux la danse des vagues, la joie de l'Épousée, l'Église conviée aux noces de l'Agneau. Le cavalier au cheval blanc, le Messie de gloire, descend du ciel. Il est écrit sur sa cuisse : Roi des rois, Adon des Adonim, et son Nom que nul ne sait. La Bête est jetée, avec le faux prophète, dans un lac de bitume ; les chairs des princes et des nations sont livrées aux essaims d'oiseaux charognards. Le dragon Satan est lié et jeté dans l'abîme pour mille ans ; vient le Millénaire, le Sabbat de l'Adon, le jour de son repos, car chaque jour de la Création est mille ans pour la créature.

Mais le Millénaire n'est lui-même que le vestibule. Pendant ce millénaire, avant que s'instaure la Jérusalem céleste, seuls les martyrs et les justes ressuscitent dans la plénitude de la joie céleste.

Le regard de Jean s'éleva au plus loin, vers les limites de toute existence, vers l'avenir du monde. Avant qu'elle advienne, la Jérusalem céleste, Satan encore une fois sera délié pour un peu de temps. Quand viendra l'ère du Verseau, une dernière fois, mais la plus terrible, Satan pourra frapper. Il aura enchaîné et tué en masse le Peuple élu, puis d'immenses palmiers de feu s'élèveront dans les airs, fendant l'écorce de la terre, supprimant toute vie. Alors viendra le Jugement ; et les hommes seront jugés sur leurs œuvres qui les auront suivis ; et les disciples des faux prophètes seront jugés aussi. Et la Jérusalem céleste s'accomplira.

Depuis des jours et des jours, Prokhore attendait ce moment ; il était repu de massacres, fatigué de punitions. Ce temps haletant que vivent les croyants depuis Sa mort, qui n'en finit pas de finir, à tout moment sur le point de basculer vers l'éternité, connaît enfin sa résolution. La voix de Jean s'était tellement affaiblie qu'il devait prêter l'oreille attentivement. Elle est faite de diamants, la Jérusalem céleste, elle flotte dans les airs, un fleuve en jaillit, promesse inépuisable de vie, Euphrate intarissable, Jourdain des âmes fidèles. En elle est le bois reverdi, la Croix devenue arbre de vie, le Tau qui est le début et la fin.

Prokhore leva les yeux sur son maître. Jean souriait à présent, comme si l'essentiel était fait. Au moment de sceller le rouleau, il se ravisa et dicta une dernière phrase. Cette phrase, Prokhore l'entendra toute sa vie, il la portera comme sa croix. Lui, le grand arrangeur de mots, le rectificateur de la Parole, ce rouleau qui s'appellera de son nom grec, la Révélation, l'Apocalypse, il n'osera jamais y retoucher. Car, avant de sceller, Jean dicta ceci :

« Des paroles inspirées de ce volume, si quelqu'un y ajoute, Elohim lui ajoutera les plaies qu'il décrit. Si quelqu'un en retranche, de ces paroles inspirées, Elohim lui retranchera sa part de l'arbre de vie, et l'exilera hors de la Cité sainte que décrit ce volume. Maranatha, Amen, Viens, Jésus, que la grâce de Jésus soit avec vous ! »

Nous demeurâmes à Patmos jusqu'au printemps de cette soixante-neuvième année depuis la naissance du Seigneur. Notre petite communauté s'était agrandie, grâce aux faveurs du Très-Haut. Il y avait dans l'île une riche veuve, dont le fils était tombé dans une telle faiblesse que les médecins le donnaient pour mort. Comme elle était venue supplier en vain l'idole d'Apollon, l'une des vieilles femmes que nous avions gagnées à la foi en Christ la pressa de demander à l'Aimé ce que la statue sans ouïe ni voix ne pouvait lui donner. Dès que l'Aimé eut béni la chambre de trois doigts, le jeune homme respira, se leva et réclama son repas.

Un magicien, nommé Kynops, vendait sur les marches de ce

temple situé à quelque distance de notre grotte, des amulettes sans pouvoir, bracelets en peau de serpent, ou statuettes du dieu Sabazios ; il faisait d'autres diableries, tournant une roue à oiseaux le jour, projetant la nuit sur les murs des chambres de malades des ombres qu'il plaçait devant une torche. Comme sa clientèle se détournait de ses charmes inopérants, il nous attaqua avec deux séides, au détour du sentier menant à la grotte. L'Aimé leva trois doigts, et le magicien fut précipité des falaises dans la mer grondante, où il fut changé en rocher, comme on peut le voir aujourd'hui, tête convulsée couverte de coquillages et d'algues, qui sort des eaux de la baie.

Quant à l'Antéchrist de Cythnos, le faux Néron, il ne débarqua jamais : le vent s'étant levé, il fut ramené dans son île, où il fut abattu à son retour par les soldats de César Galba envoyés à sa recherche. Son cadavre, en tous points semblable à celui de l'empereur, fut exposé sur le pont d'une galère, et transporté d'île en île pour rassurer les bons citoyens et décourager les méchants.

Mais l'Antéchrist au chiffre de César ahénobarbe, depuis, renaît régulièrement de ses cendres ; il y a encore peu, chers frères, l'empereur des Parthes livra un autre Néron ressuscité à la Ville. Et celui que nous appelons le Néron chauve renouvelle à son tour le blasphème et la persécution. En vérité, chers frères, nous savons, vous et nous, que si Néron renaît sans cesse au cœur des peuples de l'Orient, c'est qu'Antéchrist renaît sans cesse au cœur de l'homme. Tous les jours il est vaincu, tous les jours il ressuscite. L'Aimé, qui a cru voir de ses yeux la confrontation finale, n'a plus vécu depuis ce séjour de Patmos qu'en cette attente. L'éternel immédiat a usé son âme de bronze.

Un peu avant le printemps, les premiers navires arrivèrent avec des courriers de Tyr et d'Ostie. César Othon régnait dans Rome, ayant tué César Galba ; mais son bref principat fut aboli par l'imperator Vitellius, et il se donna la mort aux premiers jours d'avril. Un navire qui avait fait route depuis Paphos de Chypre apportait d'affligeantes informations sur la guerre de Judée. Après avoir déporté la moitié des Galiléens, Flavius Vespasien s'était emparé de la vallée du Jourdain, menaçait toute la Judée. Jérusalem, déjà assiégée l'été précédent, le serait à nouveau dès que le retour de la belle saison le permettrait. L'Aimé, au cours des liturgies que nous célébrions le mercredi, en souvenir de

449

Lui, le samedi, pour l'Ancienne Loi, et le dimanche, pour Sa Résurrection, commenta le prophète Ézéchiel :

« *Approchez, fléaux de la ville, chacun son instrument de destruction à la main. Parcourez Jérusalem et frappez, n'ayez pas un regard de pitié, vieillards, jeunes gens, vierges, enfants, femmes, tuez et exterminez tout le monde...* »

Mais si Dieu avait décidé de fondre sa ville au souffle de sa colère, il fallait que l'Aimé y fût présent pour marquer au front les justes de Son Signe. Pour que la coupe fût vide, il fallait, comme Abraham, qu'Israël offre ses enfants au sacrifice. Puisque la mort et le martyre qu'il avait cru voir en le nouveau Néron se refusaient à lui, il irait les chercher en sa ville, partager sa punition et son supplice, faire lever dans l'excès du sang la nouvelle récolte de Christ, lui offrir la seule richesse qui lui restait : son passé, ses ancêtres, l'existence du Peuple élu.

À la fin de ce mois, nous embarquâmes sur un vaisseau de Rhodes qui faisait voile vers Berytos.

Et Jérusalem fut détruite (69-71 ap. J.-C.)

Sixième épître de Jean dit Prokhore, diacre de Jean l'archi-apô-
tre, à l'Église du Dieu Père et du Fils, objet de compassion et
affermie dans une sainte concorde, débordant d'allégresse en la
certitude de l'infinie miséricorde qui la fera ressusciter, elle entre-
tient en moi une joie sans défaut...

Les douleurs de Jérusalem, le doigt de Dieu posé sur elle, que menaçaient à la fois l'armée impériale et les déportements intérieurs par où la Ville sainte se suicidait, enfoncèrent dans le cœur pantelant de l'Aimé un ultime poignard, bien qu'il connût le caractère inéluctable de ce destin. La ville de sa jeunesse, où Christ prêcha, d'après les nouvelles que nous en recevions, semblait devenue folle. La haine contre les soldats de César, contre l'occupant, accumulée, depuis cent ans, débordait, attisée par les démagogues, et se retournait contre les juifs suspects de tiédeur. Les disciples de Christ, guidés, depuis l'assassinat de Jacques, par son frère Jude, parent du Seigneur, avaient abandonné la Cité sainte pour se retirer en Pérée. Des douze apôtres, Philippe et Thomas ayant disparu en l'Orient lointain et les autres ayant rejoint la droite du Seigneur, il ne restait que Jude et l'Aimé.

Les faux messies, en ces temps-là, galvanisaient la Judée. Comme un essaim de guêpes enfumé par le refus du vrai Christ, le peuple hébreu se portait aux pires extrémités. Un de mes compatriotes d'Alexandrie, nommé Theudas, entraîna trente mille juifs au désert, où ils périrent tous, massacrés par les Romains. En ville, des bandes de zélotes, de sectateurs fanatiques de la Loi, s'étaient partout répandues, terrorisant magistrats, prêtres et bourgeois. Ces désordres venaient de la misère croissante : était venue, pour les travailleurs de Judée, la onzième heure, le temps du chômage.

L'embauche et le travail se faisaient rares. Les chantiers du Temple, commencés par Hérode, avaient été interrompus, faute d'argent. Même, les employés du Temple, voyant leurs ressources diminuer, se mirent en grève, refusant de préparer l'encens et les pains de proposition.

Quand notre navire, venant de Patmos et Rhodes, arriva aux quais de Berytos, nom que les indigènes prononcent Beyrouth, cette guerre juive, où l'Aimé voyait le dernier Signe de l'Apocalypse, durait depuis trois ans. Elle avait commencé sous le procurateur Gessius Florus, lorsqu'il avait prétendu confisquer le trésor du Temple. En dépit de la médiation du roi Agrippa, la tension monta ; Éléazar, petit-fils du Anne qui avait jugé Christ, était capitaine de la garde du Temple. Il interrompit les sacrifices qu'on offrait, depuis le temps d'Auguste, deux fois par jour, pour le salut de l'empereur, devant le Lieu saint. C'était une déclaration de guerre ; Jérusalem ne reconnaissait plus César. La garnison romaine, cernée, se rendit ; et pendant ces années, Jérusalem, ivre de liberté, se gouverna seule. On aurait pu se croire revenu aux temps de l'indépendance, à l'époque des Maccabées, si les milices et bandes, qui tenaient les quartiers de la ville, avaient été composées de héros, et non de brigands échappés aux bagnes. Mais l'Aimé avait de la sympathie pour leur cause ; ces zélotes, si déchus fussent-ils, étaient le parti des pauvres, des humiliés, entré en dissidence contre Rome et les collaborateurs de l'Empire en Judée. Ils menaient la ville à l'holocauste, et, par là, ouvraient la porte de sa résurrection dans les cieux.

Quelque temps, contrôlant plus ou moins la cité, les modérés et les riches, le grand prêtre Anne, Gamaliel, Josèphe l'ambassadeur, revenu de Rome, exercèrent un pouvoir affaibli par leurs rivalités. Après une victoire sur l'armée de Cestius Gallus, gouverneur de Syrie, qui donnait à l'insurrection la Galilée, la Samarie et toutes les Judées, ils essayèrent de canaliser la révolte juive pour entreprendre des négociations.

César Néron, peu de temps avant sa punition par Dieu, avait choisi pour chef de l'armée en Judée Titus Flavius Vespasien, général expérimenté et plein de cautèle. Il reprit la Galilée, que Josèphe lui rendit sans peine, passant aux côtés des Romains, puis l'Idumée, la Samarie, et la campagne de Judée, ravageant et crucifiant sur son passage. À l'intérieur de Jérusalem, un brigand, exilé de la Galilée soumise, Jean de Gischala, prit à son tour le pouvoir. Les nobles, les prêtres, furent emprisonnés ou passés au fil de l'épée. Halluciné de haine contre les familles sacerdotales, le peuple investit comme grand prêtre un paysan illettré qu'on avait tiré au sort, Pinhas, fils de Samuel.

Vespasien assiégea la Ville sainte une première fois, et apprit à ce moment la fin de César Antéchrist, Néron. Comme ce général était de nature prudente, il suspendit le siège et attendit des nouvelles de Rome, à Berytos. Son fils, Titus Flavius, partit féliciter le nouvel empereur, Galba ; il apprit en route que le pouvoir avait déjà changé de mains, et tourna bride à temps, vers la Judée, pour éviter à son père et à lui-même le ridicule d'une soumission trop tardive, et au nouveau César, Othon, l'affront de vœux réchauffés, destinés d'abord à un autre...

« Contre l'Occident, l'Orient prévaudra
Et le Maître du Monde de Judée sortira... »

Il avait débité cela d'une voix sépulcrale, les yeux fermés, la tête couverte du talith, du châle rituel à franges bleues, brandissant d'une main un rouleau des Prophètes et de l'autre un Livre sibyllin. Josèphe se faisait désormais appeler Flavius Josèphe, ayant imaginé, pour faire pardonner sa courte participation aux débuts de la révolte juive, de prendre le nom de la famille de Vespasien. Il entrouvrit les paupières, filtrant son regard pour observer l'effet de ses paroles.

Le général, accoudé sur son siège curule, était avec ses deux fils, tous deux en tenue de tribuns militaires. On retrouvait dans leur visage le masque de leur père : ces deux rides au coin de la bouche, profondément creusées, signe d'avidité et de ténacité. La verrue, le ventre, les tempes chauves et les mains épaisses de Vespasien se guindaient pour simuler une majesté d'emprunt. Les lèvres pincées, l'air d'un provincial apprêté qui joue les raffinés, Titus avait hérité de la calvitie paternelle alors qu'il n'avait pas trente ans. Il avait d'abord pensé se faire adopter par Galba, et parvenir ainsi au trône. Ses élégances pommadées étaient démenties par l'épaisse brutalité, le front bas, de son jeune frère Domitien.

« De la Judée sortiront les Maîtres du Monde ! Entends-tu, père ? Le Dieu des juifs lui-même nous promet la victoire et le trône... »

Le pluriel fit mordre la langue à Josèphe ; il n'avait pas précisé que, sur ce trône, selon sa prophétie, toute la famille s'assiérait un jour.

457

« Délices du genre humain, et toi, noble imperator, heureux père, puissant Vespasien, les présages sont formels : le trône appartiendra à ta famille. Comme le nom de Jérusalem veut dire " Vision de la paix ", quand elle vous sera soumise, commencera sous votre règne une ère de prospérité et de paix pour le monde... »

Vespasien gonfla ses joues d'un air dubitatif.

« Quand Jérusalem sera prise, en fait de paix, on connaîtra ici celle des cimetières... Tes concitoyens, prêtre Josèphe, ne sont pas tous aussi facilement ralliés que toi. Ni leurs oracles si complaisants. Le Dieu des juifs, je crois, étant souffle, sait tourner au vent ; j'aime les dieux qui tiennent de la girouette... du moment qu'ils m'indiquent la fin de Vitellius. »

Il s'éventa, en sueur. Le palais de Berytos étouffait sous le soleil. Aux portes, les prétoriens somnolaient, se laissant aller jusqu'au moment où le tintement de la lance sur la cuirasse les faisait brusquement se redresser.

« Hier, c'était Basilide, le prêtre du Carmel, qui nous promettait l'Empire. Tous les dieux de l'Orient s'y mettent, ma parole...

— Ces présages, généreux Flavius, ont frappé mon peuple. À l'intérieur de la Cité sainte, on se combat entre révoltés. Simon de Gérasa et ses Iduméens ont enfermé le rebelle Jean de Gischala dans le Temple. La ville tombera comme un fruit mûr ; on dit que la porte du Parvis, que vingt hommes ont peine à remuer, s'est ouverte toute seule ; des chars de guerre et des phalanges en armes sont apparus dans les nuages du couchant ; et, à la dernière Pentecôte, des prêtres ont entendu dans le Saint des Saints une voix qui criait : " Partons d'ici ! " On a assassiné le grand prêtre Ananias... Ces prodiges démoralisent tes adversaires, général ; tiens-en compte : une guerre se gagne aussi par les rumeurs... »

Le sourire d'Agrippa II, dans sa barbe teintée de violet, était sinistre. Vespasien reprit plus doucement :

« Roi Agrippa, ta fidélité, par Jupiter, nous est connue. Et nous la récompensons... »

Vespasien employait couramment le « nous » de majesté en désignant sa famille, et passait insensiblement du général au souverain.

Sa famille : elle était son plus sûr moyen d'action. Son frère, Flavius Sabinus, intriguait pour lui à Rome, où il dirigeait, comme préfet de la Ville, les cohortes urbaines. Et il était tout près de s'affirmer candidat à l'Empire, depuis que les légions d'Illyrie avaient pris son parti.

« Et les trente mille Galiléens, tes congénères, que tu as vendus comme esclaves et prisonniers de guerre, est-ce aussi un bon présage, roi des juifs ? »

Agrippa eut un rictus blessé. Domitien rentrait sa tête dans son cou de taureau, agressif comme un adolescent butor ; toute la vulgarité familiale ressortait en lui. Agrippa, roi mangeur de son peuple, avait en effet profité de la guerre pour le mettre massivement en vente. Bérénice, en faisant choir son éventail, coupa court à cet échange qui tournait à l'aigre.

Mucien prit la parole :

« Déclare-toi, mon cher Flavius, par les attributs virils d'Hercule ! Tu hésites, alors que ton armée de Judée est invincible, et que je t'apporte les légions de Syrie... »

Mucien, gouverneur de Syrie, était venu d'Antioche assister à ce conseil. Désabusé, il prétendait ne rien vouloir pour lui-même, et poussait son collègue.

« Les soldats ne veulent plus quitter ce pays où ils ont des épouses, des maisons, des enfants. Ils savent que Vitellius veut les envoyer au front, dans les glaces du Rhin... Pour toi, les légions d'Orient sont prêtes à marcher. »

Vespasien répondit avec une bonhomie et une modestie de mauvais aloi :

« De Germanie ou d'Orient, une légion romaine est toujours romaine. Je ne veux pas être l'empereur du seul Orient, ami Mucien, même si les dieux de ce pays se liguent pour moi...

— Le Dieu d'Israël a abandonné son peuple pour ton camp, général Flavius. Par Josèphe, par mon frère, par moi, il montre son amour pour ta famille ; nous vous avons amené les rois d'Émèse, de Commagène, de Sophène, nos parents et alliés. Notre père Agrippa, souviens-t'en, sage Vespasien, ne fut pas pour rien dans l'avènement de Claude... »

La voix de Bérénice, posée et précieuse, provenait du coin d'ombre où elle se tenait, fuyant la chaleur et la clarté.

« Au-dessus du Dieu des juifs, au-dessus des dieux de

l'Olympe, il est une force divine, reine Bérénice, que tu as su dompter. »

Titus tournait des yeux énamourés vers la reine.

« Cette puissance est Vénus. Comme je passais par son île enchantée, au retour de l'italique terre, la déesse de Paphos me prédit que le principat nous adviendrait par ces grâces que les Charites t'envient, belle Bérénice... » Titus madrigalisait volontiers. Bérénice, à moitié étendue dans cette pénombre propice, avouait quarante ans, âge fatal pour une splendeur orientale. Elle gardait un sourire figé par la crainte de déranger le savant mélange de crèmes et de fards qu'elle portait, pour éviter à sa peau la brûlure de l'air ; ses premières rides avaient provoqué bien des crises, dont témoignait le dos des cameristes, et consommé la graisse de troupeaux entiers. Elle continuait cependant de jouer les jeunes filles, désireuse de faire oublier son long inceste avec Agrippa.

« Nous savons ce que notre fils te doit, princesse à qui Pâris eût sans conteste remis la pomme. Tu nous l'as dégrossi, notre Titus, il a pris à ton contact les bonnes manières, il parle la bouche en cul-de-poule, et il ne lui manque plus que de se mettre aux petits garçons pour devenir un vrai aristocrate, lui dont le grand-père, mon auguste paternel, était poissonnier... »

Bérénice eut un très léger raidissement. Elle n'avait jamais pu s'accoutumer à la brutalité romaine. Trois ans auparavant, venue en pèlerinage au Temple pour accomplir un vœu de naziréat, elle avait failli être victime de la soldatesque de Gessius Florus, et fut amenée devant lui pieds nus et en chemise, comme on l'avait trouvée dans le Sanctuaire. On avait fini par la libérer avec des excuses. Par la suite, elle avait parié sur Titus, offert à ces ennemis des juifs en guerre contre eux, le reste de prestige de la famille royale d'Israël, et, à ces provinciaux sans alliés ni relations dans le monde, le réseau, le tremplin de son salon. Elle avait fait de Titus, en quelques mois, un héros précieux, pareil à ceux qui hantaient les cours et les romans de l'Orient ; mais le père restait indécrottable, refermant les carafes entamées à table, s'essuyant les doigts dans ses rares cheveux pour économiser les serviettes. Bérénice n'avait plus de temps à perdre ; son miroir d'argent, gravé d'un char de Cypris attelé d'amours, le lui disait par le filigrane de ses pattes d'oie.

Un bruit de pas rapides se fit entendre depuis l'atrium. Les prétoriens présentèrent les armes ; un homme, jeune encore, en uniforme de voyage, sale et mal rasé, s'immobilisa devant Vespasien, le bras tendu.

« Salut, dieu auguste, et longue vie à César, au nom des légions d'Égypte ! »

Le geste de surprise de Vespasien n'était pas feint. Tibère Alexandre continua de débiter son message, martelant les phrases, tandis que tous s'étaient levés. Pour la première fois, le général venait d'être officiellement salué en empereur.

« Divin Flavius, depuis sept jours entiers, les légions d'Alexandrie crient ton nom en vivats impériaux. J'ai tué sous moi quatre chevaux pour t'apporter leurs salutations et leur vœu : ils demandent par ma bouche à marcher contre tes ennemis, à l'Occident comme à l'Orient ; ils veulent mourir pour toi et tes fils. Alexandrie t'attend pour ton couronnement... »

Josèphe admirait l'audace de Tibère Alexandre, préfet d'Égypte. Le neveu de Philon, juif plus impérialiste que l'empereur, les avait tous pris de vitesse ; il mettait d'un coup les Flaviens sur le trône, et s'offrait à diriger une armée contre ses frères de race en sécession.

Après l'entretien avec le nouvel empereur, Tibère Alexandre profita de l'heure de la sieste pour se faire conduire au bain et à l'*unctuarium* du palais endormi.

Il était étendu sur une banquette de marbre, massé par des esclaves africaines de douze ans, qui prenaient des fous rires en frôlant son prépuce coupé, quand un officier se présenta devant lui :

« Général, il est arrivé un navire de Rhodes, et nous l'avons fouillé, comme le portent nos ordres pour tout ce qui entre dans Berytos. Il transportait deux chrétiens...

— Par Melchisédek ! Ces sectaires s'infiltrent partout. Sont-ils ici pour aider la rébellion ?

— Ils n'avaient sur eux ni messages, ni armes, ni beaucoup d'argent, seigneur. J'ai pensé que tu voudrais les interroger toi-même... »

On écarta une tenture ; Jean et Prokhore étaient debout, les mains liées, entre deux marins.

« Que notre père Joseph me pardonne ! N'est-ce pas là Pro-khore, mon ancien compagnon du Musée ? Toujours mendiant par les routes pour ton prophète en guenilles, Prokhore ? »

Prokhore avait aussitôt reconnu Alexandre. Il fit un pas en avant :

« Pour notre amitié d'autrefois, pour Philon, ton vertueux oncle, pour la Loi qu'il enseignait, libère-nous, seigneur Alexandre. Mon maître est vieux, ses liens le font souffrir... »

Sur un signe du préfet, on délia Jean qui se frotta les poi-gnets sans remercier ni s'incliner.

Tibère Alexandre scrutait le farouche vieillard, debout dans sa robe talaire à franges d'un bleu passé, salie par les voyages.

« Vous êtes chrétiens. Toi, je te connais. Tu es Jean, leur grand prêtre. Je te croyais mort, à Rome, lors des fêtes de l'Ahénobarbe... Tu n'as donc pas rejoint Chrestos au paradis des vauriens ? »

Comme Prokhore avait négligé de lui donner son prénom romain, Tiberius, il appelait Jésus « Chrestos » comme s'il s'était agi d'un individu portant ce patronyme. Pourtant, il par-lait grec mieux que personne.

« Vous êtes venus conspirer avec les zélotes, pour organiser d'autres rébellions, peut-être chez vos affidés en Asie. On sait vos rapports avec les esséniens, et les brigands de la révolte... D'ailleurs, si tu as survécu, la peine contre toi est toujours vala-ble. Réponds, es-tu un agent des rebelles ?

— Tu parles en insensé. Ceux qui se révoltent aujourd'hui ont crucifié Son Fils, ont refusé le Messie. Ce n'est pas par toi, mais par le Très-Haut que Jérusalem est condamnée. Maudite, parce qu'elle n'a pas su voir les signes qui lui étaient offerts, maudite cette génération qui a fermé les yeux et s'est bouché les oreilles... »

Jean avait répondu en grec, compréhensible bien que mal accentué. Tibère Alexandre réfléchissait. Il reprit, plus clé-ment :

« Tu dis vrai, vieillard. Au fond, les chrétiens devraient être les premiers à souhaiter notre victoire. Josèphe, qui vous déteste, prétend que vous êtes des ébionites, des agitateurs de pauvres. Paul, l'ami d'Agrippa, n'était pas de ce genre. Je sais aussi qu'il était l'ennemi juré de ton maître, Prokhore, car vous

vous détestez entre vous, chrétiens, en vrais juifs que vous êtes... »

Jean, bras croisés, secouait la tête. Le préfet faisait mine de ne s'adresser qu'à son ancien condisciple. Prokhore ne s'était pas attendu à une si bonne connaissance du sujet. La police d'Alexandre était remarquable ; ce milieu juif, il le devinait d'expérience.

« Nous ne sommes pas ici pour fomenter des complots, seigneur Alexandre. Nous sommes pacifiques, doux et sans défense...

— Lui, doux ! On l'a entendu apostropher l'Ahénobarbe. Il paraît que depuis le stoïcien Carnutus, que César a fait mettre à mort, on n'avait jamais vu telle insolence. Par Pollux ! La résurrection de cet enragé va plaire à Vespasien. Il adore les prodiges, surtout ceux auxquels il ne croit pas. »

Ayant assez effrayé Prokhore, et jugeant inoffensif le couple, il prononça sa sentence :

« En l'honneur de mon oncle, à la mémoire duquel, Prokhore, on ne fait jamais appel en vain devant moi, je vous déclare otages de la préfecture d'Égypte ; vous ferez désormais partie de ma suite. Peut-être même pourrez-vous figurer au triomphe de César... En attendant, vous serez à l'abri de vos ennemis, et vous aurez le couvert et le toit, ce dont vous n'avez probablement pas l'habitude. On vous mettra avec les autres mages. Plus on est de dieux, plus on rit. »

Il se remit aux mains des masseuses, signifiant que l'entretien était achevé. Prokhore murmura :

« Tu as bien changé, Alexandre. Quel triomphe prépares-tu donc ici, à l'ennemi d'Israël ? Que viens-tu faire en Terre sainte ? »

Tibère Alexandre le regarda froidement.

« Titus, qui va commander l'armée de Judée, m'honore de sa confiance. Je serai son chef d'état-major. Ce que je viens faire en Terre sainte ? Détruire Jérusalem...

— La fin de Jérusalem ne peut être que le règne de Christ... »

Prokhore et Jean, sur le seuil de l'*unctuarium*, entendirent sa réponse que ponctua un éclat de rire :

« Pour que règne votre Chrestos en haillons, il faudrait... Il faudrait que le " marchand de sardines " se convertisse ! »

C'était le surnom que les Alexandrins donnaient à Vespasien.

Vespasien partit pour Antioche, d'où il devait se rendre en Égypte. Tibère Alexandre rentra dans sa préfecture, emmenant ses otages, par voie de mer.

C'était le début de septembre. Prokhore contemplait avec nostalgie la silhouette blanche du Phare, les grands parcs où le jasmin fleurissait encore, le Musée et ses étangs sacrés, le monde de son enfance qu'il avait depuis longtemps sacrifié, croyant ne plus jamais revenir. Vespasien arriva quelques semaines plus tard, par terre ; il voulait attendre à Alexandrie le retour des vents étésiens, et aussi que l'ordre fût rétabli à Rome. Il fit dans la capitale de l'Orient ses premiers actes de souverain, et en prit la pompe.

Prokhore connaissait les ressorts de l'âme servile des Alexandrins ; il vit sans étonnement les faux malades, les perclus imaginaires, les infirmes de la cour des miracles se précipiter sur le gros homme chauve, l'appelant dieu, et le suppliant de les oindre d'un peu de sa salive. Sérapis l'avait prescrit dans un oracle.

Flatté, incrédule au début, Vespasien se piquait aux prodiges qu'il accomplissait sans savoir comment, les faisant enregistrer par les médecins de la suite. Étonné de son succès, il touchait les malades du bout d'un ongle, puis reculait aussitôt, curieux du résultat. Ces guéris ne partaient pas sans un petit cadeau. Ses compatriotes avaient trouvé le moyen de soutirer quelques piécettes à l'homme le plus avare de son Empire. Enfin, le nouveau dieu d'Alexandrie visita l'ancien, dans le Sérapéum qu'on avait fermé au public, et il eut bien entendu une apparition dans le sanctuaire, pendant qu'il s'y trouvait seul.

Prokhore et Jean, parmi les otages et les prêtres, suivaient les déplacements de la cour. Un jour où l'on s'était transporté à Naucratis, pour goûter la douceur de l'automne, au bord d'un canal envahi de papyrus, devant des portiques mangés de plantes grimpantes en fleur, Apollonius de Tyane, que sa vieillesse prolongée maintenait dans un état de semi-hébétude, se leva en présentant ses paumes au couchant, et se mit à vociférer :

« Je vois un grand feu, les murailles du Capitole à nouveau embrasées... Tes partisans combattent ceux de Vitellius, ton fils

Domitien les conduit. Les vitelliens fuient devant lui comme les brebis à l'approche du lion des montagnes... Ah ! »

Il tomba à terre, évanoui. Jean, dans son coin, tournait le dos à ces simagrées. On bassina le devin d'eau de violette ; Vespasien voulait savoir ce qu'il avait vu de si terrifiant. Il était incapable de répondre et pleurait tout en conservant aux lèvres un sourire béat.

« Pourquoi, par les sabots de Pégase, pleure-t-il et rit-il à la fois ? s'interrogea Titus, qui avait rejoint son père.

— Auguste, César, Triomphateur ! J'ai à la fois grande douleur, envoyée par la triste Libitine, et grande joie, bonne et mauvaise nouvelle à t'annoncer, que viennent de me communiquer les dieux, qui m'ont transporté par l'esprit dans la Ville... Ton frère Sabinus est mort en héros, mais Mucien est arrivé, et a proclamé ton fils Domitien empereur en ton nom. Vitellius est mort, son ventre ouvert laisse voir les victuailles de son dernier festin... »

Vespasien n'eut pas d'attendrissement pour son frère. Mais la mort de Vitellius signifiait pour lui le pouvoir suprême.

« Tu en es bien sûr ? répétait-il anxieusement. Je donnerai bien douze deniers pour en avoir la preuve. Parole d'Auguste ! »

La ladrerie de l'homme qui devait instituer l'impôt sur les urinoirs ne se relâchait guère. Douze deniers pour l'Empire !

Deux jours plus tard, une galère militaire, venue en moins d'un mois d'Italie, malgré des vents contraires, et les tempêtes, confirma le récit d'Apollonius. Vespasien resta encore six semaines à Alexandrie, ne voulant s'embarquer que sur une mer politique complètement calmée.

Au début du printemps, après avoir accompagné son père au port, où les vents étaient favorables, Titus, emmenant Tibère Alexandre comme chef de son état-major, et les légions d'Égypte, repartit par la route qui remontait le Nil, s'arrêtant à Héracléopolis, dans l'oasis du temple de Zeus Casien, puis à Gaza et Césarée, où l'attendait le reste de l'armée, les légions de Judée. Derrière les troupes d'Égypte, gardés par un peloton débonnaire, les otages et les prêtres marchaient au milieu des valets et des bagages. Prokhore guidait la mule qu'il avait obtenue pour Jean. Il la connaissait, cette route du désert, par laquelle il était venu en Terre sainte, trente ans plus tôt. Jean, en prières, se préparait à revoir les murailles de Jérusalem, qu'ils atteindraient au moment de la Pâque et de Sa Résurrection. Des brebis chrétiennes, sans doute, étaient restées dans la Ville, perdues et sans pasteur depuis que Jude avait émigré.

Devant eux, une litière aux riches pendeloques de cristal, aux rideaux de cuir bleu hermétiquement clos, cahotait sur les épaules de quatre robustes esclaves noirs, luisants de sueur. La reine Bérénice, elle aussi, suivait l'armée, pour faire une dernière fois ses pâques en Jérusalem. Des Pâques de sang.

Les tours de Phasaël, de Mariamme et d'Hippicus, couronnées d'échauguettes et de créneaux, sentinelles blanches serties de soleil, ressortaient sur le vieux rempart ocre, au flanc ouest de la Ville sainte. Elles étaient presque neuves, ayant été bâties par le Grand Hérode, qui leur avait donné les noms de son frère, de sa femme et de son meilleur ami. À la terrasse de la tour Phasaël, d'où l'on distinguait la ligne rectiligne de la mer, vers Joppé, les chefs iduméens étaient rassemblés autour de Simon de Gérasa ; on apercevait de loin l'éclair de leurs cottes de mailles, leurs barbes noires, leurs turbans ornés d'une plume.

À mesure que leur colonne avançait dans les collines, les Romains virent monter, derrière le premier plan des remparts, l'Ophel bariolé, à droite, et, partiellement caché par l'ombre massive de la forteresse Antonia, le toit étincelant du Temple à gauche ; sur ses balustrades, les zélotes et les Galiléens de Jean de Gischala, en guerre avec les hommes de Simon, s'étaient perchés pour observer, eux aussi, écarquillant les yeux en se retenant aux rambardes, et comptaient les légions, cette formidable armée qui marchait contre le Lieu saint.

Le lent battement des timbaliers, frappant en cadence leurs tympanons, portait en avant la colonne ; les enseignes, sangliers, lions, couronnes de bronze, effigies de Vespasien ou d'Auguste, se balançaient au bout de leurs mâts, frangées d'or.

L'armée défilait à présent sur les crêtes, sur fond d'azur, en face des remparts ; c'était la première fois que, placés parmi les otages, Jean et Prokhore assistaient au déploiement de la machine de guerre romaine. Après les éclaireurs, la cavalerie légionnaire, Titus était apparu et s'était dressé sur ses étriers, entre les aigles pourpres et dorées, pour défier du regard la citadelle des juifs. Derrière lui, les rangs par six des manipules se divisaient, s'écartant exactement, comme une fleur qui s'ouvre, pour former une muraille mouvante et continue en face de celles de Jérusalem. Les plus jeunes recrues, les hastats, portaient la longue lance et se tenaient au premier rang, mettant un genou en terre quand ils avaient gagné leurs positions. Ils étaient cuirassés de losanges et d'écailles de fer, posaient leur grand bouclier debout devant eux ; les princes, avec leur casque à haut cimier, et les triaires, au troisième rang, armés de la javeline, du *pilum* haut comme un homme, complétaient le dispositif, comme à la parade. Des primipiles, des centurions, des tribuns de cohorte, galopant au long des rangs, criaient des ordres.

Titus avait pris soin de faire revêtir à ses hommes, qui marchaient jusque-là *impediti,* casque en bandoulière et chargés de leurs baluchons, l'armure de combat, une heure avant leur arrivée devant la ville. Il leur faisait, pour impressionner l'ennemi, prendre l'ancienne disposition, héritée de l'armée de la République, qui scindait les cohortes pour former cette triple ligne ; elle coupait symboliquement, serpent couleur d'acier, Jérusalem de la mer.

C'était la semaine de la Préparation. Même les prêtres, en éphod rouge, avaient, pour ne rien manquer du spectacle, délaissé l'autel, qui fumait, en bas, dans la cour du Temple. Les pèlerins, très nombreux à cette époque de l'année, grouillaient partout dans les rues, à la recherche d'un point plus élevé d'où voir les Romains. Ceux-ci se montraient ces flots incessants, montant et descendant au flanc de l'Ophel, torrent humain désarmé.

Une fois les enseignes plantées en terre, on reconnut les légions : les deux égyptiennes, la Vingt-deuxième et la Troisième, au faucon et au lotus ; la Quinzième, l'Appollinaris, avait un hérisson ; la Douzième Fulminata, celle de Syrie, avait adopté la déesse Baltis ; elle brûlait de venger sa défaite devant les juifs, sous le commandement de Cestius, trois ans plus tôt. Derrière, tourbillonnaient les cavaliers nabatéens en longs voiles bleus, les troupes des rois alliés, dont les étendards étaient particulièrement haïs, étant juifs : Soaemus, Agrippa, à la fois vassaux et collaborateurs du Romain. Une seule famille royale, celle de l'Adiabène, avait choisi le camp de la résistance.

Enfin, les vélites, les fantassins légers en casque de cuir, les frondeurs des Baléares, faisant tournoyer leurs pierres, les valets et les chariots au milieu desquels étaient Jean et Prokhore, finirent d'emplir tout l'espace. Cette immense araignée humaine ne cessait de s'étendre sur les collines ; il y avait là plus de cent mille combattants, s'extasièrent les Jérusalémites. Comme si quelque chose de la gloire, de la force de cette immense concentration rejaillissait sur eux, qui l'avaient provoquée.

Comme le soleil couchant embrasait les remparts, on entendit, à l'opposé, venant de l'est, des sommets violets du Moab, derrière le mont des Oliviers, les trompettes de la Dixième Frétensis, qui arrivait par la route de Jéricho ; et au sud, sur celle d'Emmaüs, les éclaireurs de la Cinquième Macédonica couraient dans la vallée du Schéol. A l'ouest, sur le ciel qui virait au vert, surgirent enfin les machines de siège ; elles bringuebalaient leurs bras d'insectes géants, traînées au travers des cailloux par des mules, des esclaves, des troupeaux de bœufs. Jérusalem était cernée.

Les feux s'allumaient ; des augures, des métreurs, délimitaient les camps, traçant d'un coup de baguette le cardo et le décumanus, les deux axes sacrés. Puis ils plaçaient leurs repères au sol. Les légionnaires prirent la pelle ; la levée de l'ager s'ouvrit dans la caillasse, on dressait les tentes. D'autres épointaient les troncs des palissades, montaient les tours de bois des angles dans le crépuscule.

Jean, perdu dans cette fourmilière, murmurait les déplorations du Livre des Maccabées :

« Ils répandirent le sang innocent autour du Sanctuaire et souillèrent le Lieu saint
À cause d'eux s'enfuirent les habitants de Jérusalem
Elle fut étrangère à sa progéniture... »

Dans le camp de Titus, installé sur le Scopus, au nord de la ville, en face du Bézétha, les deux chrétiens, logés dans une tente proche de la place du prétoire, eurent un serrement de cœur quand les feux de la Dixième légion s'allumèrent sur le mont des Oliviers. Le lieu où Jésus avait gémi sur Jérusalem était plein du bruit des haches et des jurons romains.

Le Bézétha, que Jean et Prokhore connaissaient bien, avait été entouré, depuis Agrippa Iᵉʳ, d'un rempart qui doublait la vieille muraille d'Ézéchias, laquelle à son tour s'appuyait à son extrémité sur les bastions de la tour Antonia. Dès la fin de la semaine, alors qu'on entendait dans la cité les processions de Pâque, Titus fit donner l'assaut à ce côté des fortifications.

Ce premier rempart était défendu par les Iduméens de Simon. Entre eux et les hommes de Jean de Gischala, retranchés dans le Temple et l'Antonia, s'étendaient les villas des riches pillées, les jardins saccagés du faubourg, ravagés par les zélotes dès le début de la guerre. Jean reconnaissait le lieu qui abrita le concile, la maison d'un oncle lévite, incendiés, le Golgotha désert. Ils virent le premier assaut, Prokhore et lui, d'une des tours du camp romain. À l'apparition du soleil, Simon était monté sur le chemin de ronde, et, se tournant vers l'intérieur, vers l'Antonia et le Temple, à contre-jour sur le levant, il cria à l'adresse du parti des Galiléens :

« L'ennemi commun approche. Laisserez-vous tomber ce rempart qui vous protège ? À tous ceux qui se joindront à nous contre les Romains, je promets la sécurité ici, et jure que je les considérerai comme mes propres hommes... »

Quelques ombres filèrent à travers les ruines du Bézétha ; le renfort fut mince ; les zélotes préféraient attendre à l'abri, dans leur invincible forteresse, capable de résister même si la ville était prise.

Le soleil était déjà haut quand les trompettes sonnèrent l'assaut. Les béliers attaquèrent le rempart ; les soldats les encourageaient, en les appelant de leurs noms, comme s'ils avaient été vivants :

« Vas-y, Crâne d'acier ! En avant, le Buteur ! Encore un coup, Terreur des murailles ! »

Suspendus à leurs chevalets, ils ébranlaient la pierre la mieux jointe de leur va-et-vient incessant, poussés par dix hommes qui s'abritaient sous leurs boucliers.

Les Iduméens, pour en contrecarrer l'effet, suspendaient devant les brèches des sacs de sable, des branchages, amortissant les coups, absorbant le choc. Les Romains éventrèrent les sacs, coupèrent les branchages. Les Iduméens firent une brève sortie, emportant du bois sec et de la poix ; ils voulaient mettre le feu aux machines. Un parti de cavalerie légionnaire les rabattit à l'intérieur.

Ces machines, emplissant l'air du sifflement des flèches, lâchées par dizaines, en vol serré, d'une seule détente, surtout ces orgues sagittaires, inventées par Sylla, faisaient grand mal. Elles lançaient sans interruption, à quelques stades, des projectiles dont les paraboles bien réglées aboutissaient juste au sommet du rempart.

Titus fit avancer les échelles. La grêle des traits était si épaisse qu'elle voilait le soleil ; toute la ligne d'assaut romaine poussa un effrayant cri de guerre. Les défenseurs iduméens, sur les chemins de ronde, se débandaient. Ils vacillaient dans le vide, vers l'intérieur de la cité, ou pliaient sous le nombre, au sommet des tours. Le soir, tout le Bézétha était romain. Des milliers de cadavres de combattants juifs empuantissaient l'air. Titus fit intégralement raser le quartier, villas en ruine et remparts, et amonceler les matériaux, en tas séparés, poutres, blocs de terrassement, cailloux à catapultes.

Il attaqua ensuite le second rempart, celui d'Ézéchias, qui protégeait la vieille ville et dont l'Antonia et le Temple formaient un angle, à l'est. Il l'emporta, le perdit, l'emporta à nouveau. Quand les légionnaires à bout de forces, début juin, grimpèrent enfin sur ses ruines en vainqueurs, ils poussèrent une clameur de déception.

Le rempart dit « des rois », qui allait du Temple au palais d'Hérode, avait été hâtivement restauré par Simon. Il y eut un flottement chez les Romains. La ville qu'on croyait presque prise était toujours à prendre.

Les ruses des assiégés, pour échapper à l'étouffement mortel, se faisaient féroces. Un groupe de combattants juifs, depuis une poterne, cria qu'il voulait se rendre, et Titus leur fit demander de descendre. Ils réclamèrent des garanties. Le général leur promit la vie sauve ; ils affectaient de se disputer entre eux, d'hésiter. Les légionnaires, impatients, pénétrèrent sous la voûte ; les battants extérieurs leur avaient été ouverts. Ils se refermèrent sur eux, les isolant du gros de la troupe. Et les soldats restés dehors entendirent les cris d'agonie, les appels à l'aide de leurs malheureux camarades, écrasés vifs sous les pierres jetées par les juifs. La moitié d'une cohorte y périt.

Des fourrageurs, les jours suivants, se laissèrent surprendre par une sortie iduméenne. Les hauteurs de l'Antonia et du Temple, qui dominaient à présent directement la ligne romaine, semblaient défier le camp de Titus en un face-à-face silencieux. Le général, changeant de plan, devait s'attaquer d'abord à cette forteresse, et remettre à plus tard la conquête de la ville. Mais pouvait-on espérer réduire un tel bastion autrement que par la faim ?

Avec les chaleurs, des fièvres, des épidémies se déclarèrent chez les assiégeants. Titus savait qu'à l'intérieur des murs, des centaines de milliers de pèlerins étaient enfermés avec les habitants et les défenseurs. Cependant, les juifs semblaient moins souffrir du climat, et leurs réserves, celles du Temple, amassées depuis des décennies, étaient incalculables. Dans des citernes, creusées sous l'esplanade, étaient stockés en vrac l'huile, le vin, le blé, le fourrage ; et des troupeaux mugissaient sous les portiques.

Quelques jours durant, Jean et Prokhore, comme le reste du camp, crurent que l'imperator allait lever le siège, et regagner Césarée. À Rome, la famille occupait le principat ; son frère Domitien le supplantait auprès de son père. Bérénice souffrait du manque de confort, aspirait à jouer son rôle au Palatin. Titus, pourtant, avait décidé que ce serait Israël ou lui. Le Temple ou Rome. Il y avait trop longtemps que l'abcès de Judée rendait l'Empire malade. Si lui aussi renonçait, le monde saurait que Rome avait enfin atteint sa limite, trouvé plus fort qu'elle. Toutes les juiveries se révolteraient, si elles apprenaient que dix légions avaient été battues par vingt mille brigands. La nouvelle dynastie n'eût pas résisté au choc.

Il fallait faciliter des désertions dans le camp adverse, démoraliser l'ennemi. Pour frapper l'esprit des juifs, il fit compter, dans les derniers jours de mai, sa solde à chaque légionnaire, sur une estrade bien en vue des assiégés. Les quatre payeurs puisèrent trois jours durant dans les sacs posés à côté d'eux. Ils vérifiaient les noms, contrôlaient les tatouages, les cicatrices des vétérans, comptaient les *aurei* ; le trésor de Rome n'avait pas de fond. Le nombre de ses soldats paraissait infini.

En réponse, les Jérusalémites lancèrent du blé par-dessus leurs créneaux, imitant le bruit d'une basse-cour ; ils indiquaient par là que leurs réserves étaient telles qu'ils pouvaient se permettre de gaspiller, et qu'ils tenaient leurs assiégeants pour des poules mouillées.

Titus pensa à se servir des juifs ralliés à lui. Agrippa était son antenne ; par son entremise, il voulait accréditer, auprès des bourgeois de Jérusalem, les restes des saducéens et des pharisiens modérés, la thèse officielle : Rome venait sauver Jérusalem contre elle-même, l'arracher aux brigands qui y exerçaient une dictature illégale depuis quatre ans. Pour leur faire porter ce message, il choisit l'heure de la trêve : le coucher du soleil, où, chaque jour, les deux partis ramassaient leurs morts. Les juifs, très attachés aux derniers devoirs, la rompaient rarement. Comme héraut, Josèphe parut tout indiqué.

« Rome vient protéger, et non détruire le Temple ! »

Josèphe était debout sur la carriole, entouré de trois ou quatre rabbins, de Jean et Prokhore, entravés aux mains et aux jambes sous leur tunique, pour leur éviter toute tentation de fuite. Quand Titus et Agrippa lui avaient demandé d'ajouter à Josèphe quelques membres de familles sacerdotales connues dans la ville, Tibère Alexandre pensa à Jean, dont il savait qu'il était du sang des prêtres, et connu du peuple. Josèphe, qui n'avait accepté sa désignation pour cette périlleuse mission qu'à contrecœur, fit une condition, pour accepter, de cette présence à ses côtés. On ne tirerait pas sur un ami des pauvres, un chrétien, presque un zélote.

Entre les créneaux, le peuple se pressait pour les voir. Les prétoriens avaient traîné le chariot jusqu'à portée de voix des remparts ; Josèphe reprit un peu courage. On ne leur jetait pas de projectiles. Il sentait les archers numides, cachés derrière les pieux du camp, et savait qu'ils avaient l'ordre de lui tirer dessus dans le dos s'il tentait de s'échapper.

Peut-être, après tout, seraient-ils émus par son éloquence. Il lui arrivait de se faire pleurer lui-même. Il se racla la gorge, levant les yeux vers les mâchicoulis, priant Dieu que rien n'en tombât.

« Frères ! Chers, très chers frères ! Épargnez une ville déjà presque prise, ne vous montrez pas plus cruels, plus insensibles que des étrangers ! Épargnez vos propres vies, celles de vos familles. Les Romains, au fond, vous le savez bien, ont toujours respecté notre culte ; et puis leur force est invincible ! Quelle contrée, depuis la brumeuse Bretagne, jusqu'aux sables de l'Euphrate, leur a résisté ? Les rois d'Israël, les glorieux Maccabées, avaient recherché autrefois l'alliance du Sénat et du peuple romains. Espérez-vous faire mieux qu'eux ? Allons, le général m'en a donné sa parole, il ne vous tiendra pas rigueur du passé. Il est plein de mansuétude envers vous. Refuserez-vous ses avances, cœurs de pierre ? Vous lui faites tant de peine... »

Il fut interrompu par des quolibets ; les hommes mettaient leurs mains en cornet devant leurs oreilles, comme s'ils entendaient mal.

« Josèphe, montre-nous ton nouveau prépuce ! Viens plus près, Josèphe, n'aie pas peur ! »

Il n'eut garde de le faire. Il rappelait la soumission d'Israël, cette vieille tradition d'asservissement, à l'Assyrien, à l'Égyptien, au Grec, au Romain.

« Josèphe, où sont les habitants de Jotapata qui t'avaient fait confiance ? »

Malgré son aplomb, Josèphe rougit. La façon dont il était passé du côté des Romains, lors du siège de cette ville de Galilée, avait particulièrement indigné. Cerné, avec quarante notables de la cité, dans un silo souterrain désaffecté, il proposa aussitôt de se rendre. Les autres, furieux contre l'homme qui les avait incités à la révolte, et avait envoyé leurs concitoyens à la mort, voulaient le contraindre à mourir en général des juifs. Ils lui mirent l'épée sur la gorge, en le sommant de se tuer à l'instant s'il ne voulait périr de leurs mains. Il protesta d'abord que le suicide, étant contraire à la Loi, heurtait ses convictions ; puis il se résigna en apparence et proposa que l'on tirât au sort, suivant l'ancienne coutume, l'ordre dans lequel chacun serait égorgé, la souillure du suicide retombant sur l'ultime survivant. Il eut l'avant-dernier numéro ; sa main avait toujours été habile aux petits papiers. Quand ils ne furent plus que deux, il acheta par ses promesses le pauvre hère, qui devait mettre fin à leurs jours à tous deux. Baisant les pieds de Vespasien, il se rendit et proclama que, puisqu'il plaisait à Dieu de châtier cette nation juive qu'Il avait créée, que la Fortune passait toute du côté des

Romains, il prenait le Très-Haut à témoin qu'il ne trahissait pas, lui qu'Il avait choisi pour annoncer la déchéance d'Israël.

« Nuques d'airain ! Votre arrogance vous perdra et perdra le Temple avec vous ! C'est vous qui conduisez sur lui la flamme dévastatrice. Âmes desséchées, ayez au moins pitié des malheureux pèlerins, innocents prisonniers de votre folie ! »

On glissait quelque chose, au bout d'une corde, entre deux créneaux. Josèphe recula ; l'objet tournait sur lui-même, ficelé, et se débattait dans le vide en appelant au secours. C'était sa femme, restée à Jérusalem lors de sa trahison.

Les assiégés se moquèrent de lui. Il pleurait, hurlait, suppliait, en s'arrachant les cheveux ; ils riaient et crachaient sans l'atteindre, faisant descendre et remonter le corps qui raclait les murailles. Pendant ce temps, Prokhore observait la bouche noire des égouts, qui donnait dans les douves, venant du Tyropéon, à quelques coudées d'eux. Il avait cru y percevoir un mouvement ; il ne se trompait pas. À un coup de sifflet, vingt Iduméens bondirent hors du souterrain, assommant les soldats qui gardaient le chariot. Du camp romain, on hésitait à tirer, de peur de blesser les camarades, désarmés en un tournemain. Josèphe s'était aussitôt jeté à bas du chariot et courait de toutes ses forces, relevant sans façon le bas de sa lévite, vers la circonvallation romaine. Jean, auquel les ravisseurs avaient enlevé bâillon et liens, le poursuivait de malédictions :

« Langue de serpent ! Vipère à tête humaine ! Que le Schéol t'engloutisse ! »

Deux ou trois Iduméens s'étaient lancés à la poursuite du traître. La perspective de tomber entre les mains de ses anciens compagnons de lutte donnait des ailes à Josèphe. Ses liens s'étant relâchés, il progressait par bonds, comme dans une course en sacs. Des sifflets aigus déchirèrent le crépuscule : les archers numides faisaient reculer les Iduméens. Les traits tombaient entre eux et le fuyard ; le coup était manqué.

Au pied du rempart, le reste de la petite troupe se repliait précipitamment, avec les otages, vers l'égout, où une barque attendait. Un corps de vélites à cheval faisait mouvement vers eux depuis les lignes romaines. À peine avaient-ils passé la bouche qu'une grande herse de bronze retomba avec un fracas de chaînes, fermant le passage. Aux remparts, les assiégés avaient protégé leur fuite par une grêle de traits et de pierres. Prokhore, Jean, et les rabbins, maintenus par leurs ravisseurs, têtes baissées sous les voûtes humides, glissaient dans la barque vers le collecteur à l'air libre du val de Tyropéon, entre le Temple et les palais. Ils étaient à l'intérieur de Jérusalem assiégée.

Leurs gardiens les entraînèrent rapidement, par la Voie aux Escaliers, vers la tour Phasaël. Toutes les portes de maisons étaient béantes. Certaines étaient brisées, arrachées à leurs gonds, et les ouvertures laissaient voir des pièces sans lumière, où des familles hâves se tenaient immobiles, tendant la main vers le passant. Jean s'en étonna ; on lui apprit que Simon avait interdit aux habitants de s'enfermer ; ceux qui le faisaient, soupçonnés de manger en cachette, devaient s'attendre à ce que leur maison fût forcée et pillée.

Sur les marches, à même la rue, sous les balcons, des pèlerins étaient étendus, pris depuis plus d'un mois dans cette tourmente ; amaigris, affaiblis, ils ne prenaient même plus la peine de s'écarter quand les Iduméens, d'un coup de pied, les repoussaient vers le mur ; çà et là, des toits écornés, des murs crevassés signalaient les ravages des catapultes. Depuis douze ans, Jean et Prokhore n'étaient pas revenus dans la Cité sainte ; la désolation, la résignation y étaient si mornes, si pitoyables, qu'ils en pleuraient.

De temps à autre, ils croisaient un groupe de très jeunes gens, qui scandaient des slogans, en agitant des bâtons, contre les traîtres, les riches, les anciens prêtres, les nobles cachés dans les ruines de leurs palais, les accapareurs de blé tapis dans les souterrains. Près du château d'Hérode, devant ce portail où Pilate avait couronné Jésus d'épines, des enfants dépenaillés et des vieilles femmes ratatinées faisaient cercle autour d'un homme nu, qui hurlait comme un chien à la lune, modulant longuement le même appel lugubre pendant des heures, d'une voix éraillée, criarde, grinçante, usée :

« Malheur à Jérusalem ! Malheur à la Cité sainte ! »

Jean demanda quel était cet oiseau de deuil, dont le chant ne discontinuait pas de la nuit. Il s'appelait Jésus, lui aussi, fils d'un paysan nommé Anne, et il criait ainsi depuis trois ans, sans une extinction de voix, sans repos.

« Une voix de l'Orient, une voix du couchant, une voix venue des quatre vents, une voix contre Jérusalem et le Sanctuaire, une voix contre le fiancé et la fiancée, une voix contre le peuple tout entier! Malheur à toi, Jérusalem! »

Jean s'approcha, posa la main sur la tête hirsute, rongée de vermine. On avait souvent fouetté le fou pour le faire taire, on l'avait menacé de mort, rien n'avait arrêté son thrène. Maintenant, le peuple, habitué à lui, comme des gamins entourant une pie captive, s'amusait de ces criaillements.

« Jésus, fils d'Anne, au nom de Christ dont tu portes le nom, malheureux enfant d'Israël, que le Très-Haut te prenne en pitié. Va en paix, toi qui vois clair dans ta folie... »

L'homme avait tourné vers Jean un regard perdu. En quatre ans, pas une main humaine ne l'avait touché que pour le pincer, le frapper, le torturer. Deux larmes coulèrent à son tour sur ses joues, délayant la poussière, traçant deux lignes sales parmi les rides encrassées.

Simon de Gérasa, quand il avait occupé la ville, s'était installé dans la partie de la tour où le gouverneur romain tenait son prétoire ; des aigles, tordus, fichés au sol la tête en bas, des faisceaux à moitié brûlés, leurs doubles haches brisées, des trophées martelés, des bustes d'empereurs graffités et mutilés gisaient dans les coins. On y amena Jean et Prokhore ; Simon était un colosse à la courte barbe de jais, défiguré par un coup de sabre qui lui avait enlevé la moitié d'une joue. Ses cheveux, tressés sous son turban, comme en ont l'habitude les nomades iduméens, au sud de la Judée, lui donnaient un air barbare ; mais il portait, en bon observateur de la Loi, des phylactères de cuir noir sur son manteau pourpre de général, volé à la garnison romaine.

« Ce n'est pas vous que je voulais, mais Josèphe. Vous les chrétiens, vous ne valez guère mieux que lui. Vous avez déserté la cité dès que les Romains ont attaqué... »

Il se moucha dans ses doigts en signe de mépris.

« Christ m'a ordonné de venir en sa ville, Iduméen, afin de partager le sort de son peuple. Le combat par la prière fléchira plus sûrement l'arrêt du Très-Haut que tes lances et tes ruses.

— Si vous voulez combattre, on vous donnera des armes. Seuls les combattants mangent, ici... »

L'Iduméen lorgna le vieillard d'un air ironique. En dépit du ton rude qu'il avait adopté, il était pour lui un allié potentiel. Il avait fait exécuter les anciens grands prêtres, et Jean de Gischala occupait le Temple et ses parvis ; son parti de brigands mal circoncis manquait singulièrement de la couverture de quelques personnes saintes.

« Toi, tu étais l'ami de ton Christ. Vous haïssiez les renards qui s'engraissaient sur le peuple, les saducéens et les hypocrites... Tu n'es pas comme les autres, Jean, tu as toujours détesté les Romains. Dis-moi, que se passe-t-il là-bas, qu'as-tu observé chez eux ? Les soldats ont-ils bon ou mauvais espoir ? Titus peut-il lever le siège ? Où en sont ses réserves ? »

Jean et Prokhore satisfirent, autant qu'ils le purent, sa curiosité. Simon calculait à voix haute, dénombrant les légions.

« Si seulement je pouvais occuper le Temple et disposer des machines des Galiléens... »

Ils s'étaient emparés de celles de Cestius Gallus, et les conservaient, inemployées, sous les portiques, refusant de s'en dessaisir.

« Par Izate, roi d'Adiabène, qui est dans nos murs, Vologèse, l'empereur des Parthes, nous a fait des offres secrètes d'alliance. N'as-tu pas entendu dire que Titus devait renvoyer la Douzième légion sur l'Euphrate ?

— Au contraire, le *limes* est si calme que les Romains n'y ont laissé que quelques poignées de vétérans. »

Prokhore détruisait là sa dernière chance. Simon jura.

« Par Moïse et Aaron ! Tout semble tourner contre nous. Ne comptez jamais sur les rois ! Je ne dis pas cela pour l'Adiabène, qui combat à nos côtés. Les autres suivent le Romain comme des chiens courants... Ce qui porte couronne ou toge devrait être supprimé. »

Ils retraversèrent la ville, le lendemain. Elle semblait frappée de stupeur, ressentait ce désir d'extermination épandu autour d'elle. Jean voulait revoir la maison de la mère de Marc, le quartier des potiers, où il vécut avec Jésus, la demeure où il habita avec Marie et les saintes femmes. Des inconnus s'y étaient installés ; meubles, crucifix, souvenirs, tout avait disparu.

Pourtant, parfois, dans la rue, sur les places, un vieillard, une femme, s'accrochaient à son manteau, le suppliant au nom de Christ, l'ayant reconnu. Il restait quelques chrétiens en ville ; Prokhore les rassembla dans le creux de la piscine de Siloé, où les pierres des catapultes ne parvenaient pas. Là, le Seigneur avait guéri l'aveugle Bartimée. Leur communion fut de pain sec et noir ; l'eau limpide remplaça le vin ; ils échangèrent le baiser de paix, tandis que se réverbérait autour d'eux le fracas de la guerre et que vrombissaient les bombardements.

La torpeur de la ville n'était qu'apparente. Le soir, si les bombardements cessaient, l'hystérie, la démence rôdaient, alternant avec la désespérance du jour. L'affreuse famine empêchait de dormir. Les enfants, le ventre ballonné, grattaient l'herbe entre les pavés disjoints et la mâchaient avec application ; des groupes faisaient cuire d'immondes ragoûts de rats et de vieux baudriers de cuir. Des mères, devenues folles de douleur, portaient au bout de leurs bras maigres les corps de leur progéniture, déjà gangrenés, la peau sur les os. Certains leur proposaient de les soulager de leur charge, pour leur donner une sépulture décente, disaient-ils. C'était pour tenter de s'isoler avec le cadavre dans un coin désert, et le dévorer.

Mais de coin désert, il n'y en avait pas. Des centaines de milliers de pèlerins sans toits campaient dans la ville assiégée ; ils ne croyaient pas aux promesses de Titus, préféraient mourir dans une illusoire sécurité, plutôt que de tenter de se rendre, ou de s'échapper. Les effluves d'urine et de mort flottaient partout, épidémiques, dans cette foule dont les détritus bouchaient les égouts ; l'odeur pénétrait jusqu'aux terrasses où Jean et Prokhore dormaient.

Jean, parmi les chrétiens retrouvés, en choisit dix, les plus robustes et les plus jeunes. On obtint pour eux, de Simon, un peu de nourriture, en échange d'une participation au combat, si les Romains perçaient le mur. Jean fit alors distribuer le peu de blé aux plus démunis, ne gardant rien pour lui-même.

Prokhore dut l'obliger à conserver une mesure, qu'il moulut et cuisit pour eux deux.

Les bras de cette jeune milice ne furent pas inutiles, pour éviter les bagarres et les bousculades, quand ils commencèrent leurs distributions. Les enfants, surtout, étaient intenables.

Sans attendre que le pain fût cuit, ils avalaient la farine à pleines poignées, et même le blé à demi broyé, rejetant ensuite ce qu'ils ne pouvaient digérer.

Dans cette misère haletante, traversée d'exaltations, d'appels au Très-Haut, d'insultes aux dieux païens, se cachaient encore des hypocrites, des bourgeois qui se teignaient le visage au brou de noix pour paraître malades et affligés, se réunissaient en grand secret pour manger et tenter des ouvertures du côté romain. Quand sa milice découvrit, au fond d'un vieux coffre, chez un docteur de la Loi, ami de Ben Zakkaï, des amphores de miel et de vin dissimulées, Jean vit rouge.

« Maudite engeance ! Vous vous nourrissez en cachette, quand les enfants des Hébreux meurent dans leurs berceaux, et vous priez le Très-Haut trois fois la journée ! »

Il avait giflé le rabbin. Aussitôt, il se frappa la poitrine, regrettant ce geste. Prokhore le regardait d'un air de reproche. C'était la première fois en trente ans qu'il se laissait aller à une violence physique.

Il marchait à présent par les rues, entouré de ses très jeunes miliciens armés, sa longue tunique et sa barbe d'argent salies de sang et de poussière, se faisant ouvrir les barricades qui barraient les accès des quartiers populeux ; car chacun avait sa propre défense.

Il exhortait les faibles, s'agenouillait au chevet des mourants. Sa troupe, à la différence de toutes celles, armées, qui avaient depuis quatre ans sillonné la cité, s'efforçait de venir en aide aux plus jeunes, aux malades. Si elle fouillait, parfois brutalement, une maison de riche ou de rabbi, c'était pour la bonne cause : Jean faisait jeter à terre, dans la boue, l'or et les bijoux. Personne ne les ramassait. L'or n'avait plus de valeur à Jérusalem, puisqu'on ne pouvait plus rien y acheter. Mais sous les lits, dans les caves, parmi les palmes de la toiture, ils trouvaient des azymes secs, des gâteaux de fine fleur de farine, des morceaux d'agneau, détournés des sacrifices du Temple. Ce marché noir avec le service divin était particulièrement répugnant. Pourtant, depuis l'incident de la gifle, Jean se contentait de reprendre, sans punir.

Le mois de Siwan s'achevait, qui va de la mi-mai à la mi-juin. Simon, persuadé que Dieu interdisait aux Romains de prendre la Cité sainte, prohibait tout deuil, même aux parents des morts civils tués par la faim ou les bombardements.

Ceux-ci rendaient la ville inhabitable. Les Romains, au début du siège, tiraient seulement de jour. Quand ils entreprirent les bombardements de nuit, destinés à terrifier la population, ils s'aperçurent que les assiégés observaient le vol des projectiles, des pierres de couleur claire ramassées dans les collines, et trouvaient le temps de se garer. Titus les fit peindre en noir. On mourait sans alerte, à tous les coins de rue, à côté d'amis, qui n'avaient rien vu venir et étaient indemnes.

Un nouvel assaut fut mené par les Macédoniens d'Antiochus Epiphane, prince de Commagène, et allié de Rome. Sa phalange de jeunes nobles, qu'il avait costumés de cnémides et de casques dorés, homérique, semblait ressortie du passé pour égaler le temps du Grand Antiochus, qui prit Jérusalem deux siècles avant ; mais la phalange, inexpérimentée, et trop belle pour être solide, se brisa sur les défenses de la ville.

Cet échec confirma les Romains dans le peu d'estime où ils tenaient les soldats grecs, descendants dégénérés de ceux d'Alexandre, comme les rois leurs alliés.

Des Grecs, il y en avait aussi au-dedans des murailles. Des commerçants, des réfugiés, des employés de la procurature, qui n'étaient pas partis à temps. Par prudence, ils se vêtaient à la juive, cousant phylactères et glands à quatre fils sur leurs habits.

L'Aimé continuait de prêcher, de baptiser, de secourir les moribonds. Les jeunes qui l'entouraient, exaspérés par la faim, l'humiliation, l'ennui de ce siège interminable, se laissaient aller à des démonstrations quelque peu fanatiques. Ils défilaient, criant des insultes à Titus, armés de piques de bois. Ils considéraient Christ comme le crucifié des Romains, ils l'imaginaient comme un révolutionnaire, mort les armes à la main dans la lutte contre l'occupant et le bourgeois, comme ils s'y apprêtaient eux-mêmes, malgré leur jeunesse. Mes admonestations étaient de peu d'effet. L'Aimé, replongé brusquement dans l'exaltation jérusalémite, leur pardonnait beaucoup. Leur intransigeance le réconfortait en ce désastre. À chaque conseil de guerre, où Simon le consultait, il bénissait les armes des défenseurs. Et il poussait à la roue de ceux qui refusaient toute trêve, en dénonçant les offres de Josèphe, de Bérénice, leur prétendu désir de sauver le Lieu saint, comme autant de ruses du démon :

« Espérions-nous donc, seuls du Peuple élu, qui fut massacré en Galilée, en Samarie, à nos portes, pouvoir survivre par des compromis, comme si nous étions innocents devant le Très-Haut des fautes de Jérusalem ? Peut-être, dès le début de la révolte, aurait-il fallu chercher à pénétrer le dessein du Tout-Puissant. Si le peuple juif, qu'Il aima autrefois, a lassé Son infinie miséricorde, il est condamné par Lui ; alors, n'espérons pas d'autre sort que celui qu'Il nous a fixé. Que le Temple périsse, ajoutait-il, plutôt qu'il devienne la maison de prostitution, la demeure des idoles ! »

Il frappait le sol de son bâton. Ces prêtres et ces rois qui avaient encensé le Romain dans le Temple, qui avaient sacrifié Son Fils à leur politique de collaboration, qui prétendaient maintenant sauver les murs, au nom de l'intérêt commun, lui soulevaient le cœur.

« Jésus, fils d'Anne, est dans le vrai. Malheur à Jérusalem, plutôt qu'elle retombe entre de telles mains ! »

Les ébionites, les partisans des pauvres, les zélotes, les petits pharisiens, même, qui autrefois avaient persécuté les chrétiens, applaudissaient à tout rompre. Siméon, fils de Gamaliel, qui représentait les modérés, n'osait plus ouvrir la bouche. En ces moments extrêmes, les jeunes gens des milices, qui gouvernaient de fait la ville, se mirent en tête d'en chasser tous les incirconcis, qu'ils soupçonnaient de vouloir ouvrir les portes à l'ennemi. Certains d'entre eux, des boutiquiers du Xyste, des fournisseurs d'huile du gymnase, de race grecque, furent amenés à l'Aimé. Il leur donna le choix : ou bien ils seraient conduits aux portes ; ou *bien ils subissaient aussitôt la mutilation qui, en cas de victoire romaine, les confondrait avec les assiégés. Elle les retiendrait de toute envie de pactiser, en leur garantissant qu'ils partageraient le sort commun.*

Ils levaient les bras aux cieux, attestaient de leur ancienneté à Jérusalem, juraient de leur judéité. Ils habitaient le Bézétha ou la ville haute depuis si longtemps! Si on les expulsait, Titus les ferait mettre à mort pour n'avoir pas rallié les Romains à temps. Seraient-ils punis d'être restés fidèles à la Cité sainte? Devaient-ils périr entre les deux camps, écrasés entre les meules d'un affrontement qui leur était étranger, ou bien renoncer à leur race, à leurs coutumes? Ému par leurs larmes et la langue de mon enfance, j'intercédais pour eux. Mais l'Aimé ne voulait plus se souvenir de ces années où nous avions côtoyé les nations, converti les païens, où il avait appris de moi le mélodieux parler des Hellènes. Ces Grecs furent circoncis publiquement, en pleine rue, quand on parvint à les attraper...

La chaleur avait encore augmenté. Prokhore comptait les jours qui les séparaient de la fête des Semaines, qu'il appelait de son nom grec, Pentecôte. Au début de ce mois de Tammuz, Simon fit creuser des fosses pour enterrer les cadavres ; ils transformaient le Tyropéon en charnier et en foyer d'infection. Des demi-vivants y furent jetés pêle-mêle ; et on voyait parfois une main, dressée au-dessus de cet amoncellement de cadavres, s'ouvrant et se refermant convulsivement, cherchant une aide, un point d'appui pour s'extraire du funèbre enlisement. Depuis quinze jours, les Romains s'étaient transformés en terrassiers et en maçons ; sous les railleries des Iduméens, ils bâtissaient quatre gigantesques rampes. Deux étaient dirigées contre l'Antonia ; la Douzième et la Cinquième légion y travaillaient côte à côte ; la Dixième et la Quinzième montaient les leurs au nord, contre la ville.

Ces rampes consistaient en levées de terre, compressées entre deux murs de pierre, en pente douce, longues de plusieurs dizaines de stades et calculées par les ingénieurs pour que les machines puissent y circuler aisément. Dallées au pilon, elles partaient du niveau des camps romains pour arriver aux substructions du Temple et de l'Antonia, à vingt fois la hauteur d'un homme.

Le peuple s'inquiétait enfin. Il incriminait l'inaction de Simon.

« Vous mangez, vous, les Iduméens, battez-vous au moins ! »

Simon n'était plus visible. En vérité, lui et ses hommes avaient sapé chaque nuit, sous les levées ; ils creusaient des boyaux, depuis les caves du palais d'Hérode, se passant la terre dans des couffins, en une chaîne continue et rampante. Ils boisèrent les galeries, y déposèrent du bitume, y mirent le feu. Toute la nuit, il couva, dévorant le boisage, qui céda aux premières lueurs du jour.

Un cri de joie partit des créneaux, où Jean et Prokhore, avec les défenseurs, observaient les redoutables rampes, longs bras qui grimpaient vers le rempart dans la lueur fantomatique de l'aube. Des fumées, des étincelles, s'échappaient de fissures, sur leurs côtés ; il y eut des ébranlements souterrains, des craquements. Des pans entiers de la masse soigneusement appareillée s'effondrèrent, en coupant les voies éboulées, redevenues informes tas de matériaux. Jean remerciait Christ ; Sabaoth, Dieu des armées, était revenu aux côtés des défenseurs de Jérusalem.

Comme c'était Pentecôte, le peuple se porta aussitôt en masse, pleurant de joie, sur le pont du Tyropéon, pour rendre grâces au Temple. Les hommes de Jean de Gischala y avaient établi une barricade et un point de contrôle. Ils n'admettaient que les pèlerins désarmés, et refoulaient les partisans de Simon. Il y eut une bousculade ; Jean, Prokhore, et les leurs pénétrèrent ainsi sous le portique, passant la porte que les gens du Gischalien refermèrent avec peine après eux. Les Iduméens, dissimulés dans la foule, avaient tenté de forcer le passage. Sous le portique, les changeurs avaient enfin été chassés, non par Jésus, mais par la disparition du bétail et des offrandes. Ils débouchèrent dans le parvis des païens ; Jean, en retrouvant le pinacle où Jésus enseignait, où il se tint si souvent avec Pierre, baisa les dalles, sous le portique de Salomon.

Le Sanctuaire priait, sacrifiait et accomplissait, en pleine guerre, transformé en camp retranché, tous les rites du temps de paix. Seule l'activité sur les échafaudages, derrière le Temple, avait cessé. Cette partie ne serait jamais achevée ; le deuil et la destruction menaçaient ce qui, du chantier, passerait directement à la ruine.

Le parvis des païens, immense rectangle entouré de portiques, au centre duquel se dressaient les murs clôturant, avec le Temple, les deux cours sacrées qui le précédaient, contenait les machines de guerre prises aux Romains. Quelques-unes, hissées sur les toits du portique nord, tiraient sur les assiégeants ; mais la plupart, trop lourdes, de maniement trop complexe, étaient rangées au long des colonnades, leurs bras à terre, leurs cordes, leurs boyaux détendus. Les hommes de Jean de Gischala patrouillaient, portant des tuniques grises, pour ne pas offrir aux servants des catapultes ennemies une cible trop facile ; leur poignard à la ceinture, qui leur avait valu le nom de sicaires, leur allure farouche les distinguaient des simples fidèles. Ces derniers, n'entendant plus le bruit de la bataille, étouffé par les mantelets de bois placés jusqu'à mi-hauteur entre les colonnes extérieures des portiques, s'avançaient, rassurés, vers la Belle Porte, pour pénétrer dans la cour des femmes, franchir le perron semi-circulaire de la porte de Nicanor, et arriver dans la cour des Israélites.

Comme une machine sans conducteur, mue par la seule force d'inertie, continue sur sa lancée, perdurant dans sa course et emportant avec elle ses voyageurs, le service divin du Temple, ininterrompu, déroulait ses fastes devant Jean et Prokhore.

Les grandes familles sacerdotales ayant été éliminées, ou ayant déserté, c'étaient des prêtres des dernières classes, vieux, longtemps tenus dans l'ombre, simples assistants, qui aujourd'hui célébraient le sacrifice. Un agneau étique, un encens parcimonieux qui traversait le voile bleuté du Temple, les vêtements sacerdotaux dépenaillés, les bombes, qui tombaient en sifflant au milieu des bénédictions, projetant parfois un desservant au sol, parmi les traînées de sang et d'os brisés, faisaient ressouvenir de la guerre en cours.

Inconscients du danger, debout et la tête religieusement couverte, les pèlerins reprenaient le « Schema Israël » clamé par le prêtre depuis le stylobate du Temple :

« Béni sois-tu, Adonaï, roi du Temps, qui formas la lumière et créas la ténèbre, qui fis la paix et créas tout, qui en ta miséricorde éclaires la terre et ceux qui y habitent... Puisses-tu faire luire une lumière nouvelle sur Sion ! »

Des Jérusalémites, des Galiléens reconnurent Jean. Il se fit un mouvement de foule autour de lui. Il reprit avec force la dernière bénédiction, celle de la Rédemption :

« Rocher d'Israël, lève-toi pour Israël
et délivre, suivant ta parole, Juda et les Hébreux,
notre rédempteur, Adonaï, Sabaoth est son nom ! Saint d'Israël, bénis sois-tu ! »

« Toi qui aimas Jésus, crois-tu que le Temple sera détruit, comme il l'annonçait ? Prends pitié de nos fautes, vénéré apôtre, sauve-nous du désastre ! »

Il étendit les mains pour les calmer. Là-bas, à l'autel, le sacrifice achevait son immuable rite. Une escouade de soldats vint à lui. Jean de Gischala avait appris sa présence. Ils réclamèrent les armes de sa petite milice ; Jean dut rappeler à ses fidèles que le Seigneur avait désarmé Pierre. Ils rendirent leurs bâtons et quelques couteaux. Jean et Prokhore furent emmenés, par l'escalier conduisant à l'Antonia, puis la cour du Lithostroton, où Pilate prononça son funeste « Ibi ad crucem ». L'homme de Gischala avait installé sa chambre, son bureau, son état-major et son magasin de vivres, dans la salle d'où les procurateurs, autrefois, aimaient à surveiller le mouvement de la porte des Poissons. Le blé débordait des amphores ; les lances et les casques étaient posés, par faisceaux, contre les murs, en une abondance désordonnée. Le chef, étendu sur un lit de repos, un *triclinium* somptueux, à trois places, dictait des ordres pour le lendemain à un secrétaire, accroupi à la tête de sa couche. Le maître du Temple, la terreur de la Galilée, avait à ses côtés deux de ses soldats.

Quoique prévenu des mœurs infâmes qui prévalaient chez les spadassins du Gischalien, qui s'associaient à un courage désespéré et une sanguinaire férocité, Jean eut un recul. Le Gischalien était gros, vigoureux ; ses bras étaient musclés et poilus ; sa barbe et ses favoris noirs juraient avec ses yeux allongés au khôl. Il reniflait un parfum volé dans les appartements de la procuratoresse, dont il s'inondait, et portait l'une de ses robes, à parements or et rose. D'une main, il tenait enlacée une brute ivre morte, nue ou presque, qui ronflait en grognant. De l'autre, il fourrageait, cherchant les puces, dans la chevelure rousse, longue comme celle d'une femme, issue du turban défait d'un jeune guerrier en casaque de cuir fauve, couronné de fleurs de lotus qui lui pendaient sur le nez.

Mais ces apparences de femmes avaient des bras d'assassins ; cette robe cachait un glaive, brillant sous la soie, à côté du Gischalien.

« Vous êtes entrés par fraude sur mon territoire, toi et les tiens. Tu es un allié de Simon, des Iduméens...

— Je suis le serviteur de Christ, et non d'aucun prince de cette guerre. Crains que le Très-Haut, toi qui te nommes Jean, te punisse de traîner un nom hébreu dans la fange de ta débauche ! »

D'une tape, Jean de Gischala expédia ses deux farouches mignons hors du lit, et s'assit sur le rebord.

« Tu parles le galiléen, comme nous. Ton maître Jésus était de Galilée. Ce sont les Jérusalémites, tu le sais, qui l'ont crucifié, avec les Romains... »

Prokhore, lui, ne connaissait pas la Galilée. Et il ne s'était pas représenté ainsi les compatriotes du Seigneur.

« La Galilée n'est plus le doux royaume de ton prophète, le riant pays de tes pères, fils de Zébédée. Le lac de Génésareth, tu t'en souviens ? »

Dans cette sombre tour aux meurtrières étroites, les parfums, la fraîcheur limpide du lac entrèrent un instant.

« Vespasien y a livré contre nous une bataille sur des radeaux. Les corps des nôtres flottaient si serrés que les blessés mouraient étouffés avant de se noyer... Depuis, toute l'eau est pourrie de cadavres en décomposition. Capharnaüm n'est plus, Nazareth non plus, rasées par les Romains ; la Galilée est un désert ! »

Il se leva, marcha jusqu'aux fentes d'où provenaient les prières des pèlerins, dans la cour du Temple.

« Et Jérusalem, elle, devrait réchapper ! Pourquoi ? Mon seul but, frère de Galilée, est de mourir ici en mettant à mort le plus grand nombre possible de Romains. Tous, nous mourrons tous...

— Je suis la Résurrection et la Vie, a dit le Seigneur.

— Eh bien, moi, je suis la destruction et la mort. Ton Christ a bien besoin qu'on lui fasse place nette, pour son apothéose finale, non ? Disons que j'ai été assigné à cette tâche... »

Cette désespérance, Jean le sentait, était celle de tout Israël.

Comme le faisait auparavant Simon, Jean de Gischala prit l'habitude de consulter l'apôtre. Prokhore et lui couchaient à même le sol, contre le pinacle, espérant retrouver dans le contact du marbre froid quelque chose de la présence de Christ, qui l'avait effleuré de ses pieds nus. Un soir, après la prière, comme ils longeaient le portique de Salomon, d'où l'on distinguait les feux romains sur le mont des Oliviers, ils croisèrent un petit vieillard, tout courbé et ridé, en tunique de rabbin, dont les franges lui battaient les talons, couvert de phylactères énormes, comme on n'en faisait plus depuis la jeunesse de Jean. Rabbi Ben Zakkaï, en les reconnaissant, eut un sursaut de frayeur. L'ancien accusateur de Jésus, le persécuteur d'Étienne et de Jacques, verrait donc le triomphe des chrétiens s'ajouter à celui des brigands zélotes ?

« Fils de Zacchée, serviteur de Bélial, je sais que tu négocies, que tu trahis, que tu vends Israël comme tu as acheté Jésus... »

C'était Ben Zakkaï qui avait payé les trente deniers à Judas. Et il était en relations, ô combien discrètes, avec Titus, par des messages qu'expédiaient des flèches, pour obtenir des conditions de reddition pour les pharisiens.

Toutes les tentatives de conciliation, d'ailleurs, rataient les unes après les autres.

Titus se lassait de la longueur du siège. Il ordonna d'édifier un mur continu, bordé d'un fossé, qui rejoindrait entre eux les différents camps, et cernerait la ville d'un lacct qui l'étranglerait. Pour en venir à bout, il fallut couper les vergers de baumiers, qui formaient la couronne de Jérusalem, dans un rayon de vingt milles. Sachant que le baume valait son poids d'argent, Titus en avait fait réserver quelques-uns pour son triomphe, et les transplanter à Rome. Cet arbre disparut de Judée, dont il avait fait la fortune. Des champs de souches, dont la sève blanche et odorante était devenue larmes de résine amère, remplacèrent la ceinture de verdure embaumée qui faisait la joie de Jérusalem, et le roucoulement entêtant des tourterelles se tut à jamais. Les pèlerins, affolés, voyaient depuis les terrasses des portiques serpenter le lombric de pieux, jalonné de tours ; il s'allongeait tous les jours, ses tronçons se joignaient progressivement. Des milliers d'entre eux, enfin, tentèrent de fuir, de nuit, ayant pris trop tard une résolution devenue inutile. Ils échouaient dans les fossés, tapissés de pointes aiguës, s'empalaient sur les pièges, et hurlaient pendant des heures. D'autres, faits prisonniers, étaient éventrés par les soldats d'Agrippa. Ou bien ils les bourraient de nourriture et d'eau, et ces ventres hydropiques, désaccoutumés des aliments, éclataient comme ceux d'un bétail malade.

On savait qu'ils avaient avalé leurs pécules, leurs bijoux, pour les emporter avec eux. En une seule nuit, les soudards en ouvrirent deux mille, la plupart pour rien.

Titus, quant à lui, en fit crucifier cinq cents, tournés vers la Cité sainte qu'ils maudissaient ; les civils de Jérusalem apprirent ainsi qu'ils étaient désormais voués à la mort comme les combattants.

La première semaine de Tammuz, la mi-juillet pour les Romains, les Galiléens tentèrent une sortie pour brûler les machines qui bombardaient le Temple. Titus les avait fait couvrir de peaux de bœuf fraîchement écorchés, et de feuillages verts ; elles ne prirent pas feu. Deux jours après, toute la muraille nord de l'Antonia s'écroula, en laissant d'un coup à découvert la cour de la forteresse, et l'entrée vers le Temple. Les Romains, eux aussi, savaient miner. Les Galiléens, entendant les pioches, avaient en vain sapé la galerie par une autre, située plus bas, pour y faire tomber et étouffer sous les déblais les sapeurs romains. Mais la contre-mine n'avait pu empêcher à temps l'effondrement. Les assiégés bâtirent rapidement une barricade en déblais, appuyée au prétoire de pierre. Les Romains se préparaient soigneusement à l'assaut ultime. Il fut décidé qu'il débuterait au matin du 24 juillet, dans le calendrier romain, qui était le 4 de Tammuz chez les juifs.

L'aube blanchissait sur le Nebo quand le fanion impérial flotta au mât de la grande tente pourpre, au centre du camp.

Jean et Prokhore, à côté des soldats galiléens, qui s'étaient peint le visage de vermillon pour paraître plus effrayants, regardèrent se mettre en place le dispositif d'assaut. Comme le premier rayon de soleil s'accrochait aux aiguilles du Temple, les trompettes de toutes les légions sonnèrent et trois colonnes de fantassins s'ébranlèrent, courbés sous de longues échelles, vers la partie écroulée de l'Antonia. Des cavaliers, des lanciers les précédaient ; derrière eux, les archers bondissaient pour gagner leurs nouvelles positions de tir, tâchant de rendre invivables les chemins de ronde adverses. Arrivés devant l'escarpement, les légionnaires formèrent la tortue, leur bouclier au-dessus de leur tête ; les échelles d'assaut s'appuyèrent sur les blocs effondrés. Les Galiléens sautèrent par-dessus leurs barricades pour les repousser dans le vide, chargées de leurs grappes humaines. À ce moment, toutes les machines à la fois lâchèrent leur tir. Elles avaient roulé pesamment sur les nouvelles chaussées édifiées par les fourmis romaines, et s'étaient rangées au bord, presque à la hauteur des assiégés, grandes bêtes venimeuses : les trente catapultes qui lâchaient d'une ruade leur volée de javelines acérées avec un claquement sec de taquet frappant le bois ; les dizaines de scorpions, dont la queue se détendait brusquement, venant frapper la barre d'arrêt, pour jeter un trait enflammé ou des balles de plomb ; les lourdes balistes, à cuillère de bois, qu'on rechargeait, tout en bandant la corde avec une vis, de pierres grosses comme une tête d'enfant.

À l'horizon, derrière, si monstrueuse que Jean se signa, secouée de cahots, formidable, Moloch de bois et de bronze, tirée par des centaines de valets et d'esclaves juifs qui chantaient pour se donner du courage, et que les assiégés n'osaient cribler de leurs flèches, la terrible hélépole grimpait la rampe ; la tour cuirassée, montée sur roulement, haute comme le Temple, dardait par une ouverture, au neuvième et dernier étage, sa tête de tortue, son énorme bélier ballottant au chef cornu de métal.

Chef-d'œuvre de la science poliorcétique, les Romains avaient emprunté le plan de cette forteresse mobile aux ingénieurs grecs. À tous ses étages, les cuirasses s'entrechoquaient dans l'obscurité ; les légionnaires massés attendaient le signal. Au sommet, balistes et catapultes tiraient sans arrêt ; et la tour avançait en semant l'épouvante et la mort.

Elle arriva au bord de la chaussée ; son bélier battait les décombres de l'Antonia, élargissant les brèches. À une nouvelle sonnerie de trompettes, les parois regardant la forteresse s'abattirent en même temps, lançant des ponts, au-dessus des éboulis, vers la cour. Les Galiléens repoussaient du bouclier les assaillants dans le vide, les saisissant à bras-le-corps quand ils n'avaient plus de place pour s'escrimer. Les légionnaires s'affalaient dans un tintamarre métallique sur les rocs en contrebas. La colonne romaine était irrésistible ; la première ligne était contrainte d'avancer par la poussée des suivantes, avides de sortir de l'hélépole : elle pouvait devenir un piège mortel pour ses occupants, si elle se transformait en brasier.

Jean de Gischala fit replier ses hommes derrière la barricade. De là ils tenaient les Romains à découvert sous le tir de leurs javelots. Des terrasses des portiques, à côté de Jean, on jetait des pots d'huile enflammée ; elle s'éteignait avant d'atteindre l'hélépole, tapissée de claies de bois, de roseaux humides collés à l'argile fraîche. Mais elle rendit glissants les ponts d'assaut ; les légionnaires, déséquilibrés, se rattrapant à leurs camarades, les entraînaient dans le vide. D'autres, aux étages inférieurs, recevant des gouttes bouillantes, poussaient des hurlements de bêtes. Emprisonnés dans leurs casques et leurs cuirasses, ils ne pouvaient se débarrasser de cette graisse brûlante qui s'insinuait partout. Certains se jetèrent au gouffre volontairement, pour échapper à cette torture. Comme le soir tombait, et que Titus voulait laisser aux assiégés une chance de se rendre, ne désespérant pas de sauver le Temple avant que les combats y parvinssent, il fit sonner une trêve, pour que de part et d'autre on ramassât les morts. Et une longue veille commença, à la lueur des deux lignes de feux qui se partageaient, de chaque côté de la barricade, la cour de l'Antonia.

Toute la nuit, Jean de Gischala négocia par émissaires avec Simon de Gérasa, sur qui ne pesait plus l'effort romain. Il ne voulut pas livrer le Temple à son concurrent, et Simon, bien que sentant que la fin du Temple serait la fin pour les assiégés, ne voulait pas dégarnir son front.

Le lendemain à l'aube, alors qu'aucune décision n'avait été prise, ni du côté juif ni par Titus, une vingtaine de légionnaires, ulcérés par les traîtrises et la mort affreuse réservées par les juifs à leurs camarades pendant cette impitoyable guerre, escaladèrent la barricade en emmenant deux trompettes. À travers les Galiléens qui dormaient encore, ils foncèrent jusqu'à la tourelle nord, qui était tout contre le portique du Temple, et sonnèrent la charge. Éveillés en sursaut, convaincus que les assaillants les avaient tournés pendant la nuit, les Galiléens s'enfuirent en désordre, tandis que les soldats des cohortes, toujours sans ordre, franchissaient la barricade, enthousiasmés par l'audace de leurs collègues. Les centurions, au lieu de calmer leurs hommes, en prirent la tête.

Quand on éveilla Titus, aux bras de Bérénice, l'Antonia était prise. Jean de Gischala et ses hommes s'étaient repliés, par l'escalier, dans le parvis des païens, et avaient fait écrouler les marches après leur passage. Seuls les quatre portiques, qui entouraient le parvis, protégeaient encore le Temple. Il était cerné sur trois côtés ; le portique des Changeurs ou portique Royal, donnait, lui, sur le pont menant à la ville, à Simon.

Jean et Prokhore, réveillés sous le portique de Salomon par le bruit de la mêlée, n'avaient vu dans l'ombre que des formes confuses, des étincelles arrachées aux cuirasses par les coups d'épée ; les Galiléens avaient descellé les dalles de l'escalier, les jetant sur leurs poursuivants, boutés hors d'atteinte du Lieu saint.

Les jours suivants marquèrent une accalmie. Chacun soufflait avant l'irréparable. Titus avait pris la résolution de freiner ses hommes. C'était toujours ainsi : il fallait les chauffer jusqu'à l'assaut final, puis les retenir comme des dogues enragés, qu'on tire en arrière par leur laisse ; il tenait à conserver à Bérénice un semblant de ville sur laquelle régner. Pour les occuper, il leur fit raser l'Antonia. Jean vit s'émietter, sous lui, ce symbole si longtemps abhorré du pouvoir des Hérodes et des Romains. Le Temple était seul en haut du Moriah, au milieu de ses quatre portiques, ayant perdu la grande ombre sœur qui le protégeait.

Avec les pierres, insectes infatigables, les Romains bâtirent une autre rampe, qui montait jusqu'en haut du portique nord. Les derniers pèlerins, ceux qui n'avaient pas reflué dans la ville, priaient, la tête sous leur manteau, immobiles, aux quatre angles, tournés vers le Sanctuaire. Les défenseurs, hagards, à bout de forces, dormaient çà et là, tout armés, sursautant brusquement pour saisir leur glaive, surpris dans un cauchemar parce qu'une blessure s'était ravivée, butinée par une mouche, au soleil. Jean et son compagnon, devant le pinacle, priaient aussi sans interruption ; leurs prières demandaient, pour tous ces corps misérables et glorieux, ces pécheurs endurcis qui tombaient bravement pour Israël, pour le Saint Lieu, que Christ étendît enfin sa miséricorde sur la ville qui l'avait crucifié et était crucifiée à son tour.

« Jean de Gischala, repens-toi ! Tu auras le pardon, je le jure, le pardon des Romains. Sauve le Temple, sauve Israël, sauvetoi ! Ah, pourquoi m'efforcé-je toujours de donner des conseils à des fous ? Je mérite bien qu'on m'insulte, moi qui veux raisonner avec des bêtes traquées qui déshonorent le Sanctuaire ! »

Toute la journée, on entendit les admonestations, les menaces, les supplications de Josèphe, geignant sur le désastre. Le soir, les prêtres, qui avaient continué le sacrifice imperturbablement, tant qu'ils avaient eu deux agneaux par jour, se présentèrent en larmes, au coucher du soleil, sur les marches du Temple, en ouvrant des mains vides. Ils s'attendaient à mourir ; faute de bêtes, pour la première fois depuis tant de siècles, le sacrifice perpétuel était aboli. Les assistants, arrachant leurs barbes, pensaient voir à l'instant le monde s'abîmer en convulsions. Jésus, fils d'Anne, répéta une dernière fois son bêlement funèbre :

« Malheur à toi, Jérusalem ! Malheur à la ville et au Temple ! Et malheur aussi à moi ! Malheur... »

À cet instant, la pierre d'une catapulte lui fracassa le crâne. Mort l'oracle sur les lèvres, il remplaça l'animal défaillant. Mais le dernier agneau sanctifié par le Très-Haut avait été sacrifié sur le Golgotha, quarante ans plus tôt. Avec lui était déjà spirituellement mort le culte de l'Ancien Israël.

Le lendemain, ce qui restait de nobles, de riches et de rabbis dans les caves de la ville, ayant appris la fin du culte, passa à l'ennemi. Titus les fit défiler sous les murailles et adjurer les irréductibles assiégés. Parmi ceux qui les imploraient, les appelaient à se résigner, Jean reconnut Ben Zakkaï. Il s'était évadé en se faisant transporter à travers les lignes dans un cercueil.

Le 10 août, les Galiléens mirent d'eux-mêmes le feu au portique nord, que les Romains allaient attaquer depuis leur rampe. Le 15, les légionnaires ayant pénétré par une brèche dans le portique ouest, Jean de Gischala en fit fermer les grilles, dont les gonds étaient fixés aux colonnes. Dès qu'une cohorte entière s'y fut engouffrée, il y fit jeter poix et goudron enflammés. Les faces des légionnaires, cramponnés aux barreaux, écrasés sous les poutres de cèdre incandescentes, mirent du baume au cœur des combattants. Enfin le 7 du mois d'Ab, qui était le 28 août pour les Romains, ceux-ci à leur tour incendièrent le portique Royal et celui de Salomon. Le Temple, précédé du petit mur d'enceinte des cours sacrées, était tragiquement nu, sur l'esplanade. Les derniers Galiléens, les quelques pèlerins qui avaient pris la résolution de mourir avec le Temple, des prêtres et de vieux lévites, demeurés hébétés dans le Sanctuaire, incapables de quitter l'endroit où ils avaient toujours vécu, tous se retranchèrent dans ce dernier carré ; puis, quand la cour des femmes fut prise, ils fermèrent la porte de Nicanor, isolant le Temple et l'étroite cour des Israélites, juste devant. Le Lieu saint était comme un vaisseau sur une mer de cuirasses romaines ; eux n'avaient plus pour retraite que le Saint. Le soir, ils s'y réfugièrent pour dormir. Ils franchirent, silencieux, la barrière sacrée, et s'affalèrent au sol, devant l'autel à encens.

Ce même soir, Titus tenait conseil. Agrippa, Tibère Alexandre, Josèphe lui conseillaient d'épargner le Sanctuaire. Au dernier moment, une sorte de terreur religieuse prenait ces roués de la politique, ces indifférentistes prêts à tous les parjures. Bérénice pesait en ce sens ; les Délices du genre humain étaient flottants, indécis. L'assaut, d'ailleurs, n'était pas évident. Les soldats forceraient-ils aisément un lieu habité de démons invisibles ? Oseraient-ils y porter la main ? Le général finit par ce mot lourd de périls :

« À ce lieu s'attachent deux superstitions, celle des juifs et celle des chrétiens. La racine arrachée, le rejeton, plus dangereux pour nous, périra. »

Son erreur, sur ce point, était totale.

On se sépara néanmoins pour la nuit sans avoir pris de parti. Le 9 d'Ab, 30 août du calendrier julien, 10 du mois grec de Loüs, venait de commencer. Le jour fatidique était arrivé ; ce matin-là, sans ordres, les soldats romains assaillirent et incendièrent le Temple de Jérusalem.

Devant le tribunal militaire, le légionnaire de première classe Sextus Phrygius expliquera ainsi, plus tard, son geste : seul un dieu a pu lui inspirer de jeter sa torche dans le Voile. En vérité, l'exaspération était à son comble chez les soldats ; le général couchait avec une juive, ménageait les circoncis ; et les hommes tombaient, victimes de la perfidie tout orientale d'Israël. Au bord d'écraser enfin, après tant de travaux, le nid des scorpions, les soldats avaient refusé d'obéir aux ordres de retraite. La torche de Sextus, incendiant le Temple, déclencha le massacre et le pillage ; Titus lui-même ne put pénétrer dans le Sanctuaire, où ne demeuraient qu'un groupe de prêtres et les deux chrétiens, qu'un seul instant.

Mais la flamme, qui menaçait le petit groupe survivant, les protégeait aussi, s'interposant entre eux et les Romains.

Itamar, prêtre de la huitième classe, était resté jusqu'au bout. Élevé dans le Temple, le vieux desservant en savait tous les secrets.

Comme un pan du toit s'était éboulé, lâchant une tornade de feu, et que des lévites, depuis le faîte, arrachaient les pointes dorées et les jetaient sur eux, les légionnaires avaient reculé, pensant condamner leurs ennemis au brasier.

« Je regardai dans mes rêves, et voici dans les nuées du ciel, que venait le Fils de l'Homme. Il s'avança jusqu'à l'Ancien des Jours, et à lui furent donnés la domination, la gloire et le règne ; et tous les peuples, les nations et les langues le servirent. Son royaume est éternel et ne passera pas. »

Itamar interrompit la prière des chrétiens. Il les tira sur le seuil. Dehors, un devoir pieux les attendait. La fumée les cachait aux Romains. Ils s'arc-boutèrent, Jean, Prokhore, lui, et les quelques lévites échappés au massacre ; et le portail, que jamais on ne fermait, symbole du royaume des cieux, fut clos sur l'incendie. Itamar tourna, pour la première et dernière fois, la grosse clé sertie de saphirs et l'enleva de la serrure qu'elle n'avait jamais quittée. Ils descendirent les marches, sur le côté droit du Temple. Itamar les guidait ; il pressa, au centre d'une rosace qui décorait le mur, un bouton ; et une dalle tourna, découvrant l'entrée d'un escalier souterrain, creusé sous le sanctuaire. Ils s'y engagèrent, dans une obscurité presque totale. Un grondement retentit derrière eux. Prokhore se retourna pour interroger Itamar : la pierre s'était refermée, et le prêtre ne les avait pas suivis.

Il avait un dernier rite à parfaire. Regagnant le stylobate, puis un escalier, il était monté jusqu'au rebord du toit, parmi les aiguilles qui le tapissaient ; et là, à contre-jour sur le volcan de feu qui crachait des débris jusqu'au Cédron, il se jeta, bras croisés, en tenant toujours la clé, et toujours fidèle, dans le brasier.

Le feulement de la fournaise, les gémissements des blessés, le cliquetis des corps qui tombaient, les hourras des légions, les cris de douleur, les hululements des femmes, massées sur le pont du Xyste, qui s'épouvantaient de cette masse en feu, au-dessus d'elles, se répercutaient au flanc du mont des Oliviers, et couraient le long du Cédron, sur les tombeaux de la vallée de Josaphat, comme un souffle embrasé de meurtre et de démence. Plusieurs milliers de pèlerins s'étaient entassés, près des troncs de la cour des femmes, dans une colonnade en exèdre. Ils étaient venus au Sanctuaire sur la foi d'une prédiction, répandue en ces jours-là, selon laquelle ceux qui monteraient au Temple à cette date recevraient leur délivrance. C'était en effet le jour anniversaire de celui où, sept siècles plus tôt, Nabuchodonosor avait détruit le temple de Salomon. Les légionnaires frustrés se rabattirent sur ces proies. Saisis d'une activité frénétique, oubliant leur fatigue, ils firent la chaîne, entassant les matériaux combustibles juste devant la masse humaine, qui se rencognait dans l'ombre aussi loin qu'elle pouvait, au fond du bâtiment. Et ils mirent le feu au tout, chantant et dansant leur triomphe et leur vengeance.

« Quoi, elle est assise à l'écart,
La ville si populeuse !
Elle est devenue comme une veuve...
Elle passe ses nuits à pleurer...
Passés sont tous ses amants, tous ses amis l'ont trahie ! »

La destruction du Temple, que Titus rasa jusqu'aux fondations aussitôt après l'incendie, crucifia le cœur israélite de l'Aimé. Par un des souterrains, connus des prêtres seuls, qui truffaient le soubassement millénaire du Temple, nous étions parvenus au val du Cédron, devant le canal creusé par Ezéchias, près de la fontaine de Myriam. L'Aimé y cria longuement sa douleur, pendant que j'essuyais et baignais ses membres et son front.

Simon, ses Iduméens et une bonne partie du peuple, s'étaient présentés sur le pont, devant le Temple en feu, pour réclamer la garantie de César ; ils proposaient de se rendre en masse au désert, en abandonnant la cité au conquérant. Le général, ulcéré qu'ils osassent poser leurs conditions, fit annoncer par héraut que, désormais, selon les lois de la guerre, les vainqueurs avaient licence de piller et tuer comme ils le voudraient. Les fauves humains, pires souvent que ceux des cirques, furent lâchés sur Jérusalem.

Ce soir-là, l'Ophel brûlait à son tour, au-dessus de nous, avec les archives du peuple hébreu, et les palais de la vieille ville. Et avec eux brûlaient le quartier des potiers et les lieux où fut annoncée pour la première fois la Bonne Nouvelle.

Les flammes montaient par-dessus le rempart ; l'argile craquelait, explosait sous la chaleur. Déjà les masses et les pioches s'activaient, du côté du Temple, à la lumière des braises. La cité se transformait en champ de joyeuse démolition, car les soldats, pour une fois, besognaient avec plaisir.

L'archi-apôtre continuait de réciter d'une voix expirante la litanie des lamentations de Jérémie :

« Le Très-Haut a assouvi Sa fureur, Il a déversé Sa colère.
Il a allumé en Sion un feu qui dévora ses fondations...
Le Seigneur a foulé au pressoir la vierge fille de Juda,
Sans pitié Il a détruit toutes les demeures de Jacob.
Le Seigneur a pris en dégoût son autel, en horreur son sanctuaire
Crie donc vers le Seigneur, gémis, fille de Sion... »

Quand il parvint à la dernière, celle qui porte la lettre Tau, la nuit était tombée.

« Fais venir le Jour que tu avais proclamé, que tous les peuples soient comme moi ! »

Nous ne pouvions rester là. Des brigades romaines, à cheval, contournaient la ville ; les soldats avaient enfilé l'une sur l'autre les tuniques sacrées, les éphods pris au pillage ; des chariots transportaient la pourpre, les parfums, les vases sacrés, qui n'avaient échappé à l'incendie que pour être livrés par Phinéas, trésorier du Temple, en échange de sa vie.

Nous trouvâmes un premier asile chez les fidèles de Christ qui habitaient Béthanie. Les Romains, en passant, y avaient brûlé la synagogue et coupé à ras tous les arbres, autour de la maison de Marthe, depuis longtemps devenue lieu de notre culte, et dévastée elle aussi. Nous y apprîmes, deux semaines après notre fuite, la prise de la ville neuve et du palais d'Hérode, où Simon s'était réfugié. Le 8 du mois de Gorpiaeus, que les juifs appellent Elul, 28 septembre du calendrier de Rome, Jérusalem avait fini d'exister.

Simon, pensant donner le change, revêtit un suaire blanc, et sortit au grand jour, par ce même souterrain dont nous avions usé pour fuir, au milieu des ruines du Temple. Bras levés au ciel, il prononçait des onomatopées obscures, et espérait peut-être qu'on le prît pour un fantôme. Point terrifiés du tout, les soldats le chargèrent de chaînes, et l'adjoignirent à Jean de Gischala, les réservant pour le triomphe. Ils avaient retrouvé et forcé le Gischalien comme une bête, dans les égouts, qui furent la dernière forteresse juive, dans la Cité sainte. En province, Hérodium, Machéronte, Massada, tombèrent plus tard, isolées, après de longs et terribles sièges. Les derniers défenseurs de Massada devaient tous se suicider collectivement.

À Jérusalem, Titus fit vendre la population entière aux marchands d'esclaves sauf quelques centaines de citoyens, que Josèphe choisit et s'adjugea. Le tri dura des semaines, sur l'esplanade du Temple. Ceux qui avaient porté les armes, ou étaient blessés, furent exécutés. Les éphèbes, les fillettes et les femmes en bon état furent mis de côté pour la maison impériale, qui en revendit à son tour un bon nombre. Tous les hommes qui avaient plus de dix-sept ans furent expédiés en Égypte, comme forçats, sur les chantiers des grands travaux entrepris par Tibère Alexandre, le nouveau Joseph.

La guerre avait fait un million de morts. L'autre million d'habitants juifs de Terre sainte fut dispersé de par le monde. Le culte d'Israël était aboli ; l'impôt annuel versé, dans tout l'univers, par chaque juif, au Sanctuaire, était transféré à Jupiter Capitolin, c'est-à-dire aux caisses impériales, autrement dit finissait dans la ceinture de l'avide famille des Flaviens. On nomma cet impôt volé et discriminatoire fiscus judaïcus.

Les Romains revinrent à Béthanie ; on disait qu'ils recherchaient la famille de Christ, parce qu'on avait affirmé à Titus que Notre-Seigneur s'était proclamé descendant de David, et qu'il croyait avoir affaire à quelque prétendant à ce trône d'Israël qu'il venait de détruire à jamais ; pour notre sécurité, il nous fallait aller jusqu'à Pella, dans la Décapole, où Jude et les fidèles étaient installés depuis trois ans.

Avant de quitter pour toujours les lieux de sa jeunesse et de son amour, l'apôtre voulut retourner pour prier sur les restes du Temple. Ce n'étaient que décombres incendiés ; je pensai à Rome ; mais la Ville éternelle renaissait plus forte, de ses cendres ; à Jérusalem, comme ses ancêtres à Carthage, Titus avait semé du sel et rendu stériles jusqu'aux ruines.

Sur la colline, les enseignes de la Dixième Frétensis étaient plantées là où s'élevait le Sanctuaire. De l'autre côté du ravin, de toute la cité, ne demeuraient sur les collines incendiées que les trois tours de Phasaël, Mariamme et Hippicus, brunies par la fumée. Des pèlerins, déjà, la tête et la barbe couvertes de terre, des femmes voilées de noir, gémissantes, psalmodiaient leur mélopée :

« Or Jérusalem était dépeuplée comme un désert, le Sanctuaire est foulé aux pieds, et des fils d'étrangers logent dans la citadelle, devenue caravansérail pour les païens... »

Les vétérans de l'armée romaine, auxquels Titus avait alloué le territoire de la cité, n'y avaient pas établi leurs baraques. La terre brûlée et salée est infertile. Ils prirent leurs lopins de terre juive, récompense de tant d'années de labeurs, dans les environs d'Emmaüs. Et ils revenaient fouiller les ruines du Temple, cherchant un trésor enfoui.

Ils avaient interdit, par commodité et peur des vols, l'accès de l'esplanade aux juifs. Une nuit, en effet, des prêtres avaient tenté de déménager les pierres noircies de l'autel pour les jeter en purification rituelle dans les ravins de la montagne. Ceux qui pleuraient la Cité sainte étaient donc regroupés en bas, au pied des substructions d'Hérode. Interdits de reliques, ils adressaient leurs lamentations à ce mur de soutènement aveugle et sourd.

« Nous que tu appelais ton peuple premier-né, ton fils unique,
Ton bien-aimé, nous sommes livrés entre leurs mains !
Pourquoi as-tu dispersé ton Unique dans la multitude ?
Et si tu livres ce pays à ceux qui nous haïssent,
Comment le nom d'Israël sera-t-il rappelé
À qui expliquera-t-on ta Loi ? »

L'Aimé ne pleurait plus. Ses yeux étaient secs et flétris. Quelques rabbins, leurs phylactères cachés sous de vieilles nippes, erraient en remuant les cendres du bout d'un bâton ; peut-être croyaient-ils trouver le seul vrai trésor, le puits où Néhémie avait dissimulé le feu liquide, comme l'affirmaient les prophètes. L'un d'entre eux leva la tête, eut un rire amer, hilarité d'halluciné, pendant que ceux qui l'entouraient éclataient en sanglots bruyants. Un chacal au poil roux, l'œil torve, sortant tranquillement du trou du Saint des Saints, pissait contre une marche fendue, marquant son terrain. La tanière des bêtes sauvages était en ce lieu qui fut Sa Demeure.

Nous reconnûmes rabbi Ben Zakkaï, le fils de Gamaliel, et d'autres, mais nous les évitâmes en passant par le mont des Oliviers, désormais aussi chauve que le Golgotha. Ils avaient obtenu la concession de Jamnia, que les juifs nomment Jabné, possession de l'empereur sur la côte de Judée ; et, sous la protection de Titus, ils y organisaient une synagogue, fermée sur elle-même, tout adonnée à l'étude de la lettre. Après avoir banni les fidèles de Christ de cette religion-croupion, ils se consacrèrent à enlever des Livres saints toutes les voyelles hébraïques I, A, U, E, qui forment le *Tétragramme*, sous prétexte que le Nom ne pouvait plus être écrit depuis la destruction du Temple ; c'était surtout un moyen d'effacer et de rendre illisibles au peuple toutes les prophéties qui, dans les Écritures, annonçaient Christ.

De ce sommet calciné, l'archi-apôtre eut une vision, née des cendres balayées par le vent. Des cultes païens, celui de Vénus et de Ganymède, d'un impudent mignon d'un empereur futur, des ruines encore, d'autres guerres se succédaient en ce lieu ; la Croix s'y élevait un moment, puis un dôme doré où des hommes venus du désert adoraient l'Un en leur langue. Si loin qu'il vît, le Temple jamais ne serait rebâti. C'était vers la mer et le couchant que s'élevaient les colonnes du Nouveau Temple, à Rome, et vers le ciel que montait l'âme de Jérusalem, la Jérusalem céleste à laquelle la cité de cette terre, de boue et de péché, laissait la place.

Car la ruine de Jérusalem, comme la sanctification de Rome par le sang des martyrs, ouvrait les portes de la Cité de Christ. Et la ruine du Temple était la chance de Son Église.

Les routes étaient occupées par des légions en mouvement, qui regagnaient leurs cantonnements. Nous descendîmes, à travers champs, de Jéricho vers la mer Morte. Il restait à l'Aimé une étape à faire, en ce dernier voyage parmi le Pays de Splendeur, la terre de ses pères, qui perdait jusqu'à son nom, devenue « Palestine » dans la langue de l'occupant. C'était le lieu des origines, le gué du Baptiste, et le couvent des esséniens.

Même en cette retraite, les rafales de la guerre avaient soufflé. Les bâtiments étaient écroulés, les bassins vides, les cultures desséchées. Sur le coteau, l'Aimé me fit déplacer des pierres, après de longues recherches. Il avait retrouvé l'entrée du trésor des Purs ; les vêtements sacrés des anciens Maîtres, dans leurs amphores, s'y trouvaient toujours. Les livres, la liste des trésors, sans doute emportés par les derniers esséniens, avaient disparu. Nous laissâmes ces reliques en place ; plus tard, depuis Pella, des fidèles viendraient les enlever.

Pella : pour y arriver, du gué du Baptême, où nous dormîmes, nous suivîmes le Jourdain, marchant de nuit dans la forêt-galerie d'acacias, de bananiers et de jujubiers, animée de feulements inquiétants, de jour, le long des tamaris roses et des lauriers des rives, où rampaient les serpents de cette jungle où nul passant ne s'aventurait. Nous sucions des fruits amers, des pommes de

Sodome, pour couper la soif, et mangions les sauterelles crues. La troisième journée, par le bourg de Scythopolis, nous parvînmes à Pella.

C'était une ville grecque, dominant le fleuve du sommet de son rocher, et, comme telle, neutre. La ville avait été quelque temps occupée par les généraux zélotes, qui y avaient fait grand massacre de païens et de chrétiens. Depuis, haïssant les hypocrites de l'ancienne synagogue, les Pelliens faisaient bon accueil à Christ.

L'église de Pella, Ébion par-delà le Jourdain, avait pourtant eu des sympathies pour les révoltés de Jérusalem ; mais ce massacre avait coupé tout lien.

Jude accueillait les pauvres, les déshérités, ne parlait qu'araméen et restait, en vérité, lui et ses fils, très proche de la Loi. Chef de sa petite Église, il prit ombrage de l'ascendant que l'Aimé, dernier apôtre avec lui, avait sur ses fidèles.

« Pendant quarante ans j'ai eu cette génération en dégoût », avait dit le Seigneur.

L'Aimé pensait que ces mots contenaient une prophétie : le Jour était pour bientôt, peut-être dans quelques mois, quelques années ; tous les Signes, l'Antéchrist et la Ruine du Temple, avaient déjà été donnés. Restait la promesse que lui, Jean, ne mourrait point que tout ne fût accompli, Christ de retour et ce monde anéanti. Jude, sous couleur de fuir les Romains, déménagea son Église à Kokaba, à sept milles de Pella. L'Aimé ne voulut pas les accompagner. Cette famille de Cléophas, confite dans le regret de Jacques, frère de Jude, et de Marie, sœur de la Mère de Jésus, lui paraissait un peu trop pousser ses prétentions au lien de sang avec le Seigneur. Et puis Kokaba était vraiment un trop petit théâtre de prédications et d'apocalypse. L'Église chrétienne avait d'autres terrains à ensemencer.

Jude continuait, en exil, à porter son titre de Pasteur de l'Église de Christ en Jérusalem. Les fils s'en décernaient d'autres et se faisaient nommer les Desposynes, les Descendants du Maître. Ils avaient un peu vite oublié ce que le Seigneur disait de sa propre famille...

À fuir de retraite en retraite, déjà recuite dans ses traditions jérusalémites, l'Église telle que la dirigeait Jude mourrait ou végéterait, secte perdue dans sa campagne. Nous cherchâmes une caravane pour Antioche.

Nous étions encore à Pella quand toutes les villes d'Orient, d'Antioche à Damas, entrèrent en ébullition. Les Grecs profitaient partout de la ruine d'Israël pour abolir les droits des juiveries, massacrer leurs habitants. Dans ma coupable patrie, Alexandrie, le renégat Tibère Alexandre extermina la communauté dont il était issu, et détruisit le temple de Léontopolis comme il avait détruit celui de Jérusalem. Les fidèles de Christ étaient déjà nombreux dans ma patrie ; leur sang coula mêlé à celui d'Israël, rougissant une seconde fois le Delta. Cette fois-ci, un Hébreu fils d'Hébreux dirigeait la persécution romaine.

À Antioche, ce fut aussi un juif qui prit l'initiative de dénoncer ses coreligionnaires. Quand Titus y parvint, l'assemblée du peuple réunie au théâtre lui demanda de les expulser, et de fondre les tablettes de bronze qui contenaient leurs anciens droits et privilèges. Il répondit que leur patrie avait été supprimée, et qu'aucun territoire ne pouvait les accepter ; il était obligé de rejeter cette requête. On ne pouvait faire disparaître le dixième de la population de l'Empire.

« Judaea devicta, Judaea capta » : la Judée, vaincue et captive, pleurait à l'ombre d'un figuier, au revers des nouvelles monnaies frappées par le vainqueur. Dans la Ville, un triomphe sans précédent avait été conduit par Vespasien, en Grand Pontife, Titus et Domitien, vers le Capitole rebâti. Les captives, l'or et l'argent, les étoffes précieuses coulaient comme un fleuve. Les prisonniers, couverts de pourpre et d'or, ne laissaient rien voir de leurs membres couturés de plaies. Des chars exposaient des tableaux animés, encadrés de morceaux du fronton du Temple, figurant la prise de la ville par les machines, les vaincus tendant des mains suppliantes, l'incendie du Sanctuaire. En fin de cortège venaient la table et le chandelier en or, et la grande vaincue elle-même : les rouleaux de la Torah, l'Écriture sainte, enchaînée à un char, que le public huait.

Était-ce elle, la grande vaincue, ou bien au contraire le seul bien qui restât aux exilés, la vraie triomphatrice ? Car d'Israël il ne resta que la Loi, du Peuple élu que la synagogue éparpillée, et de tous les clans qui s'étaient affrontés les seuls pharisiens. La Lettre de la Loi devait chez eux remplacer toute foi, tout royaume, toute vie.

Ce soir de triomphe, Simon fut précipité depuis la roche Tar-

péienne. Vespasien déposa le chandelier et la table des pains face au Palatin, dans le temple de la Paix qu'il faisait construire. Les voiles, les rouleaux saisis au Lieu saint firent l'ornement des salles de banquet, au palais impérial. Et un arc de triomphe commémora la soumission du dieu des juifs.

La Judée, vaincue et captive, fut débaptisée. L'Aimé ne pouvait y demeurer. Dès que le calme fut rétabli à Antioche, où l'Église de Christ n'avait pas pris parti et échappait aux tempêtes, nous en fîmes le voyage. Les diacres et les docteurs accueillirent l'apôtre hors les murs, comme l'Envoyé du ciel, ne gardant nulle aigreur des scènes d'autrefois. En arrivant à la porte du Sud, l'Aimé vit, en levant les yeux, les quatre ailes d'or des chérubins du Temple, portant encore les traces du feu, qu'on achevait de fixer au-dessus de l'arcade. Titus avait fait don de cette prise de guerre à la loyale capitale de la Syrie. L'Aimé, pour ne pas s'éloigner de ces ailes prisonnières, comme cloué là, lui aussi, choisit une demeure non loin de cette porte. Il devait y demeurer jusqu'aux derniers moments.

Je viendrai comme un voleur (71-96 ap. J.-C.)

Septième et dernière épître de Jean, dit Prokhore, diacre de Jean l'archi-apôtre, à l'Église de Dieu Père et Fils, objet de sa clémence et qui en a reçu les dons, à laquelle aucune grâce, aucun amour ne fait défaut, dépositaire des reliques de Pierre et de Paul, établie en la région des Romains ; au moment de conclure ce récit, nous prions pour recevoir de la Plénitude du Fils de Dieu, en qui toute Plénitude s'est plu à habiter, des pensées pleines, solides, sans aucun vide, afin de ne pas mal interpréter le Verbe de Notre-Seigneur Jésus-Christ. Que Dieu, par la lecture de Jean l'Évangéliste, nous envoie donc le Verbe même, se manifestant à lui-même, afin que, par la Foi, nous parvenions à contempler Sa profondeur...

Les flamboyants du jardin ont refermé leurs corolles pour la nuit. Avant de revêtir la chasuble dorée, Prokhore a versé lui-même l'huile dans les sept lampes, en récitant ces paroles de Jésus que le mourant lui a apprises :

« Veillez sur votre vie. Ne laissez pas s'éteindre vos lampes, ni sur vos reins se dénouer vos ceintures. Soyez prêts. Vous ne connaissez pas l'heure où le Seigneur viendra. »

L'Apocalypse, depuis vingt-cinq ans que Jean l'a annoncée, n'est toujours pas venue. Depuis un quart de siècle, le dernier témoin traîne ce retard.

Partout, dans le monde, l'école de Paul a triomphé. Le disciple préféré est ignoré en Occident. Même Florin, devenu jeune docteur de l'Église des Gaules, s'est détourné du fulminant archi-apôtre à qui il dut sa conversion.

Dans la cour, un diacre a frappé de son maillet la simandre de bois supendue sous le portique, convoquant les veuves et les frères à l'office vespéral.

« Vous avez été engendrés à une vie nouvelle, vous avez été circoncis d'une circoncision qui n'est pas de main d'homme, dépouillant votre corps charnel... »

Son homélie, Prokhore le sait, l'apôtre de Tarse la reconnaîtrait partie pour sienne. Il prononce la doxologie, qui dit la gloire de Christ ; il s'est lavé les mains pendant que les frères et sœurs en Jésus échangent le baiser de paix, et déposent sur l'autel les oblats, les corbeilles de pain et le vin, qu'il va bénir. Deux jeunes diacres, à ses côtés, chassent les moustiques qui salissent le calice en agitant un éventail en plumes de paon.

« Que la grâce du Dieu tout-puissant, que l'amour de Notre-Seigneur Jésus-Christ, que la communion du Saint-Esprit soit avec vous tous.

— Et avec ton esprit ! » ont répondu les assistants, se signant à leur tour.

Alors, ils chantent en chœur l'hymne qui les soude, faisant battre la communauté d'un seul cœur, les paroles de l'anaphore, de l'élévation :

« Élevons nos cœurs !

Ils sont près du Seigneur !...

Nous souvenant de ce qu'il a souffert pour nous... »

L'anamnèse rappelle la vie terrestre de Jésus. Prokhore élève la coupe, et prononce la prière eucharistique, que le grec nomme épiclèse :

« Envoie sur ce sacrifice Ton Esprit saint, témoin des souffrances du Seigneur Jésus, afin qu'il consacre ce pain au corps de Ton Christ, et ce calice au sang de Ton Christ.

— Les choses saintes pour les saints ! »

En distribuant le corps et le sang, adjuvants d'immortalité, antidotes de la mort, pourvoyeurs de vie éternelle, Prokhore malgré lui tend l'oreille au râle qui provient de la chambre. Jean n'a toujours pas bu la coupe consacrée posée à son chevet.

Il est l'homme de l'amour, il est l'homme de la haine. Comment sous une seule enveloppe de chair si contraires vertus furent-elles abritées ? Comment mon style pourrait-il vous rendre, cher père, chers frères, ce foudroyant paradoxe vivant que fut l'Aimé ?

Aimé, il ne le fut pas que du Seigneur. Moi, j'ai aimé Jean, mon Maître, aimé d'amour, à la folie, pour ses erreurs mêmes. Seul amour humain de Jésus, il l'a suivi jusqu'à la Croix ; comme Paul et Rome étaient les objets de sa haine, il est allé jusqu'à conspirer contre la vie de l'un, à condamner l'autre aux flammes de l'incendie. Si je l'ai aimé dans ses errements, c'est qu'une erreur de lui était plus riche que toutes les vérités, une violence plus douce que tous les amours.

J'ai scrupule, en vérité, de ne vous avoir retracé de l'archi-apôtre que les prophétiques colères et les terribles malédictions. Mon calame ne saura jamais reproduire le charme de ses entretiens, qu'il me dispensait sans compter, depuis soixante ans. Un charme qui n'est pas la douceur fade de l'homme du monde, mais celle, puissante et parfumée, du baume de Judée, mêlée de l'amertume exquise de l'hysope sainte. Une douceur âpre, un amour intolérant, tel il fut.

Un amour exclusif. Avec lui, souvent, je doutais d'être moi, je cessais de me sentir exister indépendamment. Pour le dernier voyage encore, je ne peux m'imaginer loin de lui, ni qu'une autre main que la mienne, moi qui serai enterré à ses côtés, arrange, dans la tombe, les plis de son suaire, et éloigne les vers de son incorruptible corps. Marie, mère de Dieu, m'est apparue en songe, telle que je la vis autrefois, voilée de soleil et d'ombre, et m'a ordonné, pour son second fils, les dispositions que j'ai prises. Que nul ne se dispute la sainte relique que sera le corps de Jean, tel fut l'ordre de la Vierge. Pour ce faire, et sachant l'ancienne fidélité d'Éphèse, où il apporta la Nouvelle, à la mémoire de l'archi-apôtre, j'y ai fait bâtir deux tombeaux voisins. L'un sera pour lui, l'autre pour moi. Loin d'Antioche, qu'il n'aima guère, dans cette sépulture secrète, il attendra la trompette du Jugement.

Comment suis-je devenu cette ombre, cette moitié plus faible de Jean, que les fidèles confondent parfois avec lui, de nos jours ? Je crois que, de la Bonne Nouvelle, nul ne peut saisir le sens, s'il ne s'est fait Jean, s'il ne s'est avec lui, comme lui, à son imitation, renversé sur la poitrine de Jésus, s'il n'a reçu, de Jésus, Marie pour mère, confessé sa foi dans le martyre, affronté l'Antéchrist. Il faut devenir semblable à celui que le Seigneur, sur sa croix, hissa jusqu'à Lui, puisqu'il en fit son frère d'élection.

Ayant proclamé Christ dans les embrassements sublimes, comme dans les tenailles rougies au feu, chez les nations comme au cœur du plus ancien Israël, l'Aimé emporte son secret. Celui, confié à la Révélation de Patmos, de l'incendie de Babylone. Un incendiaire de l'amour : ces derniers temps, quand l'archi-apôtre se faisait encore porter parmi les fidèles, la Voix de Tonnerre se bornait à répéter, les bénissant : « Aimez-vous les uns les autres, mes petits enfants... » Certains le croyaient gâteux, l'ayant connu vociférant. Il ne faisait que revenir à l'essentiel. Ayant beaucoup haï, beaucoup lutté, beaucoup saigné, il n'était plus qu'amour, comme au début de son existence avec Jésus.

Lui a tout été pour moi ; je ne prétends pas que je fus autre chose, pour lui, qu'un compagnon dont on a tant l'habitude qu'on ne le voit ni vieillir ni changer. Il m'aura traité en enfant, *moi aussi, jusqu'à la fin. Non sans raisons : tout ce que j'écris, tout ce que je pense, est marqué de son sceau. Sans lui, mon passage sur cette terre n'aurait eu aucun sens. Il a cimenté mon âme, cette âme dispersée, engluée dans la diversité matérielle, l'a faite une avec la sienne. Aujourd'hui, quand approche le moment de sa disparition, crois-je vraiment pouvoir survivre à celui qui m'a fait ? Illusion, ou miracle de la foi : ce n'est pas moi qui survis, c'est l'Église qu'il a fondée, à travers moi. Ma résurrection, à moi, qui est en lui, est en elle.*

Sauvé deux fois des flammes, dans le cirque de l'Antéchrist, et lors du siège de Jérusalem, l'archi-apôtre a subi l'épreuve que sa fidélité à Israël aurait dû lui épargner. Les hypocrites l'ont détesté plus que tout autre serviteur de Christ. Parce qu'il était le seul des apôtres qui eût étudié à Jérusalem, le plus juif d'entre eux, il fut aussi, en ces temps où la synagogue et l'église devenaient étrangères l'une à l'autre, le seul à pouvoir rétorquer en Langue sainte aux rabbins de l'Ancienne Alliance. La chute du Temple, au lieu d'ouvrir les yeux au peuple hébreu, ne fit qu'encourager son mépris du Fils, accroître le fossé entre nous et les sectateurs de la Loi de Moïse désormais inapplicable. Comme d'ailleurs entre eux et les païens : ne vivre qu'entre soi, rendre la Loi tous les jours plus impossible à pratiquer, et encore plus pesante, multiplier les obstacles, pour se punir de ce que le culte du Temple ne pouvait plus exister : en ces jours, dit rabbi Josué, le moins fou d'entre eux, on ne remplit pas la mesure des observances, on la déborda. Il fut défendu aux juifs, par dix-huit préceptes nouveaux, d'échanger des saluts, ou de parler dans leur langue avec les Gentils ou les chrétiens. L'Aimé souffrit de cette discrimination qui l'excluait de sa race ; repliés sur eux-mêmes, les pharisiens de Jamnia, citerne murée, puits fermé, fixèrent un canon des Écritures, dont ils avaient l'exclusivité. L'Évangile, ils l'appelaient « Source d'iniquités » ; ils racontaient que Christ n'était pas né de l'Esprit, mais du soldat romain Panthère, avec qui ces langues perfides avaient bâti une infâme histoire d'adultère, souillant la Mère de Dieu.
Vint le temps des dernières controverses avec les tenants de l'Ancienne Loi. Rabbi Tarphon, que les Grecs appelaient Tryphon, le plus célèbre docteur de la synagogue des Séparés, fut à

Antioche quelques mois. Son affrontement avec l'Aimé attira les spectateurs ; le pharisien commença par reprocher aux chrétiens leurs prétendues interpolations dans les Écritures, destinées, prétendait-il, à fabriquer de fausses prophéties annonçant Christ. Le psaume 95,

« Que les nations se réjouissent,
Le Seigneur a régné
Du haut de sa croix »

avait été falsifié, et la croix ajoutée par nous, à le croire. L'Aimé répliqua avec le 21 :

« J'ai présenté mon dos au fouet et mes joues au soufflet...
Ils ont tiré ma robe au sort et ils ont percé mes pieds et mes mains...
Ils ont remué les lèvres et branlé la tête, en disant : "Qu'il se sauve lui-même !" »

où il montra clairement la prédiction de la Passion. Puis il cita Isaïe : « Voici que la Vierge sera enceinte et enfantera un fils », et comme Tarphon niait que le mot, en langue sainte, fût « vierge » mais seulement « jeune fille », il lui assena l'ânesse prophétisée par Zacharie sur laquelle Jésus entra en Jérusalem, Michée prédisant que de Bethléem sortirait « le pasteur de mon peuple » (or Jésus, c'est bien connu, est né en cette cité), mais surtout ce second psaume où le roi David chante Christ :

« Le Seigneur m'a dit : "Tu es mon fils... Je te donne les nations pour héritage, tu les briseras avec un sceptre de fer." »

L'arbre de Jessé, culminant en Jésus, le Tabernacle du corps de Marie rempli par l'Esprit, comme l'annonçait l'Exode, le jardin que nul homme n'a souillé du Cantique des Cantiques, qui prophétisait la virginité de la Mère de Dieu : l'Aimé brandissait ces références comme autant de préfigurations de la Nouvelle. Rabbi Tarphon soutenait que le Fils était impie, puisqu'il divisait le Dieu Un, entre le Fils et le Père. L'Aimé répondit qu'en Langue sainte Elohim fut toujours pluriel, car Dieu est au-delà des nombres et des chiffres, et le Fils lui coexista dès l'origine. Le rabbin, furieux d'être battu sur son terrain, vomit alors des imprécations. Ces chrétiens étaient pires à ses yeux que des idolâtres. « Si un juif est menacé par un assassin, ou par la morsure d'un serpent, qu'il cherche un abri dans le temple des idoles, plutôt qu'en ces maisons de "Minim"... »

C'était le mot qu'ils avaient choisi pour nous désigner, lui, Tarphon, et le fils de Siméon, Gamaliel le petit, tapis dans leur repaire de Jamnia. Et c'est à leur instigation que fut inscrite, en la prière chère à toutes les synagogues, la douzième bénédiction du « Schemone Esre », véritable malédiction de l'espérance et de l'amour, des Églises de Christ, que les juifs récitaient debout, la hargne aux lèvres :

« Que pour les apostats il n'y ait pas d'espoir ; leur royaume d'orgueil, déracine-le en un jour. Les Nazaréens, les Minim hérétiques, qu'en un instant ils périssent, qu'ils soient effacés du livre des vivants et que leurs noms disparaissent de ceux des justes ! »

Heureusement, les menaces de la synagogue sont devenues de peu d'effet sur nous, maintenant que la puissance établie de l'Église en cette ville inspire une sainte frayeur aux hypocrites. Que la main du Seigneur s'abatte sur ces sacrilèges, que mille ulcérations dévorent ceux qui en infligèrent tant à l'âme de l'Aimé, métamorphosant pour lui la source d'amour en source d'amertume !

Ce double miracle, par la grâce duquel il survécut aux tortures de César Néron comme à la destruction de Jérusalem par les Césars Vespasien et Titus, lui fit une auréole qui ne s'éteindra pas avec sa mort terrestre. Peut-être même rayonnera-t-elle d'un éclat plus pur : vivant, il continuait d'incarner ce privilège absolu de ceux qui sont morts pour la foi. Un tel privilège, je ne le lui cachais point, était aussi un risque pour la communauté tout entière ; celui qui avait victorieusement résisté aux empereurs maintenait entre nous et l'Empire le fossé des persécutions.

Ce fossé, pourtant, aurait dû, peu à peu, d'un empereur à l'autre, se combler. Vespasien, mort, fut l'objet d'une ridicule apothéose. Un moulage de cire le représentant fut exposé et veillé à l'entrée du Palatin ; puis cette statue, aussi laide que le modèle, fut brûlée au Champ-de-Mars avec les présents du peuple, tandis qu'autour du bûcher des auriges portant les masques des empereurs défunts faisaient courir leurs chevaux. Ajoutez un aigle, lâché au bon moment du sommet du brasier : ainsi les Romains fabriquent-ils à leurs maîtres une caricature d'immortalité, cette immortalité que Christ apporte à tous ses fidèles.

Sous le règne de Vespasien, l'Église avait vécu en paix ; son

fils, le tombeur de Jérusalem, était dans la main de Dieu. La pre-
mière année de son règne, Pompéi, Herculanum, cette Campanie
qui avait enfanté Poppée et toujours adoré Néron, qui y assassina
sa mère et y célébra ses Saturnales, cette patrie de la Vénus Physi-
que, fut anéantie en punition de ses vices par l'éruption du
Vésuve. La seconde année, Rome brûla à nouveau et fut dévastée
par l'épidémie. Pendant la troisième, Titus mourut d'un mouche-
ron introduit sous son crâne par l'oreille, sur l'ordre de Dieu, et
qui bourdonnait en lui, comme un remords qu'on ne peut écraser.
Ainsi finit le sacrilège du Temple, ainsi finissent les persécuteurs.

Des persécuteurs, l'Aimé vécut la longue liste. Douze Césars,
depuis le grand Jules : le chiffre s'arrête à l'actuel maître du
monde. Jean vécut sous onze d'entre eux. Si vite ils sont apparus,
ont rempli le monde du vacarme de leurs crimes, et ont fondu
dans l'éternelle nuit ! Depuis le grand Auguste, second César, qui
laissa Hérode tuer les premiers-nés d'Israël, Tibère, sous qui
Christ mourut de la main romaine, Caligula, qui tenta l'abomi-
nation des abominations à Jérusalem, Claude, soutien
d'Agrippa, qui exécuta Jacques, frère de l'Aimé, et le fit lui-même
frapper de verges, l'Antéchrist Néron et ses rapides successeurs,
Galba, Othon, Vitellius, et enfin les trois Flaviens, dont le dernier
est aujourd'hui sur le trône... Tous ont passé, en moins d'une vie
humaine, et l'Aimé leur a tous survécu, à ces onze Césars qui
pourront dîner ensemble aux enfers comme ils eussent presque pu
le faire de leur vivant. Car, hors le grand Jules, les derniers
d'entre eux auraient pu connaître les premiers, tant le cours du
siècle fut rapide et simultané.

Pendant ce siècle de calamités, l'Église n'était qu'une enfant.
Elle est devenue jeune fille ; jeune vierge à marier. Ce change-
ment, l'Aimé ne l'a pas perçu. Sa fille, il la voit toujours au ber-
ceau, entourée de hochets. Bonne à marier, l'Église n'a et ne peut
avoir, malgré les apparences, qu'un seul prétendant digne d'elle.
Celui-là même qui tenta de l'assassiner, l'Empire maître du
monde.

Que la grâce du Seigneur Jésus-Christ, l'amour de Dieu et la
communion du Saint-Esprit soient avec vous et avec tous ceux
qui nous gouvernent, car il n'est en ce monde de pouvoir que de
Dieu ! Depuis que notre communauté a grandi, certains de nos

fidèles sont officiers, ou ont des charges municipales, à eux confiées par leurs concitoyens qui les estiment. Auraient-ils dû renoncer à leurs fonctions parce qu'il leur faut sacrifier à la Ville, à César, à Jupiter Capitolin ? Ils sont pourtant notre bouclier, et les meilleurs avocats de Christ, car ils sont des magistrats honnêtes, des soldats exemplaires, et le peuple d'Antioche va disant :

« Quel est donc ce Christ qui les rend vertueux ? »

Certes, à tout moment, la tolérance dont nous jouissons ici peut être suspendue. Nous, disciples de l'Aimé, nous nous préparerions avec joie au martyre. Mais la foule de ceux qui nous suivent, comment les exposer à une mort atroce pour la foi qu'ils commencent à peine à partager ?

Vous nous l'avez dit, cher père et chers frères de Rome : les temps ont changé. Nombreux sont ceux qui, dans les grandes cités, font désormais confiance aux chrétiens. Notre nom n'est plus une insulte ; il devient une garantie pour le commerçant, pour le citoyen. Pouvons-nous trahir cette confiance, rejeter ces païens, refuser leurs invitations, fuir le théâtre, le cirque et ses jeux, tout ce que l'Aimé proscrivait, hanté de ses souvenirs ? Ce sont pourtant les lieux et les temps où les habitants de la Cité s'assemblent et renouvellent les liens d'affection unissant les citoyens. Ainsi l'Empire vient-il à nous, par la base. Si les persécutions du Néron chauve sont inefficaces en cette province, c'est grâce à ce respect qui nous entoure, à cette familiarité que nous entretenons avec tout ce qu'il y a d'honnête dans chaque cité, indépendamment des métiers et des classes. Il a été écrit : « vous serez prudents comme des serpents, et simples comme des colombes ». Se tenir dans l'attente de ce Retour, y être prêt à tout moment, ne pouvait convenir qu'à une poignée d'Élus.

Les temps ont changé ; Papias, Polycarpe, avant qu'ils abandonnent leur maison et leur femme pour vous porter ces lettres (ils sont tous deux mariés, non selon les rites des matrones, mais sous la cheminée, humblement et chrétiennement), et moi-même, nous sommes allés jusqu'au carrefour de Béroé, au nord de la cité, le long du fleuve, là où se rassemblent les caravanes pour le pays de la soie. C'est à l'autre bout de la ville, puisque notre demeure est très près de la porte des Chérubins, derrière le Tétrapylon de Tibère.

Nous songions à cette province, à cette Antioche où le Seigneur nous a placés comme une épine ou un exemple au cœur de Bélial, à l'Aimé qui se mourait. La couronne des remparts montait à pic, devant nous, sur le Casius. Dans ce quartier, la muraille enferme entre les maisons des pics, des ravins et des grottes, fourrés de myrtes et tapissés d'œillets, où vivent les solitaires de notre Église. Isolés sur leurs rochers, au-dessus de l'agitation de la fête, car c'était le jour consacré à l'idole Maïouma, ils flétrissaient la sentine d'infamie, le ramassis de la populace futile, ingrate, lâche, insolente, qui roulait en flots épais sur le cours bordé de platanes ; ils vitupéraient les courtisanes nues qui se baignent aux fontaines, et les marchands d'amulettes contre les tremblements de terre. Un peu plus loin, hors la ville, les faubourgs industrieux, ces berceaux de notre foi, Ghisira, Charandama, Apate, où Nicolas et les hellénistes avaient installé la première mission hors de Terre sainte, quelques années à peine après la Passion de Notre-Seigneur, ignoraient la fête païenne, déjà tous gagnés à Christ, dont les croix s'élèvent aux carrefours.

L'hiver, tous les chênes sont dénudés et égaux. Vienne le printemps, et ceux qui reverdissent tranchent sur ceux qui sont morts. La forêt d'hiver était cette ville avant l'arrivée de Christ ; aujourd'hui, partout, entre les troncs païens desséchés, poussent de vigoureux rejets à la sève abondante, des rejets chrétiens. Antioche, cher père Clément, ne songe point à disputer à Rome le premier rang dans l'Église ; reconnaissez que, par son antériorité comme par le nombre de ses convertis, elle, dont le Seigneur a choisi le sein pour la vieillesse de son apôtre préféré, ne serait pas sans quelque droit à cette primauté. Ce jour-là, donc, des frères de tout l'Orient, venus jusqu'à cette porte, échangeaient avec nous le baiser de paix. Ceux de l'Euphrate, de l'Osrohène, où, vingt ans après la disparition de l'épiscope Addaï, le cœur des rois descendants d'Agbar continue de reposer en Christ, eux qui sont les premiers souverains ayant embrassé la Nouvelle Alliance ; ceux du pays d'Ur, de cet Haran d'où l'appel de Dieu arracha Abraham pour le conduire en Canaan, reconquis par la Parole de son Fils, où les petits-enfants ont enseigné aux ancêtres la Nouvelle issue d'eux, en fermant ainsi le cercle des millénaires et rendant au Souverain Juge la terre des origines. Des marchands qui commercent avec les Parthes nous ont appris que le grain semé dans leur empire par l'apôtre Thomas a levé en abondance. Edesse est aujourd'hui plus qu'à moitié chrétienne ; les gens de commerce, élite de notre troupeau, répandent partout la Parole avec leurs marchandises. Un effet ou une traite de notre banque, le Dépôt-de-Piété d'Antioche, est accepté sans discussion, au vu du Poisson et de la Croix, jusqu'à Doura en Mésopotamie, jusqu'aux confins du monde connu.

Les temps ont changé ; vous-mêmes, chers frères, alors que vous faites face à de nouvelles haines et poursuites, votre Église de Dieu est bien près de la maison de César. Quelles miraculeuses conversions entourent le trône de Nabuchodonosor ! M. Acilius Glabrio, consul, a subi le martyre pour notre foi ; le Néron chauve a fait mettre à mort son propre cousin, le noble consul Flavius Clémens, et relégué dans une petite île sauvage sa chaste épouse, notre sœur Flavia Domitilla, la petite-fille de César Vespasien ; les martyrs n'ont pas souffert en vain, puisque les neveux de ceux par qui le Temple fut détruit et Israël anéanti, les successeurs de l'Antéchrist, se sont ouverts à la Nouvelle. Le monstre qui règne sur l'Empire, à sa table, autour de son appartement, est environné de nos frères et de nos sœurs. La récolte du sang versé a levé, l'époque des semailles est passée. Par son fils, Flavius Clémens, nous savons à présent que le frère de César Vespasien, Flavius Sabinus, avait sècrètement donné sa foi à Christ ; j'ai tenté d'apprendre cette nouvelle à notre saint épiscope, car Sabinus était préfet de la Ville il y a trente ans, quand le César ahénobarbe fit subir le martyre aux Témoins de Christ, dont était l'Aimé. Le souvenir même des tortures qu'il ordonna, cicatrice laissée en l'âme de Sabinus par la vue des apôtres Pierre et Paul expirant, le sourire aux lèvres, par celle des vierges et des vieillards chantant dans les flammes et les tourments, divine blessure, avait abattu cet esprit fier, puis sa famille, jusqu'au repentir. Un tel miracle parle haut : la direction que vous donnâtes à l'apostolat de la Ville s'en trouve singulièrement confortée.

Mais l'Aimé hait la race des Césars, et leur seul nom pour lui est abhorré pour les siècles des siècles. Ne pourrait-on cependant penser que, par une semblable conversion, saisi par le remords, le César romain lui-même sera un jour soldat de Christ ? Alors, la Parole rayonnera sur l'univers, alors le Royaume, sans guerres ni exterminations, mettra l'agneau jouant à côté du lion, car rien n'est impossible à la volonté du Tout-Puissant.

Les temps ont changé ; mais l'Aimé n'aura ni pu ni voulu voir ce changement. Le soldat de Rome reste pour lui l'instrument exécré de la colère de Dieu, celui qui crucifia Jésus, détruisit la Ville sainte et le Sanctuaire de son peuple. Nos fidèles, eux, qui sont souvent citoyens romains, respectent le légat et César, quelles que soient les persécutions dont ils nous accablent ; car tout pouvoir en ce monde vient de Dieu. Nos jeunes convertis admirent la paix des provinces, la belle ordonnance de l'armée, ils soupirent après la réconciliation de ce bouclier qui protège nos frontières avec la foi en Christ. L'armée du Christ ne doit-elle pas prendre exemple sur l'armée de l'Empire ? Comme elle, elle a ses généraux, nos épiscopes, ses centurions, nos presbytres, elle combat, non les barbares, mais la barbarie du cœur et l'impiété.

D'autres que moi, parmi les didascales de la foi, ont entrepris, sous le titre d'apologies, la justification, devant les autorités impériales, de toutes les calomnies qui nous accusent. Il convient de montrer au César romain qu'il n'a pas de meilleurs sujets que ceux qui, en lui obéissant malgré son ingratitude, obéissent à Dieu.

Comme une armée spirituellement équipée et entraînée, comme un athlète oint de grâce, notre jeune force, à nous chrétiens, brûle de se rendre utile, et, par la conquête pacifique de l'Empire, de lui donner une seule foi, par où il deviendra juste et indestructible. Notre unité entre nous, autrefois lacérée par des dissensions fratricides, se consolide, préparant par l'exemple une unité plus grande. La disparition du dernier apôtre l'achève. Comme les rayons diffractés par le soleil, comme les rameaux sortis de la branche et les ruisseaux des fontaines, nos Églises, à présent, dériveront toutes de vous, qui êtes dans la Capitale de l'Empire ; de vous, père Clément, qui avez repris des mains d'Anaclet la crosse du Pasteur universel qu'il tenait de Linus, lequel la tenait de Pierre. Par votre succession, épiscopes de Rome, et par elle seule, cette source d'irrigation, la Parole de Jésus, qui assurait la légitimité des douze apôtres, continuera de couler, confirmant la foi.

Souvenons-nous de Jérusalem, il y a presque un demi-siècle, de notre premier concile ; le collège de nos épiscopes fut institué par les archi-apôtres à l'image du leur, des Douze. Mais, parmi les Douze, Christ avait donné à Pierre la prééminence ; dès lors que le dernier des Douze aura disparu, l'héritier de Pierre devient l'héritier de tous ; et nul en nos Églises n'a plus le pas sur lui. Vous seul, père Clément, pourrez bientôt faire les nouveaux épiscopes, les diacres et archidiacres, que l'Aimé ne sera plus là pour consacrer ; lui avait toujours choisi de ratifier, par l'imposition des mains, l'élection décidée par notre collège presbytéral. Il eût pu, plus facilement que bien d'autres, soumettre ses choix à une simple acclamation des fidèles ; la plupart de nos épiscopes procèdent ainsi. De la même façon que le successeur de Pierre s'est détaché de la troupe des successeurs des apôtres, dans nos assemblées, en avant du banc des presbytres, tête de ce corps collectif qu'est notre communauté, la cathèdre épiscopale s'est elle aussi détachée. Nos épiscopes, désormais confirmés par celui de Rome, confirment à leur tour les presbytres, leur conférant l'ordination. Car, dans le gouvernement de l'Église, ce qui vient d'en haut a la puissance de Dieu, et ce qui vient d'en bas est faible et confus ; nos récents malheurs, quand le peuple de Dieu choisissait et renvoyait ses épiscopes à volonté, nous l'ont abondamment prouvé. Ainsi, un filet d'eau ne s'élève qu'avec peine et déperdition au-dessus d'un bassin, quand la même eau descend à grande vitesse et force dans les torrents et les orages. La terre et l'eau dont nous, hommes ordinaires, sommes faits, tombent. Seul le feu s'élève, retournant au ciel qui l'aspire à lui. Ainsi de l'Aimé, qui fut de feu ; ce qui était bon de son temps et pour lui, l'égalité entre les douze apôtres, ne l'est pas pour nous. Et une sainte hiérarchie nous est nécessaire.

Le chœur, le corps un du peuple de Dieu, est un unisson de voix bien distribuées, d'où naît le chant qui plaît au Seigneur, les hymnes d'une seule bouche que l'Église élève vers le Père et le Fils. Les cordes du luth sonnent juste, chacune à leur place ; chaque corde tendue de l'Église participe de la mélodie ineffable des anges. En vérité, l'Église est l'avenir de l'homme, hors d'elle point de salut ; le dernier prophète, le dernier fondateur, Jean l'Aimé, s'est enseveli lui-même sous les ruines du Temple d'Israël. Un autre Jean en est sorti, dont c'est notre devoir aujourd'hui d'exalter la figure d'amour et de joie.

« Or donc le fils de David, mais bien antérieur à lui,
Le Verbe de Dieu a délaissé la lyre et la cithare, instruments
[sans âme,
Pour s'accorder par l'Esprit saint...

Le monde entier, concentré en l'homme, il s'en sert
Comme d'un instrument à plusieurs voix.
Et accompagnant son chant sur cet instrument qu'est l'homme,
Il joue à Dieu. »

« Je bénirai le Seigneur en tout temps
Sa louange sera sans cesse dans ma bouche. »
Elles sont agenouillées, mains levées, et elles se prosternent à chaque strophe. Leur dos forme dans la cour une ondulation sur le lac des psaumes. Les hommes sont debout, bras croisés ; c'est ainsi qu'ils prient. La bénédiction d'après l'eucharistie, Prokhore la murmure après avoir avalé, sans le mâcher, l'azyme mouillé de vin.

« Faites ceci en mémoire de moi. »
Ces mots, le diacre sait par Jean qu'Il ne les a jamais prononcés. Dans son lit, le vieillard a refusé, méfiant, sa part du festin sacré, comme s'il se retirait déjà de la communion des vivants. Que ferons-nous, se demande Prokhore, en mémoire de lui, quelles paroles lui seront prêtées ?

« Lave-moi encore et encore de mon iniquité, de mon péché
                                                  [purifie-moi,
Car je connais mon iniquité, et mon péché constamment est devant moi... »
La nuit est tombée pendant l'office, qui semble ne pas devoir connaître de terme. Le texte du psalmiste, en grec, a réveillé Jean. Les tendres inflexions de la langue d'Homère sont une râpe pour ses nerfs ; il relève son torse sur le lit mortuaire, tendant une tête hagarde, pendant qu'éclate dehors le tonnerre triomphant du chœur, couvrant le faible souffle de sa poitrine décharnée, que guette Prokhore.

« Saül ! Saül, je n'ai rien oublié, en cette nuit de deuil pour les descendants de Jacob ! Nuit de Pâque, jour de sang. Quels ennemis m'ont enchaîné à ce lit ? Saül, je reconnais ta main, démon de Tarse, séducteur des femmes, ami des prétoriens, opérateur des œuvres de Bélial ; tu m'enlèves mes disciples, tu éventres ma parole, tu la châtres. Crains-moi encore, prostitué de l'Antiochus, de l'Antéchrist, qui as cru pouvoir échapper au châtiment d'Israël en t'installant au festin des païens ! Renégat d'un peuple renégat, persécuteur maudit de Son Fils jusque par-delà la mort, pharisien repenti passé aux idoles impériales !

« Prokhore, tu me livres enchaîné à Saül, tu interdis ma parole. Est-ce pour cela que je t'ai oint et enseigné ? Que le feu d'Élohim te dévore, comme il dévora Nadab et Ahibu, quand ils présentèrent à l'Adon un sacrifice impie. Tu me charges de respect, comme une mule en route pour le grand voyage, de reliques et de pompes ; mais tu me livres, Prokhore, tu m'assassines, tu pactises. Que tu sois englouti par la bouche de la terre, que tu descendes vivant au Schéol comme Corè, qui voulut supplanter Moïse et Aaron ! Prokhore, tu lis les philosophes, tu entends l'Esprit qui parle grec, et tu as renoncé à l'espoir de voir revenir le Messie. Tu m'as abandonné, Prokhore, tu m'as traité d'extravagant, tu m'as enfermé avec les enfants et les vieilles femmes, toi que j'ai recueilli et élevé, toi que j'avais choisi comme Élie a choisi Élisée ; au moment où mon agonie annonce le Jugement et la Résurrection, tu me corriges, tu m'adultères, tu me fais taire !

« Pire : tu me fais parler comme une marionnette qu'on agite pour tromper les spectateurs. Tu ajoutes à ma parole, à Sa Parole ; tu m'enlèves ce que j'avais perdu, le souvenir de Sa Vie et de Son Amour. Il avait dit : " Celui qui a dans sa main, on lui donnera. Celui qui n'a pas, même le peu qu'il a lui sera enlevé. " Ce peu, c'était mon témoignage, et tu me l'as enlevé.

« Mais prends garde, Prokhore ; comme le Prophète, j'irai nu par les rues, si l'on m'empêche de parler à la synagogue. Comme Ezéchiel, je mangerai mes excréments, je dévorerai les rouleaux que je t'ai dictés ; au jour prochain de ma résurrection, crains ma colère, toi que j'ai nommé Yohanan comme je le fus moi-même, voulu par Lui !

« Il écrit, il détourne les yeux, il ne m'entend pas. Où est ta foi, Prokhore, et à quoi bon ta philosophie, toi qu'ils appellent Théologos, quand nous allons tous à mon Signe paraître devant le Juge ?

« Souviens-toi : " Moi, je suis l'aleph et le Tau, dit l'Adon, celui qui est, était et vient, Elohim Sabaoth. "...

« Jésus disait : " Que celui qui cherche ne cesse pas de chercher, jusqu'à ce qu'il trouve, et, lorsqu'il aura trouvé, il sera frappé d'étonnement. Étonné, il connaîtra le repos... "

« " Fends le bois, et tu m'y trouveras. Soulève la pierre, et je serai dessous. " J'ai fendu le bois, Adonaï, j'ai soulevé la pierre, vais-je voir Sa Face de gloire ? Va-t-Il enfin écraser devant moi les idoles et les rois, comme Il le promit sur le lac ? Que Ton Règne arrive sur cette terre avant que mon âme s'arrache à ce corps, comme ce fut promis ! »

C'est l'heure. Enfin, il a soulevé et bu la lourde coupe. Mais il est plus encore altéré par l'amère potion. La complainte de la cour des Femmes est devenue une torture. En s'agitant sur sa couche, il agrippe les pierres du pectoral, comme si elles l'étouffaient.

« Derrière Judas, Saül ! Derrière la face grise, le turban sale de l'homme aux trente deniers, le treizième apôtre venu Te crucifier une seconde fois ! Renaîtra-t-il éternellement lui aussi, l'Antéchrist, le Faux Prophète ? Arrière, Belzéboul, qui as tous les visages de la vie ! Ce n'est pas Prokhore qui est là, c'est toi, Roi du Monde de la Fumée, sorti des profondeurs de l'obscurité, chef de tout mal et de toute perversité. Prokhore, je sais ce que ta main a versé dans la coupe. Exécuteur des œuvres de Satan ! Belzéboul est au cœur de la synagogue. Je te reconnais, Prokhore : tes mains et tes pieds ont figure d'esprits démoniaques ; tes épaules de vautour, ton ventre de serpent, ta queue de poisson m'apparaissent. Noirceur, Puanteur, Laideur, Amertume ! Ton odeur me brûle comme un fer rouge. Elohim, laisseras-Tu Ton serviteur dans ces mains ? »

Le chœur radieux des femmes lance à pleine voix l'appel triomphal :

« Devant Toi se prosternent les anges, les archanges, les trônes, les seigneuries, les principautés, les puissances, les vertus ; autour de Toi se tiennent les chérubins aux multiples ailes, les séraphins aux six ailes dont deux leur cachent les yeux, répétant sans fin : Saint, Saint, Saint est le Seigneur ! Hosannah au plus haut des cieux ! »

La basse du chantre riposte aussitôt :

« Je suis Dieu, et il n'y a pas d'autre dieu que moi, a dit le Seigneur...

— Tu mens, Ialdabaoth ! »

Jean a crié, mais le chant a couvert ce cri. Illusionnant sa rétine affaiblie et usée par les atrocités qu'elle a contemplées, sa propre ombre, sur le mur, le défie et le nargue, détachée de lui.

Ialdabaoth. Ce nom-là, les docteurs gnostiques l'utilisent pour désigner le maître des tromperies, le Tentateur, habile à contrefaire le Très-Haut. Ce double, cette ombre, qui vient assaillir Jean sur le dernier seuil, c'est le doute, l'horrible doute au masque de séduction, squelette ricanant.

Derrière le Dieu des juifs, derrière le Tout-Puissant de la Bible, quelque Dieu inconnu, innommable, incommunicable est-il caché ? Jean sait que Marcion, un jeune érudit du groupe gnostique, affirme que le Christ ne vint pas annoncer le Dieu d'Abraham et de Moïse, mais le détrôner ; le véritable Père, dénonçant celui qu'il périme, en révèle la vraie nature. Le Créateur de la Genèse n'est-il qu'apparence et mensonge ? Si un Démiurge a créé ce monde de souffrances et de crimes, ce foyer d'infection voué au mal, ce ne peut être qu'un dieu mauvais, le Créateur du Mal. Ces thèses, Jean les a souvent combattues. Cette nuit, pour la première fois de sa vie, il entre en doute.

Si la Plénitude, le Plérôme divin né de l'Abîme insondable et indicible, l'indéfinissable Sur-essence, est le seul Dieu, alors le monde n'est-il pas coupé de tout espoir, de toute justice, de toute foi ? Quand Satan contrefait Dieu à la perfection, quand il domine toute créature et toute création, à quoi bon la justice, à quoi bon la sainteté ?

A cette heure de doute, Dieu lui-même semble se scinder, entre le Dieu juste et jaloux de l'Ancien Testament, et le Dieu bon du Nouveau. Ce Dieu nouveau que la gnose au nom menteur prétend inaccessible aux œuvres des créatures. À ce moment critique, la Création entière, sa justification, vacillent.

Si le doute l'emporte, la création est maudite. Jean connaît ce chemin, sait où mène le doute ; ils se proclament eux-mêmes les Hommes Primordiaux, les Purs, les Parfaits, les Pneumatiques ou Spirituels, ils touchent à l'Inde et à Zoroastre, nient toutes les religions particulières ; ils vouent le monde matériel au mal, donc à l'indifférence. Les hommes ordinaires, matériels, hyliques, ils en sont séparés par un infranchissable abîme : celui qui sépare la Lumière et la Ténèbre. Si la création est l'œuvre de Satan et, en cet instant, Jean, hanté par l'horreur de son siècle, n'est pas loin de le croire, alors Jean a besogné pour Satan, alors les adeptes de la gnose ont eu raison de nier Dieu, de prononcer le divorce entre le Monde et la Lumière, de séparer à jamais la créature du Père.

Non pas à son image, mais à l'image du Tentateur, tel est bien l'homme, dans ses œuvres et ses actes. Il est rompu, le lien entre ce qui existe et ce qui préémine, préexiste à toute existence ; et tout ce qui permet la prolongation, la perduration de ce monde est maudit. L'engendreur, le Créateur, en vérité, c'est Satan. Et ses représentants sur terre sont l'existence, l'engendrement et la procréation. La Grande Plasmatrice, la matière de ce monde, la chair produisant la chair damnée, la litière des tièdes, disent les gnostiques pour désigner ce qui fut, est et sera créé. Comme les extrêmes se touchent, la fidélité apocalyptique de Jean, en cette nuit où se brouillent les schismes et les hérésies, rejoint ce doute radical, où l'infini transcendant du Dieu incréateur et incréé abandonne l'univers à son sort.

La pleine lune entre par un coin de rideau relevé et vient poser son halo sur la face aux blancheurs crayeuses ; sa maléfique lumière excite la fièvre empoisonnée du tacite imprécateur. Vers l'astre monte un flux de lumière qui pompe les forces du mourant. La Vierge lumineuse, disent les gnostiques pour parler de la Lune ; à les croire, c'est en la poursuivant de leurs désirs impurs que les Archontes, les Princes des Ténèbres, créèrent l'homme, né de leur semence tombée au sol. Génération mauvaise, comme toute génération !

Depuis que Jean délire, le fantôme de Cérinthe, le beau parleur, de Simon le mage, de Cerdon, de Satornil, le Protée de l'incertitude et de l'hérésie, le cauchemar des gnoses, rampe sous les tapis de la chambre, se blottit derrière les tentures, anime l'ombre sur la cloison d'une vie fantastique et redoutable. Elles grouillent autour du lit de parade, près de l'agonisant, parasitant ses hésitations, s'infiltrant dans ses doutes, se drapant dans son autorité d'apôtre, d'évangéliste, les sectes innombrables du futur : les ophites, adorateurs du Serpent de l'Arbre de la connaissance, qui n'admettent que la sodomie et interdisent toute naissance, par haine de la génération, et vont jusqu'à dévorer leur sperme et les avortons que, malgré leurs précautions, leurs compagnes font la faute de commettre ; les adeptes de Basilide, les valentiniens et les carpocratiens, qui prônent la communauté des femmes, parce qu'aux Purs tout est pur ; les adamites, les caïnites, les prodiciens et les agapètes, qui transforment l'eucharistie en orgie, les encratistes, qui prohibent le mariage, et les hydropatastates, qui ne se servent que d'eau pour la communion, les apotactites, qui ne peuvent rien toucher, les saccophores, qui se vêtent d'une longue cagoule, les montanistes ascétiques et les hypsistariistes adorateurs du Feu Pantocrator, les mandaïtes fidèles au Baptiste, les théodotiens, les praxéates, les sabelliens, et plus loin les manichéens, qui se scellent la bouche et les yeux, les ariens qui nient la divinité de Jésus-Christ, les monophysites qui en refusent la double nature...

Le souffle s'est fait court, halètement poussif. Mais le vieillard bande ses dernières forces, et l'ombre, au mur, lève les bras pour la dernière fois, repoussant le doute aux multiples apparences, bannissant les dissidences et les hétérodoxies, maudissant son reflet ; cette ombre grotesque et contournée qui ressemble à un Abraxas, un de ces panthées, dieu composite, ragoût de divinités, où les gnostiques accommodent ensemble les profils du Christ, de Mithra, d'Horus et d'Ahoura Mazda, le bélier d'Ammon, le coq d'Asclépios et la croix, en un rébus divin.

« Arrière, fins docteurs, apôtres vénéneux du scepticisme, jardiniers de Satan, proliférateurs d'incarnations qui faites éclore des myriades divines du néant, par vos logoriphes et vos anagrammes ! Semeurs d'ivraie qui venez après le semeur de blé, lierre qui pourrit le tronc de la foi ! Léviathan triomphe au sein même des Églises, malheur ! Vous, les goètes, les magiciens du Verbe, qui abondez en êtres divins, en ogdoades et en dodécades d'Eons, dont les syzygies peuplent le ciel de Principes androgynes, Prokhore vous tend la clé, vous vend la Parole. Comme une fleur dont le parfum étourdit pour tuer, s'ouvre pétale à pétale pour exhaler son poison, votre Logos fleurit autour du Trône pour l'étouffer. Vous sucez le sang de la foi ! Un arbre a poussé du Bois de sa crucifixion, mais cet arbre ne porte que les fruits de l'attachement aux affections de ce monde, celles du Prince de la fumée. Leurs discours, dans Ta synagogue chrétienne, sont âcres et fades à la fois, ils ont le goût du Tentateur. Ténèbres et boue, plomb et étain, serpent et dragon, obscurité hurlante au fond de sa propre nature mauvaise, opacité solitaire sans début ni fin ! Prince de ce monde, arrière !

« Lilith, démon de l'apoplexie, arrière ! Vampires et kobolds, qui descendez des montagnes pour me saisir, arrière ! Faux dieux, princes du mal, esprits des marécages et des nœuds, Satan, tu ne m'enlaceras pas. En vain vous entourez ma couche, vous me guettez, sombres, noirs, balourds, indociles, colériques, rageurs, venimeux, rebelles, insensés, fétides, impurs, muets, sourds, obtus, bégayeurs égarés et ignorants, qui vous prétendez mes disciples, démons dont le nom est Légion. Je connais votre père, lascifs enfants : Saül, le magicien, le faussaire, le trompeur, l'adultère, le larron infidèle, l'artificieux conjurateur, le sorcier, maître en accommodements, toujours doux aux puissants, séduisant poison !

« Tous sont gagnés à lui. Il me les a envoyés, ils pullulent autour de moi, feignant la commisération et le deuil ; et ma sandale ne pourra jamais tous les écraser. Ils argumentent, ils écrivent, ils ont mille formes, ils rampent sur le ventre, ils glissent furtivement dans l'eau du baptême, dans le vin du Sacrifice, ils ont une multitude de pieds, comme les vers de terre...

« Les démons ont envahi Ta synagogue, et le lit de Ton apôtre, ils s'assemblent autour de moi, grinçant de leurs molaires et de leurs incisives, répandant le fiel et le bitume, le goudron et le soufre. Ils montent à l'assaut, les enfants du Prince des Ténèbres, sortis de son flanc de tortue, et Prokhore est à leur tête.

« Il va, et rien ne l'arrête ; il glisse, il marche, il nage plein d'audace, le dragon, droit sur moi ; il rugit, il siffle, il darde sa langue habile, il clignote des yeux, lascif, il parle la langue miellée des Grecs. Corps fétide, face distorse, douceur amère, Saül, retire-toi ! »

Les visions s'enchaînent à présent sans suite, tandis que le poison fait son chemin dans le cerveau. Voici Éphèse, où Jean vécut, et son temple. Derrière le sanctuaire aux cent vingt-sept colonnes, derrière la dame aux serpents froids et aux crapauds géants, quel autre sanctuaire, quelle autre idole naît des décombres ?

« Sur le fronton des temples, ils ont mis Ta Croix. A la place des idoles, ils dressent Tes autels, et chacune des maisons de l'impiété devient la Demeure du Tout-Puissant. Ils s'y glissent à nouveau, les anciens dieux, les émanations de Belzéboul. Ils glissent sous la robe du prêtre, sous la Parole même... »

Les mains, les pieds ont déjà la rigueur de la mort. Une voix que lui seul entend, insinuante, lui chuchote à l'oreille :

« Les temps sont proches, dis-tu ; encore un instant, encore cet instant, prolonge-le de sa fraction la plus infime, je serai là, Yohanan... »

La voix douceâtre aux senteurs de jasmin et de pourriture endort, onduleuse.

« N'entends-tu pas, en ce jour de fête, dans les montagnes caverneuses où s'élancent les hauts pins d'Attis, ces castagnettes et ces cymbales, ces tambourins du Dionysos thrace, ces mystes couronnés de fleurs d'amandier, qui saluent la renaissance des étoiles, de la lune, des arbres et des amours ? C'est la Pâque des Infidèles. Attis, de ses deux mains écartant ses blouses de femme, dévoile aux hommes son sexe mutilé par Rhéa, couronné de pommes de pin, de grenades et d'épis. Du Pont proviennent les sistres et le chant fêlé des hymnodes, sur le rivage d'Abydos descendent les dadophores porteurs de torches et les stolistes agitant les peignes de la Déesse. Le deuil d'Adonis est traversé de rires et de chants, sur les rives d'Eubée où glisse à la mer sa périssable image, faite de pain, jetée à l'eau par les femmes. A Corinthe, les esclaves sacrées, le lien de corde sur la tête, ouvrent par milliers, en révérence à la Reine de Cythère, le ventre aux ardeurs des mâles... Monstrueuse diversité ! Les mages de Chaldée scrutant les étoiles et en dénombrant le cours, les moines mendiants d'Atargatis, rasés et vêtus de safran ; les femmes de Byblos se pâmant aux Mystères ; les adeptes de Marnas, dieu des Pluies, en tuniques rouges ; les cavaliers arabes adorateurs de Dusarès ; les méharis de Palmyre qui célèbrent Aglibol, lune rousse, et Malakhebel, à tête de griffon et pagne de peau humaine ! Dans les camps des

Romains, on adore la Notre-Dame de l'Euphrate, Aziz, le dieu fort d'Édesse, ou Jupiter Dolichenus debout sur un taureau tel qu'on le montre en Commagène.

« Mais bientôt le vent de sable souille les parvis, aveugle les statues, envahit les sanctuaires et fait disparaître jusqu'à la trace des cités idolâtres. Où sont tes millions d'habitants, Séleucie ? Que reste-t-il de toi, Antioche, sinon des lignes dans la poussière ? »

La Voix, fétide et suave, a repris :

« Regarde l'infinité des cultes qui me sont rendus ; détruis et détruis encore, l'idolâtrie renaîtra de ses cendres, plus près de Toi, autour de Toi, car je l'ai chevillée dans la poitrine de l'homme ! Tout culte est mien, Yohanan. Toi aussi, tu adorais l'Unique en son Temple sous la forme d'une pierre ! Cette pierre, c'est encore moi, le Maître de la Nuit. Je suis la pierre noire d'Emèse où l'on sacrifie les nouveau-nés, celle de Paphos où les servantes d'Astarté écartent en gémissant de plaisir leurs jambes humides, celle de la Grande Mère, de Cybèle adorée jusqu'aux bords du Tibre, couverte des débris sanglants de virilités arrachées par le couteau du sacrificateur au bas-ventre des adolescents. Ton Messie à tête d'âne entre dans ma cohorte, tes fidèles se mêlent à mes adorateurs : tout culte est mien, Yohanan. Tous les hommes pieux me révèrent, sous les noms et les formes qu'ils choisissent. Je suis le maître de ce monde ; deviens sage, vieillard indompté, comprends enfin ce que Saül a toujours su... Aaron lui-même ne fit-il pas un Veau d'or des bijoux d'Israël ? Je suis la multiplicité et la vie. Détruis-moi, je renais... Sous l'Église, je repousse ! Jamais je ne connais de fin, ni de jour.

« Plus loin que tout, au-delà de l'Arménie aux lacs de glace, où s'échoua l'Arche, des feux sombres tournoient sur les plateaux des Parthes. Encore un instant : il est devant toi, le dieu nu à tête de lion, aux quatre ailes, ceint de six serpents, maître des saisons et du cours du soleil, qui tient deux clés à douze trous. Il a la foudre sur la poitrine, le marteau, la tenaille, le caducée à ses pieds. C'est celui que les Perses mazdéens nomment Mithra, les Grecs Kronos. Je suis le Temps, Yohanan, le Temps infini qui toujours revient ! »

Mort, où est ta victoire, mort, où est ton aiguillon ? Alléluia, alléluia, les temps de paix sont venus ! Car, dès le Commencement, l'Esprit planait sur les eaux... A l'heure d'avant toute heure, quand Dieu créait le Ciel et la Terre, et que la Ténèbre couvrait l'abîme, par cet Esprit fécond planant sur les eaux nourricières, le Père put dire : « Que la Lumière soit. »

Cet Esprit de la seconde phrase de la Genèse, Philon, mon vieux maître d'Alexandrie, en parlait souvent. Que son ombre ne demeure pas gémissante dans les limbes, lui qui pressentait Christ sous l'Esprit et ne le connut pas ! Suréminent dès le principe, l'Esprit flottait, déjà Christ, et préparant sa naissance dans l'utérus de Marie, sa Passion et sa Résurrection.

La Genèse, avec l'Aimé, je la compris autrement. Le firmament, c'est l'Écriture ; les eaux amères, le monde adultère, les reptiles que Dieu doue d'âmes vivantes sont les sacrements de notre Église, et les oiseaux qui volent les missions apostoliques, les messagers de la Nouvelle. L'herbe enfin, donnée par le Créateur en pâture aux vivants de la terre sèche, c'est l'aide que tout docteur, tout apôtre reçoit des collectes de l'Église pour prix de la Parole qu'il répand. Depuis bien avant Moïse, l'Écriture annonçait Christ et l'Église, comme le faisaient aussi les Livres Hermétiques que j'appris jadis au Musée :

« La Lumière, c'est moi, l'Intelligence, ton Dieu, et le Verbe lumineux de l'Intelligence, c'est le Fils de Dieu. Ils ne sont pas séparés, car l'union est leur vie ; en la Vie et la Lumière consiste le Père... » Ce Fils de la Lumière, Jean l'avait connu et me le fit connaître. Il avait vécu et partagé la misère de ce qui est créé, Lui, le Créateur.

L'acceptation de ce mystère, sans prétendre atteindre à sa compréhension, peut seule faire taire les querelles renaissantes de nos Églises sur la nature de la personne du Seigneur. Ce fut celui qui reposa sur Son Sein charnel qui m'en ouvrit l'initiation : Christ, Dieu et Homme, Verbe Incarné, Joie et Souffrance, cette double nature indivisible est notre foi.

Ce que je viens proposer, cher père Clément, comme tâche spirituelle couronnant la première génération apostolique, est de met-

tre au service de ce mystère fondateur la parole de l'Aimé. Ne laissons pas perdre cet inestimable trésor, ce qu'il fut seul à partager avec Jésus, la Passion de Jérusalem : de quelle autorité ne sera-t-il pas, cet écrit signé de l'archi-apôtre, pour résoudre nos conflits de doctrine ! Il mettra un terme absolu aux divagations, comme sa disparition va mettre fin à l'angoisse de voir paraître demain le Jour du Jugement.

Ainsi tiendrons-nous fermement, par la grâce de Jean, les deux rênes de la Nouvelle Alliance, celle de l'homme et celle de Dieu. Il faut que j'ose l'affirmer : de toutes les Écritures, la Nouvelle et les Récits des apôtres de Christ sont les prémices véritables, quoique apparemment les dernières nées. Et, parmi ces Nouvelles Écritures que votre vigilance admet ou condamne, prohibe de lecture publique ou sanctifie de votre autorité, l'Évangile de Jean doit être à son tour prémices par excellence, même si dernier venu. Il y aura toujours des idolâtres, ou des hypocrites, pour s'étonner que les témoignages de frère Luc, couchant, avec un art admirable et touchant, sur le papyrus des traditions qu'il ne connaissait que par ouï-dire, et de frère Marc, écrit sur les instructions éclairées de votre fondateur, Pierre, Pasteur universel, ne coïncident pas en tout point avec celui de Jean. Encore ces deux écrits dérivent-ils des Dits et Récits de la vie du Seigneur, que nous laissa l'apôtre Matthieu. L'Aimé les considérait tous, je dois le dire, comme fourmilière d'erreurs. Il voulut apporter son témoignage, parce qu'il craignait l'ignorance et les malversations, les soupçonnant chez tous ceux qui ne furent pas, comme lui, au pied de la Croix. Reprendre avec moi ces récits, au cours de ces dernières années, sembla d'ailleurs lui apporter quelque calme. Comme notre saint épiscope n'avait plus toutes ses lumières, j'ai dû parfois recourir à des adjonctions et corrections indispensables. Sur sa fin, quand il revenait à la langue de son enfance, le grec de l'Aimé, qui avait toujours laissé à désirer, devint exécrable. J'ai dû souvent compléter les mots que cherchait sa pensée.

La diversité entre Jean et les autres récits est le propre du mystère. Laissons ceux qui ont des oreilles pour ne pas entendre ricaner à leur aise ; au lieu de condamner à l'obscurité, au secret, cette singularité de l'Aimé, faisons-en notre force suprême.

Voilà, cher père et chers frères en Dieu, le propos que soumet votre humble serviteur, celui que vous nommez en souriant votre théologos, à votre éminente sagesse. Matthieu et Marc furent deux pierres, pour les doux et les pauvres, pour les circoncis. Luc fut la pierre apportée par Paul, celle des incirconcis. Il est temps d'ajouter la dernière pierre, celle de l'angle, celle qui a été rejetée, dit la parabole, parce qu'on la croyait inutile, non conforme.

La quatrième pierre, celle qui forme le soubassement. Des quatre évangélistes, seul Jean l'Aimé témoigne des sept miracles, lui seul était à Cana, lui seul comprit ce que Jésus dit à la Samaritaine, lui seul raconte la guérison de l'aveugle, et lui seul la résurrection de Lazare ; lui seul se souvint du Lavement des pieds, lui seul assistait au procès, à la Passion, à la fin comme aux premiers pas, sur le Jourdain ; à lui seul enfin le Seigneur confia Sa Mère en mourant.

Achevons le carré parfait du témoignage. L'intransigeance même de l'Aimé, ses conflits avec Paul, deviennent alors garants de l'édifice.

Mais quoi! Pouvait-il y avoir plus ou moins grand nombre d'Évangiles? Quatre régions du monde, quatre vents principaux, quatre colonnes d'incorruptibilité: répandue par toute la terre, l'Église n'a qu'un seul Esprit à quadruple figure; le Verbe s'est manifesté aux hommes sous une quadruple forme. Avec Jean, le dernier, qui est le premier en rang, est réalisée la phophétie de David: les quatre visages de l'Esprit, ce sont le Lion, prééminence et royauté, qui revient à l'Évangile de Jean ; le Taureau, sacerdotal, qui représente Luc; l'Homme, dont Matthieu raconte la venue, et l'Aigle, qui est le don de l'esprit fait à Marc.

Quadruple forme de l'Évangile enfin parfaite, quadruple forme de l'activité du Seigneur! Quatre alliances furent octroyées à l'humanité: celle de Noé, celle d'Abraham, celle de Moïse, et celle, enfin, qui récapitule tout en elle, celle du Quatrième Évangile.

La pierre d'achoppement, qui faisait buter et tomber, est devenue la pierre d'angle, qui soutient et raffermit. Intégrée au corps de l'Église, elle lui apporte la reddition d'Israël ; parce qu'il fut confié à Marie et elle à lui, l'Esprit fut en l'Aimé. Ainsi la chaîne de l'amour divin soude-t-elle le Père au Fils, la Mère au Disciple bien-aimé, et l'Église, dont Marie est la figure aux cieux, à ses docteurs et théologiens.

Par Jean, chaînon de la grâce entre l'homme et Dieu, nous remontons jusqu'au Principe.

Le Père est principe, le Fils est principe, et pourtant il n'y a pas deux principes, disait l'archi-apôtre. Le Père, le Fils, ne sont point des accidents survenus à l'essence de Dieu, des avatars que sa puissance indescriptible subirait dans le temps et la matière. Non, en vérité, comme l'Aimé me l'apprit, rien n'est survenu en Dieu, mais bien en la créature, en tant que corrélative à Dieu son créateur. C'est à la créature que le Père, le Fils se révèlent par le Saint-Esprit. C'est à l'Aimé, puis à mon imperfection combien plus grande, que se révèle Jésus, par Sa Mère, pour nous amener à Dieu. Jean est le premier maillon de l'intercession pour nos péchés. « Oui, je suis le Fils de Dieu. » Cettre parole du Seigneur, nul, sinon Jean, ne pouvait la rapporter. Nul que lui ne pouvait montrer Christ se démontrant lui-même. Second fils de Marie, il procède d'elle, comme le Saint-Esprit du Père.

L'Esprit d'amour s'est fait femme, et il eut nom Marie, qui engendra le Verbe, Christ Notre-Seigneur, qui lui préexistait pourtant, lequel élut Jean, le disciple préféré, pour témoigner de Lui et Lui confier, avec Sa Mère, l'Esprit saint qui était en elle. Si le Père est le Créateur, Christ la Sagesse, l'Esprit est Amour, et sa puissance sigillaire scelle l'âme comme image de Dieu. En proclamant l'Évangile selon Jean, car la modestie de l'apôtre ne lui permit pas de s'y nommer explicitement, nous proclamerons l'Évangile de l'Église : montrant ainsi aux imprudents que la seule Connaissance, sans l'Amour et le Mystère de la foi, est un tombeau...

« Dans un grand bruit de bois brisé, l'ange de l'Adon traverse les poutres de ma chambre. Gabriel, archange du feu, Jurchemiah, archange de la Grêle, Rahab, archange des Eaux amères, viennent combattre à mes côtés ; à leur souffle, le métal entre en fusion ; lèvent-ils les sourcils, les montagnes tremblent. Bougent-ils les lèvres, les plaines s'ébrouent. Leur puissance laisse une traînée de nuée blanche, dans les cieux ouverts au-dessus de moi ! Voici que j'entends la voix de l'Adon, semblable au gong du tonnerre, et que Gabriel glisse son bras, plus robuste que le tronc d'un chêne, sous mon flanc : et que Jurchemiah écarte d'un doigt la voûte, pour laisser passer l'échelle de la croix ; je monte l'échelle de Jacob, dont chaque marche est un trône et chaque montant une lance de diamant.

« Voici qu'est commencée la guerre contre Gog et Magog. Ta droite, Adonaï, s'illustre par sa force, elle taille en pièces l'ennemi, elle fige les abîmes au cœur de la mer, elle engloutit Pharaon et ses chars !

« Au-dessus des toits bruns, dans l'air vibrant du matin, tu m'as élevé dans les cieux. Je plane sur le Silpius, je frissonne dans l'éther. Je vois la puissante Antioche, en dessous de ma ceinture qui flotte dans les airs, couronnée de tours et vautrée dans la sieste de ses délices, au bord de son fleuve jaune ; Antioche, qui porte le nom du roi impie, Antioche, troisième tête de la Bête, troisième ville de l'univers, après Rome et Jérusalem, qui va tomber elle aussi, la capitale chrétienne, punie pour sa tiédeur, ses compromis ! Les rues et les places sont un damier brillant de marbre et de frondaisons. Les portiques de la Grand-Rue ont ouvert leurs volets, les cris des marchands montent dans l'air tremblant, aux carrefours, au-dessus des dômes de cuivre des marchés, de la coupole altière de l'Épiphaneia qui protège les passants du soleil. Voici l'île de l'Oronte, le palais blanc du légat, bordé des cyprès sombres et des ifs alignés ; voici les cinq ponts, la fontaine d'Alexandre, le port fluvial aux lourdes barges chargées de soie, d'onguents et d'épices, les quais de porphyre pourpre ; vers l'est, le faubourg de la porte de Béroé retentit des marteaux, les flots noirs du fleuve charrient les décharges des teinturiers ; les verriers et les tisserands s'affairent, suant sous le soleil, en pagnes de forçats, peinant comme si ce jour devait avoir un lendemain. Voici les arènes des gymnases entourés de portiques, où les pugilistes nus et huilés s'embrassent sur le sable. Au nord, ces points infimes, chevauchant à la suite les courbes des dunes, ce sont les pèlerins idolâtres cheminant vers les faux dieux de Babylone, innombrables comme les grains de sable. Et, au sud, Daphné la corrompue étend ses lupanars, ses nymphées et ses temples, ses idoles noircies de la fumée des sacrifices ; les nouveaux chrétiens continuent d'y participer, Apollon Mithra, Zeus Orosmadès, Héraclès Artagnès qui porte tiare et massue ont des fidèles baptisés. Dans les jardins d'Alkinoos, entre les

534

chênes verts et les lauriers-roses, les derniers fêtards, éblouis de sommeil, l'haleine morte, s'abreuvent aux sources, ayant donné leur nuit à Aphrodite et leur jour à Bacchus. Leurs voix crient encore des mots d'ivresse et d'amour ; celui-ci récite un poème de Ménippe, cet autre de Méléagros ; et celui-là, il porte une croix, il est chrétien. Il parle courses : " Christ l'emportera sur Mounas, il est meilleur sur la durée. " Blasphème ! Ils ont même donné le Nom du Fils à un cheval !

« Oui, ils se disent chrétiens, et chantent au sanctuaire où Apollon aux quatre bras s'étire et se complaît aux parfums dont on l'oint. Antioche, à moitié chrétienne, rit et prospère. Plus loin encore, à l'ouest, la forêt des mâts s'enchevêtre dans les bassins de Séleucie.

« O Adonaï, renverse ces statues et ces colonnes, enflamme ces mâtures ! Déjà les palais vacillent, les toitures s'effondrent. Le peuple crie et court vers ses dieux impuissants, dont les membres plaqués d'airain se détachent, révélant leur âme de bois. Voleurs, proxénètes, devins, jockeys, danseurs, jongleurs, bouffons, ambulées aux longues nattes et aux flûtes perverses, prostitués, tous s'enfuient ! Il est trop tard. Leurs jambes sont écrasées par leur idoles, leurs têtes par les lambris dorés et les lourds linteaux !

« Pourquoi, dans cette foule affolée, l'ange du Tout-Puissant épargnerait-il les chrétiens ? Les enfants portant le Tau eux-mêmes étouffent sous les poutres, et les pesantes architraves écrasent la coiffe parée des femmes. Que périsse la tiède communauté des chrétiens, mêlée dans une épouvantable confusion à ces païens dont ils partagent les mœurs !

« Des chocs sourds, des crevasses ; voici qu'une vague énorme remonte le fleuve, en balayant tout sur son passage. Dans l'île impériale, que menace le mascaret, le Syriarque couvert de ses ornements court sur les marches du temple de César Domitien, le dieu-roi chauve de Rome. Dans la grande salle du palais, irénarques, gymnasiarques, membres du Conseil se cachent la tête sous leur manteau brodé ; déjà les lustres se détachent pour les frapper, les vantaux de bronze des portes s'abattent sur leurs serviteurs, sortis de leurs gonds par le doigt de l'ange du Seigneur. La troisième ville est détruite et avec elle l'univers. Il vient ! Le Troisième Signe est accompli. Il vient ! Il vient ! »

Les hurlements du désespoir, les blasphèmes et le doute n'atteignent plus le vieillard. Aux commissures de ses lèvres, un peu de salive blanche comme le lait miraculeux de Marie, bave du nouveau-né, est apparue ; comme la licorne sacrée au sein de la Vierge, Jean boit à la mamelle le nectar d'immortalité, le miel de la vie éternelle, l'intercession de l'amour ; il fond en Jésus, à l'instant où la dernière étoile de la couronne de Marie, Phosphoros, que le latin nomme Lucifer, s'éteint dans le ciel du matin.

Rends-nous dociles à Ton Nom très puissant et très saint, à Ton Fils Jésus-Christ, à nos princes, à ceux qui nous gouvernent ici-bas comme aux cieux. Car c'est Toi, Maître, qui leur as donné pouvoir et royauté en ce monde... Le crissement du calame s'est arrêté, dans l'atrium, au milieu d'une phrase. L'aube blanchit le crâne du scribe ; il y a un silence, depuis que se sont tues les femmes. Et dans ce silence, Prokhore est demeuré, le bras levé au-dessus du rouleau, retenu par une puissance inconnue.

« Or la terre était vague et vide... »

Il fait tellement silence qu'on entend distinctement le grésillement des lampes. Prokhore repousse son siège, va jusqu'à l'entrée de la chambre, chargée de l'odeur des baumes. La respiration sifflante s'est tue.

Sur le seuil, encore, il prête l'oreille, tend le cou. La pesante coupe a roulé à terre, et ses flancs taillés sont vides.

Le silence, il l'écoute partout, dans le monde suspendu. Est-ce le grondement lointain de la destruction finale, qui roule, là-bas, ou quelque tombereau chargé d'ordures ? Le monde est-il en train de basculer ?

Il se retient au chambranle. Un imperceptible instant, sur Antioche, flotte un brouillard irréel. Va-t-elle s'effacer, en cet infime instant d'éternité ?

Un coq a chanté, là-bas, vers Daphné. Le chambranle, lui, n'a pas frémi. Comme la pierre qui a roulé jusqu'au bord du gouffre et s'est immobilisée là, oscillante, Prokhore a chancelé. Mais rien n'a bougé dans la pièce, dans la ville, dans le monde.

La clepsydre a repris sa litanie de gouttes tombant une à une ; il se penche sur le visage creusé, cireux, à la bouche entrouverte, humide, violette, tâte le pouls, présente un miroir. Bras écartés dans l'éphod, la tunique de grand prêtre, dont chaque pièce symbolise une partie du monde, Jean est retombé sur l'oreiller de pourpre, à l'exacte empreinte de sa nuque. Prokhore, sur la poitrine harnachée de pierres, fait le signe de croix. Sa main avance vers les yeux, hésite ; fermer ces puits fixes et profonds, absorbés dans leur dernière vision, est au-dessus de ses forces. Il les scrute, pour voler à ces prunelles, qui se plombent sur leur secret, le reflet de la Jérusalem céleste qu'ils contemplent à présent. Passé derrière le Voile aérien peuplé d'anges, franchissant les Portes du Tabernacle, pénétrant, sous le Propitiatoire d'or, dans l'Arche Céleste, voit-il la septième coupe, ouvre-t-il le septième sceau ?

La coupe, l'autre, la coupe aux griffons qu'il a bue jusqu'à la lie, Prokhore la ramasse et l'essuie pieusement. Puis il retourne à sa table. D'une encre que délaie une larme rare, il ajoute ces dernières lignes à ce qui deviendra l'Évangile selon Jean :

Le bruit s'était répandu parmi les frères que le Disciple ne mourrait pas. Pourtant, Jésus n'avait pas dit à Pierre : " Il ne mourra pas ", mais bien : " S'il me plaît qu'il demeure jusqu'à ce que je revienne... "

D'un coffre, il a tiré un autre rouleau, qu'il extrait d'un étui de cuir scellé depuis trente ans ; le papyrus ivoirin, desséché, fragile, blanchi par tout ce temps passé dans l'obscurité, contient l'écrit de Patmos, l'Apocalypse, qui ne l'a jamais quitté. Plus tard, quand il sera lui aussi très vieux, si on l'interroge à ce propos, il feindra de mal se souvenir. Était-ce bien une Révélation que l'Aimé eut dans l'île ? Les versions qui en circulent ne sont-elles pas des faux, des apocryphes ?

Sur la couche mortuaire, les yeux toujours ouverts mirent les sept flammes du chandelier. Quand Prokhore s'en approche, le corps, autour, semble se dématérialiser, pour ne laisser de Jean que ce regard aux reflets d'or et de feu. Il tend le rouleau vers les sept flammes ; en un instant le feu court la spirale, embrasant les fibres sèches ; il lâche le papyrus qui lui brûle les doigts et le regarde se recroqueviller sur le dallage.

Sur Jean, la porte du tabernacle s'est refermée ; il est dans l'Arche tapissée d'or poli, où les parois ne reflètent qu'elles-mêmes. Et ses pupilles n'ont plus que la fixité jaune du métal inaltérable. L'Apocalypse a-t-elle eu lieu, ou bien n'est-elle que l'indifférence prolongée, autour d'eux, de ce monde encore là ? Sur la mosaïque, un fragment de papyrus se relève, au coin, comme un animal vivant, en une dernière convulsion enflammée. Personne ne connaîtra la Révélation du dernier prophète. Prokhore le presbytre, le premier prêtre, effleure enfin les paupières de Jean ; comme à un signal, elles s'abaissent d'elles-mêmes. Dehors, dans la cour, une voix enfantine récite une comptine, une de ces complaintes rabâchant des paroles attribuées au Seigneur, qu'aiment les petits et les veuves, et qui racontent le Royaume du Père : « Le royaume du Père est semblable à une femme qui porte un vase plein de farine et qui s'en va par un long chemin. L'anse du vase s'est brisée, la farine s'est répandue sans qu'elle le sache. Lorsqu'elle est arrivée à sa maison, elle a posé le vase, et elle a trouvé qu'il était vide. »

« Saint Jean avale le livre »
Dürer, *Apocalypsis cum figuris*

Postface

Un bateau, tout petit, coque de noix peinte en rouge sur la mer azurée, s'en va, portant à son bord deux personnages drapés de bleu et de vert, que leur grande auréole dorée fait plus hauts que le mât de l'embarcation. Jean et Marie s'en vont visiter les sept Dormants bergers d'Éphèse, dont J. de Voragine rappelle le souvenir dans la *Légende dorée*, les rocs battus des flots du mont Athos, les lieux miraculeux que le Seigneur donne à sa mère et son bien-aimé.

La légende continue, tissée des fils de la haute lice, enluminée dans les codices, la légende de l'Apocalypse, ses visions saintes, célébrées par Denys l'Aréopagite et la théologie apophatique, source incessante de poésie et d'art, comme l'Évangile devient le bien des philosophes et des mystiques. La légende de Jean l'Évangéliste, auteur de l'Apocalypse.

Ce livre se veut part de ces belles visions, ces enluminures, ces tableaux, ces tapisseries. C'est par la tradition que Jean nous est connu ; son histoire, plus encore que sa biographie, appartient à l'histoire, parce qu'elle nous est léguée par ces multiples relais qui en dessinent la figure énigmatique, depuis les *Actes de Jean* jusqu'à W. Blake, jusqu'aux mystiques du romantisme allemand.

À s'en tenir à ce que l'historiographie scientifique nous en dit, Jean se dissout. Peu de faits, des écrits contestés. Pourtant, ce récit n'invente rien qui ne se légitime par la tradition, de cette figure poétique et mystique, plus vraie qu'un état civil et une chronologie brutale.

Plus qu'il n'invente, ce livre complète, échafaude parfois, à partir des données les plus proches : témoignages des Pères de l'Église, ceux qui ont connu Jean, textes du Nouveau Testament, données historiques de l'époque, inférences à partir de l'état de l'Église dans les deux siècles qui suivirent.

En dehors des personnages secondaires, et du détail des situations, toutes les hypothèses présentées ici se soutiennent ou sont établies. Cinq d'entre elles, en particulier, bien qu'imaginées, rendent compte de réalités historiques :

Le personnage de Prokhore a certainement existé ; la présence d'un diacre-secrétaire au côté de Jean semble indiscutable. La tradition d'Éphèse, où l'on vénère deux tombeaux, l'un de Jean l'apôtre, l'autre de Jean « Presbuteros », le Presbytre (voir Papias, dans Eusèbe), comme la difficulté d'attribuer à une même plume (à l'époque où l'on dicte, de toute façon) le détail de l'Évangile et celui de l'Apocalypse, milite décisivement en sa faveur ; ainsi que les coutumes des apôtres (voyez Paul, signant de sa main après avoir dicté, remerciant ses secrétaires, etc.). Le nom de Prokhore est associé à Jean par un apocryphe tardif de l'Orient grec ; il figure dans la liste des Sept, telle que la donnent les Actes des Apôtres. C'est un nom grec : je me suis permis de le faire naître à Alexandrie, où la Bible des Septante était au fondement de la première culture juive en langue païenne.

La famille jérusalémite que je prête à Jean, par l'intermédiaire de Salomé, n'est attestée nulle part. Mais elle seule peut expliquer le mystère de ce « Disciple qu'Il aimait », et qui était connu, au contraire des Galiléens, dans le palais du grand prêtre, était familier de la Cité sainte, comme le rapporte l'Évangile.

La haine et la guerre entre Paul et Jean, ou en tout cas entre Paul et le cercle des apôtres jérusalémites, ne fait guère de doute (voir aussi bien les Actes que les Épîtres de Paul). Ainsi la circoncision de Tite est attestée. Mais la complicité, puis la participation de Jean à des complots contre Paul, à Éphèse lors de l'affaire de l'Artémis, comme à Jérusalem lors de son arrestation, sont purement de mon cru. Il reste que l'amertume qui se dégage de certains écrits pauliniens, les conflits du premier concile, les incidents d'Antioche, indiquent à cette époque une dissension haineuse dont le vainqueur sera l'Église officielle.

Pour Rome, le martyre de Jean est de tradition, il y aurait été plongé dans la poix brûlante et aurait survécu. C'est Renan, dans son *Antéchrist* comme dans les autres volumes de son histoire de l'Église primitive, qui m'a soufflé l'idée que cette poix devait être celle dont on enduisit les torches humaines du martyre. Le même Renan faisait fort justement remarquer que le célèbre passage de Suétone, montrant Néron déguisé en bête et abusant de victimes liées au poteau, devait se rapporter à la persécution contre les chrétiens. Quant à l'incendie de la ville : la thèse selon laquelle ce sont bien les chrétiens qui ont mis le feu à Rome a été soutenue par des historiens italiens « aussi ingénieux que savants », pour reprendre une expression de J. Beaujeu (*L'incendie de Rome en 64 et les chrétiens*, Latomus, 1960), M. Pascal, P. Bonfante, relayés en Belgique par L. Herrmann. La haine de Tacite pour Néron pourrait à elle seule expliquer son affirmation de l'innocence des chrétiens.

Les arguments essentiels en faveur de cette hypothèse tiennent au texte de l'Apocalypse lui-même : texte d'incendiaire s'il en fut. Personne, je crois, avant moi, n'avait mis en relation l'anniversaire tombant le jour de l'incendie (celui du premier incendie de Rome par les Gaulois) et une présomption de culpabilité (si l'on admet que l'incendie, préfigurateur, qui dévasta Lyon en une nuit, est bien attribué aux chrétiens, et date de 58, comme L. Herrmann). Ajoutons que selon Tacite (*Histoires*, IV) lors du second incendie de Rome en 69, les Gaulois lurent dans le sinistre l'accomplissement d'une prophétie druidique. La plupart des historiens s'accordent sur le fait que Pierre a bien été martyrisé en 64, et Paul plus tard, peut-être en 67. La mort de Sénèque, rapportée par mon Prokhore, est évidemment « arrangée », les chrétiens se sont très tôt approprié le philosophe.

En dernier lieu, la présence de Jean lors du siège et de la destruction de Jérusalem : le fait que Flavius Josèphe indique la présence d'un « Jean l'essénien » parmi les dirigeants de la cité révoltée, et l'indication d'une héroïque participation « essénienne » à la rébellion, permettent d'appuyer l'hypothèse. Mais surtout la chute du Temple, pour l'auteur de l'Apocalypse, est un événement qu'il a nécessairement vécu de très près : l'Apocalypse, le texte, ne peut s'expliquer si on ne le met en rapport avec la prise de Jérusalem. D'où le début de ce roman.

Mais d'abord, qui est Jean ? A-t-il existé ?

Oui, mais comme mystère, le plus profond mystère du Nouveau Testament.

Parmi les trois grands apôtres, si Paul est l'air et Pierre la terre, Jean est le feu et l'eau à la fois.

L'eau et le feu se sont aimés. Jean est contradictoire : ce n'est pas là son moindre charme. Le Disciple qu'il aimait, le tendron renversé sur sa poitrine, d'un côté la Voix de Tonnerre, le Boanerge, et l'Apocalypse de l'autre.

Le Nouveau Testament a été écrit sous l'influence de deux apôtres, les seuls véritables écrivains du canon chrétien : Paul (et Luc son disciple pour son Évangile et les Actes) et Jean, par l'Évangile, l'Apocalypse et les trois Épîtres connues sous son nom. Si les choses sont assez claires, historiquement, pour Paul, elles sont, en ce qui concerne Jean, passablement embrouillées.

Pourtant, une base, sûre et solide, est là : c'est un écrivain. Entre ses deux textes principaux, il y a un abîme, et aussi une fraternité. Une insoluble différence, opposition même ; on a souvent douté que ces deux textes fussent du même auteur, et aussi que cet auteur fût Jean, fils de Zébédée, l'un des douze apôtres. Il n'est pas question de refaire ici cet interminable procès ; à coup sûr, il y a énigme : énigme de ce disciple qui témoigne sans se nommer ailleurs que dans le titre, « L'énigme du disciple que Jésus aimait », suivant le titre d'un livre de J. Colson, qui choisit lui de distinguer le prêtre jérusalémite, auteur de l'Évangile, et l'apôtre, fils de Zébédée.

L'identité de saint Jean ressemble au problème de l'Apocalypse, selon Jacques Derrida (« D'un ton apocalyptique... ») : un problème de relais dans une identité qui tend au divin et au mystérieux. Des pistes, sans plus : un texte, deux textes — sont-ils du même auteur ? — un personnage a-t-il écrit l'un, l'autre, les deux, aucun ? Mais une voix dicte, à travers ces relais. Cette Voix de Tonnerre de l'inspiration divine, incarnée dans la figure de Jean. La commission biblique de l'Église, par son décret du 29 mai 1907, établit que : « Ex constanti ac solemni ecclesiae traditione jam a seculo IIo decurrente », par une tradition constante et solennelle de l'Église remontant au IIe siècle, par le témoignage des saints pères, et même des hérétiques, et des disciples directs des apôtres, il est établi que les textes du Nouveau Testament mis sous le nom de Jean sont bien de l'apôtre Jean, frère de Jacques et fils de Zébédée.

Il n'y a qu'un Jean. Mais il est double : écartelé, entre l'Apocalypse et l'Évangile, l'hébreu et le grec, le début et la fin (car, contrairement à l'ordre officiel qui en fait le texte final de la Bible chrétienne c'est l'Apocalypse qui remonte aux origines bibliques, et l'Évangile qui marque l'entrée dans le monde de la philosophie grecque et romaine).

Il n'y a qu'un Jean : mystère central. Entre le cataclysme et l'amour.

Contre la tradition syncrétique, celle de l'école allemande et de Bultmann, la mode fut récemment à revendiquer un Jean « juif », totalement juif : voyez les traductions d'A. Chouraqui, ou encore *Le Christ hébreu* de Cl. Tresmontant (qui date carrément l'Évangile de Jean des années suivant immédiatement la Passion). Pour nous, le problème ne se posait pas : ce qui passionne en Jean est justement cette double nature, cette perfection grecque d'un texte hébreu (et réciproquement). O. Cullman *(Le Milieu johannique)* a d'ailleurs montré, de manière très intéressante, que le judaïsme du temps du Christ est en relation, dès ses origines, avec un groupe helléniste : les liens des esséniens de Qûmran avec les thérapeutes, la Bible des Septante, Philon d'Alexandrie montrent qu'un judaïsme hellénique a existé en Judée avant le christianisme.

Cette double nature, révoltée et amoureuse, hébreue et grecque, cet écartèlement douloureux, la relation entre Jean et Prokhore, son double indissoluble, l'allégorise.

Le phénomène le plus remarquable de l'apostolat, et de tout le christianisme primitif, est assurément l'institution du Disciple (Marc avec Pierre, Luc, Timothée et Tite avec Paul, etc.).

Jean, ayant été le Disciple par excellence du Maître par essence, transmet à son tour à un disciple bien-aimé. Ces hommes, souvent sans famille, condamnés aux errances, aux risques d'une vie de proscrits, n'ont eu comme affection, comme lien humain, que leurs disciples. Et, par ce moyen-là, toute écriture, toute tradition fut créée. Que cet amour, et cette institution, si généralisée en Orient, soit aussi une forme d'érotique, nul n'en peut disconvenir. Que cette érotique doive être traduite dans des termes strictement sexuels (comme le fait F. Dolto, comparant Lazare « l'homosexuel » et Jean dans leur amour pour le Christ) par contre répugne un peu. Laissons retomber le coin du manteau sur l'intimité physique des Pères et de leurs disciples : une telle dimension, qui doit toujours être présente dans l'arrière-fond du récit, ne gagne rien à être sexologisée. Au contraire.

Avec le disciple, c'est à la fois la fidélité et la traîtrise qui entrent en scène. Traître parce que traducteur ; et souvent apocryphe. L'identité de l'écrit avec un auteur individuel « réel », à notre sens, n'existe pas pour la plupart des textes chrétiens de l'époque. On écrit sous le nom des anciens prophètes, sous le nom de son maître, sous le nom de son adversaire, sans les scrupules biographiques ou historiques qui sont les nôtres.

Si Paul est l'apôtre de l'Occident, Jean est celui de l'Orient. Cette bipolarité continue de définir les attraits spontanés des croyants et des Églises d'aujourd'hui. Paul le docteur, qui n'a été et ne sera jamais l'objet d'une dévotion véritablement populaire, est au fondement de l'éthique et de la philosophie catholique et protestante ; Jean, auquel tout l'Orient, de l'Asie à la Russie, a rendu un véritable culte, lié au culte marial, s'est absorbé dans ses légendes populaires. Mais sa théologie reste au fondement de l'Église orthodoxe.

Paul est l'homme du péché, et Jean celui de la Résurrection. Simplification abusive : c'est aussi Paul qui libère le croyant par la foi, et l'Apocalypse est hantée de culpabilités. Néanmoins, le message de Paul, aujourd'hui, est essentiellement devenu celui du code moral, intériorisé. Celui de Jean, paradoxalement pour un apocalyptique, est essentiellement d'espoir. Peut-être parce que Paul est résigné au monde tel qu'il est, et Jean jamais. Si le mysticisme de l'Église grecque s'est alimenté à Jean, c'est parce qu'en lui le mystère incarné trouve sa meilleure expression ; non pas dogme, argument clair, fondement d'une morale, mais amour, mort et résurrection, chair et esprit, lumière et eau. Jean nous fait participer, chacun, à un vaste soulèvement poétique, métaphorique, fait de haine et d'espoir fou, une manière de grande embolie de l'amour.

L'époque, on le sait, est celle de l'unification du marché méditerranéen, commencée depuis Alexandre, et du plus grand développement commercial, industriel et urbain de l'humanité depuis ses origines (Braudel, Rostovtzeff, etc.). Le Ier siècle est essentiellement cosmopolite, comme le XVIIIe, syncrétique, agité et inquiet, incrédule et trop crédule. Ce syncrétisme unit les quatre grandes familles spirituelles du bassin méditerranéen : grecque, romaine, juive, « orientale » (au sens de F. Cumont), c'est-à-dire égyptienne et d'Asie Mineure, syncrétisme dont témoigne la Gnose. Ce syncrétisme, quelque peu malmené par les récentes tentatives pour restaurer une « pureté juive » du Christ et des Évangiles, explique pourtant à la fois le succès du judaïsme, et celui du christianisme ; qui dit syncrétisme ne dit pas forcément religion molle, vague, sans consistance. Au contraire : pour moi, si le retour de Jean au judaïsme pur et dur, tel que je l'ai imaginé, a un sens, c'est parce qu'il se découpe sur cette fusion, cette imprégnation de la philosophie grecque sur le judaïsme, de l'un et de l'autre par les religions à mystères (Isis, en particulier). Toutes religions s'adressant à une nouvelle incroyance, celle de Lucien, par exemple, dans un monde qui a rompu avec le cosmos sécurisant et le dieu bien identifié, bien présent en son lieu, tel que le paganisme l'avait sereinement vécu. Cette inquiétude du siècle, voilà le véritable creuset syncrétique d'où sort le christianisme. Rien de plus ridicule, à cet égard, que de séparer, d'un côté, une Antiquité païenne de toc, ignorant les esclaves, le remords, et toute à ses partouzes, et une secte illuminée de juifs sans relations. Le christianisme est nourri, entouré de cette « anxiété » que Dodds a admirablement décrite *(Pagans and christians in the age of anxiety)* ainsi que M. Foucault sur le plan moral à propos de cette même époque. Le phénomène qui en témoigne le mieux, de cette anxiété syncrétique, est sans aucun doute la Gnose, ce mystère des mystères, où les trois religions (juive, grecque, égyptienne) se retrouvent en Christ (voir les études de H. C. Puech, *En quête de la Gnose,* celle de W. Bousset en Allemagne, l'édition de la *Bibliothèque gnostique* de Nag Hammadi, notamment *L'Hypostase des Archontes* éditée en copte et français par B. Barc, l'*Apokryphon de Jean,* et pour les rapports entre courant apocalyptique et Gnose, les ouvrages de R. M. Grant et de J. Doresse, E. Gillabert). Il y a véritablement (Grant) conversion en gnose du sentiment de l'apocalypse.

En ce qui concerne la vie de Jésus, j'ai évidemment plutôt

suivi, pour le début (Jean-Baptiste et le Jourdain) comme pour la fin (Jérusalem) l'Évangile selon Jean. Sur ces deux moments, il est le plus précis, le plus fiable. Pour la Galilée, Gethsémani, et bien d'autres points, je me suis reporté aux synoptiques. J'ai transporté l'aveugle-né de Jéricho à Siloé, bousculé un peu la chronologie, pour obtenir un seul voyage de Jésus à Jérusalem, et un seul séjour d'un an. O. Merlier *(Le Quatrième Évangile)* a étudié en détail les divergences entre Jean et les synoptiques quant aux voyages et à la chronologie de Jésus. On a adopté ici une solution moyenne : deux ans en Galilée, un an dans la capitale.

Les fouilles des archéologues autrichiens à Éphèse ont identifié un tombeau de Jean. D. Mollat *(Saint Jean)*, B. Allo sur saint Paul, Dom Charlier pour la lecture chrétienne de la Bible, M. Warner pour son ouvrage sur le culte de Marie *(Alone of her sex)*, C. Picard, pour Éphèse, Festugière, pour ses rapprochements hellénico-chrétiens, M. Goguel, J. Carcopino (en particulier *De Pythagore aux apôtres)* m'ont évidemment beaucoup servi, ainsi que la remarquable préface de P. Vidal Naquet à la *Guerre des juifs* (notamment pour le personnage de Josèphe). Pour l'Apocalypse, les lectures de Claudel et de D. H. Lawrence. Pour la date de la Cène, et surtout pour l'explication du décalage entre la Pâque célébrée par le Christ et celle du calendrier juif, l'hypothèse de la meilleure chronologie est celle qui attribue au Christ la tradition et le décompte des fêtes suivant les règles esséniennes.

Mais la source de loin la plus importante de ce livre, tant pour l' « atmosphère » que pour les faits, la source constante d'inspiration, ce sont les textes de l'Antiquité eux-mêmes, et ceux du premier christianisme. Pour les écoles rabbiniques, le considérable recueil de Bonsirven, *Textes rabbiniques des deux premiers siècles.* Pour la description d'Antioche, Libanius ; pour Alexandrie, Philon, dans son *In Flaccum* et dans la *Legatio ad Caïum* notamment, mais aussi dans le *De opificio mundi* et les traités allégoriques. Pour Rome, Martial, dans les *Spectacles* et dans les *Épigrammes,* Juvénal, Pétrone, etc. Tacite, Suétone, Dion Cassius, Flavius Josèphe, bien sûr ; Lucien (en particulier pour la vie à Alexandrie, ainsi que le *Peregrinus, Alexandre ou le faux devin*, les dialogues de philosophes, etc.), les *Livres hermétiques* d'Hermès Trismégiste, la *Vie d'Apollonius de Tyane* de Philostrate (beaucoup plus tardive, il est vrai), Justin martyr (notamment les *Apologies* et le *Dialogue avec Tryphon*), la littérature gnostique *(Pistis Sophia, Actes de Jean)*.

Pour la date de composition de l'Apocalypse, j'ai suivi Tertullien, et par là même Renan, J. A. T. Robinson, A. Chouraqui, qui la placent à la fin du règne de Néron. Eusèbe, saint Épiphane, la placent l'un sous Domitien, l'autre sous Claude.

L'épisode du bandit, lors de la vieillesse de Jean, vient de Clément d'Alexandrie, dans les *Stromates*, cité par Eusèbe. C'est aussi Eusèbe qui donne la suite des premiers papes : Linus ou Lin, succédant à Pierre, puis Anaclet et Clément (dit « romain »), qu'il situe dans la douzième année du règne de Domitien. Signalons enfin, dans la littérature ecclésiastique, le commentaire d'Origène sur saint Jean, et le *Panarion*, la « boîte à remèdes contre les hérésies » de saint Épiphane. L'épisode de Cérinthe dans les bains d'Éphèse provient de Théodore Bar Koni *(Livre des Scolies)*.

On reconnaîtra au passage le *Pasteur* d'Hermas, différents Évangiles apocryphes (dans les paroles du Christ, entre autres), les écrits de Qûmran, dits manuscrits de la mer Morte, les pères apostoliques (Clément romain, Papias, Barnabé, Polycarpe, traduits par F. Quéré, et Ignace, qui a servi pour les formulaires des épîtres), et, bien sûr, les *Confessions* et le *De trinitate* de saint Augustin, ainsi que les *Évangiles de Thomas, Actes de Pierre*, et autres apocryphes.

L'Eucologe de Sérapion, les Constitutions apostoliques, saint Jean Chrysostome, pour postérieurs qu'ils soient au sujet tout comme saint Augustin, l'éclairent nécessairement, cette fois sur la liturgie primitive de l'Église. Si les fresques de Pompéi, le musée de Naples ou le Louvre, la maquette de Rome par P. Bigot, à l'Institut d'art, à Paris, apprennent sur la vie romaine, bien que concernant d'autres siècles que celui de Jean, la liturgie de l'Église orientale donne idée de la vie de la primitive Église plus que tout historien.

J'ai cité, en général, la Bible dans sa traduction courante dite « Bible de Jérusalem », et les psaumes dans la tradition orthodoxe, dans leur traduction d'après la Bible des Septante, par le R. P. Deseille.

Les noms de mes personnages, enfin, sont restés tels qu'on nous les apprit dans notre enfance, tels qu'ils chantent en notre mémoire, et tels qu'ils surgissent dans notre imagination. Je n'ai pas cru devoir, sous prétexte d'authentique, faire de Jésus Yeshoua, de Judas Yehouda et de Paul Shaoul. Pour Jean, j'ai parfois rappelé le Yohanan hébreu, et pour Yohanan Ben Zakkaï, je n'ai pas rétabli en « fils de Zachée ».

Ni d'ailleurs pour la « fontaine de Myriam », à Jérusalem, en « fontaine de Marie ». J'ai aussi scindé le prénom « Titus » en « Tite » et « Titus », suivant qu'il s'agissait du disciple de Paul ou du fils de Vespasien. Ananie, en réalité, est le même prénom qu'Anne ; le mot « prêtre », issu du très chrétien « presbuteros », « ancien » de l'Église, s'applique aussi en français au « prêtre » juif. Pourtant, le premier « prêtre », c'est bien Jean « presbuteros », le « presbytre » par excellence, dont le tombeau se trouve également à Éphèse, premier dignitaire chrétien à porter ce titre, et certainement disciple de Jean l'apôtre. Enfin, le dialogue à Rome entre Paul et les dames romaines comprend des vouvoiements, évidemment impossibles en latin.

Paris, août 1984

Addenda

Chronologie

— 37 : avènement d'Hérode le Grand en Terre sainte.

— 27 : Auguste empereur, second César.

— 7 : révolte de la Judée, réprimée par Quirinus, légat de Syrie.

— 6 : naissance de Jésus.

— 4 : mort d'Hérode, partage de son royaume entre Archelaüs, Antipas, Philippe.

1 : début de l'ère chrétienne (suivant Denys le Petit).

6 : révolte contre Archelaüs, déposé. La Judée devient province romaine.

Entre 5 et 10 : naissance de Paul à Tarse, de Jean à Capharnaüm.

6-15 : Anne grand prêtre.

14 : mort d'Auguste. Avènement de Tibère.

18-36 : Caïphe grand prêtre.

26-36 : Ponce Pilate procurateur de Judée.

30 : Jean-Baptiste annonce le Messie.

31 : début de la prédication de Jésus. Jourdain, Galilée.

32 : mort de Jean-Baptiste. Jésus va à Jérusalem.

33 (veille de Pâque) : Jésus crucifié.

33 (pentecôte) : descente de l'Esprit sur les apôtres.

37 : mort de Tibère. Avènement de Caligula.

38 : massacre des juifs d'Alexandrie.

38 : martyre d'Étienne. Conversion de Paul à Damas. Dispersion des apôtres en Samarie.

Vers 38 : fondation de la communauté chrétienne d'Antioche.

39 : Paul vient voir les apôtres à Jérusalem. Caligula veut faire élever sa statue au temple de Jérusalem.

40-43 : Paul à Tarse et à Antioche.

41 : mort de Caligula, avènement de Claude.

41 : Claude promulgue un édit de tolérance pour les juifs d'Alexandrie. Il nomme Agrippa Ier tétrarque de Judée.

44 : persécution de Jacques, frère de Jean, et des apôtres. Agrippa Ier meurt. La Judée redevient province romaine. Cuspius Fadus procurateur.

45-59 : première mission de Paul (Antioche, Chypre, Asie).

46-48 : Tibère Alexandre procurateur de Judée.

48-50 : Cumanus procurateur.

49 : concile de Jérusalem. Affaire de la circoncision.

Vers 50 : Matthieu écrit son Évangile en araméen.

50-52 : deuxième mission de Paul (Asie, Grèce). Jean à Antioche.

54 : Claude meurt. Avènement de Néron.

54-58 : troisième mission de Paul.

57 : Jean et Paul à Éphèse.

59 : arrestation de Paul au Temple. Félix procurateur.

60 : Festus procurateur. Envoi de Paul à Rome.

61 : voyage de Jean et Pierre à Rome.

64-66 : Gessius Florus procurateur de Judée, et Cestius Gallus légat de Syrie. Premiers troubles de la guerre juive.

64 : incendie de Rome, martyres de Pierre et de Jean.

67 : mort de Paul. Luc écrit les *Actes*, Marc son Évangile.

68 : mort de Néron. Fin des Julio-Claudiens. Galba, Othon, Vitellius empereurs.

66-68 : guerre juive, Vespasien reprend la Galilée.

69 : Jean dicte l'Apocalypse à Patmos.

69 : Vespasien à Alexandrie. Titus chef de l'armée dirigée contre Jérusalem. Vespasien empereur. Début des Flaviens.

70 : prise et destruction de Jérusalem.

73 : chute de Massada, dernière forteresse juive.

79 : mort de Vespasien. Titus empereur. Destruction de Pompéi. Y. Ben Zakkaï organise l'école juive de Jamnia.

81 : Titus meurt. Avènement de Domitien.

81-96 : persécutions de Domitien.

96 : mort de Jean. Assassinat de Domitien. Avènement de Nerva. Fin des Flaviens, début des Antonins.

Généalogie simplifiée des Hérodes

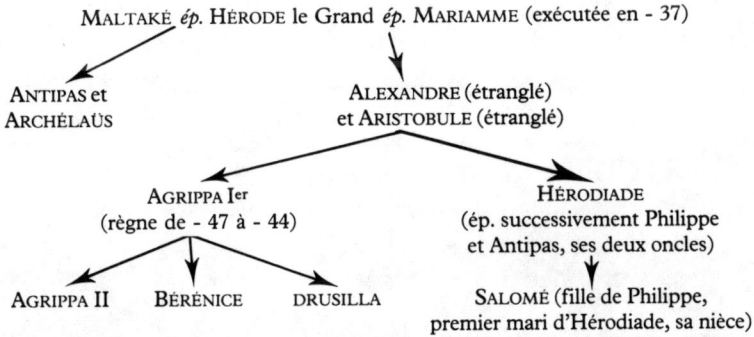

MALTAKÉ *ép.* HÉRODE le Grand *ép.* MARIAMME (exécutée en - 37)

ANTIPAS et
ARCHÉLAÜS

ALEXANDRE (étranglé)
et ARISTOBULE (étranglé)

AGRIPPA Ier
(règne de - 47 à - 44)

HÉRODIADE
(ép. successivement Philippe
et Antipas, ses deux oncles)

AGRIPPA II   BÉRÉNICE   DRUSILLA

SALOMÉ (fille de Philippe,
premier mari d'Hérodiade, sa nièce)

Glossaire

Adon, Adonaï (vocatif), *Adonim* (plur.) : les noms de Dieu en hébreu.

Adyton : pièce au fond du Temple, la plus sacrée (Saint des Saints).

Agrippa : voir Généalogie des Hérodes.

Ahénobarbe : Barbe-d'Airain, Barbe-Rousse, Néron.

Antiochus : dynastie d'empereurs grecs descendants d'Alexandre, dont Antiochus Épiphane, qui installa sa statue au Temple.

Aphrodite : Cypris, Vénus.

Apocalypse : mot grec signifiant « dévoilement, révélation ».

Araméen : langue commune à plusieurs rameaux sémites, parlée en Terre sainte au Ier siècle.

As : monnaie romaine.

Azymes : nom juif de la fête de Pâque, désigne le pain non levé.

Baals : dieux de Phénicie et de Syrie.

Bar : « fils de » en araméen.

Ben : « fils de » en hébreu.

Cubicule : petite chambre.

Diadème : originellement, bandelette de laine blanche ceignant la chevelure. Insigne royal.

Didascale : docteur de l'Église.

Domina : madame.

Ebion, Ebionim (plur.), *Ebionites* : partisans des pauvres, révoltés juifs.

El, Elohim (plur.) : nom de Dieu en hébreu.

Ephod : vêtement sacré des prêtres d'Israël.

Episcope : évêque.

Fibule : broche.

Galles : prêtres eunuques de Cybèle.
Gentils : païens, ou Nations, ou *Goy* (plur. *Goyim*) : tous les peuples sauf Israël.
Gnose : « Connaissance » (en grec). Syncrétisme religieux du Ier et du IIe siècle.

Hasmonéens : dynastie des rois d'Israël après l'indépendance conquise sur Antiochus Epiphane.
Hazzan : sacristain des synagogues.

Iduméens : population nomade du sud de la Judée, juifs mais méprisés des purs Judéens. Nation d'origine du Grand Hérode et de sa famille.

Laniste : maître de gladiateurs ayant une école.
Lévite : assistant du prêtre au temple de Jérusalem ; mais aussi : vêtement long à caractère juif et sacerdotal.
Libitine, libitinaires : déesse des morts, esclaves du spoliaire.

Maccabées : héros de la guerre d'indépendance d'Israël, au second siècle av. J.-C., contre Antiochus et les rois grecs. Fondateurs de la dynastie royale juive.
Maranatha : mot araméen signifiant : « Il va venir. »
Messie : Messiah, Oint du Seigneur, en grec *Chrestos :* consacré par l'huile.
Metrète : mesure de capacité.
Misdrach : commentaire des Écritures.
Moriah : rocher formant l'esplanade du Temple.
Munera : jeux offerts au peuple de Rome, en particulier jeux de gladiateurs.
Myste : celui qui est admis aux Mystères.

Nabi : prophète.
Naos : temple, partie se trouvant en avant de l'adyton.
Nations : voir *Gentils.*
Nazir : Israélite exécutant un vœu de chasteté et de jeûne.
Nombreux : esséniens, secte de la mer Morte.
Nouvelle : Évangile (en grec « Bonne Nouvelle »).

Opus incertum : mode de travail de la mosaïque ou de la construction, où le matériau est placé irrégulièrement dans la masse.

Parousie : retour du Christ en gloire sur cette terre.

Patibulum : poutre horizontale de la croix.

Pays de Splendeur : Terre sainte, Palestine.

Pétalon : lame d'or portée au front par le grand prêtre.

Pétase : chapeau grec à larges bords.

Phalère : médailles qu'on accrochait en colliers.

Pharisien : ou « séparés », Perushim, secte judéenne opposée aux rois hasmonéens et aux saducéens.

Phylactère : bourse de cuir contenant un verset des Écritures.

Presbytre : « Ancien » en grec, a donné notre « prêtre ». Personnage important de l'Église primitive.

Pulvinar : loge impériale au cirque.

Rabbi, rabbouni : Maître.

Sabaoth : l'un des noms de Dieu en hébreu (dieu des Armées).

Sadoq, saducéens : partisans du grand prêtre, et de la dynastie des Hérodes, considérés comme descendants de Sadoq, fondateur de la prêtrise.

Saint, Saint des Saints, Sanctuaire : le temple de Jérusalem, et ses parties (voir plan).

Salikè : Ceylan.

Samarie : province au nord de la Judée, séparée (avec sa dynastie propre) de la Judée depuis 935 av. J.-C., considérée comme hérétique par les Judéens.

Sanhédrin : conseil religieux suprême d'Israël.

Schammaïtes : sectateurs de Schammaï, rabbin particulièrement rigoriste, opposé à l'école de Hillel et Gamaliel.

Schéol : vallée proche de Jérusalem, devenue symbole de l'enfer.

Signe (en grec *Semeion*) : miracle.

Sophar : trompe.

Spoliaire : morgue des victimes de l'amphithéâtre et du cirque.

Stade : 180 mètres.

Stipes : poteau vertical de la croix.

Subligaculum : caleçon porté sous la tunique.

Talaire (tunique) : qui tombe jusqu'aux talons.

Talith : châle de prières juif.

Tau : dernière lettre de l'alphabet hébreu. Correspond au T français, symbole de la Croix.

Temenos : mot grec d'où vient « temple », désigne l'enclos sacré où l'on vénère un dieu.

Tessère : jeton de terre cuite ou de métal.

Tétragramme : les quatre voyelles de l'hébreu : I, A, U, E. Elles forment le nom de Dieu qu'on ne peut prononcer (« Yahvé »). Supprimées des Écritures par la tradition massorétique.

Thermopolium : bar où l'on sert des boissons chaudes.

Torah : la Loi d'Israël, ou Pentateuque : les cinq premiers livres de notre Bible.

Unctuarium : pièce où l'on oignait d'huile les baigneurs.

Velarii : esclaves chargés de soulever les tentures au passage de l'empereur.

Vomitorium : ouverture débouchant dans le cirque ou l'amphithéâtre, par où pénètre le public.

Yahvé : voir *Tétragramme*.

Royaume d'Hérode

MER
MÉDITERRANÉE

SYRIE

DAMAS

Mt. HERMON

Litani

Sidon

Tyr

Panéas
(Césarée de Philippe)

PHÉNICIE

Ecdippa
(Achzib)

Gischala

Ptolémais
(Akko)

GALILÉE

GAULANITIDE

BATANÉE   TRACHONITIDE

Chorazain

Bethsaïde
(Julias)

Navè

Sycaminum

Jotapata

Capharnaum

MER DE
GÉNÉSARETH

Magdala

Tibériade

Hippos

Gamala

AURANITIDE

Canatha

Sepphoris

CARMEL

Nazareth

Yarmûk

Abila

Dora

Beth Shearim

Gadara

Chorseus

Crocodilon

CAESAREA
(CÉSARÉE)

Scythopolis

Narbata

Pella

D
É
C
A
P
O
L
I
S

SARON

Sébaste
(Samarie)

Gerasa

Mt-GARIZIM

Amathonte

Apollonia

SAMARIE

Alexandreion

Antipatris

Jabbok

Jarkon

Phasaelis

Jaffa
(Joppé)

PÉRÉE

Lydda
(Diospolis)

Archelaïs

Philadelphie

Iamnitarum
Portus

JUDÉE

Jourdain

Jéricho

Iamnia

Cypros

NABATÈNE

Azotus Paralius

Béthanie

Kh. Qumran
(Esséniens)

Betaramphta

Azotus

JÉRUSALEM

Bethléem

Hyrcanium

Ascalon
(Ville libre)

Herodium

Agrippias

Hébron

Machéronte

Gaza

Ein Gedi

MER
MORTE

Arnon

IDUMÉE

Masada

Bersabée

NABATÈNE

———— Frontière du royaume d'Hérode

-------- Territoire supposé d'une ville
ou d'une région

0   10   20   30   40   50 km

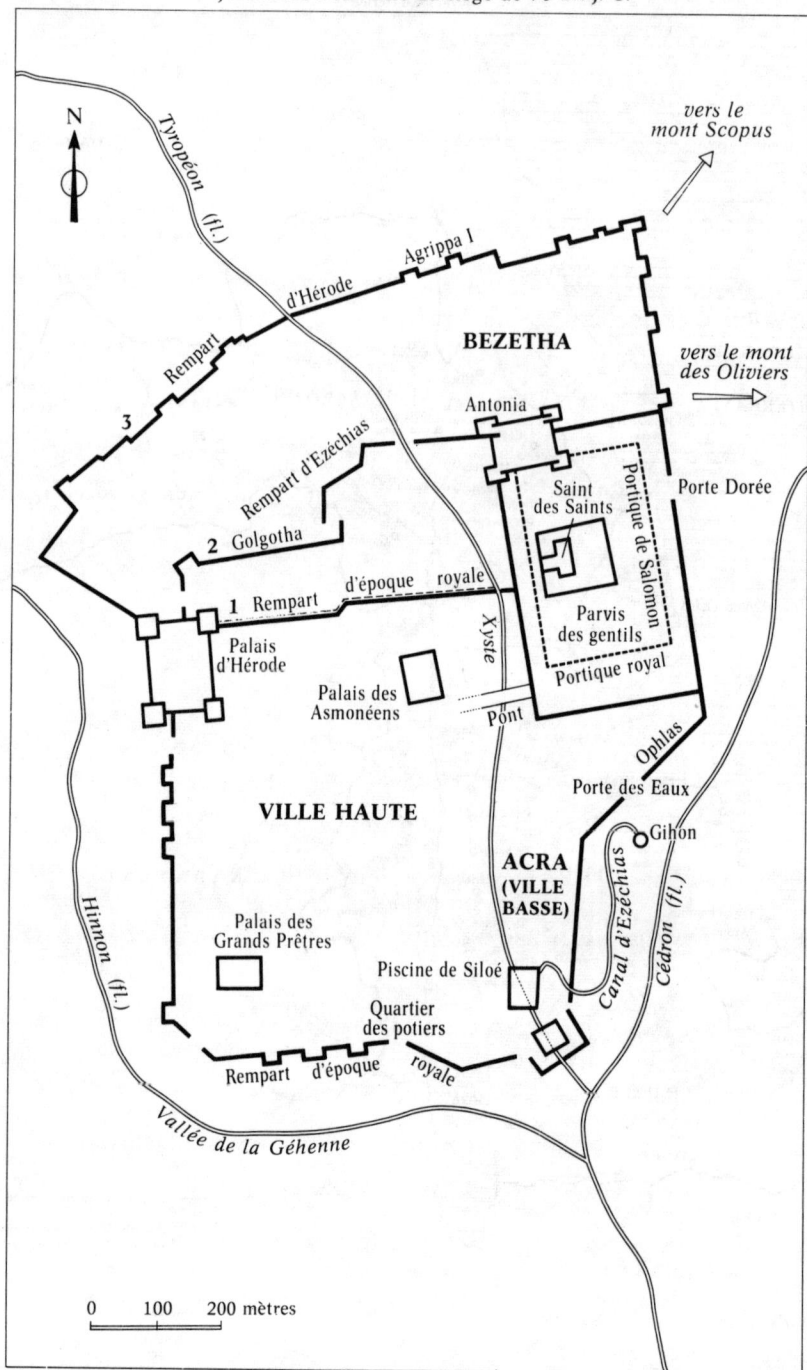

Jérusalem à la veille du siège de 70 av. J.-C.

N

Tyropéon (fl.)

vers le mont Scopus

Rempart d'Hérode

Agrippa I

BEZETHA

vers le mont des Oliviers

Rempart

3

Rempart d'Ezéchias

Antonia

Saint des Saints

Portique de Salomon

Porte Dorée

2 Golgotha

1 Rempart d'époque royale

Parvis des gentils

Xyste

Palais d'Hérode

Palais des Asmonéens

Pont

Portique royal

Ophlas

Porte des Eaux

Gihon

VILLE HAUTE

ACRA (VILLE BASSE)

Hinnon (fl.)

Canal d'Ezéchias

Cédron (fl.)

Palais des Grands Prêtres

Piscine de Siloé

Quartier des potiers

Rempart d'époque royale

Vallée de la Géhenne

0   100   200 mètres

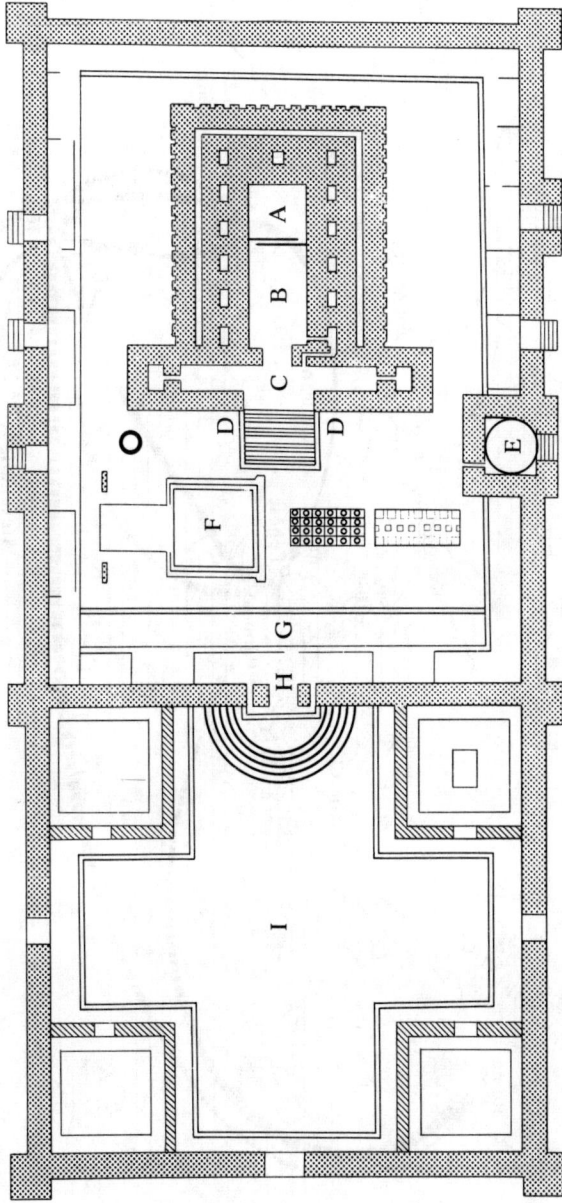

Plan du Temple d'après M. Avi-Yonah, *The World History of the Jewish People*, W.H. Allen, Londres

A. Saint des Saints
B. Sanctuaire
C. Portique

D. Cour des prêtres
E. Chambre du Foyer
F. Autel

G. Cour des Israélites
H. Porte de Nicanor
I. Cour des femmes

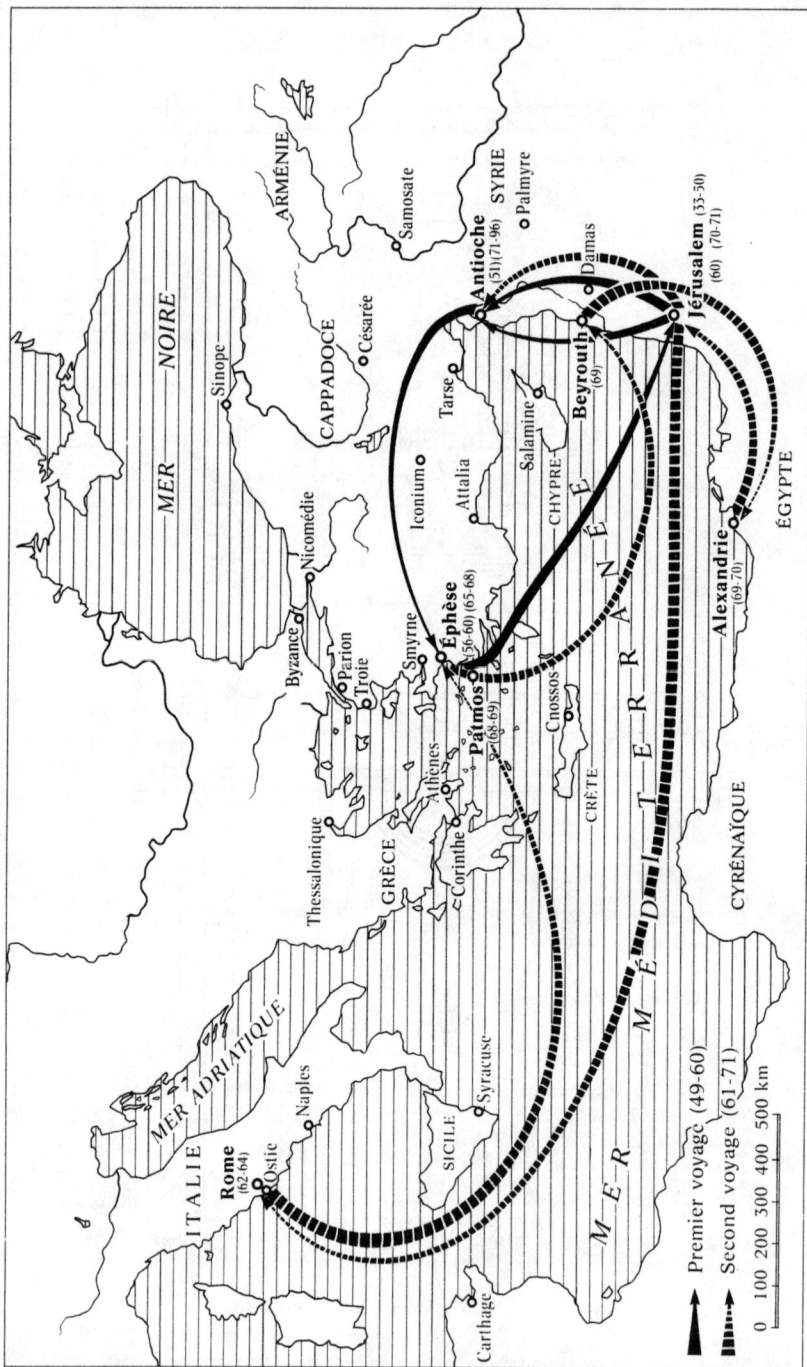

Missions de saint Jean

MER NOIRE

ARMÉNIE

SYRIE

Samosate

Palmyre

Antioche
(51)(71-96)

Damas

CAPPADOCE

Césarée

Jérusalem (33-50)
(60)   (70-71)

Sinope

Tarse

Beyrouth
(69)

Iconium

Salamine

Attalia

CHYPRE

Nicomédie

ÉGYPTE

Byzance

Alexandrie
(69-70)

Parion
Troie

Smyrne

Éphèse
(56-60) (65-68)

Patmos
(68-69)

Cnossos

CRÈTE

Athènes

Thessalonique

Corinthe

GRÈCE

CYRÉNAÏQUE

MER ADRIATIQUE

ITALIE

Naples

SICILE

Syracuse

MER MÉDITERRANÉE

Rome
(62-64)

Ostie

Carthage

Premier voyage (49-60)

Second voyage (61-71)

0   100 200 300 400 500 km

Table

Prélude 11
Le dernier témoin 23
Le Disciple qu'il aimait 53
Je te confie à ma mère 107
L'Évangile du Prépuce 179
Le viol de la bête 299
Antéchrist est ressuscité 409
Et Jérusalem fut détruite 451
Je viendrai comme un voleur 505

Postface 541
Addenda 553
Chronologie 555
Généalogie des Hérodes 557
Glossaire 559
Cartes 563

*La composition
et l'impression de ce livre ont été effectuées
par l'imprimerie Aubin à Ligugé
pour les Éditions Albin Michel*

AM

*Achevé d'imprimer en juin 1985
No d'édition 8965. No d'impression L 20177
Dépôt légal, août 1985*

Imprimé en France